通途Ⅲ

汉唐明月◎著

人民东方出版传媒
東方出版社

图书在版编目(CIP)数据

通途. 3 / 汉唐明月著. — 北京 : 东方出版社，2015
ISBN 978-7-5060-8059-0

Ⅰ. ①通… Ⅱ. ①汉… Ⅲ. ①长篇小说-中国-当代 Ⅳ. ①I247.5

中国版本图书馆 CIP 数据核字（2015）第 047028 号

通途Ⅲ
（TONGTU Ⅲ）
汉唐明月 著

责任编辑：鲁艳芳
出　　版：東方出版社
发　　行：人民东方出版传媒有限公司
地　　址：北京市东城区朝阳门内大街 192 号
邮　　编：100010
印　　刷：三河市金泰源印务有限公司
版　　次：2015 年 8 月第 1 版
印　　次：2015 年 8 月第 1 次印刷
开　　本：710 毫米×1000 毫米　1/16
印　　张：25
字　　数：382 千字
书　　号：ISBN 978-7-5060-8059-0
定　　价：39.80 元
发行电话：（010）64258112　64258115、64258117

目录

目录

目录

1. 水能载舟亦能覆舟并非关键

红副院长的话，一直在宁宇耳边回响。他琢磨着红副院长为何要说陆强市长和教育厅长换一个角度可能是他的恩人。他仔细想了想，不就是因为他们两个是从政多年的正厅级领导干部吗，只要在跟他的合作中没出乱子，就是对他的眷顾和肯定了。上面的人会怎么想呢？首先想到的是人家两个正厅级干部能在他的调停之下工作，这不间接地证明了他宁宇的领导艺术和领导能力了吗？这就是其中的玄机。也难怪红副院长能在短时间之内实现官场几级跳，从一个副县长很快成长为省行政学院正厅级的常务副院长，足可见他对官场的洞察力是多么的精准。

红副院长还说到了王明书记，这也是意味深长的，宁宇原来想都没有想过这层深意。很显然，陆强市长和教育厅长现在很被动地进入了这样一个圈子，外围还有省委省政府盯着他俩的一举一动呢。他们俩明智的选择只能是安分守己、平稳过渡，早日脱离这个"小上级"的管理。所以他们一定是非常被动的，正如红副院长所说，他们反倒成为他宁宇成长的参照了。但是王明书记却不一样，他一方面是宁宇本身的直接领导，另一方面也是这几个项目所在市里面的最高决策者。他的评价才能真正牵涉到宁宇的成长进步。要是他稍微有一丝不满，或者他对宁宇的评价有失偏颇，都会造成南辕北辙的效应。所以说，真正的要害和死穴，完全掌握在王明书记的手里。因为红副院长的指点，宁宇明白了这样一个道理。不论什么时候，只要自己还在龙都一天，他的死穴都掌控在以王明书记为首的市委手里面。要不是红副院长的这一席话,他还真有几分飘飘然,还真以为王书记一直对他是关心和信任的。这里面其实还有一层隐晦的暗示,当领导还能完全掌控你的时候,他对你绝对是信任和赏识的,一旦你有功高震主的嫌疑时,领导心里面就会发生微妙的变化。所以说,这对他的仕途来说,还只是万里长征的第一步。

当然,身边的雪雁副市长和下面的局长副局长们各因素也很重要,起码要让大多数人认为你是合格的领导，这也就是所谓的水能载舟亦能覆舟的道理。这个道理红副院长将其排到第三位,也是因为这样的事情很多人都能想得到想得透,可前面的两个问题很多人就未必能看得透了。想到这些,他对红副院长心存感激。他完全有理由相信,倘若他与红唇的关系还会进一步发展的话,红副院长也许还会给他提供更多有用的有价值的见解。

回龙都的车很快就要到市区了,他抬眼看了身边的红唇一眼,红唇此刻也正在看他呢。红唇的意思很明显,就是打探他下车之后会去什么地方。宁宇笑笑说:“我到市委下车,司机送你回你家。”

红唇虽然有几分失望,但还是大度地说:“嗯,好的。我只是希望,你不要忘记了你自己的诺言。我们三四五层楼的楼主们可都等着你去关怀呢。”

宁宇说:“这有什么难度吗？现在大家都在龙都市工作了,今后见面的时间也就多了。”

红唇说:“不是我杞人忧天,虽然我们都在一个城市里,可是我们都在不同的轨道上啊。你的事情那么繁忙,你口头上是应承了,就是不知道猴年马月呢。”她说这些话,宁宇并不是不明白,她可不是真的希望他去看望大家,她是希望他去她的家里看她呢。可是,这恰恰又成了宁宇的心病,她和娜娜都住在同一栋楼里,她住四楼,娜娜住五楼,几个人之间的关系这样敏感,他还真的不打算轻易去她们那一栋呢。

宁宇说:“怎么会呢？”

红唇转移了话题,问道:“你昨晚睡好了吗？”

她的这话,让宁宇回到了昨晚时分。听完红副院长很受用的指点,他开心之中喝得有些飘飘然。当大家提议休息时,他走进了红唇的闺房。本来红唇家人为他准备了单独的房间的,也就是当年邀请他去同住的那间房。可红唇刚才忘了带他进去参观,而是陪他打桌球去了。喝完酒吃完夜宵之后,他竟然自作主张地走进了红唇的闺房。红唇倒是没有任何意见,她巴不得让他习惯她的生活方式和了解她的生活方式呢。正当红夫人要阻拦的时候,红唇制止了,宁宇将错就错地住进了她的闺房,而她则住进了原本给宁宇准备的卧室。

女孩子的房间自然会柔美一些，房间里面除了有很多妩媚的半裸照片之外,还有女主人特别喜好的馨香。宁宇钻进被窝之后才发现,这床上竟然有两个很大的布娃娃,足可与真人媲美。且两个布娃娃头上居然都有红唇亮丽的半裸照片。台灯也是那种粉红色的灯光,灯光照亮之处都能看见红唇的大头贴和各种风格的青春丽影。本来就已经处于朦胧状态的宁宇,突然生出生理上的邪念来。同样在懵懂之中,将污物喷到了一侧的布娃娃身上。恰在这个时候,红副院长走进了房间,看见宁宇满脸酒红紧张的样子,又将红唇叫了进去。

事情最终还是暴露了,红唇收拾着,早就羞红了脸。宁宇自己也羞愧地说:“这房间怎么全都是你的东西啊？”

红唇这才说:“这本来就是我的闺房啊,你的房间在另外一间呢！”

宁宇惶恐不安地说:“这么说来,我闯大祸了？”此刻的他顿时清醒了不少,这才想起刚才红副院长还进来过呢,莫不是与这事有关?

红唇故意开玩笑说:“不是闯大祸,而是你进入禁区了！”

宁宇从来没有这样尴尬与难堪过,这毕竟是在红唇的家里啊,而且还有双亲在呢！也许是酒精的缘故,他问道:“我该怎么办呢？”

红唇压低了声音说:“既然闯入禁区,就要负责任啊！”

两人对话的时候,红夫人进来了,说道:“红唇,我看宁宇睡你这里可能不习惯,你睡那边房间也会不习惯,干脆还是让宁宇去睡他的房间好了！”

看着醉眼蒙胧的宁宇，红唇像哄小孩似的问:“去你的房间里睡觉好吗？”

此刻的宁宇似乎知道自己铸下了大错,也像孩子似的说:“好好……”

回想起昨晚滑稽可笑的一幕幕,宁宇此刻都觉得十分难堪。没想到红唇还哪壶不开提哪壶,于是笑笑反问:“你呢？”

红唇一乐,说:“当然没有睡好啦,我的另一个娃娃……”她终于没有说出被玷污的话。

宁宇抢过话说:“我赔你一个好了。”

红唇却说:“都那样了,还能赔吗?”

宁宇强调说:“不开玩笑,真的赔你一个。”

红唇满脸堆笑,说道:“嗯,这可是你自己说的。我在龙都还没有布娃娃呢。每天晚上在床上辗转反侧就是觉得欠缺了什么东西,现在我终于明白了,原来是因为我的两个伴儿不在了。我可就等着了啊,等着你的娃娃,这样我也就不会在长夜中寂寞了……”宁宇很不愿意听到红唇这样的抒情,毕竟,这也太露骨了。他本身就是一个含蓄的男人,用现在的话说,应该叫做闷骚型的男人。

2. 领导的礼物只送对的

红唇虽然才华横溢,并且有远大理想和抱负,但她同时也是一个单纯、认真、痴情的女孩。这一夜对她来说本来就够激动的,宁宇能到她家里来,能住在她家里,甚至还在她的床上遗精了。在她的潜意识里,这就应该是面前这个男人迷恋她的迹象。这样的夜晚,她能睡得着吗?这样的夜晚,她能不激动吗?

她和爸妈一起将宁宇送到了另外的房间住下之后,折身回到了闺房。她揭开了还有温热的被子,将这个喷满了宁宇精液的布娃娃抱起来,怪怪的味道让红唇觉得特别有意思。她将灯开到了最亮,仔细看着这些乳白色的液体,像欣赏艺术品一样欣赏。良久,她才将这个布娃娃抱进了洗浴间,打开温水轻轻地洗去这些乳白色的流液,滑滑的像米汤,她根本就没有丝毫的恶心,反而充满了好奇。她用了很长的时间才将这个布娃娃洗净,然后又将这个布娃娃拿到了床边的凳子上,心里暗自说:“娃娃,你是宁宇的人了!嘻嘻。”实际上,她已经在暗示自己或者诘问自己,什么时候我红唇才能变成宁宇的人呢?

她也有过这样的时刻,每当她夜深人静想起宁宇的时候,她的下体也会发热,甚至和宁宇一样流出白色的异物,那是她觉得满足和快乐的时候。今夜洗完了宁宇留在布娃娃上的液体,她更有一种莫大的幸福感。躺在温暖的床上,紧紧抱着身边那个干净的娃娃,仿佛就像是搂着宁宇一样满足,她的下体同样有一种麻酥酥的快感……正当她沉浸在漫无边际的享受和幻觉中的时候,她的房门却意外地让人推开了,她丝毫都没有觉察到。直到妈妈的声音传来:"红唇,你也是明天上午就要走吗?"她一个激灵,刚才的幻觉瞬间离她远去了,不免有些遗憾,继而是莫名其妙地怨恨妈妈,也就没有理会妈妈。

妈妈再一次问:"红唇,你睡着了吗?"她这才很不情愿地说:"嗯,是的,我和他一起走。"

妈妈并没有转身离去,而是走到她的床前坐了下来,摆出一副要和她攀谈的架势。红唇无奈地坐了起来。

妈妈说:"你看这个宁宇也蛮有趣的,他怎么就想到你的房间来呢?"

红唇羞涩地说:"可能是我没有带他去他的房间看过吧?"

妈妈问:"他是不是喝多了啊?"

红唇说:"他要不喝多了,能闹出这样尴尬的事来吗?"

妈妈又问:"红唇,我看他对你还蛮有意思的吧?"

红唇当然希望别人这样说,也希望别人这样看,但她嘴上还是说:"何以见得呢?"

妈妈说:"直觉呀。"

红唇说:"我可没有觉察出来,他身边的美女如云。"

妈妈说:"我算是看出来了,他对你是很慎重的,这不就说明他潜意识里很重视你吗?"

红唇却说:"那也不一定,人家是设防和保持距离呢!"

妈妈乐呵呵地说:"设防还会跑进你的闺房来睡觉吗?"她的话,让红唇顿时语塞。妈妈又说:"好了,妈妈不说笑了,你明天上午要走是吧?你就好好睡一觉吧,明天早上还是我给你们做牛扒饭吧,我担心你做得不好留下笑话呢!"

红唇不服气地说:"不,我自己做,就是做得再不好,也是我自己做的啊?"

一大早,红唇就爬起床来,到厨房叮叮当当地张罗牛扒饭。宁宇听见了声响,也早早地起床了。他走进厨房歉意地说:"昨晚我喝多了,实在抱歉。"

红唇回眸一笑说:"抱歉什么呀?我喜欢你在家里自由自在,要是连家里都不自由，人活着还有什么意思呢？”

宁宇抿嘴笑笑，还依稀记得昨晚发生的事情，脸上也还有悔意。

红唇说：“你站着干吗呀，快过来帮忙啊，我在做牛扒饭呢！我可不希望你带着遗憾离开家。”宁宇这才注意到，腰系围裙的红唇原来也是那样淳朴那样美丽那样单纯。在红唇的指使下，两个人第一次合作做出了鲜嫩的牛扒饭，当饭桌上摆上四份香喷喷的牛扒饭时，红副院长和红夫人早就乐得合不拢嘴了。

就快下车了，红唇说：“我给你准备了一个礼物，我觉得你带给书记比较合适。”说着，从轿车一角拿出了两样东西，一样是省城郊区的熏羊腿，一样是省城的特产跳水兔。红唇又说：“王书记在龙都是有家的，送这样的东西最合适。你现在在龙都领导层，送东西就要学会送对的，领导需要的是内心的感受和你时时刻刻想到他……”宁宇真没想到红唇会想得这样周到，一时不知道该说什么，只是点点头，仿佛两人是结婚多年的老夫妻一样默契。

宁宇下车时，红唇也下车对他说：“你去吧！”

宁宇的秘书从另外一辆车上跳下来，顺手帮宁宇提上这两样东西跨进了市委大院。走进自己的办公室，宁宇拨通了王明书记的电话，王明书记正好还在家里，他随即带着两样东西去了他的家。

王夫人打开门一看，惊讶地说：“是宁部长啊？快请进吧！”

宁宇将手中的两样礼物递给王夫人说：“这是省城周边的特产，很有风味的。”

王夫人对王书记说：“你看看，宁部长送来了熏羊腿和跳水兔呢！宁部长在省城也够忙活的了，还带东西回来，我们怎么好意思啊？”

王明书记走过来，乐呵呵地说：“是宁宇来了啊？进来吧！”

很显然，王书记对他的到来也十分开心。他走过去说：“王书记，我刚刚回来就赶到您家里来了，不会打搅书记您休息吧？”

王明说：“打搅什么，我也揣摩你就快到了，正要去办公室等你呢。没想到你还这样快啊。坐下吧，坐下聊一聊。”

王夫人过来说：“老王，今天中午就在家里吃饭吧？宁部长带来的熏羊腿味道一定不错的，一会儿就让阿姨做上好了。”

还没等王明说话，宁宇就说：“我一会儿还要和雪雁副市长去高职高校教育园区开现场会呢，书记，还是改天我请您吃熏羊腿吧，我家里还有呢。”

王明书记也就对夫人说：“今天就算了吧，宁部长刚回来，事情已经堆积如山了，等空的时候，我们再请宁部长吧！”

王夫人也就说：“那就谢谢宁部长了，你们聊吧，我先去上班了。”王夫人离开家之后，家里立刻静谧下来，宁宇喝了一口茶，心里想说的话已经准备好了。坐在对面的王明书记一脸微笑，也在等候着宁宇从省城带回来的具体消息呢！

3. 难题横空出现

宁宇当然明白，应该从省委书记要下来的事情说起。王明书记担任市委书记以来，省委一把手就没有来过龙都，这一次的机会对于王书记来说，就像久旱遇甘霖。哪一个市委书记不希望接触省委书记呢？不接触怎么可能有提升的机会呢？所以，宁宇明白书记最关心的莫过于这个问题，于是问道：“省里面的通知到了没有啊？”

王明十分高兴地说：“已经接到通知了，书记和宣传部长，还有副省长他们后天就要到龙都来了，我正想问问你呢，书记他们现阶段主要关心的是哪几方面的问题，我们也好在这方面做一些准备啊。书记来一趟不容易，我们该汇报的一定要汇报到点子上啊。”

宁宇说：“书记最关心的还是龙都的整体发展和建设，当然他也非常关注龙都高职高校教育园区建设和龙都新闻文化产业改革的事。”

王明问：“具体的呢？他有没有问你啊？”

宁宇说：“问了，问得很仔细。可以看得出来，书记对龙都的全局发展是非常有兴趣的，他还能清晰地背出龙都这一届领导班子提出的基本方略。还说了，要是这一届市委市政府能完成任期内的计划，将会对龙都今后的发展埋下伏笔。”

王明一边听，一边点头。

宁宇又介绍了书记关心新闻和文化改革的核心问题。王明问道：“他对广电影视集团和网络新闻集团的改革更感兴趣？”

宁宇说：“是的，他尤其关注这两个集团的改革和创新，甚至都关注了与谁合作的问题。书记对和氏商号集团也是很熟悉的，可以肯定的是，他对我们与和氏商号联手是非常赞赏的。”

听到这里，王明说：“好了，你通知雪雁副市长，暂时推迟召开龙都高职高校教育园区建设现场会，先开一个接待省领导来考察的准备工作会吧，我们马上去办公室吧？”随后他给市委秘书长去了电话：“秘书长吗？你通知相关部门和领导，一刻钟之后召开迎接省领导的工作协调会，主要领导和部门都必须到场。这次省里面的考察重点可能就是龙都高职高校教育园区建设和龙都新闻文化产业改革两个项目，所以你要通知涉及这些项目的部门和市领导。宁部长你就不用通知了，他和我在一起呢。”

一路上，宁宇接到了雪雁来的电话。雪雁说：“宁部长，你回到龙都了吧？刚才接到市委通知，现场会推迟，要开一个省领导考察龙都的准备工作会……”她还没有说完，宁宇就说：“好的，我也接到通知了，一会儿见。”

会议由市委秘书长主持，王明书记做相关强调，宁宇通报了省里面可能关注的事项，然后各部门就开始了准备工作。宁宇问王明书记：“书记，没有别的指示了吧？”

王明书记说：“没有了，不过你得做好准备，省里面的领导来了，你和我，还有陆强市长和市委秘书长都要全程陪同的，你还要做好两个项目的汇报工作。一定要细致、准确。”

宁宇说：“书记，我汇报怕是不妥当吧？我觉得还是您和陆市长汇报合适。”

王明说：“我和老陆肯定会一直在场，我和他也就汇报个提纲挈领，具体的还不都得你来汇报，这可是关键的时候，明白吗？”

宁宇说：“好的，我一定抓紧准备。”

王明又说：“还有，明天就是与和氏商号集团签约的日子，这方面的工作你准备好了没有？”

宁宇说：“准备到位了，所有的细节都已经落实了，我一会儿就要和雪雁副市长去现场检查落实，晚些时候给您和陆市长汇报。”

现阶段的宁宇忙得天昏地暗，刚刚与王明书记分别，就接到了雪雁副市长的电话。雪雁在电话里说:“宁部长,你现在能到陆市长办公室来一趟吗?陆市长在等候你呢。”雪雁也没有说什么事,但是他明白,既然陆强市长找他,那绝对是有要事的。于是连忙说:“好吧,我马上就赶过来。”一边走,他一边想,陆市长和王书记想的事情一定是有差异的,陆市长毕竟是忙具体工作的,王书记统筹全局。他现在这么忙,陆市长找他会是什么事呢?还没有想出一个结果来,他就已经跨进了陆市长的办公室了。

陆市长坐在偌大的办公桌后面,身后的国旗和党旗格外打眼。坐在沙发上的雪雁今天打扮得与她的实际年龄相仿,一套浅灰米色的西服套裙,脸上略施淡妆,一头短发干净而整洁,一脸的宁静。看见宁宇进去了,雪雁站起身来,说:“宁部长,你也真够快的,我和陆市长刚刚说了两句话你就赶过来了。”

宁宇也坐到了沙发上,雪雁双手理了理短裙,也顺势坐了下去。陆市长从宽大的办公桌后面走了出来,坐到了宁宇和雪雁的对面。陆市长笑容可掬地问宁宇:“你辛苦了,刚刚回来就被很多人拉住了吧?我知道你刚刚离开王书记的办公室,他那边需要你的事情也多,按理说我应该给你松绑,可是事情还是这些事情,也都是你和雪雁抓的,不拉你来也不行啊!”

宁宇说:“市长,您也太客气了吧,我们就是需要领导们的明确指示呢,要不然,我和雪雁整天瞎忙,还不知道方向正确与否呢。”雪雁的脸上一直保持着微笑。

陆市长说:“这样吧,还是让雪雁给你介绍我的想法吧?”

雪雁瞥了宁宇一眼,说:“宁部长,陆市长也知道你很忙,现在有几件事情需要确定下来。第一件事就是明天的签约仪式,虽然我在你没有回来之前已经落实了,但是陆市长也还不知道具体的安排。第二件事就是有关龙都高职高校教育园区的事情了。省教育厅的厅长已经来了电话,他们决定明天或者后天要到龙都来,看看你这边是怎么打算的。”

宁宇说:“市长,明天上午和和氏商号集团签约的事情基本上已经落实了,我刚才给王明书记也做了汇报,我想您和书记明天都是要出席的。这样吧,我和雪雁先去现场检查,晚些时候再给您和王书记汇报吧?”

陆强说:“好啊,第二件呢?”

宁宇为难地说:“市长,您是知道的,明天我们要和和氏商号集团签约,还有很多细节需要商议。明天肯定是没有时间接待厅长他们了,后天就更不可能了，省委书记、省委常委、省委宣传部长和副省长要到龙都来调研，也不可能有时间去接待他们的呀。市长，您看能不能让他们把行程往后推一推啊？”

陆强这就皱眉头了，只听见他说：“宁部长，第一件事情我觉得就按你们的意见办吧，晚些时候我和王书记听你们的汇报。但是教育厅的这件事情，我觉得我去推辞人家不妥啊，人家毕竟是教育厅的一把手，也算是省里面的部门领导啊。我有一个建议，宁部长，最好还是你给厅长去一个电话，委婉地说明这件事，因为他们过来也是为龙都高职高校教育园区建设的事，你在这方面最有发言权，你看呢？……”

4. 危机密布中谁不眼观六路

显然，陆强的这个态度给宁宇出了一个不大不小的难题。省里面刚刚宣布他是高职高校教育园区的总统筹，只仅仅在省城开了一次碰头会和工作分工会，现在教育厅的厅长主动请求到龙都来开展工作，身为项目总统筹人的宁宇却要拒绝人家，换了任何人做这个厅长，都会不高兴的，更何况他还是宁宇名正言顺的上级。可是，事情总得要有解决的办法呀。陆市长既然说出了这个话，收回去是不太可能的了。宁宇明知有困难，也只能先应承下来，再想办法。此刻，红副院长对他说的那些话又回旋在他的脑际，他警告自己，处理这样的事情一定要动脑子。于是他不动声色地说：“嗯，既然陆市长这样安排，我就去落实好了。”此刻，就是坐在身边的雪雁副市长也替他着急，但雪雁在这个问题上就更没有发言权了。

陆强市长见宁宇已经答应了，于是放松地说：“好吧，找你们就是这两件事，没有别的事情了，你们忙你们的去吧。”

走出陆市长的会议室，雪雁有几分焦急地说：“宁部长，我还得提醒你一句，你这样给教育厅回话妥当吗？”宁宇当然明白雪雁的好意，但是他没有急于回答她，依旧大步向前走。雪雁又说：“你不觉得这样会人为地增加矛盾吗？何况……”宁宇示意她不要再说下去了，他知道雪雁要说，你宁宇级别比别人低，又是刚刚才宣布你为项目总统筹，你就摆出这样一副架子，今后还怎么合作呢？雪雁绝对是站在他的立场上考虑问题的。他感激地看了雪雁一眼，说道："你别急，让我想一想，或者你给我一个好主意？"

雪雁说："我要是有好主意，我不早就跟你说了吗？也不至于这样替你着急呀？"

实际上，宁宇从听到陆强市长的那句话之后，就一直在思考应对的办法。到现在为止，他已经初步有了应对的策略了，所以他轻松地说："走吧，到酒店去看一看，明天签约的场馆怎么布置的。"

雪雁像看外星人一样望了他一眼，说："怎么，你真的不把省教育厅那边的事情当一回事？人家毕竟是厅长哦。"

宁宇问道："厅长是给谁来的电话啊？"

雪雁配合地说："给陆强市长啊。"

宁宇问："这说明什么问题呢？"

雪雁的脑袋也开窍了，说道："也是啊，这个厅长，他不应该糊涂啊。他应该通知你的啊，他怎么就直接通知了陆市长了呢？"

宁宇问："你说呢？"

雪雁说："很显然，他不信任你，或者说，还不习惯有你这样一个小领导。"

宁宇说："这意味着什么呢？"

雪雁说："意味着不听省里面的安排呀？"

宁宇说："那么，我该怎么办呢？"

雪雁愣愣地望了宁宇一眼，问道："莫不是你要给对方提个醒？"

宁宇说："要是这样，我怎么面对陆强市长呢？"

雪雁说："就是啊。怎样才能既达到效果，又不让陆市长心里不爽呢？"

宁宇说："他来龙都不是找人给我带话的吗？"

雪雁终于明白过来了，宁宇也是老谋深算的。既然教育厅长来龙都没有给他直接来电话，而是通过陆强市长转述，这里面本来就有轻视他这个总统筹的因素。他为了回敬教育厅的不礼貌，也会找人带话回去。这个人一定就是市委的王明书记，一方面，王书记的分量也够了；另一方面，他也不得罪市长陆强。没想到宁宇还真有他的，于是也就放心地说："好吧，看看场馆去，我想王书记一定会办得漂亮的。"

宁宇也笑了,两位搭档也算是心有灵犀。

王书记听了宁宇的汇报,立刻理解了宁宇的意图,他本来就担心陆强和厅长联手为难宁宇呢,没想到这么快就出了第一个插曲了,他也明白,这个结只有他出面来解了，于是对宁宇说:“你忙你的吧，我会跟省教育厅联系的。”王明正要挂电话,宁宇却说:“王书记,我还有一件事情向您请示一下。”

王明说:“你说。”

宁宇说:“您上一次不是跟我说起过市委秘书长的事吗，现阶段可正是忙的时候呢,能否考虑将他也加进领导班子呢？”

王明就是喜欢宁宇这股聪明灵秀的劲儿，遇事总会想出逢凶化吉的办法来。现在省里面已经宣布了龙都高职高校教育园区的组成班子,就是将秘书长加进来也只能排在所有的副指挥长之后。而且现在已经确定雪雁是常务副指挥长了,虽然市委秘书长是市委常委,可这个机构不是特殊吗？所有的领导级别都是打乱了的，让秘书长去兼任这个副指挥长也就是替宁宇和雪雁分忧罢了，而且还不露痕迹地平衡了陆强市长和书记以及宁宇之间的矛盾。下一届陆强市长退居二线之后,秘书长能否顺利进入市政府,那就要看他本人的造化了。于是王明十分爽快地说:“好啊，你们尽快草拟一份报告,递交给市委市政府,也递交给省里面的两位领导,这件事情可能很快就会得到解决的。”

宁宇说:“好,明天我就把报告送交您,也上报省里面的副省长和省委常委、省委宣传部部长。”

挂断电话,宁宇就对雪雁说:“给我们找一位帮手如何?现在已经是机会了。”

冰雪聪明的雪雁说:“让市委常委、秘书长来做我的助手？就像陆市长和厅长做你的助手一样？”

宁宇说:“你这个人,唯一的缺点就是太聪明了。不过,这样也好,很多事情我都可以不开口,你只需看我的脸色就明白了。不过,你的事情也来了,报告还得你草拟。”

雪雁说:“这好办,一会儿到了龙都酒店,我保证十分钟交到你的手里。”

宁宇奇怪地说:“你什么意思啊？莫不是你是孔明在世,早就拟好了这样的报告？”

雪雁回敬他一句说:“你这个人,唯一的缺点就是太聪明了。呵呵,这样的报告,在我回来之后的第二天就想过了,而且还真的就拟出来了。开玩笑的,我早就想过,可能需要增设一名副指挥长,可没有想到会是我的领导来出任。”她的话虽然平淡,同样让宁宇为之惊奇,现在看来,没有哪一个人是吃素的,谁都长着一颗聪慧的脑袋和一双锐利的眼睛。今后身处危机密布之中,不眼观六路耳听八方恐怕是不行了。

5. 雪雁娇嗔:我美丽未必就不愚钝

赶到蜀南酒店,宁宇和雪雁先后检查了会议大厅的布置、签约场馆的安排,又在现场审阅了发布的新闻稿件。坐在电脑面前,宁宇询问身边的雪雁:“你觉得怎样?”

雪雁说:“不是我觉得怎样,现在是要看你觉得怎样呢?我个人已经觉得不错了。”

宁宇问:“这回的这个新闻稿是谁准备的啊?我怎么像在哪里见过一样呢?”

雪雁说:“这就对了,证明人家思明部长已经摸准你的脾气了。”

宁宇说:“这不是摸准我的脾气,而是他本身提高了。”

雪雁说:“你真的需要增设副指挥长的报告吗?我现在就可以给你,你就在电脑上看一下,要是没有问题,我马上安排人去处理。”

雪雁果然没有开玩笑,她的电脑里面就存放着这么一个文件,宁宇看了之后说:“就这样吧,你马上安排人给市里面和省里面的领导交上去。不管程序什么时候履行完,反正等省委书记下来调研的时候,就要让秘书长和我们一起进入角色,也让你在龙都高职高校教育园区的建设方面省点心。”

雪雁开玩笑地说:“我想知道你怎么会在这个时候增设副指挥长呢?”

宁宇说:“你这样聪慧的人,难道还要我说明白吗?”

雪雁说:“我本来就愚钝,只不过常被我美丽的面孔所掩饰了,今天我就想知道你的内心,你就不能满足我的好奇心吗?”她的眼睛扑愣愣地盯着宁宇的脸,宁宇能感受到她热辣的目光,很随意地回避了,随口说:“我看你这是想看猴戏吧?”

雪雁略带娇嗔地说:“怎么啦？人愚蠢一点你就这点好奇心都不满足吗？”

宁宇敷衍道:“为你减轻工作压力。”

雪雁问:“还有呢？”

宁宇又说:“保住你的常务副指挥长职务。”

雪雁眨巴着眼睛又问:“还有呢？”

宁宇又说:“平衡王书记和陆市长的关系。”

雪雁咯咯地笑。宁宇瞥了她一眼,说道:“你这个人,就是想让我做一个玻璃人是吗？这回你该满意了吧？”

雪雁说:“我喜欢看你此刻的模样,诚实中带着几分不满,很像一个顽童在妈妈面前的神态。你知道吗,你的这副表情最能迷倒女人的。不管怎样,我得诚挚地谢谢你,你愿意接受我的邀请吗？”

宁宇说:“我都有几分惧怕你了,你又要搞什么绕圈子的事啊？”

雪雁说:“这回我承诺,不绕弯子,我想请你到我家去做客,我一直有一个愿望。”

“什么？”宁宇问。

“展示我的厨艺。你可能不知道,一个身怀绝技的人,没有人欣赏到他的技艺,那是一件多么可悲的事。”雪雁故弄玄虚。

宁宇问:“你会做菜？”

雪雁说:“这样的词语不配啊,应该说我是烹调大师。”

宁宇夸张地看了她一眼,说:“我看你的头也很袖珍,脖子也很娇嫩,没有一点烹调的天赋啊？”两个人都乐了。雪雁瞪眼,宁宇又说:“开玩笑呢,等过一段时间吧,这段时间你难道就不嫌累吗？要享受你的美食,我想一定需要意境,要不然也就浪费了。”雪雁很满意宁宇的这话。

随后,宁宇的秘书走过来说:“部长,这边有重要客人要见你呢。”他才和雪雁分手,信步跟着秘书走了过去。这个人不是别人,就是和韵。

“你怎么也来了啊？”宁宇确实有几分诧异。

和韵站在门口,脸上荡漾着笑容,温婉地说:“哦,我不是和氏商号集团的先遣队吗？集团派我先过来看看呢。”

宁宇说:“你要来也不及时打个招呼,我们也好安排接待你啊。”

和韵说:“你又不是不知道和氏商号集团的气质与性格，低调是我们一贯的信条。更何况,你现在多忙啊,我难道不理解吗？我们这件事明天要办完,后天省委主要领导又要来考察调研,每一件都是你宁部长的事,你说,我好意思轻易打搅你吗？”

宁宇看了和韵一眼,这个当年随行的丫头,不仅仅说话得体、逻辑清晰,言语之间还多少有些和夫人的范儿了。宁宇看着得体的她,真不相信这就是和韵。和韵推开房门,说道:“到里面坐一会儿吧？”

宁宇走进了和韵订下的豪华客房，这是一间带了工作间的房间，很显然,和韵是要在这间房里住上一段时间的了。和韵让宁宇在客厅里坐下,亲自动手给他冲泡了咖啡,而后才矜持地坐到了他的对面。就在和韵给他冲泡咖啡的间隙,宁宇注意到了一个细节,在和韵办公的桌子上,竟然摆放着妈妈做的那瓶泡菜。他心里一阵感动,没想到和韵竟然将那瓶泡菜也带到龙都来了。他的眼神一直盯着泡菜的玻璃瓶,这当然也引起了和韵的注意。

和韵摇摇头说:“怎么,你不会又要抢我的泡菜吧？”

宁宇看和韵的眼神有了几分变化,说道:“不会的,那本来就是你的啊！”

和韵说:“不是我的,是我抢占的,嘻嘻。”

宁宇有时候完全弄不懂面前的这个富豪小姐，在常人看来十分昂贵的东西,她却置若罔闻,一点也不会当一回事。而这样一瓶廉价的泡菜,她却视为珍宝。也许她过惯了毫无诗意和人情味的寡淡富豪日子,反倒对小家小户的人间烟火倍感亲切。此刻,宁宇也就只能这样理解了。宁宇还在走神,和韵却说:“我突然出现也是有道理的,我本来就是要通知你们的办事人员,我们商议商议明天的程序,没想到你和雪雁副市长都到现场来了。”

宁宇连忙说:“你的意思,要和雪雁也见见面？”

和韵说:“这就听你的安排吧，我只要将我的意图与和氏商号集团的意图传递给你就好了,你认为需要雪雁副市长的话,也可以通知她的啊。”

宁宇说:“嗯,我知道了还不是要通知她安排具体的落实,不如让她一起来听你的意见,这样不是更正规一些吗？”

和韵说:“你安排吧,我就等你的信了。”

宁宇觉得,虽然自己与和韵之间没有距离,可这毕竟是一件事关龙都的大事。按照相关的规格,必须有一个正规的见面会,除了他要参加以外,还应该有相关的职能部门都参加，比如说宣传部、投资促进局、报社、广电局和龙都新闻网等。所以他说：“你稍候十五分钟，我通知有关部门到齐了，再来邀请你参加会议，你看如何？”

和韵对官场这一套显然还有几分陌生，随口说：“嗯，我就听你的安排吧？”

宁宇走出了房门，对门外的秘书做了如此这般的安排，又对秘书说：“你把雪雁副市长也请到和韵的房间里来吧，就说我让她过来一趟。”秘书办事去了，他才转身进了和韵的房间。

6. 感情复杂的老朋友

和韵其实是将宁宇送到了门口的，他安排秘书的时候她也在场。两人并排再走进客厅，和韵问道：“这个雪雁副市长喜欢茶叶还是饮料啊？”

宁宇说：“咖啡吧，我知道她平常睡觉都很晚的，夜猫子应该都是喜欢咖啡的吧？”

和韵说：“你真的了解她吗？”

宁宇诧异地看着和韵，问道：“你这什么意思啊？”

和韵说：“我判断就不一定。喜欢咖啡的人，一般皮肤都会很糟糕的，我看她的皮肤白皙如水，她应该是习惯喝果汁或者牛奶的人。如果有选择的话，至少她的第一选择不会是咖啡。”

“哦，你们女人的事情我就不懂了。”宁宇双手一摊。

和韵说：“这可不是女人男人的事，这是起码的生活常识，她一定不小了是吧？能保养得如此精致，没有良好的习惯是不可能的。”

两个人还在议论着，就传来了雪雁的脚步声，也传来了雪雁动听的声音：“怎么，你们是在议论我吗？”

和韵转身说：“哦，雪雁市长到了，请坐。我们是在议论生活常识，哪敢背后议论你这位美女市长啊？哦，对了，给你来点什么呢？”和韵显然也是老道练达的主儿。

雪雁瞟了一眼说:“我要一杯白水吧!”

三个人坐下来后,雪雁说:“和总,你也够神秘的,来了也不通知我们一声啊?”

和韵歉意地说:“刚才还与宁部长聊到了这个话题呢,你们也都太忙了,我原来就是准备来侦察情况的。”

雪雁说:“那怎么行呢?你这样不是让我们龙都难堪吗?你能亲自来,我们也不能一点儿礼数都不讲究吧?”

和韵说:“抱歉,是我的失误,让你们有些措手不及。”

雪雁说:“也没关系的,我们本来就是为合作伙伴服务的。”

和韵说:“今后还望两位领导多多关照。”

雪雁说:“都是互相的,你们能来龙都投资,我们就应该给你们当好服务员。”

和韵说:“这一次与龙都方面的合作,我们集团也是抱了很大的诚意和信心的。明天签约之后,就要进行实质性的运作了,说实话,虽然这一次有集团的其他领导一起来辅助我的工作,可我的心里还真的没有多少底呢。雪雁市长可能不了解我的过去,过去我也曾经是宁部长的学生,所以我的媒体经历算是有限的,集团将这个任务交由我来完成,真心希望得到你们的帮助。宁部长就不说了,雪雁市长也是研究媒体的资深学者和专家了,今后我就要仰仗两位的指导了。”

宁宇说:“嗯,我这个老师已经落伍了,要是真的拜师啊,我建议你拜我们博士市长为师吧,她可真是学富五车的媒体研究专家,你也是省城大学毕业的,她当年也是省城大学的著名教授呢。”

和韵谦逊地说:“太遗憾了,就是当年没有聆听过雪雁市长的课。”

雪雁说:“你们在校的时候,可能我已经调走了。你也不要听宁部长夸张的话,百无一用是书生,那些纸上谈兵的事情,远不如实战来得现实。你看看,宁部长年纪轻轻的,就做了我们的领导,这不就是最好的例证吗?所以你也不要迷信什么博士硕士,还是在一线真枪实弹的操作,才是最有用的。像和总这样的精明人才,我哪敢当你的老师啊,还望今后在合作的时候多帮助我们改进工作呢。”

还没等和韵回答,宁宇就问:“有一个问题,我能询问你吗?”

和韵说:“请讲。”

“这一次你们派到龙都来的团队人选确定了吗？正如你所说的，明天之后就要动工了，你们的经营人才要是不能到位，那不是还得往后拖延时间吗？”宁宇关切地问。

和韵说:“这个呀，集团早就有应对的策略了。明天我们的团队就会开进龙都了。你可能还不知道，我们集团的办公楼就在这栋楼上，现在这个酒店有三层楼都是集团购置的办公楼，多数骨干其实早就到了龙都了，现在也就是还没有公开身份而已，他们现在的主要工作就是调研，来得最早的已经有半年时间了。可以这样说吧，今后我们要参与的三个集团，其内部和外部的基本情况我们都是了如指掌的，相关的管理办法和管理细则我们也早就准备好了。只要明天的合约一签订，我们的机构也就开始公开运作了……”原来和氏商号集团早就深谋远虑，他们看似表面没有动作，其内在的机构实际上早就开动了。这让雪雁和宁宇大为吃惊，同时也极为钦佩。两位作为这个项目的主要领办人，听到和氏商号集团有这样充分的准备和这样周密的部署，内心还是很开心的。

宁宇又问:“这样说来，你就是集团派到龙都来的最高执行人了？”

和韵扬扬眉毛，反问道:“怎么，不可以吗？”

宁宇说:“怎么会呢？我不也着急吗？雪雁副市长也一直为这件事情揪心呢。就是担心你们太忙，会让我们的改革步伐放缓呢。”

和韵说:“我得重申一个观点，我们和氏商号集团的商业运作，只有政府方面跟不上步伐的，我们集团是不可能比政府还滞后的，这一点你们尽可以放心，不放心的应该是我们呢。”

雪雁连忙说:“对对对，政府的规定多，有时候节奏相对会慢一些。不过，龙都方面统筹这件事的不是别人，而是我们的宁部长，难道这一点你还不相信吗？”

和韵说:“嗯，相信。我们来龙都投资也是做了周密的调研的，我们对你们两位是非常肯定的，也是非常敬佩的。”

宁宇对雪雁说:“现阶段和氏商号集团需要组建的是三个经营性公司，大体需要多长时间？”

雪雁说:“这个不会影响到改革的操作层面的。”

和韵说:“我们大致是这样准备的,签约之后我们就要打款过来,然后分别成立三个经营性公司,这个确实不会影响到改革的程序。我相信,三个集团的人力资源还没整合完,我们的手续就应该办理完毕了。”

宁宇说:“这样就太好了。明天你们集团哪些领导将会出席呢?”

和韵说:“和夫人、和好与我。”

雪雁说:“很好,也就是我们知道的最高层次的阵容了。一会儿开完会之后,我请和总娱乐好吗?宁部长可能还有其他的事情,你也是知道的,省上的领导后天要来我市调研考察,宁部长毕竟也是市里面的主要领导人啊,需要研究的事情还多着呢,希望你能理解。”

和韵点点头说:“理解,理解,人在官场也是身不由己嘛。”

宁宇对雪雁十分满意,和她一起共事总是不让他觉得费劲和难受。他心里面想的什么,不用细说或者明说,雪雁就会心有灵犀,这让宁宇既感到庆幸,也有压力。

7. 这也可以上门讨要?

接下来的双方筹备会开得简单但不失热烈。会议由雪雁副市长主持,双方的会务人员都到会了,投资促进局局长汇报了明天会议的筹备情况和会议的议程安排。根据明天会议的安排,龙都方面王明书记和陆强市长等市委市政府的主要领导均要出席,和氏商号集团由和夫人与和好、和韵等人出席,雪雁副市长与和韵将代表双方签订合作框架协议。签约仪式之后有一个相当规模的新闻发布酒会,新闻发布会双方的主要领导都将出席,新闻发布会的主持人是宣传部的思明副部长,宁宇也将出席发布会,并接受记者们的采访。

筹备会开完之后,宁宇和雪雁将和韵送回房间。宁宇对和韵说:“今晚我就不能赔你了,请雪雁副市长代表我,一会儿多敬你几杯酒。我走了,明天上午见。”

和韵说:“好的,明天见。”

走出和韵的房间，宁宇就遇上了思明和章局长，两个人都有要紧的事找他。章局长说："思明部长，你先汇报吧，我一会儿再找宁部长。"

宁宇本来是要赶到王明办公室去汇报工作的，现在时间也不多了，于是对思明说："你的事情要紧吗？能不能明天会后再谈啊？"

思明为难地说："部长，我心里憋得难受呢，不跟你汇报，我心里就更难受了。"

宁宇还是第一次见思明这般模样，猜想他一定是有什么为难的事情，于是说："那就长话短说吧，我马上要到书记那里去一趟呢。"

思明和宁宇都坐了下来，思明欲言又止。宁宇说："思明部长，你什么时候也变得这样吞吞吐吐的了，你跟我还有什么不好说的吗？"他的话刚一出口，他就意识到思明想说什么了，他是想说他自己去报社任职的问题呢。眼看和氏商号集团都要与龙都市签订合约了，可是现在还没有明确让他调往报社的通知，他可能有点着急了。另外，他完全有可能想表达保留他宣传部副部长的身份去兼职报社社长的意愿呢。

只听见思明最终还是迟疑地说："我想说的是我的事，都这么久了……"

宁宇笑笑说："这个你不用担心，我会考虑的。"

思明果然提出了想要保留副部长的问题，宁宇还是平静地说："这个嘛，你相信组织上会考虑的。你也不要想得太多了，做好你的本职工作吧。还有别的事吗？"

思明已经将意图表达完了，就说："还请部长能替我考虑，没有别的事情了，我叫章局长进来吗？"

"好吧，你让他进来吧。"宁宇吩咐道。

章局长进来就说："领导，这段时间你也太忙了，我都很久没见到你的身影了，我看你身体单薄了不少，你还是要注意身体啊。"

宁宇说："嗯，是啊，这段时间就是太忙了点，就是想休息也得有时间啊。你也是，一个人在外地，要注意照顾好自己的身体。你有什么要紧事吗？我一会儿要去见见书记，要是你说的事不是很紧急的话，可不可以改时间谈啊？"他以为章局长是为新闻文化产业改革协调办公室的事来的，在他的印象里，这些事情都是可以等到后天之后再商榷的。

没想到章局长说："领导，今天我是说点私人的事情，与新闻文化产业改革的事情无关。”他们两个人的关系可不同于宁宇与思明之间的关系，所以说话就直接多了。

宁宇说：“哦，是私事，那你抓紧时间说吧。”

章局长也就直言不讳了。他没有想到，这个章局长也是个无孔不入的人，看着碗里的还想着锅里的。章局长说：“领导，这样说吧，我和你的心情一样，也是一心想着多为龙都做些事情，我也不忍心看着你一个人形影孤单地打拼，我愿意为你分担更多的事情。你是了解我的，我做任何事情都会站在你的立场上去考虑的，也绝对不会给你留下任何后患和后遗症，我的为人你应该了解的。”

宁宇算是听出来了，这个章局长是向他揽权来了。至于要揽什么权，他还不知道。他的为人宁宇确实是了解的，一方面他是一个非常谨慎的人，也是一个非常老道和清醒的人，他的唯一缺点就是总想赚钱，然后用钱为发展铺平道路。但是，他了解章局长，他办的事情都是他自己能担当得了的事情，超越他承受能力之外的，他一般都不会去染指。所以适当地给他几分权力，也不是什么大问题，所以在寻找新闻文化产业协调办公室主任的时候，他想到了他，也授权给了他。但是他刚才说了不是因为新闻文化产业改革的事，他不会又该看到了另外的商机了吧？于是问道：“你说吧，我能办的就办，不能办的我也会给你明确的理由。”他对这个曾经的老上级也是直来直去的。

章局长说：“也许你会觉得我贪得无厌、欲壑难填，但是我得说清楚，我去办这些事情，也许龙都没有人比我办得会让你觉得更踏实和更放心。我想你主管的龙都高职高校教育园区建设项目一定会缺人手，还有，宣传部的副部长能否考虑我？看在我们是同事的份上，我希望你能在公平的前提下考虑到我……”

他的这话，确实让宁宇感到震惊，也确实有贪得无厌之感。他也不想想，宁宇不过是刚到龙都的一个市委常委，哪来那么大的权力啊？随便调整和调换正处级干部，那可是书记的权力范围，能容得下他一个常委去指手画脚吗？他没有回答，也没有看章局长一眼。

章局长也是点到为止，随后又说：“雪雁副市长也跟我说了，龙都高职高校教育园区建设项目确实需要得力的综合办负责人。虽然我是文化局的负责人，但是也可以参与这个重大项目的建设，况且，新闻文化改革协调办公室的事情也不会很多，局里面的事情就更不用说了，我是希望多为领导们分忧……”他能说这样一番话，就证明他起码是与雪雁沟通过了的，或者是雪雁让他来找他的，只要他同意了，雪雁就会顺势而为。章局长还想说宣传部的事，宁宇将他的话打断了，说道：“好了，我现在就要赶过去给书记汇报事情了，你说的这两件事我确实都没有考虑过，你让我想想可以吗？另外，你也不要报多大的希望，这样的事情，也不是我就能做主的，希望你要理解我。”

章局长十分坦荡地说：“我当然能理解，不过有一点你放心，我一定会把下面的工作做扎实做稳妥，不让你操心。”

8. 难题接踵而至

离开龙都酒店，宁宇突然觉得有几分纳闷，今天思明和章局长怎么都向他开口说自己的事了呢？寻思了一刻，他明白过来了。两人都是针对明天和后天的事来的，大概他们也担心过了这个村就没有这个店了，所以才这样急迫地向他表白各自的想法。思明这件事情他是有所预感的，因为这件事情本身也到了该决断的时候，他有一些担心是正常的，更何况现在又出现了一个副部长位置空缺的机会。但是，思明的这种想法只能是他个人的一个想法，按照一般的规则，市里面是绝对不会轻易浪费一个正处级干部的位置的，除非有特殊情况。宣传部副部长虽然是一个副处级的职位，但是一般副部长都兼任了正处级岗位的，比如这个思明，就兼任了政府新闻办的主任，很自然也就是正处级了。现在要将他调往新组建的报业集团出任社长，还要兼任报业传媒公司的董事长，很自然一样是正处级，给他留一个宣传部副部长的位置，实际上没有实质性意义，更何况还有很多的正科级副处级干部等着提拔呢。所以，他的想法归想法，宁宇觉得这样是欠妥的。正好这个问题宁宇还与红唇，也就是思明即将的搭档商议过。宁宇很赞同红唇的意见，报业集团刚刚组建，万事开头难。本身报业集团这一个摊子就够大的了，要是仅仅让思明兼职，很可能会两边的事情都搞不好。报业集团虽然不是这一次改革的坚冰，但宁宇还指望他能带一个好头呢，所以他不希望思明兼职，其他的领导，尤其是市委王书记可能也不会同意他兼职。

再说这个章局长。他从省报集团晚报副社长调任龙都市文化局局长,虽然算是平调,但是政府部门毕竟和报社还有差异,也算是软升级了。现在因为宁宇的到来,他又荣升为新闻文化改革协调办公室的主任,虽然他不是这几个单位的直接上司,但是很多职权还在他手里。这已经是很多局级干部不敢奢望的好处,他不费吹灰之力就得到了,现在他又盯上了龙都高职高校教育园区建设这块肥肉了,宁宇难道看不出来吗?这个章局长对经济大权十分在意,对个人的发展前景也十分在意。他看中这样的项目,准确地说,就是想利用其赚上一笔,然后利用这笔钱改变他的仕途。这样的招数他也坦然给宁宇透露过了,所以宁宇对他这样的人,一开始就有戒心了。但是,他也很清楚,章局长能来龙都,也不是一点背景都没有的,他今天敢跟自己讲这个条件,也许他早就同级别更高的人讲过条件了,甚至还得到了暗示。所以,他没有即刻答应他的事,也是为了进一步探探他的虚实。

就拿上一次的那个新闻文化改革协调办公室的事来说,也不是宁宇一个人就可答应他的。他也知道,章局长背地里找了省里和市里面的主要领导了,这些人没有最后浮出水面,是因为他和雪雁已经应允了。这一次的事情,他完全可以断定,章局长一定是找过了上面的人了,要不然,他绝对不会这样坦然地与他说这样的事。只是找了什么层面的领导,他还没有去了解而已。

宁宇也做好了准备,倘若上面已经答应章局长了,他也就只有看形势而定了。不过,在他的心里有一个最基本的定位,龙都高职高校教育园区建设是不能让章局长这样的人染指的,一出事就是大事,这就是会阻碍他进步和发展的大事了。退一步来说,要是让章局长出任宣传部的副部长,这他还是能够接受的,反正章局长是正处级领导,原来也是新闻系统的,调进宣传部也是名正言顺的事。更何况,现在他正好兼任着新闻文化产业改革协调办公室主任的差使,担任宣传部的副部长也是顺理成章的。

一边想,他一边向王明书记的办公室走去,在路上碰见了陆强市长。陆市长说:“去找王书记是吧?正好咱俩同路。”

宁宇谦虚地说:“我正想一会儿去给您汇报明天签约仪式的准备呢。”

陆市长也是聪明人,说道:“一会儿与王书记一起听一听就是了,没有必要两头跑了。”随后他还意味深长地说:“还是你的办法多、点子多,教育厅的那件事，我怎么就没有想出让王书记去说呢？你的这个办法最恰当，虽然你年轻，很多方面我老哥还得向你学习啊。"陆市长这番话，当然也是另有深意的，但是不管他怎样想，事情终归也得公开的，这样公开更好，免得大家猜忌。起码陆市长此刻说这话，还有一种修好的意思，宁宇他还能怎样呢？

宁宇也是个异常聪慧的人，他连忙装憨说："哦，那件事啊，我本来就要给教育厅去电话了，正巧王书记电话找我有事，我无意间提到了这个电话，是王书记说他去打电话的，我也就没有再过问了。"这样的谎言说跟不说是大不一样的，就算陆市长再聪明，再有揣测的能力，他也不能确定宁宇到底说的是真话还是假话啊。再说，宁宇这样轻描淡写一说，两个人之间的关系也就完全变得单纯了。陆市长暗自叫苦，没想到年纪轻轻的宁宇，居然这般仔细和周到，没有留下任何一个细小的破绽。他的一招一式，就像绝顶的太极高手，柔润圆通到了极致。

事实上，官场中这样的角力经常都会遇到的，关键是对手在不在一个层次之上了。陆强市长也不会因为这件事情就把他一个年轻的常委放到与他对等的位置上去。一边走，陆强又说："我听组织部那边讲，思明要到报业集团去组织工作？你不是又缺了一位助手吗？我觉得章局长那个人不错，好像也是你们省报集团的吧？"这句话让宁宇茅塞顿开，原来章局长已经走通了陆市长这一关了，而且看起来还十分到位。但人事的问题历来都是敏感的，这样的正处级干部的调动，也就是王书记可以一言九鼎，其他人也就算补充意见罢了。虽然他已经明白了陆强市长的意思，但此刻他最好装糊涂，甚至不回答正题。

于是他轻声说："是的，章局长以前和我是省报集团的。"

陆市长也不再多说了，只是"哦"了一声，便不再提这件事了。他该暗示的已经暗示了，接下来就要看宁宇对他的态度了。这里面实际上潜伏着很大的危机，要是章局长坐不上宣传部副部长的位置的话，他宁宇要是不给陆强市长一个说得过去的理由，他和陆市长之间就真正地结下怨了。这里面的分量宁宇他懂，但是，要是王明书记知晓他暗地里与陆市长有什么瓜葛的话，就是章局长最适合出任这个宣传部副部长，也将会是美丽的泡影。所以，这对宁宇来说就是绝对的危棋，他此刻只能什么都不说，什么态都不表，静观事态的发展。

9. 讲政治，更要讲智谋

王明书记见陆强和宁宇一起进来，心存疑虑，莫不是这个宁宇已经跟陆强汇报过了？他还没有展开想象，就听见陆强说："刚才在楼道里遇见了宁宇，这样也好，就一起听宁宇汇报明天签约会议的准备情况和安排吧？免得他还要两头跑。"

王明书记毕竟是龙都的家长，他平时对常委里面的人，包括陆强这个副书记，都是有分寸和警觉的，他更不会允许新来的宁宇与任何一个常委或者副书记在工作之中联系过密。毫无疑问，一方面说明他很注意领导班子的纯洁性，另一方面也说明他本身就是一个谨小慎微的人。这一点红副院长当然比宁宇看得深看得透，所以他才会提醒宁宇，他面临的真正危机不是来自别人，最具威胁的就是提携他的王明书记。见陆强无意识之间做了解释，王明满脸堆笑地说："好啊，两位请坐吧。"随后又对陆强说："我找你过来，是有一件很重要的事情想与你沟通的。这样吧，宁宇先说你的事吧，随后我和老陆再商议别的事情。"

陆强早就领教过王明的厉害了，就是刚才他替宁宇解围，同样让陆强心里不太好受。但是人家毕竟是市委一把手，就是再有意见，他在市委里面也仅仅是副书记，对王明还必须服从，所以他同样满脸堆笑地说："好啊，那就宁宇先说吧。"

宁宇刚要说话，王明突然问："怎么雪雁没有来呢？"

宁宇连忙解释说："雪雁副市长在接待和氏商号集团的和韵总经理呢，今晚的招待宴会就由她负责了，所以她没有来。"

王明本来就是一个十分细心的人，又关切地问："哦，和氏商号集团的重要人物都到了？晚上需要我们也出面吗？"

宁宇说："和夫人与和好都没有到龙都，今晚来的就是和韵一个人，所以我觉得今晚大家都不见了，等明天和夫人与和好到了，再劳驾两位领导吧。"

王明问："这个和韵在和氏商号集团里面也是一个十分重要的人物吧？"

宁宇说:“确实很重要,今天她才透露了,今后龙都的事情主要就是她来操持,所以今后与她的交往会很多的。”

“哦。”王明若有所思,也就没有再说什么了。随后又说道:“好吧,就按照你的安排吧,你说说明天的具体安排。”

宁宇将明天的大致安排都说明了,签字前的见面会书记和市长都要参加,会议由宁宇和雪雁共同主持。随后就是签署合作协议,龙都方面出席签字仪式的领导分别是书记、市长,还有他和其他部分常委。和氏商号集团方面有和夫人、和好与和韵等人。双方的签字代表是和韵和雪雁副市长。

签约仪式完成之后的新闻发布会由龙都市委宣传部和和氏商号集团外宣办联合主持。出席发布会的龙都方面领导有宁宇和雪雁,和氏商号集团方面有和好与和韵,大致上白天整天的活动安排就是这样。

晚上的晚宴由双方联合主持,龙都方面由陆强市长主持,王明书记致辞。和氏商号集团方面由和好主持,和夫人致辞。

介绍完内容之后,宁宇问道:“两位领导还有什么指示没有?”

王明书记问:“和氏商号集团已经同意这个方案了吗?”

宁宇说:“他们已经将我们会议的议程传回去审阅了,今晚八点最后汇总定稿。”

王明问身边的陆强市长:“怎么样,你有没有什么意见?”

陆强说:“我没有了,就按照这个方案执行吧,只要中途不出任何差错就是了。”

王明书记说:“嗯,好的,暂时就这样定吧。要是有意见,我一会儿就会让秘书长通知你的,你先去忙吧。”宁宇这就站起身来,与两位领导道别之后离开了。

很显然,王明书记和陆强市长有更重要的事情要商议,所以宁宇也就没有机会提及思明和章局长的那档子事了。

宁宇离开之后,房间里就剩下书记和市长两人,陆强喝了一口茶说:“这个宁宇还真是个人才,办事干净利落,这小伙子很不错的。”

实际上,王明书记也知道陆强内心是怎么想的,他不就是说几句他喜欢听的话吗?宁宇毕竟是他从省城请来的,准确地说就是他提拔起来的嫡系。陆强当着他的面不这样说,还能怎么说呢。虽然嘴上这样说,但并不代表陆强是真心赏识宁宇的。就拿龙都高职高校教育园区建设这件事情来说,陆强至今也还是没有释怀的，只不过多年的政治素养让他养成了尊重一把手意见的习惯。

王明也就当陆强说的是真话一样了,整天在一起工作的班子成员,很多事情大家心知肚明就行了,何必什么都要说得那样透彻呢？更何况,在每一件具体工作的开展之中,彼此都是需要妥协的。目前就是王明对陆强妥协的时候。陆强已经两次跟王明谈了他的打算,他很希望市委秘书长能转任市政府的领导。陆强市长与市委秘书长的关系大家是清楚的,几次下来都没有成功,所以王明也觉得有点愧疚。现在王明又破天荒地提拔了一个宁宇,陆强市长不仅没有说半点不同的意见,而且没有公开说过宁宇半个不字。然而,今天他给了宁宇一个难题,十分明显就是在提醒王明书记了,这一点王明心里是有数的。

于是王明说:“嗯,你算是说对了。宁宇这个人呀,虽然人很年轻,但是工作有激情、有思路、有办法,头脑也异常清醒和灵活。”

陆强市长原本以为王明会轻描淡写地说宁宇的不足之处，没想到他接连用了这么多的褒奖之词,这完全不是王明的风格啊,莫不是这个宁宇真的有什么非凡之举？他还在疑惑之中，就听见王明书记说:“你可能还不知道吧？宁宇提出了一个建议,希望市委秘书长能够进入龙都高职高校教育园区建设的领导班子,他的报告已经递交到市委和市政府了,可能你还没有看到这个文件吧？他在递交给市委市政府的同时,也将报告递交到了省里面相关领导的手里了,我看宁宇这同志就是很不错的。”

这个消息确实让陆强有所震动。这不就是要让秘书长借这个机会出点政绩吗？也让秘书长参与市政府忙活的工作吗？现在宁宇在这个节骨眼上提出来,只要王书记点头,秘书长转任政府里面的领导也就有望了。要是宁宇没有受王明书记的暗示,就提出这个提议,那么这个宁宇还真是一个人才。虽然市委秘书长是老常委,位置排在宁宇之前,很自然也排在雪雁之上,可本身这个机构的领导排序都是被打破了的。他和教育厅长不是也排在了宁宇之后吗？秘书长排在雪雁之后又有什么关系呢,关键是要让秘书长能有转任的机会。

“怎么,你也没有想到吧？”王明见陆强没有说话,又问。

陆强只得说:“嗯,确实没有想到。那么书记您的意见呢？”实际上,此刻陆强十分后悔刚才在来的路上给了宁宇脸色看，更后悔他不该拿章局长的事对他施压。要是王明书记能早给他一个电话,他的内心就不会有这样的遗憾了。他盘算着,离开王明书记之后,他该给宁宇去一个电话,或者安排一次见面,用实际行动来证明他与他之间是惺惺相惜的。

王明书记说:“你我难道心里不是一致的吗？这不是宁宇他们起草的报告吗？市委市政府当然照章批准,就等省领导的意见了。”陆强知道,只要王明和他同意了,这件事情实际上也就形成决议了。省里面的省委宣传部长和副省长他们还不是要依据宁宇的要求和龙都市委市政府的意见做参照啊。既然这是宁宇这个总统筹人提出来的请求,他们似乎也没有不批准的理由啊。

王明书记这一招,巧妙地化解了他和陆强市长之间的某些芥蒂,也让宁宇和陆强市长之间去掉了剑拔弩张，达到了冰释前嫌的化学效果，不得不说,这就是书记高深的政治智谋。

10. 突如其来的邀请

回到自己的办公室,陆强一边浏览办公桌上的文件,一边琢磨这件事。宁宇在让秘书长进入龙都高职高校教育园区这件事,显然不是突发奇想,而且也不是现在才决定的。人家都已经将报告送上来了,这说明什么呢？这不仅仅是聪慧两个字可以概括的,至少可以肯定,宁宇对他和王明书记之间曾经的历史是了解的,也是有深刻的梳理的,要不然,他会出面来让这个局面形成吗？所以,在这一点上,陆强暗自钦佩宁宇,感叹他如此年轻就有如此老道的官场驾驭能力。相比之下,他的亲戚,也就是如今的市委秘书长,就相形见绌了。

他想了许久,还是觉得应当把这个消息告诉秘书长,也让他有思想准备。同时也敲打敲打他,让他多跟着年轻人学习。不要光是心有天高命比纸薄,尽想那些不切实际的事情。一个堂堂正正的市委常委、市委秘书长,居然就不能混出点模样来,期望转任市政府,却一点策略和办法都没有,这不是太不可思议了吗？按照你这样一点政治智慧,就是到了政府,还不是与你做秘书长一样,习惯做书记的传话筒和应声筒。与其这样，你转任到政府又有什么实质意义呢？

不过，他也能够理解秘书长的中庸之道，身为市委秘书长，最主要的任务就是拿捏书记的意图和执行书记的意图。也可能是他没有独立执政的权力，也许他独立施政时，这样的性格会得到相应的改变。所以，他还是给了秘书长电话。

秘书长见是陆强的电话，立即说："市长，您稍等一会儿，我这边正在安排省委书记来调研的事情呢，一会儿与您联系。"

陆强只得挂断电话，秘书长就是这样的，工作琐碎而繁杂，市委很多事情都得他亲自处理，所以他的那个位置既让人羡慕，又让人心烦。也难怪他想到政府这边，这边的工作毕竟要单纯得多。

半个小时之后，秘书长来了电话："市长，刚才我在组织一个小会，现在完了，您有什么指示吗？"

陆强说："我得到了一个消息，你感兴趣的。"

"是吗？"秘书长问："什么呀，您还跟我兜圈子，吊我的胃口啊？"

陆强将宁宇打报告的事说了一遍，说道："我建议，你最好还是找一个时间见见他。"

秘书长当然对这个问题感兴趣，他一直就想离开市委秘书长这个位置，只要能到政府那边，最少也是常务副市长，毕竟他是老常委了。一直在秘书长的位置上，终归不是长久之计。于是说："市长，我的想法您是知道的，可是这样的事情，没有您老人家的牵线搭桥，我怎么好意思去找他呢？"

陆强觉得也有道理，是啊，让秘书长怎么去找宁宇呢？按照领导的排序，秘书长还在宁宇之前，他就这样去找宁宇，算怎么一回事呢？于是说："这样吧，我来安排吧，很随便的一个场合，让你们有单独交流的机会，时间安排在什么时候呢？"

秘书长说："我是随时都可以啊，就是要看宁部长他的时间啊。"

陆强说："我就是担心你的时间呢，他的时间还好安排。你也不想想，这样的事情要办也只能在省委领导下来之前吧？难道还要等到省委领导下来之后去办吗？"

秘书长听了就挠头了，这不就只有这两天了吗？这两天市里面这两件大事，哪一件都与他这个秘书长关联紧密，王书记随时都可能找他。除非午夜十二点之后有长一点的时间，可这个时候去约人家宁宇也不合适啊。于是说:“就是,我这个岗位所以让人烦心就在这里呢,简直就没有一点空闲的时间,尤其是这两天啊。”

陆强说:“刚才还说有时间,现在怎么又突然变了？”

秘书长说:“领导,您就不要取笑我了好不好,我这不是也没有办法吗？这两天的事情您也是知道的。”

陆强说:“这样吧,明天和后天显然不可能了,干脆就今天晚上我们几个人碰碰头吧。”

秘书长说:“今晚啊,今晚书记在龙都酒店还有饭局呢,已经让我去安排了,我怎么走得开啊？”

陆强说:“我也知道你的事,我也安排在龙都酒店,你不就可以随时走动了吗？今晚书记会见香港客人,我不是也推辞了吗？你推辞是不现实,你可以中途出来呀,这不就两全其美了吗？另外,王书记是十一点之前必须回家休息的,这不还有一个小时的时间吗？我先和宁宇聊一会儿,你随后赶过来不就得了。好了,就这样办吧,你的这件事不办,我的心里也不踏实,我还没有给人家宁宇去电话呢。”

秘书长突然想起了一件事,今晚书法家协会也在龙都酒店开年会,他是书法家协会的名誉主席,他正好也把这事儿跟王明书记打了招呼的。书记的原话是只要不耽误正事,可以参加这个活动,毕竟秘书长也是本市的著名书法家。虽然他是市委秘书长,可总不能因此而剥夺了他的爱好。于是他蛮有把握地对陆市长说:“好的,那就辛苦您了。我现在也想起来了,书法家协会还有一个活动在酒店举行,相信到时候我能够早一点过来的。”

因为陆市长是秘书长有血缘的兄长,所以他是不会生秘书长的气的。不管怎样,他帮秘书长其实就是在帮自己,他挂了电话就跟宁宇联系。

宁宇正在看后天接待省领导的日程安排表,陆市长的电话就来了。他连忙抓起电话,客气地说:“市长啊,您有什么指示？”

陆强显然改变了一种态度,他十分平和地说:“兄弟,晚上有时间吗？”

宁宇还是第一次听见陆市长对他这样和蔼,心里觉得有几分不太习惯。刚才和他一起去见王书记的时候,陆市长还是和往日无异,现在才过去半个多小时,他怎么就变了一个人似的了呢？事实上,不管自己晚上有没有事,只要市长一声令下,他也不敢说半个不字啊,更何况陆市长突然这样礼贤下士起来,于是赶紧说:"市长,您就直接指示吧? 我听着呢。"

陆市长说:"哦,是这样的,如果你没有别的安排,我们就在龙都酒店聚一聚吧,我们俩还没有在一起交过心呢,今晚老哥我专门和你坐一坐,你看如何?"

宁宇现在还揣摩不透陆市长的真正意图,但是不管从哪个方面来讲,宁宇都是不可能拒绝他的邀请的,于是只得说:"好的,我听市长的安排。"

"就这样定了,一会儿听我的电话。"陆强挂上电话,脸上露出了一丝笑容。

11. 无 间 道

宁宇可没有料到陆强市长今晚会约他，让他不由得想起了刚才与他谈过话的章局长来。陆市长明确地提到了章局长适合出任宣传部副部长,这完全不用细说,显然陆市长是已经接受了章局长这个人的,而且不管是什么样的关系,反正他们是有关系了。他初步揣摩,既然陆强市长在他面前都这样说,保不齐他可能会在组织部长面前也这样说。今晚陆市长约他,完全也可能就是因为这件事。他心里面虽然有几分不愉快,但是邀请他的是市长啊。

他索性也就什么都不想了,等见了陆市长再说吧,他相信车到山前必有路的道理。随后他打开了关闭多日的计算机,随手登录了QQ。QQ上有很多人给他留言。现在的时代变化了,像他这样的年轻人很大程度上是依赖QQ来传递情感的。虽然他现在工作繁忙了,不可能主动给别人在QQ上留言,可是老朋友、老同事们总是会给他留言的。第一个留言的居然是红唇,很显然,这是红唇很久之前的留言了。

他点开一看,红唇是这样说的:"我来龙都很久了,很遗憾这么长的时间都没有看见你的身影。我们整天都在新闻文化产业协调办公室里憋闷着,似乎也觉得很无聊啊。既然我无聊,就给你提供一点八卦的消息吧。以前也许是我离章局长有距离,对他的为人几乎一无所知,只知道他是高不可攀的领导。这段时间的接触,我有很多新的发现。他这个人原来也是很有女人缘的,比如他和陆草儿很亲昵,也经常和钟露开玩笑。反正通过这段时间的观察,我发现他和陆草儿之间的关系可不一般哦……”虽然标榜是八卦，实际上红唇是在向他传递某种信息，提示章局长的变化。随后红唇换了一个段落说：“和章局长接触多了，现在我突然觉得，他这个人最适合的工作是做生意，或者说最适合去做企业家，以前的那种新闻理想在他身上似乎消失殆尽了。我真有几分忧虑，他现在这样下去，到底是为了什么呢？”

随后她又提到了现在新闻文化产业协调办公室里面每一个人的精神状态。钟露是那种养尊处优的女人，她虽然显露出很有素养的职业精神，但是她对这一次市里面的改革充满了质疑，她和陆草儿经常在一起议论过去龙都改革的种种失败，言谈之间似乎对这一次的改革不抱希望，甚至也对宁宇十分质疑。陆草儿要表现得含蓄许多，虽然她也经常抱有失落感，但是表现得没有钟露那样强烈。她经常询问章局长，问宁部长什么时候回来，什么时候广电影视集团才能成立，言语之间充满了忧心。

娜娜似乎表现得很平静，每天研究网络新闻的基本构成，有时候也研究网络的盈利模式。她对新闻文化产业协调办公室枯燥的氛围十分反感，也对章局长表现出不以为然，甚至私下里抱怨章局长不是什么好领导，整天眼睛里除了看钱之外，就是盯着那些风骚的成年女人。

章杰可以说是这些人之中最特殊的人物了，他本身是章局长的亲侄子。按照章局长的本意，就是让他留守协调办公室的，也明确告诉他，今后其他的人员去了别的单位之后，他就是留在这个办公室的常务副主任。可是，章杰根本就对这个常务副主任不屑一顾，总想找机会与宁宇见面，谋求更好的发展机会……所以，可以这样说，虽然这个办公室初步建立起来了，可工作思路基本上还是混乱的，每个人的心思也都没有放到工作上去。

红唇的这些留言，对于宁宇来讲，当然是十分重要的。至少在章局长不跟他汇报之前，他下面人员的思想动态他能全面掌握，于是对红唇充满了感激。他看完之后，留言说：“真诚地谢谢。”

第二个给他留言的竟然是和好，这让他十分意外。和好怎么会有他的QQ号呢？想必只有一个途径，那就是和韵的杰作。和好本来与他没有任何交情的，当年在一个报业集团的时候，和好是神秘而又高高在上的领导，宁宇根本就没有机会与她交往，也就更别说对话了。见到和好是在和夫人举办的小型酒会上，那个时候和夫人也没有跟他介绍这个女子是谁，他只能凭着感觉判断是和夫人的助理。后来他与和夫人一起去印刷厂的时候,和好也一直在的。这就是宁宇对和好的最初印象。总之,除了记得她是一个妖娆高贵的女子之外,其他的印象比较模糊。要不是这一次他们之间有合作,也许他们一生之中都不可能再交叉和重叠了,她能对他说些什么呢?他打开来一看,只见文字是这样写的:"宁宇,见到你也算是缘分吧。以前听和韵与和夫人偶尔说起过你,但是一直不知道你就是宁宇。我记得我们很早就在酒店露天餐厅见过面的,只是不知道你姓什名谁。说实话,我后来还在梦中见过你的,只是后来渐渐淡忘了。那一天你突然出现在我面前,让我觉得有几分惊异和激动……"

他还没有看完,手机铃声就响了起来。"你在办公室吧?我今晚能请你吃饭吗?我可没有忘记我的诺言,我要犒劳你呀。"电话里传来笑笑清脆的声音。

要是笑笑不来电话,宁宇早就将这件事情遗忘了,于是乐呵呵地说:"是你啊。是啊,我就在办公室。不过,今晚可能会有问题了,陆市长晚上约了我,也不知道什么时候能结束。"

笑笑说:"这两天你一定会忙得连轴转,这一点我是理解的。不过,我约见你有两方面的原因:其一,也是有很重要的消息要告诉你。其二,是为让你更好地休息。你们约的地点是在龙都酒店吗?"

宁宇说:"是的,就是龙都酒店。"

笑笑说:"嗯,那就太好了。我今晚也要在那里宴请一个远方来的神秘客人,要是时间能对得上,我们完了可以一起走。"

宁宇很清楚,笑笑从来都是一个讲究效率的人,也是一个十分尊重别人的人。她约见他,绝不仅仅是因为风花雪月,同样有很重要的事情。现阶段龙都高职高校教育园区建设项目已经进入特别关键的时刻了,她这一条线就显得格外重要了。况且,笑笑说要在龙都接待一位神秘的远方客人,十有八九就是与基金有关的客人。这样的见面机会,对宁宇来说也是弥足珍贵的,所以他说:"好啊,我们保持联系,争取今晚见面。"

笑笑说:"好的,你忙吧,我要去机场接客人了。"

已经到了下班的时间了,秘书进来说:"宁部长,陆市长的秘书过来接你来了,问你什么时候可以离开办公室?"

宁宇没想到今天的陆市长居然这样客气,一时还有些手足无措。他对秘书说:"你告诉他,我马上就下去,让他在车库等我好了。"

12. 双簧戏

也许是一种机缘巧合，王明书记当晚的会见因故取消了。宁宇一踏进陆市长预定的房间，就见到了与陆市长闲聊的市委秘书长。宁宇连忙说："哦，两位领导都在啊？"

陆市长回头说："来来来，宁部长，秘书长你也是老熟人了，坐下吧。"

宁宇坐下之后，秘书长满脸堆笑地说："宁部长，我们还是第一次坐下来聊天啊，我得感谢陆市长提供了这样一个难得的机会啊。"

宁宇连忙说："领导，这就见外了，你是市委的老领导，我能面对面地聆听两位的教诲，是我的荣幸呢。"

陆市长说："你们两位快都别这样生分了，还是听我说几句吧。"两个人也就不再说话了。陆市长接着说："我们几个能在一起工作、一起共事，也算是一种缘分了。宁部长来龙都这么久了，我和秘书长都还没有和你喝一次痛快酒，没有在一起长时间交过心，所以就有了今天的约会。我希望我们今后在市委王书记的领导下，齐心协力，把工作干好。就这个理由，我想大家是赞同的吧？"

秘书长说："市长说得好哇，宁部长是大地方来的干部，我还有很多地方要向宁部长学习和请教呢，希望宁部长不要保留哦。"

宁宇也客气道："市长，您放心，我一定会尽我最大的能力，完成您交办的各种任务。"

陆强说："宁部长，我非常欣赏你的气度和胆识，也非常欣赏你的才华与能力。你这个大哥也是明白事理的，懂得长江后浪推前浪的道理。我同样有很多地方要向你学习和请教，比如说龙都高职高校教育园区建设这件事，我不仅要向你学习和请教，还要服从你的调遣和指挥。"

宁宇连忙说："陆市长，言重了，是配合与协调，怎么变成了调遣和指挥了呢？您这不是羞煞我呀。"

陆市长没有理会宁宇的话，继续说："我告诉你秘书长，你从现在起，也得服从宁部长的调遣和指挥。宁部长已经点将了，要将你调入龙都高职高校教育园区建设指挥部去呢。市里面我和王书记是支持的，我想省里面也会同意,所以,今晚还要增加一个话题,就是围绕高职高校教育园区建设。但就这一点,宁宇可是我们两个人的领导啊。”

秘书长佯装惊异地说:“哎呀,没想到宁部长也这样高看我啊,只怕是我的能力不够啊?”

陆市长说:“你这是什么话?宁部长难道不了解你的情况啊,我告诉你吧,这一次进入这个领导班子的,都是绝对的精英,都是省上领导和国家部委亲自点的将。比如我们的宁部长,就是省委和省政府主要领导钦点的。现在这个庞大的工程开工在即,宁部长正缺干将呢。宁部长也是了解你的,对龙都的经济社会情况也完全了解,又在市委常委的位置上这么久了,你不去为这样的历史性的项目出力,还有谁能去呢?所以,不管你有什么想法,你都得服从宁部长和上级的安排……”陆市长就是陆市长,本来是秘书长求之不得的事,他偏偏要将这事儿说成是宁宇勉强人家,反倒让宁宇欠了秘书长一个人情似的。要是不明就里的人,还以为陆市长在帮着宁宇做秘书长的思想工作呢。宁宇虽知这是唱戏,但是人家唱得逼真,自己也就只能当一个蹩脚的演员了。他一直静静地听陆强讲话,也悄悄观察着秘书长的表情变化。

秘书长也是官场中人,他佯装背负了压力似的,说道:“宁部长,你放心,既然陆市长都发话了,我到了龙都高职高校教育园区建设指挥部,就一定会服从安排、听从调遣,把分内的工作开展好。”

宁宇当然也只能顺驴下坡,便说道:“秘书长,你是老领导了,这样重要的工作是非你莫属啊,你看看市里面还有其他领导能够胜任吗?陆市长的事情太多了,雪雁副市长也还有其他的事情牵扯,我能感觉出来的,就只有你适合操持政府熟悉的经济工作了。你也是知道的,我是记者出身的干部,对经济工作是很陌生的。有你去掌控日常工作,就是对这个项目的最大支持啊。”虽然他说得不够直白,但是他依旧点到了要害,并让秘书长知晓他宁宇是知道其中的内幕的,也不必在他面前戴面具演戏。

陆市长当然是个聪明人,看见宁宇把话说到了这个份上,也就见好就收了。此刻,酒菜也已经端上桌了,陆市长举杯说:“来来来,宁部长,我们几个人干一杯。”

饭桌上有酒助兴,局面立刻发生了转变,刚才还有几分矜持的秘书长,不断地给宁宇和陆强市长敬酒,显露出他卑微的一面来。

宁宇这才明白,陆强市长今晚的约会,根本就不是为章局长来的,而是为他的亲戚秘书长而来的。虽然秘书长兴趣盎然地盼望着转型去市政府,但是宁宇凭直觉断定,这个人即便是去了市政府,也只能做一个应声筒。

几个人正喝在兴头上,陆市长却说:“怎么忘了雪雁副市长呢,要不然把她也叫过来?她要是到了,宁部长有什么想法,不就可以一并交代了吗?”

宁宇说:“今天雪雁副市长在接待和氏商号集团的负责人呢,也不知道他们完事了没有,我没有什么要交代的,不过,让她过来说一会儿话还是可以的。”实际上,他觉得一个人对付这两个人太费劲了,要是雪雁来了,至少可以让她说几句话啊。但是,同时他又担心她接待和韵的事还没忙完,所以才抛出了这样不置可否的话。

可是,陆强喝了酒,正在兴头上呢,他又是市长,怎么可能把说了的话收回去呢?秘书长连忙拨通了雪雁的电话,雪雁刚好与和韵分别,一边问:“你说什么?陆市长和宁部长都在啊?”

秘书长说:“是啊,陆市长和宁部长让你过来呀,说有事情和你商量呢。”

雪雁暗自琢磨,这是怎么回事啊,今天才递交了借调秘书长的报告,怎么他现在就和宁宇在一起了呢?而且还有陆市长,这也太蹊跷了吧?她想,一定得找一个恰当的时机提醒提醒宁宇,很可能陆市长和秘书长之间的关系他还不知道呢!见她没有说话,秘书长又问:“你说话啊?领导们在等你呢。”

雪雁只得说:“好的,我一会儿就到了。”一边说,一边向洗手间走去。她对着镜子,掏出了唇膏,轻轻地施了淡妆,这才向宁宇他们所在的房间走去。在她的潜意识里,她出现在宁宇视野中的时候,一定要显得端庄文静。至于她怎么会有这样的想法,是什么时候有的这种想法,她自己也已无从考证了。

13. 雪雁的温情与温暖

雪雁进去之后,扫视了几个人一眼,目光随后停留在宁宇的脸上。她不知道这个年少而幸运的市委常委,究竟在要弄什么。陆市长和秘书长的关系她是了如指掌的，莫非宁宇是受了陆市长之托才将秘书长拉进龙都高职高校教育园区这个项目中来的？这也太不符合宁宇的个性了呀？况且，他和陆市长打得火热，对他宁宇会有什么好处呢？要是让王明书记知道了，宁宇的处境也就不会那样安宁了。为此，她真为宁宇捏了一把汗。她的内心不会欺骗她，她对宁宇绝对是真挚的，对他的这个失误自然也充满了焦虑。

不过，她也从宁宇的眼神里看到了另外一层意思，他期盼着她出现呢。那么，宁宇今天究竟唱的是哪一出呢？她一时也疑惑起来。

看见雪雁推门而入，陆强连忙说："来来来，雪雁市长，现在就差你了。你看到今天这几个人聚在一起，首先想到的是什么啊？"

雪雁明明知晓陆强要表达什么，但她还是故意什么也不明白，说道："想到什么？我眼中看见了三位领导啊！"

陆强市长又说："你再想一想，要是想不出来，就该罚酒了，今天你不会又要赖皮吧？"

雪雁娇嗔道："我说领导，欺负女同志可不是什么美德啊！"

陆强说："你要是想不出来，就证明你没有用心，不处罚你，怎么也说不过去啊。"

雪雁摆出一副愚钝的样子说："实在不好意思，看来我只得认罚了。不过，就是死，不也要死一个明白吗？你总得把理由说出来吧。"实际上，并非雪雁不懂，她是故意套陆市长的真实意图呢。

陆强市长其实是一个粗狂的人，或许在他的意识里，根本就不在乎宁宇和雪雁知道他在想什么，于是爽朗地说："好的，只要认了罚酒三杯，我就给你说理由。"

雪雁说："我认罚，你说吧。"

陆强市长说："我们今天这四个人，不就是龙都高职高校教育园区项目的常委会吗，以宁宇同志为首的常委会，你也是很清楚的，现在宁部长又点了秘书长的将，今后我们在这个项目上，也就是龙都的四人帮了。"尽管他的话很粗放，一点儿也不含蓄，但他说的也是实际的，今后龙都高职高校教育园区的决策，龙都方面确实就是他们四个了。但是，让雪雁弄不明白的是，陆强市长为何要选择这样的场合说这样的话呢？

雪雁在陆强的催促下，果然一口气干了三杯酒。随后，秘书长就从宁宇开始敬酒,并表示要给每一位都敬上一杯。宁宇却说:“秘书长,还是得讲究个长幼尊卑吧?先敬陆强市长。”

秘书长站起身来说:“宁部长,我这个人就是再糊涂,也不至于糊涂到这种程度吧?今天在座的都是龙都高职高校教育园区建设指挥部的领导,你在这里就是最高的领导了,然后才是陆市长、雪雁副市长啊。”

陆强也说:“秘书长就是秘书长,礼仪课是早就合格了的,宁部长,你就听秘书长的吧,他这话也是实际情况啊。”

宁宇为难地看了雪雁一眼,期望她能站出来解围。但是,雪雁自有她的想法,她很想知道陆市长和秘书长究竟要唱什么戏呢,于是说:“几位在我面前都是领导,我也只能听大多数的了,我也觉得陆市长和秘书长说得有道理。”

宁宇在众人的劝说之下,只得第一个接受秘书长的敬酒。秘书长也说话算话,挨个儿敬了一圈儿。敬到雪雁这里,他说道:“来,领导,我们也干一杯。”

雪雁说:“咦,我怎么也成了你的领导了?”

秘书长毕恭毕敬地说:“还不是和宁部长一样啊, 你今后可是常务副指挥长,我还得在你的手下做事呢。”

本来雪雁就是想试探陆市长和秘书长的,也就笑嘻嘻地说:“呵呵,真有趣,我真成了领导的领导了。”

随后,陆市长话锋一转,说:“宁部长,今后我们在这个项目上的工作,只要你发话,我和他们都坚决执行你的意图,省上的领导们也强调了,这个项目你就是最高的决策者。”

宁宇连忙说:“陆市长,言重了,言重了。”

秘书长来得更为露骨一些,他早就知道宁宇是王书记的座上宾,现在又成了省里面的大红人,他人虽然年轻,可前途不可限量,今后一定会成为他真正的领导。于是也说:“是啊,宁部长,今后你有什么事儿,只要吱一声,我一定给你办得妥妥帖帖的,保证让你满意。”

在雪雁的眼里,一个市委副书记和一个老市委常委,向一个年轻的市委常委表忠心,简直就是她一生未曾见过的奇观。她心里既觉得好笑,又为宁宇捏一把汗,还不知道这两个人真正想干什么呢?在龙都的这块地盘上,陆市长和市委秘书长连起手来,可想而知是股很大的力量,他们怎么会轻易攀附你一个小小的市委常委呢,除非背后有另外的原因。她冷眼旁观,就听见宁宇说:“两位领导,过谦了,虽然这个项目上级让我做总统筹人,但实际上你们两位还是我的领导啊,我怎么敢轻易劳你们的大驾呢?”

秘书长本来还要客套一番的,可是他的电话来了。电话是王明书记打来的,他可不敢有任何的马虎,立即对几位说:“不好意思,王书记的电话。”一边说,一边走出房间接电话。

王明这时候也在龙都酒店,虽然香港客人的饭局取消了,但周边市里面的一位副书记到龙都来走访,两人又有私交,所以王明书记要在龙都酒店设宴款待,此刻就是让秘书长替他去张罗呢。接到书记的指示,他只能对宁宇说抱歉了,他十分谦卑地说:“宁部长,改天我一定到府上拜见,今天我就先走一步了。”

雪雁几乎都没有看明白今晚是一个什么主题的饭局,秘书长就飘然而去,这让她的心里颇有些遗憾。秘书长离开后,三个人又喝了几杯,陆市长也告辞了。

雪雁佯装还有工作跟宁宇汇报,说道:“宁部长,我找你还有事情呢,你能给我几分钟时间吗?”

陆强也就说:“好,你们聊一会儿吧,我就不陪你们了。”

雪雁和宁宇到了酒店的咖啡吧,选了位置坐下。宁宇就问:“是和韵她们有什么新的要求和问题吗?”

雪雁说:“你也太逗了,她们会有什么新的问题呢?”

“那么,是你的问题?”宁宇好奇地望了她一眼。

雪雁说:“不,是你的问题。”

“哦,愿闻其详。”宁宇说。

雪雁夸张地看了他一眼,问道:“难道你不觉得今天陆市长和秘书长很无厘头吗?”

“什么无厘头?”宁宇佯装不知。

雪雁说:“他们之间的关系你了解吗?他们在龙都也算是树大根深的,他们为何要这样对你,这里面就没有一点反常?秘书长想到政府工作已经是司马昭之心路人皆知的,我很为你担心啊,你这样,王书记会怎样想呢?”她完全摆出一副自家人的派头。不管雪雁的方法是否正确、态度是否把握了分寸,宁宇都能感觉到来自雪雁的几许温暖。

14. 下面危情暗涌

不知道什么原因,雪雁对于宁宇,总有一种想保护的冲动,似乎容不下任何人打他的主意,更不允许有人想算计或者谋害他。在她的眼里,陆强市长和秘书长就没有安好心,就是在给他下套儿,所以她说话的时候还有几分激动,但是宁宇反而大度地说:“雪雁市长,你是不是有些危言耸听了,我有那样重要吗?”

听见宁宇这样轻描淡写地说话,雪雁心里更加着急了,她连忙说:“宁部长,你可能对龙都这个地方还很缺乏了解,你知道陆市长和秘书长的渊源吗?还有,你了解陆市长和秘书长在龙都的家族吗?不要说你了,就是王书记也对这个问题讳莫如深呢。”很显然,雪雁是急了,要将她知晓的一切都告知宁宇,这正是宁宇也需要了解的。

原来,陆强市长和秘书长本来就是同祖同宗的族人,陆姓也是龙都最具盛名的名门望族。相传,这个家族本来不是本地的土著,三百年之前,陆强他们的祖上在朝廷犯了大事,于是潜入当时还比较蛮荒的龙都,那个时候还称为龙州。因为是钦犯,所以他们祖上战战兢兢、小心谨慎地生活,从不惹是生非,门风家风异常淳朴,很快融入当地社会。他们祖上本是书香门第出身,所以在教育子女方面自然比当地的豪门更为严格。除了落草为寇的前两代禁止博取功名之外,从第三代起,每年陆姓家族都会出三五个举人秀才,绵延几百年历史中,曾经产生过状元和各类高官无数,所以至今龙都的村村寨寨都还矗立着无数的功名碑,无数的陆姓后裔成为高官或者富豪。

因此,龙都人有这样的民间谚语:来龙州,看陆家,不听话,让你怕。要功名,陆家赏,要婚嫁,陆家悦。龙州天来大无边,还看陆家田无涯。从这些民间谚语就能看出来,陆家的势力在龙都从古到今,都是强悍无边的。之所以这里的民风尚未进化,很大程度上都是因为有陆家这个大家族的存在。有人做过一个不完全的统计,在龙都这个地方,起码有三分之一的干部是陆姓子弟,或者是陆姓的姻亲。像现在的陆市长,他要是在全市说一个什么事,不说是一呼百应,起码也是应者云集。所以说,每一任龙都的市委书记刚刚到任的时候,都会小心谨慎地与陆家保持关系,这一届也是如此。当年王明书记进龙都的时候,也是战战兢兢度过的。基于这样的历史民情,所以雪雁替宁宇捏一把汗,要是陆强真的要拿宁宇做什么文章的话,宁宇哪里会是陆家的对手啊。

从另外一个角度来讲,她和宁宇都是外来的干部,而且都来自省城,所以很自然就有一种惺惺相惜的感觉。她可不想眼睁睁地让宁宇陷入泥潭,更何况宁宇还是她喜欢的那一类男人。

事实上,即便宁宇是在初生牛犊不怕虎的年纪,他听了雪雁关于龙都陆姓家族的历史渊源之后,心中同样有几分感慨与惶惑。一方面他为陆姓的辉煌家族史叫好,另一方面他也不得不防啊,他毕竟是在龙都的地盘上做地方官。现在他才算明白陆强市长为何要一而再再而三地让王明书记帮着市委秘书长转岗了,也许在当地陆姓人的眼里,只有市长才是光宗耀祖而且掌握权柄的,所以他们不允许陆姓大权旁落。更为可怕的是,就连陆市长这样级别的干部也持这种观念,这简直就是一种灾难。他完全没有料到,原来王明书记内心有多苦,也难怪王明书记要将他这个外乡人请来做这里的宣传部长,其中的奥妙可不是一句话两句话能说得清楚的。而且他当时是无论如何也没有想到龙都居然有这样复杂的历史问题,像他这样一直生活在开明的大都市的知识分子,听到这样的介绍和描述,简直觉得这就是天书,不可思议的天书。

要说以前宁宇完全不知情也就罢了,现在他了解了这个深层次的民情民风之后,内心突然生出一丝不安,甚至是忧虑。想想当初自己的豪气干云,现在看来是多么可笑和苍白。就是现在的这两个项目,要是陆市长和秘书长真的联手软推硬扛的话,不要说这两个工程不可能顺利,就是再来十个工程也不见得顺利得了。现在宁宇才明白,为何王明书记要向陆强市长妥协,要让秘书长进入龙都高职高校教育园区的领导机构,摆出一副要让他改任市政府领导的姿态。可想而知,这也是王明书记在一种无奈之下的博弈。

从深层次来讲,王明书记将他提拔到龙都来出任宣传部长,这一步棋也是险招。要是他在做部长的时候循序渐进,真正能改善民风,将过去陆姓大家族的陈规陋习革去一些,让外界的开化思想影响龙都,让龙都向着健康正常的方向发展,那么王明书记就算功莫大焉。反之,要是他这个做宣传部长的操之过急,在处理民风与开化的比例中不能确切拿捏的话,就有可能引发事件,甚至是激起群体性的恶性事件。此刻,宁宇才算明白了王明书记肩上担负的压力,也感觉到了自己身上的压力。

他看着身边紧握杯子的雪雁,没有轻易打断她的话,更深层次地思考着她的话。雪雁说:“但愿你能理解我的良苦用心。”

宁宇深吸了一口凉气,说道:“谢谢你,雪雁,此刻我不知道该说什么好了。”

雪雁说:“这不怪你,不是有句话叫做不知者无罪吗?虽然用在这里不是很恰当,但是也能说明一些问题。只要你明白我不是危言耸听,这就足够了。”

宁宇站起身来,张望着窗外的风景,透过车水马龙的城市,他仿佛看见了种种危局。他想,明天就是龙都与和氏商号集团签约的大好日子,这是一件具有划时代意义的大事。后天又是省委书记和省委常委、宣传部长,还有副省长到龙都来调研的日子,龙都会在此期间内太平吗?要是在这个历史关头出了问题,该由谁来担当啊?他想,必须得给王明书记一个提示,应该让公、检、法部门全力以赴,确保龙都的社会安宁。

15. 山雨欲来风满楼

宁宇从未有过这样强烈的感觉,觉得自己就像坐在火山口上一样,手脚无所适从,他不知道此刻王明书记的心情,反正他的心情有几分沉重,更担忧事情会突然节外生枝。雪雁看出他内心的疑虑,问道:“我的话没有吓着你吧?”

宁宇耸耸肩,有些忐忑地说:“要是你不跟我说这些,也许我还会觉得天下太平、一片祥和,现在我不这样想了。要是哪一个环节出了一点问题,可能就会是惊天的大问题。你说,现在我是应该轻松还是紧张啊?”

雪雁说:“也许我今晚给你的消息会让你夜不能寐,但是我觉得这是我的历史使命,也是对于你我存在的价值之一,不管你怎么看我,我都有义务给你提个醒。”

宁宇深深地吸了一口气,然后说:“是啊,人说大恩不言谢,可是我对你还是要说一声谢谢。”

两人正在说话,雪雁突然接到了和韵的电话,一看雪雁的神情就特别紧张,只听见她不断询问:“你说的可是真的?可是真的?有明确的证据吗?”雪雁本来就是一个相对稳健的人,很少有这样慌张的时候,宁宇有一种不祥的预感,一准是出了什么重大的变故了,不然雪雁是不会花容失色的。但是,越是这样关键的时刻,做领导的越要显露出冷静。

挂断电话的一瞬间,雪雁就说:“领导,情况很严峻,可能要出大事了!”

此刻,宁宇沉稳地说:“雪雁同志,今天不是愚人节,请你不要开玩笑好不好?”

雪雁说:“你看我的脸上,哪一根神经像在开玩笑?事情真的很难预料,弄不好就真要出无法挽回的大事了……”

宁宇的眼神里略显一丝惊恐,压低了声音说:“你赶快说呀,究竟是怎么一回事?”

原来,和韵的和氏商号集团下派的工作班子在暗地里运作的过程之中,打探到了绝密的消息,几个剧团的员工早就有人在暗中密谋串联,说市里面一而再再而三地要弄剧团,每一次的改革都是雷声大雨点小,这一次又要搞什么广电影视集团的改革,他们根本就不对市委市政府的举动抱希望。这一次他们抱定了鱼死网破的决心,要是政府在拆散他们的剧团之前,没有实际的补偿措施,他们就要联合举行抗议行动,包括明天的签约仪式、后天的省委主要领导下来考察等,他们之中几个牵头的已经制订了行动计划,要让市委和市政府措手不及。

这样的事情,还不仅仅在几个剧团,就是报社等几个单位也有这样的情况,还包括龙都新闻网,里面也有很多人蠢蠢欲动,准备跟在几个剧团后面一起出面闹事……试想,这样规模的改革,尚在运行途中就遇到这样大的阻力,其改革的命运令人担忧。倘若闹事成为全省全国性的事件,不要说这项改革无法推进,就是王明书记和宁宇本人的官帽也可能因此不保。这样的消息,能让宁宇不感到心凉吗?

宁宇迫切地问:“知道带头闹事的是几个人吗?”

雪雁说:“他们只能提供信息啊,也没有调查的职能和权利啊,这样的事情,要说还得等公安方面和维稳办的工作人员确认。不管怎么说,这都是异常重大的隐情，要是不做防范，后果将会无法预料啊！”

宁宇当机立断，说：“这样好了，你赶快去一趟和韵那里，看看能知道些什么具体情况，我得将这个情况报告王书记。我们这就散了吧，你也赶快过去。”

雪雁意味深长地看了他一眼，随即站起身来。宁宇在她身后说：“有什么情况，随时联系。”让他一直忧虑的事情终于发生了，雪雁犹豫着说：“据说，领头挑事的是陆姓男子……”

送走了雪雁，宁宇第一次感觉头脑嗡嗡地响，好像一场大战就要拉开战幕。可是他自己这一方连起码的对方情况都不清楚，情急之下，他不得不拨通了王明书记的电话。

也巧，王明书记刚刚接到了市委常委、政法委书记、维稳办主任的电话。电话里也通报了同样的事情，王明书记当即意识到了问题的严峻性，立即指示说：“赶快拟定详细报告，及早安排和部署相关的警力和维稳人员，一定要控制住局面，不能出现任何闪失，确保这一次的改革有序推进。”

政法委书记说：“书记啊，我这边的压力也太大了，能不能召开一个紧急常委会，对常委们临时分工，确保万无一失？”应该说，政法委书记的建议是非常恰当的，在这样的历史关头，必须要让领导们一起站出来，群策群力，维护大局。

王明书记说：“好的，你那边先把警力部署到位，让维稳人员布置到位，随后我们召开一个紧急会议吧，不过，范围不宜过大，做到内紧外松就可以了。这样尚未发生的事情，我们只能加大防范的力度，但没有必要搞得满城风雨。这样的事情，弄不好还会适得其反，你说是不是啊？”

政法委书记说：“还是书记想得周到，好的，我这边立即部署，听候你的通知。”

王明书记想了很久，还是觉得应该与陆市长和秘书长商量这件事，无论如何也不能让事态扩大，这样对他本人和龙都的发展都是极其不利的。这个时候，王明觉得陆市长和秘书长应该会支持他，他刚刚做出了一个妥协，就是基本同意了秘书长转岗到政府那边工作。虽然这样的事情最终还要经过省里的主要领导和市人大的通过，但是市委这一关显然是起关键作用的第一关，相信他这个妥协会换来这个宁静。

但是，这样的敏感信息，他没有打算让宁宇和其他常委了解这么多。一方面不想把这件事情无限度地扩大；另外，对于宁宇这样年轻率真的领导干部，他还要实施保护，使其一门心思做事，不要为这样一些枝节打压了积极性，使其碍手碍脚地不敢大踏步实施改革。他让秘书长通知了陆市长和政法委书记，连同秘书长在内的四个人召开了一个小范围的维稳安全工作会议。

他确实没有料到此刻宁宇却来了电话，并且提到了这个敏感而严峻的问题。他只能轻描淡写地说："宁部长，这样的事情，哪一次改革都可能会遇到的，这也是改革有阻力的原因之一。不过，你也不要太把这样的事情当事情了，我们要是前怕狼后怕虎，改革怎么进行得下去啊。当然，我们也要重视这样的隐患，要采取一些必要的措施。"

宁宇诚恳地说："书记，我也在龙都宾馆呢，我过来见你一面吧？我觉得有很多事情并没有那么简单。"

此刻，王明书记的客人早就走了，秘书长现在也在外面电话通知陆市长和政法委书记。见宁宇的态度这样急迫，王明想，看来这小子还有很多事情要说，宁宇的思想是必须要疏通的，他还是龙都改革的原动力呢，于是只得说："好吧，那你就过来一趟吧，我等你。"

16. 主要矛盾的主要方面

宁宇急匆匆地赶到了王书记所在的房间，王明书记满脸堆笑地说："你坐吧，宁宇，这样的事情不用慌乱，在基层是经常发生的。"

宁宇却说："书记，我有不同的看法，现在是什么时候？明天就要和和氏商号集团签约，随后又是省委领导要来龙都调研和考察的日子。这样的时刻，一旦发生骚乱，事态的严峻程度是可想而知的。人家和氏商号集团也是十分重视这件事情的，所以才会暗中将这样的信息反馈给我们。我们要是不做强有力的应对，我担心我们后悔就来不及了……"他虽然语气平稳，但还是控制不住有一种慷慨陈词之感。实际上，王明书记错误地判断了宁宇的心理承受能力，他担心宁宇遇到这样的事情会显得慌张，导致随后没有章法。另外，他还担忧宁宇的转型问题，毕竟他是一个常年在报业集团工作的记者，记者的思维经常会同情弱者,有打抱不平的天性。要是宁宇在面对这样的问题时依旧还是记者思维,那不但会毁掉宁宇,也会将问题引向复杂。现在看来,见多识广的宁宇并非王明判断的那样,他也是在深层次多角度地思考所面临的新问题。于是他笑笑说:“嗯,你把问题想得严峻一点、缜密一点也是对的。”

宁宇又急迫地建议说:“我觉得应该防患于未然,必须启动应急机制,该调配警力就调配警力,该做相关的部署就得做部署。现在留给我们做预防工作的时间已经很有限了。对了,还应当让陆市长和秘书长这样的本土干部发挥其中间作用,很多矛盾是需要他们去斡旋与化解的……”他的话,让王明刮目相看。他心里想:原来这小子不仅思维缜密,同时还具有超一流的政治智慧呢,俨然一个合格的小市委书记。很显然,王明觉得自己太小看宁宇了,于是断然决定一会儿的维稳会议也让宁宇参加。他还想到了这样做的几个好处,一是让宁宇真正了解龙都的社会结构,另外也让其他的领导们了解宁宇的政治智慧。当然,他更希望宁宇身上的某些光环,能让陆市长和秘书长有所收敛,这样开展未来的工作也许就会更为顺利。他淡然地笑笑,说道:“很好,你的想法我很赞成,原来我担心你的事情太多了,没有打算让你参加维稳工作会,现在既然你有时间,那也就一起参加吧。市里面也不是一无所知,对这样的问题也做了提早的预测与部署,一会儿我们就听听维稳办的安排吧,你也可以补充你的意见。”

宁宇听了王明书记的话,也松了一口气。他当初以为市委还一无所知,现在看来市委成竹在胸,连忙说:“书记,我是不是很幼稚,有杞人忧天之嫌啊?”

王明赏识地说:“不,做父母官,忧国忧民之心是第一位的,你有这样的表现,已经让我刮目相看了。”

两人还在说话,秘书长就推门进来了,一见面就说:“哦,宁部长也来了?”

王明解释说:“宁宇不是两个项目的主要负责人吗,很多事情他需要心中有数的,我就让他过来了,一起参加维稳工作会。”

秘书长明显感觉到了几分意外,像这样的工作,也就只有几个相关的常委知道,由此可见王明书记对宁宇格外器重。刚刚他才和宁宇分别不久,没想到他们又在这样的场合相遇了,他说道:“书记、宁部长请吧,酒店的会议室已经准备好了,陆市长和政法委书记也该到了。”

王明书记站起身来说:“走吧,宁宇。”

三个人走出房间,宁宇接到了雪雁打来的电话。宁宇对王明说:“书记,你们先进去吧,我接一个电话,也是关于这件事的。”

王明说:“好的,你将收集到的情况一会儿做个汇报,我们就先进去了。”

原来,和氏商号集团的员工还真是有心人,他们在暗访和提前的工作过程中,果然掌握了大量的一手资料。每一个单位的不稳定情况他们几乎全部掌握,哪些人是异动分子也完全掌握。他们还做了一份详细的名单,现在这份名单就在和韵手里,雪雁正在复印。宁宇对雪雁说:“好啊,你把这份材料尽可能详细地拿过来,这对我们来说是十分有用处的。”

雪雁说:“你放心吧,五分钟我就给你送过去。”

“好的,那我就等你了,你在和韵的房间里面吗?”宁宇问。

雪雁说:“是啊。”

宁宇打定了主意,一定要将这份名单拿着去见王明书记。雪雁的动作很快,一刻钟之后就将这些材料送到了宁宇手里。宁宇还没有来得及看,就说:“你赶快回去,继续和和韵那边商量,主要是稳定和韵她们那一边的情绪,让她们放心,市委和市政府是有能力和决心把这些问题处理好的,千万不能让她们产生动摇和变故。”

雪雁说:“好的,我这就回去。”

宁宇一边快步往会议室走去,一边说:“随时保持联系。”雪雁嗯了一声就回和韵的房间去了。

宁宇一边走,一边看名单上的人名。这上面有剧团的副团长、工会主席,当然也有一线的演员。报社方面也很复杂,参与者除了记者和编辑之外,还有副社长、副总编辑,也还有发行公司的员工。新闻网那边的情况就更奇怪了,暗中支持的人竟然有原来的老总编辑……这些情况,显然对宁宇本身来说就是具有参考价值的,这是今后改革之中进行人事调整的参考文献啊。当然,现在最为重要的还是要把这份名单提供给政法部门,首先要确保事态的平息。

宁宇出现在这样一个会议上,本身就让陆市长和政法委书记大吃一惊。他坐下之后,将这样一份精准的名单抛出来,更让两位大跌眼镜。尤其是政法委书记,他这个主管社会治安稳定的大员手里竟然没有一线情报,而宁宇这个年轻的常委手里居然有，而且对事态的研究竟然这样精细，这不得不让政法委书记吸了一口凉气，这本身是他该掌握和掌控的工作啊。

事实上，为之惊叹的何止是政法委书记和陆市长，就是坐在一边的王明书记也暗自叫绝。先不管宁宇的这份材料是从哪里来的，起码说明他是一个善于收集和掌握情报的领导。作为一个市级的主要领导，没有什么比了解社情更重要的事了。每当大事即将来临，就需要这样的先知先觉者啊。要是没有先知先觉的预防，那得发生多少事端呢，确保一方平安的话岂不成了一纸空谈？王明暗得意，看来自己选拔这个年轻人，算是干了一件漂亮的大事，这个聪慧而不失稳重的年轻人，确实前途不可限量啊。

17. 社会治安是个大问题

在座的几位领导，当然也包括王明书记在内，突然间觉得应该听一听宁宇的意见。既然他手里都能搞到这样深入的材料，很显然他有一套解决问题的办法。最先提出这个建议的很自然就是政法委书记，他一边看宁宇提供的这份涉及不稳定因素的名单，一边说："宁部长，你能讲一讲你的意见吗？"

所有人的目光都聚焦到了宁宇身上，王明书记也一样期待着他发言。宁宇看了众人一眼，十分淡然地说："哦，我的意见很简单，就是安排熟悉片区的民警与这些社区的居委会和相关单位联系，把这些具有不稳定因素的人明后两天集中起来进行封闭式学习，确保明天和后天社会秩序的稳定，对这些人也实施相应的教育，促使改革的大局稳步推进。另外，我们新闻文化改革协调办公室的所有负责人都要深入这个学习会议，掌握了解一线干群的真实思想动态，以便在下一步的改革之中有的放矢。现在还没有关于龙都高职高校教育园区建设项目的民间动态，我建议也要加强这方面信息的搜集，以防止突发事件的发生，给我们的改革大局造成不必要的被动与麻烦。"

他的话音刚落，政法委书记就说："简直一针见血，书记，我觉得宁部长的意见异常中肯，您看是不是就按照他提出来的办法执行，我马上安排公安和维稳办这边准备。"

虽然秘书长和陆市长心里有一种事不关己高高挂起的心态，但是他们同样对宁宇的临机处置与判断投去了赞赏的目光。王明书记扫了陆市长一眼，陆市长说："可行，没有意见。"秘书长也点点头。

王明书记就说："既然大家的意见一致，那就按照宁部长提出的这个建议实施。在实施的过程之中，要组织严密，虽然名义上是组织学习，但实际上是要采取半强制措施的，要增加必要的警力和协同人员。在执行这项任务的时候，除了分管片区的警员穿戴警服之外，其他的警察和执勤人员都着变装为宜。现在就要紧急贯彻到一线的派出所这一级，我们的会议暂时休会，四十分钟的时间部署和安排工作，然后我们的会议继续进行。"

政法委书记离开了这个房间，开始按照书记的指示布置工作，其他四个人就在会议室等候。陆市长对王明书记说道："宁部长很不错啊，居然有这样的情报线索。只要把这件事情安排实了，就是再出乱子，也不会很严重。"

王明书记看了一眼宁宇，说："是啊，这件事情宁宇同志干得很不错，能在这样关键的时刻掌握这样的材料，对我们的决策起到了很重要的作用啊。"

宁宇谦逊地说："这也没什么的，就是一种巧合。"他的话还没有说完，他的电话又响了，他以为还是雪雁来的电话，打开一看，却是笑笑来的。他立即对王明书记和几位点头说："各位领导，我得接一个电话。"边说边走出了会议室。

笑笑的语速特别快，问道："你现在在哪里啊？"

宁宇说："怎么啦？我就在龙都酒店里面，现在正在开一个要紧的会议。"

笑笑有几分紧张地说："不好了，可能要出事了。"

宁宇说："你不要紧张，慢慢说。"

笑笑问："你现在能出来一趟吗？我这里有十万火急的大事呢。"

宁宇为难地说："我们这里是常委会，现在还没有开完啊，一会儿我跟你联系好吧？"

笑笑说："你在开常委会，正好啊，我不耽误你很长时间的，你赶快过来一趟，我这边有紧急情况给你汇报，然后你到常委会上将这个情况汇报，也好有一个应急的策略。"

宁宇见笑笑这样说，知道一定不会是小事，连忙问道："怎么啦？不会是基金方出现新问题了吧？"

笑笑从来没有这样着急过,急迫地说:“你别说这么多了,我就在六楼十一号房间,你快来一趟吧。”

十分显然,再推脱是不可能的了,于是他说道:“好吧,你稍等一会儿,我马上就过来。”回头进了会议室,这个时候政法委书记布置工作还没有回来,房间里就剩下王明书记和陆市长两人了,也不知道秘书长去了哪里。宁宇进门就说:“书记,可能龙都高职高校教育园区的项目那边出现了一点问题,我现在得赶紧过去一趟,消息灵通人士说有十万火急的信息给我,我去了之后就赶回来。”

王明书记的脸上也掠过一丝不安,问道:“莫不是那边也出现了类似的问题?”

宁宇说:“现在我还不大清楚,过去了就知道了。”

王明问:“需要别人一起去吗?”

宁宇说:“算了,时间来不及了,我先赶过去吧,回头给两位领导汇报。”

王明说:“也好,你注意安全,我和陆市长等你的消息。”

宁宇急匆匆地离开了办公室。陆市长此刻也眉头紧锁,面对这两件突发的事情,他也显得有些一筹莫展。更让他心里不舒服的是,现在宁宇这个新来的市委常委,反倒比他这个市长的消息还要灵通,仿佛市委和市政府都成了一团乱麻,而宁宇却成了各种消息汇集的中枢了,这不是有点不正常吗?

陆市长对面的王明书记也在扪心自问,这龙都现在是怎么啦?庞大的公检法司和维稳系统怎么啦?难道这样的问题预先他们就没有发现蛛丝马迹,怎么会市委和市政府像聋子和哑巴一样了呢?相反却是宁宇一个人显得耳聪目明。他很不满地瞪了陆市长一眼,毫不客气地说:“老陆,这到底是怎么回事?难道这事情不异常吗?我们的那么多机关莫不是都失去能力了?还是有人故意作梗呢?你我是龙都的主要负责人,出了问题你我都担待不起啊。明天和后天都是具有历史性意义的时刻,要是出了问题,该由谁来负责任?”

陆市长很清楚,王书记此刻是在指责政府部门无力,主管公安和国安的副市长无力。这样的事情在龙都的历史上也曾经出现过,就是因为市公安局有意放纵,一帮姓陆的居民曾在省委要员到龙都的时候围攻过市委。虽然这不是发生在王明做书记的时代,但是这毕竟是前车之鉴,王明不能不防啊。

此刻,大有一种山雨欲来风满楼的意味。陆市长似乎也觉察出了不同寻常的味道，连忙说："书记，我看是不是将现在的这个会再扩大一点范围，让主管公安局的副市长和公安局的负责人都参加吧？"

王明此刻的心里也有几分紧张了，立即说："好，你马上让政府秘书长通知相关的人员，今天不把这件事情安排到位谁也不要想离开这里。"显然，他是已经有些生气了。

陆强市长立即通知市政府秘书长，让他通知分管公安局的副市长和市公安局的所有副局长，立即赶往龙都酒店参加紧急会议。

18. 一波未平一波又起

宁宇赶到笑笑的房间，奇怪地问："你不是说要见一位非常重要的朋友吗？你的朋友呢？"

笑笑说："怎么，你还怀疑我说假话不成？这位朋友是从国外来的，就是掌管基金的代表，刚才我们已经见过面了，短暂的会谈之后他就离开龙都去省城了。不过，我还是希望他赶快离开，龙都很可能即将发生不可控制的大事，我希望龙都方面能够将局面控制。"

宁宇本来十分在意基金方的谈判代表与笑笑谈了些什么，可是显然笑笑此刻是不会说这方面的内容的。他很着急地问："赶快给我说一说吧，究竟发生了什么？"

笑笑说："好的，今晚我就不给你聊基金方带来的意见了，还是说一说火烧眉毛的事吧？"一边说，一边将手里的材料递给宁宇。"你看一看吧，这上面的材料我相信有很多是可行的，你们地方政府在处理这些问题时，很多都没有考虑周到，老百姓们提的一部分意见也是实际的，要是市里面不注重这些意见，迟早还要发生事情。但是这一次太特别了，老百姓们知道省上的领导要到龙都来调研和考察，已经将这些请愿的材料准备好了，要是你们市里面不采取措施的话，这些材料就有可能传递到省委书记的手里。严格说来，我也不该管这样的闲事，但是这项工程毕竟是你宁宇主抓的，我不希望你把这件事情办砸了，所以才提醒你。"

原来,笑笑手里有一大摞文字材料,这些材料都是要送交省委书记的。其中有这样一些内容:其一,当地市委和市政府工作方法简单粗暴,在征地问题上从来就没有深入与当地的村民交换意见,甚至都没有召开过各村的村民大会,只是在各村民委员会的大门口张贴了一纸公告,也没有给任何解释。村民们不知道征地的用途、赔偿的标准、赔偿兑现的时限等。市、区和乡镇的领导都没有到村民中了解过情况,村里面也未做任何沟通工作,就将他们的土地圈起来了。当时村民也反对过,可圈地的当天官方派去了很多警察,强制将土地圈起来了。领导们一个也没有到现场,村民们觉得这是对村民的极大不尊重,这个和强抢土地、霸占土地没有任何区别。其二,村民们要求政府给一个说法,要是没有明确的说法,龙都高职高校教育园区开工的时候,村民们将会联合阻止。其三,村民们担心镇上和村上贪污征地款项,要求张榜公布相关政策等。往后还有其四其五其六,反正就是市委市政府的工作没有做到位。

宁宇看了这些材料,凭着多年的记者经验,明白村民们的背后一定有人暗中指使,而且这个人也一定很有政策水平,每一条每一款都说到了点子上了。更为要命的是,背后的策划人选择了这样一个时间出来闹事,更是别有用心的,足可见此人刁钻狡猾。

但是,问题都是有两面性的。人家材料上写的这些条款,哪一样人家都是站得住脚的,本来就是政府疏导无力、处理无方。要是这样的材料通过特殊的方式送到省委书记的手里,怎么可能不引发省委领导的雷霆大怒呢?更何况,这些村民是准备围攻市委请愿送材料的,要是真的出现了这样的事情,王明书记和陆强市长的日子不好过不说,这个龙都高职高校教育园区出彩的期望也就要大打折扣了。

很显然,这件事情不光是市委市政府要受牵连,宁宇和其他的领导也会受到相应的处罚。那个时候,领导就不会看到宁宇的年轻有为,而是看到宁宇工作的不扎实,粗枝大叶,贪大求功,板子就要打到他的头上。

看完这些材料,宁宇确实浑身吓出了一身冷汗,要不是笑笑提供这样准确的情报,他和市里面的领导们等到后天省委领导到了现场,问题就到了不可收拾的地步。他一边收起这份材料,一边问笑笑:“还有别的材料吗?比如这份材料的联系人?”

笑笑说:“宁宇啊,幸好你是遇到了我这个曾经做过记者的人啊,我当然知道你现在最需要什么啊。这些及时的资料，我会给你落下吗？快看看吧，够吓你一跳的了。”

宁宇接过笑笑递过来的材料，上面有三百多人的签名，涉及三个镇、十一个村的村民。要是这么多的人在省委书记来的时候出来闹事，这件事情还不闹得满城风雨、无法收拾？

宁宇问：“还有吗？”

笑笑说：“还需要的话，就只有我这个人了，你要吗？”

宁宇说：“都这个时候了，还有心思开玩笑吗？”

笑笑说：“好吧，我建议你赶快报告你们市委常委会吧，不要让这个问题扩大化了。我也知道，你很关心基金方的代表给我带来了些什么意见，这个不会跑的，现在你最急需解决的是这个问题。等你闲下来，或者等过了这两天，我自然会全盘告诉你的。”

宁宇站起身就准备走了。

笑笑突然说：“怎么？就这样走了吗？”

宁宇回头问：“还有事吗？”

笑笑说：“我也算是立了大功了，难道你不奖赏我吗？”

宁宇说：“当然，改天请你吃饭。”

笑笑说：“回来，请我吃饭，多俗气啊。”一边说，一边拥到了他的怀里，十分执拗地说：“我要你吻我，我要。”

宁宇哪有这样的心情啊，连忙说：“你别这样好吗？我得去办正事了。”

笑笑却说：“看你这个人，一点大将风度都没有，这算个什么事啊？我要是你呀，就从容地吻别女人，然后充满自信地把这件事处置到位。”

宁宇亲吻了她的面颊，说道：“你放心，我会的。”

事实上，宁宇今晚干的事情早就越权了，他会让很多的市领导都不开心，也会让很多的市领导充满嫉妒。但是，事情实在是太紧急了，考虑问题再圆满、再周到也顾及不了这么多了。此刻他头脑之中没有任何想法，一心就想尽快把这个消息带到常委会上去，让王明书记和陆强市长立即决断，一定要将这起即将发生的事情处置在萌芽状态，这也许是唯一的办法了。

他快步走出了笑笑的房间，并拨通了王明书记的电话。王明书记显然也很着急，还没有等到宁宇开口就问道：“怎么样，宁宇？”

宁宇说:“问题很严峻,情况我基本了解了,材料我也带过来了,一会儿给您详细汇报吧。”

王明书记脸一沉,说:“好的,我们等你。”

19. 这个随性的女人从不简单

在常人看来,笑笑自从结束记者生涯之后,就进入了一个异常神秘的境地,总是给人高深莫测的感觉,就连与她走得比较近的宁宇都有摸不着头脑的感觉,觉得笑笑就像天上变幻莫测的云块,随时都可能变换形状。这种感觉其实不是幻觉,笑笑本来给人的神秘感就很多,而且现在越来越变本加厉。

笑笑刚才也没有对宁宇说谎,基金方的代表确实是在龙都酒店见了她的,不过,这个代表不是别人,正是笑笑境外的叔叔。两人这次见面,也有着非同寻常的意义。原来笑笑还想让宁宇见见叔叔的,没想叔叔想都没想就拒绝了,还对笑笑说:“很多事情,你知我知就足够了,莫非你还想让更多的人知道吗?”

笑笑这才明白了,叔叔是有绝密信息交代她呢,于是说:“侄女愚钝,愿听叔叔教诲。”

原来,叔叔这一次来,就是告诉笑笑如何领取这笔佣金的,还告诉了她一套完备的手续,当然,很大一部分是通过境外实施的。中国境内也需要一些手续,但都不是最重要的。五十亿的资金,佣金当然是上千万了。一般人连想都不敢想,可在神秘的笑笑圈子里,就是一件不足为奇的事儿。也许,财富对于她来讲,就是一个数字概念而已。

送走了叔叔,她才想起了底下的人告诉她龙都高职高校教育园区的事情,龙都方面并没有做得很圆满。他们也收集到了很多村民蠢蠢欲动的信息,她当时就想,这件事虽然对基金方影响不大,大不了就是往后推延一段时间。可是她毕竟做过多年的记者,知道这样的事情在中国发生意味着什么,这不就是让宁宇下不来台吗?也说不定宁宇就会因此而步入人生的低谷。

她对宁宇其实没有太多的奢望,也就是一个彼此可以获得快乐的男友。

在她内心,也并没有对宁宇产生什么忠贞炽烈的情感,将这样的信息告诉宁宇,不外乎就是基于两方面的原因:其一,朋友的道义。她当初在基层做记者的时候,与宁宇那一次采访十分愉悦。再后来,随着交往的深入,她觉得宁宇身上有很多值得她期许的东西,比如男人气,比如有渊博的学识与才气。当然,也不排除与他有和谐愉快的性生活。这就注定了他们会是那种彼此都有需要的朋友,又是彼此没有任何压力和负担的朋友。对于笑笑来说,宁宇这样的朋友,也不是随便就能找到一个的,所以她暗地里还是善待两个人之间的情谊。其二,毕竟他们两人算是合作伙伴。宁宇在这件事情上可能获得功名,获得更广阔的仕途。而她,可以在这个项目上获取资本利益。两个方面互不矛盾,也不存在竞争与分歧,所以她觉得帮助宁宇是她的分内之事。其三,她与宁宇之间还可能有更多的合作机会。只要宁宇能把手里面的两件事做圆满了,他必将获得提升,走上更重要的领导岗位。只要他手里有政治资源,就不愁没有新的合作契机。现在她手里面的基金和其他金融产品也不少,只要时机成熟,她完全可能与他再度合作。相比与陌生人合作,当然没有和宁宇的合作来得愉快,这就是她不希望看到宁宇栽跟斗的原因。

笑笑实际上是一个绝对风雅的女人,也是一个处处留情的女人,这与她的身世有关。当年她一个人在国内,其他所有亲人都在国外,且还有很多是不受国内欢迎的政客或者商人。那时候她压根儿都没有太大的期望,只愿自己老老实实地学业有成,然后进入一家单位供职就可以了。在学校的时候,包括她上大学的时候,她内心都还是纯净如水的,也没有与男人沾染什么,尽管她是娇艳若花的美人儿。她的变化,要从与和夫人交往之后说起。当时和夫人得了重病,允许笑笑与其丈夫和行长交往,这让笑笑明白了什么是男女之欢。

再后来,笑笑与海外亲人联络之后,她的身份发生了颠覆性的变化,她摇身一变成为了省城里上流社会的交际花,她拥有多个国家头衔,诸如国际环保组织代表、国际动物保护协会代表等,随后又涉足境外金融领域,掌控着境外多种基金进入中国内地的源头。

这个时候的笑笑,因为环境的改变,本身也变得不知道今夕何夕了。她和很多国外组织的男人有过来往,也很随意地走马灯似的与他们上床。在那个让宁宇觉得有些神秘的别墅里, 她就和很多足可以做她父亲的外国男人上过床,而且至今还与他们保持着不洁的关系。

也许正是因为她的放荡不羁,她内心滋生了一种情怀,对中国男人的情怀。在这个时候宁宇出现了,他成为她内心隐秘的中国符号,所以她与宁宇也是十分随意和开放的。

在很多时候,笑笑都以玩弄自己身体的心理来邀约男人,宁宇却是唯一例外的一个。她内心也期望过宁宇能与她之间延续点什么,可当她看见别的女人对宁宇那种渴盼的眼神,也就打消这种念头了,她觉得保持着这样的关系很好。她暗自想了这么多,突然又想起另外一件事来。明天和氏商号集团不是要与龙都签订合作协议吗,和韵今天应该在龙都,她们那边的情况会怎样呢?一种好奇心的驱使,她竟然拨通了和韵的电话。

和韵很奇怪,笑笑怎么这个时候会给她电话呢?只听见笑笑关切地问:"和韵啊,你们那边的情况如何,明天的事情会平静吗?"

和韵突然紧张起来,面前的雪雁一直对她承诺市里面会处理好这一切的,笑笑怎么会突然问这个问题呢?这样看来,事情可能已经波及很远了。但是她还是故作镇静地说:"哦,是你啊,我不明白你的意思啊?"

笑笑乐呵呵地说:"哦,是这样的,我们这边的龙都高职高校教育园区的事情可能会出一点麻烦,地方政府在征收土地的时候方法上出了一些问题,所以近期村民可能会闹事。我不是关心宁宇吗,所以就随便问问你的进度,也没什么别的意思。"

虽然和韵觉得这是一个很重要的信息,但她还是稳重地说:"哦,谢谢你关心,我们也好久没见面了,找时间我们也可以喝喝茶呀,我还记得当年你带我们去采访的事呢。"

笑笑说:"是呀,转眼就过去了,那个时候多单纯多美好啊。"

两个女人挂了电话,和韵把电话内容跟雪雁说了,并担忧地说:"这个信息宁宇他们知道吗?这也不是一件小事啊!"

和韵这样很随便一说,却让雪雁格外紧张。要知道,这个龙都高职高校教育园区项目一开始就是她主抓的,要是笑笑传递的消息属实的话,那么她这个副市长也是要承担很大的责任的。她不由得一阵慌张,又给宁宇去了一个电话。她还没有说完,就听见宁宇说:"好了,你不要说了,这些情况我都掌握了,现在正跟书记、市长商量对策呢。"雪雁只得暗自祈祷,但愿一切事情都会平安地过去。

20. 龙都:黑云压城城欲摧

雪雁打电话时,宁宇刚刚跨进会议室。王明书记和其他人正在商议刚才的事项。很显然,会议的气氛十分沉重,在场的每一个人神情各异。王明书记一脸肃然,他一定是刚发了火,火药味儿尚未散去,他自己的神情也十分紧张。陆市长耷拉着脑袋,脸上没有任何明显的表情,一眼就能看出他十分郁闷。早已回来的政法委书记也十分沮丧,看见宁宇回来,眼神一下子就盯到了他的脸上,仿佛宁宇给他带回来了挽救危局的良方。秘书长脸上也有几分无辜,宁宇进了会议室,秘书长恍若进来的仅仅是空气,头也没有抬一下。其他的几个人包括刚刚赶来的主管公安局的副市长,还有公安局的几位副局长,似乎还没有进入会议的角色,根本就不知道发生了什么事,目光一直盯着坐在一侧的王明书记。可以肯定,绝对是宁宇跨进会议室的那一瞬间,王明的话才戛然而止的,要不然,会场的氛围不会如此宁静。房间里静谧得像冬天的山谷,没有任何一丝声响,整个世界除了沉寂就是死寂,没有一丝生机。

王明终于抬头看了宁宇一眼,说道:“宁部长,你回来了,过来坐。”宁宇走进会议桌,紧挨着市委秘书长坐下来。

王明又停顿了一刻,随后威严地说:“各位,今天把大家请来,就是围绕两件事。大家都是知道的,龙都现在正在推进新闻文化改革,明天就要和本省著名的跨国企业集团——和氏商号集团签订合作协议。这是本市乃至本省的一件大事,是全市上下和全省上下都为之关注的大事,这涉及龙都未来的发展和走向,涉及龙都的思想解放和先进思维模式的创建。在这样关键的历史时刻,我们市内的很多一线群众不理解市委市政府的战略意图,完全有可能采取过激行为破坏改革。这样的行为, 是龙都市委和市政府不希望看到,也不允许发生的。第二件大事,大家也是知道的,后天我们省委的主要领导就要到龙都来调研和视察, 主要也是围绕新闻文化改革和龙都高职高校教育园区的建设,所以,确保龙都的社会稳定就显得格外重要,这是确保改革成功、上级肯定的最关键环节,大家要像看待生命线一样看待这件事情。

刚才宁部长通过特殊途径,掌握了部分单位可能闹事的线索,我们也做了初步的部署。就在我们研究部署前一项工作之前,宁部长又接到了关于龙都高职高校教育园区建设项目,因为征收土地,部分村民可能闹事的信息。我现在姑且不说我们的政法部门和政府部门失职,先听听宁部长带来的信息吧。宁部长,你先谈谈你收集到的相关情况。”

宁宇本身就很焦急,索性把刚才收到的各种不利信息全部汇报了,还将资料和闹事的骨干名单呈报给了王明书记。王明扫视了在场的所有人一眼,怒不可遏地说:“你们看一看,你们听一听,我倒要问一问,我倒要听听你们各部门的说法。你们政府部门在征地的时候都是怎么开展工作的?有你们这样粗枝大叶忽略群众感受的吗?我们的各级干部都在干什么?难道就只会张贴一纸公告吗?群众的利益高于一切,你们是怎么做人民群众的公仆的?这件事完结之后,市里面的相关领导和相关部门必须要有一个明确的说法。这是什么态度,这是什么作风?长此以往,还不亡党亡国啊?还奢谈什么推进改革?”他一声声严厉的责问,让坐在他身边的陆强市长如坐针毡,征地的工作本来就是政府部门主抓的,他也没有想到问题居然这样严重,村民们对这件事居然有这样大的意见。这可不是开玩笑的,本来是一件利国利民的大事,要是闹出人命来,省上的领导能饶得了他这个市长吗?这确实是政府工作的严重失职。他深深地吸了一口气,思考着接下来政府该做什么。

王明书记并没有因此而打住,他接着看了政法委书记和分管公安局的副市长还有几位公安局的副局长一眼,同样严厉地说:“还有你们政法部门、维稳部门,你们是怎么工作的,怎么掌握敏感情报的,龙都都快要成为即将爆炸的火药桶了,你们还能坐得住,还能坐得心安理得吗?我看你们这是严重的失职,确保一方平安、防患于未然?我看这些平时你们朗朗上口的话都是扯淡,都是自欺欺人!像你们这样确保一方平安,能促进经济建设、能确保改革开放吗?这样庞大的政法系统,为什么预先没有报告这些敏感的情况?为什么没有定出预案来?”政法委书记似乎有话想说,王明书记没有让他讲话,继续说:“不管你们采用什么办法,龙都需要的是稳定和安宁、平和与和谐,要是在市里面的重大活动中出了什么问题,你们自己思考你们该何去何从!”书记几乎是咆哮着说这番话的,这能不让在场的政法委书记感到危机吗?

随后,王书记没有好气地对陆市长说:“陆市长,你说说,你有什么看法?”

陆市长连忙说:“现在已经是非常关键的时刻,稳定是压倒一切的。尤其要确保这一段时间不出任何问题。等这段时间以后,再严厉追查责任,该我这个承担的我承担,该其他领导和其他部门承担的也绝不含糊。我建议,成立一个紧急维稳领导小组,最好是由王明书记任组长,我和政法委书记还有宁宇同志任副组长。现在就紧急开展工作,实行工作分工。我在第一时间组织村民大会,同时化解政府部门与村民的矛盾,希望宁宇同志和政府秘书长协助我工作。政法委书记负责警力调配和指挥维稳工作,建议市政府分管公安的副市长,还有雪雁副市长协助政法委书记展开工作。总体工作还是由王书记亲自指挥,市委秘书长协助王明书记开展工作。事不宜迟,各组马上开展自己该管的工作,随时向王书记汇报进展情况……”最关键的时刻,陆强还是绝不含糊的,在他的建议下,一个缜密的领导机构随之成立,市委和市政府的领导立即进入了相应的指挥位置。这让王书记有几分欣慰,他心里默念道:但愿这段时间龙都能够太平,让新闻文化产业改革的大幕顺利开启,也让龙都高职高校教育园区项目能够顺利启动。

21. 女教授也会风花雪月

紧接着的两个会议开完,已经是凌晨两点了。宁宇急匆匆地往家里赶,刚到半路就让笑笑截住了。笑笑让他回到酒店,说有意外的惊喜给他。虽然他很累很疲劳,又不知道笑笑究竟要说什么,但在他的记忆里,笑笑几乎就没有跟他撒过谎。笑笑见了脸色苍白、疲乏得不行了的宁宇,什么话也没有说,只让他坐下,给他喝了一碗早就备好的热粥。也不知道笑笑在里面加了什么药粉,宁宇一刻钟之后就彻底进入了闲适的梦乡。看着睡得格外香甜的宁宇,笑笑满足地笑了。她知道,要是让宁宇一个人回去的话,还不知道他什么时候才能就寝。他今天经历得够多的了,回去之后一定会想很多问题,明天还要与和氏商号集团签约,他又得忙一天,他的身体就是钢铁打造的,也受不了啊。她约他回来,就是让他睡一个好觉,当然她事先就有精心的谋划和准备。虽然用药物给宁宇催眠不是最佳的办法,但是总比看着他憔悴要好。

安顿完宁宇，笑笑接到了和韵的电话。和韵告诉她，雪雁副市长正在寻找她，期望能与她见上一面。理由也十分简单，就是希望与她交流龙都高职高校征地的有关细节，和韵将笑笑给她透露的情况告诉雪雁了。

本来，笑笑是不愿意与除了宁宇之外的任何龙都官方人士接触的，可是看在宁宇的份上，她还是说："好吧。"

此刻，雪雁刚刚从会议室出来，她参加的是政法委书记的那一个组。这个组主要是维护社会治安，部署警力和指挥维稳人员参与维稳工作。但是，雪雁的身份特殊，她毕竟是政府的副市长，征地工作也是她主抓的，要说责任她也是要承担的。所以，她虽然分在政法委书记这一组，但实际上她更关心的是陆市长这边的问题。陆市长也曾给过她电话，让她关注一切动向，实际上就是提醒她，这件事她是负有责任的。她出了会议室，立即给和韵电话，希望能见见笑笑，并能从笑笑那里知晓更多的细节。

雪雁一直都没有见过笑笑，虽然笑笑应承了，但还是觉得没有底，于是问和韵："笑笑这个人怎样，好打交道吗？"

和韵小时候就接受另类教育，虽然知晓笑笑曾经与爸爸妈妈之间发生过纠葛，但是她从不过问。她对笑笑最直观的印象，还是在笑笑带她和宁宇采访那一次。她本人对笑笑其实并没有什么坏印象，于是说："我觉得这个人蛮好的，也好打交道。"

原来，雪雁早就听人说了，省城的交际花笑笑不仅是一个神秘的人，也是一个不好打交道的人。但是，这并不妨碍笑笑是交际花，因为她身后有极其显赫而神秘的背景，找她的人趋之若鹜。她也知道宁宇与她之间有关系，可是近在咫尺的宁宇居然没有跟她提起过笑笑，足见笑笑确实是一个不容易见到的人物。

和韵早就将笑笑在龙都的联系电话给了雪雁，雪雁拨通了她的电话。此刻，笑笑正在宁宇的床前，电话已经改成了震动，看见是一个陌生的号码，她很想不接，但她预测可能是雪雁的电话，犹豫了一刻还是接了。她走到另外一个房间，生怕打搅了宁宇的睡眠，问道："请问你是哪一位？"

电话里传来一个动听的女声："你好，请问你是笑笑小姐吧？我是龙都市政府的雪雁，刚才和韵小姐介绍过的雪雁。"

“哦,你好,我就是笑笑。”笑笑说。

“我们现在可以见面了吗?”雪雁问道。

“你现在在哪里呢?”笑笑问。

“在龙都酒店,你呢?”雪雁说。

“太巧了,我也在龙都酒店呢!要不,我们就在这里见面吧,六楼的咖啡吧见面好吗?”笑笑主动说。

“太好了,六楼见。”雪雁说完,又给和韵去了电话说:“和韵,谢谢你。我和笑笑联系上了,太巧了,她也正好在龙都酒店呢。你早点休息吧,明天你的事情还不少呢。”

和韵也客气地说:“你也是啊,早点歇息吧。”

笑笑早就不是当年那个干练的女记者了,现在她的身份发生了天翻地覆的变化,也处在上流社会的位置上,所以她见朋友也是极有分寸的。见陌生人她更是会精心打扮一番,更何况是见教授女副市长。笑笑其实对雪雁的历史是有了解的,当年雪雁在省城大学教书的时候,因为其长得貌美,又显得年轻,混在教师队伍里就像永远的小妹,混在学生堆里也没人看得出来,弄得很多大三大四的男生也对她想入非非。

当时追求雪雁的男人确实不少,可年轻时候的雪雁不知怎么回事,也可能是有严重的恋父情结,她的眼里根本就没有同龄人的位置,反而对比她年长很多的男人感兴趣。当时的系主任,也就是现在的张书记就是她看上的目标。因为与张书记的交往,闹了很多绯闻,以至于张书记差一点与娜娜妈离了婚。笑笑比宁宇他们都要高两届的,雪雁和张书记闹得满城风雨的时候正好是她在学校所经历的。所以,雪雁就给笑笑留下了一个虽然美丽但是风流成性的印象,以至于后来她自己成了风流成性的女人时,还时不时想起这个风流的教授来。

正因为这样,她更要打扮得妖冶一些出现在雪雁面前,她清楚雪雁虽然三十几岁了,但依旧还是一位娇艳的女子。而且她也知道,在外人眼里,她就是省城一朵神秘的交际花,她也没有必要破坏她的公众形象,更不想透露她曾经是省城大学的学生。给见过她的人留下一个遥不可及的印象,对她今后来说可能会更好,她才不希望人们了解她的真相呢。

一番打扮之后,她成了集娇媚、性感、神秘于一身的高贵女子,她身着黑色的吊带裙、长筒马靴，一副优雅高贵的派头。她自己在穿衣镜前左右欣赏，觉得非常到位了，这才款款出门，直奔六楼的咖啡吧。整栋酒楼，就这一个楼层是通宵会所，所以这里灯火通明，俊男美女还在穿梭。笑笑这一身傲人的打扮，在这些时尚人群里，已经显得鹤立鸡群、卓尔不凡了。一位身着西服套裙的女子站起身来，向她挥挥手。笑笑看了那个女人一眼，虽然没有花哨的打扮，但身上流露出来的贵妇气质告诉她，这位就是曾经在大学里风花雪月的雪雁教授了。

22. 始料未及的闭门羹

也不知道雪雁是认识笑笑还是凭借笑笑不俗的气质判断的，反正她就站起身来，脸上堆满迷人的微笑。笑笑当然依稀记得这位曾经在校园里闹得满城风雨的女教授，于是朝她的座位走了过去。

雪雁伸出手，眼睛一眨不眨地看着面前高贵华美的笑笑，说道："你一定就是笑笑小姐吧？我是龙都市政府的雪雁。"

笑笑抿嘴笑笑说："幸会幸会，雪市长好。"

雪雁说："不是市长，是副市长。"

笑笑说："不是总有一天会成为市长的吗？"

雪雁说："不不不，也可能一辈子都做不了市长，我现在做副市长已经超越我的极限了。"

笑笑也不在这上面做任何的纠缠，改了话题问道："雪副市长，不知道你找我有何贵干？"

见笑笑也是一个洒脱之人，这正是雪雁欣赏的性格，现在都已经是凌晨时分了，赶紧说完，还得赶回去休息，明天她还要出席龙都与和氏商号集团的相关会议，于是说："是这样的，我的朋友和韵跟我介绍了，说你知道龙都教育园区项目征地存在的祸患。我就是市政府分管征地工作的副市长，所以我很关心这件事。"

笑笑说："哦，是这样啊？是的，我是跟和韵讲过这件事的。"

雪雁说:“你能跟和韵说起这样的事,想必你们也是朋友,所以我想请你帮个忙,能不能给我也提供一下具体的情况,你是知道的,我们市里面对龙都高职高教园区建设是十分关注的。”她根本就没有提到省委书记要来考察调研的事,其实她根本就不知道,像笑笑这样消息灵通的人士,什么事情不知道啊。

笑笑乐呵呵地说:“嗯,是的,我与和韵过去在采访中合作过的,算是朋友。”

雪雁好奇地说:“哦,这样说来,你过去也是新闻界的人,那么你和宁宇也是朋友吧?”

笑笑说:“可以这样说吧,我们都合作过的。”

雪雁连忙说:“也难怪,你们原来都是一个圈子里面的朋友。既然是这样,我就实话实说了吧,这个项目本来就是宁宇负责的,他现在对这件事情也十分关心的,还请笑笑姑娘多多关照。”

听雪雁这样说,笑笑真想笑。但是她转念一想,人家说得也没错啊,本来这个项目就是宁宇代表市委在操持呢,要是真的出了问题,第一责任人显然是宁宇,不管过去的工作是否做踏实了,现在应该是要宁宇承担主要责任的。想到这里,她也觉得有必要给面前的这位副市长交代交代,也好让她能把工作做好一点,给宁宇减少几分实际的压力。于是说:“哦,是这样啊。好的,我确实是了解了一些这方面的情况。”一边说,她一边从手提袋里拿出了一套完整的材料交给雪雁,雪雁当即如获至宝,连声说:“谢谢,谢谢。”其实她根本就不知道,这样的材料笑笑早在几个小时前就已经送交了宁宇了。

女人们都是心疼自己的动物,两个女人都选择了白开水,也许两人都准备好了随时离开,所以没有人选择喝茶和其他饮料。雪雁拿到这份材料后,实际上是很想立刻离开这里的,可出于礼貌,她只得佯装一副坦然的样子问道:“笑笑小姐,我建议来点茶点吧?”

笑笑却说:“不用了吧,你要没有别的事情了,我建议下次再约吧,今晚时间太晚了。”

这正是雪雁求之不得的。见到笑笑站起身来要走,于是也就顺水推舟地说:“也好,我送你到门口吧?”

两人分手之后,雪雁饿狼一般地消化着这一大摞材料,越看心里越是惊慌,她不得不给宁宇去了电话,可是宁宇的手机就是没有人接,家里的电话也没有人接。忙乱之中,她不得不选择给陆强市长去了电话,她知道陆强市长可能因为征地的事情生她的气,但是生气终归是解决不了问题的,总得需要谋求解决的办法,这样的事情,一定不能拖到省委领导下来时还未做处理。

陆强市长没有动怒,只是淡淡地说:"你说的这些,宁宇不是早就在常委会上汇报了吗?怎么,政法委书记没有给你们透露吗?"

雪雁觉得简直太奇怪了,政法委书记组织大家开了会,只集中宣布了警力的安排部署,还对全市上下的维稳工作作出了精细的布置,可就是只字未提龙都高职高教园区征地还有十几个村的村民要闹事。她突然意识到,可能是政法委书记不想让更多的人知晓内情,所以只通知了相关的执行人员,就连她这样的副市级领导干部都没有公开,她也算是佩服政法委书记的保密风格了。面对陆强市长的询问,她只能说:"会上说了的,就是没有说得详细,我的这个朋友给我提供了一份完整的材料,所以我想送给你啊!"

陆强说:"不用了,宁宇那里都有了,你配合好政法委书记的工作就是了。"

雪雁知道陆强市长因为这件事在生她的气,但是没想到他这样给她吃闭门羹,居然没有给她任何面子。对于陆市长,她没有任何怨言,本来别人都是自己的上级,征地的工作出了这么大的隐患,弄得他这个市政府的一把手在市委面前抬不起头,挨市委书记的批评,他对副市长发点脾气也是在情理之中的。可是,让雪雁有些恼怒的是宁宇,明明知道这件事情可能会出大事,也明明知晓市政府负责征地工作的副市长是她,他在得知了这样一些情况之后,怎么就不能预先给她透露一丝信息呢?自己可是一直都站在他的立场上思考问题,帮助他解决问题的。更让她觉得气愤的是,这个时候宁宇居然不接电话,简直是岂有此理!

很显然,抱怨是解决不了任何问题的,责备也是无济于事的,吃了陆市长的闭门羹也只能作罢。她站起身来,示意服务员买单,然后走出了六楼的夜间营业厅。她在门口叫了的士,直奔自己的家。

回家简单地洗漱之后,她习惯性地坐到了电脑面前,很随意地打开了电脑,登录了QQ。可是,她发现,QQ好友已经没有一个是在线的,她这才明白了,现在是什么时候,已经是凌晨三点半了。她原来约定给学生们修改论文的，现在这些学生们早就进入了香甜的梦乡了。想想明天还有那么多的事情要做，她必须让自己尽快睡去，于是倒了满满一大杯红酒，大口大口地喝下了肚子，期望着借助酒力早早入睡。

23. 讲策略，更要讲战略

不得不说，现实层面的问题是严峻的。今晚宁宇给王明书记的印象很不错，他完全没有想到这个新来的常委不仅仅是个八面玲珑的干才，还是个十分有心计和城府的人。他看问题也不是浅层次的，而是能够看到即将可能发生的大事。可以这样讲，新闻文化改革和龙都高职高校项目这两件事，都是可能引发深重影响的大事。现阶段各种舆论都造起来了，改革的氛围也越来越浓郁了，可是与改革背道而驰的事情也在暗地里蠢蠢欲动。那些抱着各种目的准备闹事的新闻和文化单位的员工，还有那些因为没有得到准确答复的村民，倘若让他们的行动成为了现实，那么他这个市委书记就得给组织上一个说法，这个说法最严重的就可能是降职撤职。这就正应了那句老话，干得多也就错得多，要是他这个书记不求进步，不考虑龙都的发展，只求保太平，那就根本不会出现这些问题。就是因为他不是一个安享太平的好好先生，他一直都在寻求龙都经济社会的突破和发展方向，所以才大胆地从省城选拔了宁宇这样一个朝气蓬勃的年轻常委，期望他能给龙都建设带来一股旋风，能给龙都带来新气象。眼看他的预想就要接近现实了，新闻文化改革已经有了和氏商号集团的进入，龙都高职高校教育园区有了境外基金的进入，事情等于已经成功了一半了，眼前却杀出了程咬金，这是他王明可以接受的现实吗？

王明可不是那种遇见困难就退缩的人，更何况现在他已经是龙都的市委书记了。虽然在工作中他一直战战兢兢谨小慎微，但是在面对问题的时候，他必须不顾一切地平息事端。再说现在是什么时候了，要是真的让省委书记看到龙都原来这样一团糟，他还有什么指望在政治上再进步呢？他做这一切都是为什么呢？难道就是为了等待失败？

其他的常委离开之后,他把陆市长和政法委书记,还有市委秘书长留了下来。他之所以不将宁宇留下来,是在有意识地保护宁宇。他也想好了,就是一旦这些事情控制不住,还是发生了,上面要问责、要处理,也只能是在现在的四个人之中进行处理。他这样做,就是要给这几个人增添压力。他看了陆市长一眼,还是语气深沉地说:"现在就我们四个人了,我在这里说一句,一旦事情真的失去了控制,接受处分的就是我们四人。我也知道,大家心里面可能会说,怎么不让宁宇也进入这里面呢?宁宇是什么人?他才来龙都几天,所有的闹事的那些人,也不是因为宁宇的到来才闹事的,你们大家也是明白的。征地的事情关宁宇什么事?新闻单位和文化单位那些闹事的人,也不是现在才闹第一次,在此之前他们不是也经常闹吗?所以,这些事情,还得靠我们在座的几位去平息,如果平息不了,也只能是我们在座的去承担这个责任。陆市长,你看呢?"

别的事情陆市长可以说就是一点领导责任,可是征地这件事,他是组长,雪雁是副组长,所以他是推脱不了责任的。本来他也期望把宁宇加到这里面来,起码多一个市委领导,出了问题之后大家来扛,可是王明书记明显是在保护宁宇,他作为市委副书记,虽然内心有看法,但是也只能与书记保持一致,他不太情愿地说:"我没有意见,就遵照书记说的办吧。"

秘书长就不一样了,他今晚还第一次和宁宇喝过酒,他还指望宁宇今后提升之后能帮他一把呢。在他的心里,宁宇可不仅仅是一个普通的市委常委,他现在就能主持龙都高职高校教育园区的建设项目,并且市长和教育厅长都还在他之下,这样的人上面迟早是要提拔重用的,甚至现在都可以看出上面急切用他的端倪了。听见书记这样安排,更是觉得宁宇今后完全可能会成为他真正的顶头上司,所以也态度坚决地说:"我服从书记的决定,宁宇同志确实是刚到龙都,对很多事情都不了解,就是出了什么事,他也是没有什么责任的。大家也都知道,他一直在为这两个项目奔波,这段时间几乎都没有在龙都落脚。"王明书记知道他安排的这一招发挥化学反应了,陆市长和秘书长现在十分明显地倒向他的意图了。

政法委书记也是一名老龙都了,在龙都先后就任过公安局局长,纪委副书记,政法委副书记、书记等职务。他一直都是一个敢于直言、敢于坚持真理的人,面对市里面有可能出现这样的大问题,他把一切都豁出去了,也不管陆市长和秘书长的意见,有几分不理解地说:"王书记,我可不这样认为。这两个项目本身就是宁宇同志代表市委在管理的,现在可能出现问题了,怎么能将他排斥在领导成员之外呢?不管他来的时间长短,他现在就是龙都市委的常委,这两件事也是他的分内之事。所以,我不赞成前面两位的意见。要是几位领导都要坚持那样做,我服从,但是我保留意见。"

这件事情发生得也太巧了,就在王明暗示同意秘书长转岗之后就发生了。可以这样说,要是没有这个条件的平衡,今天王明很有可能左右不了这个局面。陆市长意味深长地看了王明一眼,王明说:"我也表个态吧,我同意宁宇不在这个领导成员范围,理由很简单,他来的时间太短,很多情况他都不熟悉,让他承担责任是很不现实的。现在的意见基本统一了,政法委书记保留意见,但是必须服从,现在各组汇报你们安排的情况吧。"

陆市长说:"我们已经安排到位了,相关的区县领导和乡镇领导已经在连夜召开会议了,要在最短的时间之内拿出可行的方案来,确保明天的签约和后天领导视察的平安与和谐。几位相关副市长和政府的秘书长副秘书长都下去了,我们有一个明确的要求,今晚就要找到所有的带头闹事的人员,务必做通他们的思想工作。"

王明又问政法委书记:"你们呢?"

政法委书记也说:"这边的事情早就做了安排的,现在只是增加派往征地相关乡镇的警力,我们也有明确的要求,凡是有闹事迹象的人,一个也不能失去控制。今晚市里面的领导和区县乡镇领导下基层,我们的警员和干部也随队下基层,一定要确保市里面提出的要求,确保这两个重大活动的顺利举行……"

王明书记这才松了一口气,说道:"好吧,那就暂时这样吧,你们两个组有什么突发的问题,要在第一时间通报秘书长。"会议这才散去。

24. 锦上添花

笑笑很快抽身,其实是担心宁宇。她回到宁宇睡觉的房间,看见他还在酣睡,也就放心了。此刻她毫无睡意,明天她也没有什么要紧的事,所以很随意地打开了电脑。这段时间她的中心工作其实就是龙都高职高校教育园区项目基金的事，其他的环保和动物保护协会近段时间都没有太重要的事情，加上留守省城几个基金的外籍人士也离开省城了，所以她显得相对自由。她刚刚打开电脑，就听见宁宇的手机发出了震动铃声，而此刻，宁宇睡得正香。她拿起宁宇的手机一看，电话竟然是王明书记打来的。等到王书记的电话停止之后，她一看，竟然有五个未接来电。

她很清楚，不要说这个时候本身是敏感的时期，就是不是敏感时期，像宁宇这样级别的干部，也是不允许不接电话的，除非有特别的原因。她意识到，王书记找他一定会有非同寻常的事情，看来宁宇也不可能睡安稳觉了。她只得将宁宇推醒，然后说："实在对不起，我知道你很困，但是，你们书记来电话了，我不敢耽误啊。"

宁宇喝了催眠的药，迷迷瞪瞪地问："你说什么？什么书记？"

笑笑说："你们王书记来电话找你了，你给他回电话吗？"

宁宇终于听明白了，十分诧异地说："刚才我怎么睡得这样香甜啊？都两个小时了吧？"

笑笑说："是啊，我就是希望你好好休息呢，你明天的事情太多了，所以才给你喝了药的。"

宁宇坐起身来说："谢谢你，不过，王书记找我一定是有事情的，我得给他回电话。"

笑笑说："我估摸着，王书记还要找你呢，也可能还会让你去见他呢。不过，等你回来，我还有办法让你快速入眠的。我已经想好了，今晚我就做你的保姆，早上我也负责叫醒你。"

宁宇不好意思地说："你能这样对我，我真的不知道该说什么好。"

笑笑说："没什么的，我就当你是我的客户好了，嘻嘻。"两人还在说话，宁宇的电话又来了。宁宇连忙接听道："你好，王书记，我是宁宇，也不知道怎么回事，刚才睡过去了，没有接到你的电话。"

王书记说："没关系的，你这一段时间也确实太操劳了，等过一段时间，让你休息休息疗养身体。不过，这两天还得辛苦你啊，你现在在什么位置？我还有点事想和你交换意见，我让司机来接你好吗？"

宁宇说："不用了，我自己过来就行，你还在酒店吗？"

王书记说："也只能这样了，回去打搅家人更不好。"

宁宇说："好的，我保证十五分钟之内赶到。"

宁宇起身下床，笑笑给他拿来了滚烫的湿毛巾，关切地说："洗洗脸吧，会清醒一点。"

宁宇说："谢谢。"

宁宇出门的时候，笑笑帮他理了理领带，笑眯眯地说："去吧，我等你回来。"

宁宇也不知道为什么，与笑笑在一起就是让人觉得特别地舒坦，更主要的是没有丝毫的压力。他关切地说："你先睡吧，我真的很不好意思了。"

笑笑说："我才不睡呢，我说了要等你回来的，还要做一个合格的秘书，快去吧，别耽误了你的正事。"

王书记见到宁宇，说道："这么晚了找你，确实是因为事情紧急。"

宁宇说："书记，应该的，你不是到现在为止还没有休息的吗？你比我们更操心啊。"

王书记说："你跟我怎么能一样呢，你们年轻人的瞌睡不是多吗？我们上了年纪的人，睡几个小时也就足够了。好了，我们说正事吧，你也是见多识广的人了，依照你的判断，这些闹事的人会怎样呢？"

宁宇说："我觉得现在动手还是来得及的，现在不是都已经部署了相应的警力了吗？我看这酒店外面不是也加强了警力了吗？现在的两个小组已经展开行动了，我觉得问题不会很严重的。"

王书记说："我也这样想啊，可就是怕有些时候会事与愿违啊。我叫你来，主要给你交代两件事。"

宁宇下意识地掏出了笔记本。

王书记说："这个事就不要记了，记在心里就行了。这第一件，我刚才已经召开了一个小型的常委会，出席人有陆市长、市委秘书长和市委常委、政法委书记。我已经在会上明确了基调，这两件事情的维稳领导成员就是我们四个人，其余的任何人不承担责任。也许别的同志私下里有意见，但是会议已经形成决议了。所以，你不要有任何的思想包袱，积极应对，把你该做的事情做好就行了。"

这不明摆着吗，王书记就是在袒护和照顾他，宁宇当然能够领会王书记的意图,一个劲儿地说:“好的,谢谢书记。”

王明接着说:“这件事也只有我们几个人知道,你就当不知道好了,这是应对以防万一的策略。其二,我给你交代的另一项重任你可不要忘了,就是省委领导到龙都调研考察的时候,我和陆市长仅仅是做开头的简短汇报,你要精心准备完善的报告,系统地汇报龙都市委市政府的策略。可以这样说,你的这个汇报也是极其重要的,你能明白我的意思吗?现在发生的这些事情,你完全可以置之脑后,还有我和陆市长呢。”这里面的玄机,宁宇能不明白吗?市委市政府的系统思路,虽然在报告里有大框架,但是深化到这两个具体的项目上,王书记和陆市长是没有仔细细化的,也不可能在短时间之内就能形成一份与市里面的大政方针相吻合的报告来。可以这样说,就是让市委和市政府的秘书班子马上起草这样的文本都是一件难事,领导拿到文本消化也是一件难事。这样的事情,也只有他宁宇来承担了。另外,王明书记还要他在这个报告里面着重突出市委市政府的战略意图,也只有他宁宇知道这个文章该怎么做,怎么才能出彩。王书记是安于在龙都一直待下去的领导吗?在省委主要领导面前露脸的机会可不多,他当然希望宁宇能在这样的关键时刻给他来一个锦上添花。

宁宇一边点头,一边说:“好的,我一定会认真把这项工作做好。”

王明书记说:“嗯,你明天忙完之后,我想你就可以闭门谢客了,要凝神静气地把这篇文章做好,我和陆市长可是看着你的啊。还是那句老话,其他的事情你就不要想,一门心思完成好这个任务,好吗?”随后两人又随便闲聊了几句,王书记还赞扬他是一个做主官的料,很快能进入角色,融入本地区和工作岗位的能力特别强,等等。宁宇自然是谦逊一番才离开。

25. 忐忑

宁宇果然没有回家,也没有去别的地方,而是快步回到了笑笑的房间。笑笑早就给宁宇准备了温热的粥,里面当然也加了催眠药物。一进门,笑笑就说:“你就不要浪费时间了,赶快喝了这碗粥就睡觉吧,时间已经不早了。

你不用担心起不来，我会按点喊你起来的。准时六点半让你起床，你走之后我再睡觉，你看这样安排合理吗？”

宁宇一边喝粥一边说：“真是难为你了，等忙过了这段时间，我一定好好谢谢你。”

笑笑说：“呵呵，我才不指望你回报呢，你在省城的时候我就答应了你的，你回龙都我就会犒劳你，但愿我的这种犒劳方式你喜欢。”

宁宇说：“你这可是雪中送炭啊，我真的很感激你啊。”

宁宇按照笑笑的规划，果然很快再度进入梦乡。笑笑很满足自己的安排，就像一个贤惠的妻子，可她摇摇头，心里说：还真不知道自己的男人在哪里呢？她见宁宇已经睡沉了，将被子替他盖好，然后又开始在电脑上工作。实际上，笑笑的工作也是别样繁忙的，她要对接六家海外公司，每一个公司的业务也都是不一样的，所以看似轻松的她，实际上忙得一塌糊涂。不过，每一个项目她都有一个特别得力的助理，一般性的工作她是不用做的，最多也就是决定大事的时候她才出面。但是，就是这样她也很累，每一个公司的情况各不相同，光熟悉公司的情况就需要很多时间。趁宁宇睡觉的时候，她一连与三个助理交换了工作上的意见。当她准备与第四个助理联系的时候，看见时间的指针已经指向清晨六点十五分了。她停下了手中的工作，走到宁宇的床前，刮刮宁宇的鼻子，轻声呼唤道：“我的懒猫，该起床了，现在是六点十五分，你还有几分钟的时间洗漱，然后你就该去工作了。”

宁宇还没有走出房门，他秘书的电话就来了：“宁部长，您在哪里啊？需要司机来接你吗？”

宁宇说：“不用了，我就在龙都酒店的，你过来就好了。”

秘书说：“我已经到了龙都酒店的大门口了，我们到会场见吧。”

宁宇说：“好的。”一边给笑笑挥挥手，一边快步走出了房间。

尽管雪雁也一夜没有睡好，但她还是很早就赶到了会场指挥办公室，远远就看见宁宇来了。宁宇也跟她挥手打招呼。雪雁内心很生宁宇的气，昨晚他做的那些事情居然都不跟她事先通报情况，让她十分被动。所以她虽然看见了宁宇挥手，也没有与他招呼，而是一个人进了指挥办公室的房间，随后找了一个位置坐下来。跟随她的秘书问：“雪副市长，我给你叫早餐去吧？”

雪雁没有反对，也没有赞同，脸上没有任何表情。

宁宇在门口就遇见了秘书,秘书已经带了两份早餐进来了,见了宁宇就说:“我们进指挥办公室用早餐吧?一边吃您一边安排今天的工作好了。”

两个人进去看见呆坐在一边的雪雁,宁宇马上问:“雪雁副市长,你也没有用早餐吧?”

雪雁说:“有人给我拿去了,你们吃你们的吧。”

宁宇坐到了她的身边,又问:“要不,我们一起吃吧,秘书再去买一份就是了。”

雪雁还是面无表情地说:“不用了,我的也许一会儿就到了。”两人正说话,雪雁秘书带了早餐进来。

雪雁就对两位秘书说:“你们先回避一下,我和宁部长商量点事情。”

秘书离开之后,雪雁的脸色还是很难看。宁宇与她已经不是一天两天的交道了,很少看见她这样沮丧的样子,料想她一定遇到了什么为难的事情,于是说道:“我们也是很长时间的搭档了,你要是有什么为难的事情,你就直说好了,我能帮的,就一定全力以赴。”

雪雁瞥了他一眼,不紧不慢地说:“是吗?那么我还要感谢你了?”

一听这话,宁宇就觉出了味道不对,抬头望了雪雁一眼问:“怎么,我有什么地方做得不妥吗?看样子你是对我有意见啊?”

雪雁说:“我是对你有意见。你昨晚知道龙都高职高校教育园区征地的事情,怎么就不给我透露一声呢?难道你不知道这项工作是我抓的吗?你是不是成心想看我的笑话?你虽然是领导,你也不能这样对身边的同志啊?”她一开口就这样愤懑地说,这让宁宇完全丈二和尚摸不着头脑,一直愣愣地看着雪雁上下翻动的嘴唇。

见雪雁停下来了,宁宇才问:“你说完了?”

雪雁说:“说完了,我要你给我道歉。”他们本来已经是很和谐的搭档了,雪雁也不想把事情搞得很生分,于是这样说道。

宁宇笑了,笑得格外自然。

雪雁问道:“你什么意思?你是一个听不进去不同意见的人?”

宁宇这才说:“你不要激动,我不是还没有说话吗?首先,不管是什么原因,看在你生气的份上,我先给你道歉,我不应该让一个女同志生气。其次,我要告诉你的是,我确实不知道征地工作是你主抓的,要是我知道是你主抓的，我一定会选择时间告知你。再次呢，昨晚的情况实在太特殊了，我们一直都在开常委会，时间非常紧急，就是我接到笑笑提供的信息，也没敢久留，王书记和陆市长就在会议室等着我呢，我哪里有时间跟别人说清楚这个情况啊？最后呢，我知道你昨晚在陪和氏商号集团的和韵，这也是一件要紧的公务，我不想轻易打搅你，因为我知道，今天你的事情特别的多，希望你能休息好一点，你们女人比我们男人更承受不了辛劳，现在看来，我的好心都白费了，你昨晚完全没有休息好是吧？”

宁宇的一番话，说明了一个根本问题，他压根儿就没有责任，也不是要故意为难雪雁，其内心还在为雪雁着想。雪雁娇嗔道：“这么说来，还是我冤枉你了？好吧，女人有很多时候都是糊涂的，希望你能大气量地体谅我，行了吧？”

宁宇说：“我本来也没有打算生气啊。”

此刻，雪雁的气也消了，关切地问道：“现在你知道情况了，征地的时候我的工作是有些草率了，不会给这一次的活动带来不利影响吧？”

宁宇说：“现在就不要想这些了，你就信奉那一句话吧，谋事在人成事在天，只要尽力了，要是还是要出问题，那也就是上天的事了。但是有一点，我们只要付出了最大的努力，也就问心无愧了。”

雪雁还是忧虑地说：“话是这样说，可我这心里怎么安静得下来啊？要是真的这件事情因为我处理征地引发矛盾，最后把这项合作搅黄了，我不就成了龙都历史上的千古罪人了……”

26. 什么是真正的贵妇

这毕竟是龙都历史上具有重大意义的合作项目，根据事前的安排，宁宇和雪雁要代表市委和市政府到龙都高速路出口迎接和氏商号集团的主要领导。在出发之前，宁宇和雪雁还要代表领导检查会场的布置、会场内的安保、会议的议程及相关的文件等的准备。总之，事关会议的一切，他们都得再一次过问检查。在雪雁副市长的主持下，他们召开了一个市级部门的简单会议。参会的部门包括市委宣传部、文化局、广电局、报社、新闻网、投资促进局、市接待办、市公安局等，还有临时机构龙都新闻文化产业改革办公室的所有人员，雪雁让每一个部门逐一发言，最后请宁宇做指示。

宁宇对大家说："各位，今天这个会也就长话短说了，这一次与和氏商号集团的合作，是全市也是全省的重要改革大事件。省上的主要领导和市委市政府都是高度重视的，所以这一次的合作只能成功不能失败，在座的各位肩负的担子不轻啊。我希望各单位各司其职、各负其责，都要把自己分内的事情做得尽量圆满妥帖。我在这里先把丑话说在前头，哪一个单位出了问题，单位的主要领导是要承担责任的。当然，我希望不要出现问题，大家都能圆满和谐地完成任务……"

会毕，章局长和思明部长来找宁宇，宁宇十分干脆地说："这个时候不谈你们俩的事，我现在马上要和雪雁副市长去迎接和氏商号集团的主要领导了，你俩先把手里面的工作做扎实吧，我会找你们的。"

章局长和思明先后离开了会议室，宁宇的秘书提醒说："宁部长、雪雁副市长，现在是不是该走了，时间差不多了啊。"

雪雁还在翻看最后的发言要点，随口问宁宇："走吗？"

宁宇站起身来说："是该走了，我们从这过去需要半小时的。"

雪雁起身走进换衣间，回头对宁宇说："对不起，我换一件衣服，今天是个特别的日子，一会儿还要会见我们和氏商号集团的很多大美女呢，我这样土里土气的很不搭配啊。"

宁宇看了雪雁身上的西服套裙，模样儿也是端庄俊秀的，于是开玩笑说："雪雁同志，你人长得漂亮，穿什么都是漂亮的，我看你现在的一身也够华丽的了，你再打扮漂亮一点，别人连看都不看我们一眼了。"

雪雁说："不和你斗嘴了，换衣服也需要时间，你要是想不耽误时间的话，就少奚落几句好吗？"

宁宇告饶说："好好好，我怕你了，我不说了还不行吗？"

女人就是这样，化妆和不化妆有着天壤之别。刚才一脸困顿的雪雁，完全没有神采，宁宇看见她就像邻家姐妹一样。经过化妆和打扮之后，雪雁的明星气质完全显露出来了，高挑苗条的身段，配上高贵气质的紫色连衣裙，颈项之间点缀着飘逸丝巾，俨然一个从王府里走出来的贵妇。她走出来的时候，见四下没人，于是冲宁宇问："怎么样？这样搭配行吗？"

宁宇鼓掌说："好好好，龙都最高规格的美女市长，形象和气质都足以代表龙都市了。"

雪雁说："我不是开玩笑，真的怎么样啊？"

宁宇说："快走吧，确实不错的。"

两个人走出会议室，穿过酒店的大堂，宁宇注意到，酒店四周已经站满了警察，那些英姿飒爽的女警们齐刷刷地向雪雁行注目礼，这说明今天雪雁的打扮是超级成功的。宁宇冲她挤挤眼，雪雁也满足地笑了，但她很快转移了话题："宁部长，你不觉得这酒店四周的警员多了一点吗？这样会给和氏商号集团的人留下什么印象啊？"

宁宇也说："嗯，确实有这么一个问题，车队有警车开道，酒店周围的警察确实不能这样多，就是要有，也应该多一些便衣更合适。"

雪雁说："我也这样想，但是我可不敢指使领导啊。"

宁宇连忙拿起了电话，直接给王明书记去了电话，将他的想法说了，最后还补充说："这也是雪雁副市长和我一致的意见。"

王明书记说："好的，你们忙你们的吧，我会安排的。"

还好，他们赶到高速路口时，和氏商号集团的车队还没有行驶到高速路口。所有的迎接人员在雪雁的协调和指挥下，站好了队形。手捧鲜花的两个小女孩脸上绽放着笑容。雪雁看两个孩子实在可爱，随便问："两位同学，你们一会儿跟和阿姨说什么啊？"

其中的一个说："向和阿姨问好。"

另一个说："欢迎和阿姨到龙都来投资。"这孩子的话一出口，身边的几个人都忍不住笑了，宁宇没有笑，心里想：谁安排的让孩子来献花啊，孩子们不是要上学吗？怎么能在这上面作秀呢？但是，时间已经快到了，现在让孩子们走显然是不可能了，他只好压抑着想说的话。

和氏商号集团的车队在高速路口停下来时，人们列队恭候，宁宇和雪雁迎了上去，从车上依次走下来了和夫人与和好等和氏商号集团的企业负责人。两位乖巧的孩子给和夫人与和好献花，和夫人的脸上荡漾着迷人的笑容，她与宁宇和雪雁握手问好之后，介绍了她随队的其他负责人，然后朝迎接她们的人群挥手致意，俨然大国领袖夫人一般的气质。

此刻,人们才注意到,这个和氏商号集团的掌舵人,看上去也就三十来岁,浑身洋溢着一种激情和浪漫,迷人的笑容成为人们印象深刻的名片,妖娆婀娜的身姿显露出她的神采,一身华服更是显露出逼人的贵妇气度。当她出现的那一刻,雪雁下意识地看了看自己的装扮,很显然,她有一种相形见绌之感。

人们也留意到了和夫人身边的和好。此人看上去也就是二十多的年纪,一身超前卫的打扮,十足的个性女郎。这两个女人一出现,气场立刻变得星光闪耀一般。

和夫人与宁宇握手问候的时候说:“但愿我们合作成功,彼此双赢。”

宁宇很开心地说:“是啊,我也一直这样想。我想一定会的,现在是天时地利人和,只要我们双方互惠互利,互帮互学,成功就是必然。”

和夫人说:“做事业,做学问,我都是你的学生,只不过是继承了祖先的基业,所以才站在了这个位置上,今后还望宁部长能够多多帮衬。”

宁宇说:“我们都是老朋友了,你还这样客气。能帮衬你这样的朋友,也是我的荣幸啊。”

和夫人又说:“见到和韵了吗?”

宁宇说:“当然。”

和夫人说:“这孩子你是看着她进入新闻行业的,今后你可还要下力气帮助她啊。单凭她现在的经验积累和知识积淀,很显然掌管龙都市场还有几分吃力,不过,有你这个老师在,我也就放心多了。”

宁宇回应说:“嗯,我会照应她的,你不要小看了她的能力,每一个人的潜能都是无限的。”

27. 签约仪式

宁宇在与和夫人对话的时候,和好一直在与雪雁交流。当宁宇与她握手问好时,和好第一句话就说:“宁部长,你还没有忘记答应我的事吧?”

宁宇说:“怎么可能呢,不就是去郊外看寺庙、吃斋饭吗?只要你有时间,我随时都可以兑现我的承诺。”

和好说:“这可是你说的,今天我想我们是不回省城了的,那就今晚吧?”

宁宇说:“只要你觉得可以,我一定没有问题。”

和好自己摇摇头说:“太遗憾了,你也知道的,今晚是属于我们两家共同庆贺的日子,就是我想去,我姑妈也不一定同意我去啊,看来只能另寻时间了。”

宁宇说:“我们两家这样大的合作项目落地,还怕没有时间见面吗?你随时都可以来龙都啊,有什么遗憾的呢。”

和好却说:“我说宁部长,你也真会开玩笑,你当我是你一样的政府官员啊,想去哪里就去哪里?我现在是在办企业呢,企业的规矩严格说来比你们政府要复杂多了。你也是明白的,起码不能越级指挥吧?今后的龙都市场是和韵全权负责的,我虽然是这个项目的总负责人,可她是执行总经理啊,我能轻易到她的地盘上来吗?我就是想来,不也要费很多周折吗?”

宁宇摇摇头说:“哦,你们之间还有这么多的规矩,我可是闻所未闻,我原来想得很简单的。”

随后宁宇又与其他的负责人一一握手问候,接着两个车队就并行在一起,浩浩荡荡地向龙都酒店开去。

王明书记和陆强市长要在酒店门口迎接和夫人一行,也不知道他们现在到位了没有,雪雁提醒宁宇说:“你是不是可以给书记一个电话啊?”

宁宇连忙给王明去了电话,让他们做好准备,二十分钟后就要到酒店门口。他放下电话,雪雁感叹道:“贵妇人就是贵妇人啊,我想和夫人最少也应该四十多了吧?她看上去怎么就那样年轻呢?莫不是她真的有长生不老的秘方不成?”

宁宇可没有心思与她讨论这些无聊的话题,只听见雪雁又嘟囔道:“老实说,她做你的女朋友我也不会觉得惊奇。”宁宇终于看了雪雁一眼。雪雁说:“怎么,我说的不妥吗?人家就是显得年轻啊?还倾国倾城的美艳,老天爷真是不公平啊。”

宁宇说:“我说你们女人就是,对容颜也太看重了吧?”

雪雁眨巴了大眼问:“我怎么样,看上去是不是比她还老啊?”

宁宇说:“你也是的,本来就比她年轻,你比这些干吗呀?”

雪雁死乞白赖地说:“我要听你的真话呀，看看我今后能找一个什么样的男人啊。”

宁宇提醒她说:“我说雪雁同志,你现在可是在办公场所啊,尽管现在是在车上,你觉得探讨这样的问题合适吗？”

雪雁连忙说:“是啊,我也觉得有点离谱,可是我看见和夫人,我不是嫉妒吗,女人嫉妒别人美艳是一种本能,嘻嘻。”

远远就看见龙都酒店大门口鲜艳的横幅,上面写着“热烈欢迎和氏商号集团领导莅临龙都洽谈投资合作”字样。宁宇一下车就看见王书记与陆强市长并排站在酒店门口,两人可能在谈论什么开心的事情,脸上洋溢着笑容。宁宇领着和夫人与和好与他俩见面,随后一行人步入了会谈的大厅。

根据安排，首先是王明书记和陆强市长代表市委市政府与和夫人一行友好会见。王书记、陆市长、宁宇、雪雁副市长等市领导出席见面会,和氏商号集团方面出席见面会的自然就是和夫人、和好、和韵等人。大家也都明白,这样的见面会不外乎就是给新闻界的朋友提供新闻素材，真正的内容实际上还要在签约仪式上才能落实。这个见面就是为了突出双方友好的气氛,彼此都是说些务虚的话题。这个会的时间安排得很短,王书记代表市委市政府致欢迎辞,和夫人答谢一番,会见就算结束了。

紧接着就是双方的合作签字仪式。龙都方面出席的还是这些领导,和氏商号集团也没有任何调整。雪雁和和韵在合作文件上签字之后,一切就都算尘埃落定。和夫人与和好在酒店休息,王明书记和陆强市长暂时离开龙都酒店。

第三项是宁宇、和韵等人召开联合新闻发布会，宣布这一次的合作成果,回答北京和省市新闻单位的提问。倘若说刚才的几项仪式都是小范围公布双方合作事宜的话，这个新闻发布会就是面对社会宣布这项具有历史意义的合作项目了。宁宇亲自发布了这个新闻,人们这才知道,和氏商号集团本次合作一共要投资五亿元人民币,与龙都市一起打造新闻和文化产业。

可以肯定地说,这个信号是非常积极的,也是振奋人心的。起码在现阶段，还没有任何一家企业能够出这样的巨资联合地方政府打造新闻和文化产业。谁都可以预见,明天国内的很多报刊都会发布关于龙都的新闻文化重大调整和改革的消息。所以,这个新闻发布会的内容安排得很长,给全国各地的记者留下了充裕的采访、提问时间，宁宇、雪雁、和韵等人从容不迫地回答了记者们的提问。

有记者问宁宇："龙都的新闻和文化产业整体与和氏商号集团合作，是不是意味着和氏商号集团今后就垄断了龙都的话语权？"这样的问题当然十分敏感，这样的问题宁宇事先也是都想到了的。

只听见他沉稳地说："这位记者同志，可能这里面有一个误区，和氏商号集团是参与龙都新闻文化的经营，而不是报纸的内容采编制作。也就是说，今后龙都的新闻和文化产业的经营问题，和氏商号集团起主导作用。但是，新闻舆论的导向仍然不会发生丝毫的改变，该宣传部主管的还是宣传部主管，该文化局主管的还是文化局主管……"

有记者问和韵："现在很多的商业合作都有水分，这一次和氏商号集团与龙都市的合作，让我们感到振奋和惊奇，我想知道的是，这五个亿的合作资金什么时候能够到位？会不会先预付到账号上一部分，剩余的部分以后再支付？"

和韵说："谢谢这位记者先生，我在这里可以非常明确地告诉你和新闻界的朋友，我们五个亿的资金不会分期支付，会一次性全部划拨到新组建的公司账上。这里我要说明的一点是，因为与龙都方面是三方面的合作，其中有报业集团、广电影视集团和网络新闻集团，所以我们这五个亿的资本，会分别打到三家公司的账号上……"

28. 虚位以待

整个新闻发布会始终张扬着一种新奇的氛围，尤其是北京和省里面的媒体，都对这件事情高度关注。事实上，这项改革确实是全国范围的破冰之旅，没有哪一座城市的新闻文化产业被这样一揽子纳入改革，也没有哪一个企业集团敢冒这样大的风险一次性投入一个市的新闻文化产业这么多。所以大家充满关注也是极其正常的。

随后有记者问雪雁副市长，龙都的这一次改革是不是触及了体制改革的底线,这么大范围地将新闻文化产业推向改革的第一线,前所未有。雪雁副市长说,新闻文化产业,之所以叫产业,就要还原它的产业本能,这一次我们引进资本,就是为了让这个产业快速高效有序地得到发展,从而走上一条适合这个产业的发展之路。如果说触及了体制改革的这个话题,我想没有什么比适应经济建设的规律更重要的了。雪雁毕竟是学者型官员,正好对媒体研究有极深造诣,所以回答这样的问题是从容不迫的。

发布会的时间整整进行了两个小时,完全达到了预期的效果。会后,宁宇对和韵说:“现在看来,我们的和总已经不是那个牙牙学语的实习生了,而是顶天立地的媒体精英了,你今天的表现,让我有几分惊诧。”

和韵乐呵呵地说:“你什么意思啊?只允许你有进步,就不允许我们这些乡野村妇有一点进步吗?”

宁宇说:“不是不允许进步,是你进步得太快,让我觉得眼花缭乱了。要是按照这样的速度,我就是跟着你跑,也会跟不上你的节奏的。”

和韵说:“我说,你也太夸张了吧?你不要给我糖衣炮弹,今后我可是要仰仗你的。你也知道,龙都市场集团交到了我的手上,我的责任也就太重大了,要是没有你这个心理支撑,我简直没有这个勇气的。”

宁宇说:“我才不信呢,你骨子里和你妈妈一样,都是那种天生聪慧的商界奇才。今天你妈妈也跟我说了一句让我惊诧的话,她说她无德无能,唯一的优势就是继承了祖上的大业,难道你不觉得她的谦逊也和你如出一辙吗?所以我算是看透了,你们和氏商号集团的人,没有一个是简单的,可能这就是你们与生俱来的血统吧?”

和韵懵懂地说:“呵呵,还有你这样赞扬人的啊?”

雪雁副市长这时也走到了两人面前,宁宇问:“你说说,和韵是不是也让你大吃了一惊?”

雪雁跷起大拇指说:“士别三日当刮目相看,这句话在和韵的身上算是得到验证了。她的发言,还让我想到了一句十分贴切的话,叫做位置决定水平,屁股决定脑袋,话虽然不中听,但是说明了一个普通的道理啊。原来我还真的担心呢,现在看来,只要和韵坐镇龙都,我们的改革大业也就有望了……”

宁宇随即改换了一个话题,问道:“和韵啊,是不是我们现在就可以任命你为报业传媒公司、广电影视传媒公司和网络新闻传媒公司的总经理了?现阶段也算是万事俱备,就欠你这一股东风了?”

雪雁也十分关切地说:“是啊, 我们的其他高层人力资源基本上都到齐了,现在就等你了。”

和韵说:“哦,这件事情啊,不是你们想象的那个样子,我不是说了吗,虽然我到龙都来负责几个公司的日常工作,可我不是总经理,按照我们集团内部的分工,我只是执行总经理,我上面还有一个总经理,这个人就是和好。”

雪雁问:“这样的结构有利于工作的开展吗? 要是遇到突发事件需要应急处置怎么办? 难道还要等和好在省城签字授权吗? ”这其实也是宁宇关注的问题,他的眼睛一眨不眨地盯着和韵的眼睛。

和韵说:“也没有你们想象的复杂,我们在工作正式开展之前,和好给我一个授权书就可以了,实际上龙都的所有事关经营的事情,最终还是我来决定,不过总经理和集团领导有监督和修改的权力。”

宁宇问道:“那么在你的权力边界还没有确定之前, 我和雪雁副市长应该找谁去研究这方面的问题呢? ”

和韵乐呵呵地说:“当然是集团领导和我的上级啊。”

雪雁说:“哦,我们还得找和夫人与和好是吧? 宁部长,事不宜迟,我看我们是不是现在就去找找她们啊,事情定下来,我们才好马上安排其他的工作啊。哦,对了,宁部长,还有章局长催的协调办公室副主任的事情,现在可不能再拖了。”

宁宇说:“嗯,这件事今晚之前就要决定下来。不过,现在去找和夫人她们不合适,已经是午宴的时候了,王明书记和陆强市长他们可能都过来了,招待午宴是由陆市长主持的。走吧,我们也该过去了。”三个人慢慢地向宴会大厅走去,他们身后跟了三个秘书,竟然自成一景。

几个人刚刚走到宴会厅门口,远远就看见和好向他们这边走了过来。和好与雪雁打了招呼之后,十分亲昵地对宁宇说:“我等了你很久了,我们能聊一聊吗? ”宁宇也正想与她谈几个媒体公司经营班子的事,所以就与雪雁、和韵打招呼离开了。

两人来到宴会大厅靠窗的小花园,花园里的植物长得青枝绿叶,很是生机勃勃,其中几株植物的花朵还怒放着,散发出淡淡的清香。和好夸张地说:“哦,这个小花园简直就像天堂,太美了。”

宁宇淡淡一笑说:“既然这样喜欢,你就留下来多住几天呀?”

和好却说:“宁宇部长,你是不是太吝啬了,你要留我住下来,难道就让我住在没有人情味的酒店吗?难道你不邀请我去你的家里参观?最好是在你的家里住下来?如果我没有记错的话,这才是中国人的最高礼仪吧?”

宁宇说:“你说的一点都没错,可是你让我很为难。”

和好问:“为何?”

宁宇说:“我也刚刚搬到龙都不久,我家里乱糟糟的,实在不成样子,我担心吓着你了。”

和好却说:“哦,那样岂不是更原生态。我和你一起收拾,那才更有乐趣呢!”想必这个和好也对宁宇产生了好感,要不然,她怎么会说出这样一番话来呢?

宁宇说:“像和好这样昂贵的清洁工,我恐怕是消费不起啊!”

和好自嘲道:“没关系,我可以因人而降价的……”两个人聊得其乐融融,就是还没有触及谈话的主题。

29. 紧急会议

宁宇抬腕看看时间,最迟十五分钟后王书记和陆市长他们就会来到现场了,所以他决定直接进入主题,问道:“有一个问题,我可以直接问和总吗?”

和好十分温和而友好地说:“只要我能解释的,没问题。”

“现阶段我们双方已经进入合作的实质阶段,三个集团的其他人力都基本到位了,现在就等候你们的经营人才进入,我们的团队才能组建完毕啊。具体地说,就是你们派出来的经营负责人要到位,我们的整体改革才可能拉开。”宁宇很简洁地说。

和好一直盯着宁宇的眼睛,回答说:“你的眼睛早就告诉我,你想问这方面的问题。我也知道,你关注我的眼神绝不是因为我本人,而是这些问题是吗?”

宁宇说:“不不不,二者都有吧。你也明白的,我现在这个身份,很多问题根本无法回避的。这个改革项目,也是市委委托我管理的,所以我冒失和急迫,希望你能理解。”

“当然,我们的目的实际上都是一致的,我们也期待着尽快推进三个经济实体的改革。你说到的人力资源,我们大致决定了的,龙都的媒体投资项目,我向集团负责,出任这个项目的董事长和总经理。和韵向我负责,由她出任这个项目的执行总经理。今后的龙都,就由她主持日常事务,我这负责宏观管理和监控。”和好简洁地介绍说。

宁宇又问:“你们的这个任命程序何时能够结束,什么时候能够进入到开展工作的层面?”

和好说:“就今天,今天我们就要宣布这个项目的相关人事决定,我与和韵的任命由集团领导层的代表和夫人宣布,其他的部门负责人由我与和韵宣布任命。”

宁宇关切地问:“也就是说,今天之后你们的班子就完全搭建完毕了?”

和好说:“理论上是这样的,公司的任命文件今天下达,但实际上早就运作了近三个月了,每一个经营部门的磨合也基本到位了。我知道你想说什么,你们要等到我们的任命出来,才好任命三个公司管理层面的干部,是吧?现在我就可以把名单给你们。我想,在市里面这个层次上,只需要任命总经理和副总经理吧?三家公司的总经理都由和韵出任,每一个公司都设置一名常务副总经理,这些名单我可以随时给你。”

宁宇就是需要这个名单,连忙说:“嗯,这样的话,那就太好了,我想我们市委今天下午也会集中研究三个集团的人事问题了,一会儿你让助理将这些名单给市委组织部吧,我想这样可以节省不少时间。”

和好说:“好的,没问题。”

此刻,两人看见人流明显多了,宁宇的秘书过来提醒说:“两位领导,午宴就要开始了,请两位入席吧?”

果然,王明书记和陆强市长,还有和夫人也都到了。市委王书记、陆市长、人大党组书记、政协主席以及排位在前的八位常委陪同和夫人、和好在主宾席。宁宇和雪雁等人陪同和韵在另外的一桌。大家入座之后,陆市长开始致辞,欢迎和氏商号集团的贵宾莅临龙都,并对和氏商号集团在龙都投资兴业表示祝贺,最后他请出了市委王明书记和和夫人一起为各界宾朋祝酒。

盛大的午宴之后,双方各自展开了这个项目的人事安排。在各自研究这项工作之前，王明书记还与陆强市长和宁宇三个人专门会见了和夫人与和好,听取了她们集团对龙都项目的人事安排。听完之后,王明书记说:“好的,你们的安排我明白了,龙都的具体工作就是和韵抓,三个项目各自配备一个常务副总是吧？”

和夫人说:“我们考虑不妥的地方,请书记和市长指正。”

王明书记说:“你们这样的国际财团，你们的人事任免制度也是有一套完整的规范的,我们也无权过问啊,不过,你们的名单出来了,我们再研究三个集团的领导干部就有依据了。现阶段三个集团的其他人才基本到位了,就剩经营岗位领导的空缺了,实际上就是在等你们集团的内部任命。现在这样也就简单了,我们今天也会研究相关的人事,尽快启动这项改革。”随后他问陆强市长和宁宇:“你们还有没有什么补充意见？”

陆强市长说:“没有。”

“你呢？”王书记问宁宇。

宁宇说:“既然和氏商号集团方面的人事出来了，我建议我们市委最好今天就研究三个集团的人事吧？”

事实上,王明书记早就有此意了。他比在座的每一位都要明白,只要三个集团的主要领导不完备,下面的工作就不可能正常开展起来,而且还有很多想要职位的干部乱窜乱跳,把这项工作搞得更复杂,所以他早就决定要在今天下午快刀斩乱麻,把三个集团的主要领导一并定下来,再等组织部那边去履行手续就行了,这样也可以杜绝很多腐败行为的滋生。王书记望了宁宇一眼,问道:“还有别的意见吗？”

宁宇说:“没有了。”

王书记对秘书说:“你去把秘书长找来。”然后微笑着对和夫人说:“和夫人,我们就商议到这里吧？我们接下来开一个内部的短会。”

送走了和夫人与和好,王书记对陆强市长说:“就今天下午,马上召开常委会会议,把三个集团的领导班子确定下来,文件明天就下发,你看如何？”

陆强市长自然明白王书记的意思,他赞同道:“好啊,免得夜长梦多,也好让定下来的同志尽快开展工作。在这样的历史关头,就是要拿出雷霆万钧之势。”

秘书长进来后,王明书记对他说:“立即通知市委常委,市委召开紧急会议,任何人不得缺席。”随后他又问宁宇:“你看还有哪些人应该列席会议呢?”

宁宇想想说:“雪雁副市长应该参加,还有宣传部和新闻文化产业改革协调办公室。”

王明书记说:“那么就增加雪雁、思明和章局长,就这样定了。”

秘书长提醒道:“本身涉及思明和章局长的就让其回避吧?”

王明书记说:“这不是常识吗?”

秘书长转身通知去了。王明书记说:“我们也走吧?”所有人都跟着王明和陆强离开酒店直奔市委。远处的街道上,宁宇看到三五成群的巡警和交警,很显然,他们比平时繁忙了不少,每一队巡逻的警察都睁大了警惕的眼睛。他内心寻思着:但愿这两天的龙都能够风平浪静。

30. 主帅确定

常委会按部就班,最先决定的事项是龙都市新闻文化产业改革协调办公室的人事决定。文化局的章局长为办公室主任,副主任分别是思明、和韵、红唇、娜娜、章杰、陆草儿和钟露,章杰为专职副主任。很显然,这些都是宁宇和雪雁多次给市里面提交的相关人选。现在终于尘埃落定,顺利地通过了市委常委会。

接下来相继通过了思明出任报业集团董事长、集团党委书记、龙都日报社社长,红唇任报业集团代总编辑、报业集团党委副书记、龙都日报代总编辑的决定。和韵为报业集团总经理。

钟露留任广电局副局长,陆草儿调任广电局副局长,两人均出任新成立的广电影视集团副总经理,和韵任广电影视集团经营公司总经理。

娜娜任龙都网络新闻集团代理总编辑、党委副书记。和韵任龙都网络新闻集团总经理,董事长由国资委派员兼任。

龙都新闻文化产业改革三大集团的主要任命落下了帷幕,宁宇和雪雁的心里也踏实了许多。此刻,王书记话锋一转,说道:“还有两项重要的人事调整,在这里也一并告知大家。”所有人的目光都转移到了他的脸上,今天的会议议程上并没有另外的议题呀,王书记怎么突然说出了这样的话呢?敏感的宁宇觉得,他上一次给王书记汇报的事情可能王书记已经下定决心了。他希望市里面能让章局长调任市委宣传部副部长,接替走了的思明。至于他的文化局长,自然也就得另寻他人了。

这样做也是很有道理的,现在章局长是龙都市新闻文化产业改革协调办公室的主任,今后他还要对三大集团实施一定的指导工作,所以文化局长的位置显然不是最合适的。另外一个方面,宁宇不希望章局长染指龙都高职高校教育园区的建设项目,让他出任宣传部副部长也算是对他的一种安慰。其三,他更清楚章局长的真实想法,章局长本来就不想离开新闻行业,他早就盘算着在基层建功立业之后调回省报集团。现阶段让他进入市委宣传部,无疑也是对他的支持。他猜想,也可能是王明书记批准了他的提议,所以他凝神静气地听着王书记讲话。

只听见王书记说:“各位,现阶段龙都的两件大事都在如火如荼地开展,我和大家一样都非常欣慰。首先说一说龙都高职高校教育园区建设项目的事,这项工程也基本落定了,明天省上的主要领导还要来专门调研考察。省上也决定了这项工作的领导班子成员,我们很欣慰地看到这个班子成员是由年轻的宁宇同志牵头,上一次市里面的主要领导同志也出席了省里面的相关会议,副省长和省委常委、宣传部长也在会上再一次明确了宁宇同志负责整个工程的全局。市长和省教育厅厅长各自出任指挥长,协助宁宇同志抓好这项工作。这项工程对于全省教育战线、全市教育战线,都是一件意义非凡的大事,事关龙都的发展全局。所以,根据宁宇同志的提议,在这个项目上还得增加领导力量。宁宇同志也给市委和省里面相关的领导提交了报告,报告期望将市委常委、秘书长抽调进这个班子出任副指挥长。现在省里面的领导已经批复同意,市委也同意,所以这里我们祝贺秘书长在这个岗位上发挥应有的作用……”当然,这个消息对于大多数的常委来说还是新鲜的,很多人也很意外。大家都是知道的,这个项目有太多的怪异之处,宁宇竟然是市长和省教育厅厅长的上级,现在陆市长是指挥长,雪雁副市长是明确的常务副指挥长,那么秘书长这个副指挥长一定是在雪雁副市长之下了。但大家没有议论什么,现在大家最关心的是,将市委秘书长转到这个项目里面去,也就意味着他将从市委淡出,更多地协助市长工作了,这是否意味着马上就要让他出任政府里面的要职?不过,这样的揣测是无法避免的,本来陆市长和王明书记就是这样一个意图。

王明书记继续说:"这件事情也就是跟大家通报一下,省里面的领导和市委已经同意了。下一步秘书长就要配合宁宇同志和陆市长开展相关的工作了。另外……"众人又来了精神,知道还会有新的人事调整,但是究竟是什么样的人事调整,大家还一无所知。

王明书记说:"本次的干部调整,宣传部的副部长思明调整到了报业集团,根据市委组织部的提议,将现在的文化局章局长调任市委宣传部副部长,下面请组织部部长作介绍。"

组织部部长近乎照本宣科,他首先介绍了章局长的工作履历,随后又介绍了他到龙都以后的工作表现,最后说:"鉴于章局长现在本身就在龙都市新闻文化改革协调办公室主任的这个位置上,所以我们经过再三研究,觉得调他出任宣传部副部长非常合适。"雪雁当然毫不知情,突然望了宁宇一眼,似乎在说:"你什么意思?挖我的墙角啊?"毕竟章局长是她直接管辖的局长,宁宇佯装什么都不知道,对雪雁的表情也装作没有看见。

陆市长此刻也与宁宇对视了眼神,这个眼神让宁宇立刻明白了。他在告诉宁宇,这事儿他也是有份儿的,起码在开会之前,王明书记是与他商议过的,他一定是高度赞成的。宁宇想起了陆市长曾经暗示过他,希望他让章局长出任宣传部副部长的那件事来。当时陆市长对他是颇有情绪的,后来因为他主动提议让秘书长进入龙都高职高校教育园区建设项目,他们之间的关系才得到了全面的化解。可以这样说,陆市长在这件事情没有再为难宁宇,而是在背后出了力气。官场的各种平衡,就这么明里暗里地上演着。

常委会开完之后,王明将陆市长和宁宇留了下来。很显然,王明书记是在考虑明天的事情。还没有等王书记说话,陆强就说:"书记,明天的事情我看问题不会太大的,市区县的干部们和政法委书记那边的力度都是不错的,现在问题也大致得到控制了。各方面的情况显示,明天村民闹事的可能性还是较小的。"

王明书记说:"你说的还只是其中的一个环节啊,你能担保别的环节就不出问题吗？我找你们两个，就是要交代这方面的问题呢。首先，省委书记他们下来调研，难道光不出事就行了吗？你们也要想一想，书记难道就不去基层、不去单位调研了吗？要是书记到基层和各单位去调研，有人趁机闹事或者胡言乱语怎么办？所以，陆市长，今天你务必和政法委书记再碰一次头，把我刚才说到的意思给他们重申一遍，谁要是出了问题，就拿谁是问。”随后他又对宁宇说：“我让你留下来的原因只有一个，就是现在你不要管别的事情了，马上回去思考你的汇报材料，好吗？”

陆强市长和宁宇并排走出了会议室，彼此意味深长地望了一眼，然后各自朝外面走了。

31. 贵妇的召唤

宁宇正要按照王明书记的意图，回家闭门整理发言稿，却意外地接到了雪雁打来的电话。雪雁在电话里说得非常清楚，和夫人让她带话给宁宇，她现在就要见他。宁宇问道：“没有说什么事吗？”

雪雁说：“呵呵，这个人家没说，我也不得而知啊。”

“你也要过去吗？”宁宇又问。

雪雁说：“是的，不过人家指名道姓要先见你，然后再见我。”

宁宇心中本来有事，但又不便推脱，只得说：“好吧，我现在就过去。”他刚刚走到车库，就见到了思明和章局长，两个人都在等他，谁也没有离去的意思。

宁宇说：“你们都找我是吧？今天什么都不要说了，等过了这两天再说吧，你们想说什么我也都知道了。”

两个人当然都还不知道自己的命运，他们要等到明天的文件出来之后，有关领导才会跟他们宣布。这个时候宁宇也不想和他们废话了，章局长的意图已经实现了，跟他谈什么呢？只有思明可能明天会失望，毕竟他想保留他副部长的位置没有成功。宁宇也想好了，等到任命宣布之后，他会安慰思明的。

两个人失望地上了车。

宁宇在车上，分别接到了章局长和思明发来的短信。章局长在短信里说:“领导,我真的就这么一个愿望,要么就让我进龙都高职高校教育园区的工作班子,要么就让我去宣传部。这两个岗位我都会给你干出成绩来的,拜托了！”言语之间,透露出了一份渴求。宁宇看完之后,暗自笑了,这个章局长,就是想早点捞取资本回省城,也不至于这样着急吧?

思明的短信是这样说的:“部长,你是一个难得的开拓型领导,我愿意在你的领导下认真工作。所以我真心希望宣传部这边的工作也给予保留,我在这里承诺,我一定不会让领导失望。”虽然思明比宁宇年长很多,但他在宁宇面前从来都是毕恭毕敬的。但是宁宇明白,这样一个庞大的报业集团交到他的手里,他的担子已经不轻了,如果真如他所说,还让他在宣传部副部长职位上兼任报业集团总编辑的话,他真担心他两头的工作都开展不好,到时候受影响的可不仅仅是他思明的前途，也会影响到龙都新闻文化产业整体改革的推进。所以,他能理解思明的心情,但是他绝对不可能答应他的要求,何况现在市委已经明确了意见。他知道,思明可能会受一点打击,但是他坚信思明的觉悟,他一定会在短时间内调整好他的心态的。市里面还期待着报业集团能够成为这场改革的急先锋呢。

看完两人的短信,他没有打算给任何回复。随之开始思考和夫人找他究竟因为何事。他正准备闭目思索,就听见秘书说:“部长,到了。”

宁宇快步走进龙都酒店的大厅，在和夫人助理的引领下进入了她入住的房间。她住的房间是为数不多的几套总统套房之一,此刻她正在宽敞的会客室里等候他。看见宁宇到了,她起身相迎,助理们上完茶点之后,就退出去了。和夫人笑眯眯地举起精致的咖啡杯,浅浅地抿了一口说:“宁部长,我们又见面了。”她的笑容永远让人感受到一种温情的阳光的味道,声音也一直都是那样悦耳动听。虽然她和宁宇是好几年的朋友了,但在宁宇的眼中,她没有丝毫的变化，仿佛岁月在她身上没有留下任何痕迹。他回应说:“和夫人,你好啊！不知道找我来,有什么吩咐？”

和夫人十分淡然地说:“我们都是老朋友了,何必这样客气啊,莫不成没有事情就不可以叙旧了吗？”

宁宇内心装着明天的事儿,但是面对和夫人恬淡温情的微笑,心情也平静了不少,说道:“那当然可以啊,你也难得到龙都来一趟的。”

和夫人说:“过去是这样，现在就不一样了，我们之间有了这一次的合作,我们不就有更多的见面机会了吗？怎么样,这段时间把你忙坏了吧？”

宁宇说:“也没什么的,现在趁着年轻,多一些经历总是好事。”

和夫人说:“是啊,年轻就是骄傲的资本啊。我当年也是你这样一种豪情万丈的心态,现在有些变化了。”

宁宇说:“不对吧,在我的记忆里,你和夫人可从来就没有焦躁和消极的一面哦。”

和夫人说:“呵呵，你看到的未必都是真相啊，也只有我自己内心知道的。好了,不说这些了,你们的人事都定下来了吧？”

宁宇说:“是的……”于是把市委常委会的内容简洁地告诉她了，然后说:“市委市政府高度重视这一次改革,所以说决断也是非常迅速的。我也希望这件久拖不决的事情能够尽快走上正轨。”

和夫人轻声说:“是啊,方案是通过了,合作的架势也拉开了,可我这心里呀,还有几分不踏实呢。”

宁宇问道:“是吗？你不妨说来听一听,看看我能不能帮你分析分析。”

和夫人说:“我的担忧啊,与你有关呢。”

“与我有关？”宁宇问道。

“是啊,要是你不站出来,我担心这事就有可能出问题的。现在就我们两个人,我也不妨直说了,当然,外人是不可能知道的。你们龙都新闻文化产业这块蛋糕有多大,我们集团事前也是有过科学的估算的,按照集团现在的投入,可能三年能够持平,四到六年之后能够赢利。这个战线很漫长啊,更何况,这里面还需要一个先决条件,那就是经营人才要懂行,要是业内精英,难道你不为此感到忧虑吗？”和夫人说。

应该说,和夫人说的一点都没有夸张,宁宇也和雪雁专门会同专家研究过这个课题。就龙都现有的经济发展水平,和氏商号集团这样的估算都还是超前的,要是龙都的经济长期没有发展与突破的话,还达不到这样的效果。站在企业的经营角度来讲,确实是不容乐观的。起码和夫人作为投资集团的领袖,她早就看到了这一点。宁宇也清楚,和夫人之所以最终下决心来投资龙都的这个项目,里面有多个原因,有和韵的原因,也有他宁宇的原因,当然最为主要的还是和氏商号集团看中新闻文化产业在中国内陆的上升空间,他们把龙都当成了进军新闻文化产业的一块试验田。

对于宁宇这个宣传部长来说,他的出发点显然是与企业不一样的。他首先希望看到的是媒体和文化单位自身的突破、自身的发展。而在突破和发展的过程之中需要资本,而资本什么时候能够收回,甚至什么时候能够赢利,更多的是要看媒体和文化单位自身的管理者。所以,宁宇只要确保这笔资金能够投入,并且能够让这些媒体和文化单位在几年之内不缺资本,他就算得到满意的结果了。退一万步来说,就是媒体和文化经营单位因为经营不善而亏损,也不是他该考虑的首要问题。

可是,现在坐在他对面的和夫人没有把他当成官僚,而是当成了朋友或者自家兄弟,所以她才会直言不讳地跟他说这样的话。

32. 有些冰冷,不寒而栗

宁宇也不是那种只会利用别人过河拆桥的人,当和夫人忧虑地说出这番话时,他很自然地站到了她的立场上思考。是的,哪一个企业家能做亏本的买卖呢?更何况她也帮了自己很大的忙啊。换句话说,她也是为龙都的建设做了贡献的,为何要让别人亏本呢?要是都这样的话,这世间还有什么公平,他还有什么信誉?于是说:"我能理解你的想法,不过,只要努力,这些现状都会改善的。"

和夫人还是笑着说:"我现在就可以想象,你们在研究任命各媒体和文化单位总经理的时候,一连出现三个和韵的名字,你当时会怎么想?一定与我大同小异,她这稚嫩的肩膀能承载这样的重量吗?你也不要否认,我想我们的想法是相同的。"

的确,在那一瞬间他有那样的感觉,他并没有驳斥和夫人的想法。他知道,和夫人一定不是找他来调侃的,一定有她的深意。只听见和夫人说:"所以,我觉得你就很关键了。现在我这样对你说行吗?你虽然不是这几家媒体公司的总经理,可你总是个编外的总经理吧?"

宁宇问道:"这是什么意思?"

和夫人说:“宁宇先生,你可不要忘了,不管你接受与否,你现在都是和氏商号集团的终身顾问，我希望你不要忘记了你的这个在和氏商号集团有着非凡荣誉的称号。”

“我还是没有明白你的意思。”宁宇说。

和夫人说:“你也不要紧张,其实,你没有具体任务的,我就是期望你照顾和韵,不要让她在关键时刻犯错误。你知道的,我们和氏商号集团没有第二次机会的，我想你也不会眼睁睁地看着你的学生下半辈子悲伤地离开她心爱的和氏商号集团吧？”

宁宇说:“有这样严重吗？”

和夫人说:“这件事我一直没有跟和韵讲过,也没有跟她透露过,我不想给她更多的压力。但是,我没有夸张,和氏商号集团就是这样的,每一个人都没有第二次机会。你可能不知道吧,我丈夫之所以现在只能做银行的行长,而不能执掌和氏商号集团,就是因为他曾经毁坏过和氏商号集团的荣誉。这一点,对于你来说也是一样的,你要是有亵渎和氏商号集团的行为,你也会受到严厉的惩罚,严厉的程度是你无法想象的。所以我必须提醒你,当然,我更希望你关照和韵,在我的眼里,你远比和韵成熟。”

这些话有点让人费解,但是宁宇看出来了,和夫人绝对没有开玩笑的意思,他只能平静地说:“你也不要过于紧张,相信和韵能做好的。”

“当然,这也是我的心愿。”和夫人说。

宁宇现在真后悔做了和氏商号集团的“有缘人”,更后悔做了这个集团的终身顾问。可是现在他没有时间纠缠这件事,唯一重要的是把当前的每一件事情做好。此刻,和夫人话锋一转,说:“有件事情,我也跟你说一说。现在龙都的社会情况本来就是这样一个状况,完全可能发生这样那样的问题。但是你不要过于谨慎,该你干好的事情你尽管大胆地干就是了,即便是龙都出了其他的事情,也不会与你有太大的关系的。”

这话才真让宁宇听不明白了，和夫人好像对龙都外围的一切都了如指掌。她指的社会情况,显然就是指龙都的文化新闻单位的部分不安分的员工和企图闹事的村民,可是她怎么用这样的语气和他说话呢？他想了半天,还是百思不得其解，于是好奇地望了和夫人一眼，说道:“你能说得明白一点吗？我怎么越听越糊涂啊？”

和夫人笑笑说:“哦,没有别的意思:你们龙都不是这几天可能会出意外吗?我是告诉你两个意思:其一,就是发生了事情也与你无关,所以你不要有心理压力。其二,你现在着手的这两件事,都不会因为龙都的社情变化而改变,上面也不会对你有什么不利的看法。这样说你听明白了吗?”

听是听明白了,可让宁宇更加糊涂,和夫人简直就像省长的语气,她背后到底是什么关系,这简直让宁宇内心发寒。他想起了那天省委书记批评省委宣传部部长那番话,莫不是这个和氏商号集团背后还有更高层面的人?他简直不敢再往下深想。

和夫人随后又说:“笑笑是可信的,她不会胡乱传递信息的。”听完这话,宁宇突然觉得和夫人是那样地可怕。难道笑笑也是她的走卒?但是怎么一点迹象也看不出来呢?这两个年纪有些差异的女人,过去是有一些瓜葛,现在也经常在省城的某些上流交际场合出现,可是他怎么也无法把和夫人和笑笑联系起来呀?可问题是,联系不起来是一回事,现在和夫人表露出来的又是一回事啊?要是彼此没有丝毫的关联,她怎么会提到笑笑呢?

现在他算明白和夫人今天单独找他的理由了,严格说起来是给他施压,表现的形态又是安慰和减压。她的所有言辞都聚焦到了一点上,上面的关系在她的掌控之中,两个项目也在她的掌控之中。只要他能按照她的方式进行下去,什么问题都不会发生。

此刻,外面传来了门铃声,和夫人的助理前去打开了房门,随后进入客厅道:“夫人,是法律顾问到了。”

和夫人笑容可掬地说:“哦,你和我的老朋友陈院长到了。”随后对助理说:“让他进来吧,正好让他来见见老朋友。”

现在的陈院长完全变了一个人似的,在和夫人面前他简直就像一个奴隶。他走进来之后,毕恭毕敬地对和夫人说:“夫人好,宁部长好。”

这个过去的法学院院长,陡然之间变得这样奴颜媚骨,宁宇觉得十分滑稽与可笑。但是宁宇清楚,陈院长现在的身份已经不是省城法学院院长了,而是和夫人的专职法务助理,他已经完全是被和氏商号集团用金钱收购了的奴隶了。不过,他现在也有光鲜的一面,用上了价值百万的轿车,住进了花园别墅,听说新近也离婚了。总之,他完全改变了一种活法,宁宇仿佛不认识他似的。

和夫人示意他坐下，并说："怎么，你连老朋友都忘记了吗？"

陈院长还是谦卑地站着说："夫人，看你说笑了。你不是和宁部长还在商量问题吗，要是没有什么需要的话，我在外面等候吧？"

和夫人看他有几分机械和别扭，也就说："好吧，那你到外面去等候吧，一会儿我会让人通知你的。"

陈院长离开之后，和夫人和颜悦色地说："这个陈院长，变化也太大了，说老实话，我还是喜欢过去的陈院长，可是，现在看来他是改变不回来了。今天打搅你的时间也够多了，你还要准备明天的接待工作，我就不和你聊了。请你记住我的话，你干好你的本职工作，其他的任何麻烦都不会有，你懂我的意思吗？"

宁宇心里直摇头，但是嘴上还是说："谢谢和夫人的关心。"和夫人将他送出房间，握手告别时，宁宇感觉她的手是那样柔软而精致。脸上的笑容虽然像春天的艳阳，但还是让宁宇体会到了一丝不寒而栗的冰冷。

33. 错误的拥抱

宁宇刚刚到家，也不管刚才和夫人与他交涉了些什么，立即准备构思明天的汇报材料。他很清楚，这个材料要是不能恰到好处地表达市委的意图，不仅会令王明书记对他失望，自己今后的日子也不会那么顺畅。他打开电脑，写下了几个提纲，没想到雪雁却火急火燎地给他来了电话。宁宇不等雪雁说话，就拒绝说："有什么事情等到明天过了再说好吗？我现在确实太忙了。"

雪雁乐呵呵地说："你放心吧，我知道你在忙什么，请你相信我，我会给你带来好消息的。"

宁宇说："我现在对什么好消息都不感兴趣，我手里真的有事呢。"

雪雁说："你把头伸出窗外看一看，我都到你的楼下了，不管你欢迎不欢迎，我这个时候都要见到你。"

宁宇实在无奈，只得将房门打开。雪雁瞟了宁宇一眼，首先说道："我知道你在准备材料，也知道你材料的内容，这一次轮到我给你解围了。"一边说话，她一边将电脑放到宁宇的茶几上，随手打开来。她从文档里面调出一个完整的文件，就是关于新闻文化产业改革与龙都高职高校教育园区建设对龙都的发展价值和意义。这本是雪雁写的一篇严谨的学术论文，还获得过龙都市社科论文特别奖，现在她将这里面的内容揉进了市委市政府的相关方略，也就形成了一个完整的、严谨严肃的汇报材料。可以这样说，材料不仅符合这一次给省委领导汇报的标准，还在很多地方具有很强的前瞻性。

雪雁有几分得意地说："宁宇同志，你知道吗？我不愿意看见你没有白天和黑夜地操劳，我的这点智慧就直接转化成为你的好了。等到你汇报时，把这个文稿做成一个完整的PPT稿，哪怕有些内容你不熟悉也没有关系，一边看一边念就是了。你要是觉得心中要有数，你可以用一个小时粗略地读一遍就可以了。我敢这样说，王书记也好，陆市长也好，他们对这份汇报材料都会十分满意的。你应该相信我，我毕竟比你来龙都的时间还要早几天，他们的思路我是基本上能够掌握的……"

宁宇大致浏览了这个材料，这就是他心目中想要的那个东西，他不禁说道："我说雪雁副市长，你这算是做了一件雪中送炭的好事。你要没有这个文稿啊，我非得熬个通宵达旦。"

雪雁乐呵呵地说："当然，谁让我们是搭档呢，这就叫共享是吧。"

宁宇开心地给她泡了龙井茶，还兴致勃勃地问："你需要什么小吃吗？"

雪雁说："我上次来过你的家，你也不带我参观参观。你要有什么小吃，不劳烦你动手，你只要告诉我就行。"

宁宇说："好，我带你参观吧，我这个单身汉的房间能有什么好参观的啊？"雪雁站起身来，随宁宇查看他的这套房间。一边观看一边说："这个你就不明白了，单身男人的房间，最能看出这个男人的秉性来。比如这个男人的性格，这个男人的嗜好。你不担心我知晓你的隐私吧？"

宁宇说："我没有什么隐私的，你随便参观吧。小吃在冰箱和冰柜里都有，你自己看着选吧。要是你乐意，你也可以做点你喜欢吃的。老实说，我这里是没有别人进过厨房的。不怕你笑话，你看看冰箱和冰柜里面都有很多的冷冻食品，可是我真的没有动过一次，希望你能破这个例。"

雪雁毕竟是一个生活阅历丰富的人，查看了他的房间之后，说道："如果我没有猜错的话，你的这些食物也是某个女子帮你买的。"

宁宇说:“对的。”

雪雁又说:“但是这个女子没有住过这个房间。”

宁宇说:“你简直就成了神仙了,能透露你怎么知晓的吗?”

雪雁故作高深地说:“天机不可泄露。这样吧,你去熟悉我给你的文稿,我来弄点儿东西出来吃怎样?我想你和我都一样,长时间在外应酬,好久没有尝到家常菜的味道了吧?哦,还有,你的这泡菜是你家的老人家做的吗?我闻到味道了,一定是自己动手做的,但绝对不会是你做的,也不可能是你女朋友做的。因为这种做法只有上了一定年岁的人才做得出来……”

宁宇却说:“你说的都对,就是有一点你错了,我根本就没有女朋友。”

雪雁不依不饶地说:“我可不这样看你,准确地说是你的女朋友太多,你现在无法确定谁做你的女朋友合适。不过,我没有别的意思,男人要是没有几个女人,那还叫男人吗?另外,我也承认,女朋友多的男人,才是合格的男人,嘻嘻。”

宁宇避开了雪雁暧昧的目光,说:“好了,我去看看你的文稿。”

雪雁温顺地说:“嗯,你该修改还得修改,我刚才说稿子基本到位,也只是我的理解而已,我知道你是一个严格要求自己的人。”此刻的雪雁,又多了几分成熟女人的妩媚。这一段时间的合作,两个人虽然偶尔有小的分歧,但更多的还是和谐与协调。宁宇对雪雁没有反感,更多的是欣赏与敬佩。而雪雁对宁宇充满了爱慕,一开始她对宁宇充满了怀疑,经过这一段时间的打拼,她对这个比自己小七八岁的小弟弟很是敬仰。很多时候,她希望能找到宁宇这样的男子嫁了。好几回梦里,她都幻想着宁宇对她示爱,醒来还沉醉良久。但是现实之中,宁宇身边总是美女如云,让雪雁艳羡那些女人之余,总想成为宁宇身边的一朵彩云。她虽然过了做梦的年纪,但是她毕竟是一个未婚的女子,做梦自然也是她的权力。

十分显然,她和很多年轻女人对宁宇的态度是不一样的。她根本就不敢奢望宁宇能娶她,甚至也不奢望宁宇能爱她。只要他能接受她的好感,甚至是爱就可以了。所以,她愿意为宁宇付出所有的一切,如果他需要的话。她目送宁宇进入客厅,而后进入书房,她这才回过神来,一股脑儿扎进了厨房,系上雪白的围裙,开始精心烹制她的拿手好菜。时间一分一秒地过去,一个又一个香喷喷的菜肴就在她的张罗之下出炉了。她对自己的手艺十分满意,将菜肴放到餐桌上，满屋子飘荡起了醉人的馨香。她没有来得及解下围裙，就走到书房门口喊道：“哎，吃东西了。”

宁宇忘记了厨房里还有一个女人，完全沉浸在这个完美的材料里了。也非常巧，雪雁招呼他的时候，他正在敲最后一个字。这份材料他自己十分满意，看见笑吟吟的雪雁，好像当年写完文稿时看见娜娜或者和韵一样自然，十分开心地说：“OK，大功告成了，是该庆贺一下。”他早已忘记了雪雁的年龄，走过来拥抱了她一下。正当他的手贴近她的身子时，嘴里差点喊出了娜娜的名字，他才意识到自己得意忘形得走神了。他不好意思地缩回手，雪雁却将他的手拉了下去，扬起羞红了的脸说：“没关系，不管你把我想象成谁，我都不责怪你，我需要你的拥抱……”

34. 自愿献身的女人

就在稀里糊涂中，雪雁进入了宁宇宽厚的怀抱。随后，雪雁像女主人一样说：“好了，该享受美食了，今天我要让你胃口大开。”走出书房，宁宇闻到了一股浓烈的香味儿，这房间里面从来都没有过这样的烟火味道，宁宇顿时觉得有几分温暖。

当他走到餐桌前一看，桌上竟然摆满了菜肴，就连妈妈带来的那一瓶泡菜也被雪雁装到一个小碟子里，放到了菜肴的中央，更让他感觉到了几分家的味道与温暖。他啧啧赞叹道：“嗯，真的看不出来呢，我们的雪雁同志不仅是一个渊博的市长，也是一个学富五车的学者，更是一个合格的主妇，你可是我的楷模啊。”

雪雁满足地说：“只要你需要，我十分愿意成为你的主妇，嘻嘻。”

宁宇却说：“开玩笑了，我怎么敢用你当主妇啊？我可不能这样自不量力啊。”

雪雁说：“不是你要，是我自愿的，这样总可以了吧？好了，不说这个了，你的材料怎样了？”

宁宇说：“我觉得比较完整了，一会儿我再看看，你也帮我再润色润色，然后我就传给王明书记过目。”

雪雁说：“好啊，一会儿我一定认真拜读。润色我就不敢了，你的水平我早就领教过了。”

宁宇对这份汇报材料很满意，就像当记者时写出了一篇出彩的文稿时的心情一样，他说道：“你做了这么多的好菜，我看还是应该喝一杯酒庆贺庆贺吧？”

雪雁说：“我本来有这个想法，可是我想这里是你的家啊，我没有发言权啊？”

宁宇说：“你可不要这样想，这样想就见外了。我们搭档就这样，你还不知道我的性格吗，哪里有什么家长作风啊？”

雪雁狡诈地说：“我希望你就是我的家长，只要你说的我都听。嘻嘻。”

宁宇打开了红酒，斟了两杯，随手递给雪雁一杯说：“辛苦你了，我指的是两个方面。其一是你撰写这个论文辛苦了，给了我一个较为完整的系统，让我修改起来十分顺手。从某种意义上来说，这个汇报材料最大的功臣应该是你。其二，感谢你给做了这么多的菜肴。我记得你曾经跟我说过你的手艺不错，也邀请我去你家品尝你的手艺，今天终于等到这一刻了，我很感谢，也很感动。”

雪雁反倒有些不好意思起来，她羞红了脸说：“你不要这样说好吗？你这样说我真不自在，我觉得我就应该给你做点什么。”

两个人的谈话之中，时不时夹杂着同事的纯真，时不时又夹杂着一丝隐隐的缠绵。不想此刻，宁宇却接到了王书记秘书的电话，秘书问道：“宁部长，你的那个讲话稿怎么样了，书记很关心呢！”

宁宇连忙说：“哦，请你转告书记，第一稿已经出来了，我准备修改之后就传给书记过目。”

秘书随即将宁宇的意见转告给书记，没想到王明书记说：“先把第一稿传过来，两边都可以修改的呀，这样不是更节省时间吗？”看来，书记对这个汇报材料的关注程度与关注龙都的社会治安一样没有差异。

宁宇只得对雪雁说：“看来，我们的美食得等一会儿再享用了，我得去给王书记传这个文件。”

雪雁站起身来说：“算了，你坐在这里吃吧，糖醋排骨冷了就不好吃了，还有乌鸡汤,冷了也就寡味了。”一边说,一边快步走进书房,将手提电脑拿到了餐桌上,随手将文件给王书记秘书传了过去,还一边问宁宇:“你看我这个助手怎么样啊?”

宁宇说:“简直是天下罕有啊,太谢谢你了。”

雪雁又问:“我做的菜怎样呢?是不是合你的胃口啊?”

宁宇有几分夸张地说:“真的,很像当年在家享受妈妈的厨艺呢。”

雪雁说:“呵呵,你居然这样抬举我啊,我可是顺竿爬的女人哦。不管你说的是不是真话,今后我会过问你的生活哦。”

宁宇说:“我这个单身汉,正求之不得呢。”

雪雁把文件发完,抬头说:“你慢慢吃吧,吃完之后我还有事跟你商量呢。”

“现在不可以说吗?”宁宇问道。

“可以说啊,但是不说正事。哦,我觉得很有意思,你干吗会挖我的墙角呢?难道章局长就真的不想在文化局待了?他到文化局才半年多一点,屁股都还没有坐热呢,干吗又要着急往你的宣传部跑呢?虽然你是领导,我怎么觉得他的动机有点不纯啊?”雪雁显然没有把宁宇当领导,而是当成了朋友,所以才这样放松地聊天。

宁宇喝了一口红酒,说道:“这事吧,我也不太好说,也许每一个人都有自己的想法吧,而且,很多事情也不是你我都能掌控的。”

雪雁说:“这个章局长我算是看透了,他这哪里是下来锻炼啊,他就是想赶快捞到资本走人,他的这些作风,显然和你我都是不一样的。当初他刚到的时候,我和他谈过一次话,他袒露了他的基本想法,就是想若干年后能够出任省报集团的主要领导。他有这样的想法固然没有错,每一个人都应该有理想有追求,但是我总觉他过于急功近利了,难道你不觉得吗?”

宁宇只是笑笑,没有回答她的话。

王明书记又来电话了,电话里,他对宁宇的汇报材料倍加赞赏。王明书记说:“宁宇啊,你是我看到的最优秀的快枪手啊。你来龙都的时间不长,你能把市委市政府的意图吃得这样透彻,而且把这两项工程结合得如此地天衣无缝,很难得啊。材料我看了,大致可以不修改了,你今天也好好休息吧,明天精神饱满一点啊。另外,我告诉你,陆强市长那边的情况也进展顺利,今天已经传来了很好的消息,可能不会影响我们的改革进程,你就放开手脚施展你的才能吧。”

虽然雪雁就在面前,宁宇也不可能说材料的第一稿是雪雁写的。他谦逊地说:“谢谢书记,我会努力的。”随后他开心地对雪雁说:“我也得谢谢你,无名英雄。”

雪雁却大度地说:“没什么的,我会为你感到骄傲的,只要你能取得成功,就是我最大的成功。”恍惚之中,雪雁似乎已把宁宇当成了她的恋人,甚至是爱人。

35. 不得不道破的天机

宁宇一愣,完全没有料到平常矜持的雪雁会说出这样的话来。说完之后,雪雁似乎也意识到话有些出格了,连忙说:“我可没有别的意思,真的没有。”

宁宇这才说:“我得感谢你的支持,谢谢你,干一杯。”

喝完这杯酒,两个人就打住了。雪雁说:“你到书房去吧,或者看一会儿今天的新闻,我收拾完厨房,就和你聊聊正事儿。”宁宇又是一愣,看来雪雁并非是为讨好他而来的,她心中还真有什么事情呢。他疑惑着走出了餐厅,到客厅随意地打开了电视,电视里面正在热播今天龙都与和氏商号集团签约的盛况,还有宁宇主持的新闻发布会。一边看,宁宇一边揣摩:雪雁也在他之后见了和夫人,莫不是她要谈的事情与和夫人有关?倘若真与和夫人有关的话,那又会是什么事呢?总之,让他琢磨不透。

电视新闻刚完,雪雁就解下了雪白的围裙来到了客厅,她反倒像主人一样问宁宇:“来一杯茶吗?还是饮料?”

宁宇很随意地说:“那就喝茶吧,我这里的茶具也还没有使用过呢!”

其实,雪雁早就注意到这个细节了,她站起身来,十分熟悉地将茶具清洗了一遍,然后将博古架上的福建铁观音浸泡到了紫砂壶里,清洗、泡茶,动作十分娴熟而优雅,可以肯定,雪雁对茶的研究也是有极深的造诣的。她将一小杯茶递给宁宇说:“还是趁热喝吧,这样更有味。”宁宇喝了一杯,苦涩之中略带甘甜,细细品味回味无穷。

这时雪雁才说道:“我想说的事情,也许你会很意外,但是我不得不说……”原来,早在和氏商号集团与龙都建立联系之前,和夫人就曾秘密地约见过雪雁。和夫人给她许诺了不菲的佣金,让她势必努力促成双方的合作。那个时候,宁宇还没有上任龙都的迹象。所以,从严格意义上说,和夫人与雪雁建立的关系与宁宇没有必然关联。

当时和夫人正在寻求合作的项目，她看上了龙都这个极具发展前景的城市。当时她就与雪雁达成了协议,达成了共识,当然,这是只有她们两人才知道的协议。

可后来,宁宇意外地出现在了龙都的官场,这完全是和夫人最初没有想到的一步棋。等王明书记和省城大学的张书记把宁宇的事情嫁接得差不多到位了,和夫人才在后面略略使了一把力,于是宁宇就正式到龙都走马上任了。一开始的时候,和夫人和所有的人一样,知晓宁宇是一支潜力股,但是对他不能一开始就投入重金,所以,在这期间,和夫人一直与雪雁保持着隐秘的联系。在和夫人的布局之中，她希望宁宇能在这个项目之中暗中相助雪雁,毕竟雪雁的资历、雪雁的学识、雪雁的交际圈都在宁宇之上。可事情往往不是这样的,宁宇一出现在龙都,他的位置就在雪雁之上,而且他操办的全球媒体聚焦龙都的事情相当圆满,这让很多人对他重新定位和刮目相看,这其中就有和夫人。随着宁宇在龙都风生水起,和夫人渐渐改变了她当初的设定,终于将天平倾向了宁宇,而雪雁则变成了补充。

宁宇的感觉一点也没有错，其实龙都引进的境外环球绿色智慧发展基金本来就是和氏商号集团海外的资本库之一，只不过这个内幕很少有人知道而已。就是现在看上去异常神秘的笑笑,同样不知道这里面的绝对真相。笑笑进入这个基金牵线搭桥穿针引线，也是和夫人在她毫无知觉的情形之下安排的,所以她至今都不知道幕后的老板之一就是她熟悉的和夫人。

对于海外基金,和夫人是绝对没有给雪雁透露丝毫情况的,因为毕竟她需要时间了解雪雁这个人,看看她做事的态度。因此,意外的好事就落到了宁宇的头上,在外界看来异常神秘的事情,其实都掌控在和夫人手里。

今天和夫人约见了宁宇之后，见到雪雁就说:“雪雁，我们也是老朋友了,这件事情眼看就要付诸实施了,你有什么想法和看法啊?”

雪雁早就是和夫人的项目智囊了,她小心谨慎地说:“我们都是测算过了的,也就是六年之内,所有的投资收回不说,完全可以滚动发展了。”

和夫人问:“你说的不会是理论上的吧?”

雪雁毫不隐讳地说:“和夫人,我只能说是理论上的。这里面的变数最大的莫过于人,比如说用什么样的总经理就会产生不同的经营效果,这一点是毫无疑问的。”

和夫人说:“你是在提醒我和韵的能力不够吗?”

雪雁说:“不,也许每一个人都可能有她的长处,就看什么阶段用她。和韵的特点是年轻,没有固有模式,敢闯敢干,当然,在经验上就可能欠缺一些……”

和夫人说:“不是还有你们吗?”这你们当然包括了宁宇,但是雪雁并不知情。

雪雁说:“我可以尽力,但是坦率地讲,我可只是一个学者,换句话说就是书生,我不敢对经营有什么承诺。”

和夫人似乎在暗示什么,说道:“不是还有一个有实战经验的宁宇吗?”

此刻,雪雁终于一愣,她无论如何也没有想到宁宇竟然也是和夫人的人。从这段时间他的表现来看,她可是没有发现任何端倪,原来宁宇掩饰得这样深沉,她不禁“哦”了一声。

和夫人问:“你是不是觉得宁宇也稚嫩了一些?”

雪雁怎么说呢,她可不能这样评价一个市委常委,更何况,她根本就不知道宁宇与和夫人之间属于什么样的交情,所以她根本就不能随便议论。于是只得说:“哦,宁部长经验丰富,这段时间他已经赢得了龙都上上下下的好评,现在又出任龙都高职高校教育园区的总统筹人,他可是热得发烫的领导之一,我是十分钦佩他的呢。”

和夫人也不管雪雁是虚假的还是真挚的,总之她看到很多人赞赏宁宇的局面,她更为自己的决断感到庆幸。她完全有理由相信,不但是龙都的新闻文化产业改革这个五个亿的项目,就是龙都高职高校教育园区那个五十亿的项目,宁宇似乎都能稳重地拿下来。于是她点点头说:“好啊,那么现在我希望你能在关键的时刻辅佐宁宇与和韵一把,这点你能做到吗?”

雪雁显然是拿人手短的那种心态,完全沦落为陈院长一类的人物了。唯一与陈院长不同的是,她依旧做着她的副市长,没有像陈院长那样丧失立场地辞职全力辅佐和氏商号集团。她的心态虽然有一些变化,但她依旧是完全独立的,而且还是拥有重权的副市长。她恬淡而保持着尊严说:“当然没有问题,就是站在政府的角度来讲,我们也是希望这项改革能够取得成功的。”

和夫人说:“这样我就放心了,你去忙你的吧,有时间我会找你的。”

……

雪雁长长地吐了一口气,终于对一直盯着她的宁宇说:“你放心,和氏商号集团的事情,我会毫无保留地支持你的,只要你需要的话。”很显然,宁宇的假想完全变成了现实。面前的雪雁,铁定是和夫人的利益共同体了。

宁宇笑笑说:“嗯,谢谢你的理解。和氏商号集团和龙都的发展是紧密联系在一起的,不论是哪一方出现闪失,对于双方都是损失。所以,用王明书记的话来说,从现在起,我们两家就没有彼此了……”事实上,两个人内心都明白,他们就是一条船上的蚂蚱,但是谁都不会轻易表露出来。而今天雪雁之所以要来向他道破天机,是完成和夫人的想法,要让宁宇知道雪雁这张牌他也是随时可以利用的。宁宇心中还是那种感觉,虽然和夫人美艳若花,笑容璀璨,可她的踪迹总是让人觉得深不可测,不寒而栗。

36. 家里的斗争

宁宇虽然陡然间觉得面前的雪雁有几分像当年的陈院长, 可毕竟她与陈院长还是有着本质差异的。转念一想,管她与和夫人之间是什么关系,她是自己最忠实的帮手就行了,其他的一切他管不了,也无法过问。况且他是知道的,和氏商号的巨网大得无法想象,何必又去想那些自寻烦恼的事呢。就在他俩还有几分尴尬之时,却传来一阵急促的门铃声。

雪雁主动站起身来说:“我去看看吧。”宁宇也没有阻拦。

进来的不是别人,是章局长和思明副部长,不,应该叫章副部长和思明社长了,两个人的新身份已经明确了。看样子,两个人都已经知道了他们的新身份了。章副部长脸上带着几分喜悦,而思明正好相反,脸上一副郁郁寡欢的神情。

雪雁把门打开，门外的两个人几乎是同时说道："哦，雪副市长也在啊？"

雪雁说："怎么啦？难道只允许你们来拜访领导，我就不能来了吗？"

思明社长说："哪里啊，本来我们也是要去看望你的，没想到在这里碰见了，也省得我们再跑一趟了。"

雪雁明知思明在说瞎话，还是说："好，好，那就更好，请进吧。"

章副部长此刻对雪雁抱有一丝愧疚，他原本是雪雁副市长的直接下属，现在突然之间变成了宁宇的直接下属了，而且事前根本就没有跟她透露丝毫的信息，所以他见到雪雁，很明显有一丝不大自然，于是接着思明社长的话说："雪副市长，思明社长说得是事实啊。我们就是准备到你府上去拜见你呢，没想到你也在宁部长这里，真的就省得我俩跑动了。"

雪雁还有几分生章副部长的气，瞥了他一眼说："哦，那不也是好事吗？章副部长，你现在也没有什么工作给我汇报了，你只需要给宁部长汇报就可以了，还去我府上干吗呀？"

雪雁酸不溜丢的话，章副部长自然明白其中的怨气，连忙说："雪副市长，话不能这样说啊，我现在不是文化局的局长，可我还是新闻文化产业改革协调办公室的主任啊，你和宁部长都是分管这方面工作的市领导，我怎么可能只给宁部长汇报工作呢？"

雪雁自嘲道："哦，我这个人呀，就是健忘，对呀，章副部长还是这个办公室的主任啊，也对，是应该给我也汇报工作的。"

几个人还在寒暄，宁宇就走了过来。两个人又说："宁部长，我们知道你忙，但是我们还是觉得有必要来见你一面。"

宁宇说："既然都来了，里面请吧？"

几个人坐定，宁宇正要起身泡茶，却又传来门铃声，几个人的眼睛都齐刷刷地朝门的方向望去。这一回章副部长最快起身说："你们先聊，我去看一看。"

门外来的不是一个人，而是红唇、章杰和娜娜。章副部长看见是他们，心中不免有些开心，加上刚到的思明社长，这些人可全都是新闻文化产业改革协调办公室的副主任，这个规模，就像是要召开办公室的协调会一样了。他拉开门说："原来是你们啊，这下子可热闹了，你们看吧，还有雪雁副市长和思明社长也都在呢。”

红唇和娜娜互相看了一眼,开心地说:“看来我们没有判断错误,我们的宁部长原来在家中大宴宾客呀,少了我们就不应该了吧?”几个人进入房间,顿时多了许多的生机。

宁宇看了这些人一眼,问道:“你们都需要什么饮料啊?是茶还是咖啡,还是可乐和雪碧?”

红唇懂事地说:“宁部长,你坐下吧,我和娜娜来忙就是了。我觉得这三种饮料都是需要的。娜娜你说是吧?思明社长和章副部长一定喜好茶,雪雁副市长一定喜欢咖啡,我和你喜欢可乐和雪碧,嘻嘻,算了,一样也不能少。”

娜娜也跟着说:“嗯,就是。”

宁宇愣住了,你们这样说:“我和章杰呢?难道我们俩就不需要了?”

章杰说:“就是啊?怎么,看不起我们是不是?”

娜娜说:“这你们就不了解了吧?我们的意思是说呀,你们可以随便混在任何一个队伍里。人家大男人喝茶,你们也可以学章副部长和思明社长。优雅女人喜欢咖啡,你们也可以和雪雁市长一起品尝,沾沾雪雁市长的仙气儿。要是你们还不愿意啊,只有跟着我们小丫头喝甜甜的雪碧和可乐了哦……”

章杰说:“宁部长,你看见了没有,这两个丫头就知道作弄我,你难道也不管一管呀?”

宁宇乐呵呵地说:“何止是作弄你呀,我不一样也挨欺负吗?我能管得了她们,那才怪呢。”

红唇和娜娜说:“章杰,走呀,别嘴贫了,走,一起干活去。”房间里传出了会心的笑声。这一群男男女女之中,只有雪雁保持着矜持,她的矜持里,也许有黯然神伤的失落。看见这两个朝气蓬勃的女子出现,她有一种天然的嫉妒感。

可以预想,思明和章副部长到宁宇这里来一定是有事情想汇报的,可是让后来的这几个年轻人将阵脚打乱了,就是有什么事情,此刻也无法汇报了。后来的这一群年轻人呢,显然是很高兴才来见宁宇的,本来是想找宁宇放松娱乐的,没想到雪雁副市长和思明社长与章副部长还在,那些蠢蠢欲动的想法也自然收敛了,剩下来的公共空间也就只有闲聊与说笑了。

但是,有一个人还是不甘心,这个人就是章副部长。他可是刚刚才坐上了原来思明的交椅,不管怎样,现在他是市委宣传部的副部长,也就是思明和其他三位的领导了。他试探性地询问宁宇:“领导,你看我们这些人难得聚到一起了,能否商议工作啊,现在雪雁副市长也在?”

宁宇突然想到了一个问题,这些人都齐聚到自己的家里,本来也没有什么,但是要在家里研究工作,传到外面去了,别有用心的人还不污蔑他拉帮派、搞山头?于是问雪雁副市长:“你觉得妥当吗?”

雪雁与他搭档这么久了,很清楚宁宇的意思,立即说:“当然不妥,研究工作最好在办公室。”

宁宇也就乐呵呵地说章副部长:“你听见没有,雪雁副市长的意见和我一致,你们要是愿意喝酒的话,我可以提供,商量工作也不在这一时。”

章副部长也是个聪明人,他本来就是想告知身边的思明社长,不管他过去怎样,现在他这个社长是我章某人的下级了。十分明显,思明对此十分不屑,但是因为有宁宇和雪雁的存在,所以他才没有过分地表现出来。

37. 大头出面

实际上,包括思明社长、章副部长,也包括红唇、娜娜、章杰,他们都发现今天选择来见宁宇是不明智的。今天宁宇的事情多且不说,更重要的是他明天还有那么重要的接待任务。同时,谁也没有料到会有这么多的人选择在这个时候来拜访他,所以很快大家都萌生了去意。

最先提出来离开的不是别人,却是宁宇没有想到的雪雁。雪雁站起身来说:“宁部长,各位,我就要先走一步了。明天事情不少,宁部长,你也早点休息吧!”她的话,对于其他人来说是告诫,希望他们不要打搅宁宇太晚了,宁宇的事情还很多;对于宁宇来说,他知晓雪雁的内心想法,她在自己的房间里都憋闷了好几个小时了,终于将她今天来的目的跟他吐露了,她内心其实也够累的了,所以她选择了离开。可以断定,她离开他家时,心里一定可以长长地舒一口气了。

当然，她也可能会从此背负上沉重的包袱，本来是没有任何人了解她与和夫人之间的隐秘关系的，现在突然多出来了一个宁宇，这会让她感觉到一种不安全，尤其是像她这样谨小慎微的博士知识分子。宁宇起身将她送到了门外，她轻声说：“再见。”宁宇望着她的背影，愣了一刻才转身回去。

当他坐到原来的位置上，思明就说话了：“我也该走了，宁部长，你休息吧。”其他的人也就全部站起身来，一起跟他告辞了。

宁宇看了大家一眼，也没有挽留的意思，只是顺水推舟说道：“好吧，改天我请大家喝茶，明天的事情确实太多了。”其实是明天的事情太重要了，而不是多，所以他确实需要休息。娜娜是最后一个出门的，出门之前，她趁所有人没有在意，轻轻地捏了宁宇一把，然后回眸一笑说：“嗯，你早点休息吧？明天事情太重要了，明天来的阵容很庞大，其中也包括我爸爸他们的……”

这还是宁宇现在才知道的信息，明天省委书记下来调研考察，学者专家团也要陪同前来，他还真不知道阵容会这样庞大。他不知道该怎么对娜娜说，只是点点头，表示他知晓了。

送走这些人，宁宇也来不及收拾茶具，一头钻进了书房，打开了明天要汇报的完稿文档。也太巧了，他正打开文稿，就接到了王书记的电话。王书记问：“你还没有睡的吧？”

宁宇说：“还没有，书记，有什么指示吗？”

王明说：“我还在阅读你的杰作呢，有几个地方我稍作了修改，我让秘书发到你的邮箱里了，你也看看我改的合不合适。”宁宇没有料到，王书记原来在字斟句酌地研读他撰写的汇报稿件呢。于是说：“嗯，好的，我马上查看。”打开邮箱，他将书记修改过的文稿点出来，也开始字斟句酌地阅读。他不得不承认，书记的细致程度是惊人的，每一处细小的错误他都发现了，也都做了校正。他这才领教了书记的真实水平，倘若书记在出版单位或者报社的话，最少是总编或者高级编审的水平，所有的文字和修辞上的错误，休想逃脱他的眼睛。

从另外一个角度来看，书记确实是太重视这一次省委书记来调研和考察了。他巴不得把他的所有执政理念都写进这个汇报材料里面去。从他修改的痕迹来看，加入了很多关于龙都现阶段的发展与管理，很大一部分都是未来五年龙都的发展纲要。这一点宁宇是可以理解的，省委书记要看或者要听的,不是地方官的执政理念又是什么呢?他的这份汇报材料虽然针对两个项目很完备了,但是在表现市委市政府的有关战略发展的意图上,还没有完全准确和到位的表达,所以书记才会挑灯夜战修改这份文稿。宁宇为书记的精神所打动,看完整份汇报材料之后,他内心也不禁有几分感慨。书记的思维就是全面、缜密与科学。

他给王书记去了电话,王书记问道:“怎么,你还没有睡吗?”

宁宇说:“书记,我看完了您修改的稿子,令我佩服啊,我现在才感觉到了什么叫差距了。”他的这话,虽然有拍马屁之嫌,但在宁宇的心里却是真实情感的流露。

王书记说:“你佩服什么啊,主要是你的初稿写得漂亮,我也不过就是提纲挈领地加入了市委的战略思路,主要的功劳还在于你啊。你也不要着急,有你这样的底子,要不了几年,你就会顺理成章地超越我了。”

宁宇说:“书记,您也太高看我了,我对基层的情况非常缺乏了解,哪里是一天两天就能修炼到家的啊。”

王书记说:“通过这一次的事情,我就看出来了。你小子是一个可塑之才,我以前还小看你了呢,今后我还得给你增加担子的。没别的事了吧,那就早点休息吧。陆市长刚才又给我来了电话,通报了全市社会治安的最新进展,政法委书记那边也处置得法,现在看来,总体的形势是好的,我也可以睡一个安稳觉了。”

宁宇说:“哦,那就太好了。”

他刚刚挂断王书记的电话,就看见娜娜和红唇几乎同时出现在了QQ上,两个人同时在给他打招呼。

宁宇只得跟红唇说:“你稍等一会儿,我还在整理一个文件。其实,他是想问问娜娜明天哪些人要来龙都。”

他主动和娜娜说:“你回去了?”

娜娜说:“不废话吗?没回来能和你说话吗?”

宁宇问:“你爸跟你说的他要到龙都吗?”

娜娜说:“是的,专家团都要来。”

宁宇问:“你知道都有哪些人来吗?”

娜娜说:“我爸让我转告你,明天省里面来的阵容会很庞大,让你有一个思想准备,千万不要把事情弄砸了。"

宁宇说:"太谢谢了,你说吧,哪些人。"

娜娜说:"省委书记,省委常委、省委秘书长,省委常委、组织部长,省委常委、宣传部长,分管教科文卫的副省长等省级领导。厅局级的领导加上学者专家团共三十余人。"

宁宇问:"太谢谢了。"

娜娜问:"还有什么问题吗?"

宁宇说:"没有了,你早点休息吧,我还要修改一个发言稿。"随后跟她"拜拜"。

宁宇这才给红唇发了一个笑脸过去。红唇说:"怎么,忙完了?"

宁宇说:"没有,一会儿修改文件,先和你聊几句。"

红唇说:"我真有话要对你说呢。"

宁宇说:"讲。"

红唇说:"我爸让我转告你,明天省里面的领导不是一两个人,根据他的经验,也许是王书记即将要得到提拔的信号,也有可能是你受到省委领导关注的可能,省里面这一次下来的常委很多,几乎占了半个省委班子。"

宁宇已经知道了个大概,不过,红唇的话里面也有新的信息,于是问:"是吗?"

红唇说:"省委常委、省委组织部长基本上是与这一次的主题不沾边的,但是他也在这个队伍里面,所以就显得不太寻常了。爸爸让我转告你,这一次组织部长可能会找两个人谈话,一个是王明书记,一个就是你,希望你要有所准备。"

宁宇很清楚,虽然红唇爸爸带话没有说绝对,但是他的身份十分敏感,离省委权力中心太近了,省委的各种举动他当然是非常熟悉的,所以他提前给他消息,其实就是让他做好一切准备。这一次领导下来一定会找他谈话的,就如红唇说的那样,即便是王书记要提升,其他领导也可能会找他谈话。当然谈话的主题不是因为王书记,而是因为龙都高职高校教育园区的这个项目的问题。毕竟这一次是非常规的,他一个副厅级的干部竟然要统管五六个厅级干部,其中还有两个是正厅级的领导干部。所以,他明白红副院长带来的这个消息确切无误,组织部长一定会见他一面的。想到这些,他的心里还真有几分难以平静。组织部长毕竟是主管全省干部的,与他谈话,严格意义上说是与省委书记谈话没有太大差异的。从某种角度上说,部长找干部谈话,也就预示着即将要发生点什么,不管是好还是坏。很明显,找他谈话绝对不可能是坏事。他还在沉浸在想象之中,却意外看见了和韵的来电。

38. 夜半三更见美人

宁宇没有接和韵的电话,他还在与红唇说话呢。红唇与娜娜带来的消息虽然大致上一致，但又有本质的不同。娜娜爸爸虽然是省城大学的党委书记，但是毕竟他离省里面的核心决策层远了一些，虽然知晓一些大致的情况,但是比起红唇的爸爸红副院长来,很明显是没有任何优势的。红副院长毕竟离核心权力中心更近,也经常与这些领导一起进出,所以,毫不夸张地说,红副院长带来的消息不仅更具体更有指向性,也更为贴切与准确。此刻宁宇自然也就有了和红唇说话的欲望。

红唇接着说:“我爸爸说了,这一次表面上是不会针对你的,但领导们找你谈话你可不能随便敷衍。以前你并未进入省级主要领导的视野里,也不可能进入领导干部的后备梯队。省委主要领导这一次来龙都考察调研,实际上也带有选拔后备领导的目的,只不过不是专题人才调研。”

宁宇说:“太谢谢了,我会注意的。”

红唇又说:“也许你早就知道这个信息了,我这样唠叨你不会烦我吧?”

宁宇说:“何以见得呢?”

红唇说:“这样的信息,起码昨天之前就应该到了市委王书记那里了,这可是爸爸的原话。”

宁宇不得不长叹一口气。是呀，这样的信息王书记怎么可能会不知道呢?但是王书记知道并不见得他宁宇就知道啊。虽然他是市委常委,可常委和书记之间是有着天壤之别的。书记让你知道你就知道,很多事情你想知道书记也不会让你知道。现在他才算明白了,看似与他十分紧密,没有丝毫芥蒂的王明书记,实际上与他之间永远存在一条无法跨越的河流。但是面对红唇的提问，他只得装着糊涂地说："不，你说的这些我都不知道，可能王书记那边实在太忙了，我也太忙了，还有就是王书记觉得这没有什么重要的。"

可是，宁宇心里真实的想法就不一样了。倘若说他对此一无所知的话，心里就不可能有任何的思想准备。按照王书记给他的指示，就是让他一门心思做好两个项目的汇报材料，并且认真地汇报这两个项目。实际上就是让他的视野局限在这两件事情上面，根本就没有时间和精力去考虑别的事情。要是组织部长突然莅临龙都，临时与他谈话的话，他一定会丈二和尚摸不着头脑。为何王明书记不让他预先知晓这一切呢？现在看来，原因只有两个：其一，王书记现在只需要他把这两个汇报材料做好，这样才更能显示出市委对今后龙都发展的战略眼光与水平。说得直白一些，也就是王书记本人的战略眼光和执政能力。其二，王书记压根儿就没有想在此刻将宁宇推到别的什么位置上去。甚至可以这样假想，就是组织上现在有别的想法，也是过不了王书记这一关的。这就正应了红副院长对他的告诫，成也萧何败也萧何，他宁宇的命运现在还牢牢掌握在王明书记手里面……想到这些，他的情绪自然会受到一些影响。但他毕竟也是市里面的主要领导人了，也不会因为这样的烦心事影响他的整个情绪。

红唇说："原本是想与你单独通报的，可是你家里面简直就是新闻会客厅，所以也就只能作罢了，也不知道我带给你的信息是否有用。"

宁宇说："怎么会没有用啊，你也知道的，这几天我都忙得没有一刻清净的思考时间了，你给我带来的这个信息，至少让我知道上级领导有可能单独找我谈话呀，我心理上也有了准备啊。"

红唇说："嗯，这样就好。你的汇报文件做完了吧？我知道王书记的要求是很高的。"

宁宇也不知道这样的事情红唇是怎么知道的，但是他还是说："谢谢关心，已经做完了，现在做局部的修改。"

红唇说："那就好，你也早点休息吧，我希望看见明天的你精神抖擞，不打搅你了。"

和红唇说完话，他才主动拨通了和韵的电话："你好，刚才手机没有带在身边。"

和韵温顺地说："哦，我还以为你在开会呢？这么晚了，不至于还泡在会场吧？”

宁宇说：“没有，没有，准备休息了，刚刚忙完。”

和韵说：“既然这样，我就得恭喜你了。你现在可睡不成觉，有一个人想见你呢。”

宁宇关切地说：“那个人是你吗？”

和韵说：“呵呵，你也太抬举我了，你忙得不亦乐乎，我怎么舍得打搅你呢，我还指望你好好休息呢。”

宁宇现在对和韵越来越喜欢了，她仿佛变了一个人似的，不仅变得温顺懂事，而且越来越会关心人了。当然，最主要的理由还是她经常关心他老爸老妈，给他解除了很多后顾之忧，而且老妈就是喜欢上这个丫头了，认准了她就是未来的儿媳。他问：“哦，那么这个人会是谁呢？”

和韵说：“你也不要瞎猜了，我直截了当说吧，是和好。”

宁宇觉得很诧异，和好？她这么晚了还要见他，什么意思呢？但是嘴上却说：“哦，是她呀？对，我猜想也是她，就她这样精力过剩。”

和韵说：“你对我的上司这样不恭敬，难道你不担心我告发吗？”

宁宇说：“你是谁呀？呵呵。”

和韵说：“不开玩笑了，我得提醒你，和好是集团公司委任的总经理，她有权处置一切。所以，龙都方面不能忽视她的存在。你也知道的，她的有些权力就是和夫人也爱莫能助。”

宁宇问道：“你这话的意思是？”

和韵说：“当然是希望合作愉快，我不希望和好在这个问题上有丝毫的不满意和不痛快。不管她今晚见你的目的是否重要，可是我希望你要让她觉得你的真诚和豁达。”

宁宇问：“这么说来，她是要单独见我。”

和韵说：“是的，你们见面我不会在场的，我这才打电话来提醒你。”

宁宇明白了和韵的一番好意，十分感激地说：“谢谢你。”

和韵说：“对我你可以不这样客气，但愿你们今晚约会愉快，你现在就到酒店的八六八房间，她已经在房间里恭候你了……”

此刻，宁宇无奈地站起身来，慢慢走出家门，朝灯火迷离的夜色中走去。

39. 丽人总裁的四个建议

见到和好时，宁宇有几分吃惊，只见和好一袭优雅的晚装，低胸而半透明的裙摆映衬着她高挑的身材，卸去了装扮的脸蛋儿更显冰清玉洁，一头短发刚刚洗过，浑身散发着诱人的清香。此刻的和好，既像画报上的极品女郎，也像干净淳朴的邻家女孩。这样的状态也许是和好很享受的一种状态，她偏了偏脑袋，十分悠然自得地说："你是很幸运的，能看见我这样素面朝天。"

与之相反，宁宇反而觉得这样对他是一种挑战，从来没有一个还不太熟悉的女子这样着装、这样近距离地与他攀谈过。很显然，和好早就做了精细的安排了，她身边没有一个助理和其他人。她面前的茶几上已经摆好了各类茶点和开水，还有红酒和洋酒。宁宇只得说："谢谢你给我这样的机会，在下十分荣幸。"

和好眨巴着眼，十分热情地问："你喝点什么？"

宁宇很随意地说："白水就好了。"

和好说："哦，很少有男人喝白水的，我可以给你一个建议吗？"

宁宇微笑着说："好啊，请赐教。"

和好说："我想你喝白水就是为了一会儿有一个好的睡眠，是吧？"

宁宇坦诚地说："是的，因为明天还有很多事。"他说这话，是基于两方面的原因，一方面确实是为了一会儿保持良好的睡眠，另一方面也是委婉地转告她，不要将话题扯得太远，说完之后早点休息。

和好说："我建议你喝点红酒吧，这样既可以消除疲劳，也可以有良好的睡眠。老实说，这是我很多年的习惯了，要是别人，这样宝贵的经验我还不会介绍呢。"

宁宇说："是吗？好呀，我很乐意接受你的建议。"

和好亲自动手，倒了两杯红酒，说道："谢谢你接受了我的建议，下面该我说第二个建议的时候了。"

宁宇很清楚，她这就是要谈正事了，于是很认真地说："好的，我洗耳恭听。"

和好说："本来我是不想这么晚了打搅你的，我也知道你明天还有很多事情，但是实在抱歉，我明天就要回省城了，也只有今晚才有时间。"

宁宇说:“没关系的,你说吧。”

和好说:“你现在是不是也有一种担心,比如说和韵?”

宁宇说:“看从什么角度说吧,我觉得和韵主持经营是有一些缺陷,不是每一个项目都还有常务副总经理吗?我也看了你们派来的这些常务副总,每一个人都是这方面的资深专家呀。只要他们能够辅佐和韵,我看问题不会很大的。”

和好说:“我说敬爱的宁部长,你的这个问题不会很大,是经营工作之中禁忌出现的词汇。经营就是要用精准的数字来说话的,大概、可能、也许在经营工作之中都是苍白无力的,这可能是你们搞政治的人不能完全理解的。不过,这也恰恰说明了你同样也是抱有忧虑之心的。”

宁宇诚恳地说:“接受你的批评,我也确实是有顾虑,但是我还是基本看好,呵呵。”

和好说:“刚才你也说了, 你也看过了我们选派来的那些经营副总的资料的,你也承认这些人的专业素养。所以,我有一个非常明确的请求,能不能将这些人一并纳入市委任命的范围。这样做,我想有这样一些好处:第一,能够给这些常务副总们心理上的安全感,增加市委和集团对他们的信任感。第二,在非常特殊的情况之下,在和韵不履职的情况之下,经营团队还不至于群龙无首,一团混乱。我这样设想,绝对没有给和韵设置前置条件的意思,主要是为了将经营团队的队伍建设得更加夯实与稳定。”

宁宇暗自惊叹,面前的这个女人可不是一个简单的女人,在驾驭人上手腕要远远高于和韵。如果市委同意了她的这个意见,就意味着经营队伍管理层里面,市里面直管的干部就不是和韵一个人,而是两个人。这就潜移默化地给和韵增加了挑战性和危机意识, 也给了后面的那三位常务副总经理更大的权力。

见宁宇没有立刻回答她的话,她又说:“有一个情况我得说明一下,请你不要有心理负担。当然,我很理解,只要是市委直管的干部,按照相关的规定都是副处级以上的干部,而这些干部也要享受相关的职别待遇。这一点请放心,多任命的这三个常务副总经理,只是一个名分,基本的待遇由我们和氏商号集团来解决,也不占用市里面的其他人事指标,仅仅是一个名誉性的。”可以看得出来,和好其实已经经过了深思熟虑。

宁宇觉得她的意见很中肯,但这样的事情他说了是算不了的,他还得把这个意见带给市委,说得具体一点就是带给王明书记。于是他只得说:“和好,你的意见我很赞赏。不过,这件事我本人还无权答应,我会把这个意见带到市委去,请市委最终定夺。时间也不会太长的,最长也就是一个星期,你看这样可以吗?”

和好很理性地说:“当然可以,我希望我们能在这个问题上达成共识。”宁宇想起了和韵对他的提醒,也就平静地说:“好的,我们都一起努力吧。”

和好与他碰了杯,两人干了杯中酒。和好再一次把两人的酒杯斟满,笑盈盈地说:“接下来,就是第三个建议。”

“哦,你的建议还真不少啊?”宁宇故作惊讶地说。

和好十分夸张地说:“我们先握握手好吗?”一边说,一边伸出了细嫩纤细的手来。她紧紧握住了宁宇宽大厚实的手,一边还乐呵呵地说:“哎呀,你的手让我体会到了你传递给我的温暖,我确信,你一定不会拒绝我的。”听见她这样说话,也看见她的神色暧昧中带着缠绵,宁宇心里真不知道这个从小在美国出生的中国女孩会提出什么样的出格要求。

只听见和好说:“这是一个很私人的请求,我以和氏商号集团龙都分公司的名义,请你做我的顾问,同时也做和韵的顾问。”

宁宇笑笑说:“我这不是一直和你们工作吗?加上顾问两个字,我怎么觉得有些别扭呢?是不是有画蛇添足之嫌啊?”

和好说:“这是很私人的请求,所以也希望你不要拒绝,更不要在外声张。只需要你我与和韵三个人知道就行了,就是和夫人也没有必要告知她,你明白我的意思吗?”

宁宇很直接地说:“不明白。”

和好说:“也就是说,从现在起,你就是我与和韵的私人顾问,龙都这个项目的私人顾问。在这个公司里面,你不仅享有绝对的决策权威,还拥有分红与享用股权的权利……”还没等和好说完,宁宇就伸手示意她不要再讲了,他十分严谨地说:“和好,我觉得这个心思你真的动错了,首先我得申明,你提出的这个意见我根本就不能接受,永远也不会接受。你大概忘了,我是龙都市委的常委、市委宣传部长,是这个地方的领导干部,你这样做是变相行贿,我要是接受就是受贿,或者叫做以权谋私,是要受到党纪政纪和法律的制裁的……”他说起这些话,有几分激动,他绝对不会因为这样的事而违反党纪国法。现在他都还后悔当初阴差阳错地当了和氏商号集团的“有缘人”和终身顾问,现在和好又来这样一出,他是断然不会接受的。此刻,他突然想,这些事情和好是否与和韵保留了统一口径了呢?要是和韵也是这样的态度,他以后还真的很难办了。要知道,这样的事情闹出去之后,后果将不堪设想。

和好看着激动的宁宇,也就不再提这件事了,她乐呵呵地说:“我就知道,这个建议不会顺畅。这样吧,这件事先放到一边,我说我的第四个建议吧。”

宁宇心里暗自叫苦,这个丫头也太折磨人了,竟然还有建议。正当他疑惑地看着她的时候,她走上前来拥抱了宁宇,正当他手脚无措的时候,她说:“第四个建议或许轻松了一点,我建议你敲开隔壁和韵的房间,她一样也在等候着你呢……”他的心这才平静下来。

40. 美眉心跳别样美

虽然和好并没有接着为难他,但宁宇觉得离开她就是一种幸事。这个在美国出生长大的美人实在不好对付,她刚才说的这些条款,足以说明她不仅对中国的国情十分了解,更是一个善于运用官方关系的资深企业家。这样的条件,听起来十分顺耳,不占用干部的配置名额,可只要是市管干部,市里面难免也是要承担一定的领导责任的。对于他这个市委常委来讲,虽然觉得和好的建议也是可行的,可这样重大的事情,只有王书记才能定夺,所以,他完全没有什么把握。他站起身来,和好伸出了温暖的小手,脸上荡漾着迷人的微笑,说道:“我看你的脸色不太好,你见和韵的时间不要太长了,你明天的事情可不少呢。”

宁宇说:“嗯,谢谢你,你的建议我会向市委这边好好汇报的。”和好将他送出房间,挥手与他告别,并轻轻地将房门关上了。

说来也巧,此刻和韵立刻打开了房门,还没有等宁宇明白怎么回事,和韵伸手将他拉进了房间。关上房门之后和韵说:“你在门外傻站着干吗啊?要是外人看见你在这外面转悠,还不知道要传出什么闲话呢!”

宁宇正要解释,和韵却堵住了他的嘴说:"你什么也别说了,我什么也都明白。你坐下吧,我想让你休息好一点,已经给你准备了药方了。"

宁宇奇怪地问:"你什么意思啊?你不是找我还有事吗?你要是没有事的话,我就要回去了,你也知道的……"

和韵打断了他的话说:"我知道你要说,你明天的事情还堆积如山,这难道我不知道吗?正因为我知道,所以我才让你进来,才为你安排好了睡眠的最佳方式。"

宁宇越来越觉得奇怪,又一次问道:"你真的就没有话跟我说吗?"

和韵乐呵呵地说:"怎么能这样说呢,我当然有话跟你说呀,你心中想说的话,不就是我想听见的吗?你要是不想说,我怎么会忍心打搅你呢,真是个小傻瓜啊。"

宁宇对和韵的性格越来越喜欢,于是又问:"这么说来,和好的意思没有跟你沟通过?"

"上帝担保,确实没有。"和好说。

"哦,原来是这样啊?"宁宇的脸上泛起了疑惑。

"你要是愿意,我很愿意为你分担点什么。"和韵走到他的身边,递给她一杯温热的矿泉水。

宁宇对和韵是绝对信任的,这几年的交往,他对和韵的认识发生了几次较大的变化。最初他觉得和韵是一个没心没肺的女孩,随后又觉得她是一个粗枝大叶的女孩,这几次交往之后,他逐渐悟出了和韵并非没心没肺,也并非粗枝大叶,而是一个很有品质和底线的女子。她不想自己活得太累,也不想别人有负重的感觉,总是能恰到好处地表达最淳朴的一面。要是不真正地理解她的内心,那些凝聚着淳朴善良的举动是很难体会出来的。打动宁宇内心的是,她竟然在他不在的时候多次去探望他的爸妈,并且照顾了两位老人的生活。这个女子其实是那种毫无心计的善良女子,宁宇知道,她背地里帮他的那些事情,要是自己不提及,她是永远都不会主动提及的。就是自己对她一辈子也没有爱意,她也不会有半点怨言。和韵就是这样一个豁达的年轻女子,但是,不管怎么说,宁宇对她所做的这一切,内心充满了感激。他接过和韵递过来的矿泉水,深深地喝了一大口,十分平静地说:"刚才和好约见我,说了这样一些……"他把和好刚才对他说的一切都袒露了。

和韵一直在安静地聆听,没有打断他。最后宁宇问:“你有什么看法呢?”她才动了动肢体,双眼诚挚地望着他,眨巴着眼睛说:“哦,是这样啊!”她的神情绝对是真实的,这说明和好在与宁宇商议之前,是完全没有与和韵商量过只言片语的。其中的奥妙宁宇明白了,在整个和氏商号集团里面,上一级是可以不给下一级打招呼的,也难怪和好主动让他来找和韵,其真实的意图是让他与和韵消化她刚才的建议呢!此刻,宁宇突然有一种不是滋味的感觉,这个和好是越来越不好琢磨了。

宁宇说:“怎么,难道事前你们就没有商议过吗?”

和韵说:“也许是和好觉得这件事不重要吧,或者说不需要跟我商议吧。”

宁宇问:“你有什么看法呢?”

和韵说:“我能有什么看法呢?既然这是和好的意见,我想她是有道理的。换一句话说,她也是站在集团的利益上来考虑的。我现在揣测,她其实也包含着对我的监督和不信任的意思在里面。不过,我能理解她的这种心情,毕竟这个项目她在负责,项目合作不成功她是要承担责任的。我知道她的建议也让你感到为难,毕竟决策这样的事情你一个人是无能为力的。”

宁宇说:“你这个意思就是理解我也理解她,你就什么意见都没有了?”

和韵说:“对于和好,我只能服从。对于你,我只能理解,你们之间达成什么样的意向,我只能是锦上添花,真的,我能有什么意见呢?当然,我希望我们之间不要因为某些意见不统一而出现意外。”她一边说话,一边站起身来。宁宇这才注意到和韵的身材还是那样的娇柔,还与几年前一模一样,内心不禁感叹:“这和韵莫不是也遗传了和夫人的基因,怎么就不见她的半点苍老呢?”

见宁宇痴痴地望着她,和韵乐呵呵地问:“怎么,你不认识我了吗?还是我长丑了啊?”

宁宇说:“不是,是你一直没有发生变化呢,我就奇怪了,你妈妈是这样,你不可能也会这样吧?”

和韵开心地说:“你这人也真是的,难道我年轻一点不好吗?再说啦,有其母必有其女啊。”

宁宇说:“我是羡慕呢,要是有一天,我等都老去了,你还是那样青春貌美,要是再和你走在一起,别人就会把你当成我女儿了。”

和韵说:“我愿意当你的女儿,也愿意和你走在一起。嘻嘻。”一边说话,她脸上荡漾着娇羞,随后她改了话题说:“哦,我想起来了,你妈妈可是把你们家的传家宝给了我的啊,你什么时候取回去啊?”

宁宇说:“这个呀,先放你那里吧,反正是老人家放到你那里的。”

和韵问道:“你不觉得我保管怪怪的吗?我又不是你真正的女人。”

宁宇说:“我们不聊这个话题好吗?”

和韵说:“不过,我很喜欢你们家的氛围,也很喜欢你家的老泡菜。不像我们家,从我生下来就商务化了。我妈妈和爸爸不过是一个符号而已,另外还是一个取款机,我从来都没有体会过那种血浓于水的亲情。爸妈待我你也看到了,就像对同事一样,从来没有那种浓烈的情感,我现在觉得特别的失落。人就是这样,我与你妈妈待的时间特别短,可是我能从她身上感知到母亲的温馨和暖流……”可以看得出来,和韵不是一个会撒谎的人,她的言行是一致的,流露出来的情感也是真挚的。

宁宇不由自主地伸手握住了和韵的手,十分开心地说:“既然这样,你有机会多去我老家吧,相信我妈也会很开心的。”

也许这正是和韵内心所想,她突然依偎到了宁宇的怀里,伸手搂住了他的脖子,一双水灵灵的大眼望着他的眼神,生怕宁宇变卦地说道:“这可是你自己说的啊……”夜幕下的龙都显得出奇地宁静,街市上的灯火渐渐地暗下去了,此刻和韵的胸腔却突突地加速跳动起来。

41. 不掺杂质的男女拥抱

和韵清晰地记得,第一次与宁宇去了他的老家之后,宁母就认定她是宁宇的女友。同行的那么多女孩儿,宁母就认定了和韵。宁宇本人也十分好奇,曾问她说:“妈,你怎么就看上了和韵呢?”

宁母不假思索地说:“怎么,难道妈妈选错了呀?”

宁宇说:“先不说是不是,你为何就看上了和韵了呢?”

宁母说:“这几个丫头里面,就数和韵长得有大家闺秀的模样了,宽皮大脸的,容貌端庄,一看就知道这个人厚道好相处。还有,她长得丰满一些,尤其是臀部丰满,生娃不费力呢。不像其他的几个女孩,要么脸上无肉,要么身材干瘦,这样的媳妇儿妈妈看不上。”尽管这就是妈妈随口一说,当时宁宇也一笑了之,但是,他没有想到妈妈这就上心了,不仅把祖传的物件给了和韵,还私密地将她的电话留下了,每每想他或者想她的时候,老人家都要拨打和韵的电话,俨然将和韵当成了宁宇生活中的伴侣了。这也难为了和韵,她根本就不知道宁宇的近况,还得耐心细致地给老人家描述宁宇的一切。这些当然是后来和韵才告诉他的。让宁宇为之感动的是,和韵与妈妈联系紧密,甚至经常回去看望两位老人家,这实际上就是代替他尽孝道呢。和韵做了这许多的事,却很少提及她的付出,要不是老妈偶尔叨唠,他还真就蒙在鼓里呢。

上一次就是这样,妈妈突然来电话说:“宇儿,你和和韵到底怎么啦?她的电话怎么一直就打不通呢?我都找了她三天了,以前可是一直没有出现过这样的情况呀?是不是你们吵架了?我可告诉你呀,不管你有什么想法,这个媳妇妈妈要定了……”一席话让宁宇觉得莫名其妙,但是也透露出了和韵与妈妈之间的亲密无间,她们之间一定是经常通话的。他不敢贸然回答,只得安慰她说:“妈,没事的,我问问她是怎么回事。”

妈妈奇怪地问:“怎么,难道你们没在一起吗?”

宁宇连忙改口说:“不是啊,她这段时间出差了。”

妈妈这才改换了一种语气 说:“你们也真是的, 出差也不预先告诉我一声,弄得我操心着急,既然她出差了,我也就放心了。你转告她,我们都很好的,她回来之后再联系吧。”妈妈的话,让宁宇心生感动与感激,和韵和妈妈之间的情感已经升级了, 他这个儿子现在反倒成为了补充。放下妈妈的电话,他就联系和韵。果然打不通她的电话,通过和夫人,他才知道和韵去国外了,至于去干什么,需要多久,和夫人只字未提。和夫人只说了一句:“你找她吗?也只有等到她回国之后了……”

实际上,宁宇很明白和韵是怎样的一个女孩,她对他的妈妈这样,实质上并不是真正的他俩感情所至,而是源于和韵内心的善良。和韵曾经对他表白过,妈妈送她的祖传银器,她暂时保留,只要他找到心上人之后,她会立即拿出来……这恰恰让宁宇十分为难,和韵的这种秉性,在很多同年纪的女子之中是缺乏的。说得直接一点,就是她骨子里存在宽容、大气与坦荡的气质,不像那些同龄人那样,总是小肚鸡肠唧唧歪歪的。这一点宁宇是有深刻体会的，此刻，妈妈褒扬和韵的那些话又出现在他的脑际：“……就数和韵长得有大家闺秀的模样了，宽皮大脸的，容貌端庄，一看就知道这个人厚道好相处。还有，她长得丰满一些，尤其是臀部丰满，生娃不费力呢……”想到这些，宁宇很自然地笑了。

依偎在他怀里的和韵抬头望了望，觉得宁宇的神情有些怪异，问道：“怎么，我很可笑吗？”

宁宇连忙说：“不不不，不是你可笑，是我想起了我妈对你的评价。”

和韵好奇地问：“是吗？我倒想听一听伯母对我的评价。”

宁宇把妈妈的话重复了一遍，和韵咯咯大笑起来，揪住了宁宇的衣襟，而后认真地问：“难道我真的就只有那么个优点，很适合生孩子吗？”

宁宇嘟囔道：“这又不是我说的。”

和韵说：“我又没有责怪你的意思，我至少比其他的几个女孩要好吧，我还赢得了你妈妈的认可呢，要是她们几个知道了，还不都得气死啊？”

宁宇说：“对不起啊，老人家和我们想的问题是有很大的不同的。”

和韵说：“我才不会生气呢，起码我在老人家眼里还算有优点啊，你说是不是？”

事情也太凑巧了，宁宇还没有回答和韵的话，和韵的电话显示宁母来电了。和韵十分兴奋地说：“哎呀，你看，说曹操曹操就到了，你妈来电话了。”宁宇好奇地看了一眼，果然是那一串熟悉的号码，于是开玩笑说：“媳妇，接吧，看看你婆婆又要给你分派什么任务啊。”

和韵伸手抓住宁宇的一只手，然后按动了接话按钮，十分柔和地说：“伯母你好，这么晚了，你还没有休息啊？”

宁母说：“睡不着啊，你好久没有回来了。你上次说你也去龙都，你现在是不是和宁宇很近啊？”

和韵说：“是的，我已经到了龙都了，离他工作的地方蛮近的。”

宁母又问：“我知道宁宇的事情很忙，他现在还没有回家吗？”

和韵眨巴着眼睛，思考了半晌，最后还是说：“他回来了，就在身边呢。”

宁母说：“哦，那就好，昨天我做了一个梦，梦见你们俩吵架了，你们没有发生什么事吧？”

和韵乐呵呵地说：“才没有呢，你儿子你还不了解吗，工作太多，回来都困了,哪里还有精力吵架啊?”

宁母说:“哦,是虚惊一场,看来是我想念你们了,你们还没有休息吗?”

和韵说:“我还没有,宁宇他已经躺下了。”

宁母说:“我这个儿子啊,让你为难了吧,你把电话给他吧,我跟他说几句。”和韵迟疑了一刻,将电话捂住问宁宇:“怎么办,老人家要跟你说话呢!”

宁宇接过了电话:“妈,这么晚了你还不休息啊?”

妈妈说:“我昨晚做了一个梦,想了一天还是决定给你们一个电话。”她又将梦见他们吵架的事复述了一遍,说道:“宇儿,我可不许你伤害和韵啊,你要记住,女人是用来疼爱的,你是她男人不能让她受到任何伤害,这道理你明白吧?”

宁宇说:“妈,这个道理我小时候爸爸就教过我了,我哪里敢忘记啊。”

妈妈说:“没有忘记就好,你要好好善待人家和韵,我们全家人都喜欢她呢,你把电话给和韵吧!”

宁母对和韵说:“和韵啊, 有两件事我得告诉你, 男人有两件事你要注意。第一就是要吃好,要是吃不好啊,多数时候男人都会抓狂的。另外就是要注意男人的睡眠,尤其像宁宇这样的年纪,要保持旺盛的工作精力,就得让他有较长的睡眠时间。男人们本性都是孩子,要是身边没有女人照应啊,很多事情就会显得杂乱无章的,所以也就要辛苦你了……”

和韵乐呵呵地说:“你放心吧伯母,我会细心照料他的……”这一切,宁宇都是听在耳朵里的。听完电话,和韵将电话轻轻放到茶几上,再一次扑到宁宇的怀里,梦呓一般地说:“我的宁大部长,既然你妈把你的生活起居都交给我了,我什么时候才能真正履职呢?”

宁宇轻轻拥抱着她,说道:“以后吧,也许不久的将来……”

42. 年轻美人的伎俩

虽然宁宇当晚在和韵的房间没有回去, 但是两人绝对没有发生超越同事和朋友之间界限的事。现在的宁宇和过去做她的老师时的那个宁宇不是一回事了。和韵自己也发生了天壤之别的蜕变,想当初她对男人确实有些随意。不知道是宁宇改变了她，还是生活改变了她，反正她又回归成高贵的金枝玉叶了。她推开宁宇时说："你就在这里安静地睡吧，我给你调配好了催眠的药，你喝完之后我就到另外的房间去睡。你是知道的，我这里的客房不止一间。"

宁宇像一个听话的男童一样，安静地喝下了和韵递过来的药液，一口喝干了，又接过和韵递过来的白开水，深深地喝了一大口，口腔里的药味儿顿时减去了不少。他对和韵说："谢谢你。"

和韵说："呵呵，这也用谢吗？这可是你妈委托我干的事呢。好了，你明天的事情太重要了，我看你还是马上睡下吧，我就不打搅你了。"宁宇睡下，听见传来轻轻的关门声。

和韵走出房门，径直走进了妈妈和夫人的房间。和夫人还没有睡觉，正在看一份商业合作框架文件，见和韵进来了，说："你也还没有睡呀？"

和韵说："刚才和宁宇聊了一会儿。"

"他走了吗？"和夫人温和地问。

和韵说："没有，我看他实在太疲倦了，就让他在我房间里休息了，我到隔壁的房间休息。"

和夫人没有任何表情，又问道："你们聊了些什么呢？"

和韵说："其实也没有聊什么，今晚和好让他过来的，她给他提出了几个想法……"随即把和好的想法说了，最后担忧地说："我担心他会为难呢，这样的事情，你说他能够决定吗？"很显然，和韵是站在宁宇的立场上。

和夫人依然没有任何倾向性，又问道："怎么，你觉得这样不好吗？还是你同情宁宇，觉得他的压力太大了？"

和韵说："平心而论，我有两方面的顾忌。一方面觉得这是和好不信任我，在每一个新成立的公司里面增设一名市管干部，其表面是增强经营队伍的领导力量，可实质上就是削弱我的领导权威，甚至随时都可以将我取而代之。我虽然身兼三家公司的总经理，也完全可能我什么都不是。"

和夫人恬淡地笑笑说："嗯，你这样想，就说明你有压力了，有压力自然也就会有动力的。和好她这样做，一定有她的理由。"

和韵问："难道她没有给你汇报她的这些想法吗？"

和夫人说："这是她一个总经理的权力，你是她的副手，她有权力随时更换你,可不要忘了,你是对她负责的执行总经理,你的工作汇报对象是她而不是我。”

和韵迟疑了一刻说:“这个道理我明白,可我就是有点不能理解,她做这样的决断,怎么可以不跟我打一声招呼呢?”

和夫人又说:“集团公司将会毫无疑问地支持总经理的工作,至于你这个执行总经理,我想更应该毫无疑问地执行总经理的意图。”

和韵沉默了。

和夫人又问:“你不是有两个疑问吗?”

“哦,其中的一个就是关于宁宇的。我担心他现在的事情太多,压力太大,和好又提出这样的新要求,不知道他内心是否承受得了呢。”因为面前的漂亮女人是她的妈妈,所以她才敢无所顾忌地这样说话。

没想到和夫人十分刻板地说:“和韵总经理,我觉得我有必要提醒你,你是和氏商号集团的部门经理,而不是龙都方面的什么领导。你考虑的问题是不是已经超越了你该关心的范围了?”和韵没有料到,现在的妈妈她仿佛完全不认识了一样,没有丝毫的亲情,完全一副商务化的姿态,让她觉得一点依托都没有。童年就是因为这样的事情太多了,所以她一直就没有把妈妈当成妈妈,更多的时候是将她当成冷冰冰的领导了。此刻这种感觉尤为强烈,所以她对宁宇的妈妈充满了眷恋。她只得对妈妈说:“对不起,打搅你了。”

和夫人也没有别的什么嘱托,依旧淡然地看着她问:“你还有别的事吗?”

和韵失望地说:“没有了,你早点休息吧!”

和夫人却说:“既然来了,我倒有一件事请你参谋参谋,你坐下,看看茶几上的那份材料。”

和韵只得耐着性子坐了下来,拿起那份材料浏览。那是一份合作酒店的协议,和氏商号集团要与国内的三家地级市共建连锁酒店的合约。她对酒店没有什么兴趣,所以合作文件对她来说显得索然无味,看了半天还是没有看出个所以然,满脑子都在想宁宇刚才提出的那些问题。

和夫人问:“怎么样,看完了吧?”

和韵闷闷地回答:“看完了。”

和夫人说:“你什么意见?”

和韵说:“我对投资酒店没有经验,也没有兴趣,所以我没有意见。”

和夫人显然有几分失望,问道:“我现在才明白了,你与很多人的区别在于,你只做你自己有兴趣和喜欢的事,不喜欢或者没兴趣的事情,你大概就不会去思考了。你现在是职业经理人,你知道职业经理意味着什么吗?就是要把你不喜欢的事儿做得比那些喜欢的还要好。今天我不想再说什么了,你把这个资料拿回去仔细研读,明天给我一个意见。记住了,我会用一个职业经理人的标准来评判你的答案。同时,我现在就告诉你,你的检验人依旧是你的上司和好总经理。”

和韵只得拿起这份酒店合作协议回到了另外一个房间。她木然地站在穿衣镜前,前后左右打量着自己苍白的脸,此刻她才明白,现在自己已经是一个肩挑重担的职业经理人了, 妈妈看她的眼神陡然之间增添了几多的苛刻与挑剔。她真想再一次叫醒宁宇, 也好与他商议商议手上的这份合作协议,可是一想到宁宇明天有太多的事务,就打消了这个念头。

她也不是一个愚钝之人,立刻想到了公司里面的可用资源,最直接的就是想到了陈院长,妈妈那个私人法律顾问。她迫不及待地给他去了电话,十分客气地将这份材料说了个大概, 然后说:“你让相关的职能部门给我测出一个相应的指标来,根据和氏商号集团的投资惯例,我们是否应该投资。”

事实上,陈院长手里早就有这个酒店合作文件,而且各职能部门早就测算过了。他突然接到和韵的电话,还以为和夫人又要将扩张酒店的事情交给和韵去办呢, 于是马不停蹄地将所有的决策资料传给了和韵。和韵喜出望外,将这几份材料分析完之后,发现妈妈原来是在故意考验自己,心中更是一阵窃喜。她想好了,她一定不能等到明天才给妈妈结果,也要让妈妈知晓她的小聪明。于是将酒店的合作协议放置到一边,拿起一张白纸来,刷刷地写了自己的意见,然后满意地走出房间,再一次按了妈妈的门铃。

进门之后,和夫人有几分诧异,问道:“你还有什么事吗?”

和韵说:“交作业啊。”

和夫人根本就不相信, 和韵在这样短的时间之内能对这个合作框架理出头绪来,就是专业的行家里手,也得借助职能部门的帮助,而且最少也得两个小时才能消化,没想到和韵这样快又跑回来了。她心中暗想,这丫头一定是将项目投资当成儿戏了,不禁皱起了眉头,说道:“你不会是在开玩笑吧？”

和韵十分有把握地说：“你看我是开玩笑吗？”说着将自己一笔一画写的投资意见书递交给了妈妈。和夫人戴上眼镜，十分严谨地审视起来。一开始的眼神有些迷离和不信任，到后面就发生了微妙的变化，皱起的眉头变得豁然开朗，甚至泛起了淡淡的微笑。可是妈妈太深沉了，始终没有说一个字。既看不出来是开心，还是失落，最后只听见她说：“你回去休息吧。”和韵战战兢兢地离开了她的房间，临走之前也没有发现妈妈到底是什么态度。她暗自想，是不是妈妈已经明白了自己投机的伎俩了……

43. 曾经的风月旧事

别看和韵原来一直大大咧咧的，但自从接手龙都的项目之后，她仿佛脱胎换骨似的，对人对事都变得格外地细心和周到了。她知晓宁宇明天的事情特别重要，所以她几乎都没有入睡，她早就想好了，一定要等宁宇离开酒店开始工作，她才能睡一个踏实觉。要是因为没有休息好，宁宇明天的工作有失误，对宁宇可能是灭顶之灾，对她来说一样不是什么好消息。只要宁宇不在宣传部长的位置上，她掌管的和氏商号集团这个龙都项目也就不可能顺利了。所以，她毫无睡意，一直熬到了清晨六点，这才匆忙地赶回昨天的房间，她要在这个时间让宁宇起床做好工作准备。

当她进入房间，见床上已经空落落的了，伸手一摸，床上还是温热的。她正疑惑之际，听见卫生间传来一阵声响，很显然这是洗澡的声音。她坐在床的一角，瞪着卫生间的方向笑了：这个宁宇，就是一个不让人操心的主儿，原本还担心他起不来呢，没想到他早就起床开始洗漱了。

敏感的宁宇伸出头来问：“是和韵吧？你也这样早啊？”

和韵站起身来说：“怎么，你有晨浴的习惯？”

宁宇说：“也不是，昨晚不是喝了你的药水了吗？很快就困了，所以没有洗漱就睡着了呀，早上醒来才觉得浑身不舒服，所以才洗澡的。”

和韵说：“这么早餐厅可没有早餐，我给你去弄早餐吧？”

宁宇说:“算了吧,不用麻烦了。一会儿我给秘书一个电话,让他出发之前带一份来就是了。”

和韵说:“怎么,你不信任我啊?我的助理不一样可以做到吗?她现在可能就在外面的餐厅呢!”

宁宇说:“嗯,既然这样,也可以。”

宁宇继续洗澡,和韵给助理去了电话,如此这般地做了安排。

宁宇出来时,和韵也在另外一间洗手间洗漱好了,助理已经将西餐厅订的早餐送到了房间,十分丰盛。和韵乐呵呵地说:“我看你的精神气色好多了,今天的工作一定会很顺利的。来吧,快点吃早餐吧。”一边将牛奶和蛋卷送到他的面前。

宁宇感激地说:“和韵啊,你怎么能对我这样好呢?”

和韵说:“怎么,一个晚上你就忘记了,这不是你妈妈交我的任务吗?嘻嘻。”随后又说:“开玩笑的,你不是住在我这里吗?这也叫地主之谊呀?你单身汉一个,适当地照顾你不也是应当的吗?”

宁宇说:“和韵,你的变化太大了,简直让我不敢相认了。想想你在报社的时候,你也太简单了,简直就是一张纯粹的白纸。”

和韵说:“你不说我也能感觉得到,当时你最不看好的就是我吧?你不论是对红唇、章杰,还是娜娜,相比之下,你的心中最没有看上眼的就是我吧?不过,那个时候的我根本不在乎这些。现在你发现我变了,也不是因为我的本质改变了,是因为我的职业改变了。从根本上讲,我现在必须依托你才能把我的工作做好,所以我必须关注你。过去可不一样,我做一个实习记者,没有什么责任需要承担的,神龙见首不见尾的生活,就是我喜欢的状态。可现在变了,我不可能那样由着性子来啊,我下面那么多的员工,我这个表率作用还是要的……”她就是这样一个性情中人,总是让人触摸到最真实的一面,这也是宁宇觉得与她生活没有恐惧的重要原因。相比之下,其他的任何一个人,都会在他面前有所保留,甚至是伪装。不论是娜娜、红唇,甚至包括笑笑,虽然表面上对他都是异常坦率和忠诚的,可谁都没有和韵显得纯粹明朗。

宁宇感叹道:“你真的变了。”

和韵问:“我的变化你讨厌还是喜欢呢?”

宁宇说:“这不好说,喜忧参半吧!”

和韵说:“这就说明我的变化是正常的是吧?喜忧参半,就证明我还没有被你看透是吧?”

宁宇说:“一个成年人,哪有那样就被一个人看透的,更何况我们还有性别差异呢。”

和韵说:“呵呵,以前你不是一直把我当哥们吗?那个时候是不是我的性别特征不明显啊?每一次我都觉得你抱着我是很随意似的。”

她的这话,让宁宇想起了过去的一些往事。在报社的时候,宁宇对和韵是另外一种情感,虽然她是跟他的学生,但是在他的心目中,她确实不如红唇重要。一方面和韵原本是章杰带的实习生,是她本人觉得章杰的人品和能力有问题才转而跟他学习的,这本身就给她带上了“二派”的烙印。其次是和韵本身也并不努力,让人看不出她能在新闻界会有什么造化。其三就是她一直大大咧咧的,好似对什么都满不在乎的模样儿。这样的实习生,怎么可能会成为报社的焦点呢,也不可能成为老师眼中的宠儿。也许就是因为和韵给宁宇留下了这样的印象,所以他们之间的交往才显得没有那么刻意,以至于宁宇有时候真把她当成了没有性别特征的学生。这本身并不是说和韵的女性特征不突出,与此相反,和韵的女性特征是相当突出的。那时候她已经出落成诱人凝脂一般,以至于章杰看见她十分爱慕。

和韵自己坦荡地跟宁宇说过,她到报社报到的第一天,章杰就围着她转了一整天。先是请她喝咖啡,继而是请她去KTV包厢,最后带她去酒吧,什么采访也没有搞,就是想借机亲近她。而当时随性开放的和韵,也就将章杰作为一个性伴侣,只是后来实在忍受不了他的一些习性,才转身投奔宁宇。

就因为此,章杰当时自以为有叔叔的大伞,试图将她从宁宇的麾下夺回去,还与宁宇发生械斗。直到后来宁宇身份提高,章杰这才作罢,继而屈从于宁宇,也就放弃了对和韵的冒犯。

正因为宁宇有保护和韵的这一层关系,和韵对他好感倍增,甚至寻找机会对他开放。这里面可能包含了几方面的意思,一方面是感恩,另一方面是敬慕,还有一方面是好奇。总之,就在稀里糊涂之中,她成为了宁宇真正意义上的女人。之后和韵又主动大度地说,一切都是她自愿的,也不需要他承担任何责任,还许下了诱人的诺言,只要宁宇空虚寂寞的时候需要她,她一定会出现。只要宁宇的女人出现的时候,她会主动知趣地离开。不管她当时是什么心态,也不管她当时是出于什么目的,总之这对于男人来说是求之不得的事。可是,宁宇是一个颇有良知的男人,知晓那样对于和韵不公平,她说出那样的话来,更让他觉得有几分内疚,于是他们又保持了一定的距离。

后来,当宁宇的事业不断上升,又认识了和韵的妈妈和夫人,两个人的关系因此愈加扑朔迷离,以至于两人都忘记了他们还曾经有过性事。时光一晃也就到了现在,宁宇一边喝牛奶,一边说:“怎么,你还在记恨我是吗?”

和韵羞涩地说:“才不呢,其实你教会了我很多,起码让我领会到我是一个女人,嘻嘻。”她的这话,让宁宇觉出了异味,她这是什么意思啊,莫不是在提醒他吗?又听见和韵乐呵呵地说:“快吃吧,一会儿你的秘书和其他同事就要赶到酒店了。”

44. 有一种关系叫水乳相依

宁宇走出房间,在大厅就遇上了秘书。秘书简洁地说:“部长,王书记和陆市长他们已经到酒店了,现在在贵宾厅等你呢。”

“好的,我们走吧。”宁宇说。

两个人快步进了龙都酒店的贵宾室。宁宇进去时才发现,市委常委们大都到了,政府的副市长们也到了。看见宁宇来了,紧挨在王明书记身边的陆强市长就发话了:“现在人都差不多到齐了,我们开一个短会。”随后问王明书记:“是不是可以开始了?”

王明书记问秘书长:“人都到齐了没有?”

秘书长说:“就只有雪雁一个人还没有到。”

王明书记说:“好的,不等了,再等时间就来不及了,一会儿你负责给雪雁传达会议的内容吧。”他还在说话时,就看见雪雁火急火燎地进了会议室,她什么也没说,冲身边的宁宇点点头,然后就坐在了宁宇的身后。

陆市长说道:“同志们,按照市委王书记的要求,今天省上的主要领导马上就要莅临龙都考察调研。大家也都知道的,这几年来,省委书记还是第一次到龙都来调研和考察,所以这是龙都历史上的一件大事。这几年来,龙都的各项建设都取得了很大的成就，省委领导的这一次调研，一定会让龙都的建设和发展提速。大家也都知道的，新近龙都建设的两件大事即龙都高职高校教育园区建设项目和龙都新闻文化产业改革项目，都是这一次省委主要领导考察调研的重点。所以，今天的短会就围绕这两个主题展开，下面请王书记部署和安排工作。”

王明神情严肃地扫射了在场的市领导们一眼，一字一顿地说：“在座的都是市里面的领导，知道什么是关键时刻。今天我就长话短说，省委书记一会儿就会同省里的其他领导莅临龙都了，我们就做一个简单的分工。我在这里先把丑话说在前头，谁管的事情出了问题，谁就要承担主要责任，谁也别想推诿。”随后，他停顿了一下，又说道：“今天的工作大致这样安排，我和陆市长，还有组织部长和宣传部的宁宇同志全程陪同省委领导考察和调研，市委工作由市委副书记负责，市政府工作由市政府常务副市长负责，我的意见完了。”他的话虽然十分简洁，但是足可透出一种不怒自威的威严感。这样安排，也就意味着今天市委的一般事务由市委副书记全权负责，市政府的事情由政府的常务副市长全权负责。老实说，这一天市委副书记和常务副市长的责任确实够沉重的，不管哪一个环节出了差错，他们两人都脱不了干系。王明也知道这为难了副书记和常务副市长，这就等于好事与他们无关，坏事全要他们承担责任。虽然两人都可能不太舒服，可这毕竟是市委市政府一把手交办的政治任务，他们也不可能不执行的。

陆强市长问：“副书记、常务副市长，你们两位还有什么需要补充的吗？”

副书记说：“王书记、陆市长，我和常务副市长今天可以合署办公吗？”谁都明白，今天可不是寻常日子，作为指挥市委和市政府的两位主持工作的人，今天是不能掉以轻心的，更不能因为沟通而耽误时间。副书记的意见恰好可以看出他的忧心。

常务副市长立即补充说：“我也觉得我们今天合署办公最好，我搬到副书记的办公室去吧，市里面要是有什么事情，我们也好在第一时间统一意见。”

这样的事情，在龙都的历史上是从来没有过的，陆市长也知道这一两天是非常时期，是出不得任何闪失的，于是说道：“我个人觉得可行，这样可以减少沟通的时间，尤其是在处置紧急事件的时候。我看可以，王书记你看呢？”

王明点点头。陆强市长接着说："那就这样吧，你们合署办公，时间可不是今天一天时间，时间要到省委主要领导撤离龙都之后为止。"王明再一次点点头。

陆强市长又问："其他的各位还有没有需要补充的意见？宁宇同志有没有？"他特别点了宁宇的名，足可看出来，虽然宁宇是排位最后的市委常委，但是他的重要性却是显而易见的。

宁宇连忙说："没有了，就遵照书记和市长的指示执行。"

陆强市长说："好吧，那就各就各位，回到自己的位置上去，再次强调，这几天的工作可不能出任何闪失，散会吧。"随后问王明："我们是不是该赶往高速路口了？"

王明说："是啊，现在就走吧，省委领导可能快到龙都的地界了。"一行人走出了酒店的贵宾室，雪雁走到宁宇跟前，轻声说："宁部长，听说省委领导这一次要在龙都拜访和氏商号集团的主要负责人呢……"宁宇一愣，这才想起一件事来。原本是神龙见首不见尾的大忙人和夫人与和好，难怪没有急着离开龙都，莫不是她们事先已经得到了省上有关部门的通知？经雪雁这样一提醒，宁宇这才恍然大悟，他问道："还有什么消息吗？"

雪雁乐呵呵地说："其他的消息，恐怕你都早已知道了吧？"两人走到宾馆门口，各自上了轿车，朝不同的方向疾驰而去。

上车之后，宁宇还是觉得有几分不大放心，给雪雁打了电话："雪副市长，你的话还没有说完吧？"

雪雁乐呵呵地问："你还想了解什么呢？有很多事情我还没有你了解得多呢。你关心哪些人来吗？这个我想你是知道的，你要想再听一次，我也可以给说一说。"

宁宇佯装不知道地说："都谁呀？"

雪雁说："其他的人你可能早就知道了，教育厅厅长也在调研考察团里面的，这个人以前是我的老上级了，他昨晚给我来了电话。"

宁宇说："哦，他原来是你的老上级，他到了龙都之后，要是能抽出时间，还望你能安排我们两个人见见面。"

雪雁说："我本来就是这个意思啊，你们两个今后还要长期合作呢，所以我早就想到这一层了，你看我这个部下还算合格吧？"

“谢谢你啊。”宁宇说。

雪雁问道：“领导，我是不是有点多嘴多舌啊，我说的这些难道和夫人没有跟你说吗？”显然，雪雁是知晓他与和氏商号集团有密切关系的，并且也知道他与和夫人之间的关系。

宁宇说：“雪副市长，我有必要跟你说假话吗？”

雪雁连忙说：“呵呵，算我乱说了。你今天的任务很重，我就不打搅你了，回头咱们再聊吧？”

宁宇只得将电话挂了。他心中暗想，这个雪雁其实也不是简单人物，省里面的很多消息她都是有特殊渠道的，他一直很想知道，她与省里面的哪一位领导有紧密关系。他料想，也许省城大学的张书记是知晓的，可是他现在的身份，怎么可以问张书记这样的问题呢？于是他想到了一个人，这个人就是娜娜。娜娜一直对雪雁心存戒心，也许她还在记恨当年雪雁与她爸爸的那段不了情缘。他还在遐想的时候，一边的秘书把电话给他，说道：“王书记秘书的电话，说书记要找你呢。”

他接过电话，电话里果然传来了书记的声音：“宁部长啊，你跟上车队了吧？”

宁宇说：“书记，我就在您的后面。”

王明说：“好的，我还以为你没有来呢，今天你可要唱好主角啊，材料你都带了吧？”

宁宇连忙说：“放心吧，书记，随身带着呢。”

王明又说：“不带材料你也应该记得住要领吧，你是从省上下来的干部，你也是明白的，有时候领导可不大愿意坐下来听汇报的，有些汇报就得见缝插针地汇报，回头再补送材料。每一个领导的风格都不一样，这一点你是了解的吧？”

宁宇当然明白王明的意思，心领神会地说：“放心吧，书记，市里面的蓝图我现在也了然于胸了，只要你觉得该汇报什么，我一定及时汇报就是了。”他怎么不明白王明的意思啊？他是希望宁宇不失时机地宣传以他为主导的市委市政府的战略意图呢。省委书记好不容易下来一趟，作为市委一把手的他，怎么可能放弃向领导推荐自己的机会呢？他让宁宇出来说话，也是出于两方面的考虑，一则宁宇是省里面调来的新闻界的精英，在省领导面前有话语权;一则宁宇现在是省委省政府的座上宾,他的话领导会格外重视。宁宇也明白王明的内心想法,在这样的时刻,王明可是期望着他能大力美言呢。

45. 领导驾到

事实上,每个人都是有所图的,尤其是在官场上的人。王明之所以这样大力地扶持他,其本来意图就是期望他能在龙都帮衬他的,在政治和经济两个方面实现一些突破,他这个书记总不可能一直在龙都待下去呀。这段时间以来,宁宇的整体表现让他相当满意,尤其是关于龙都高职高校的事情,已经远远超出了王明的预期,他完全没有预料到年纪轻轻的宁宇能有这样大的能量,竟然这样快就得到了省委主要领导的赏识。很多人都认为宁宇不过是运气好而已,而执政经验丰富的王明却意识到,这样的事情绝不可能是某些巧合和运气那么简单,宁宇背后一定隐藏着另外一股非同寻常的政治臂膀,至于这个臂膀是谁,他也不得而知。也正因为如此,他的心态也发生了微妙的变化,以前他一直觉得只有他能左右宁宇的未来,现在看来,这个年轻人也可能在某种程度上可以影响到他的升迁。所以他期望与这个年轻的常委保持着一种更为亲昵的关系,甚至指望这一次宁宇能发挥非凡的作用,在省里面的主要领导面前推他一把。只听见王明书记说道:“你的车在后面第几个位置?”

宁宇说:“在第四辆的位置。”

王书记说:“这样,你到了高速路口时,把车调一个位置,就在陆市长后面好了。一会儿我们都要换成大巴车的,也可能我和陆市长还有你要坐省委主要领导的那一辆车,你要做好准备。”

宁宇很自然没有想到这一点,他知道领导们到了龙都是要换车的,但他绝不敢奢望能与省委书记一个车,现在虽然王明书记让他做好准备,他也没敢相信这是真的,毕竟省里面下来的领导不是一个两个,市里面也还有书记与市长,他一个排位最后的常委,这几乎是不可能的。他迟疑着说:“好……吧。”

王明显然听出了他的疑惑，又强调说："刚才接到了上面的通知，书记指名道姓地要听你的汇报呢，所以你要做好准备，也不要多想。"

宁宇还是秉承着他的一贯风格，依旧谦虚地说："书记，我去不大合适吧？你和市长都在，哪里还用我去啊？"

王明书记说："这是上面的意思，你就不要多想了，市里面的领导我会打招呼的，你就放心地汇报吧。这一次省委主要领导能来龙都，你本身就是第一大功臣。"

宁宇连忙说："书记，这都是市委市政府的正确决策，我一个人的力量是微不足道的。"

"好了，你也不要谦虚了，刚才我还接到了我老同学的电话，他要与你通电话的，我就不占用你的电话了。"说完就挂了电话。宁宇都没有来得及准备什么，他的电话就再度鸣响起来。电话果然是省城大学张书记打来的，他不假思索地接了电话。

"您好，张书记，我是宁宇。"他这样说。

张书记说："宁宇啊，你好。刚才我和你们王明书记通了电话的，我还把你的电话给忘了，是他把号码给我的呢。"

宁宇说："嗯，王书记刚才跟我说了，你要打电话找我。"

张书记说："是这样的，你现在可不要对外声张什么，这一次省里面的主要领导到龙都来考察调研，目的也是多重的，其中可能就涉及对你和王书记的考察。当然这是绝密消息，你知道也就是了。我一会儿到了龙都也就坐大巴车了，所以可能没有单独与你谈话的机会，一切都要靠你自己去把握了。记住了，切不要心浮气躁，也不要夸大其词，该怎么回答领导就怎么回答领导，你明白了吗？"张书记对他，其实就像对自己的孩子一样，在他的潜意识里，他早就将他当成了未来的女婿了，所以他一直都对宁宇充满了关怀。

宁宇连忙说："谢谢张书记，谢谢。"

张书记又问了一句："娜娜这几天没闹出什么事吧？"

宁宇说："她这几天一直在新闻文化产业办公室做基础材料，因为市里面在忙领导考察和与和氏商号集团签约的事情，她现在还没有到龙都新闻网去任职，可能就这几天了，市里面就要到新闻网宣布她的任职了。她也一直在忙，也没有什么事的。"

张书记说："嗯,这样就好。我和她妈都不在她的身边,我俩也就期望你能不时地照看她一下了。你也是了解她的,她不仅没有工作经验,更缺乏领导经验,现在又一个人只身在外,我们总是担心她的。"

宁宇只得安慰他说："张书记,你就放心吧,娜娜已经是大人了,而且马上就是正处级领导干部了,她会自己照顾好自己的。"

张书记说："我也这样想,可是她妈妈却不这样想啊。好几次她要给你打电话,都被我阻拦了。你也了解你伯母这个人的,其他坏心眼没有,就是过于偏袒女儿了。"

宁宇说："这个我能理解,天下父母对孩子都是一样的。"与张书记通完电话,就已经快要到高速路出口了。他远远地看见前面的车辆已经在调整位置了,手机里传来了嘀嘀的短信声。他没有着急下车,而是翻看手机短信。

短信竟然是红副院长发来的,大致内容如下:"……宁宇,现在我说话不大方便,但是有一件事情我必须现在就告知你,你也好做好应对的准备。这一次省上来的主要领导不仅仅是考察和调研,也许还包括对你个人的考察。当然,我给你说这个事,并不需要你做什么实质性的准备,你只要做到心中有数就是了。省委领导也不会跟你说明他们的目的的,很可能会很随意地询问你一些问题,你只要如实回答就是了。在回答问题的时候,没有必要紧张,只要沉稳应对就是了……"他内心对红副院长充满了感激,红副院长现在的位置离省里的权力中心相对近一些，他带来的消息显然要比张书记的更权威一些。实际上,他对红副院长的感情有些复杂,尽管红副院长知道他与红唇之间的关系是扑朔迷离的,但是红副院长依旧对他没有保留,每到关键时刻,总是出手相助。而且他的帮助方式比张书记要含蓄得多,更让人能够接受。他很清楚,这个时候给红副院长去电话,甚至是短信都不合时宜,但是总得感谢人家呀,于是他拨通了红唇的电话。

红唇和所有的文化新闻改革协调办公室的副主任一样，都在潜心做改革前的案头工作。她知道宁宇今天的接待任务是非常重要的,没想到这个时候还能接到宁宇的电话，她有几分兴奋地说："你现在不是在迎接省委的领导吗？怎么有时间给我电话啊,你有什么事吧？"

她身边就坐着娜娜,娜娜十分好奇地望了她一眼,她没想到此刻宁宇还给红唇电话,内心充满了醋意。红唇从娜娜的脸上看出了不悦,所以她站起身来走到了办公室外面去接听宁宇的电话。只听见宁宇说:“红唇,我得谢谢你爸爸,你方便的时候给你爸一个电话,代我谢谢他老人家。”

红唇很清楚,宁宇现在一定很不方便说话,所以才委托她转告,于是说:“好的,我马上就跟他说。”

宁宇说:“好的,领导就要来了,回头再联系吧。”他还没有说完,跟随他的秘书就提醒他说:“部长,快过去吧,书记在等你呢。”他连忙走下车门,快步朝王明书记所在的位置走去。

46. 别样的关怀

王明书记和陆强市长已经下车站在公路一侧了,看见宁宇过来,王明招呼道:“宁部长,你来一下。”

宁宇快步走到两位领导面前,陆市长就说:“宁部长,今天就要辛苦你了,上面已经点名让你参加汇报,一会儿我就不一定与你和书记随行了,我想省委主要领导时间很紧,按照王书记的意见,你就见缝插针地给领导们汇报吧!”

宁宇还是为难地说:“陆市长,你们两位都在,我汇报合适吗?”

陆强说:“这不是我和书记能够决定的,这是上面的意思啊。不过,你汇报也是市委一致决定的啊。”

王明也在一边说:“就是啊,我们两个还希望借你的口宣传宣传龙都呢。刚才我就说了,这是我和陆市长的集体意见,你也就不要推辞了。”

其他的常委走过来时,他们的谈话也就到此为止。远远看见省上的车队已经到了高速路口,随行的秘书长连忙说:“书记,领导们到了。”领导们也就按照官阶的高低站好了队,等候会见省里的领导们呢。

果然,正如省城大学张书记和省行政学院红副院长所说,这一次来的领导队伍很庞大。省委书记,省委常委、组织部长,省委常委、宣传部长,省委常委、省委秘书长和副省长等主要领导都位列其中,还包括教育厅在内的十多个厅局的一把手。在王明书记的带领之下,市委常委一级的领导分别和省委常委以上的领导握手问候。随后王明书记毕恭毕敬地问省委书记:“书记,现在是去酒店还是去调研的点?”

省委书记说:“时间有限,我看现在就去调研吧?”

实际上市委是做了充分的准备的,省委书记的工作作风大家也都是知道的,他一般很少在酒店听汇报,都是一竿子插到最基层去倾听意见和了解情况。就是听汇报,也是在随行的间隙听,这一点王明书记也是早有准备的。听见省委书记这样说,王明立即说:“好的,现在就去调研。秘书长,按照昨天预定的几个点的顺序吧,把时间安排得紧凑一点。”

领导们的小车暂时停靠下来,市里面的接待大巴开了过来,王书记征求了省委秘书长的意见,他本人和宁宇与省委的主要领导随行介绍情况,其他的人,包括市长陆强被安排到了随后的大巴上,车队就浩浩荡荡地出发了。上车之后,省委书记就关切地询问起了有关龙都的各种情况,组织部长和宣传部长也都在他的左右。

很明显,省委书记除了关心龙都的整体经济社会的发展之外,也关心龙都的新闻文化产业改革和龙都高职高教园区的建设。龙都的整体发展方面的问题,多是由王明介绍,宁宇只是做补充,但是后面的两个具体问题,也就顺理成章地是宁宇回答了。其他随行的省领导也各自问询了关心的问题,车队就赶到了第一个调研的单位——市文化局。

章局长此刻还是文化局的局长,虽然市里面已经决定让他出任宣传部的副部长了,但是现在还没有上任,所以他理所当然地给省里面的领导汇报了相关的工作。章局长可不是一般地级市的局长眼界,他可是省晚报的副社长出身,算是一位见惯了大江大河大世面的处级干部。所以他汇报工作显得有条不紊,每一项都汇报得清清楚楚,也能准确地表达市委市政府,包括到场的市委领导的意图。省委书记当场就表扬他说:“看来你这个局长是心里有数的,要是按照你的说法,我看你们的新闻文化产业改革一定会获得成功。”

也许是章局长的气质和风度激起了省委书记的好感,他随后问身边的王明书记:“你们的这个局长眼界很开阔的,他一直在龙都工作吗?”

王明连忙介绍说:“不是,他也是省直机关下来的干部,原来是省晚报的副社长。”

省委书记说:“也难怪,他的政策水平蛮高的嘛,我看他完全可以做你们的新闻发言人了。”

王明书记立即说：“是的，市委也正有这个打算呢，很快就要将他调往宣传部，就任市委宣传部的副部长，兼任市政府新闻办和外宣办的主任。”

省委书记对宁宇说：“这就是说，宁宇有了一个得力的助手了。”

宁宇说：“章局长本身就是一个工作经验很丰富的干部，他到宣传部，其实也是众望所归。”

省委书记说：“好啊，有这样的助手帮衬你，你也就可以腾出手来做更多的大事了。你们龙都新近的两件大事都是你在主抓的吧？我还担心你的精力顾及不过来呢。”随后他又对随行的王明说：“王书记，我在这里给宁宇说个情，你可要注意给宁宇松绑啊，不要让太多的具体事务将他缠住了，全省上下可都在关注你们龙都的新闻文化产业改革和高职高教园区建设啊。”

王明连忙说：“好的，请书记和省委放心，我们一定迅速研究方案，给宁宇更多抓大事的时间和精力。”

组织部长在一边问宁宇：“这两件任务都在你的身上，你自己觉得压力大吗？”

宁宇说：“其实也不是这样的，虽然名义上这两个项目是我在具体负责，可是很多的工作都是市委王书记和市政府陆市长在帮我完成的，很多时候我也就完善和发展他们的思路罢了。我在他们下面工作，不仅没有感觉到压力，而且特别的愉快。”一边的王明自然听见了宁宇的话，组织部长对他的回答也十分满意，起码觉得这个小伙子很有分寸，既不张扬，也不冒进，同时还知道不抢风头，不抢功劳，对他有了一个初步的好印象。

组织部长又很随意地问：“宁部长，你平时的工作中有什么困难吗？”

宁宇说：“一开始的时候有，我以前都是做微观工作的，突然到了宏观管理的位置上，会有很多不适应。现在基本适应了，有王书记和其他领导的帮助，我自己也觉得我的进步很快。当然，这主要是王书记他们培养我的方法得当。”

组织部长说：“是啊，你以前是在报社工作，是做具体的新闻工作的，现在是宏观管理新闻与文化，性质本身发生了很大的改变，你能在短时间之内实现这个转变，已经很不容易了。你现在的任务更重要了，要领导龙都的新闻文化产业改革，还要抓龙都高职高教园区的建设，每一样对你来说都是新课题,就是有难度也是正常的。不过,你们龙都市委的领导集体很不错的,我相信你在这样的团体里,能够顺利完成市委和省里交办的任务。”

宁宇说:“谢谢部长的信任,我一定会认真和努力的。”

组织部长十分赏识地说:“等到你的两件大事都完成了,我一定再到龙都来看你。”毫无疑问,组织部长这是话中有话呢,换一个角度来理解,部长这是在向他暗示,不管怎样,他一定要把手里头的两件大事做好。宁宇感觉沉甸甸的,这样的压力还是他以前从未体会过的。

听完了章局长的汇报,省委书记又在章局长的带领下先后去了几个剧团,其中就到了陆草儿所在的剧团。陆草儿将她们团这几年来的改革实践介绍了一遍,省委宣传部长十分感兴趣,问道:“现在你们团里的精神状态怎么样?”

陆草儿说:“现在大家的情绪十分高涨呢,市里面这一次的改革力度之大、涉及面之广,是以前任何一次改革都无法比拟的。我们团算是尝过改革带来的果实的,现在大家就等待着改革的大幕早日启动呢。”这个团有勇闯改革路子的经验,陆草儿又是领跑的团长,很自然引起了省委领导们的注意。

47. 财色兼收

章局长就是章局长,他可是收了陆草儿的好处了的,借此机会,他对省市领导们说:“我们的陆草儿团长跟别的文化单位负责人不一样,她是一个敢于探索的干部,而且在文化产业改革方面很有心得。”

本来省委书记就对面前的这个干练女子充满了好奇,没想到主管单位的局长也这样肯定她,于是关切地问:“陆团长,你对市里面的这一次新闻文化产业改革有什么直观的意见没有?”一旁的省委领导和市委领导们都齐刷刷地看着面前的女人,谁也不敢轻易说话。可是章局长却不一样,他此刻的身份不同,便提醒陆草儿说:“陆团长,有什么你就跟书记直说吧!”

陆草儿有几分激动,她做这个团长这么多年了,还是第一次和省委书记见面呢。早在几天之前,章局长就曾经暗自跟她透露过,要是时机成熟,他就会让她在省委书记面前露脸,还让她做好应对的准备。用章局长的话来说,这可是她一生之中的荣耀时刻呢,也许就是这短短的几分钟,就可能决定她后半辈子的幸福。她内心对章局长充满了敬意，省上来的干部就是神通广大。前几天她还疑惑章局长是不是夸海口呢,没想到章局长竟然真的有这样大的能量。她看着省委书记身边的这一群平日里很少见到的领导,笑吟吟地说:“说起市里面的改革,我是深有体会的呢。过去我们市里面也搞过很多次文化单位改革试点,可是每一次都成效不大。基本上雷声大雨点小,我们团也经过很多次改革,老实说,过去的改革我们全凭自己摸索着前进,虽然我们团现阶段已经跨出了可喜的一步,起码解决了团里的生存问题。但是,我们市里面的其他文艺团体就没有那样幸运了,很多团体都举步维艰。这一次我能体会到王明书记和宁宇部长他们的决心和勇气,敢于直面矛盾和问题,最主要的是将文化单位和广电进行联姻,这样的大跨度以前还是没有过的,所以我抱了很大的信心……”

省委宣传部长问:“现阶段你们团怎样？合并之后你有什么想法啊？”

陆草儿说:“准确地说,我们团的日子还是能过下去的,但是其他的团日子不是难过吗,所以市里面既然提出了一揽子的改革方案,我们团也只能全力以赴,积极配合啊。今后与广电系统合并,我觉得这是一个很宏大的设想和改革。起码今后集团的宣传上有了保障,另外,实现资源整合之后,相信在节目的制作、发行,甚至在电视剧的制作方面都会有所突破……”

省委书记十分感兴趣地对宁宇说:“这样打破原有的行政格局，对电视和文艺团体都是一种崭新的尝试,你们的路子值得试一试,希望你们能够走出一条适合龙都的新路来。”

宣传部长说:“我觉得也很好啊,你们率先把演出机构、电视新闻机构、节目制作机构进行整合,也许这就是电视与文化良好互动和结合的路子。首先是人才的整合,其次是资源的整合,更重要的还在于资本的整合。”

随行的广电局副局长钟露也发言说:“过去我们就想进军电视剧市场,苦于各种政策的不配套、资金的力度不够,现在好了,市里面引进了和氏商号集团这样的资本,又将市里面的文艺演出团体整合到了一起,我们今后的操控余地也就非常广阔了。”省委书记和宣传部长频频点头。

随后,省委书记又问王明:“王书记,我很好奇,你对陆团长这样的人才怎么使用呢？人家可是有市场经验的文艺管理人才啊！”

王明连忙说:“整合之后的广电经营性公司里面要设总经理，我们打算让她就任副总经理呢,也好让她发挥本来的作用。”

省委书记是一个非常细心的人,问道:“像陆团长这样的人才,这个时候要让她发挥更大的作用,有一句话大家可能都不会忘记,我们现在就是要贴近群众、贴近市场,用好一个陆草儿,可以起到很好的标杆效应,我倒希望你们能够大胆使用她。”

王明连忙说:“好的,我们就让她出任广电局的副局长,然后兼任经营公司的副总经理吧！书记的指示很及时,我们一定要用好用活陆草儿这样的人才。”听见王明书记这样说,高兴的可不仅仅是陆草儿本人,还有一位深藏不露的章局长呢。

要弄权柄,章局长是一个常客了。他是一个手里有一丝权力就要用到极致的人,省委书记一行离开文化系统之后,他就给陆草儿打电话。其实陆草儿本人早就激动得不行了,就等待章局长的召唤呢。听见章局长的声音,她感恩戴德地说:“局长啊,你在哪里啊？”

章局长说:“我在办公室,真想见你呢。”

陆草儿完全没有想到自从与章局长交好之后，她的运程发生了天翻地覆的变化。她认定的不仅仅是章局长的省城背景以及手中的权柄,更是意识到他就是她下半辈子的靠山和福星,连忙说:“这样吧,我想你下午也没有太多的事了吧,不如我们到河边休闲酒吧喝酒聊天吧？”

章局长当然不知道这个休闲酒吧是个什么地方，反正觉得应该放松一下了,也就没有多想,说:“好啊,可是这个地方我找不到啊！”

陆草儿献媚道:“我会带你去的,我当然不会让你迷路的啊。另外,这个地方离政府和市委都特别的近,要是领导们找你,你去也很方便的。”

章局长很满意自己这一次的谋划,他完全将陆草儿给俘获了,可谓一举多得。

一刻钟之后,他就看见陆草儿驾车赶到了楼下。他上了陆草儿的车,此刻的陆草儿,变了一个人似的。虽然是中年女子,但是她却换了时髦的超短裙,让人不得不看见她粉嫩的大腿。她还喷了香喷喷的香水儿,让男人想入非非的那种。一上车,陆草儿就有几分暧昧地说:“章局长,我知道你现在是单身汉,今天下午就放开玩了,你想怎么玩我都陪你。”说完,主动侧身亲了章局长的面颊。

成年人的游戏就是如此简单，她这样直白的暗示，章局长当然心领神会。他确实也很久没有尝过女人的滋味了,陆草儿这样撩拨,他身体就起了本能反应。

见章局长默许了,陆草儿放了动听撩人的音乐,一路朝江边的酒吧狂奔而去。原来,这江边酒吧名义上是酒吧,其实里面还暗藏了机关。在那里边喝酒边看江景的人,只要有特殊要求,店家还提供单间。

陆草儿点了酒水,两个人就进入了充满暧昧气息的临江单间,里面除了时髦的桌椅,还有铺有粉色床单的木床……这陆草儿也不是雏儿,进门之后就端起酒杯,双眼迷离地盯着章局长的眼睛。几杯酒下肚之后,她邀请章局长跳一曲。她双手勾着他的颈项,随后轻吻了他的面颊。她紧贴着章局长的身体,他鼓胀的下体直挺挺地顶着她的小腹,她突然伸手解开了他的裤扣,一双娇嫩的小手把玩起了他的下体,还一边呢喃道:“好雄壮的机关啊,我的下面的闸门早就打开了,你想钻那一口幽深的深井吗……”已经癫狂的章局长早已不能自持,直挺挺地站着就进入了她的身体……两人几番云雨之后,陆草儿缠绵地说:“从今往后,我就是你的驿站了,只要你需要,我就是你最温暖的港湾。”但是,在章局长的心里,这只是礼尚往来罢了,要是他不能帮面前的女人加官晋爵,她还会理会他吗？他就是这样一个物质化的男人,即便是这样的性爱,他也会用物质作为等价交换,他才不信女人那些廉价的温情呢。

48. 和韵总能让人有惊喜

省委书记一行马不停蹄地走了三个点，最后辗转到了设在宣传部里面的龙都新闻文化产业改革协调办公室。省委书记看见红唇、娜娜和章杰他们这几个年轻人,走过去和他们打招呼,并细心地问:“你们都是办公室的？”

红唇站起身来说:“是的。”

省委书记又说:“你们几个,我怎么都觉得面熟啊？你们也是龙都市委请来的高参吧？”

红唇乐呵呵地说：“高参算不上了，我们也都看好龙都的发展呢。”

随行的省委宣传部说：“书记，你好眼力啊，这几个年轻人，原来就是省报集团的骨干记者编辑呢。”随后问红唇：“我说得对不对啊？”

省委书记说：“是啊，我就觉得他们几个这样面熟呢，原来也都是王书记从省上请来的骨干啊？”

王明无奈地望了宁宇一眼说：“几位领导，我这不是无奈吗，龙都哪里去寻找有新闻和文化管理的人才啊？面前的这几位宝贝呀，都还是通过宁部长的关系才找来的。要不是他们信任宁部长，他们才不会放弃省城的大好前程到我们这个穷乡僻壤来啊。”

省委书记十分欣慰地说：“这很好啊，省城的年轻人都往龙都跑，说明你们龙都本身就很有吸引力嘛。年轻人，你们都说一说，龙都有什么好啊？”他的这一问，反而让红唇不知道该怎么说了。

宁宇对红唇、娜娜她们说：“你们可都是见惯了大场面的大记者，今天省委领导成了采访你们的记者，你们就不习惯了是不是？你们内心怎么想的，你们看到或者听到什么，不都可以跟省委领导们汇报吗？”

红唇虽然是久经沙场的老记者了，自己每一次做采访的时候自然不会怯场，可这一次毕竟很不一样，她到龙都之后还没有正式走上领导岗位，突然遇到省委书记到访，而且是与她交换看法，她当然担心表达失误啊。面前就是省委的一大帮领导人，还有市委的主要领导们，要是自己的某些观点和言行与领导的有差异，尤其是与市领导们有差异，她还想不想在龙都干下去啦？不过，她听了宁宇的话，仿佛立刻找到了定海神针，立即明白自己该说什么、不该说什么了。她下意识地理了理一头柔发，这才说道：“我们几个都是学新闻的，也在省城新闻单位工作了一段时间，现在省城的发展机会有限。而龙都却不一样，眼下正在展开的新闻文化改革在全国范围内都是超前的，是引领时代发展的，所以我们就来了啊……”

省委书记好奇地问：“你现在在这个协调办公室，今后可能去什么地方啊？”

红唇说：“可能会去报业集团，那毕竟是我熟悉的行业。”

宁宇介绍说：“这位年轻人是原来省晚报的部门主任，也是很有名的记者,年纪轻轻就得过中国新闻奖的红唇,这一次根据市委的要求,我们将她引进到龙都,主要是期望她能在即将成立的报业集团里面从事内容的管理和领导工作。”

省委书记问身边的宣传部长:“这可是你名副其实的老部下,你可认识这个年轻人?”

省委宣传部长说:“当然认识啊,我们省内堪称与宁部长齐名的年轻新闻界名人呢。以前她在省晚报的时候,我可经常拜读她的大作啊。这个年轻人可不简单啊,不仅新闻报道做得好,新闻述评和时评也是一顶一的高手啊。龙都的王书记和宁部长很有眼光啊,我想你们是花了大价钱从省报集团将她挖来的吧?”

宁宇连忙回答说:“领导,要是说我们花了大价钱,是不切实际,我们龙都的发展水平领导们是知道的,我们现在的财政状况也不是很充裕,我们的王明书记也没有开口子。这些年轻人能够投身龙都来发展,最主要还是事业留人。现在大都市的很多专业人才都渴望发展机会,而大都市的机会和空间现在受到一定的制约,我们地级市却正处在高速发展的路上,也算是给年轻人提供了发展平台,给他们提供了实现理想的平台。”

省委书记十分赞赏地对王明说:“王书记,你这也算是抓住了另外一个发展的机会啊。我们的工作是需要发现能力的,你这个也算是一个发现呢。运用好大城市的人才,也是对生产力的解放啊。一方面给年轻的专业人才提供了新机遇,同时也促进了地方经济建设的发展,这样的点子可是很见执政能力的。”言语之间,省委书记对王明赞赏有加,这当然是王明特别渴望的。

宣传部长与省委书记一样,都对这群到二线城市来发展的青年才俊充满了兴趣。他也与省委书记一样,先后询问了娜娜和章杰很多问题,得到的都是对龙都的肯定。娜娜从网络新闻的角度阐释了她对地级市在网络化的过程中应该有的作为,她说:“从某种角度上来讲,城市的单元都是独立的,虽然省城是全省政治经济和文化中心,但是每一个地级市又是独立的个体。今天这个信息全球化的时代,每一个地级市都应该有一套独立对外的网络发布平台。谁最先利用好这个平台,谁就会在发展上取得先机……”她的话,同样得到了省委书记的赞许。

宁宇给几位领导介绍说:“这位年轻人在大学里是研究新闻传播专业

的，研究生毕业之后又供职省新闻网，现在来到龙都，准备让她承担网络新闻的内容规划和监管。”

省委书记赞赏道：“哦，原来是这样啊，这个年轻人很有学者风范的哦。现在看来，龙都就要成为她实践学问的主阵地了。”

娜娜随后还谈到了网络新闻的内容管理和如何经营网络新闻的问题，也谈到了运用网络新闻的流量转变为现实生产力的技巧等，让省委领导们眼界大开。省委宣传部长感慨地说：“这样看来，你们龙都的传媒行业很有前途啊，我倒希望你们通过这一次改革之后，能够成为全国的先进行业。”

王明书记说：“感谢领导们的关心和肯定，我们一定会认真努力的，力争达到领导们的要求和指示。”

更让领导们震惊的，还不仅仅是红唇和娜娜这样的专业技术人才，还有新近入主龙都的和氏商号集团的人。这些人除了那些资深的媒体经营副总之外，显露出王者之气的还有年轻的和韵。和韵本身也是龙都新闻文化产业改革协调办公室的副主任，只不过她没有与红唇她们在一起办公而已。

省委领导们赶到和氏商号集团龙都经营管理办公室的时候，和韵正在组织旗下的三个分公司主要负责人开会。省委书记示意王明和宁宇，不要打搅这个会议，所有的领导默默地参加这个会议就是了。因为事先并没有跟和韵打招呼，她坐在宽阔的会议室正中央，也不知道门外有省市主要领导在聆听公司的经营会议。只听见和韵一字一顿地说：“各位，我们和氏商号集团在龙都的经营工作早在半年前就已经拉开帷幕了，现在可以说已经取得了阶段性的成果，整个龙都的社会情况、经济发展情况，乃至干部队伍的整体素质等，都已经列入了我们的工作案头。现在我们就要正式展开经营了，我们可能还会随时遇到新的问题、新的难题。我知道各位都会认真、热情、严谨、科学地面对，但是今天我要说，不仅要拥有这些态度，还要增加一条：快捷。大家也都明白，我们集团进入文化产业改革意味着什么，意味着寻求新的经济增长点，意味着为集团今后的发展寻求更大的发展空间和机遇，意味着跟随国内整体的发展布局。新闻和文化产业是现阶段国内最具活力和上升空间的经济板块，我们要给集团的突破和发展提供样板和经验。所以，归根到底，我们还是需要快捷。从今天开始，所有的同仁都要有这样一种抓时间、抢机遇的危机意识……”她犀利的言辞、明快直白的思路，让省委书记等领导们受到了诸多的启发。在领导们听来,这个年轻女孩的话简直让他们振聋发聩,一个企业的发展势头尚且这样强大,我们庞大的政府机关、我们庞大的党委系统,同样应该具有这样的危机意识和拼搏意识啊。

49. 赏 识

考察调研的最后一站,领导们去了龙都高职高校教育园区的现场。应该说,这是王明书记和所有的市领导最没有把握的一个点,因为说不定从周边的村子里就会冒出几个上访的村民来。要是这样的话,省委领导对龙都的一切好感就会因此而烟消云散。王明示意身边的秘书长找个机会给陆市长那边打一个招呼,这可是最关键的时刻了。

秘书长接通了陆市长的电话,陆市长早就到了高职高校教育园区基地,正会同雪雁副市长在询问周边的社会情况呢。公安局的副局长和当地的派出所负责人给两位市领导做了汇报,周边凡有闹事迹象的村民都已经被请去开会了,今天之内应该是万无一失的。毫无疑问,这给陆市长带来了不小的信心,他对市委秘书长说:“你转告书记,我和雪雁副市长都在高职高校建设基地的现场呢,一切都很正常,请他放心吧。”王明书记揪着的心这才放松了警惕。

随省委领导一行赶到高职高教建设现场,果然看见陆市长他们正在现场和建设人员交流。省委书记一边看,一边询问这里的基本情况。这一次除了宁宇主要汇报之外,随行的雪雁副市长因为熟悉整个项目的前期工作而参加了汇报。省委书记和蔼地问宁宇:“宁部长,这个工程是很有现实意义的,你们估计什么时候可以正式上马啊?”

宁宇回答说:“这个项目开始筹备是在两年前了,王书记和陆市长他们已经做了大量的工作。我来龙都的时候,这个项目都已经立项了。我到龙都之后,市委王书记他们十分信任我,就将这个工程移交我来负责。应该这样说,我接手之后,最主要的一项工作就是招商引资,也算是市委市政府前期的工作做得扎实,所以我幸运地把这个项目的招商实现了。依照现在的情况来看,海外的资金已经到了龙都了,随时都可以展开工程了。”

省委书记一边问,一边微笑着说:“好啊,后面的情况,我们省上的同志也都大致清楚。我们可希望你能带领各方面的同志,把这项工程漂亮地完成呢。什么时候竣工,我一定再次来龙都为你庆功。”

宁宇连忙说:“那就太谢谢书记了,只要有省委省政府等上级领导的关怀,市委市政府的坚强领导,我相信这个工程一定能够圆满完成的。”

省委书记说:“你有这样的信心就好。”随后又问随行的副省长:“教育厅的领导不是到了吗?也听听他们的意见,还有地方的陆强市长,还有随行的教育界的权威们,也都一并听一听吧?”

省委秘书长立即做了安排,一个小型的现场调研会就开始了。最先发言的是省教育厅的厅长。厅长也是做足了功课的,毕竟这一次下来,随行的是省委一把手和主要领导们。他说道:“书记和各位领导,我们在接到这个项目之后,在不到两周的时间里组建了专门的协调班子,成立了以我为组长、副厅长为副组长的厅协调领导班子。落实了各项对接任务,并与龙都方面展开了细致的协商。与此同时,我们也在省委省政府的领导和支持下,确认了第一批专家组的成员,今天专家组的张书记和红副院长也赶到现场来了。厅协调领导班子下属的办公室现阶段已经与龙都方面建立了联系,现在关于这个项目的各项通气、协商和议事制度也都建立起来了。现在我们就等宁宇总协调组织我们分工了……”对教育厅的运作情况,省委书记还是基本满意的。他听完厅长的汇报之后说:“你们这一个阶段的工作很有进展,下一个阶段,你们要在宁宇同志的统一协调之下,迅速进入实质性的工作,这是一件功在千秋的重大工程,也是事关龙都发展的重大工程,所以你们一方面要把好相关事项,另一方面要更多地扎到基层一线来。”

厅长连忙说:“好的,目前我们已经制订了初步计划,我和副厅长每周都会有一到两天时间关注这个工程。”

市政府陆市长简要汇报了这个工程的立项过程,以及市里面已经完成的工作,随后他表态说:“市里面按照市委王书记的部署,政府专门派出了副市长雪雁,新近又增派了市委秘书长两位市领导协助宁宇同志工作,使这项历史性的工程在领导方面是积极和充分的。在其他的工作方面,我本人是直接协助宁宇同志的,只要事关龙都方面的人财物,我和王书记的统一意见是，要什么给什么。同时，我们也会给宁宇同志松绑，减少他其他的社会事务和工作，让他把有限的精力放到市里面的这两大项目上，我和王书记一定会尽心竭力地做好后勤保障工作……”陆市长的这番话，让省委书记十分满意。只听见书记说：“好啊，你们龙都市委市政府的志向是高远的，思路是清晰的，态度是坚决的，我和省委就放心了。希望省教育厅和龙都市委市政府在这一次合作中做出优异的成绩来。”

轮到省城大学张书记发言时，省委书记说：“张书记，你是教育界德高望重的领导和专家，你和红副院长进入这个项目的专家团队，我本人还没有表示过祝贺呢。今天就在这里向你们表示祝贺，希望你们帮助教育厅和龙都市把好这个关。”

张书记十分高兴地说：“首先，我谢谢书记的关心。这个项目是很具有探索意义的一个工程，我和红副院长一样，非常愿意参与这个功在千秋的工程。请书记和其他的领导放心，我和红副院长等专家，一定尽心竭力做好参谋、当好助手。尽管这个项目才刚刚启动，但我和红副院长深受教育，不论是龙都的王书记陆市长，还是教育厅的领导们，当然包括一直主政这个项目的宁宇部长，我们从他们这些领导身上看到了龙都教育的新生与希望……”红副院长也在随后的发言之中多次褒奖了宁宇等人。省委书记等领导心中更加踏实了，对宁宇的印象也更加深刻了。

在返回龙都市委的路上，省委书记开玩笑地问王明：“王书记，你觉得宁宇这个同志如何？他能胜任这样的重要工作吗？”

王明书记说：“领导，我坦率地讲，宁宇同志眼界开阔、思维活跃、见多识广，又是从省上下来的年轻干部，要说他有没有经验，那是显而易见的。可要说他是最适合抓这项工作的，那却未必。但是，我们党不是有一个不成文的原则吗，培养和发现年轻干部，增强党的后备力量，这不也是很重要的工作吗？”

王明的这一番话，让省委书记十分赏识，也让他对王明有了进一步的认识，他对王明说：“老王，看来你在龙都的修为很到位啊，你的看法和我完全一致。走吧，现在还有时间，到市委听听你们的想法。”实际上，要不是王明的这几句话打动了省委书记，他本来没有到市委听取汇报的打算，但是他听了王明的一番用人意见后，突然觉得王明这个人作风正派，有胆有识，正是他手里需要的干部呢。所以才决定到市委听取他的工作汇报,意欲更多地了解这位已经在龙都工作多年的市委一把手。

50. 在刀尖上跳舞

这一次让王明感到意外,刚才省委秘书长已经跟他明确说了,书记不再单独听取市委市政府的汇报了。可是此刻书记却改变了主意,竟然要听取市委的工作汇报,这多少让王明有些喜出望外,毕竟这对于他来说是一个不可多得的机会。但是,他又揣摩不出书记留下来听工作汇报的真正理由。

安顿好了省委领导,在短暂休息的间隙,王明把陆强市长和宁宇叫到了一起,用商量的口吻说:"书记突然要听取市委市政府的工作汇报,这到底是怎么一回事啊?"

陆市长说:"上意难测啊,我可弄不明白这是怎么一回事。我已经安排了公安部门,正准备安全地将领导们送出市里呢!"

王明说:"对了,副书记和常务副市长那边有非常的情况吗?"

陆强说:"有一些小问题,不过都已经处理了。"

王明又问:"要是领导就在龙都住下呢?"

陆强忧虑地说:"这个呀,我还没有想过。"

王明提醒他说:"我看一会儿你就要做好这方面的安排,尤其要给公安那边打好招呼,领导的安全问题可开不得半点玩笑。"

陆强说:"好的,我想雪雁副市长那边也会有安排的,我马上给她传达您的意见。"说着,陆强就起身去部署工作了,房间里剩下了王明和宁宇两人。

王明询问道:"宁部长,书记突然改变主意,你是怎么看的?"

宁宇说:"我想是您感动了他吧。"

"何以见得?"王明当然巴不得是因为这个理由。

宁宇说:"我发现一个细节,书记改变主意是从您与他单独谈话后发生的。所以我姑且断定,是您感动了他。我还听省委秘书长跟别人通电话时也提到了您。"

“哦,还有这样的事?”王明显然很关心这个信息。

宁宇说:“是的,我听见秘书长说书记要与您交换工作意见,说有可能今晚就不离开龙都了。”

王明连忙问:“可以确定吗?”

宁宇说:“反正省委秘书长在通话时是这样说的。”

王明说:“哦,要是这样的话,我们的接待方案就得全部改变了。”他沉思了一刻说:“你现在就去找陆市长商量,把今晚的接待方案做全面的调整,也告诉接待办那边,一定要做好细致的工作。我现在就要去见领导,你们一会儿就过来吧。”说完,王明书记匆忙地离开了。

当宁宇把刚才王明书记交代的一切跟陆强市长汇报时,陆强惊异地说:“这改变也太大了吧?原定现在就该离开龙都的,现在真要在龙都住下来?”

宁宇说:“书记是这样吩咐的,我想书记是让我们做好这方面的准备吧!秘书长跟书记去见领导了,让我们安排好之后就赶过去呢。”

陆强立即做了安排,然后对宁宇说:“走吧。”一路上,陆强市长问宁宇:“你是经常与领导们打交道的,你看省委领导是真要在龙都住下来吗?”实际上,陆强并不是真正关心省委领导是否住下来,他真正关心的是领导留下来是为什么呢?他也不是一点信息都不知道的主儿,早就有人告知他,这一次省里面的领导下来,不仅仅是考察和调研项目,也可能是考察干部呢。随行的有组织部长就是一个有力的证据。如果这一次考察之后王明就要离开龙都的话,那么他的机会也就到了,所以他真正盘算的是今晚他该做些什么。他也与王明一样,深知此刻宁宇在领导面前风头正旺,也盘算着宁宇能帮他美言呢。

宁宇说:“领导的事情,很难预料的。按照一般的惯例,省委这么多的领导一起出行,原则上在地市逗留的可能性不大,但是谁能说得清楚呢,领导们也可能随时来个特例啊。”

陆强说:“嗯,也是啊。现在我们龙都的几件大事都引起了省委领导的关注,他们留下来多一些调查研究也是正常的,也许今晚还要单独接见你呢。”

宁宇连忙说:“市长,您真会说笑。有您和王书记坐镇,怎么可能轮到我呢。”

陆强说:“我可没有开玩笑的意思。我知道你宁宇是待飞的雄鹰,总有一天会翱翔的，龙都这个小地方怕是容纳不下你这样的人才啊。不过，宁老弟，老哥有一个请求。”

宁宇连忙说：“市长，您这又言重了，您要有什么想法，就直接吩咐呗。”

陆强说：“话不能这样说啊，就拿龙都高职高教这个项目来说，你就是我名正言顺的领导了。我希望你今后走上其他的领导岗位之后，千万不要忘记了我这个曾经的大哥啊，该帮衬的时候，你还是要多帮衬啊。”

宁宇当然明白陆强在暗示什么，于是连忙说：“市长，您也太高看我宁宇了，我哪里有那样的造化啊。不过，也请市长放心，如果真的有那么一天，您永远是教益过我的市长啊。”

陆强说：“嗯，我就知道你是一个可以交心的好兄弟。”两人说话间，就赶到了市委一号会议室门口了。市委秘书长见他俩到了，过来说：“书记正让我找你们呢，你们现在就进去吧！”

宁宇和陆强走进了会议室，王明书记马上说：“快坐下吧，领导们都在等你们了。”

省委书记大度地说：“也没关系的，你们这不是在市里吗？很多工作还需要处理的，我们能理解的。”

见人都到齐了，省委秘书长就开口说话了：“同志们……”他肯定了龙都这几年来的工作成绩，也对龙都将来的工作提出了期望。不过，他的言辞非常简洁，随后就请龙都市委和市政府汇报工作。

这是王明书记渴求的机会，他慢条斯理地将市委市政府的工作逐一汇报。汇报中，他注意到了一个细节，省委书记也在不断地记录他的发言。他说完之后，陆市长简单地做了补充。

省委秘书长询问书记：“是不是就这样了？”没想到省委书记却说：“宁宇同志呢，也讲讲啊！”按照一般的惯例，在一个地级市听取工作汇报，市委书记和市长发言就足够了，完全不可能轮到他一个年轻的常委汇报什么。可是大家都明白其中的奥妙，省委书记想听宁宇的发言，这里面意味甚远。所有人都屏住气息，等候着宁宇的反应。

省委秘书长自然是明白的，既然书记点将让宁宇发言，宁宇就不可能推辞了。于是他没有征求宁宇的意见，就朗声说道：“下面请龙都市最年轻的市委常委宁宇同志发言。大家也是知道的，省委对龙都新近抓的新闻文化产业改革和龙都高职高教园区建设很关注，宁宇同志是主抓这两项工作的市委领导,所以领导们很想听听他的意见和想法。”从某种意义上来讲,省委秘书长这番话,一方面是做说明,另一方面也是要树立宁宇的权威。

坐在宁宇身后的雪雁眼神一刻也没有离开宁宇的脸。当听到省委秘书长让他发言的时候,那一刻宁宇还是有几分紧张,毕竟这样的安排太突然,也让他没有思想准备,更让龙都市的市级领导干部们吃惊。在龙都的市级领导干部中,雪雁是最了解他的,他其实是一个不太愿意出风头的人,尤其不太愿意在这样一个场合出风头。但是,这是省委领导的要求,他不说话显然是不可能了,但是说什么,这确实需要考究。前面市委书记和市长已经做了汇报了,他重复两位的话显然是不明智的,也会招致所有市领导的反感。说自己独到的见解,又会让人觉得他是个人英雄主义,在今后的工作之中更是可能招来市里面的抵制。

就在秘书长宣布让他发言之前,他的脑袋一直在高速运转,思考着自己该讲什么,不该讲什么。他毕竟是见惯了大世面的省报记者,很快便确定了发言的思路,他决定首先从他刚到龙都说起,赞叹龙都市委有一套团结向上的班子,有非常清晰的工作思路,他在这个团体中受到教益和培养。其次再说他主管这两项工作的体会,最后谈可能出现的问题和困难,当然这里面的比例也是极有讲究的。这样的场合,其实就是在刀尖上跳舞,既要展露出舞姿的飘逸华美,又不能让自己的脚受到伤害,这实在是一个从政之人需要历练的一课。

51. 和氏商号大美人的辛辣

宁宇在这个会上的发言虽然不敢说完美，但是也恰到好处地展现了他个人的风格,总体上还是叫人欣赏的,省委领导们也是相对满意的。

会后,雪雁走到宁宇面前说:“宁部长,有一个消息你可能不知道吧?”

宁宇说:“我一直与书记在一起,你说的什么消息啊,是市里面的吗?”

雪雁说:“不是呀,市里面这一次还好啦,一切都风平浪静的。我说的是省委领导与和氏商号集团呢，你不会不知道省委书记要在龙都专门会见和氏商号集团的主要成员吧？”

听见这个消息，宁宇才觉出了其中的不妙。莫不是省委书记留下来，就是为了会见和氏商号集团的人，而不是对王明书记另有深意？倘若是这样的话，也许王书记的心情也会受影响。他问：“你的消息从什么地方获悉的？我和书记都不知道啊。”

雪雁说：“书记不知道的可能性很小，我都是从市委秘书长那里听来的消息，我还以为你知道呢。”

宁宇立即陷入了沉思，不想此刻他接到了王书记秘书的电话，电话的内容大致就是今晚省委书记要在龙都会见和氏商号集团的主要领导，市里面决定让他也参加这次会见，随后雪雁也接到了相关的通知。雪雁说：“我没有说假话吧？”

宁宇笑眯眯地说：“你什么时候说过假话呀？”

两个人走出会议室，各自上车。

宁宇直奔龙都酒店，事前和韵给他发了短信，让他开完会后赶到酒店去，也不知道她有什么吩咐。他赶到的时候，和韵正在咖啡厅，她十分高兴地说：“你也来一杯咖啡吧，我看你有几分疲惫。”

宁宇说：“嗯，可以啊。你把我召唤过来，不会是光享用咖啡吧？”

和韵乐呵呵地说：“当然，我知道你是一个大忙人。老实说，我其实很不愿意打搅你的，是另外有人约请你呢。”

宁宇觉得有几分奇怪，问道：“谁呀？”

和韵站起身来说：“你看看吧？”

顺着和韵手指的方向，宁宇看见缓步走来的和夫人与和好。今天的和夫人显得格外地贵气逼人，一身考究的裙子将她映衬得出奇地秀美，浑身上下洋溢着一种神秘气息。身边的和好同样气度超凡，俨然神仙姐姐再现。两个人的气场很足，她们两人一出场，所有人的目光几乎全被她们牵引了。宁宇问道：“你是说她们这个时候找我？”

和韵眨巴着眼睛，点点头说：“是的，你也不要问我为什么，因为我也一无所知。”

远远的，和夫人与和好用不同的方式给宁宇打了招呼。走近之后，和夫人说:“宁部长,你很累了吧?”

宁宇开玩笑说:“见到几位大美人,我哪里还有累意啊。”

和夫人说:“宁部长见笑了,本来不该这个时候找你来的。可是,省里面的朋友一会儿要见我们,所以也就只好把你和雪雁副市长请过来了。请你们来的目的也很简单,就是听听你们的意见,我们集团该对省里面的领导阐述些什么。”

原来,和夫人是有深谋远虑的,尽管省里面是专门会见她们集团,但她也要预先听听盟友的意见,免得到时候集团和龙都方面出现相左的意见。宁宇连忙说:“谢谢你,你总是考虑得这样周到。”

和夫人说:“不用谢,这是合作的基本立场,我们必须相互信任。和韵,雪雁副市长什么时候到啊?”

和韵说:“她已经到酒店大堂门口了,我这就去迎她吧。”和韵起身走了,剩下宁宇、和夫人和和好三人。

和好说:“宁部长,实在不好意思,你能简要地说说你们需要我们在领导面前表达什么样的观点吗?”她就是这样一个直率的女子。

宁宇望了和夫人一眼,和夫人点头说:“嗯,我们需要你的观点,一会儿在会见领导的时候,和好是集团的新闻发言人,所以她此刻需要你的意见。”

宁宇说:“太突然了,我还没有想好呢,能给我一点时间吗?”

和好说:“当然。”

宁宇此刻想到的,首先是请示王明书记,看看他有什么具体的意见,然后才好回答和氏商号集团的问题。

雪雁出现在现场,宁宇没有丝毫惊奇,倒是雪雁有几分奇怪,因为和韵事前没有告诉她宁宇也在这里的。她冲宁宇点点头。

宁宇给王明书记的秘书发了短信,很快就接到了回复:“书记正在思考,请稍候。”

雪雁自然不会乱说一句话的,她一直关注着宁宇的变化。宁宇终于接到了王明书记的指示:“期望和氏商号集团能阐述龙都的优良投资环境,阐述与龙都方面合作的优势……”这时宁宇心中才有数了,他委婉地表达了市里面的想法,和好就说:“嗯,好的,我们明白了。你们放心,我们一定会充分尊重你们的意见的。”随后,和好突然问:“我们几个分公司副总经理的事,能够让市里面通过吗？这也是关系到我们合作的整个大局的事。”

宁宇给王书记汇报过这事的，只是王书记事情太多，还没有来得及给他回话呢，他没想到和好会在这个时候提出这个问题来。他对和好是有几分了解的，她本身就出生在美国，虽然到中国的时间不短了，但是她很多美国式的特立独行的思维模式还没有太大的改变。要是她在会见省委领导的时候抛出这个问题来，市里面也会有几分被动。于是他很坦诚地说：“和总，你说的这个问题，我确实已经做了相关汇报了，但是现在尚未形成一致的决议，不过，我可以现在询问一下领导。”

宁宇只得拨通了王书记的电话，王书记问道：“还有什么事吗？”

宁宇将和好的问题及他本人的分析说了，问道：“我们该如何答复对方呢？”

王明反问他说：“是啊，这确实也是事关改革成败的问题之一，你觉得应该怎么办呢？”

宁宇犹豫了一刻说：“这件事情，市里面是比较为难。如果通过市委组织部任命的话，市里面就要承担相应的管理责任。可是，现在的问题是，和氏商号集团希望通过这批干部的任命确保经营队伍的稳定，要是从改革的大局上来看，应该是支持和氏商号集团的。我也很犹豫，要是按照他们的要求办，显然又让市里面为难……”

实际上，这件事情王明在接到宁宇的汇报之后，他就先后与陆强市长和组织部长商议过了，几个人的意见基本是达成一致了。大家都倾向于同意和氏商号集团的要求，因为这样大规模地与人家合作，这一点诚意市里面本身就应该有。另外，这次新闻文化产业改革本身也是前所未有的改革实践，理应大胆探索。王明之所以没有给宁宇回话，是因为他期望和氏商号集团自己改变计划，尽量减少市里面的风险。可是，没想到和氏商号集团压根儿就没有撤销这种安排的打算，而且还在省委领导接见他们之前又提出了这样的问题。

王明很清楚，龙都方面与和氏商号集团的合作省里面也是十分看重的。因为和氏商号集团本身就是省里面数得着的著名跨国企业集团，这个集团在省里面也是极具影响力的，从这一次省里面的主要领导要单独倾听他们的意见就可见一斑。更何况，龙都与和氏商号集团的合作还尚未正式展开，龙都方面还迫切需要和氏商号集团的配合，想到这里，王明也就说：“这样吧，你告诉和氏商号集团，他们提出的这个建议，市委市政府原则上是同意的，我们两家的目标是一致的，只要对改革发展有利，我们可以多方面推进改革探索，这其中也包括我们的人事体制探索……”

52. 堪称完美的和夫人

得到了王明书记肯定的答复，宁宇心里踏实了许多。他回到咖啡吧的位置上，望了望四个神情各异的女子，缓缓地说：“和好总经理提出的这个要求，市里面原则上同意了。你们也是知道的，市里面为了搞好这一次的改革，步子迈得比以往任何一次都要大，虽然这样的人事制度改革是龙都历史上从未有过的，但是市委市政府还是痛下决心了。”

和夫人说：“是啊，我们集团也就看好龙都这一届的市委市政府领导成员的改革勇气，所以我们才冒风险投资龙都的。现在我们更能够感觉到龙都方面足够的诚意，接下来就要看我们集团的诚意了。”随后她对和好说：“我就说过，龙都方面的改革力度是前所未有的，我们的这一点请求不会成为我们双方面的阻碍，现在这个疑问也没有了，你应该更有信心了吧？”

和好说：“是啊，现在管理体制这样健全，要是改革再推进不下去，那就只能在我们企业内部寻找原因了。明天集团就要在龙都召开一个中层干部会，大张旗鼓地把市里面的决定公布于众，也让员工们增添信心。”

因为还有宁宇和雪雁在，和夫人乐呵呵地说：“好了，我们集团内部的事情，就不要在这里议论了。你最好是请教面前的两位领导，一会儿应该发布什么新闻，还有半个小时的时间，我们就该与省委领导们见面了。”

和好对宁宇说：“嗯，宁部长，这方面你是专家，你有什么好建议给我吗？”

宁宇说：“该说的，我都说了，看雪雁副市长有什么高见吧！”

雪雁迟疑了一刻，还是说道：“高见倒未见得，建议当然也是有的。我想这一次省委领导要与你们谈的重点可能就是新闻和文化产业改革方面的问题，关注的重点可能就是经营问题，只要在这个方面你们做足了功课，我想也就足够了。”

和好说：“嗯，媒体经营我们集团应该有发言权，我们毕竟经营省报集团已经两年半了，唯一没有实践过的就是广电系统和网络系统的经营，这尚在探索之中，我们也就扬长避短，多谈我们在报纸媒体经营中的经验吧。”

雪雁说：“也许只能如此了。”

和夫人却说：“我倒不这样看。”

和好问：“你的意思？”

和夫人说：“领导们思考问题，主要的不会看你成功的部分，相反却会关心你不成功的部分。现在我们和氏商号集团整体经营龙都的新闻和文化产业，岂止是报纸经营就能涵盖的，所以我觉得这个思路务必调整。我不知道你们想过没有，领导们最关心什么，最关心今后龙都的舆论环境，最关心今后龙都的舆论环境会不会被传媒公司操纵，最关心龙都的新闻文化经营被垄断之后是否会变成有活力的资源，最关心龙都舆论环境对经济社会发展的制约与推进。省委领导们来调研和考察，一定是带着这些问题来的，所以我们阐述我们的经营理念、经营方向、经营态度就显得异常重要了。我以前跟你们说过，经营新闻和文化产业，就是一个如何平衡经济效益和社会效益的学问，领导们自然最关心这个问题的平衡……”可以这样说，在场的雪雁副市长和宁宇部长都没有料到，和夫人会有这样高屋建瓴的思索。在他们的眼里，和夫人不过就是一个有前瞻性、有战略眼光的商人，没料到她同样是一个具有非凡战略眼光的政治家。她早就看到了中国的很多实际问题，也深知新闻和文化产业的经营内核。和好沉默地念叨和夫人刚才的话，其他人也是如此。

听了和夫人的一席话，和好显然已经找到方向了，她什么也不管了，走到宁宇面前说：“宁部长，我想与你单独聊聊。”

两个人走到了僻静的雅间里，和好连忙拿出了随身携带的笔记本，说道：“宁部长，现在是我求你啊，你能帮我把和夫人刚才的要求写下来吗？这些想法我原来也有一些体会，但是没有想得她这样全面和深刻，我想一会儿我要是不能完整地表达她的这些意图，也许我的这个项目就不会做得长久了！”

宁宇好奇地问：“你这是什么意思啊？”

和好十分冷静地说：“集团关于这个项目的领导关系图出来了。这个项目和省城报业集团的经营项目一样，和夫人也是这个项目的董事长，我是这个项目的总经理。要是我这个总经理连董事长的意图都不能完整地领会，你说我还能做下去吗？”

看着和好这样紧张，宁宇觉得有几分好笑。但是，从另外一个侧面也可以看出来,和氏商号集团是一个管理层次异常清楚的企业集团,把这样的大项目交给这样的集团，是最好不过的。总结类的文稿虽然不是宁宇最擅长的,但显然他比和好要高明得多。他什么也没有说,立即为她起草了一个简短有力的稿子,然后又修改了一遍。和好看了之后,伸出温暖的手,握住宁宇说:“哎呀,我要是有你的文采就好了,这正是我需要的那个稿子呢。今后你就做我的私人秘书吧,不过,我没有高薪给你。”

宁宇什么也不图,就是希望这个改革项目能够顺利推进,所以这些小节他是不会计较的！他冲和好说:“我这不是你最现成的秘书了吗,我也没有要你支付资费啊！”

和好虽然写作不行，可是记忆力却是超乎寻常的。她仅仅看了一遍文稿,就能全文背下来了,还背了一遍给宁宇听。这会儿轮到宁宇啧啧称奇了,和好讨好地说:“我们也算是绝配吧,你会写,我会背啊。”两个人谈笑风生地走出了雅间,就该去参加省委书记的见面会了。

省委书记主要接见和夫人一行,王明书记坐到了次主宾的位置上,第三个就是和好了,和韵和宁宇正好坐到了相邻的位置上。

书记询问了和夫人很多问题,和夫人都在谈笑风生之中予以回答,很多时候还引经据典,显示出了她良好的语言文学功底和深厚的历史文化功底。书记赞叹说:“和夫人不简单啊，你不仅仅是我省最著名的民营企业家的代表,也是一位史学家呢。”

和夫人谦逊地说:“这算不了什么的,在我们和氏商号集团里面,我就算最没有学问的那一茬人了,向书记汇报一下,在我们集团中国区供职的员工之中,博士就有18人之多,这个项目的和好就是管理学博士。”

书记看了和好一眼,说道:“和好的大名我们也是早就耳闻了,你们看好并参与龙都的新闻和文化产业改革,年轻的博士有些什么想法啊？”

和好就是这样一个有超强预见能力的人，她巧妙地把和夫人刚才的几点指示与宁宇撰写的文稿结合在一起,阐述了她的一番宏论。省委书记和在场的省委常委、省委宣传部长都赞叹不已。书记说:“和夫人啊,你手下有这样高明的经营和管理人才,我们也就放心了。我们期待你们和龙都的合作成功,到时候,我在省城给你们摆庆功宴。”

双方的会谈是十分愉悦的,和氏商号集团透露出来的不仅仅是有实力的跨国企业气质,更重要的是透露出懂政治、懂历史、懂大局的大家风范,让省委书记和其他的省委领导十分赞赏。会后,和夫人坦率地说:“领导们,今天我请大家简单晚宴,以后我们就期待省委书记的庆功宴了。王明书记,你看如何?”

王明书记立即说:“这怎么可以呢,你们现在是到了龙都呢,再怎么说,我也是这里的地主啊!”

不想和夫人却说:“王书记,你这样说也就见外了。我们两家现在已经是合作伙伴了,我们之间也就没有彼此了。既然这里你可以是地主,难道我就不能是地主吗?”随后对省委书记说:“书记,你可得给我主持公道啊!”

省委书记被面前这个旁征博引、能言善辩的女企业家征服了,也开玩笑地说:“嗯,我看还是和夫人的话略胜一筹,这次我站在你这一边。”

所有的人也就十分愉快地参加了由和夫人主持的盛大晚宴。

53. 雪雁也有血泪史

事实上,和夫人早就知晓省委书记一行要留下来与她见面,所以晚宴她做了精心准备。省委主要领导和市委王书记、陆市长与和夫人、和好一桌。宁宇和和韵则陪同其他的主要厅局领导和张书记与红副院长他们。一开始,和夫人祝酒,她落落大方地说道:“首先,我代表和氏商号集团感谢省委领导的关心和支持,同时我也要感谢省里的相关部门和龙都市委市政府的关照与支持。希望大家能够共度这个十分美好的晚间时光,干杯……”她的话不多,但是很得体。她的声音是那样柔和而甜美,让人备觉温暖。

晚宴之后,和夫人与省委主要领导进行了交流,至于主题是什么,就只有和夫人知道了。但是有一点可以肯定,一定与和氏商号集团投资省内的其他重点项目有关。省委领导也真是辛苦,与和氏商号集团的和夫人、和好商谈了整整两个小时之后,省委书记突然宣布回省城,浩浩荡荡的车队离开了龙都。当车队的最后一辆车驶出了龙都高速公路的入口后,王明终于长长地舒了一口气,对身边的陆强市长和宁宇说:“这回终于可以睡个放心觉了……”陆强的脸上也露出了难得的微笑。

王明书记说："这一次各方面都表现得不错，有时间召开一个小型的表彰会。"

市委秘书长说："好的，一定尽快安排。"

大家各自回去休息，半路上，宁宇接到了雪雁的电话，说有事找他呢。宁宇问道："什么事啊？能不能明天再说呢？"

雪雁却说："你不要这样紧张好吗？我找你也不见得都是让人心烦的事吧？你现在下车，我过来接你。"

宁宇对司机和秘书说："我就在这里下车，雪副市长要回来接我，你们下班吧。"他站在清风徐徐的街市上，看着来来往往的人流，等候着雪雁的车出现。他到龙都不是一天两天了，但是他站在大街上欣赏风景，倒还是绝对的第一次。此刻他才发现，实际上龙都也没有想象中那样封闭，大街上流水一样的车流，来来往往的年轻人很时尚，其大致的风景与省城无异。

老远他就看见了一辆雪白的宝马向他驶来，驾车的显然是一个风姿卓越的少妇。虽然很远，但少妇的气质和棱角他还是能看得见的。不想这车居然"吱"的一声在他面前停下来了，车窗徐徐降下来，从里面传出来熟悉的声音："宁部长，请吧？"

他抬眼看了这个带着时尚眼镜的女子，竟然就是雪雁副市长。他跨进车门，不解地问："你怎么会开这样的车啊？"

雪雁乐呵呵地说："怎么，我就不能开这样的车吗？你难道不觉得我也是美女吗？美女配靓车不是你们男人喜欢的一道风景吗？"

他很不适应雪雁副市长的这种风格，也是第一次见到她这种风格。他这才注意到，今天的雪雁完全是另外一种打扮，浑身上下透露出一种时尚、妖娆、性感，与白天看到的那个气质高雅的女副市长实在相去甚远。她一按按钮，汽车里响起劲爆的音乐，她的身子也随着节奏不停地扭动。要不是他知道她是副市长，完全可能把她误当成街市和酒吧里娇艳的女郎。

宁宇忍不住问："雪副市长……"他还没有说完，雪雁就说："从现在起，你不要这样叫我，你可以叫我雪雁，也可以叫我阿雪，就是不要叫什么副市长，听起来简直太苍老了。"

宁宇暗自笑了，说："好吧，我说雪雁，今天你是怎么啦？形同百变天后，简直把我给弄懵了，你这是要带我去哪里啊？"

雪雁开心地说:“你要我说实话呢？还是要我说假话？”

宁宇说:“看你说的,我什么时候让你说过假话啊？”

雪雁就说:“嗯,你这话,反而让我不好说了。其实,你我在工作和生活之中,说的百分之八十都是假话,至少那些话很别扭,现在你要求我说真话,我还真有几分为难。要是让我说假话,我倒是信手拈来,嘻嘻。”

宁宇说:“算了,我不为难你,你想说什么就说什么吧！”

雪雁说:“我先从你的疑惑说起吧,你看到我驾驶这辆车,一定会觉得惊奇是吧……”原来,雪雁的第一次婚姻也有几分传奇。当年她在大学里教书,也算是很不错的职业了,更何况还是在知识分子成堆的大学,像她这样的女子就更是凤毛麟角了。当然她选择男人也有极高的要求,她甚至宁愿找个情人共度良宵,也不愿意随便找男人结婚生子,当然她隐去了与张书记的不了情缘。第一个与她建立男女关系的男人,竟然是一个地产开发商。

她与地产商相识的时候, 那地产商刚刚第三次离婚。男人对她死缠烂打,天天送花,天天缠绵西餐厅与咖啡吧,总是一副爱她到死的模样,她也就在云里雾里之间犹抱琵琶半遮面了。两人的第一次,是在海边冲完浪之后,男人兽性大发,就在浴场空旷的房间里将她占有了。当时她内心充盈着幸福感。一边行事,男人一边说:“我当你是纯洁的处女呢,原来你也是大路货啊？”当时她就泪痕满面,不想男人非但没有安慰她,而是又一次疯狂地折腾她,嘴里还念念有词地说:“我就喜欢女人泪水涟涟的凄楚模样儿……”那一刻,她的内心突然变得格外冰凉,觉得面前的这个男人不是人,完全是山野里的野兽。

事实果真如她所料, 男人就是那样的野兽。她与他办理了结婚手续之后,前后三次去过他的办公室,几乎每一次都遇见不同的女子与他厮混,丈夫还恬不知耻地说:“你要是有兴趣,我们三个人一起来好吗？”她当场没有气得晕过去,逃也似的离开了丈夫偌大的办公室。那以后他们就分手了,这辆轿车就是那一次婚姻的产物,当然还包括省城的一处房产。

她竟然有这样的伤心往事,宁宇对她动了恻隐之心,但对她的其他事情同样充满了好奇,就像对笑笑的未知世界一样。雪雁有几分哀伤地说:“我的过去,没有吓着你吧？”

宁宇说:“你是信任我才对我说这些的,怎么可能呢,我又不是孩子。”

雪雁说:“是的,我看见你的时候,就觉得你是可以信赖的人,也不知道是怎么回事,我就认准了你可以理解我。我没有别的意思,就是希望你能听我唠叨我的痛楚。我这样也有几分自私，但是我控制不住自己的这种欲念……另外,我的第六感告诉我,我应该关心和照顾你,我们完全可能一起享受幸福与快乐,当然这完全与婚姻无关。”她的暗示,宁宇怎么会不明白呢,可是宁宇并不关心这个,他倒是十分关心她背后的省里领导。

也许是心有灵犀吧，雪雁突然说:“我现在跟你说你企图破解的第二个谜团吧……”宁宇吃惊地望了她一眼,真不明白面前的这个女人,又会爆出什么样的惊天秘密来。只听见她说:“我完全没有想到,就在我与恶魔般的丈夫离婚之后，我又陷入了另外一个不为人知的圈套。我丈夫在和我离婚之前,就有了一个病态的阴谋,他竟然答应将我推到他朋友的怀里,还美其名曰换妻游戏。当然我并不知道他是否占有了别人的妻子。当时我前夫在省城的地产界也算是很有名的，所以他交的这个朋友自然也是社会上颇有声望有地位的官员。我也就在神不知鬼不觉之中进入了他的圈套,最终果真与这个男人搅和到了一起。后来经过这个男人的推荐,我又认识了省里面的其他领导……我也就走出了教育圈子，成了仕途中人。有一件事我得跟你说清楚,我前夫在一场车祸中丧生了,他的那个占有我并推荐我见其他领导的人也因为犯了死罪被枪决了……我想也只有你能理解我,我犹如掉进深渊里,我痛苦过、伤感过、绝望过,现在我终于挺过来了,看见你的到来,我的内心竟然照进阳光了,我很欣慰,也很感激,可是,我不知道该感激谁。你不会觉得我神经质吧……”看着这个光鲜靓丽的女子，宁宇竟然不知道该说些什么,他瞠目结舌张望了她很久也没有说出一句话来。

54. 雪雁结拜干弟弟

宁宇陡然间觉得雪雁的话有些天方夜谭，但是雪雁绝对没有丝毫开玩笑的意思,所以他选择了沉默,一任雪雁倾吐深藏的秘密。轿车在城里穿梭,也不知道她要将车开到何处去,他也懒得过问。

没多久,雪雁将车停靠在一个幽静的大院里,她侧目一笑说:“到了。”

宁宇有几分好奇，看着这个小区的周边，到处都绿树成荫，花草繁茂，尤其是人工湖，湖水轻盈，微风徐徐，给人以置身世外之感。他还没有问，雪雁就说："下车吧，我的蜗居到了。我可告诉你，这可是我自己挑选的房子，也是我自己装修的房子，房间里面没有进去过任何一个男人，要是你踏进去的话，那你将是这里的第一个男人。嘻嘻，这里的环境还算可以吧？"

这是一个接近市郊的地方，虽然花园之外有些冷清，但是花园里面的一切却说明，在这里住的可都是气度不凡的富人。宁宇环视了一下，车库里面的奔驰、宝马比比皆是，足可昭示这里住户们的富足。宁宇笑笑说："你选的这个地方很不错呀！"

雪雁说："不错算不上，但是幽静那是必然的。我在这里住了一年多了，老实说，很多人不知道我是干什么的，还有人以为我是某个大款的二奶三奶呢！嘻嘻，是不是很好笑啊？"

宁宇十分镇定地说："我可不这样看，有人这样看你，起码说明两个方面的问题。其一，你是一个美丽年轻有魅力的女子，要不然，别人怎么可能把你联想到二奶三奶上面呢？二奶这个词，换一个角度来看，就是妖冶与美艳的代名词，其实也是对女性外表的褒扬，呵呵。其二，说明你的保密工作做得到位，这么长的时间了，你的左邻右舍竟然没有人知晓你就是本市的领导人之一，简直太让人钦佩了。"

雪雁却说："我可不完全赞同你的观点。"

"为何？"宁宇问。

雪雁说："我本身是一个单身女人，不适宜与其他的邻居来往。其次，我的时间太少，一般都是早出晚归，很多时候还是司机送我回来的，很自然就与小区隔离了，所以别人对我充满了好奇。老实说，这样的日子并不好受，我简直就是一个包裹了严密外壳的人，根本就没有坦荡地生活，更不要说阳光地生活了。"

宁宇说："你不要有这样的自责心理，你现在不是工作太忙了吗？"

雪雁说："有时候，我十分困惑，我这样究竟是为了什么呢？我承认，我也算得上过得充实，但是每一次回到这个家，回到这个小区，我就觉得我是一个异类，是一个大家为之好奇的怪物。你知道最重要的是因为什么吗？"

宁宇问："什么呢？"

雪雁说:“都是因为我身边没有男人,甚至都没有出现过男人。倘若经常有男人出入我的寓所,别人猜忌的目光自然也就会稀释了。”

宁宇突然有几分紧张,这个雪雁想干什么?拿自己来做幌子呀?要是有人认出他来了,那不是跳进黄河也洗不清了吗?这个看似清纯和一尘不染的女子,不会心理这样阴暗吧?雪雁早就看穿了他的内心所想,坦然地笑笑说:“你放心吧,我不会说你是我男人的,充其量介绍你是我弟弟,嘻嘻。”

两个人站在车库旁说话,果然有男人从这里经过,男人好奇地问:“回来了?”

雪雁很随性地说:“是的,我带弟弟过来看看我的房子。”她说这话时,是那样的平静与安静,几乎不会让任何人怀疑。她突然挽住了宁宇的胳膊,十分坦然地说:“走吧,弟弟,陪我转一会儿,然后我们再上楼好吗?”

身后跟上来了几个年幼的孩子,最大的女孩子冲他们说:“你们是兄妹吗?”

宁宇回头看见一张鲜花一般的脸,也十分温和地说:“小妹妹,你怎么看出来的呢?”

小姑娘说:“刚才阿姨的话我都听到了。我们家就住阿姨的隔壁,我妈说阿姨可能就是一个人,现在我才知道,原来阿姨还有哥哥呢。”

雪雁凑过来说:“不,你错了,这不是我哥哥,是我弟弟呢,你没看出来吗?”

小姑娘十分开心地说:“哦,阿姨,你和我一样啊,我也有一个弟弟,你看,他过来了。”几个人回头看见一个小男孩朝这边追逐过来。这样的温馨场面,要是宁宇不出现在这里的话,雪雁也许一辈子都无法体会到,两个人环湖走了一圈,这才慢慢上楼。

本来宁宇已经有些疲倦了,但是与雪雁一起经历这些新鲜的画面,他的疲倦感也随之减少了许多。上楼的时候,雪雁说:“你知道吗?这里的空气指数要比市里面的优良多了,在这里休息五个小时就能保持头脑清醒,我知道你这段时间很疲劳,所以带你过来是放松的,我会让你睡一个踏实觉的,今晚,你就是我最喜爱的弟弟。”说完,拉住了他的手。

宁宇问:“我真的是你的弟弟了?”

雪雁说:“是啊,我一直就希望有你这样一个弟弟,你愿意吗?”

宁宇已经被雪雁的诚挚打动,十分认真地说:“嗯,我也希望有你这样一位温文尔雅的姐姐。”此刻,他才真正理解了雪雁这个女子,她完全不是那种随波逐流、十分随便的人，她是那种内心深处渴求真诚和善良的高贵女人。

雪雁的房间十分雅致，没有一丝一毫的浮华感，进入其间就能体味到一种干净、明亮、清新，这也正是宁宇喜欢的风格。雪雁说："有人说我的房间太素雅了，可我觉得这样更舒坦。"

宁宇说："嗯，我很喜欢你的这个风格。"

雪雁说："因为我们是一家人啊。"两个人都笑了。

宁宇完全没有料到，雪雁对他的了解简直超出他的想象程度。雪雁一边取出各种凉拌食物，一边娓娓说道："我这样想啊，要是有一天，你能把老人家接到这里来，还有和韵一起到这里来聚会该多好啊？我想老人家一定也会认我这个女儿的……"她的话，让宁宇大感意外，他举到嘴边的酒杯突然停下了，一双眼睛惊诧地望着雪雁。

雪雁连忙说："没什么的，其实，你的家世我一直关注的。和韵也没把我当外人，她对你家人的关心同样让我钦佩和赞许。你不知道，和韵在讲老人家的时候，目光里流露出来的那种暖流让我好生羡慕啊。"

不管雪雁怎么描述，宁宇陡然间觉得她怪怪的，像一个惯于窥探隐私的间谍。雪雁淡然地笑笑说："哦，还有一件事我忘了跟你介绍，我很小就失去双亲了，所以特别渴望家的味道，更渴望长辈疼爱的味道……"说这话时，她的神情有些悲伤，猛然喝了一口红酒之后，眼眶里竟然浸润了泪光。只听见她呢喃道："我很清楚，没有几个人愿意分享双亲的爱意的，可是我真的充满了渴望啊……"

宁宇轻轻拍了拍她的肩，说道："你放心，我一定会郑重地给爸妈介绍你，你就是我们家的一员了……"

雪雁竟然放下酒杯，扑到了宁宇的怀里，哽咽着说："弟弟，你是我一辈子的好弟弟……"宁宇摇摇头，真不知道今晚是怎么回事，怎么会上演这样一场认亲的大戏。他对怀里的雪雁说："好了，姐姐，你不要这样了，我们应该高兴啊。"

雪雁抬起泪脸，满面笑容地说："嗯，应该高兴，以后，我也有挚爱的家人了，你说是吗？弟弟……"一滴滴的红色酒液，仿佛已经在她温暖的体内转化为无限的亲情。

55. 夜色中的男女

可以肯定地说,雪雁让宁宇到家里来是蓄谋已久的事了。如若不然,雪雁绝不可能连宁宇的睡衣都准备好了。她让宁宇在温热的水里畅快地泡了热水澡,然后让他进入早就给他准备好的单独房间。里面的一切都是崭新的,进去之后,她打开了柔和的灯光说:"弟弟,这里的一切都属于你了,你要有什么不习惯,你就自己改变,我也去泡泡热水澡。你要是有兴趣,你也可以去看看其他的房间,其中右面的那一间,是我专门给老人家留下来的,你去看看合不合适,当然,我也欢迎你给我的房间提意见,嘻嘻。"

等雪雁进入浴池,里面传来哗哗水声的时候,宁宇才仔细打量了这个房间。房间完全是按照男孩子的喜好来布置的,墙体上有几张很男人的油画,NBA 球星和战争英雄的画像,小桌上还有一柄看上去很锋利的宝剑。雪雁就是细心,在房间里给他备下了很多男性读物,当然在离床较远的地方还放置了电视机和精致的计算机。房间里面的一切,都充满了阳刚之气。宁宇暗自感叹雪雁的用心和细心,他不得不承认,若要真有这样一个姐姐,那该是一件多么幸福的事情。

他没有去动计算机,也没有打开电视消磨时光,而是着了睡衣走出房间来。从客厅的布置打量到其他房间的陈设,他不得不承认,雪雁的美学功底深厚,整间房都以暖色调为主,给人一种温馨的感觉。不论进入哪一个房间,迎面而来的都是平静与柔和,使人感知到家的温暖。唯一有些跳跃的是雪雁自己的房间,里面布置了很多女性饰物,更有她欣赏的男性画册与画报。宁宇很随意地翻看了几本,让他觉得奇怪的是,这几本来自香港的画报上面都是一个男模,且身形和体态与他没有太多的差异,甚至笑容都和自己十分相近。这让宁宇意识到某些不妙,雪雁对他的情感并非那么单纯……他还在遐想之际,雪雁已经从浴室出来了。他同样承认,雪雁就是一个绝顶的出浴美人儿。虽然身着宽松的睡衣,但是她妖娆诱人的曲线和健美的身材显露无遗。宁宇也觉得有几分奇怪,雪雁竟然和和夫人有相似之处,就是褪去了妆反而更显迷人。

雪雁坦然地问:“怎么啦?你还没有睡意呀?”

宁宇回避了她扑朔迷离的眼神,说:“我在欣赏你的杰作呢,你整个家设计得十分完美,也是我很欣赏的那种淡雅风格。你知道吗?进入你的这套房子,就让我想到了我老家的院子,你采用的色调、选用的材质、搭配出来的整体风格,简直就是我童年的家。也不知道这是一种巧合,还是冥冥中注定的,你让我想起了我那个过早夭折的妹妹……”这倒不是夸张,雪雁采用淡雅的风格,以白色为主,让人想起冬天的雪花,以及雪花飞扬的村落。当年宁宇的家就被爸妈装扮成了银白色的,冬天来临时雪花飞扬,他们的整个院落仿佛融化到大雪里面一样,进入了完美的童话世界。妹妹就是在那个可人的冬天被恶人弄死的,至今仍然是宁宇和家人心中的痛。

雪雁眨巴着长长的眼睫毛说:“对不起,我让你想起了伤心的往事。”

宁宇说:“才不呢,我时时都期望看见我妹妹,是你激起了我的幻觉,我感激你。”

雪雁问:“妹妹一定很美吧?”

宁宇说:“清瘦,但是俏丽,简直就是美人儿。倘若她现在还活着的话,一定比很多大明星漂亮多了。”

雪雁好奇地问:“你现在还能记得她的模样儿吗?”

宁宇毫不隐讳地说:“老实说,她与两个人很像,一个是娜娜,就是那个刚从省城来的娜娜。另一个像你,我想她长大了应该是你这样的类型。”

雪雁突然有几分惊喜,也难怪宁宇没有拒绝她的请求,原来他心中也埋藏着这样的私密呢。他一直在寻找妹妹的影子,自己居然也是他妹妹的影子之一。不过,她一想起娜娜,心中就有几分不快。那个小丫头当年曾对她横挑鼻子竖挑眼的,当时也有人说娜娜那个丫头与她有几分神似,可惜她们竟是冤家。她回神道:“像我,不太可能吧?我都一把年纪了,嘻嘻。像娜娜我相信,她一直都是那样清瘦的。”

宁宇说:“你难道没有发现,你和娜娜酷似吗?我也觉得奇怪了,你和娜娜简直就是亲姐妹,她妈妈都没有你们俩相似呢。”

这一点雪雁尤其敏感, 她怎么可能没有感觉到这一点呢。就是因为这事,娜娜妈更是火冒三丈,经常提醒张书记离她远一点呢。再后来,雪雁的丈夫去世,娜娜妈又警告张书记说:“你可得离那个妖精远一点儿,她是个克夫的大灾星,我可不希望你把灾难带到我们家里来,我可不想我们娘俩成为传说中的孤儿寡母……”想到这些,她的内心就有一种悲凉,难道她真的是人们背地里说的那种红颜命薄的女人吗?今晚宁宇提到他妹妹,巧的是他妹妹也死于非命,并且是被暴徒强暴致死,这让她的内心更加惴惴不安。莫不她真的是那种会招灾祸的女人?她不禁内心发颤……她努力使自己镇定之后,说:“怎么,你也觉得我与娜娜很像?”

宁宇说:“是啊,她是青年版,你是成年版。”

雪雁说:“你妹妹是少年版?”

宁宇内心也不大愿意提及妹妹的,那毕竟是深藏在他内心的痛苦。于是说:“今后我们就不要提这件事了好吗?”

雪雁十分理解地说:“嗯,今晚我俩聊的很多话题,可能都只能是我俩一辈子的秘密了,也包括你的家人,或者我未来的夫君,也许我们都不会再说了。”

宁宇说:“嗯,这可能就是缘分吧,命运注定要让我们成为亲人。”

雪雁说:“我看你根本就没有睡意,我们再喝一杯酒吧?”宁宇并没有拒绝,两个人又开了一瓶红酒,一边漫无边际地闲聊,一边将红色的液体倒进了装满七情六欲的身体里。

就在两人喝得兴奋的时候,却意外地传来敲门声。雪雁诧异地说:“平时可从来没有人敲过我的门啊,会是谁呢?”

宁宇说:“管他谁,也得看一看啊!”

雪雁打开房门一看,竟然是邻居家的两个孩子。雪雁蹲下身去问:“你们两个有事吗?”

年长的女孩说:“阿姨,我和弟弟打赌了,我说你在家,他说你不在家,所以我们就来敲门了。”

雪雁摇摇头,说:“你们这么晚了还不睡觉,明天还得上学呀!”

小男孩说:“阿姨,你真逗,明天是星期六呢,我们不上学的……”

雪雁正要回头进门,孩子的家长出来说:“对不起,孩子们对你充满好奇,所以拿你打赌呢,抱歉抱歉。”

雪雁说:“没什么的,我平时很少在家,今天我弟弟来了,所以休息晚一点,孩子很可爱的。”

孩子的家长对两个孩子说:“还不赶快跟阿姨道歉,这么晚了还打搅人家休息。”两个孩子好奇地望着雪雁，十分不情愿地说：“对不起，阿姨。”

宁宇自始至终都目睹这一切，虽然这只是一件偶发的小事儿，但是足可说明雪雁在邻居们心中的神秘程度。雪雁关门的那一瞬间，宁宇分明看见了一种落寞。雪雁说：“没事了，邻居家的孩子淘气呢。不过，今后你要是多来就好了，孩子们也不会拿我打赌了，嘻嘻。”一边说，一口将杯中的酒喝了个底朝天。

谁都得承认，这绝对是一个离奇的夜晚。两个夜幕下的男女，早已忘记了自己的真实身份，市委常委和副市长似乎离他们也十分遥远。

56. 另类关怀让人嫉妒

接待和氏商号集团和接待省委主要领导考察调研这两件大事算是平静地过去了，实际上也翻开了龙都历史上的崭新一页。

次日，宁宇和雪雁的工作几乎相同。他们两个一个代表市委，一个代表市政府，出席会议基本上都是一起的。今天摆在他们面前有三件事。其中一个就是要参加省里和市里联合召开的龙都高职高校教育园区的会议，这个会议将通报这个项目的班子构成和其他人员的构成，同时还要确定具体的开工程序。宁宇自然是重点人物，雪雁也是必须出席的。雪雁现在是这个项目的常务副指挥长，这就说明，今后众多的具体事情，要在她的指挥下去落实。当她接到相关部门的通知时，她正在替宁宇准备早餐，她乐呵呵地说：“领导，今后你在高职高校这项工作中，可不要经常批评我啊！”

宁宇乐呵呵地问：“你这话是什么意思啊，你可是大权在握的常务副指挥长呢，我敢轻易得罪你呀？”

雪雁将牛奶和面包端上了桌，说道：“你现在是我弟弟，你要得罪我的话，今后我就不给你弄好吃的。”

宁宇连忙说：“当然，就冲这个，我也不会轻易批评你啊。”

雪雁说：“呵呵，不开玩笑了，赶紧吃吧，还有四十分钟就要开会了，今天你是主要领导，你还要准备准备吧？”

宁宇说：“没事的，已经让秘书准备了，一会儿到现场熟悉材料就是了。”

雪雁又说:“这个会就要开一个上午，下午还要参加报业集团的干部任命会,还要参加章局长调任宣传部副部长的会议,哎呀,今天的活动也够集中的。每一个会议你都是主要领导,你能吃得消吗?我建议你早餐一定要吃饱吃好。”

宁宇十分高兴地说:“有你这个姐姐在,就等于有了后勤部长,我还有什么可以忧虑的呢?”

雪雁说:“在生活上我这个姐姐当然是有用处的,可是在精神方面,姐姐可没有你强大啊。”

两个人用完早餐,就赶到了会场。今天的会议就在龙都高职高教园区建设现场指挥部召开。主持人是两个指挥长,也就是省教育厅长和陆强市长。宁宇和雪雁赶到的时候,两位指挥长早就到了,他们正在会议室交换意见。

市委王明书记陪同所有的教育专家也早到了，几个人正在一旁商议着什么呢。今天宁宇的身份不同,他几乎就是最高领导人了,所以在这个会议的安排程序上,他只有其中的一项,那就是最后做指示。

大老远他和雪雁就看到了成群结队的媒体记者,其中也有红唇、娜娜的身影,还看见了思明副部长。这些即将到岗的媒体领导,虽然还没有宣布任命,都来参加这样重要的会议,也是很正常的。一方面他们在熟悉龙都的社情,了解这个具有历史性意义的工程的进展，另一方面他们也代表媒体单位，亲临一线,是为了更好地指挥一线的编辑记者们如何采写出彩的新闻。

看见宁宇和雪雁双双出现，红唇和娜娜还有张书记与红副院长自然要与他们打招呼。宁宇能感觉到,红唇和娜娜看他的眼神怪怪的,仿佛他是一个十恶不赦的坏人似的。张书记看他的眼神也有几分怪异,他可能想起了他与雪雁当年的情事。宁宇很清楚,此刻他该做什么。

他首先与远道而来的张书记、红副院长问好,然后与王明书记打招呼,最后才与教育厅长和陆强市长坐到了一起。这样的公开场合,每个人的内心活动都自然受到压制,红唇和娜娜即便是有万般的好奇,也只能远远地望着宁宇发呆。

这种规模的省市联席会议,在龙都还是第一次召开。陆强市长请示了王明书记之后,宣布会议开始。教育厅长首先发言,他与陆强市长有明确分工,他主要负责省上和国家有关部门的协调,以及联系专家学者。他向与会者汇报了各方面的准备情况,也介绍了今天到会的省上领导和专家学者,随后介绍了今后的主要工作方向。他介绍完之后,教育厅的副厅长开始发言。副厅长与雪雁一样,也是这个机构里面的常务副指挥长,他还是第一次在这样的场合正式发言。当然,他的发言主题是如何落实工作、如何服从各级领导的指挥和安排。

省上的发言结束之后,陆市长本人开始发言了。他说:“龙都高职高校教育园区就要正式开工了,我的心情十分激动,首先,我将向宁宇同志郑重承诺,只要是事关龙都方面的问题,我们一定会在第一时间之内解决……”

雪雁副市长的发言也离不开上述三位的意见,她也做了一番承诺,还就个人的分管范围做了细致的汇报。

会上,宁宇代表项目的领导机构宣布了对龙都市委秘书长的最新任命,任命他为龙都高职高校教育园区项目领导小组的副指挥长,位列雪雁之后。大会的最后,王明书记发了言。

王明谦逊地说:“宁宇同志,各位同仁,有幸参加这个会议十分荣幸。虽然这个项目是龙都市内的骨干项目,可是今天我是以一个局外人的身份参加的,感谢宁宇同志的盛情邀请。我在这里代表龙都市委表一个态,今后只要是与这个项目有关的事情,市委将不会给项目设置任何障碍,将会像关注支持市里面的重点工程一样支持这个功在千秋的项目……”

省城大学的张书记和红副院长也在这个会上分别发言。张书记十分感慨地说:“我很荣幸,也很幸运地参加这个项目的监督和管理工作,这个项目对于全省高校都有示范意义。作为学者,作为高校的管理者,当然希望这个工程的竣工能给其他高校带来显而易见的经验,其他高校能够运用这些经验,推动教育事业的发展。今天,我很高兴,看到省市的领导们对这个工程的高度关注,我相信,这个工程一定会成为我省教育系统的样板工程和标杆工程。”宁宇十分感激地带头鼓掌。

红副院长的发言相对简单,他感谢省市两级领导对他本人和省行政学院的信任,也坚信这个工程能够顺利推进,只听见他说:“各位,我在这里最想感谢的是宁宇同志。”他的这话似乎超出了所有人的预料,就连王明书记也十分疑惑地看了他一眼。他接着说:“大家都知道,宁宇同志刚到龙都没有多长的时间,在这样短的时间里,他就能把这个十分有意义的工程挑起来,并且这样卓有成效,我相信,当初很多人都不会想到肩挑这副重担的会是这样年轻的同志宁宇。让我们教育界为之震惊,也为之叫好。另外,我们也都知道,他在抓这个工程的同时,还在抓市里面的新闻文化产业改革的。所以我个人对他充满敬意,也代表教育界的人士向宁宇表示敬意。”他的话,意外地引起了很多人的共鸣,会场响起热烈的掌声。

随后红副院长又说:“鉴于此,我等教育界的同仁们,将会不遗余力地与宁宇共同奋斗,共担风险,也希望省教育厅和龙都市方面也与他一道,同心协力,共克难关,把这项利国利民的重大工程做好,给龙都的父老乡亲一个完美的交代……”红副院长就是红副院长,他从县长历练到现在,对于官场百态他是太了解了。按理说,他说这样的话,显然有些出位,也不太符合他本人的身份和地位。可是他之所以要这样说,其实就是为了力挺年轻的宁宇。宁宇现在的日子其实并不那样好过,虽然掌管了这些炙手可热的工程和项目,但是他处在一种夹生饭的环境里,要是外围没有力挺他的人,他的工作是很难推进的。毕竟在这个项目的领导机构里面,资历比他老的领导太多了。红副院长的话,很自然地让两个人感动,即宁宇本人和红唇。当然,也引起了张书记和娜娜的嫉妒。

57. 胆大包天

这个会议,实际上就是确立龙都高职高校教育园区建设的运营班子。省上教育厅实际上也只负责外联工作,更多的具体事务还是得由龙都方面组织实施。雪雁成了具体运作班子的灵魂人物,现在又多出来了一个市委秘书长。

虽然市委秘书长在市里的干部排序位列宁宇和雪雁之前,但是在这个项目中,他又成了宁宇和雪雁的下属。不过,他本人根本就不在乎这个,他在乎的是他要转型,要从市委转到市政府任职。市委秘书长被委任为这个项目管理办公室的主任,项目的管理办公室也就组建起来了,即将调任市委宣传部副部长的章局长和教育局长成为这个办公室的副主任。

会议结束后,省教育厅的领导们离开龙都,市里面的领导和新成立的项目管理办公室举行了一次会餐,算是战前动员。王明书记和陆市长要赶往省里开会,所以这个活动由宁宇主持。席间,市委秘书长成了最活跃的人,他给宁宇敬酒的时候说:“宁部长,你放心,从今天起,我就不再负责市委办公室那边的日常工作了,我会全身心地把这个项目搞好的。”

宁宇看着这位老领导,说:“领导,辛苦你了。”

秘书长是一个眼观六路耳听八方的玲珑之人,早就看出宁宇今后的发展不同寻常,连忙谦逊地说:“部长,你这是什么话啊,今后只要你一声招呼,我一定把事情办好。你也是了解我的想法的,我这个人没有大智慧,也没有大追求,只要部长能让我到市政府这边供职,我就心满意足了。”

宁宇却说:“老领导,你这话就超出我的范围了,领导工作调整,我怎么敢随意妄言呢?”

秘书长说:“不管怎样,今后我就跟定部长了。”他的话,让宁宇无语,但也无奈。

秘书长也知道雪雁非等闲之人,现在她又先他一步进入这个项目的领导机构,阴差阳错地成了他的领导,于是也十分谦卑地对她说:“雪副市长,还请今后多多关照。”

看着秘书长这么快就进入角色,宁宇也就不担心他以后的工作热情了。但是,当他看见出现在他面的章局长时,他的内心又变得复杂起来。他很清楚章局长的手腕,也知晓章局长的为人,倘若这两个人紧密合作的话,什么事儿都可能发生的。章局长举杯说:“谢谢部长,让我进入了这个项目组。”

宁宇说:“不是我让你进来的,你马上就要到宣传部任职了,因为你的工作需要,所以市委才让你到了这个岗位。”

章局长异常高兴地说:“部长,你放心,我绝不会让你失望的,我会做你最坚实的助手。”

宁宇虽然很忧心,但他还是很自然地说:“嗯,这一点我充分相信。这个工程的意义我就不说了,还希望你能在这个工程之中发挥你的作用,替市委市政府分忧。”

章局长回应说:“你放心,一定会让你满意的。”

雪雁回头对宁宇说:“你看到没有,这些干部之中,最热衷于操办这个项目的就数章局长了。”宁宇当然知道雪雁的意思,他只能说:“走一步看一步吧,你抓整体项目的日常运营,我想你也会加强监管的,是吧?”

雪雁忧心忡忡地说:“这人啊,只要动惯了歪点子,监管起来就不是那么容易了,我还希望你能在这件事情上帮助我呢!”她的意思很明确,即对章局长有几分失望。宁宇没说话,没想到雪雁又说:“你虽然是章局长的同事,可你对他的事情未必完全知道啊!”从雪雁茫然若失的表情上,宁宇感受到了一种压力,他料定雪雁一定有什么重大秘密没有跟他透露。雪雁一向淡定,看她此刻的模样,宁宇觉出了异样。

他很随意地说:“我想你一定有什么隐瞒着我吧?”

雪雁现在对他较以前完全不一样了,过去对他有一些距离,现在两人以姐弟相称,情况完全不同了。她叹了一口气说:“这件事情本来我是不想跟你说的,可是我一看见章局长那双左右逢源的眼睛,就有些担忧。你知道吗,我了解到了这样一个情况……”她将章局长与陆草儿之间的事娓娓道来,让宁宇越听越不敢相信,越听越觉得像天方夜谭。又听见雪雁说:“我知道,你一定会问我,你从什么地方得到的证据。我可以回答的是,我当然有证据,而且是铁的证据。”

原来,雪雁刚到龙都的时候,很多人对她都有敌意,甚至也有政敌不失时机地对她落井下石。那一次,她主持市里面的文化机构改革,要对市里面的文化演出机构实施精简整编,其中就准备把陆草儿担任团长的剧团整编到别的剧团里去,还决定让陆草儿出任新剧团的副团长。这不仅引起了陆草儿的强烈不满,她更是鼓噪全剧团的员工上访闹事。此刻,对雪雁的到来怀恨在心的其他领导就私底下授意陆草儿收集她的材料,四处煽动她的种种劣迹,让她四面危机,处处尴尬。也就是在这样一种逼迫之下,雪雁不得不采取一种隐秘的手段,最终才将事件平息,但是陆草儿这个时候也进入了维稳部门的大名单。

虽然后来没有撤销陆草儿的职位,也没有将她所在的剧团合并,但是对陆草儿本人,雪雁是心中有数了。但是,陆草儿也因此受到了市里面的格外关注,她的各种活动也就受到了调查和跟踪。

为何这样陆草儿还能一路飙升呢?现在竟然很快会被委任为广电局的

副局长兼经营公司的副总经理,其理由有二:其一,此人群众关系还不错,团里的群众干部对她还是很认同的, 这几年来团里的经济效益在她的领导下还真的得到了保障。其二,因为群众的拥护,很多领导也想化解这个不稳定因素,且不了解历史的领导大多对陆草儿充满好感,就像刚到龙都的宁宇和刚刚离开龙都的省委书记一样。就因为此,她得到了陌生领导的赏识,也就破例得到了提升的机会。

但是,这并不意味着市里面的监控机制已对她取消,这也是市里面的另一条线在展开的工作。因为雪雁十分关注陆草儿的动态,所以她找到特殊部门,希望每一次事关陆草儿的调查都要给她一份。现阶段的这份调查材料上显示出了章局长的所为,而且细节也是很清楚的。

宁宇听完雪雁的话, 简直懵了。他感觉到章局长这段时间的一些不正常,但是没想到他这么快就下手了,还干出了不露声色的财色兼收大事。这完全说明,章局长这还只是第一步。现在他一方面出任宣传部副部长,还兼任市里面新闻文化产业改革产业协调办公室主任, 本来就掌握了市里面不小的资源,现在他又进了龙都市高职高校教育园区项目兼任副主任,这里面的权力也是可想而知的,要是他在这些项目上都有所动作,那么事情可能就会相当复杂,完全可能给宁宇带来灭顶之灾。

雪雁也看出了宁宇内心的愤慨, 虽然章局长和宁宇之间没有必然的联系,但是他们都是出自省城晚报报系,他们还曾经是上下级,这样敏感的关系,宁宇就想辩解也辩解不清的。她安慰他说:“我这也只是提醒你,也可能事情不会有那样糟糕。”

房间里只剩下了他们两人, 宁宇焦躁不安地说:“这些不都是铁的证据吗? 还不会糟糕? ”

雪雁说:“既然有关部门还没有对他采取措施,也没有将他的事情公开,这就说明这个消息还有待进一步确认和调查。组织上对干部历来都是极其谨慎的。另外,就算章局长确实对陆实施了手段,现在他也不会再继续下去了,毕竟他已经达到目的了,陆现在也没有必要再找他了,所以这些事儿基本不可能再度重演了……”她的意思也很明确,只要有关部门不追踪章局长和陆草儿的事,她和宁宇也就不可能有什么事。她和宁宇都是必须与章局长和陆草儿接触的,只要他们不再有这样的关系,宁宇和雪雁就不会落入有关部门的关注视线。可是,宁宇他能放心得下来吗?这样的事情他虽然见过不少,可是发生在自己的身边,还是让他心惊胆战。他内心暗自警告自己,今后还是少与这个章局长来往的好。

58. 尴 尬

用完午餐之后，宁宇和雪雁也谈了不少话题了，下午还有两个会议要开。雪雁正要提醒宁宇该走了,宁宇和雪雁一前一后接到了电话。有关部门通知他们,下午集中召开报业集团、广电影视集团和网络传媒集团的任命会议。宣传部任命章局长为副部长的短会取消了,内部宣布就可以了。雪雁说:"这样一改,下午的事就更多了,要开三个内容相同的会议。"

宁宇说:"怎么是三个相同的会议呢?不是三个单位分别开吗?几家媒体集团的情况是不一样的。"

雪雁说:"嗯,这倒也是,每一家的情况都不一样,而且每一家新到任的领导都高度关注这一次大会呢。这一次大会之后,三个集团就走上正轨的建设和发展之路了。"

宁宇说:"就是啊,只有等这个会后,我们的新闻和文化改革才算真的拉开帷幕。"

雪雁连忙说:"这样吧,抓紧时间休息一会儿吧,根据安排,两点钟到报业集团,依次为广电影视和网络新闻集团。昨晚也休息得晚,不休息你的精神可跟不上啊!"

宁宇说:"嗯,那就走吧。"

雪雁上了宁宇的车,说道:"不要回办公室了,这里去我家顺路,就到家里坐一会儿吧?"随后她吩咐司机说:"你一点五十来接我们吧!"

要是换在以前,宁宇可能还有所顾忌,担心别人说三道四,现在他一点心理负担都没有了,什么意见也没有,跟着雪雁就上了楼。

本来雪雁还有很多话想对宁宇说的,但是考虑到下午的事情太多,一进门就冲宁宇说:"你赶快抓紧时间打个盹吧,我给你拿热毛巾敷敷脸,然后你就睡好吗？”

宁宇感激地说：“姐，你也睡一会儿吧？”

雪雁说：“我没事的，下午我不就是跟着你巡游吗？我不讲话的，充其量也就主持一下，你不是每到一个单位都得做指示吗，你的身体更重要啊！快躺下吧，我一会儿就给你拿毛巾来。”

宁宇走进昨晚自己睡觉的房间，脱去外套，躺到床上，连被子都没有打开，就闭上眼睛。雪雁进门之后，心疼地说：“看你累成了这样，被子不盖，衣服也不脱，这样怎么暖和呀？”说着，让宁宇起来，帮他脱去了其他的衣服，身上仅存内衣，雪雁开心地说：“嗯，乖，快躺下吧，姐姐给你热敷脸……”她细心地擦拭着宁宇的脸，眼里流露出满足的神色。宁宇的内心也很踏实，仿佛雪雁就是他童年仰望的妈妈，让他激起一阵阵的感激。

这样温暖的环境，宁宇很快就进入梦乡了。睡梦之中，他看见了漫山遍野的桃林，正是桃花怒放的季节。山岭之间充盈着花香、鸟鸣，还有成群结队的彩蝶和蜜蜂……大地异常温暖宜人。他看见遥远的岔路口走来一个粉红女子，模样儿清秀优雅，举手投足间透露出迷人的笑容。他的每一根神经都被她天仙一般的容颜所吸引……这是哪里来的仙女啊？怎么与桃花一样的飘逸美丽呢？他暗想之间，看见走来的那个美艳女子正朝他微笑，而且快步向他奔跑而来。一路上，微风徐来，满目桃花的飘零，路面上洒满了粉红色的花瓣，仿佛是在迎接那个美艳的女子。

女子一边奔跑，一边向他挥手致意，一边冲他甜美地微笑。那浅浅的笑容，似乎早将他的心灵融化了，他内心充满了激动，浑身开始发胀，一种强烈的渴望与肉欲顿时搅得他不得安宁。他仿佛听见那个女子冲他说：“你不要有什么顾忌，我就是你的女人，你一生享用的女人……”

他再一次仔细辨认那个穿越了桃林飞奔而来的女子，好美啊！她忽闪忽闪的大眼就像一汪秋泓，碧波荡漾，百般撩人。她原本就异常风韵的胸部，飞奔时荡起层层波浪，简直就要将他淹没一辈子。挺翘的臀部更是别样诱人，让他旌旗荡漾不能自持……那简直就是一个魔鬼与天使的化身，让他快要崩溃了。女子冲到他面前，性感的嘴唇贴过来那一刻，他浑身一颤动，下体也就狂喷而去……他紧张地捏紧了被子，脸上绯红绯红的……当他看见仙女淡然离去，也就在落寞中惊醒过来。

简直太神奇了,他醒来的时候,睁眼一看,床沿边竟然坐着雪雁。雪雁没有惊扰他,而是张望着窗外的风景。此刻,宁宇才发现,雪雁的身段儿和自己睡梦之中看见的仙女几乎无异,还有那挺翘丰满的肥臀……他再一次冲动。不想此刻雪雁突然回眸,看着宁宇,温和地问:"怎么,你做春梦了吧?满脸绯红,又叫又喊的……"说完,她自己也羞涩地低下了头。

宁宇不好意思地问:"你怎么在这里啊,你又怎么知道的啊?"

雪雁抬起羞涩的脸,问道:"怎么,难道我猜中了?"

宁宇连忙岔开话题问:"你在看窗外的什么啊?"

雪雁说:"我在看怒放的桃花呢,那景色好诱人啊,蜜蜂和蝴蝶盘旋其间,还有小姑娘在里面追逐奔跑……"

这话让宁宇大为惊讶,他竟然什么都忘记了,一下子坐起身来说:"我看看,我看看。"他还在回味睡梦中的瑰丽景色和迷人的女人呢,这现实和睡梦之间,怎么会这样相似呢?

他这一起身不打紧,他下身的内衣上那一大片湿漉漉的地方也就露了出来。已经是过来人的雪雁怎么可能不知道这是什么呢?她丝毫没有回避地看了看说:"弟弟,我看你需要换内衣了,最好是洗澡之后再换吧?"说完,她站起身来说:"我去给你放热水,你起来吧!"她走出房间时,回眸一笑。这又让宁宇大吃一惊,这个笑容、这个姿态不就是他睡梦之中那个仙女的神态吗?简直太神奇了。

宁宇不好意思地起身下床,真想立即把这个喷有污物的内裤脱掉,可是这毕竟是雪雁的家啊。他正准备穿长裤的时候,雪雁又返回来了。他还正在迟疑,雪雁却说:"你干吗呀?姐姐是过来人,什么都明白的,你不要穿长裤了,赶快去浴室吧,水已经放好了。"

宁宇逃也似的进了浴池,他这才意识到,他确实好久都没有闻过女人的香味了,也难怪自己会做这样的春梦,而且积淀太久的精液也喷出来了。一边想这些,一边想起雪雁的举止和动作,他的下体不禁又膨胀开来。温热的水松弛着他的身体,却撩拨起他的神经,他双手握住下体,一股浓浓的白色液体又喷涌而去,他真想放开了嗓子嚎叫……那种畅快也只有成年男人才能够体会的。

宁宇走出浴室,雪雁已经将他的所有内衣都准备好了,还在她自己的房间大声嘱咐说:“把你身上的其他衣服都换了吧,我已经放到你的卧室里了。”

听到她的话,宁宇突然觉得异样的温暖。等到他穿好衣服,雪雁走到客厅问:“怎么样,换上了吗?”

宁宇连忙说:“谢谢姐姐,换上了。”

雪雁这才走进他的卧室,把他所有内衣拿起来,随后丢进了洗衣机里。还一边说:“没事了,晚上我帮你洗洗,过两天你再来换就是了。”随后又对他说:“你睡了一觉,应该清醒了不少吧,现在到时间了,你喝一杯白水吧?然后我们就该下楼了,我想司机可能快到楼下了。”

宁宇接过雪雁递过来的凉开水,不好意思地说:“姐姐,真不好意思。”

雪雁意味深长地说:“呵呵,你当我是孩子呀?我可是司空见惯了,没事的,我都能习惯,你一个男子汉还害什么羞呀?”她这样一说,还真让宁宇觉得不好意思。他深深地喝了一口凉开水,正准备把杯子放回冰箱里面去,却意外地接到了和韵的电话。和韵说很想早一点儿在会场见到他,还有几件事想跟他商量。

雪雁接过了他手中的水杯,十分理解地说:“你慢慢回电话吧,杯子给我。”

宁宇将杯子递给雪雁,无意识之间碰到了她温热的手,竟然有一种脸红心跳的感觉。他下意识地转身,走到临窗的地方,望着满目的桃花说:“好的,我一会儿就到了,有什么我们一会儿聊吧。”其实,他真的很担心和韵询问他与哪个女人在聊呢。

59. 魄 力

幸好接到这个电话,让宁宇的尴尬减缓了不少。雪雁和他一起下楼,她很自然地挽住了他的手臂,他也没有拒绝,也没有理由拒绝。

上车之后,和韵的电话又来了。只听见和韵说:“宁部长,你可能到报社还需要一段时间,我能在电话里和你预先交流吗?”很显然,她一定有要紧的事。要不然,按她的个性,她才不会这样缠着宁宇没完没了呢。

宁宇说:“好吧,你说。”

和韵说:“两件事,第一件是工作上的。今天市里面就要召开报业集团、广电影视集团和网络新闻集团的领导任命了，可是我至今也还没有接到市里面对三家媒体公司的副总任命的通知。我现在想问的是，市里面会通过这个决定吗？当然，你也知道的，这不是我的意思，是和氏商号集团的意思，换句话说就是和好与和夫人的意思。前次在面见省委书记之前，你是当着和夫人与雪雁副市长答应了这件事的，现在集团方面很在意这件事的进展程度。要是今天不能在几个集团的干部任命会上宣布的话，那么和氏商号集团方面就会感到遗憾，可能在今后的合作方面会出现一些波折和插曲。我本人是这个项目的执行总经理，我当然希望不要出现这样的插曲……”她的言语之间，透露出一丝不咸不淡的威胁。这绝不是和韵的风格，也不是和韵的性格，她能在这个会议之前对他释放这样的信号，一定是她们集团已经定下了基本的调子。换句话说，要是这一次市里面不宣布这个结果，也就意味着这几个媒体公司的副总经理不纳入市管干部的范围，实际上也就是没有采纳和好的意见，也就变相地拒绝了和氏商号集团的建议，所以此刻她们表露出异常强硬的一面来。

这件事情宁宇本人确实是给王明书记做了汇报的，当时因为省委书记就要到龙都来考察和调研，王明书记可能感受到了来自和氏商号集团方面的压力，所以口头答应了他。他也当着和夫人与和好，还有雪雁的面转述了王书记的口头指示。但是，时间太紧迫了，虽然王书记是答应了这件事，但还没有来得及让组织部门办理这件事，市里面现在又着急宣布三个集团的组建，这件事情实际上还没有纳入市委常委会商议。

事情这样紧急，宁宇怎么可能置若罔闻呢？龙都的新闻文化产业改革他是实际上的第一责任人，这个时候他是断然不能糊涂的。一边的雪雁也看出了宁宇焦躁不安的心情，于是说道：“这件事可能会涉及今后各项改革的进程，我觉得市委主要领导在这个时候不能含糊，免得今后我们在工作推进的时候遭遇和氏商号集团的阻力。”她的意见再明白不过了，也是赞成这个时候就宣布对三家新成立的媒体经营公司副总纳入市管干部的序列，平息与和氏商号集团之间的矛盾。她也是了解和氏商号集团的一贯做派的，这个和好与和夫人都不是好斗的主儿，就是省里面的领导都得给她们几分薄面，何况一个龙都市了。

宁宇问道：“你的意思是现在就给王书记电话吗？”

雪雁说:“是啊,今天的会议王书记和陆市长他们是不参加的,你就代表市委,我就代表市政府了,没有他们的意见,我们怎么回答下面的请求呢?”

宁宇当然明白此刻该怎么做,毕竟这个责任在他的肩上。听了雪雁的意见,他再也没有犹豫,对电话那一边的和韵说:“这样吧,你稍等我几分钟,一会儿我给你电话好了。”

和韵说道:“好的,你可得快一点儿,我还要跟你说其他的事情哦。”

宁宇回头就拨通了王书记的电话,王书记的秘书说:“宁部长啊,你好。王书记现在正在接待省委统战部的副部长,你有事可以一会儿再打来吗?”

宁宇当仁不让地说:“不行,这件事情没有任何余地了,必须由王书记马上决断。”

秘书只好原话带给王明,王明起身对统战部的副部长说:“对不起,我先接一个紧急电话。”回头对秘书说:“不是跟你说了吗,谁的电话也不接,你不知道副部长是我中央党校的同学啊?”

秘书无奈地说:“书记,我当然知道,但是宁部长的那个阵仗不小啊,好像真的发生了大事情,我这才来打搅您的。”

王明听完了宁宇的汇报,也觉得这确实是一件比较棘手的事儿,不宣布就等于驳了和氏商号集团的面子,也就等于不诚信了。于是他一咬牙说:“好了,我找陆市长和组织部那边商议一下,一会儿回你的电话好吗?”这个结果当然是宁宇需要的,挂断电话,他对雪雁说:“这件事情可能王书记本人也有些为难,他找市长和组织部呢,一会儿跟我联系。”

雪雁说:“要留有余地,办法当然是有的。不就是一纸任命吗?今天可以宣布,随后补办手续不就完了吗?这样的事情,特事特办也是说得过去的啊。”宁宇何尝不希望这样处理呢?可是这毕竟涉及三个副处级岗位呀,这也是龙都有历史以来没有遇到过的新鲜事情,不给领导们思考的时间是不可能的啊,他也只有耐心等待王书记的电话。

王明对这件事情不是一点准备都没有,好在他当时接到宁宇的报告之后,就口头与陆强市长和组织部那边简单沟通过了。这个时候也只能是特事特办了,总不能眼睁睁地看着这个重大改革项目一开始就出现不和谐。陆市长听了王明的意见,十分坦诚地说:“王书记,这样的事情在龙都虽然还是第一次,可我本人觉得这也不是什么大事,不就是多出三个副处级岗位吗?只要宁部长和组织部门那边严把考核的关口,我看也没有什么大问题的……”十分显然,陆强在这件事情上是有所保留的,他的意思很明显,就是要宁宇和组织部那边把好用人关,要是这件事情出了问题,他也就可以很轻易地推脱责任了。

这样的态度,显然也不是王明要的。王明说:“陆市长,我必须提醒你,你也是知道的,现阶段的人选基本上就是和氏商号集团上报的人选,宁宇和组织部那边和我们一样,对这些副总经理也是没有实施考察的,这件事情完全是因为我们的推进时间过快造成的,现在也没有时间去实施考察和评估了,你让宁宇和组织部去承担责任,显然是有失公允的。要是你我都这个意见,他们也就不敢办理了。”

陆强市长本来是想推脱责任的,没想到王明书记不依不饶,于是以商量的口吻说:“那么,这样吧,你是什么意见,我支持并坚决执行就是了,这个责任由市委来承担好了。”这个陆市长,还是一样的狡猾,让市委来承担,他陆强也只不过是一个副书记,还不是由他王明来承担吗?

王明知道,与陆强理论下去是没有什么结果的,只要他没有明确说反对就可以了,事情还得办下去。于是他说:“好吧,那么市委就算是通过这个集体决议了,今天就让宁宇同志代表市委市政府宣布这个决定,手续随后办理。”

陆强也只能勉强地说:“好吧,就按你的意见办。”

王明随后又给市委常委、组织部部长转达了他和陆强市长的意见,让部长立即着手这件事情,并让组织部长给宁宇回话,让他在会上代表市委宣布相关决定。组织部长当然得遵照书记和市长的意见办理,指示相关部室落实文件,并立即给宁宇来了电话。

宁宇得到了市委的明确答复,心里面踏实多了,他从容淡定地说:“雪副市长,我看你完全可以做书记和市长了。”

雪雁知道事情十有八九已经得到解决了,但她还是佯装什么也不知道地问:“你什么意思啊?”

宁宇乐呵呵地说:“你刚才的想法和市委书记市长的想法如出一辙呢。”

雪雁的脸上露出了笑容,整张脸显得更富有朝气,一双温和的眼睛更显成熟女人的魅力。她十分轻松地说:“哦,是这样啊,那你还不赶快给人家和韵回话,想必人家此刻正忐忑不安地等待着呢。”宁宇长长地吐了一口气,伸手将车窗打开,张望着窗外鳞次栉比的高楼,回头说:“算了,不是马上就要到报社了吗?到了报社再跟和韵交换意见吧!”他的话音刚落,轿车已经稳稳地停靠在外观宏伟的报业大楼前面了。

60. 红唇、和韵的成长

报业大楼前面早已竖起了横幅，上面写着欢迎市委市政府领导莅临检查工作之类的词句,营造了一派热烈欢庆的氛围。宁宇和雪雁的秘书,还有报业集团的其他领导，以及市人大市政协和其他相关部门的领导也都赶到了这里。很显然,所有的领导都在恭候今天的主角宁宇了。他刚下车,秘书就走到他跟前说:“其他人都到了，你和雪雁副市长到了就可以召开会议。还有,和韵总经理一直在办公室期待你呢,说有很要紧的事情跟你汇报。”

宁宇对秘书说:“你去吧,告诉和韵,我们在会议开始之前有几分钟的时间可以交流。”说完,他快步走到了恭候他的人群中,和市人大的副主任、政协的副主席,还有军分区的负责人一一打招呼。他也看到了满面春风的思明和红唇,两人站在一起,远远地向他招手。

宁宇走上前去问思明:“思社长,看样子你的精神状态不错的嘛。”

思明连忙说:“部长,就等你过来指示呢,你看我们的队伍都到齐了,这一次的改革,我们整个集团都是憋足了劲儿的,只要你一声令下,我们也就该上马了。”

宁宇说:“这一次市委市政府的决心你是清楚的，加上有和氏商号集团做我们的合作伙伴,相信你和红唇一定会旗开得胜的。不,还有和韵,你们可就是铁三角了。”

思明开心地说:“谢谢部长的关心。”他问身边的红唇:“怎么没有看见和韵呢,她怎么还没有出来呢?”

红唇说:“刚才看见她在办公室的,可能还在安排具体的工作吧,要不我去看看。”

此刻,宁宇的秘书过来说:“部长,和韵总经理正等你呢。”

宁宇对思明和红唇说:“哦,对了,你们赶快准备开会吧,我还有一个问题需要跟和韵交换意见。”说完,就随秘书快步进入了和韵的办公室。

和韵的办公室看上去不算宽敞,但是显得干净整洁。和韵坐在宽大的办公桌后,正在翻看一大摞的文件。看见宁宇出现在办公室,她连忙起身,说道:“宁部长,欢迎欢迎。我这个办公室你还是第一次来吧,这里窄了一点,不过好在我的办公室多,在这里的时间也不会是最多的。”和韵是新成立的三家传媒公司的总经理,在三家单位都有独立的办公室。除此之外,她们集团还在龙都酒店设立了宽敞的办公大厅,所以她本人的主要办公场所应该是在龙都酒店的,所以她才这么说。

宁宇说:“嗯,这个办公室是稍显拥挤了一些,可是市里面的情况你是了解的,每个处级干部的办公室也都是按照上面的规定配置的,你也就将就着用吧。怎么样,我们聊正题吧?”

和韵说:“好啊,我就等着你的话呢。你知道的,我还等着给我的顶头上司回话呢。”

宁宇坦率地说:“上一次我当着很多人的面答应过了的,原则上市里面是认可你们提出的意见的。今天我的这个话依旧不改变,一会儿在大会上,我也会代表市委市政府宣布这个决定,你派驻报业集团的副总经理,也是市管干部,他也是报业集团的领导班子成员之一。但是有一个情况必须说清楚,今天只宣布决定,任命文件随后补办,现在的时间太紧迫了,这一点你能理解的吧?”

和韵长长地吐了一口气,开怀地说:“嗯,你带来的这个好消息太令我意外了,我一直担心这会成为我们合作双方的阻碍呢,现在看来,你们的改革决心和力度是非常充分的。只要今天在大会上能宣布,文件什么时候补都是次要的。这件事情太令我高兴了,一会儿我就向集团汇报。”

宁宇又问:“刚才你在电话里说,除了工作之外,不是还有什么事吗?”

和韵歉意地说:“哦,你看我都高兴过头了,还把这件大事给忘到脑后了。是这样的,你妈妈不是很久没有见你了吗?前天我们通了电话,她要求到你工作的地方来看一看,我派人将她接到龙都来了,可能晚上就会到,我已经安排好了住处,别的事情你不用操心,晚上你只要能来看她就好了。”

宁宇完全没料到妈妈被和韵接过来了,他叹了一口气,也不知道该说什么才好。和韵提醒他说:“现在不说这些了,会议马上就要开始了,我们赶快过去吧。”

宁宇与和韵走进会场，会场里面已经挤满了人。报业集团十多个单位的员工都济济一堂汇聚于此，黑压压的人群挤满了整个大礼堂。宁宇瞟了主席台一眼，上面正中间的位置就是为他留着的，他的左右分别是人大的副主任和政府的雪雁副市长，主持会议的自然是宣传部的副部长。宁宇坐到位置上之后，副部长就走过来询问：“部长，是不是可以开始了？”

宁宇说：“好的，开始吧。”

副部长介绍了今天到会的主要领导之后，又介绍了这一次龙都新闻文化产业改革的整体趋势，最后落脚到报业集团。随后他就请出了各位领导讲话，人大副主任、副市长雪雁和政协副主席都先后发表了讲话，主持人最后宣布说：“我们欢迎市委常委、宣传部部长宁宇同志宣布新成立的报业集团主要领导干部组成，并发表重要指示。”会场一阵掌声之后，宁宇开始宣布新报业集团的主要领导成员：“……报业集团董事长、龙都日报社社长、报业集团党委书记思明同志，报业集团副董事长、报业集团党委副书记、龙都日报代理总编辑、报业集团代理总编辑红唇同志，报业集团副董事长、报业集团党委成员、龙都日报总经理、报业集团总经理和韵同志……”介绍完报业集团的主要领导之后，宁宇对新一届领导班子提出了各项要求。他强调说：“龙都市委市政府下大力气推进新闻文化产业改革，现在正式拉开帷幕了，报业集团作为这一次改革的排头兵，一定要抢占历史发展机遇，排除一切负面因素，全力以赴确保改革的顺利进行。大家都知道，这一次报业改革，市委是花了大力气的，从领导班子的建设到资金的筹备，再到科学运作机制的创建，都有一揽子规划，希望新一届领导班子带领广大员工，团结奋进、开拓未来、锐意进取，完成市委市政府交办的改革任务……”

会议的最后一项，是新到任的报业集团董事长、报业集团党委书记、龙都日报社社长思明发言。思明很激动，也很兴奋，他说道：“我代表报业集团新一届领导班子，在这里向领导和员工们立下军令状……”他的慷慨陈词，意气风发，都可看出他的改革决心。宁宇等市领导都频频点头，报业集团的员工们内心也都充满了期望。

散会后，宁宇到了红唇的办公室。红唇说：“你把我放到了这样关键的位置，难道你就不担心我不能胜任吗？”

宁宇乐观地说:“从你自信的面容我就知道,你是最合适的人选,怎么可能不胜任呢?”

红唇说:“你也太高估我了,你不知道啊,龙都报业集团虽然成立了,可内部问题还是相当严峻的,集团下属十三个法人单位,其中有八个都是亏损单位,思明社长多次找我商议处理的办法,我们现在也还没有完全成型的基本方案呢。”

宁宇说:“每一个单位都不会平静的,越是有困难,才越能够激发大家的创造性,我相信你们的新班子,一定会找到解决的新方案的。现在你们的班子算是配置齐全了,有什么问题和韵也会献计出力的,事关经济建设,和韵也应该有一套她的基本思路。”

红唇说:“嗯,这倒是。我和和韵简单交流了,她确实早就有一套思路。她提出的第一个策略就是精兵简政计划,把那些臃肿的机构全部合并或者取缔,兼并到新组建的各个部门里面去。我不知道她和思明社长商议过没有,我觉得现阶段她的思路是唯一具有可操作性的思路……”听红唇这样介绍,宁宇脸上露出了欣慰的笑容,心里想:现在的和韵简直今非昔比了,就连一向清高的红唇也对她充满了赞赏之情。看来,报业集团的这个班子算是搭配完备了,也许过不了多久,报业集团这艘龙都传媒界的航母,就该劈波斩浪地闯荡大洋了。

61. 美人揪心让人愁

宁宇知晓妈妈要到龙都来,心里总觉得是一件事儿。他的这副神态,很快就让善于观察的雪雁看出来了。在赶往广电影视集团的干部任命大会途中,雪雁问:“你心里有什么事儿吧?我看你的神色不对呀?”

宁宇瞥了她一眼说:“怎么不对啦?”

雪雁说:“与平时不一样啊。按理说,眼看几个集团的事情就快定下来了,你的内心应该是兴奋加激动,可我看你的脸色既不激动也不恼怒,这很不正常啊,这样的淡定不是你的年纪能够做到的啊,所以我断定你心中有事呢。”

宁宇摇摇头，无奈地说："你怎么什么都知道啊，看来你这个姐姐就是与别人不一样哦，老实说了吧，我妈今晚要到龙都来看我。是和韵帮我接来的，我现在还在想这件事呢。"

"哦，老人家要来？"雪雁显然有几分兴奋。

"是啊，刚才和韵才告诉我的。"宁宇说。

"难怪啊，不过，这是好事啊，我可是早就期待着见见老人家呢，只是没想到她这么快就到了。怎么安排的，要不，我提前去迎她老人家？"雪雁关切地说，好像来的不是宁宇的妈，而是她的什么亲人似的。

宁宇说："算了，和韵她会安排好的。"

雪雁以前并不知道宁宇与和韵是什么关系，也没有看出他与和韵之间存在什么感情上的瓜葛。倒是知道他与娜娜和红唇之间的某些事情，现在突然看见宁宇与和韵竟然这样和谐，或者说是这样默契，心中陡然平添一丝醋意，便出口问道："我能问你一个问题吗？"

宁宇挥挥手说道："算了，我知道你想问什么，你最好别问，这件事是无法解释清楚的。这里也不是解释的地方，更没有解释的时间。等以后吧，以后你就会明白的。"

果然，两人说话间，轿车已经停靠在了广电影视集团的大门口了。广电集团的原班领导和新近提拔的陆草儿等已经恭候在车外面了。推开车门，广电影视集团的党委书记就迎上来说："宁部长，雪副市长，欢迎你们到广电检查指导工作。"

宁宇在和陆草儿握手的时候，他感觉到了她的激动，她握住他的双手都有些微微的颤抖。宁宇说："陆团长，你还好吧？"

陆草儿说："很好啊，就等着这轮改革呢。"

宁宇说："可以看得出来，你是做好精神上的准备了。"

陆草儿说："行动上的也准备好了，只要领导一声令下，我们一定按照领导们的意图执行。"很显然，陆草儿对他还有几分陌生，还带有几分神秘的敬畏，所以说话总是显得有些紧张。宁宇留意到了她今天的装扮，一身简约的白色西服，内着红色衬衣，看上去既热情，又不失中年女性的柔媚，恰到好处地体现出了属于她独有的风采。即使是在美女如云的广电影视集团，她的气质和特征依然是独特的。那天省委书记点她的将，宁宇是在场的，省委书记在与她交流的时候,她的气质就特别的美。她的这种美,还不是那种写字楼里面的娇嫩,而是来自一线的那种特别具有力量感的阳光之美。今天的她,虽然激动与羞涩,但是她的气度还是充分显露出来了。

宁宇最后对她说:“我期待着你的好消息。”陆草儿重重地点头,算是结束的姿势。

钟露伸出她细柔而富有弹性的手,一边握住宁宇的手,一边笑吟吟地说:“宁部长,我可期待与你一起拍一台大戏呢。”与陆草儿相比,钟露显然更具有大家闺秀的气度,也许是因为她在广电局副局长的位置上待了三年的缘故。

宁宇笑着说:“好啊,什么样的大戏啊?”

钟露说:“现在我们广电影视集团在您的张罗下已经鸟枪换大炮了,过去我们是苦于没有资金的投入,先后投资拍摄的电视剧都胎死腹中了。老实说,很多本子是相当不错的。现在您把和氏商号集团这个商业巨无霸整合了过来,我们也就可以放开手脚大干一把了。到时候啊,我们搞一个反映龙都创业的本子,您和我都可以到这部戏里面露露脸,您甚至都可以作为我们龙都形象大使的面孔出现。我现在充满了信心呢,您刚才和陆副局长的对话,我也听到了,陆副局长手下的演员班底是现成的,她的态度又是那么坚决,您说我的这个要求也不算是一个要求吧?”宁宇还没有说话,活跃的钟露又看见了身边的和韵,又说道:“不,我还说得不全面,我们背后还有和韵总经理掌舵呢?只要她给我们足够的资金支持,这就更没有问题了。”可以看出,钟露这样见惯了大场面的女子,随便在什么地方都能面面俱到。

宁宇笑笑,和韵也笑笑。宁宇说:“你的想法很正确啊,我们的广电影视集团就是需要高起点的大制作。我这形象不上镜的,到时候我想我们的和韵总经理会有兴趣的。”三个人都哈哈地笑了。

和韵和宁宇仅仅是礼节性地握握手,和韵笑声说道:“老人家晚上六点半才到,你有充裕的时间。”

宁宇点点头,说道:“辛苦你了。”

就是那一句简短的话,让宁宇的心里踏实了许多。他早就算过时间,就是开完网络新闻集团的任命大会,也不会到晚上六点半的。开完会后,要是还有时间的话,他也许会与和韵一起去见老妈。

广电影视集团与报业集团有很大的差异,集团的主要领导,从党委书记到总工程师基本上都是原班人马，现在改革之后，就是在原来的领导班子之中增加了总经理和韵和副局长陆草儿。所以调整的格局就没有报业集团那样深入，会议自然也就没有报业集团那么长的时间。

会议的程序完了之后，集团的领导班子成员就召开了第一次简要的会议。会议实际上也是礼节性的，还特别邀请了宁宇、雪雁、人大副主任和随行的政协副主席一起参加。会议的议程也十分简单，党委书记、局长兼经营公司董事长致欢迎辞，和韵和陆草儿分别做了表态性的发言，最后是宁宇代表市几大班子做工作指示。

也许是因为宁宇内心没有顾忌，所以讲话的语气和力度也就随之改变了。坐在身边的雪雁与和韵两个女人看见他这样的变化，内心也都踏实了不少。

会议的间隙，宁宇意外地接到了红唇的电话。红唇说："宁部长，我代表龙都报业集团领导班子对你提出一个请求。"她的语气让宁宇吃不准，心里还琢磨说报业集团是不是出现了什么新情况。又听见红唇说："今天我们龙都报业集团正式挂牌了，报业集团的干部和员工情绪特别高涨，经过报业集团领导们的商议，今晚我们集团全体聚餐，算是集团誓师大会的后续。我受集团党委的委托，特地邀请你和雪雁等市领导莅临我们的誓师大会现场，为我们集团的改革加油鼓劲……"什么请求，说直白一点就是让领导们也去参加聚餐，当然，也有给员工们加油鼓劲儿的含义。今天这个时候，宁宇当然很矛盾，妈妈从外地来龙都，再怎样也得陪她吃一顿晚饭吧？再有，要是广电影视集团和网络新闻集团今晚也这样呢？那不是无法应酬了吗？去一家不去另一家不就成了厚此薄彼了吗？其实，宁宇也明白红唇的意思，按理说，这个邀请应该是思明提出来的，但是思明却让红唇来说这个话，这里面不就是一个信号吗？一方面红唇觉得她能够请得动他，他应该支持和帮助她的工作，尤其是现在这个开场之际。另一方面，思明是在试探他对报业集团的支持程度，倘若让红唇邀请他都不出席的话，那就说明他对报业集团的改革根本就不重视。细细一想，这里面的道道深着呢，他只能含糊其辞地说："红总编，你等一会儿，我现在还在开会，一会儿我给你回过来好吗？"他的脸色又发生了变化，雪雁和和韵同时看在眼里，也都为宁宇担心呢。

62. 假恋人见证真义女

网络新闻集团的格局更为简单了，过去宣传部派驻的管理人员因为年纪大，全部撤回部里面另行安排工作。集团的领导是全新的团队，董事长人选暂缺，总编辑由娜娜代理，总经理就是和韵。

宣布完这个决定后，宁宇才知道，三个集团今天都要聚餐，都美其名曰为改革加油鼓劲。娜娜是这样对他说的："宁部长，你也看到了，我们三个新成立的集团，就数我们集团的领导实力最单薄，我现在深感压力巨大，虽然有和韵总经理在此抓经营工作，可是我的心里还是没有底啊。所以，今晚我们集团大聚会，你务必得到场给我们广大员工加油鼓劲，我想这个你是不会拒绝的吧？"

还没等宁宇回答，一边的雪雁就走了过来。她一直都观察着宁宇的反应，她更清楚此刻宁宇的为难。她上前来说："对不起，娜娜总编，我有几句话要对宁部长说。"

娜娜知趣地离开了，宁宇问："什么事？很重要吗？"

雪雁说："根本就没事，我这不是在帮你想办法吗？其实你不知道，我们随行的市领导全部都接到了三家集团的邀请了，大家也都感到为难呢，去哪一家都比较为难，哪个领导愿意厚此薄彼呢？"

宁宇问道："这么说来，你是有妙招了？"

雪雁说："不管什么招，不都得要招儿吗？其他的事我可以不闻不问，不是老人家已经快到龙都了吗？我和你现在还有点时间，我们一起去接老人家吧？先把她安顿好，让她休息休息，随后我们忙活这一摊子事，最后还不得陪老人家吃一顿饭吗？"

宁宇疑惑地说："你说得倒是轻松，到底怎么处理你不是还没有说吗？"

雪雁说："刚才和韵有一个好主意，到每一个集团聚餐的地点敬一杯酒，然后就撤退。"

宁宇想了想，也只能这样了。随后叫来娜娜，对她说："你放心，我们所有的市领导都参加。"

娜娜开心地说："好，这就是对我们工作的最大支持。"

宁宇又打电话给红唇和钟露，告知她们同样的内容。安排好了这一切，宁宇才对身边的和韵说："嗯，现在公务算是忙完了，就听你的安排了，我到现在为止还没有给我妈一个电话呢，她到了什么位置了啊？"

和韵说："快进入市区了，你放心吧，接待工作已经落实好了，就住龙都酒店，一会儿我们就可以去见她老人家了。"

宁宇迟疑了一下，问道："这样安排合适吗？"

和韵说："你想的我也想过了，你过来一下……"因为有雪雁在身边，和韵只得将宁宇请到一边细说，这里面的事情也只有他们两人知晓啊，更何况和韵并不知道宁宇已经将雪雁认为干姐姐的事。

和韵觉得，老太太现在依旧认为他俩是恋人，所以这一次同样不可能有时间和精力来揭开这个谎言。将老太太安排在龙都酒店，是出于好照顾，也便于宁宇的出入。和韵也安排好了，就把她的房间整理一下，假扮成她和宁宇共住的房间就可以了。

宁宇想了想，觉得这个主意也可以，毕竟老太太住到他房间里还需要人去照顾，现阶段他工作上太忙了，不可能抽时间照顾老人家的。和韵就不同，她完全可以抽出时间来逗老人家开心，也只能委托和韵了。可是，现在又冒出来了一个干姐姐雪雁，她会怎么想呢？他和和韵之间的事，不还得让雪雁明白吗？这简直太要命了，他一时也没有主意。

和韵问道："你到底什么意思啊，你觉得这个主意不好是吧？那么你出一个主意吧？我没有任何意见。"

宁宇左右为难地说："你的主意很好啊，只是……"

和韵说："你快说呀，一会儿都没有时间了。"

宁宇说："有一个事我得告诉你，雪雁现在是我的干姐姐呢，她不也要去迎候老人家吗？你看我们的事？"

和韵笑笑说："这事好办啊，要不就是你们两人去好了，我回避不就是了吗？但是我得提醒你，即便是不给雪雁做解释，未必老人家就不提及我们的事。"

宁宇皱皱眉头，真不知道该如何解释了。没想到这时雪雁走到他们跟前说："你们不要隐瞒什么了，一会儿也都没有时间了，你们之间不就是青春年少的孤男寡女吗？除了男女之事，还有什么事能有这样左右为难的呢？姐是过来人，男人和女人那一点事儿我能不理解吗？不管你们之间有什么，我都能理解的，快走吧，接老人家要紧。”

雪雁都把话说到这个份上了，两个人也觉得没有什么需要保留的了，于是索性把他们俩假扮恋人的事一股脑儿说了出来。雪雁内心虽然有几分醋意，但是嘴上却说：“哦，原来是这样啊。这我怎么不能理解啊。我理解和韵姑娘对我弟弟的关照，也为我弟弟的孝心感动呢。你们放心，我一定把这件事情熟记于心，不会让此事露出半点破绽。”

和韵和宁宇几乎是同时说：“谢谢你。”

雪雁乐呵呵地拉住宁宇的手，说：“和韵姑娘的谢意我接受，弟弟的谢意就免了，现在我们才是一家人呢，走吧。”和韵虽然豁达，但是她看见宁宇和雪雁之间这样亲密无间，内心不可能宁静如水。

半路上，宁宇给妈妈去了电话：“妈，你到了吧？我这就过来看你。”

只听见妈妈说：“没事的，和韵都已经安排好了，一会儿就将我接到你们住的地方了，你忙你的吧，和韵来看看我就行了。”

宁宇和雪雁、和韵是坐在一辆车上的，宁宇说：“不不，我和和韵一起过来。对了，妈妈，我还得告诉你一个好消息。”

妈妈问道：“什么好消息，莫不是你们要成婚了？这可是我和你爸盼望已久的事了……”

宁宇说：“妈，不是这件事，是你又多了一个女儿，我认了一个非常好的姐姐，现在也和我们一起过来看你呢。”

妈妈说：“你这孩子，又多一个姐姐，怎么不提前跟我说一声啊？妈妈可没有准备礼物啊！”

宁宇说：“这个姐姐是龙都市的副市长，叫雪雁。”

妈妈并没有老糊涂，回应说：“知道了，不就是雪雁副市长嘛，我叫雪雁丫头吧！”一边的雪雁已经听见老太太的话了，心里琢磨着老太太的模样呢。

宁宇他们赶到龙都酒店时，老太太已经被安置进了宽敞的房间。见到和韵，老太太那个亲热呀，只听见老太太说：“和韵啊，我看你这段时间又瘦了不少啊，是不是我家宁宇折腾的，要不要我修理修理他？”

和韵当着雪雁的面，羞涩地说：“妈，这不关他的事，是我自己想减肥的。”

老太太却说：“姑娘，听妈妈的，减什么肥呀，要减也得等到生完孩子之后。”

和韵更是手脚无措，反倒雪雁大大方方地解围说：“妈，您这样说，和韵妹妹害羞呢。”

老人家这才将目光转移到了雪雁身上，她仔细打量了这个女子，然后说：“哎呀，我儿子还真有眼光啊，找回来这样一个漂亮的市长姐姐。过来，丫头，让我老太婆看看。”

雪雁走过去，依偎在老人身边，老人啧啧地赞叹道：“丫头多美啊，看见你呀，我就想起了三十多年前的我啊……也想起了我女儿了……”

老人家似乎也与宁宇一样，在雪雁身上寻找到了早夭女儿的影子，也勾起了她深藏内心的痛楚，只不过，她没有在表情上流露出来。

而雪雁也仔细审视着面前的老太太。虽然她已经是花甲之年，但是依稀可见她当年的神韵，当年她一定是一位风姿卓越的大美人。要不是她这样漂亮的妈妈，哪里可能有现在风流倜傥的宁宇呢？从宁宇的眼眉之间，都能找到妈妈年轻时候的神采。也不知道为何，她看见这位老太太，就能感受到一种别样的温暖，也许这就是人们常说的那种奇缘。她甜甜地叫了一声“妈”，把个老太太乐得不能自已了，她很自然地拉住了她柔嫩的手，关切地问道：“女儿，坐到妈的身边来……”俨然一对失散多年的母女一般，这一幕，让宁宇感动，也让和韵嫉妒。

63. 两美女为男人暗自较劲

老太太与雪雁家长里短完之后，随手将她戴的玉佩摘下来，十分郑重其事地说：“丫头，既然你是我的干女儿，干妈也没有什么准备，这个小物件就算是见面礼吧。”

雪雁哪里会想到老太太还这样认真啊，一边推辞说：“使不得，使不得，我怎么能接受您这么贵重的礼物呢？”

老太太说：“闺女，今后你就是我的女儿了，我还指望着你帮助你弟弟宁宇呢，拿着吧，这是妈的一点心意。”

宁宇也帮腔说：“就是啊，你就拿着吧。”

雪雁扫了和韵一眼，有几分激动地说：“谢谢妈妈。”

老太太说:“这丫头，你还这样客气啊，以后咱们几个就是一家人了……”这话里面,当然也包含了一边没有言辞的和韵。随后老太太又说:“和韵啊,你和宁宇的房间在哪里啊？离这里远吗？我得去看看。”

和韵连忙说:“不远不远,就在这一层楼的八零八房间就是。”

老太太说:“那还等什么啊,让我过去看一看吧？”这回轮到雪雁难堪了,她对宁宇与和韵说:“你们带妈去看吧,我就在这里等你们吧！”

没想到老太太却说:“闺女,难道你不愿意陪我老太太去呀？”

和韵连忙说:“就是,雪雁姐,走吧,没什么的。”

雪雁为难地看了宁宇一眼，也只得不自在地跟在几个人的身后去了和韵的房间。

和韵的房间显然是极尽奢华的,简直就是五星级的套房。里面的电器全部都是超一流的顶级产品,宽敞的大床、雪亮的卫生间、雅致的接待室,无一不透露出王者般的贵气与奢华。里面还有现代化的办公设施,甚至还有两名态度谦卑的男女秘书。这一切,显然是老人家事前没有想到的,她还以为宁宇与和韵也是临时到的龙都,住的也是临时的寓所,哪里知晓媳妇和韵竟然有这般的豪华气派。她感叹地说:“我说宁宇、和韵啊,你们这里的住处比你们在省城的别墅还要奢华啊,这样下去不是花费很大吗？”言谈之间,她对此有些担心。

宁宇自然不知道该如何回应,只见和韵坦然地笑笑说:“妈,你可能不知道,我们住的房间是政府临时配给宁宇住的,可能过一段时间,政府把房子找好了,我们还得搬出去呢。”和韵说这样的话,竟然脸不红心不跳,宁宇充满了感激,一边的雪雁却暗自酸溜溜的。

老太太听了和韵的话,转身就问雪雁:“丫头,你是政府的副市长,你们什么时候让宁宇搬走啊？这样的房间,我看还是越快搬走越好。”

雪雁一愣，还是跟着和韵的话说道:“很快了，政府办公室早就在办理了,你就放心吧。”

本来老太太是想在宁宇的房间逗留的，没想到儿子的房间竟然这样豪华,她很不习惯这样的场所,于是说:“好了,我还是回到我住的房间吧。”

回到她的房间,宁宇说:“妈,我们三个人现在都还有点事,可能需要一个多小时,一会儿我们就回来陪您老人家吃饭,您看如何啊？”

老人家本来就是个知书达理的人，见儿子这样说，也就爽快地说："你们还要开会是吧？"

宁宇只能说："是的，不过会很快。"

老人家说："你们去吧，不要管我，我在这里等你们就是了。"

走出宾馆，宁宇长长地吐了一口气，说道："谢谢你和韵。"

雪雁也说："谢谢。"

和韵说："你们俩长期这样，我可受不了啊，什么谢谢啊，不就是哄老太太开心的事吗？我想换了娜娜、红唇她们，哪一个不都会这样做呢？"

雪雁一愣，几个人上了车。宁宇才把当年和韵、红唇还有娜娜去他家的事情一一道来。雪雁笑得前仰后合，但是她的心里还是对和韵充满了醋意。她听完宁宇与和韵的叙述之后，问道："你们准备隐瞒到什么时候呢？难道一直隐瞒下去吗？这样下去累不累啊？"

和韵说："我倒没什么的，这样也好，让我体会一种母爱的温暖。"

雪雁不解地说："和总，你这话我就听不大懂了，你妈妈这样年轻美丽，还这样有亲和力，难道你也缺乏母爱不成？"

和韵有点低沉地说："你算是说对了。在常人看来，我生在富庶的家庭，家里有爸爸有妈妈，生活中什么都不会缺，应该是十分幸福了。可是，你们怎么可能理解我的孤独呢？老实说，我从来都没有享受过母爱，妈妈几乎从来都没有抱过我，我小时候就是在保姆的照顾下长大的，我甚至都怀疑我是不是我爸妈亲生的孩子。小时候最大的梦想就是能尝尝妈妈亲手做的饭菜，可是，那是一直都没有实现的奢望。有时候，我真想生一场大病，好让爸爸妈妈来医院看看我，陪我玩玩游戏。但是，我每周都要在保姆的护卫下检查身体，从来也没有走进医院躺上病床的机会。再后来，我希望爸爸妈妈能陪我上街去买礼物，可是每一次我说出这种想法之后，身边的保姆就会拿出大堆的钞票，让我想买什么就买什么，后来我对这一切都失去兴趣了……再后来，我去了宁宇的家之后，突然觉得他的家十分美好，有爸爸妈妈呵护与关心，有爸爸妈妈泡制的腌菜，还有爸爸妈妈的叮嘱与问候，所以，我很享受这一切，真的……"她的这些话，让雪雁瞠目结舌，原来和韵的内心也有这样多的缺失。

雪雁问道："那么，你是打算一直这样下去？现实总是现实啊！"

和韵说："呵呵，很简单，能这样下去一天我就享受一天。我跟宁宇说了，只要他有了真正的女友，我就退出。”

宁宇无奈地笑笑。

雪雁冲宁宇说：“你还笑啊，你不觉得你这样很自私很自私吗？这样对人家和总简直就是不公平。”

和韵连忙说：“不不不，这不关他的事，确实是我自愿的。”雪雁的内心也是异常复杂的，她对宁宇的情感尤其如此。就像那些心理学家说的那样，情感其实是没有明显的界线的，尤其是男女之间的友情和爱情。

正当几个人还在凝重地谈话时，轿车已经到了报业集团员工聚餐的地点了，思明和红唇等集团领导已经在大门口恭候着他们了。

宁宇在晚宴上代表市委讲了话，雪雁也代表市政府提出了简要的要求。一番祝酒，几个人就在红唇留恋的目光之中消失了。

一连走完了三个集团的酒桌，宁宇突然有些晕眩，甚至想吐。雪雁和和韵都拿出了纸巾，几乎是同时递到了他的手里，他感激地说：“谢谢，不用了，一会儿就好。”

雪雁怜爱地说：“你也是的，光知道喝酒，就不能吃几口菜吗？今后可不能这样了，你的身体这样下去可不好啊。”

和韵却说：“你要陪老人家的心情可以理解，可是你也不能这样糟践你的身体啊，雪雁姐的话你记住了没？”

两个女人内心都有数，只有心中深爱着他的女人，才会说出这样贴心的话。

回到老太太住的酒店，老太太提出了一个要求，她不愿在酒店里用餐，想找一个干净的小饭馆吃特色菜。老太太本身住在一个小县城，还不习惯在大场面中活动，这一点宁宇是非常理解的。和韵本来想劝劝老人家，就在酒店算了，可是看见宁宇和雪雁没有表态，也就没有吱声。

宁宇说：“妈，我可不知道哪里有好吃的特色菜哦。”和韵与宁宇无异，她是刚从省城到龙都的，根本就还没有融入龙都的市井生活，更别提知晓特色小菜馆了。这恰恰是雪雁的强项，雪雁本来就有一个小九九，她看出老人家其实很不喜欢住酒店，更不喜欢那种高消费的场合，正想找借口把她接到她家去呢，这可是一个难得的机会啊，于是她说：“妈，你放心，我知道，我带你去如何？”

宁宇看了雪雁一眼，问道：“你真的能找到？”

雪雁说："你就放心吧，我带妈去吃龙都新鲜的石头宴，保准老人家会开心的。"

老人家又补充道："讲排场和昂贵的地方我不去啊！"

雪雁甜蜜蜜地说："妈，您放心吧，绝对能满足您的要求。"和韵知道此刻挽留也无济于事，只有随雪雁他们出了门。

64. 雪雁将和韵推进男人的房间

几个人再一次上车，雪雁想到了离她家最近的一家石头餐厅。里面的菜肴都是与石头有关的，也就是上一次章局长带红唇她们去吃过的那一家，只不过他们当时去的是总店，而雪雁家门口的那一家是分店。

上车之后，雪雁就变得格外活跃起来。她早就盘算好了，老太太在龙都期间，她一定要给她留下一个好印象。当然，这不仅仅是因为和韵是宁宇的假恋人。她对老太太说："妈，这家特色餐馆就在我家附近，用完餐之后可以到我家去一趟吗？"

"哦，好啊。"老太太心情很不错。

宁宇其实很不愿意今晚去雪雁家，他在雪雁家住的事和韵还不知道呢，这又得有一番解释，这样下来，他真的就里外不是人了。虽然和韵是一个理性大度的人，但她毕竟也是一个女人，而且还是对他颇有好感的女人。要是她错误地认为他与雪雁之间有那种说不清楚的关系，他不是跳到黄河也说不清了吗？没想到此刻雪雁却无所顾忌地说："我家很安静的，也有你和宁宇单独的房间，宁宇已经进去住过了，我想你也会喜欢的。"

她的话音刚落，惊奇的自然不是老太太，而是身边的和韵。她还是忍不住看了宁宇一眼，心里想：没看出来，你这个男人还果真是老嫩通吃的男人啊！在她面前掩饰得这样严谨，怎么会在别的女人那儿放浪形骸呢？莫不是我和韵缺乏吸引力？可是也没有看出来雪雁身上有多少地方超越我的啊？由此，和韵还想到了很多。甚至想起了当年宁宇与她妈妈交往时的往事，那个时候妈妈与宁宇还是初次见面的朋友，但是他们就有那种一见如故的感觉，后来妈妈还带他去城郊兜风了的，真不知道当年他与妈妈之间是否也有过那种若即若离的暧昧。后来妈妈在省城也经常与他有交往的,就是宁宇做了报社的主任和编委之后,妈妈也还经常单独与他约会。她弄不明白,这宁宇真的喜欢老女人,还是有割舍不断的恋母情结?

此刻的宁宇,当然明白和韵的眼神里包含了什么,可是当着妈妈的面,他能有解释的机会吗?幸好妈妈和雪雁单独坐的一排，他与和韵坐在最后面。他紧贴着和韵的耳朵,压低了声音说:“一会儿再给你解释。”

和韵没有回应,只是在心里想:这个男人真的变了,怎么处处都是秘密啊?

也不管后面的宁宇与和韵有什么感受,雪雁仿佛就是挑衅一般,继续说着她想说的话:“妈,你知道吗?我弟弟可喜欢我的那个家了。因为这房子在邻近市郊的地方,绿化简直堪称完美,所以既静谧也清爽,更主要的是那里的空气比市中心的要干净很多,晚上睡觉的时候就能感觉得到,即便是睡得再晚,第二天起床人也是格外的清醒。”一边说,她还一边回头对宁宇说:“你说是不是,弟弟?”

宁宇只能为难地说:“嗯,确实如此。”

雪雁又说:“妈,我弟弟去我家住了之后,也喜欢上那个地方了,身体也好了不少呢!”只有宁宇知道雪雁的潜台词,她一定想到了他遗精的事,所以才说出了这样的话。

老太太可不知道宁宇与雪雁究竟是什么关系，在她的心目中和韵和宁宇始终是在一起的。于是问道:“这样说来,和韵也到过你家是不是?和韵,你觉得你姐的家如何啊?”

宁宇抢先说:“很好,很好,她也这样认为的。”

很显然,老太太这一问,让雪雁与和韵都没有料到,和韵连忙说:“嗯,确实很不错,很不错的。”

老太太说:“既然你们大家都这样认为,我一会儿就真得去一趟了。”

雪雁讨好地说:“不光是去看,最好在那里住下来,那里有您的专门房间呢。”

老太太说:“好啊，我就是最不喜欢住酒店和宾馆，总觉得那是别人的家,另外总会觉得那里面的东西虽然豪华,可什么都是脏的。”

雪雁说:“要是这样,你就住我家好了。”她的话,让后排的宁宇与和韵咋舌。

这家石头餐厅确实很有特色,所有的菜肴几乎都和石头有关,就连炒饭都是用石头锅翻炒的,让人觉得既新奇又美味。其他的菜肴也都是连带石头烹制的,让人看得眼花缭乱。老太太一直都在啧啧赞叹,用完餐,老太太提议说要去雪雁的住处。

一刻钟不到,就到了雪雁家的楼下。不想老太太硬是拉着和韵问:“在几楼啊?”

和韵只得说:“哎呀,我还真的忘了啊。宁宇,是在几楼啊?”

宁宇说:“六楼啊,你也太健忘了吧?”

雪雁也暗自笑了。

进入房间,雪雁带着老太太参观。老太太对雪雁的房间格外满意,一直赞叹说:“嗯,不错,很不错,我愿意住这里不愿意住酒店。”

雪雁马上就说:“好啊,那么今晚就住这里吧?”说完之后,她陡然之间有几分后悔了,她这套房子只有三个房间啊,要是这样,宁宇与和韵不是得住在一起了吗?本来她就对和韵有几分醋意,自己这样做,不是把和韵往宁宇的怀里推吗?宁宇睡梦之中遗精,恰好说明他正处在饥渴状态,这样一对孤男寡女住在一个房间里,还不得干柴烈火了呀?从内心来说,她在睡梦之中不知道多少次渴慕着宁宇了,眼睁睁看着时机就快成熟了,不管宁宇叫她姐姐还是阿姨,男女之间的那种潜在本能不是还在吗?只要宁宇能在某一夜将她拥入怀抱,她也就今生无憾了。所以,她说出这话,立刻后悔了。

可是老太太却当真了,进门看看宁宇曾经住过的房间后说:“嗯,你们俩住这里比住宾馆干净多了。好了,今晚就听你雪雁姐姐的,就住这里了。”

和韵为难地看了宁宇一眼,宁宇又为难地看了雪雁一眼。可事实是老人家已经打定主意了,她怎么可能将老人家赶走呢?于是只得说:“我知道和韵妹妹不太习惯这里,不过,今天不是情况特殊吗?也就委屈一晚好了。”

老太太回头问和韵:“怎么,你不习惯在这里吗?”

和韵只得违心地说:“没有啊,既然妈住这里,我当然住这里了。没事的,雪雁姐姐是担心我呢。”

每个人都各怀心事,这个夜晚怎么可能平静得了呢。最忐忑不安的自然是雪雁了,她从老太太的房间出来之后,一个人在洗衣机前矗立了很久,想起洗衣机里面的还有宁宇遗精的内衣,心里更为复杂。她暗自琢磨,就这样让宁宇与和韵住在一个房间里,这不是害了宁宇吗?自己也受不了这样的煎熬啊。正在此刻,宁宇将房门打开了,看见她一个人孤独地矗立在洗衣机前,神情有些失魂落魄。宁宇内心突然觉得自己很不地道,于是走出来问道:“你怎么啦?”

雪雁苦笑着说:“没什么的,我在想自己的工作呢!”她的借口当然不可能瞒得过宁宇,他说:“你有什么想法就说出来吧,你要是这样子,我也就不住这里了。”这倒是雪雁愿意接受的,可是他要是走了,老太太会接受吗?于是她叹了一口气说:“我很为难的,老人家愿意住这里是好事,可是这又给你与和韵出了个大难题,你看这样行吗?”

宁宇关切地说:“你说。”

雪雁说:“实在不行,就我与和韵住一间房吧,让和韵到我的房间住。”

宁宇还没有来得及回答,就看见老太太出来了。她对宁宇说:“你们两兄妹在干吗呀?人家和韵可要休息了,你们的话还是留到明天再说吧。这是在雪雁家,你们可不能让和韵感到孤独。刚才我就看出来了,她还不习惯住这里的,宁宇,你还不去陪陪她。丫头,你要是睡不着的话,过来我们娘俩聊天吧,让他们小两口说他们的私房话吧。”老太太的出现,无疑又将雪雁刚才的主意粉碎了,注定了,今夜她将接受意想不到的煎熬。

65. 提前爬上曼妙的婚床

面对老太太的召唤,雪雁只得佯装开心地跟着老太太进了屋。客厅里留下宁宇孤独的一个人,事实上,和韵怎么可能不知道此刻的尴尬呢?就在宁宇与雪雁在客厅里唠叨的时候,她就站在门口,聆听他们两人的对话。不想两个人的谈话还没有一个结果,老人家就出来了。平心而论,和韵对宁宇说不上有绝对的迷恋,但是她在与他的交往之中,渐渐接受了这个男人,而且随着时间的积淀,她越来越觉得这个男人是可以依附的。她甚至都想到了另外一层,倘若宁宇能与她结婚之后再离婚,她也无憾。抱定了这样的复杂心态,她的内心对雪雁就有了几分抱怨。

雪雁被老太太叫到房间里去了,宁宇回到和韵身边,很勉强地笑笑说:

“让你太为难了吧？”

和韵半开玩笑地说：“我为难什么，不就是提前入洞房吗？我还巴不得呢，嘻嘻。”

宁宇说：“别开玩笑了，我是真心地感谢你的。”

和韵说：“你看我像开玩笑的样子吗？我能扮演今天这个角色，是我的荣耀啊！想当初你和红唇还有娜娜打得那么火热，可是去了你们家之后，老太太偏偏看上我了，要是红唇和娜娜知晓这层内幕，她们还不得把我撕碎了啊？”

宁宇说：“你真会开玩笑。”他怎么会不明白和韵的意思呢。他现在不是省城那个普通记者了，他对自己的未来和前途都必须负责。所以，尽管他对面前的女子也是很有好感的，但是他必须控制自己。

今晚无论如何是不可能离开这里了，和韵干脆脱去了外套，显露出风韵美感的身材，她爬上床去，打开了随身携带的电脑，一边对宁宇说：“你也上来吧，我们河水不犯井水就是了，要是让你妈过来看见我们都和衣而睡，还不得审问你呀？”随后她又问：“喂，有一个问题，我可以问你吗？”

宁宇能有什么办法呢，也缓慢地将身上的外套脱了，小心翼翼地坐到床上，一边对和韵说：“你问吧。”

和韵说：“你到这里住过很多次了吗？”

宁宇说：“怎么问这个问题？”

和韵说：“你是撒不来谎的，你的眼神早就告诉我了，你确实在这里住过。你一定不会跟我说是为了哄你妈妈开心的吧？还有，刚才进门的那一瞬间，你眼神中流露出对这里很熟悉……”宁宇不得不承认，这个貌似粗枝大叶的丫头，其实也是心细如发的，就连他进门时的神态也观察得这样仔细。他笑笑说：“怎么，你对这个很感兴趣吗？”

和韵说：“你说呢？”

宁宇问：“你想知道什么？孤男寡女发生的故事？”

和韵却说：“当然。不过，我最感兴趣的还不是这个。”

宁宇问：“那是什么？”

和韵说：“你是不是有恋母情结？”

宁宇问：“怎么讲？”

和韵说：“你总是对中年女人充满了好奇，而且你很愿意和她们交往，比如你和笑笑、雪雁，当然还有我的妈妈和夫人，你与她们都能谈笑风生，你与她们交往是不是很快乐？还是更自然？”

宁宇一愣。

和韵又说：“相反，你对我们这些妙龄女子却有几分淡然，嘻嘻，真搞不懂你这个男人啊。”她一边说，一边把电脑放到了一侧，将身上的内衣也脱了，就剩下了胸衣和短裤，这让宁宇陡生一丝忧虑。和韵还说：“我知道我是安全的，因为你对年轻的女人没有兴趣……”他的话，让宁宇的脸红了。

和韵躺了下去，对宁宇说：“你玩玩电脑吧，我想你可能不想这样早就睡的。”

宁宇尴尬地将电脑拿到手上，不想和韵却借机滚到了他的身边，有意识地触碰他的下体。宁宇能感知到和韵鼓胀的胸部、滚圆的臀部都在蠢蠢欲动……只听见和韵梦呓般地说：“你这人也真怪啊，你的下体怎么还是膨胀了呢？”

在另外一间房子里的雪雁，虽然嘴上一直在与老太太交流，可内心就像猫抓一样，想象着此刻的和韵与宁宇究竟在干什么。她实在受不了煎熬了，也就对老太太说：“妈，您坐了这么长时间的车，也该累了吧，您就早点休息吧？”然后逃也似的走出了房间，还主动将房间的门带上了。她蹑手蹑脚地走到了宁宇与和韵住的房间面前，站立了良久也没有挪步。只听见房屋里面传来两人的对话。

宁宇说：“你干吗呀？太痒了……”

和韵说：“就是让你痒，让你燃烧对年轻女人的欲望……”

宁宇说：“不要动了，不要动了……”

和韵说：“我要，我还要……”

……

两个人的对话，弄得雪雁春心荡漾不能自已。她太后悔今晚的决定了，她早就知道宁宇是压抑着的烈焰，见到火苗儿就得冲天而起，而她今晚的决定让和韵钻了空子，让她十分懊恼。她暗自骂自己：你个猪脑子，怎么就不开动脑筋呢？尽管她责骂自己，但是她的情欲还是被此情此景撩拨起来了，她自己都能感觉到她的下体早就潮湿了。她快步走进浴池，打开了温热的水，一个人在水中想象着和韵与宁宇床上的场景，自己发泄着奔涌而来的情感……

走出浴池，她看见宁宇的房间还亮着灯，于是壮着胆子敲门问道：“还没有睡的吧？出来喝一杯酒吧？”

宁宇似乎根本就没有睡意，浑浑噩噩中回应道：“好啊，好啊……”随后又听见宁宇对和韵说：“雪雁喊你喝酒呢！”

和韵含糊不清地说：“都什么时候了？还喝酒啊？我都困死了。”根据雪雁的经验，他们两人一定昏天黑地地云雨过，要不然，和韵绝不可能这样昏昏欲睡。

她又说：“出来呀，我都准备好酒菜了。”其实，她是在说谎，她料定宁宇与和韵不会出来了。

可是，让她没有想到的是，过了五分钟，两个人竟然真的从房间里走出来了。雪雁连忙打开饭厅的灯，从酒柜里拿出凉菜和红酒来。此刻的雪雁，一个劲儿地琢磨和韵和宁宇的表情。但是，和韵与宁宇似乎根本就没有任何变化，和韵压低了声音说：“雪副市长啊，你可把我坑苦了，让我紧挨着一个假男人……”一边举杯，一边摇头。她的举动，让雪雁觉得有几分意外，内心竟然燃烧起一种莫名的希望：莫不是他们之间真的没有发生什么？宁宇对年轻貌美的和韵真的没有肉欲？这对她来说，显然是一个兴奋的信息。

酒这个东西真好啊，三个人此刻都有这种感觉。一杯杯晶莹剔透的红酒下肚，每个人的内心都有些飘飘然。对于宁宇来讲，他真想喝醉算了，起码喝醉了懒得与面前的这两个女人耍心眼儿，实在不行说一句喝醉了也可以搪塞。和韵本来觉得在老太太面前就够累的了，现在又冒出一个雪雁来，她也想一醉了事。唯独只有雪雁，她倒不希望自己是最快醉去的那个人，她一会儿就可以堂而皇之地出入和韵与宁宇的房间，理由就是照顾两个醉鬼，可她内心想的什么，也只有她自己才知道了。

三个人的心态不一样，很自然结果也不一样。和韵和宁宇心里早就暗示期望醉去，果真很快就微醉了。雪雁将他们两人送回房间，将房门敞开着，还佯装关切地给两人送去了解酒的汤。看着和衣而眠的男女，她的脸上露出了笑容。

忙完这一切，她才返回自己的房间。她走到穿衣镜前，凝望自己，虽然一看就知道她已渐进中年，但是她依旧美丽的容颜，还是让她对未来充满了自信。

66. 高 手

次日，宁宇与雪雁最主要的活动是参加宣传部副部长的任命活动。原文化局的章局长正式走马上任宣传部副部长。路上，雪雁问："老弟，你的这个老上级现在出面来管新闻单位，你觉得是放心还是不放心啊？"

宁宇不假思索地说："严格说来，他的业务水平一定在龙都其他人之上。"

雪雁理解地说："我理解，你这是用人所长。人无完人是吧，他这个人很多缺点，最大的缺点是过于爱钱了。"

宁宇说："这也正是我所担心的啊，用他就是一柄双刃剑，倘若不加强监控和管理，迟早是要出事的。"

雪雁却说："不一定，我倒没有你这样悲观。在我看来，他不是你想象的那样简单。虽然他不能严格遵守君子爱财取之有道的古训，但这个人也知道什么样的钱敢拿，什么样的钱不敢拿。还有，这个人还有一个特点，至今也还有追求上进的欲望。在你没来之前，他曾经跟我透露过他的想法，他到基层来，不过就是想镀一层金，他最终想去的地方还是你们的老单位省报集团。他也曾经袒露过他很想进市委宣传部，现在他的第二步棋已经实现了，就剩下最后一步棋了，我想他绝不会轻易自毁前程的。"

宁宇还真不知道曾经的章副社长还有如此远大的理想。不过，他以前在他面前也曾经透露过这样的想法的，他的想法还不仅仅是回省晚报的问题，他的终极目标是想做报业集团的董事长和党委书记。要是他内心真的坚定了这个理想，他这个宣传部部长也就放心了，过去的章局长现在的章副部长，就是想弄权揽钱，他也一定会把握住分寸的。虽然可以这样想，但是他还是有担心的理由，毕竟章副部长现在的权力太大了，本身是主管全市新闻单位的副部长，又身兼龙都市新闻文化产业改革协调办公室的主任，现在又是龙都高职高校教育园区的办公室副主任，这些岗位哪一个都是实权位置，一旦他想做文章，也都是完全可能的。所以他还是忧虑地说："难说啊，这个人虽然还有上进心，可他的欲念过于强烈，难免会犯冒进和急躁的错误啊？"

雪雁说："我说的仅仅是大方向，我不也说了务必加强监管吗？他与陆草儿之间的关系你就应当引起关注。"

宁宇很清楚，陆草儿与他之间的关系现在看来是有几分诡异，但是，这个陆草儿的提升还不仅仅因为他宁宇，也不仅仅因为市委王书记，更主要的是因为省委主要领导亲自点将。要不是省委书记指示用人的力度再大一点，陆草儿也不可能会被任命为广电影视集团的副总经理和广电局的副局长。

不得不承认，章副部长就是这样一个手段玩得天衣无缝的人。他不仅博取了陆草儿的信任，还在她身上得到了经济实惠，并且还不露丝毫的痕迹。当然，这一切也不是没有人知道，有关部门也是掌握了他的蛛丝马迹的。

宁宇说："你说得很有道理，我会关注的。"

两个人步入宣传部的小会议室，里面已经坐满了人。各科室的人员都已经到场了，副部长们也早就在这里恭候宁宇和雪雁了。今天组织部过来的是常务副部长，市委的这个任命决定看来得由他来宣布了。宁宇和雪雁落座后，宣传部常务副部长问宁宇："宁部长，各科室的人都到齐了，会议是不是开始？"

宁宇礼节性地问身边的组织部常务副部长："开始吧？"

组织部副部长点点头，说道："听领导的。"

会议的主持者是部里面的常务副部长，他照本宣科地说了一席话，然后话锋一转说："下面，请市委组织部的常务副部长宣布市里面的任命决定。"

组织部常务副部长宣布了市里面关于章副部长的任命后说："章副部长早年在省城党报工作，后来在省报集团就任晚报的副社长并主持晚报日常工作，到了龙都之后，又先后任文化局的局长、市新闻文化产业改革协调办公室主任，新近又被组织上任命为龙都高职高校教育园区办公室副主任。他本人具有丰富的新闻和文化产业管理经验，所以将他调到宣传部副部长的这个重要岗位，希望同志们支持他的工作，也希望章副部长能在新的岗位上建功立业，不辜负组织上和领导们对他的期望……"

组织部常务副部长宣布完任命并讲完话后，宣传部常务副部长说："下面就请章副部长发表讲话……"

章副部长当然是见惯了大场面的人，他没有丝毫紧张地说："各位领导，讲话不敢，就说说我的体会吧。刚才领导们也介绍了我的基本情况，我是一个纯粹的新闻人，一直都在省城报业集团供职，这一次有机会到基层锻炼，是我章某人一生的荣幸。刚才有领导说我有丰富的新闻和文化管理经验，这是领导们高看我了。我刚到龙都，对龙都的建设和发展情况很不了解，对市情市况也还缺乏调查研究，虽然领导信任我，让我兼任了几个重要的职务，但这并不意味着我就能够胜任，能够把这些工作干好。不过，我在这里表一个态，我一定会脚踏实地、认真敬业地工作，为领导分忧，为老百姓多办几件看得见摸得着的实事……"可以说，他是异常低调的，根本就没有显露出省报副社长的高姿态。但这就是章副部长的高明之处，他很清楚到什么山头唱什么歌，到什么位置讲什么话。更何况，他现在刚刚到宣传部副部长的位置上，屁股还没有坐热，他是不会轻易狂妄的。

会议接下来是请市政府的雪雁副市长讲话。本来雪雁是可以不出席这样的会议的，但是鉴于现在龙都正在搞新闻和文化产业改革，也正在建设龙都高职高校教育园区这个重大工程，而这两个重点项目都是宁宇和雪雁在主抓，所以按照市委和市政府的意思，她也就顺理成章地参加了这个会议。雪雁说："首先，我祝贺章局长到市委宣传部高就……"

会议的最后一项，自然是请宁部长做工作指示。大家都明白，虽然宁宇是宣传部部长，但他也是代表市委分管教科文卫的市委领导，所以章副部长虽然也是正处级干部，但在宁宇面前是绝对的下级，毕竟处级干部和厅级干部还是有差异的。宁宇说："首先，我代表市委祝贺章副部长。其次，也代表王书记向章副部长表示问候和祝贺……"随后，宁宇做了几点强调，也对各位副部长的工作分工提出了具体要求。章副部长主管的其实也就是思明副部长原来管的那一摊子事，只是章副部长不是常务副部长。最后，宁宇笑笑说："章副部长，新闻文化管理和外宣工作可是你的强项，我们龙都指望你能打开这些工作的新局面，有没有信心啊？"

章副部长连忙说："有市委市政府的正确领导，有宁部长和雪雁副市长等领导的具体指导，我当然有信心啊。"

大家都笑了起来，宁宇也满意地说："这样就好啊，我们都等待你的成绩呢。"

散会之后，宁宇专门到了章副部长的办公室。章副部长感激地说："宁部长，我得找时间好好谢谢你啊。"

宁宇坐到沙发上，还有很多的话要向他交代呢，章副部长的电话却响了起来。他的电话铃声开得太大了，传出来一个娇滴滴的女人声音："我说章部长啊，你的会议难道现在还没有结束吗？我等你等到我心痛了……"宁宇心里暗自摇头，这个女人不是别人，正是昨天上任的广电影视集团的副总经理副局长陆草儿呢。

只见章副部长没有丝毫慌乱，对着电话说："你等一等，一会儿我给你电话，现在领导找我谈话呢……"也不等对方回答，他已经将电话挂断了。

67. 姐姐何以调戏弟弟

章副部长放下电话，什么也没有透露，一边给宁宇杯子里加水，一边说："宁部长，你放心，宣传部的工作我会全力以赴的，起码这还算是我本行。"

宁宇单独面对这个曾经的老领导，还真不知道该从何谈起，但是不谈也不行啊。一旦章副部长出事了，市委领导找的就是他啊。所以，他喝了一口茶，眼睛盯着章副部长的眼睛，这让章副部长内心有点心虚，立即回避了他犀利的眼神。他突然问："我听电话里女人的声音，并不是嫂子呀，方便透露这是谁吗？"

虽然宁宇的口气很缓和，但是章副部长也很清楚，自己面对的可是市委领导，既然他要问，那也是一定有道理的。本来今天的会议已经结束了，他还留下来给自己开小灶，这本身就说明他心中有事，甚至还是很重要的事情要跟他交代，他突然问起了电话里的女人，这绝对不是偶然的，一定是他听到了什么风声了，于是他挤出一丝笑容说："确实不是你嫂子……"

"那么是谁呢？"宁宇却不依不饶。

领导干部谁不注重生活作风呢，倘若上一级领导在这方面给你打招呼，那也不会是小问题。不过，章副部长毕竟和宁宇的关系不一样，所以，章副部长很清楚，就是宁宇知晓了内幕，他今天也不过是给他敲警钟罢了，他绝不可能在这个时候对他实施什么纪律处分，毕竟宁宇也是个爱面子的人，刚刚上任的副部长就出这样的问题，他怎么向市委交代呢。于是他只得嬉皮笑脸地说："领导，你也是知道的，我一个大男人孤身在外，难免遇上个把红颜知己……"

宁宇也不需要他交代什么，只需要他明白他在干什么就行了，这就达到了敲山震虎的目的。于是他神色严峻地说："什么事情都不能过头的，你是我的老领导，我希望你能在各方面都做好表率。"

章副部长很快就回避了尴尬，立即说："你放心领导，我绝对不会给你拖后腿，我知道我在干什么，我也知道我该干什么。”

宁宇也觉得响鼓不用重锤，于是改了口气说：“嗯，你现在到宣传部来了，虽然名义上是副部长，但是你的位置你也很清楚，全市的新闻文化改革和高职高校教育园区两个重点项目你都是参与其中的，我希望你要洁身自好，既要完成好工作，又要出成绩，还不能出现差错。这你有信心吗？现在就我们两个人了，有什么困难有什么疑虑，或者存在什么困难，你可以当面提出来。我能解决的就解决，不能解决的我会汇报上去，你看怎样？”

章副部长的工龄比宁宇做领导的时间长，只不过是时运不佳现在反倒在他的手底下工作，他能看不出来宁宇的真实意图吗？让他提问题提要求是假，给他敲警钟念紧箍咒才是真。于是他笑着说：“领导，你的意思我全部能领会。我要是有问题，我一定会当面向你提的，现在我刚刚到部里面，对很多情况还不了解，一旦有我解决不了的困难和问题，你就是想回避我也会找你的啊……”

宁宇这就站起身来说：“好吧，那今天就这样，本来部里面是要给你接风的，其他的两位副部长都外出开会了，等他们回来之后再补上好吧？”

章副部长巴不得宁宇赶快走呢，那边的陆草儿等着他吃午饭呢，于是说：“领导，我也不是那种拘泥于形式的人，接不接风没有什么重要的，我向你保证，我负责的工作我会让你放心的。”

雪雁一直在楼下等着宁宇，她打算和他一起与老太太吃午饭，看见宁宇出来了，雪雁迎上去说：“是不是找老人家去？今天下午好像没有太多的事。”

宁宇却说：“算了吧，不是有和韵照顾吗？还不知道她们现在在什么地方呢！”

雪雁说：“这样吧，你先联系一下，要是离我们近的话，我建议我们还是过去吧，老人家来一趟也不容易的。”

宁宇拨通了老太太的电话，老太太十分开心地说：“儿子啊，我现在与和韵在郊外的一个寺庙，这里的风景简直太迷人了。你就是没空，你要有空啊，来这里看看多好啊！”那个寺庙离市区有近二十公里，他们赶过去显然是不现实了。宁宇问道：“你们中午怎么安排的啊？要不要我来接你们吧？”

老太太说：“不用了，不用了，你忙你的吧。和韵还有和好我们三个人在登山呢，和好说了，我们一会儿就到寺庙里吃斋饭，下午还要继续爬山呼吸新鲜空气……”她还没有说完，电话竟然被和好接过去了，只听见和好乐呵呵地说：“我说，可爱的宁部长，你本人曾经答应过我陪我看龙都的寺庙的，没想到你整天都是这样繁忙。不过，我不会责备你的，因为你妈妈陪我们爬山，这不是规格更高了吗？好了，你就不要担心老人家了，有我和和韵在，不会有事的，晚上回来你倒是可以犒劳我们一下。”

宁宇连忙说：“一定一定，晚上早一点下山，一定要注意安全啊。”

雪雁在一边着急地问：“怎么，老人家去登山了，她的身体吃得消吗？”

宁宇说：“你放心，她的身体以前确实不好，隔三差五地生病，当时我把我的工资经常寄回去给她治病了。现在也不知道怎的，她的身体竟然完全康复了，有时候走路我这个年轻人都还跟不上呢。再说，不是还有和韵与和好在她身边的吗？”

雪雁嘟囔道：“要不这样吧，我下午给你请假，我也去陪老人家爬山吧？”

宁宇说：“现在不说这事了，我们在一个安静的地方吃点东西，然后休息一会儿再说吧。”

雪雁说：“我知道一个好去处，江边的休闲小吃，吃完之后我们还可以享受阳光下的按摩。这个可能你还不大清楚，江边的那些按摩馆，设计得特别考究，每间房都是阳光能够照射的，所以叫阳光下的按摩，这里的很多人都经常去那里享受的。”

宁宇好奇地说：“既然有这样好的去处，那我们也不妨去一次。”

两人上车，雪雁跟江边的一家按摩厅预约好了，回头说：“就到里面吃吃东西，然后享受按摩，老实说，我真的有点困了。”她昨晚真的是身心疲惫，眼睁睁地到了天亮。直到她挽着宁宇的手臂出门，她才踏实了。现在她的心就更踏实了，身边没有任何人打搅他们。

这里的按摩厅已经很生活化了，是那种特别讲究生活品质的生活化。也不知道雪雁是怎么想的，她要的是一个夫妻间，里面的所有设施自然也都是为甜蜜的夫妻而配备的，说得更准确一点，她要的是情人套间。里面除了按摩用的小床之外，还有温馨的双人大床，床头上还摆放了很多有关男女性爱的必需品，甚至还有伟哥和催情药之类，当然也少不了那些风花雪月的杂志和期刊，房间里的电视播放着境外的性爱电视节目，时不时闪过几个撩人心魂的画面……进入里面，不仅让人感到温馨，更让人体味一种忘情的暧昧。

雪雁要了红酒，两个人很随意地喝了几杯。暖暖的阳光穿过透明的玻璃，毫不隐讳地照射着干净明艳的房间，更让人感知到属于这里的特有品位。雪雁一边喝酒,一边说:“弟弟,你知道吗?昨晚我真的很担心你……”她的双眸柔情似火,完全不是姐姐打量弟弟的眼神,而是热烈奔放充满渴慕的眼神。

宁宇不敢对视,低头说:“担心我什么啊?”

雪雁挑衅一般说:“你与和韵啊,孤男寡女的,要是干柴烈火,我怎么向老人家交代啊……”

宁宇低头咀嚼着食物,不咸不淡地说:“怎么会呢?我是一个有原则的男人。”

雪雁突然发情地说:“不不,男人就是应该野性一点,占有女人是你们的本性,呵呵……”也不知道雪雁为何要这样撩拨他。随后她夹了一块牛肉给宁宇,直愣愣地盯着他的面庞说:“哎呀,我忘了,你那个遗精的内衣我还没有给你洗呢……”她仿佛变成了一个异常彪悍的男人,而面前的宁宇,反而像娇艳若花的羞涩女子。

68. 撩拨开野性的身体欲望

坦率地说,这里的按摩十分专业,宁宇尽情地享受着按摩带来的舒畅与痛快,而后享受着柔和的阳光,有些睡意蒙眬。雪雁与他一样,按摩完毕之后,随手将门关严了,一屁股坐到宽敞松软的大床上,很舒展地躺了下去。躺在床上的她,显得更富有女性的魅力。

这家按摩院是现代化程度非常高的,工作人员见两位客人都要休息了,于是按动电钮,将他们的门帘自动关上了。房间虽然没有阳光的照射,但是又多了另一种静谧与温馨。雪雁连忙起身,走到宁宇身边,一边扶他一边说:“不要在这个按摩床上睡了,小心着凉,还是到床上去休息一会儿吧?”

迷迷糊糊的宁宇,也就跟着雪雁上了床。雪雁随手将房间里的灯光开到了最为幽暗的一档,然后躺到了宁宇身边。此刻的她,内心竟然波澜再起,她不知道自己在睡梦之中已经多少次拥抱宁宇了,可是在真实的现实世界,她还没有这样近距离地和他一起过。她小心翼翼地靠近他,不想宁宇又翻身了。她再一次小心翼翼地靠近他,聆听到了他均匀的呼吸声,聆听到了他均匀的心跳声。她轻柔地伸出手,真想抚摸他棱角分明的脸、高耸的鼻梁,甚至是充满男性魅力的嘴唇……可是,她的手在半空中旋转了一圈,还是无力地放下了。她现在可是宁宇的姐姐,要是把宁宇弄醒了,怎么解释这一切呢?她索性翻了身,也试图睡上一会儿。但是,只要她闭上眼睛,眼前就是宁宇的各种笑脸和神态,她一连做了三次努力,结果都无法入睡。

她干脆轻柔地起床,抬眼看着这房间里的一切。裸露的男女画像异常性感,各种日常用品千奇百怪,就连那把椅子也被冠上了“夫妻性交椅”,刚才睡的那张床也是“夫妻性交床”。椅子和床都还有使用手册,百无聊赖的她,竟然拿起了使用手册津津有味地阅读起来,上面有很多关于性事的介绍,还配上了很刺激的插图,她一边阅读,身体里就有了激情与变化,她张望睡得香甜的宁宇,暗自想,要是这个男人能与她快乐……她觉得自己是有些邪恶了,于是愤愤地将这个说明书扔到了一边。不想她的动作过于激烈,声响竟然把宁宇从睡梦中惊醒过来。

宁宇翻身,随后坐起来,寻找到了雪雁的身影。雪雁正静静地望着他呢,他迷迷糊糊地说:“你怎么没有睡啊?”

雪雁说:“怎么啦?没有姐姐的陪伴,你也睡不着了,要早知道这样,我就不该起来了。”一句话让宁宇再一次脸红。

宁宇看见了她刚才扔出去的那本小册子,他问道:“你在看什么书啊?怎么让你生气?”

雪雁很不好意思地说:“没什么,一本家具资料而已,谁说我生气了?”

她的这种解释,更激起了宁宇的好奇心,他说:“哦,什么家具资料让姐姐这样不满啊,让我看看,要是合适的话,我就给你买一个好了,免得我家姐姐生气呢。”此刻,雪雁却变得脸红心跳了,她回应说:“真的没什么。”

宁宇却说:“你把那个小册子给我吧,让我看一看比你的解释更具有说服力。”

“你真的要看?很无聊的。”雪雁说道。

“怎么,只让你看,我就不能看了吗?”宁宇不依不饶。

雪雁无奈地说:“这个垃圾资料,你要看你自己看吧。”随手将这本资料扔向了宁宇,宁宇还是懒懒地躺在床上,随后翻开了小册子。

他越看越觉得不对劲,索性坐了起来,看看资料又看看一边的椅子和屁股底下的这张床。资料上显示,这房间里面的椅子和床可不是一般意义上的椅子和床,是传说中的可以让人快乐到极致的“性交椅子”和“性交大床”,每一样的价格都是十万元以上的奢华物件。椅子可以变化二十多种角度,变化十多种花样。这张床也是可以随意变化角度和调整姿势的,很显然,这房间不是一般人能够进来的,单这消费就让普通人咋舌。宁宇突然意识到了几分不妙,他合上这个小册子,翻身下了床,再也不提给雪雁买家具的事了,而是尴尬地笑笑。随后说:“我说姐,你是不是搞错了,我们进错了房间吧?这哪是我们该来的?”

雪雁满脸绯红,压低了声音说:“当时我也不知道啊,要知道,我当然不会进来啊,可现在都进来了,消费一小时和三小时都是一样的价格,那还不如再休息一会儿再走吧?”

宁宇此刻完全没有了睡意,他张望了房间里的半色情的各种画作,难为情地低下了头,然后起身去洗手间。进了洗手间,简直让他大跌眼镜,这活脱脱的一个性玩具世界。在浴缸里面,摆放了坚挺的男根和性交女娃。墙体上更是画满了各种艳情画面,甚至还配有撩人的文字,这让宁宇想起了笑笑来。她的浴缸里也是这样的,进入期间就会不自觉地爆发出原始的野性。

他极力控制住自己的生理冲动,可是不争气的阴茎还是快速勃起来了,想恢复常态都不行。他走出房间的时候,下体依旧鼓鼓囊囊的,甚至裤子都显得有些不协调了。这样的细节,过来人的雪雁能看不到吗?她的面容更加羞涩,她也连忙去了洗浴间。可是宁宇知道,她出来之后,可能会更为尴尬。于是他赶紧把窗帘拉开了,外面的阳光重新照射进来,房间的氛围这才发生了微妙的变化,他心中的那些灰色冲动渐渐得到了抑制。

宁宇意识到,不能再待下去了,这样会出事的。于是他在雪雁没有出来之前,将房门推开了。张望外面进进出出的来客,随时准备离开。此刻,他内心陡然生出一丝忧虑,要是有其他人看见他和雪雁副市长进入这样的场合,那还不得风言四起吗?这个雪雁,怎么也不考虑这方面的影响呢?虽然他和雪雁认了姐弟,可是人家外界谁会相信这样纯洁的情感啊?

他还在遐想,突然间看见有熟悉的身影走过来了,一男一女勾肩搭背的,这不就是章副部长和陆草儿吗?我的天,他们怎么也到了这个地方了啊?他眼看着章副部长携带陆草儿朝自己的方向走了过来,这才不得不把门关上了。随后,他听到了隔壁的开门和关门声,原来章副部长要了与他毗邻的房间,这让他的内心更加惶惑。他还没有任何思想准备,就听见隔壁房间里传来了“稀里哗啦”的水响和男女调情的声音。此刻，雪雁却出来了，还一边说：“怎么回事，我们隔壁又来人了？”

宁宇也知道，自己脸上的表情一定是怪怪的。雪雁果然说：“你怎么啦？你不会在吓唬我吧？”

宁宇压低了声音说：“快离开这里吧，快！”

雪雁一脸诧异，不解地说：“现在离上班的时间还早呢，反正早走晚走都是一样的价格，还不如再休息一会儿呢。”

宁宇不顾一切地打开了房门，逃也似的离开了房间。雪雁只得跟着他出来，走到了前台买单。两人上了轿车，宁宇才说：“你不知道，章副部长和一个女人就在我们隔壁呢……”

雪雁也是一惊，问道：“你怎么知晓的啊？”

宁宇说：“你没出来之前，我打开房门看见他了。”

雪雁又问：“他也看见你了？”

宁宇说：“他看见我了，我还这样做贼似的跑出来呀？”

雪雁本身也担心被人发现，可嘴上却说：“你这样慌慌张张地干什么啊？没做亏心事，不怕鬼敲门。”

宁宇瞥了她一眼，嘟囔道：“算了吧，你能见到一个人都上去解释一遍吗？要是那样也就此地无银三百两了，更是跳到黄河也洗不清了。我说姐呀，你怎么没有想到这一层呢？”事实上，宁宇怎么可能知晓雪雁的内心世界啊。雪雁佯装什么都不知道似的说：“你知道的，我这个人不是简单吗？”两个人的心里，其实都还在那间充满了暧昧的房间里呢，那些稀奇古怪的物件，那些稀奇古怪的性用品……当然，在宁宇的脑海里，还有章副部长与陆草儿的场面。虽然离开了那个房间，身体里狂野的欲望却被撩拨开了。

69. 娜娜启动了网络新闻集团的大帆

走出按摩馆，雪雁的脸还是绯红的，宁宇的心境也有些漂浮不定，两个人的心境都被搅乱了。平日里彼此都是心静如水的，去过这种特殊的场所后,似乎都有想入非非之感。

雪雁仰起头来,直视着宁宇的脸,有几分忐忑地说:“我不去办公室了,我要去和老人家爬山,她与和韵她们在一起我很不放心。”

宁宇还没有明白过来,雪雁就给她的司机去了电话,让他过来接她去郊外的寺庙。阻拦是来不及了,等雪雁通完电话,宁宇关心地问:“今天下午你没有其他的工作?”

雪雁说:“没有社会活动了,办公室的其他工作,我会让秘书把文件带来的。你就放心吧,你先回办公室吧,我就在这里等候司机。”

宁宇也只好说:“好吧,那就辛苦你了啊。跟妈妈说我下午还有其他事情忙,你就代替我照顾她老人家了。”

“嗯。”雪雁推开车门,独自下了车,向宁宇挥挥手算是作别,宁宇也向她挥挥手,说道:“注意安全,再见。”

宁宇回到办公室还不到一刻钟,秘书送来了通知,龙都网络新闻集团召开干部会议,特别邀请他参加。秘书说:“你参加吗?”

宁宇问:“下午还有别的安排没有?”

秘书说:“市委王书记和市政府陆市长都到省里面开会去了,今天下午市委和市政府都没有重要活动。”

宁宇说:“既然这样,那就到网络新闻集团去一趟吧,都还有谁参加啊?”

秘书说:“部里面还有章副部长也参加。”听见有章副部长,宁宇的心情有几分复杂,刚才还看见他和陆草儿在按摩房苟合呢?对于章副部长这个人,他现在真不知道该如何评价。在他的印象中,过去在报社的时候,他好像一直都是清清爽爽的,现在怎么有了这样天翻地覆的变化呢?不过,他转念一想,也不对啊。当年自己根本就不了解他的生活,也许人家一直就是这样的做派呢?他还在遐想,秘书进来说:“部长,其他人都在等你了。”他才迈步走出了办公室。

章副部长见了他,迎上来说:“部长,上车吧,娜娜那边都催了一次了。”看不出来章副部长有什么不妥的地方。上车之后,章副部长和宁宇坐在轿车的后排,宁宇很随意地瞥了章副部长一眼,不小心看到他裤子拉链的位置上残留着湿湿的污物,突然觉得十分不悦,但是他能说什么呢?这样的事情能拿到台面上来说吗?这个章副部长啊,你可千万不要给我惹出事端来啊。

今天网络新闻集团的会议主题很宽泛，但主要是围绕网站的内容建设，次主题是经营问题。现阶段的网络新闻集团情况特殊，董事长的位置暂时空缺，所以主持会议的就理所当然是娜娜了。

会议开始之前，娜娜跟宁宇说："部长，本来和韵是应该参加这个重要会议的，但是她突然遇到紧急事情，所以今天她就不能参会了。但是，有关经营方面的改革措施是相当完备的，她也委托了同样是市管干部的副总经理参会，并且会讲解下一个阶段网站的经营方向和经营策略。"宁宇当然知道和韵干什么去了，但是他只能佯装不知，说道："好的，只要工作安排好了就行。"

接着，娜娜全面汇报了新一轮的内容改版和经营方向的调整。参会的单位很多，除了市委领导宁宇之外，还有人大和政协的副主任，这样的会议本来市政府的雪雁副市长也应该参加的，可她也请了假。娜娜同时还请了十多家市级相关部门，这其中包括电信、移动和联通等信息公司，当然也请了市级媒体单位的负责人。宁宇扫了一遍，很容易就看到了广电局的陆草儿和报业集团的红唇，当然也有市新闻文化产业改革协调办公室的章杰等人。

会议开得十分紧凑，娜娜也是一个十分干练的人。她用了一个小时阐述和汇报了整个龙都网络新闻集团各个网站内容的大致框架、突破方向、重点栏目等，又用了半个小时阐述龙都新闻网络集团今后的营运方向、具体操作办法等，讲解得非常专业，也非常到位。她的这些决策和办法，在宁宇看来是很恰当的。他一边聆听娜娜的讲话，一边思索着自己应该做什么样的指示。坦率地说，从技术和专业方面来讲，他几乎不可能有什么需要补充的，唯有从大局上来讲，他可以提出几条具体的要求来。

他很欣赏娜娜的工作态度和工作作风，当然也很欣赏她的新闻管理水平，暗自庆幸自己没有选错人。她讲完之后，和氏商号集团派来的副总经理也做了相关的总结。此刻，宁宇才发现，这个人物在专业领域完全不亚于娜娜和和韵，甚至还有过之而无不及，他又一次暗自感叹，英雄在民间啊。听完两位集团领导的汇报，宁宇有了一个大致的思路。网络新闻集团要实现两年持平、三年微利、四年赢利的目标，按照现代传媒的规律，制定这样的目标，也是切实可行的。

同样，让宁宇感到欣慰的是，章副部长在做指示的时候，也非常专业地指出了现阶段龙都新闻网络集团的种种不足，以及应该采取的补救策略，也包括刚才娜娜和副总经理汇报的基本方案中的不足，从这足见章副部长在新闻方面的不凡之处。

会议还安排了一个特殊环节，就是请同城媒体的主要负责人谈他们的意见。红唇和陆草儿也都从不同的视角谈了她们的建议和看法，她们的这些建议和看法，显然对宁宇和娜娜他们都是很有启发意义的。

会议最后，才轮到宁宇做指示。宁宇十分欣慰地说："首先，我很高兴地看到，龙都网络新闻集团新组建的领导班子的精神状态令人振奋。他们能在这么短的时间之内，拿出这样详细、科学、合理，又很有网络特色的改革思路，很不容易，也很不简单。有了这样一个强有力的领导班子，市委是放心的，宣传部也是放心的，你们就按照你们提出来的思路大胆地运行。改革嘛，完全有可能会碰上难题，走一段弯路，但是我们不能还没有开始改革就担心和害怕，不管怎样，我们就是要大胆迈出第一步，有了第一步，才可能有第二步、第三步。其次，网络新闻集团今天开了一个好头，就是在做重大的决策之前，要求主管部门和市内的同行业单位负责人参加研讨决策会，这样集思广益，吸纳各方意见，对我们的行业建设是有很大的促进作用的，我希望市里面的媒体单位，在推进新一轮改革的时候，都像网络新闻集团这样，广开智慧之门，吸纳百家智慧，把各自集团的工作抓实，抓出成效来……"

会议结束之后，红唇羡慕地对娜娜说："娜娜总编，你今天实现了开门红啊，得到了市委领导的高度赞誉，我们报业集团要好好向你们学习呢。"

娜娜说："算了吧，红总编，你们报业集团是这一次新闻文化改革的排头兵，又是市里面新闻文化产业的模范单位，我们网络新闻集团是小老弟，我们有几斤几两我们还是有自知之明的，今天领导说几句好话，那是在鼓励我呢，还望红总编能给我们更多的真知灼见啊。"

红唇由衷地说："不不，娜娜总编，我可不是恭维你。现在是全球网络时代了，以前我们的传统媒体说新闻不过夜，或者说囊括二十四小时新闻，现在这样的观点过时了。有人已经提出了四小时黄金分割点，这就是你们网络和电视的优势啊。老实说，你才是真正的大有前途呢。"

娜娜说："哦，难得红总编也羡慕我啊，要是真的感兴趣，你也可以到这边来啊。我们不还缺一个董事长吗？你来做，我绝对举双手赞成……"一边的宁宇笑了，他治下的单位主要领导们，都这样探讨业务，他心里能不开心吗？

70. 参加美眉的家宴

会议结束,娜娜向宁宇提出了一个要求,她要和红唇单独请他吃饭。实际上吃饭并非真正的主题,她们好久没有和宁宇单独相处了,现在几个集团的事情也都尘埃落定了,她俩是想让宁宇放松放松呢。娜娜和红唇耳语一番之后,红唇点头说:“嗯,严重赞同。你看他的脸色比过去苍白了很多。”

娜娜冲宁宇说:“你知道吗?我和红唇有个要求呢。”

宁宇乐呵呵地说:“只要你们能把集团的工作搞上去,不要说一个要求,就是再多的要求,我也会想办法答应你们的。你们毕竟是我从大城市邀请来的,我多少都是有些责任的。”

娜娜说:“你能这样想,我们当然高兴。不过,我们的要求并不是工作上的。”

宁宇问:“什么意思?不是工作上的?你们俩又在搞什么鬼啊?”

娜娜说:“我和红唇的意见一致,我们都发现你的身体和过去不一样了,现在比起以前来单薄了许多,我们看着也觉得心疼。我们的要求其实很简单,就是每周你得和我们吃一顿饭,而且这顿饭是我们几个一起做的。”

宁宇说:“这个要求不难实现,可是你们也知道的,我这个人做不来饭的啊。实在不行就只能做个西红柿炒鸡蛋,或者鸡蛋炒西红柿……”

红唇说:“这个不重要,不是有我们两个女的吗?只需要你在我们身边打打下手就可以了,菜肴有你吃的。”

“哦,有这样的好事,我当然没有意见。”宁宇说。

娜娜说:“那好,今天的事情算是完结了吧,我们几个就该去菜市场了吧?”

“今天就开始啊?”宁宇的老妈在龙都呢,不过面前的两个姑娘怎么会知道呢?宁宇当然希望陪陪老妈,可是面前的这两个他十分需要的将才提出了要求,不答应也不妥当啊。于是他想了想,反正老妈有和韵还有雪雁她们陪着,自己也就答应了娜娜她们吧。

红唇说:“那就走吧?”

宁宇只得跟两位女孩去了菜市场。宁宇自从到了龙都之后,几乎没有去过一次菜市场,这一次让他重温当年进菜市场的那种感觉。两个女孩带他去的是龙都最大的生活超市,里面的各种菜品都是经过精心整理的,看上去不仅干净整洁,有很多菜还真让人觉得垂涎欲滴。看见新鲜的西红柿,宁宇想买,给娜娜否决了。看见白胖胖的大萝卜,宁宇又想买,又被红唇否决了。转弯又看见了又嫩又鲜的豌豆苗,宁宇又想买,娜娜和红唇一起说:“不许买!”

宁宇嘟囔道:“你们什么蔬菜也不买,莫不成全部做肉吃啊?你们不怕长肥吗?”

红唇的身材比娜娜稍胖,她不满地说:“你这个人什么意思啊?难道我的身材就那么臃肿了吗?还需要人为地减肥吗?”

宁宇连忙道歉说:“哦,对不起,对不起,口误,请红总编删除就是了。”看着宁宇滑稽的模样儿,两个女孩鬼魅地笑了。

走到海鲜和肉类食品柜台面前,宁宇又提出了买牛肉买羊肉买鸡鸭买猪肉的请求,均被两个女孩义正词严地拒绝。此刻,宁宇才明白,两个女孩实际上是在作弄他呢,她们根本就没有打算买任何菜品,也压根儿就没有打算做任何饭菜。那么,两个女孩这样究竟是为了什么呢?

走出超市,三个人两手空空。宁宇说:“你们不觉得这样有些过分了吗?”

红唇说:“不不不,我们觉得今天很有收获啊。”

娜娜就嘻嘻地笑。

宁宇说:“你们再不说为什么,我就要走了啊。”

娜娜一手拉住他说:“哎,想逃跑啊,没门。好不容易才逮住你一次,怎么可能这样随便就让你跑了呢?”她不阴不阳的话,更是把宁宇弄糊涂了。

红唇这才乐呵呵地解释说:“尊敬的宁部长,现在我来揭开谜底吧。我们带你来看超市,其实是为了我们两家联合做的一组经济报道,我们来超市是想看看各种物资的基本价格,以便我们在做这个事关全市蔬菜报道的时候,心里有个底,也不至于让编辑和记者们把我们蒙在鼓里。这你知道了吧?”

宁宇心中暗想,这两个丫头,还不知道接下来会玩什么花样呢。

娜娜接着说:“你放心,今晚我们也不会让你饿着的,我们已经很可怜你的身体了。老实告诉你吧,今天我爸妈和红唇爸妈都到龙都来了,他们现在已经做好了丰盛的菜肴在家里等候着我们呢……”

“怎么,几位老人家都到龙都来了?”宁宇突然觉得很不好意思,又说道:“你们怎么不提前跟我打招呼呢?”

红唇说："不是我们不想打招呼，是老人们不让我们提前打招呼呢，老人们说了，他们这是私底下来探亲看女儿，又不是官方途径来的，特别邀请你参加，是因为他们觉得你还是个乖孩子，他们都喜欢你罢了……嘻嘻。"只有这个时候，两个女孩才显露出了天真的一面，也显露出了风趣的一面。同样的，也只有这样私下的场合，才让宁宇体味到了那种久违的自在和随意。和她们在一起随便地聊天和开玩笑，又让他回想起当年自己率性地做记者的简单时光。

但是，听见是张书记和红副院长夫妇来了，并且两家人要集体宴请他，这又让他的心里有几分忐忑不安。他迟疑地说："还是让我请张书记和红副院长吧，他们到龙都来，我就是主人了啊？"

娜娜和红唇乐呵呵地说："谁把你当了主人啊，在他们的眼里，你就是一个还不算淘气的孩子……"

两个女孩的话，让宁宇觉得无语。他又说："那这样，我带几瓶酒过去好了。"

娜娜说："放心吧，带着肚子去就让他们开心的了，我爸和红叔叔早就准备好了，就怕你一会儿醉得钻到桌子底下去了呢。"

两个女孩你一言我一语的，让宁宇觉得无所适从，但是他却感到这是到龙都以来最轻松的一个傍晚。

宁宇这段时间一直忙，还没有去过她们住的小区，更别说她们住的那栋楼房了。娜娜说："宁部长啊宁部长，我和红唇到龙都这么久了，你就是没有体察民情，我们住在什么地方你知道吗？"

宁宇惭愧地说："你们得原谅我，我这不是忙吗？"

红唇说："你忙我们可以理解，可是今天既然都到了我们俩住的地方了，我们也一次利用够吧。你上半夜睡娜娜家，下半夜睡我家，总之就是要增强你的爱民亲民意识。"

娜娜说："不不不，上半夜可能他还在醉酒呢，还是下半夜睡我们家好点。"

红唇说："你这个人，上半夜让给你，我还觉得亏本了呢，你还不买账，好吧，那就上半夜给我，嘻嘻。"

娜娜推了红唇一把，一边笑一边说："好好，不改了，就上半夜吧，我宁愿短一点时间，起码也是干净的啊……"两个丫头也开起了这样的荤玩笑，宁宇却说："你们可都是新闻界的掌门人啊，你们知道不良传播会起到什么样的社会后果吗？”

娜娜却说：“连孔老人家都说了，食色性矣，这有什么不好的，正面的传播和疏导，这不才更体现人道精神吗……”

几个人闲聊之间，很快就到了她们住的小区门口了。宁宇这才看清楚这个小区的模样，小区是崭新的社区，大门口正上方写着龙都新区字样。很显然，这是龙都相当高档的楼盘了，出入这里的也大多是市级机关处级以上的领导干部，当然，也有龙都的那些有钱的达官贵人们。宁宇满意地说：“你们住这里啊，环境还算过得去。”

红唇说：“我说宁部长，你确实犯了官僚主义的错误了，这栋房子不是你亲自签批的吗？现在怎么都忘了呢？”宁宇这才想起来了，当初决定租住这栋楼房的时候，就是他向市委建议的，将引进的媒体高级人才都安置到这里，让他们有一个安心和放心的工作生活环境。现在他真是忙昏了头了，才过去不久的事情，他竟然没有印象。

71. 近距离接触

参加两家人的私人聚会，对宁宇来说本身就是很有压力的。张书记是他命运转型的关键人物，在他的心目中，宁宇就是他的准女婿。可问题是红副院长夫妇内心深处也可能是抱定这种希望的。两家人多次在公开场合露面和聚会，实际上演变成了一种看不见的竞争了。也许张书记和红副院长此刻都已经明白了，真正起关键作用的，只能是娜娜和红唇本人了。事实上，和夫人也是他们的圈子中人，他们也是了解宁宇与和氏商号集团的特殊关系的，也是耳闻和韵与宁宇之间的交往的。可就是这样，所有的人似乎都没有放弃宁宇。无疑，这成了宁宇的沉重负担。相比之下，他更愿意选择和韵，甚至是笑笑，起码那样他不会有那么大的压力。

聚会的地点在娜娜的套房里，红唇就住娜娜的楼上。所以两家人来往十分方便。快进门的时候，宁宇突然想到了一个万全之策，章杰不是也住在这栋楼吗？他不就住娜娜的楼下吗？何不把他叫出来，起码他可以成为自己的挡箭牌啊。只要有他在,场面也许不会出现尴尬。于是他对娜娜说:“章杰和你们也是同事呀,他就在楼下,我建议最好把他也叫上吧?”

娜娜迟疑了一刻,望了红唇一眼,毕竟她与章杰是没有任何交往的。在省城的时候本来也不是同事,现在在龙都也没有一起工作几天。但红唇是章杰的搭档,所以红唇的态度显然比她更有说服力。红唇虽然有几分为难,但还是说:“好吧,反正他也是单身汉,一个人很无聊的,那就叫他一起吧?”

红唇主动拨通了章杰的电话。章杰现在是最尴尬最失落的时候,眼看红唇和娜娜都走上了媒体的重要领导岗位了,只有他还留在龙都新闻文化产业改革协调办公室,还在做那个不痛不痒的办公室常务副主任,此刻他正躺在床上生闷气呢。接到红唇的电话,他没有好气地说:“红大总编,有什么指示?”

见章杰变得这样酸不拉几的,红唇说:“我说章主任,你这是怎么啦?老朋友的电话,你也这样爱答不理的,你什么意思啊?”

章杰说:“我等这样的落难之人,面对你们这些风头正旺的人,感到羞愧啊。”

“怎么样,出来一起吃饭吧?”红唇故意卖了一个关子。

“这算是一种施舍还是同情?”章杰问道。

红唇说:“你这人,这样不识趣啊?好了,我不和你说了,是宁部长让你出来呢?”

章杰像弹簧一样,一下子从床上坐了起来,问道:“宁部长?你们在哪里啊?”章杰老早就想找宁宇交流了,他觉得在新闻文化产业改革协调办公室实在不是他的理想,他也算是宁宇的嫡系了,期望他能早日给他移动一个位置呢。

红唇说:“好了,说正事吧。我们就在你楼上,娜娜的家里,宁部长也在,你赶快上来吧。”

章杰说:“好好好,我这就上来。”他走下床来,换上了笔挺的西服,然后从酒柜里拿出了两瓶五粮液,“噔噔噔”地上楼了。娜娜为他打开房门,打趣道:“哎呀,我们的章主任不会是要走我的后门吧?请进吧?”

一进门,章杰发现房间里挤满了这么多的人,除了宁宇之外还有娜娜的爸妈和红唇的爸妈,也不知道大伙儿这是干什么。问道:“娜娜,你们家今天什么日子啊?”

娜娜乐呵呵地说:“什么日子,大家聚会的日子啊。我爸妈和红总编的爸妈来这里看我们呢,所以大家聚聚会。”

章杰和张书记红副院长及其夫人们一一打过招呼，这才坐到了宁宇身边，有些讨好地说："领导，你是难得体察民情啊……"

宁宇能不知道章杰的内心吗？他说这话，实际上是在抱怨呢，还没等章杰说出口，宁宇就说："你要是觉得新闻文化产业改革协调办公室不好的话，我建议你可以到基层的镇上去做一个副书记。"

"别介呀，领导，你也太偏心眼了吧？我们几个可都是你的部属啊，我不求一碗水端平，但求你也考虑考虑我的心理感受好吗？"因为这是私人场合，加上娜娜和红唇的爸妈都在忙着做菜，所以章杰说话也就有几分随便了。

一边的娜娜跟着起哄："这样吧，宁部长，你干脆把他派到网络新闻集团做董事长吧？我们那里不是需要一个掌控全局的董事长吗？"

红唇也跟着玩笑说："不不，也可以将他派到报社做总编辑的，反正报业集团也没有总编辑的。"

章杰瞪圆了眼睛，压低了声音吼道："怎么着，你们三个合伙欺负我是不是？"

宁宇和众人都笑了。宁宇说："章杰，章副主任，你知道的，现在章副部长虽然兼任龙都新闻文化产业改革协调办公室的主任，但是他既是宣传部的副部长，也是龙都高职高校教育园区项目办公室的副主任，他的事情太多了，市里面新闻文化产业改革的协调，更多的我和雪雁副市长还指望你呢。你觉得你肩上的担子轻了是不是？你现在的岗位比红唇、娜娜远远重要。她们面对的只是一个单位的兴衰成败，而你的那个位置，关系到全市新闻文化产业的兴衰成败，孰轻孰重你能没有一个正确的看法和认识？"

尽管宁宇这样解释，章杰始终认为宁宇是在抹杀他。只听见他说："部长，老领导，不是我认识不到这个大局，可我的才能和兴趣都不在那个位置啊，我现在就是想到一线去干一番事业。要是当初没有你和章副部长的邀请，我才不来龙都呢……"他说的倒是实情，要是他当初不选择来龙都，现在在省城晚报可能已经升任报社的编委兼政法新闻部主任了，现在这样的安排，显然让他有几分失落。

宁宇听了他的话，也觉得似乎对他太不重视了。现在改革刚刚开始，龙都还需要引进各种专业人才呢。章杰也是市委引进的人才之一，虽然新闻文化产业改革协调办公室常务副主任是个相当重要的岗位，但是确实不能发挥他本人的专长，时间长了也会打击他的积极性，甚至也会影响到今后龙都的其他人才引进。既然将他引进到龙都来了,就应该让他发挥专长,达到引进人才的效果。他暗自寻思,还有没有更妥帖的方案呢?他想到了宣传部还有一个岗位很适合他,就是外宣部副主任。外宣部主任是章副部长兼任的,外宣部副主任其实也是一个实职,需要一个懂新闻的人去抓,章杰正好可以去兼任这个职务。他其实一直都在寻摸这个人选,但既然现在章副部长是外宣办的主任,也得听一听他的建议和意见。

宁宇是个想到就做的人,立即给章副部长去了电话。他问:"现在市里面的外宣活动很频繁,外宣办近段时间的几件事情都完成得不理想,我想专职外宣办副主任的人选应该尽早定出来。"

章副部长说:"嗯,我也一直在思考这个人选呢,现在我已经有了一个初步的打算。"

宁宇问道:"你说一说。"

章副部长说:"我觉得这个人可以不是专职的,是兼职的就可以了。我觉得陆草儿副局长就可以兼任这个职务, 很多具体的事务我可以直接指挥她去完成……"后面的话,宁宇几乎没有听了。他怎么会不明白章副部长的意思呢?他也真是欲壑难填啊,还真想把他的这个情人往怀里拽呢?人家是广电影视集团的副总经理,也是广电局的副局长,让她兼任外宣办的副主任,亏他想得出来。不过,现在的宁宇毕竟是市委领导,说话也很注意方法和技巧了。他很耐心地听完章副部长的汇报, 然后轻描淡写地说:"你的想法固然有些道理,但是这个做法是否合适,还需要进一步论证……"很明显,他是彻底否决了章副部长的梦想,他心里已有了合适的人选,这个人就是面前的章杰。

72. 角 力

宁宇给章副部长去电话, 实际上就是打探他有没有外宣办副主任的人选,当他听到章副部长物色的是陆草儿时,心里当即否决了。他丝毫没表现出对陆草儿的兴趣,说明他对这个人选十分不满意。

章副部长是何等敏感的人,立刻判断出宁宇有意见。这个时候,他宁可得罪市委的其他领导人，也不能得罪宁宇。在宁宇挂断电话之后的几分钟里，他反复琢磨应该怎样处理这个问题，他还是先给陆草儿去了电话。

陆草儿正在开会，她轻声说："一会儿再说好吗？我现在在开会呢！"

章副部长说："只耽误你一分钟，我就是告诉你，那个外宣办副主任就算了吧，你也太忙了，还是另找别人来顶替吧。免得到时候事情多了你也处置不过来。"

陆草儿本来在会议室还没有动，听见章副部长提到这个话题，她离开办公室站起身来，走到了会议室外面问："你刚才说的什么？"实际上，她已经听清楚了，她就是不敢相信章副部长这么快又变卦了。当时章副部长在按摩房与她快乐之后，信誓旦旦地对她说让她到他身边，离他近一点，也好向宣传部靠拢。

当时她非常高兴，自从章副部长与她接触之后，她就感觉到章副部长来头不小。他给她许诺的出任广电影视集团副总经理的愿望实现了，还无端地让她坐上了广电局的副局长宝座。实际上后者是章副部长根本没有预料到的。所以，她现在对章副部长是无比地信任。跟着他在宣传部兼任外宣办副主任，虽然同样是副处级，可实际上她的地位发生了改变。外宣办虽然是章副部长兼任的，但是编制是在市政府的，也就是说她只要做上外宣办副主任，她就同时是两个副处级岗位上的副职，外宣办副主任的身份还可以指挥全市上下的媒体，这当然也为她进一步提升埋下了伏笔。

另外，她还有更长远的打算。一旦哪一天章副部长回省城去高就了，她也希望章副部长把她带走，现在她当然是离他越近越好啊。

可是章副部长这时突然改变了主意，让她又费解又气愤。于是她愤愤地问："你什么意思？我不够格做你的助手？"

章副部长只想告知她这样一个信息，而后就要向宁宇表态。在章副部长看来，陆草儿这边当然不是他要平衡的重点。于是说："你现在不是在开会吗？现在我就给你透露这样一个信息，综合所有的工作，我觉得这个岗位兼职不合适，你本人也是应酬不过来的。我这样跟你说吧，近一个阶段，外宣办的好几件事情都没有让领导满意，宁部长本人又是格外看重外宣工作的。我想，你要是兼任这个职务，很有可能是在害你，也是拖我自己的后腿……"

陆草儿怎么可能理解章副部长说的这一切呢？她愤愤地想，你什么意思啊？哄我开心的时候，什么你都说了，什么你可以帮我做一部分工作啊，我不懂的会手把手地教会我啊，才过去了多长时间啊？就把人家忘到九霄云外去了？她此刻的内心，最不期望章副部长又看上了别的什么小姑娘，要是那样的话，她所有的设想都前功尽弃了。于是很低沉地说：“反正我很郁闷，也很不理解……”

章副部长能不知道孰轻孰重吗？不管陆草儿有没有意见，他必须在这个时候向宁宇表明一个态度，不能让宁宇心目中对他还有看法。于是说：“这样吧，我这边事情也很多，我也就不和你多说了，晚上我们找时间详细聊吧。”

陆草儿心里想：亏你想得出来，我都好几天没有搭理我老公了，要是长期这样下去，我的婚姻还不就得破裂了？但是她还是很理性地说：“既然这样，那就晚上见吧！”她垂头丧气地向会议室走去。

章副部长这边立刻给宁宇回了电话，他十分谦卑地说：“部长，我刚才也就是这样一说，因为这个岗位空缺，确实给宣传部和市政府办公室那边带来了很多被动，所以我也一直在寻摸符合这个岗位的人选呢！我刚才说了陆草儿，但我也觉得有几分欠妥，主要是她没有这方面的工作经历，可能兼任这个岗位也发挥不了职能作用。所以，要是部长那边有合适人选安排的话，就最好不过了……”

宁宇微笑着说：“我就是听听你这方面的意见，我安排什么啊，也只是给你推荐推荐，你要还没有合适的人选，我觉得章杰就是现存的最合适人选。”

这倒很出乎章副部长的意料之外。能让一个刚刚从省城来的报社青年干部同时兼任两个处级单位的实际负责人，这有点不可思议。虽然都是副职，可实际上所有的工作这个副职都得发挥绝对性的作用。不管章杰是什么人，与他是什么关系，反正此刻他只能当成这就是宁宇需要上岗的人。于是他踌躇了半晌才说：“部长，不是我没有考虑过，实在是责任太重大了，他两边的工作都很重要。再说，他不也是我的侄子吗？”

宁宇还是微笑着说：“嗯，你说的没错。这样重大的责任，让他这样一个年轻人去承担，显然分量是重了一点，事务也多了一点。可是你刚才举荐的陆草儿呢？她不也是副局长副总经理吗？更何况，她肩上还担着改革剧团的重任。另外，她还不熟悉新闻业务。相比之下，章杰就要比她合适多了，你说是不是啊？”

章副部长说:“嗯,这两个人相比较,章杰显然是占上风的。不过,我还是担心,会有人说我老章这是以权谋私任人唯亲呢?要是用陆草儿,这个问题也就不复存在了。不过,我也就这样一说,最终我还是听从宁部长你的,要是章杰能到位的话,什么时候可以宣布这个决定呢?”

宁宇见章副部长已经接受了自己的意见,也就说:“时间随时都是可以的,他也可以先忙外宣办的事,任命随后就下。还有啊,你也不要有这样那样的心理负担,对于章杰的任命,我承担主要责任,与你的关系不大。要是有这方面的传言,我会出面帮你澄清的。”事情也就这样确定下来了。

宁宇这才回到房间,章杰还是耷拉着脑袋,一点精神也没有。红唇和娜娜说笑,他也爱理不理的。一进门,娜娜就说:“部长同志,你回来得正好,你看看章杰这个人,简直太不像话了,整个人就像秋后的茄子,一点精神也打不起来,跟他说话就像没长耳朵一样……”

宁宇乐呵呵地说:“放心吧,我给他带来治病的药了。”

听见宁宇这样说话,章杰立即机警地看了他一眼,目光的渴求是毫不掩饰的。宁宇当着红唇和娜娜的面说:“倘若说让章杰做你们的上级,你们有何意见啊?”

红唇和娜娜说:“他现在就是我们的上级啊,新闻文化产业改革协调办公室常务副主任,他的话现在我们也得听啊。”

这对于章杰来说,当然是个绝对的好消息。但是他依旧按兵不动,他不动声色地望着面前的两女一男,只听见宁宇说:“要是再给他加一顶帽子来管理你们呢?”

娜娜和红唇夸张地说:“报告部长,我们坚决服从。”两个女孩的举动,终于让愁容满面的章杰露出了笑容。

73. 醉 酒

章杰听了宁宇的介绍,内心抑制不住地高兴。他一直也就是做编辑记者的,本来他是想到报社或者其他的媒体单位谋得一个实职,以便很好地发挥他的专业才能,没想到宁宇竟让他同时兼任两个重要的副处级职务。他尤其看好外宣办副主任这个职务,虽然他两边都是章副部长的副职,但是外宣部毕竟是政府里面的职位。也许男人都有仕途情节,章杰自然也不例外。有了这个职务,他也算是步入了仕途。他满心欢喜地说:“谢谢宁部长,我今后一定会好好干的。”

宁宇对红唇和娜娜说:“你们看到没有,灵丹妙药发生了效果不是?”

娜娜说:“你们男人就是不一样,每个人都有英雄情结,刚才章杰还这样情绪低落,一听外宣办副主任几个字,整个人就像充气一样精神。嘻嘻。”

红唇说:“可以理解,毕竟我们的章主任也是一个才子啊,要是不好好利用,那不就闲置优质资源了吗?”

几个人打打闹闹之中,张书记和红副院长他们张罗的菜肴陆续上桌了,两位夫人美滋滋地说:“孩子们,开饭咯。”所有的人都坐到了桌边。

席间,张书记首先发话:“今天算是家宴,在我们四个人的眼里,你们都是晚辈,也就不讲究那么多了。今天只有一个主题,那就是酒要喝开心,菜要吃高兴,当然,饭也是管饱的,来来,大家干一杯吧!”

红副院长也说:“就是,今天大家可以开怀畅饮,这是红唇和娜娜到了龙都之后,我们几家人的第一次聚会,来吧,干杯。”

本来宁宇还担心尴尬的,现在听两位长者这样一说,又加上还有章杰在身边保驾护航,内心完全放开了。他也举杯说:“我们四个人一起敬四位长辈吧?感谢你们的菜肴和美酒,也感谢你们给我们带来这样愉快的周末,谢谢。”

虽然场面没有什么异常,但是宁宇夹杂在其中,还是受到了格外的重视。首先是红唇的妈妈,她第一个举杯对宁宇说:“宁老师,虽然你现在是领导了,但是我还是记得你曾经是红唇的老师。红唇能有今天的进步,你是费了不少心血的,我仅仅代表我自己,衷心地敬你一杯。祝你事业顺利,心想事成。”

宁宇有几分忐忑地说:“谢谢伯母,谢谢。”他也记不得什么时候改口叫伯母了,要是放在以前,红夫人这个副行长一定会纠正,现在她也欣然接受自己是长辈了。这里面的微妙心理,也许只有局中人才能够体会。

张夫人曾经反对过娜娜和宁宇交往的,理由就是宁宇的家庭与她们家不对等,这个深深地伤害过宁宇的自尊心。但是她看见红夫人都这样与宁宇喝了酒,她自然也不愿意落后。她走到宁宇身边,温和地说:“宁宇啊,看到你现在这个样子，伯母很欣慰。伯母祝你主管的两大项目都顺利实施，更期待你能早日回到省城。”这些话，宁宇当然明白其中的要义。虽然他并不是很赞同回什么省城，但是碍于面子，他还是回敬说：“谢谢伯母的关心，我一定会尽心竭力地把事情做好。”

宁宇不是不知道，不管是红夫人和自己敬酒，还是张夫人和自己说话，身边那些敏锐的耳朵都在倾听，这让他觉得十分不自在。还好，今天的两位男长辈似乎早就有约定似的，根本就不和宁宇有亲热的言语和举动。

也许是开心，也许是压抑，宁宇一个人整整喝了一瓶半的高度白酒。他很清楚自己过量了，大家也都知道他过量了。宁宇对章杰说：“一会儿你把我扶走吧，就到你家里就可以……”

眼看宁宇已经不行了，这毕竟是在娜娜的家里呀，不管红唇会有什么想法，娜娜还是说：“你不行了吧？走吧，我扶你到我房间休息一会儿吧？”

宁宇摆摆手，说：“对不起，我确实有点过量了。但是我能走，我怎么可以到你的房间里休息呢？”他的话，分明就是说给其他人听的，尤其是说给红唇母女听的。娜娜一愣，没想到宁宇当众这样说，她心里想，这是怎么啦？难道你在我的闺房里睡的时间还少啊？这样的诘问，她当然不会说出口。听完宁宇的话，红唇十分欣慰，脸上掠过一丝快意。只听见宁宇说：“四位长辈，宁宇失态了，我就先告辞了，谢谢你们盛情款待，夜宵我请大家，所有人必须参加啊。”

章杰站起身来，也对其他人说：“各位长辈，你们慢慢吃，我送送宁部长。”众人都赞同地说：“好的，他可能喝多了，你可得看着他点儿。”章杰应声而去。

宁宇走进章杰的房间，就感觉到了天旋地转，好久没有这样豪饮了，身体很不适应。章杰扶他躺倒在床上休息，宁宇对章杰说：“好了，你不用管我了，你去吧，楼上的人还都在等候你呢。”

章杰心情特别的好，今天宁宇宣布他就任市外宣部副主任这个消息就像兴奋剂，此刻他内心还处于高度的亢奋之中呢。另外，章杰也是一个颇有心计的人，深知张书记和红副院长都不是一般的人物，说不一定哪一天就能用上人家，所以，这样的亲密机会他是不会放弃的。他给宁宇拿了矿泉水，又倒来一杯热开水，说道：“宁部长，你要想喝水伸手就可以了。我再上去陪陪两位长辈。”

宁宇早就想清静了，向他挥挥手，什么也没有说，而后就迷迷糊糊地睡了过去。

宁宇醒来后，发现自己躺在吐出来的污秽里，满屋子难闻的气息。看见章杰来了，他说："你扶我起来，我要去洗手间。另外，我要换一身衣服。"

章杰连忙把他扶到了洗漱间，说道："你最好洗个澡，让酒精挥发，一会儿可能你就清醒了。"然后给他开了热水，离开洗漱间时，他又说："我给你准备衣服去了，正好我这里内衣到外套都有新的，你就放心吧。"

宁宇躺在温润的浴缸里，头脑确实清醒了不少。

章杰把崭新的内衣送进来，温和地问："水温还可以吧？"

宁宇点点头。

章杰又说："这内衣你一定能穿的，我看大小和你换下来的内衣是一个型号。"

宁宇淡淡地说："谢谢。"

章杰又问："你是穿西装还是夹克，反正都有崭新的。"

宁宇随意说："那就夹克吧，夹克还自由一点儿。"

章杰说："好的，你的这套衣服，我干洗之后给你送去就是了。"

宁宇笑笑，没有说话。

章杰站在浴室里，没有出去的意思，一边问道："领导，你和娜娜的爸爸还有红唇爸爸认识很多年了吧？两位领导都称赞你的才能呢！"

宁宇说："是的，好几年了。最先认识的是红唇的爸爸，娜娜还是和韵介绍认识的。在认识红唇之后吧，怎么问这个问题？"

两个人本来年纪都不大，也都还没有结婚，所以两个人有很多的共同话题。章杰说："我能感觉出来，两位领导对你都很欣赏，而且都对你有想法呢。"

宁宇瞥了章杰一眼，问道："何以见得？"

章杰说："你呀，真有福分啊，两个人都希望你能成为他们的乘龙快婿哦。"

宁宇却说："尽说那些没有根据的话，这样的话，在你我之间说说也就算了，可不能到处乱说啊。"

章杰恭敬地说："嗯，那是当然。"很显然，章杰单独与两位长辈的谈话是有 定进展的。他又说："你知道吗，两位长辈还都不错的，红副院长已经答应有困难可以随时去找他。你知道的，他在行政学院常务副院长的那个位置上，很多地市的关系他都不错的，要是哪一天我真的想去，这可不就是一片坦途吗？”

宁宇咧嘴一笑说：“怎么，这么快就想出卖我了啊？想另谋高就了是不是？”

章杰却说：“怎么可能呢，我也就是这样一说。我刚到基层来，你给了我这么两个重要的职位，我一定得好好历练。要有一身真功夫了，才可能跳得动啊。”

宁宇说：“嗯，算你小子还有点自知之明。”

章杰又说：“省城大学的张书记也不错的，他也允诺我了，只要我今后想去教育界发展，也就一句话的事儿。现在我才发现，只有走出了报社的阁楼，天地才开阔了啊。我很感谢你，领导。”

宁宇笑笑说：“算了，你最好是能够对得起你自己就好了，感谢我就不要了。”

换上章杰找出来的一身衣服，俨然就是他自己精挑细选的一样。章杰赞叹说：“哎呀，这一身穿在你身上，你简直就成了男模了。”

74. 谁家靓女不争宠

宁宇换好衣服，首先想到的是楼上的张书记和红副院长他们，毕竟人家这么大老远的来了，不出面接待也是说不过去的。他都已经答应请大家宵夜了，所以他现在就得做准备啊。

宁宇首先还是给雪雁去了电话，雪雁一直在陪伴老母亲。还没等宁宇说话，雪雁就开心地说：“我就知道你忙起来什么都会忘记的。不过你放心，现在咱妈已经安全回到市区了，我和和韵正陪她看夜景呢。你现在怎么样，忙完了吧？你要是想来，我们几个女人也没有意见，我们就在市中心广场的百货大楼。”

宁宇摇摇头，觉得头还有些晕晕的，说道：“我来不了的，我一会儿还有个应酬呢。今天下午喝多了，我的头现在还晕乎乎的呢，你可别告诉老妈啊。”

雪雁乐呵呵地说：“知道啦，你可不要再这样了啊，这样对你不好。”回头她对身边的老太太说：“妈，你儿子忙着呢，现在也没有时间来陪你的。”

老太太无所谓地说：“算了，男人就应该忙正事。有你们两个闺女陪我，我也就很开心了。”只是一边的和韵感觉到有几分失落。心里埋怨道，这个宁宇，怎么只给雪雁电话不给她电话呢？她暗想，现在看来，宁宇确实是更喜欢成年女人。要不然，他怎么和雪雁这样亲密无间呢？虽说他们拜了干姐弟，谁知道他们幕后还有什么秘密啊。

老太太显然是更心疼身边的和韵，她对和韵说：“丫头，一会儿你可要教训教训这个不像话的宁宇，你都辛苦一天了，也没见他给你来一个电话，真不像话。”

和韵和颜悦色地说：“妈，没事的，我早已习惯了。”

老太太很倔强地说：“现在就这样放纵他，那还了得。丫头，晚上我替你好好教训他。”

和韵开心地笑了。

宁宇和雪雁通完电话，就问身边的章杰：“你上去告诉他们，一会儿我们出去吃夜宵吧。”

章杰诧异地问：“你说的是叫红唇和娜娜吗？现在我去叫她们不大合适吧，要不我给她们电话？”

宁宇说：“怎么是她们两个？还有其他那些人呢？”

章杰问：“你说的是张书记和红副院长他们吗？他们早就返回省城了，现在可能都快到了吧！”

“你说什么？他们都走了，为何？”宁宇不解地问。

“这我就不明白了，你问问红唇她们吧。”章杰说。

宁宇感叹地说：“要早知道，我也就不拒绝雪雁她们了。”

章杰说：“这有什么啊，你现在给雪雁副市长去一个电话不就完了吗？”

宁宇迟疑了一刻，还是说：“算了，都答应了别人了，还是不要改变了。老人家们走了，我们四个不是照样可以去夜宵的吗？”

章杰说：“就我们四个？”

“怎么啦，你不愿意啊？”宁宇问。

也许是酒劲儿尚未过去，所谓的酒壮色胆。章杰说：“我不想去，红唇娜娜两个女人都对你眉来眼去的，我夹在中间受不了。要去也可以，再叫上其他人。”

宁宇也能理解章杰的心情，于是宽容地说：“可以啊，你还有什么人可以叫？”

章杰说：“部长，叫上我叔叔章副部长如何？我好久没有见过他了，再说，你不是让我到他手下干活吗？我们也好借此机会沟通啊，同时也避免了我的尴尬和难受。”

宁宇说：“随便你吧，他要是愿意来，你就叫上他吧。”

章杰说：“开玩笑，只要你在，他敢不来吗？嘻嘻，我这就给他电话。”

章杰到另外的房间跟章副部长联系，宁宇也就一一给张书记和红副院长去了电话。电话里，宁宇向长辈们表示歉意，说自己一时高兴喝醉了，本来要请几位吃夜宵的，没想到他们已经离开龙都了，这个遗憾也只能下次补上了。张书记和红副院长都表达了同样的意思，看见他事业有成很开心，希望他回省城一定要联系他们。一番告别，章杰已经站在他的身边了。

“章副部长说他安排地方，我觉得也可以。”章杰说。

“安排什么地方？”宁宇问。

“江边烧烤城，据说那里的风味不错。”章杰乐呵呵地说。

“江边烧烤城？”宁宇对这个地方是有所了解的。那是龙都打造的休闲娱乐的商业古街，有点儿像成都的春熙路、北京的王府井。那里除了美食和美景，还有来来往往的俊男靓女，是一个时尚人群扎的地方。他没想到，这个四十出头的章副部长也喜欢往年轻人的地方扎。坦率地讲，他宁宇这般年纪的人，很愿意去这个地方休闲娱乐，起码能看到各种风情的美女，想必章杰也是这样盘算的，于是又说：“这恐怕是你的主意吧？”

章杰辩解说：“真不是我的主意，不过，我很愿意去这个地方。你就不要拒绝了吧，让我这个孤独的人欣赏欣赏风景也好啊。”

宁宇摇摇头，心里想，这章氏的爷们一个个简直没救了。

这还是宁宇在红唇她们到了龙都之后，第一次主动邀约他们参加这样的私密活动。红唇自然是十分开心，简单的梳妆打扮之后，就出现在宁宇面前。

可是娜娜却格外地啰唆，等了足足半小时还没有下楼来。宁宇询问道：“我说娜娜，你怎么回事，大家都在等你呢。”

娜娜却说：“你还问我怎么回事，还不都是为了你呀，和你一起出去，难道我就黄脸婆一样出去吗？你也不上来帮帮我，我为穿什么衣服发愁呢？”她的言行让宁宇无语，只好敷衍道：“好吧，你尽量快一点，我们可都在楼下等你。”

娜娜出现在公众的眼里，确实让人艳羡，身着优雅晚装的她，俨然一位高贵的公主。相比之下，红唇就简单多了，上身白色西装，下着雪白色牛仔裤。虽然红唇也很时尚，但是她看见娜娜这样奢华地出现，心中还是有几分嫉妒。她悄悄对章杰说："你看到没有，这是去秀时装还是去秀美人啊？我怎么看不出来是出去吃夜宵啊？这样打扮，就是去参加盛大的派对才对吧？"

很明显，她的这身装扮确实有点过了，他们去的是露天的休闲广场，而不是豪华的酒楼和酒店，宁宇也有几分挠头。又见红唇和章杰鬼鬼祟祟的，内心也就更不是滋味了。但是，他能说什么呢？娜娜当自己是他的女友，而且在省城的时候都是这样的，现在他又不能突然改变什么，也就只好佯装什么都没看到了。但是，他还是希望他们去的那个休闲广场最好不是露天的，要不然，娜娜今天的这身打扮就过于奢华了。

章杰似乎也觉出了某种味道，他绝对不能让宁宇觉得难堪，他连忙掏出手机问章副部长："你订的那个地点是封闭式的吧？"

章副部长却说："我还真不知道呢，你等一会儿，我问问陆草儿陆局长。"

宁宇听到了电话内容，连忙问道："他说什么，是陆局长安排的？"

章杰知道宁宇不满意，连忙说："领导，你别管，我知道怎么处理的，只要大家能够开心就好了。"

章副部长回话了，说地点是靠近河边的餐吧，预订的是最豪华的包厢，当然也是封闭式的。章副部长对章杰说："你放心，陆局长是什么人，这点儿小事她还安排不周全吗？"

章杰虽然对章副部长不是太恭敬，但是叔叔的手段和伎俩他是确信的。他现在也知道陆草儿是叔叔新近到手的情妇，不知道他们之间有什么交易，但是陆草儿对他叔叔一直膜拜是不假。所以叔叔的话他是不用怀疑的，同时他也有几分不悦，要是一会儿叔叔和陆局长只顾自己，宁部长和红唇娜娜火热，那他不是又显得孤独无聊吗？

75. 女人的眼泪都是被男人催生的

陆草儿果然是一个八面玲珑之人，看见宁宇一行人出现，她立刻迎上前去。她接到章副部长的电话之后，早就赶到这个地方准备了。她订的这个房间是这一带烧烤店中最有档次的一家。这里不仅每一个烧烤的房间是封闭的,而且菜肴绝对不会比任何一家韩国烧烤的味道差,相反,这里的菜肴很多品种还要比韩国烧烤更精致更有味道。

她预订的这间房就更不一般了,又是这家烧烤店里面最为豪华、最为临近河面的一个房间。在这里烧烤,不仅可以聆听水声、风声和鱼跃的声音,还能看到水景边上对岸的各种撩人风情。对面正好是一个情侣咖啡吧,出入那里的都是年轻时尚的情侣们。这间烧烤屋打开窗子就能听清情侣们的细语呢喃。所以,在龙都吃烧烤,要想订到这个餐位,那就得有相当的运气和福分了。当陆草儿给宁宇和众人介绍完这一切,所有的人都对这间特别的烧烤屋充满了向往。

果不其然，进入其间众人都很满意。传统意义上的烧烤店总是烟雾缭绕、喧嚣沸腾的,可这里委实不一样,里面的景色雅致,清香宜人。烧烤的器具别致而考究,显然具有很高的现代意识和科技含量。房间里面闻不到一丝油烟的。房间设置得特别合理,外面有一个一尘不染的烧烤间,里面却是享用的宽敞房间。不仅有放置衣衫的衣架和柜子,还有超大屏幕的电视、西式桌椅、设计人性化的沙发,甚至还有雪白如雪的宽阔大床。总之,里面又现代又舒适。

宁宇原本担心娜娜的装扮进入这里很不合时宜，没想到她的这身打扮与这里的景色相互映衬,更显露出娜娜的柔媚妖娆,女性的魅力更加完美地释放出来。很显然,娜娜也很享受这里的环境,裸露的酥肩似乎都在跳舞。

娜娜的笑容格外灿烂,红唇也丝毫没有逊色,她的白色西装加牛仔裤,也与这房间里的西式风格相吻合,好似这间房屋就是给娜娜和红唇准备的一样。

相反,宁宇的一身夹克反而显得有些不伦不类,章杰轻声对宁宇说:“部长,今天你该后悔了吧?我给你西服你不穿!”

宁宇也很坦然地说:“谁知道还有这样雅致的烧烤店啊?”

章副部长看见宁宇对这里的环境很满意，于是对身边的陆草儿说:“陆局长,宁部长赞赏你找的地方别致呢!”

本来宁宇对章副部长和陆草儿有些芥蒂，但是此刻他对陆草儿却莫名其妙地多出了几分好感。当初他在路上就在想，今天娜娜的装扮过于打眼了,要是出入宾馆酒楼的西餐厅还可以,到烧烤店会不会让娜娜难堪?她可是一直生活在温室中的官宦大小姐。当然，他并没有要讨好娜娜的意思，可是毕竟让人家心里不舒坦，自己也不舒坦呀，所以他对面前的陆草儿有了改变。

陆草儿举起了杯中的红酒，有几分羞涩地说："宁部长，怎么说呢？从你第一次到我们剧团那一次起，你的形象就在我的心里定格了，现在我才真正地了解你了，只要有你在，我们的心里就格外地踏实。来吧，我为有你这样的领导而干杯。"她的话说得不算动听，但是特别受用。宁宇点点头，一口喝干了杯中酒。然后他仔细看了看陆草儿，潜意识里突然发现，原来这个女人也是那样别有风韵的，虽然她已经年近四十了，但是岁月的痕迹在她的脸上留情，不施粉黛也还是那样有光泽，浑身上下都洋溢着一种饱满的激情。这是宁宇十分欣赏的，在她的身上，他同样看到了与和夫人一样的影子，当然，也有雪雁的影子。他暗自想，这个章副部长也还算有眼力。

随后，章副部长举杯说："来吧，这位是我们省城的几位在龙都的第一次大聚会吧，今天的特邀代表就只有陆草儿局长。"

陆草儿连忙说："能跟各位大知识分子一起，是我最大的荣幸。"

章副部长说："来，为我们美好的未来，为龙都新闻文化产业的崛起，为龙都高职高校教育园区的崛起，也为宁部长的前程，大家干一杯。"

"干杯。"众人都应和着。

宁宇却说："很感谢大家的帮衬，很感谢各位老同事、老领导的支持。当然，也包括陆局长的支持。我们共同努力吧，我们前程都很美好的，干杯。"

尽管聚会难得，还是出了两起局外人不易觉察的矛盾。首先是深爱着宁宇的娜娜和红唇较上劲了。红唇看不惯娜娜总是围绕在宁宇身边充当保护神。她很不客气地冲娜娜说："娜娜总编，我觉得你应该和大家喝喝酒，管理宁部长不应该是你的专利，你应该明白，他是我们大家的领导，我们每一个人都会很关心他的。"

谁都听得出来，这就是公开叫板，只不过没有明说而已。这让娜娜很下不来台，于是她对红唇说："怎么，你没有喝到酒是不是？那么我们连喝三杯如何？"

红唇不甘示弱地说："只要娜娜总编愿意，五杯十杯随你的便。"

这分明就是较上劲了。宁宇很清楚两个人的酒量，要是在平时，两个人都能喝个二三两酒，可是她们刚才已经喝过了，现在最多也就喝一两多就会醉的。但是两个女人实际上是因他而起的，所以此刻他必须退避三舍，不敢劝解任何一个人。只见两个女孩喝红了眼，一杯一杯地不停喝下去。

章杰和章副部长显然也是知道内情的，也不大好劝解，却看得陆草儿直发呆。她轻声问身边的章副部长："她们平时也这样斗酒的吗？简直太可怕了。"

章副部长压低了声音说："你可不要说话，她们都是为了宁部长而斗呢。"

知道了内情的陆草儿也不言语了。

那边一出还没有一个结果，这边又出事了。章副部长给陆草儿介绍了章杰是他的亲侄子之后，陆草儿还有几分开心，说道："嗯，章杰是你养大的，现在你们在一起工作，也算是上阵父子兵了。希望你们爷俩今后精诚合作，把事业做得更好。"

章副部长又说："这都是宁部长的关怀。现在章杰两边都是我的副职了，要不是宁部长了解我和章杰的情况，外界一定会说我任人唯亲的。"

这话显然激发了陆草儿的欲望，她关切地问："是吗？章杰现在也身兼两职吗？我只知道他是龙都新闻文化产业改革协调办公室的副主任，他还兼任别的什么职务啊？"

章副部长可能也是喝醉了，随口就说："市政府外宣办副主任，这也是宣传文化领域的一个相当重要的职务。"说完之后，他马上后悔了，因为这个职务他曾经允诺给陆草儿的，本来应该找一个安静的时候给她解释，没想到自己这样就随口说出来了。

陆草儿的脸色当时就变了，她瞪了章杰一眼，嘴里说："看来，还是家里人亲啊？"章副部长当然知道女人生气了，只不过是因为宁宇的原因，她才这样控制着情绪。她自己举杯一口喝干了酒，纤细的手指都在微微发抖，可见她内心有多么抓狂。她喝下这杯酒，完全就是下意识地掩饰自己失控的情绪。

章副部长知道自己伤害女人了，压低了声音在她的耳边说："你不要生气，我会找时间给你慢慢解释的……"

陆草儿却大声说："这有什么呀，我应该祝贺你啊。"话虽然这样说，可她的眼睛里已经有泪花儿在打转了，可见女人受到男人的伤害是多么痛心。

陆草儿站起身来，走出了这个包间，走到另外一间房屋里，推开窗户，眼泪就哗啦啦地掉下来了。她无法理解这个口口声声说爱她的情人，竟然会这样耍弄她。现在看来，他早就将这个岗位给了他的亲侄子了，还要在与她上床之后拿这件事来作弄她，把她当成傻子一样作弄。这些手里掌权的男人，怎么会这样卑鄙！

76. 陆草儿登堂入室

陆草儿此刻的心里太矛盾了，她知道章副部长的实际能力，也知道不能轻易得罪他。可是女人的天性使然，受到了这样的委屈，她怎么可能不感到委屈呢？要是别人出任外宣办副主任，只要不是年轻貌美的女人，也许她都不会那样冲动，完全有可能是市委其他领导的用人平衡。可是章杰出任这个职务，显然就是章副部长所为了。他要么担心自己的能力，要么觉得还是自己的亲侄子可靠，说到底，还是把她当成外人了。一个坠入爱河的女人，最容不得的就是男人轻视她。陆草儿虽然是一个成熟的女人，此刻她的心境就是如此。

正当她伤感地想着这些问题时，章副部长走到了她的身后，轻轻地拍拍她的肩膀，贴近了她的耳朵说："请你相信我，我以人格担保，绝对不是你想象中的那样。要不这样吧，这里的聚会完了之后，你跟我到家里去一趟，有必要的话，我也把章杰带去。一切真相你都会明白的，我们两人现在是什么关系啊？我怎么会隐瞒你呢？"

陆草儿还没有去过章副部长的家，像他这样老谋深算的男人怎么可能轻易让别的女人真正介入他的生活呢？他让她去他家，也就说明他真的把她放到心里去了，让她完全介入到他的生活视野之中。当初他想让她出任外宣办副主任，不也是这样一个目的吗？没想到这个男人并没有骗她，她转过身来，眼泪还像清晨的露珠儿一样挂在脸上，章副部长掏出了湿纸巾，十分温柔地将她的眼泪擦干。她一下子扑到了章副部长的怀里，内心顷刻间荡漾着一种暖流，一种被男人珍视的暖流。

良久，章副部长说："别这样了，要是让宁部长他们看到了不好，现在还是回去吧，好好陪陪宁部长。他不是赞扬你办的这件事很好吗，我想你也不想前功尽弃吧？"

陆草儿终于破涕为笑，轻轻擂了章副部长一拳说："都怪你，臭男人，走吧。”说着,下意识地拉住了他的手。章副部长提醒她说:“这是公共场合呢……”陆草儿这才将他的手放开,两人再度步入了宽敞的烧烤吧。

烧烤吧里面早就出现了又一奇观。红唇和娜娜斗酒已经结束,双双醉倒在餐桌上了。章副部长和陆草儿进去时,红唇已经被章杰扶到了床上,娜娜斜趴在餐桌上,显然十分容易摔倒。宁宇虽然还在与章杰说笑,可是脸上的无奈神情一览无余。看见章副部长回来了,宁宇就说:“现在她们都醉了,也只能把她们送回家了,走吧?”

回到红唇和娜娜的楼下,宁宇说:“陆局长,也就麻烦你把她们两位扶进卧室了,我们在楼下等你吧。”

陆草儿说:“领导你放心,我一定把她们两个安顿好,就是不知道她们有没有问题?”

娜娜和红唇都没有完全醉过去，两人也不过是醉态浓郁，都还神志清醒,对陆草儿说:“谢谢你,陆局长,没事了,你走吧。”陆草儿自然明白了,两个女人也就是为自己下台阶，也是给宁宇面子，其实她俩谁都没有真正醉酒。下楼的一路上,陆草儿一直在琢磨,是啊,像宁宇这样位高权重又长得这样帅气俊朗的男人实在太少了，这几个女人之间彼此吃醋也是再正常不过了。

宁宇没有让任何人送,一个人独自离开。他知道,和韵和雪雁正在等候着他呢,他再也不想别人介入他的家庭生活。

章副部长践行自己刚才的诺言,对章杰说:“走吧,到我家去,陆局长也一起去。”

章杰诧异地看了叔叔一眼,觉得这太不可思议了,他和相好的女人去家里幽会,偏偏叫上他干吗呢?本身叔母就曾委托他看好叔叔的,他这不是自投罗网又是什么?可是,叔叔毕竟是叔叔,而且他对自己有养育之恩,不去也是不可能的啊。他犹豫再三,还是冲陆草儿笑笑说:“走吧,陆局长,到我叔叔家吃熏羊肉去。”

章副部长的家很宽敞也很干净，显然是章夫人精心收拾过了的。一进门,敏感的陆草儿就闻到女人的味道了。说道:“看来嫂子是很精明能干的女人啊?”

章副部长问:“你怎么提起她呢?”

陆草儿说:“我看这样的房间,只有女人才张罗得出来啊,难道我说错了不成?”

章副部长只得笑笑说:“好你一双利眼啊。不过,夫人现在在省城的,她上个月来过这里,这里确实是她布置的,保姆也就按照她的规定打扫打扫,所以还保留着她的风格。嘻嘻。”

陆草儿有几分醋意地说:“你们这些事业成功的男人,就是不把女性当回事。你也真傻啊,我问你这些,难道你就不可以撒个谎,哪怕是个小小的谎言也好啊。我知道是你夫人摆弄的,我也不愿意听到从你的嘴里说出来啊……”

章副部长连忙改口说:“哦,不不不,这些就是保姆弄的,现在女主人回来了,你想怎么布置就怎么布置好了。呵呵。”

陆草儿说:“滑头。”

进了章副部长家门的章杰立刻就变了,变得就像章副部长的儿子一样。他给章副部长找来拖鞋,还给陆草儿也找来了拖鞋,然后转身进了房间说:“你们聊吧,我去给你们泡茶。”

陆草儿说:“章主任,还是我去吧?”

章副部长说:“就让他去吧,他已经习惯了。进了这个家门,他就是我儿子一样了。”

陆草儿并不了解其中的渊源,本来章杰就是章副部长一手带大的,所以回到这样的环境,章杰也就回归到儿子的本位上去了,对章副部长毕恭毕敬的,当然对陆草儿也毕恭毕敬的了。这让陆草儿很不习惯,忍不住问章副部长:“他在你家里一直都这样吗?”

章副部长说:“他也就是叫我叔叔,实际上我就等于是他的父亲,你放心吧,今后他对你也会十分尊敬的,就当他是你的儿子好了。”

陆草儿说:“我敢吗?我有这样大的儿子?我还不习惯呢。”

章杰送来了泡好的茶,然后又问章副部长:“叔叔,你看我是不是让保姆做点什么?比如牦牛肉什么的?”

章副部长说:“哦,我看就算了,你还是坐下来吧。说说你去外宣办的由来,免得陆局长心里有一个疙瘩呢,尽管她不是外人,也不至于让她觉得是我从中作梗啊?”

章杰并不知道事情到底是怎么回事,问道:“怎么啦?我去外宣办陆局长有意见吗？”

章副部长这才想起来他没有给章杰交代过任何背景，也就随便说：“是这样的，陆局长有一个亲戚想去坐这个宝座呢，这不是找到我了吗？我不便解释，所以还是你来解释一下吧？”

章杰说：“哦，这件事啊……”他索性把宁宇对他交代的过程说了一遍，最后说：“就这样简单，就是宁部长一句话的事儿，我也没有想到啊。”

章副部长对陆草儿说：“现在你明白真相了吧？”

陆草儿点点头，说：“哦，原来是这样啊。”

章杰坐在这里自觉没趣，对章副部长说：“叔叔，没事的话，我就睡觉了啊，你们也早点休息，明天还有很多事情呢！”

虽然他没有更多的言辞，但是起码他释放出来了一个信号，他已经承认了章副部长和陆草儿是同床共枕的情人了。这让陆草儿羞红了脸，章杰离开之后，陆草儿问：“在你家里好吗？”

章副部长说：“有什么不好的，家里就只有我和章杰爷俩。保姆又不住我家的，没事的，你去洗漱吧，我修改一个紧急文件就来……”

77. 无法抗拒的深度诱惑

宁宇懵懵懂懂地回到自己的家，这才想起妈妈还在龙都呢，此刻她还与和韵和雪雁在一起。于是他拨通了和韵的电话，和韵对他说：“你忙完了吗？”

宁宇说：“是啊，你们在哪里啊？今晚怎么安排的？”

和韵说：“大家都在等你决定呢！”

宁宇问：“我妈的意见呢？”

和韵说：“老人家没意见，这不在等候你的决定吗，我们现在在河边喝茶呢。”

宁宇想了想说：“那还是回宾馆吧，昨天不是都已经预订了房间吗？”

和韵说：“你等一会儿，我问问老人家，看她什么意见。”她并没有挂断电话，身边的雪雁正看着她呢。她也没有询问雪雁，对老人说：“妈，你儿子问您今晚住哪里？”

老人家不假思索地说：“我听他的。”

和韵说：“您儿子的建议是回酒店。”

老人家又看了雪雁一眼，雪雁说：“我没什么意见，您决定好了。”但可以看得出来，雪雁是郁郁寡欢的。

和韵也就说：“那我们就回酒店了？”然后在电话里对宁宇说：“回酒店，你现在是过来呢，还是直接去酒店呢？”

宁宇说：“你到了再给我电话吧！”

三个人也就启程回酒店，今天也确实太累了。到了酒店，老人家没有看见宁宇的身影，问身边的和韵：“怎么回事？宁宇还没有回来吗？”

和韵说：“他一会儿就到了，您到房间里休息一会儿吧？”

老人家也累得不行了，进房间就说：“我休息一会儿，宁宇回来之后叫我一声。”

安顿好了老人家，雪雁和和韵也就分手了。雪雁说：“老人家就委托你照看了。”

和韵说：“没关系，她现在不是已经休息了吗？”

两个人还在说话，老人家突然打开房门冲雪雁说：“丫头，你也别走了，进来我这里休息吧，晚上我也好有个人陪我说说话。”

雪雁一愣，和韵乐呵呵地说：“随便你吧，你要是回家，我就陪她好了。”

雪雁迟疑了一阵，还是说：“算了，还是我住她那里吧，反正里面也是标间。”

当雪雁关上房门，楼道里就剩下了和韵孤零零的一个人。和韵走回自己的房间，十分舒服地趴在床上，然后才按下了宁宇的手机号：“你可以过来了，我们已经到了酒店了，雪雁和老人家住在一起的，你直接到我的房间里面来吧……”说完，她也就迷迷糊糊地睡了过去。

宁宇进入她的房间，看见和韵已经睡着了，只听见和韵均匀的呼吸声。他轻轻地将毛毯盖到了和韵的身上，不想和韵立刻机警地醒了。她揉揉眼睛说：“哦，你过来了啊，我实在太困了，不好意思睡着了。”

宁宇说：“不好意思的是我啊，让你辛苦了一天，看你困成这样，我很抱歉。”

和韵却说：“不用抱歉了，还是犒劳犒劳我吧？我很想你抱抱我，真的。”

宁宇却说:“和韵,我……”

和韵说:“我又没有非分要求,难道抱抱我就过分了吗?”她走到了宁宇身边,宁宇也只得站起身来,将和韵拥抱在怀里。和韵一边亲吻他的面颊,一边幸福地说:“在你的怀抱里真温暖啊,我真希望有一天,你的怀抱真正属于我,嘻嘻。”随后,她主动挣脱了宁宇说:“好了,你洗澡吗?我要洗澡去了。然后美美地睡上一觉。”

宁宇只能说:“你去吧,我一会儿再洗。”

洗浴间传来“哗哗”的水声,勾起人几多的遐想。这时洗浴间传来了和韵的声音:“宁宇,给我把睡衣拿来,我忘了拿了,就在床边的柜子里。”

宁宇现在还有几分酒劲儿,虽然头脑之中有几分混乱,但是他还是能够分辨出该做什么的。听见和韵的呼喊,他站起身来打开了衣柜,把和韵粉红色的睡衣找了出来,缓慢地给她送去。和韵已经把洗浴间的门完全打开了,她正在背对着外面用吹风机整理她的柔发呢。窈窕美丽的背影,在灯光的掩映之下,显得格外地迷人。她一双玉手不停地摆弄着头上的头发,娇艳的身子一阵阵地颤动,就像刚刚剥了皮的鲜嫩荔枝。毫无疑问,她的这副模样儿足可拨弄男人的神经。宁宇目睹这一幕,也惊呆了,他在门外站立了很久,也没敢惊扰她。里面的和韵似乎特别享受浴后的畅快,裸露着躯体整理美发看来也是她的一种习惯了。

和韵确实有这样的习惯,她从小就是一个人独立生活。每一次洗澡都相当于一次别致的水中游戏。从十几岁开始,她就有一种习惯,一个人在洗浴间对着镜子观察自己的身体。只见她上下左右看自己的身子,脸上荡漾着自信的笑容。看来,她对她目前的身体是很满意的。

猛然间,她转过身来,正要再一次呼喊宁宇,没想到门外的宁宇已经笔挺挺地站立在那里了。她身上的一切,都在宁宇的视野里。丰满的胸部、妖娆的细腰,还有那让人着迷的美臀,在灯光的照射下,光滑细腻的皮肤如羊脂般透明……宁宇以为和韵会突然尖叫,可是,和韵不仅没有尖叫,而是同样深情地望着门外的宁宇。她像一只高贵而洒脱的战马,甩甩她的头发,问道:“我美吗?”

宁宇这才回过神来,说:“很美,这是你的睡衣。”

不想和韵并没有伸手接他递过来的粉色睡衣,而是盯着他的眼睛说:

“不,只要你觉得我这样美,我就不穿衣服,我就是希望你看到我美艳迷人的一面,只要你喜欢,我就这样一千年……”她酷似梦呓般的语言,显然是有强大的磁力的。

门外的宁宇立刻犯难了,他连忙低下头,说道:“和韵,你还是穿上吧,这个时候……”

和韵吃吃地笑了起来,说道:“我说宁宇,你让我想起了什么,想起了小偷来,明明都把别人的东西偷到手里了,还佯装羞愧的模样儿,嘻嘻。你也是的,都什么年代了,你就当我是模特就好了,我身上的一切,你都可欣赏的,只要你觉得美……”这样滚烫炙热的语言,宁宇早就领教过了。和韵本身也是他的第一个女人,两人之间现在的矜持,也不知道是何时开始形成的。如果没有记错的话,那就是在和韵去了他的老家之后。人的心理就是这样怪异,一旦觉得珍贵的东西,反而不敢轻易享用了……

宁宇迟疑了一刻,又说:“你穿吗?”

和韵说:“现在不穿,你不是要洗澡的吗?你也进来呀。你要是需要,我还可以当你的服务员,而且,我也希望近距离地看看一个阳刚的男模啊!”宁宇还在犹豫,和韵伸出手来,柔情蜜意地说:“来呀,来呀。”很显然,面前的女人太具有诱惑力了,尚在酒精作用下的宁宇,也就像沙滩上的萝卜,终于追随和韵而去。

余下来的场面不用赘述,两个人终于走向了癫狂。宁宇还没有在灯光下看见过和韵的表情,这一次,他看得太真切了,印象最为深刻的是和韵晶莹剔透的眼泪。宁宇根本无法知晓这是不是女人情到深处的表现,反正那些泪水异常诱人,异常让人心碎。和韵久久地搂着他,似乎一个世纪也不愿意分开,这样的体验,与笑笑在一起完全不同。

宁宇长长地吐了一口气,问道:“我们这是为何呢?”

和韵缠绵地笑笑,又在他的嘴唇上亲吻良久,然后说:“你就这样理解吧,权当动物的一次冲动。”她的这句轻描淡写的话,却让宁宇感触良多。难道这真是动物的一次冲动?难道面前与自己进入极乐世界的女人就没有一丝牵绊?想到这些,他突然觉得很对不起和韵,索性也伸出了胳膊,将怀里的女人搂得更紧了。和韵的脸,就像是春上怒放的桃花,整整一个夜晚,两人都相拥而眠。

78. 宁宇受到关注

送走老妈的那天上午，宁宇意外地接到了笑笑的电话。笑笑好久都没有露面了，几乎就像在他面前消失了一样。他刚刚走出办公室，晚霞余晖正将天地笼罩，市委办公大楼像一座金碧辉煌的宫殿。走在楼道里，宁宇一边想笑笑找她何事。刚跨出电梯，他就看见了笑笑的豪华跑车。戴着蛤蟆眼镜的笑笑显得有几分夸张，但是她清秀的面庞依旧在晚霞余光中显得格外地引人注目。只见她轻轻地向他扬扬手，示意宁宇上她的车。

宁宇很熟悉这个神秘的女人，她没有要事是断然不会出现在他的视野之内的，于是走过去问道："怎么？你找我有事？"

笑笑说："嗯，能上车再说吗？你这样的大忙人，没事我能来找你吗？"

宁宇上了车，笑笑启动马达，风一般地驶出了市委大院，车后扬起一阵阵的浮尘。一路上，笑笑开心地说："好久没见你了，你的面容还是那样光洁如玉啊，看来你的日子过得很滋润的吧？现在你的红颜知己都到了龙都了，怎么样，很爽是吧？嘻嘻。"

宁宇说："我相信你找我，绝对不会是关心这些陈芝麻烂谷子之类的八卦吧？"

笑笑说："不仅仅如此，可是关心一下你身边的女人我还是蛮有兴趣的，请你原谅，这是天下所有女人的天性。当然，你可以选择性地回答。因为我不关心你和雪雁之间怎样了，那注定是没有结果的红尘艳事，我更关心娜娜、红唇和和韵，这些女子虽然貌似青涩，但是对于你来说也许更合适一些……"

宁宇摇摇头，这个笑笑他已经习惯了，就是一个活跃的间谍，他的什么事似乎她都了如指掌。但是笑笑从来都守口如瓶，只是在他面前有所放肆，于是坦然地说："老实说，你和我最大的差异就在于你很八卦。"

笑笑不依不饶地说："从本质上，你和我没有差异，你是个八卦新闻的制造者。虽然你不传播，可是你经常制造。"宁宇当然明白她指的是什么，于是又强调说："我们能不能不谈这样的琐事？"

笑笑说:“你急什么呀,我当然有很重要的事情跟你谈,而且是你想象不到的严肃事情。我这不是先跟你开开玩笑,让你的神经放松下来吗?”

“哦,有这样严重啊,那我倒是要洗耳恭听了。”宁宇对笑笑的话,从来都没有质疑过,因为本身她就是一个异常神秘的人物。

笑笑驾驶轿车一直在市区里转悠,很明显她并没有打算去什么明确的目的地。宁宇好奇地问:“你这样不是很消耗资源吗?”

笑笑说:“你也不要奇怪,有些谈话就是要选择特殊的场所,我觉得我们的这次谈话,就很适合在市区里转悠着说。我想这比我们找一个地方更安全。你放心,我的轿车是今天才全面检查过的,上面没有任何监控设备。呵呵,当然,除了我自己设置的之外。”

一听笑笑这样说,宁宇突然觉得问题也就不那么轻松了,他望了笑笑一眼,什么话也没有说。

笑笑说道:“我找你,就两件事。第一件,我要告诉你龙都高职高校教育园区的‘环球绿色智慧发展基金’明天就到账一半,款项是从境外直接打过来的,里面的手续费已经扣除了,也就是说,我手里会有一笔不菲的佣金。你也可以提出你的想法,你可以选择要,也可以选择不要……”二十五个亿的资金,对于常人来说,那是一个天文数字,这笔佣金笑笑也曾坦然地跟他交涉过的,只要他有想法,笑笑绝对不是那种自私自利的人,他完全相信笑笑说的是实话。

见宁宇没有说话,笑笑又介绍说:“你放心,佣金是在境外都已经扣除了的,账号也是境外账号,就是你不需要分享这笔钱,这个账号也会为你保存五十年,五十年之内的任何时间,你都是可以申请支付的。手续我替你保管了……”在宁宇听来,这就像天书,可事实上却真的发生了。随后,笑笑取出了文件的副本给他看,并说:“文件都在这里了,你自己仔细看一看吧,这些文件也不需要你签字的,款项进入账号之后自然生效。”

宁宇摊开了这一大摞的中英文对照文件,里面的各项条款果然就是笑笑说的内容。但是他有一个惊异的发现,这些文件的签署都是和氏商号集团国际事务部签署的。他连忙问:“怎么回事啊,我没有授权这个机构代替我签字啊?这到底是怎么一回事啊?”

笑笑很为难地说:“这个我就不清楚了,你是不是曾经授权过他们打理你的异国资产,总之这些文件都是遵循国际惯例的,不用任何质疑。至于你签字和授权的问题,只有你自己最清楚了。但是有一点你大可放心,这些文件都是受到整个国际社会保护的,这其中也包括中国政府。”

宁宇猛然间明白了,这一切都可能是和氏商号集团的海外公司所为,只有和氏商号集团才有他的授权和签名。他完全没有想到和氏商号集团的国际事务部还能代理他的个人海外业务。很显然,现在说什么都晚了,他十分忧虑地问:“笑笑,你老实告诉我,这里面会不会有隐藏的阴谋呢?”

笑笑咯咯地笑了,说道:“我说宁宇同志,宁大部长,国内关于党政干部的那些管理文件我不太清楚,但是这些都是具有合法性的文件,按照相关的文件精神,你应该受到法律的保护。你心里想什么我明白,但是我告诉你,你的这些财产,你只要不用在你个人身上,我想随便哪一个政党和哪一个国家不会莫须有地让你难堪吧?”宁宇突然觉得笑笑的这个说法对他是有启发意义的,如果事实上真的就是这样,那么这些经费他完全可以接受,然后直接转赠给希望工程,那不是一件功在千秋的大好事吗?当然,他也只是这样想想,具体能不能实行,他还得咨询可靠的法律权威再说,比如说咨询和夫人的私人法律顾问陈院长那样的人,现在他只能保持沉默。

随后笑笑又说:“下面这件事情听起来会让你紧张的,你有准备吗?”看着笑笑眯起来的眼睛,宁宇说:“看你说起来就这样轻松,又会紧张到哪里去呢?”

笑笑说:“我得到了确切消息,明天就有上面的人来找你,来人是中纪委和省纪委的人……”

她还没有说完,宁宇的脸色就变了。迟疑了半晌,他才问:“你的消息来源可靠吗?”

笑笑说:“刚才还说不紧张的不是?没做亏心事不怕鬼敲门不是?你紧张个什么劲儿啊?消息绝对是无误的,你有心理准备就行了。我个人猜测,不会有什么大事的,也可能会是涉及你的国内国际财产的事,我看你这样单纯的人,上面也会信任你的。”

宁宇连忙说:“你开什么玩笑,我这样一个穷光蛋,哪里来的国际国内资产啊?”

笑笑说:“是的,我就知道你是一个糊涂虫,换了有心计的人,早就不是你这个样子了,呵呵。不过,话得说回来,也只有你这样的人才会有这样的福气。你也不要管得太多,明天来人也不会为难你的,你知道点什么就说什么吧,这样对你来说可能就是最安全的办法了……"

宁宇确实不知道,现在的他已经是领导干部中为数不多的官僚富豪。金融系统通过各种途径划到他私人账号的钱财,是宁宇自己都无法想象的。但是,这些经费的来源他自己也无法说清楚,可是金融系统能说清楚,而且每一笔都有据可查,是合理合法的收入。不过,像他这样的政客富豪确实鲜见。

79. 高贵夫人现身龙都酒店

笑笑跟他说完这一切,然后就将他送回龙都酒店。她的这一举动,更让宁宇内心增添了几分忧虑。以前的笑笑可不是这样一种冷静的风格啊,今天怎么变得这样冷静了呢?莫不是她知道他明天将会发生什么了?他木然地下了车,本能地走进了和韵的住处。直到他都走到和韵面前了,还没想明白笑笑今天的举动意味着什么。

他的突然出现,和韵没有丝毫意外,毕竟他们之间有了那一层关系。她站起身来,微笑着说:"你回来了? 要喝茶还是咖啡? "

宁宇这才觉得不对了,这里到底是他的什么地方啊,能用"回来了"这个词语吗? 他后悔莫名其妙地来到这里,要不是笑笑今天给他带来这样有冲击力的消息,或者不是笑笑将他带到了龙都酒店来,他这个时候一定是在家里了,也不会这样魂不守舍失魂落魄。他勉强地挤出一丝笑意,冲和韵点点头。

和韵又说:"你怎么啦? 到底是喝茶还是咖啡,你点头我怎么知道啊? "

宁宇歉意地说:"哦,对不起,我有些走神了,喝咖啡。"

和韵当然能看出今天宁宇的特别,将咖啡送到他手里时,抚摸了他的额头,说道:"你的身体还算正常啊,你能跟我说说,你遇到了什么事了吗? 当然,是在你不泄密的情况下。"

宁宇对和韵的情感有些复杂,就是到现在为止,他也觉得和韵并不能替她分担政治上的负担,于是说:"没什么,可能是太累了……"

今晚的这两个消息,实际上他是不可以与任何人分享的,这也包括娜娜红唇,连同雪雁,他都不可能给她们透露只言片语。

宁宇十分舒展地靠在和韵的身边,静静地喝着咖啡,思索着明天可能发生的种种情形。和韵也忙着玩自己的游戏,两人互不相干。

良久,宁宇终于问道:“你妈没有离开省城吧?”

和韵回头说:“怎么,你想见我妈?”

宁宇说:“嗯,确实。”

和韵说:“需要我帮你联系吗?”

宁宇想了想说:“算了吧,还是我自己来吧。”

和韵吃吃地笑,然后就玩开自己的游戏了。和韵暗想,这个年纪轻轻的男人太怪了,怎么老是喜欢到中年女人面前凑热闹呢?不过这一次他提到的是自己的妈妈,她也不能乱说什么了,只能一笑了之。

不想宁宇并非开玩笑,他掏出了手机,按下了那串很熟悉的号码。电话鸣响三声之后,对方接了电话。宁宇像弹簧一样从沙发上弹了起来,走到了靠窗的位置。

只听见电话里传来了和夫人柔和的声音:“宁部长啊,你好。”

宁宇说:“和夫人好,这不会打搅你吧?”他一边说话,一边回头看了玩电脑的和韵一眼,和韵压根儿就没有抬头,她一直就是这样的,与她妈妈保持着一种可有可无的关系,要是不熟悉的外人,根本就看不出来她与和夫人是亲生母女。

和夫人说:“没事的,就我一个人在车上,你有什么事就说吧!”

宁宇说:“是这样的,我明天可能会去一趟省城,我想见见你,也不知道你是不是有空,更不知道你是不是在省城,我知道你是个全球走动的大忙人。”

和夫人却说:“嗯,我本来明天就要去澳大利亚的,可是因为一件特殊的事情,我将行程推到后天了。这件事与你有关,我本来要给你电话的,没想到你却主动给我电话了,呵呵,我不知道这算不算心有灵犀。”要是这样的话让和韵听见,也许会起鸡皮疙瘩,但是从和夫人的嘴里说出来,还是像和风细雨中的山泉,既顺畅又优雅。

因为在和韵的房间,宁宇当然没有直接回答这个问题,而是乐呵呵地说:“哦,这正好啊,我明天一定亲自拜访你。”

不想和夫人却说:“不不不,不用了……”还没有等和夫人说完,宁宇就问:“怎么,你明天也不方便见我,可是我的事情不方便在电话里说啊!更何况,我期望明天很早就见到你,要在政府机关上班之前。”

和夫人说:“你怎么不让我把话说完啊,你知道吗,我就知道你很忙,所以我取消了去澳大利亚的行程,现在已经快要赶到龙都了。”这样说来,和夫人一定有非同寻常的事找他,宁宇暗想。和夫人接着说:“你现在就做好见我的准备吧,大约二十分钟后我就赶到龙都酒店了。”

宁宇望了和韵一眼,此时和韵深潭一般的眼睛也正注视着他呢。于是他说:“我现在就在龙都酒店呢,现在已经到了和韵这里了。”

和夫人说:“那好啊,这样吧,你把电话给和韵,我有话要对她讲。”

宁宇只得对和韵说:“你妈的电话,让你接呢。”

和韵有一种本能的反感,一边嘀咕道:“你们说你们的,怎么又把我扯进来了呀?”但是反感归反感,她还是伸手接了电话,然后很外交地说:“你好,我是和韵。”

只听见和夫人说:“和韵,宁部长不是要找我吗?我十多分钟后就赶到酒店了,你把我的房间打开,让宁部长先进去休息一会儿,转告我的歉意。”实际上,母女俩都是一样的人,恍若是两个不同世界的人一样。

和韵只得说:“好的。”

挂断电话,和韵面带微笑地说:“宁部长,请你到我们董事局主席的房间去休息一下,她十多分钟就会赶到了,这边请吧。”

宁宇很清楚,在公共场合,和韵与和夫人从来都是公事公办,谁也不敢越雷池半步,尤其是和韵。虽然有时候连他都很不习惯这样的交流方式,毕竟她们是母女呀。可是在和夫人那里,这道界限永远都是高高耸立的,让和韵无法逾越,所以她早就习惯了妈妈的这种寡淡薄情近乎刻板的交流方式。也许,和夫人这个统领着国际大财团的女人需要这种气质,或者这是她多年来的职业习惯。

和夫人的房间,显然更为奢华,偌大的房间里应有尽有,葱郁的绿植,从前厅到客厅到休息室,甚至还有一个可以游泳的小水池,完全有一种小花园的感觉。此刻从宁宇的内心冒出来一个十分贴切的词:别有洞天。庞大的资本家族就是这个样子,什么样的身份就有什么样的派头,这也许是寻常老百姓无法想象的。

和韵将宁宇带进了这个房间，对里面的助理说："这位是宁部长，和夫人的客人，一会儿和夫人就会来见他。"

助理温文尔雅地说："好的，和总。"助理冲宁宇笑笑，十分温婉地说："宁部长，里面请吧。"

宁宇跨进了这个豪华的厅堂，助理将他带到会客厅，给他上了茶点，微笑着说道："宁部长，您稍候，夫人很快就会赶到了，您请用茶。"

宁宇望着房间里面的那尊罗丹雕塑，眼睛一眨也不眨，判断着是不是赝品。

80. 绝对神秘的对话

茶香袭来，勾起了宁宇品尝的欲望，他伸手拿起杯子，浅浅地尝了一口。这茶果然有一种沁人心脾的香味儿，他好奇地审视着杯中的茶叶。就在这个时候，一个窈窕的女人款款走到了他的身边。来人一身连衣裙，她的出现，恍若带了一缕春天的光晕，颈项之间的纱巾格外飘逸，同样让人想起粉红的桃园来。眉眼之间架着考究的墨镜，更凸显出高耸的鼻梁和涂抹了性感唇膏的嘴唇，头上戴着一顶十分淑女的可人小帽儿，让人觉得此人既高贵又神秘，更不失华贵女子的妩媚气质。她没有说话，看着一边对着茶杯发呆的宁宇观察了一刻，然后发出清脆爽朗的笑声，温文尔雅地说："琢磨什么呢？那是我特制的茶叶，外面是买不到的，你也就别琢磨了。"

宁宇这才抬起头，此时女子已经摘下了墨镜，露出了一张宁宇熟悉的面孔。"你到了，我怎么没有听见你开门啊？"

和夫人说："看你的神情这样专注，我怎么舍得打搅你呢。我进来不开门，难道我成了仙家了？主要是你的精神过于集中了，嘻嘻。"尽管她应该算是宁宇的长辈，但是她从来不在宁宇面前充当长辈，一直都是这样平等的样子。

宁宇说："哦，你这茶味道很特别，不但味道清香绵长，而且让人久久回味呢。"

"知道这茶的名字吗？"和夫人坐到了宁宇的正对面。

宁宇摇摇头。

“叫做思魂茶呢。”和夫人说。

“怎么会叫这样一个名字？莫不这茶还有特别的来历。”宁宇好奇地问。

和夫人说：“这茶是在国外一个叫做思魂的小镇特别加工的，本来还有一个更浪漫的名字，可是我反倒觉得这个地名就十分有意思了，所以就这样叫了。不过，这茶一般人我是不给他喝的。”

宁宇笑笑说：“这么说来，我很荣幸了？”

和夫人说：“那当然，你没感觉到我的真心吗？可以这样说吧，只要我还有一杯，我也会泡出来给你喝的。我觉得你就是上苍赐予我的好运魔方，嘻嘻，自从见到你的那一天，我的这种想法几乎就没有动摇过。”

宁宇暗自摇头，说道：“难道你不觉得你的行为别人不会理解吗？也包括我。”

和夫人开怀地笑了，笑容特别灿烂，两个小酒窝深深地凸显出来。宁宇突然发现，她的这副神态，简直就像怀春的美少女那般纯情，模样儿比和韵都还要显得年轻。她咯咯地笑着说：“嗯，你算是说出了真话，其实，我这辈子也没有打算要给别人阐述我的理由，也许这是我一生最后的秘密了。就是别人想知道，我也不会告诉他，也包括你。你会觉得奇怪吗？我相信，这个秘密就像今后我的墓地一样，总会让人神秘地看上几眼，但是永远无法解开其中深藏的谜底……”

这个和夫人一切都好，浅浅迷人的笑容，谦谦君子一般的态度，迷人妖娆的身姿，可就是太深邃了，总是让在她身边的人不由自主地浑身发冷。宁宇同样有这样的感觉，很多时候，他面对这位神仙一般的女子，都显得有些手足无措，甚至还有脸红心跳的异感。他听了和夫人的这番话，有一种毛骨悚然的感觉，她怎么会突然想到墓地呢？让人的心尖儿都纠紧了。但是一看身边和颜悦色的和夫人，又觉得那样的温馨与宁静。他说：“既然这样，我想你是绝对不会给我一个理由的了。好吧，就让这个秘密寄存在你的心里吧。不过，我是一个简单的人，我今天见你，是有一件事想求证……”

和夫人突然挥挥手说：“等等，你先别说。看我说完之后，你还有没有需要补充的，如果没有，我想我说了问题也许就明了了。”

宁宇一惊，面前的这位女子，莫非真是个神仙，他知道我找她什么事吗？简直不可思议。但是既然别人都这样说了，他也不能生硬地打断别人的话，于是说：“好啊，你请讲。”

和夫人也喝了一口茶，然后直愣愣地望着宁宇说："如果我没有说错的话，你是为明天纪委找你的事情。同样，我也为这件事情着急。当然，我的着急与你的着急是两回事。"宁宇心里一惊，是的，他断然没想到和夫人这样未卜先知，更没有想到她这样肯定。

十分明显，宁宇的心理波动和夫人也觉察到了。只听见她说："你担忧什么呢？找你谈话和了解情况是惯例性的。你心中有数就行了，据我所知，上面找你，就是因为你的财产，还有你银行里面的那个硕大戒指……"

宁宇又是一惊。

"坦率地讲，这些麻烦都是我给你带来的，为此我深感不安，因为我担心你吓坏了。但是，我要告诉你的是，你不会有任何问题，你的什么事情都是可以说得清清楚楚的，所以你也不必担忧，更不用害怕。"和夫人在说这些话的时候，宁宇在揣测，她的这些话，是她自己说的呢，还是另外有渠道传来的话？按照和夫人的性格，她是绝对不会说些不确切的消息的。但是，宁宇此刻却无法吃准。

随后和夫人又说："我之所以要推迟去澳大利亚，是因为我考虑到你从政经验还很不足，几乎还没有经历过这样的风波，所以我才特意过来看你。你记住我的话，你不会有任何问题的，我期待你主抓的两项重要工程取得圆满的成功。"

宁宇欲言又止。

敏锐的和夫人当然看出了其中的端倪，她说："很多话，不需要太直白，很多事情，也不需要弄得太明白。知道得多了，或者不该知道的知道了，对你其实没有什么好处。好了，我们聊聊轻松的话题，好吗？"

宁宇明白了她说的最后这番话，她实际上并不是代表她本人来传达这层意思的，他的心里踏实了许多。不过，很多事关他本人的资产，他还是想借机阐明他的观点。他说："嗯，其他的事情我完全可以理解，可那个戒指的事情，你能尽快找人管理吗？还有，我实在没有必要担任你们公司的顾问……"这些时间以来，只要工作空闲下来，这件事就成为压在他心中的石头，让他有喘不过气来的感觉。

和夫人淡然一笑说："哦，你还在为这些事忧虑啊。宁部长，你听我的，什么事情都是双刃剑，不过这一次你听我的吧，它会给你带来福音的，一定会。"

宁宇还想辩解,起码那个戒指可以提前解决,为何非要让他保管呢?有这个东西存在银行,就像在他的头上悬了一把剑,总是让他在和氏商号集团面前有一种恐惧感。和夫人似乎看透了他的内心,说道:“坦率地告诉你,那个戒指的事,除非我改变决定,倘若我不改变决定的话,即使我不在人世了,那个东西都还得你管。或者说得远一些,也许你还要传到你的儿孙手里去。但是,你要相信,这不是一个邪恶之物,现在你可能不会明白它的真正含义,在我离开这个世界之前,你都不会明白。所以,这件事今后你就不要再琢磨了。用一句很朴实的话说,这就是你的命运……”

和夫人说这话时,脸上带着一种遥不可及的神圣感。尽管宁宇不能理解里面的含义,但是他很清楚,和夫人没有一点开玩笑的意思,更是没有改变决定的蛛丝马迹。突然,他觉得肩上沉甸甸的,尽管不知道这个重担来自何方。这之后,他选择了沉默。

和夫人站起身来,向另外一个房间的助理示意。助理走过来,和夫人说:“给我们安排晚宴,我要和宁部长单独小酌几杯。”也不管宁宇是否愿意,和夫人就这样安排了。

宁宇突然想起了另外一个房间里的和韵来,于是说:“和韵在隔壁呢,能让她一起就餐吗?”

和夫人冷冷地说:“不用了,我们之间的事,与其他的任何人都无关……”她的这种冷漠反应,让宁宇觉得很难适应,他无法洞悉面前这个温柔美丽的女人,怎么在母女感情方面这样冷若冰霜,为何总是在女儿面前有这样一种无法逾越的漠然呢?但是他知道,和韵绝对是和夫人的女儿,长相、形态、行为举止,无意识之间就会流露出异样的风范来,唯一与和夫人不同的是,和韵简单得像一张纯洁干净的白纸。

81. 迷迷糊糊成了终身贵族

虽然内心有些疑问,但是宁宇更清楚,他是不可能不去的。毕竟他在龙都的事业刚刚开始,很多方面他还需要仰仗这位气度不凡的财团老板。他于是说:“好吧,我还确实没有用晚餐呢,我就恭敬不如从命了。”

和夫人的助理走过来说:“夫人,你的晚宴备好了,这边请吧。”

和夫人的晚饭看上去十分简单,饭桌上几乎都没有大鱼大肉,反倒是一些天南地北的蔬菜,色香味一应俱全。助理开了法国的红葡萄酒,和夫人说:“你还没问问客人用什么酒啊?”

助理小心翼翼地问宁宇:“请问部长,你来一杯红酒还是别的?你看看,这上面的酒哪一种是你喜欢的?”

宁宇抬眼看了看这个占地不宽的餐厅,这里的设计和布局自成一体。墙体上都是那些与食物有关的时尚美味,看见那些香艳欲滴的画面,就能勾起人的本能食欲。桌椅是清一色的西式家具,就连桌子上的杯子和碟子都带有浓郁的欧美风。酒柜显然是完全的英伦风格,除了红酒之外,还有各式各样的昂贵洋酒。当然,也有中国的顶级美酒,简直就像某个展销会上的一角,琳琅满目,让人眼花缭乱。

和夫人说:“我这么多年一直喝法国产的葡萄酒,已经成了我的习惯了,你喜欢喝什么就喝什么吧,在我这里可没有必要客气的。另外,你需要什么牌子的酒,跟我助理说一声,让他给你备上一些,送到你的家里去吧。不过,我希望你不要喝过于高烈度的白酒,这样对你的身体没有太多的好处,不过,疲乏的时候可以喝少许。”

宁宇被和夫人这样一说,真的有些无所适从了。这么多年来,在喝酒的问题上他似乎根本就没有仔细想过,更没有想到保养身体,也没有想到需要喜欢什么品牌。此刻,他才深深地明白,原来,他与和夫人之间是两个阶层的,人家可以什么都玩味出品质,就是喝酒人家也会有一套哲学。而这一套哲学是由自身的社会地位和经济地位决定的。他本人实实在在没有到达这样的高度,所以根本也就无从谈起了。

宁宇看了看一直等候在他身边的和夫人的助理,说道:“来一杯五粮液吧,我还是支持国产酒。”

和夫人浅浅一笑说:“我说宁部长啊,你也太逗了,喝酒也与爱国有关吗?我觉得关键还是要看你的身体是否适应。”

助理给他斟了一杯五粮液,随后对他说:“你要是喜欢喝这个酒的话,回头我让司机送几箱到你家去吧?”

宁宇连忙说:“算了吧,我平时根本就不在家吃饭的,也没有一个人在家品酒的习惯。”

助理说:“哦,这样说来,你夫人也不饮酒的啊?”

和夫人笑笑,对助理说:“好了,你去吧。看你说的这话,我们的宁部长青春年少呢,哪里来的什么夫人啊。算了,我看五粮液就不要送了,等过一段时间再说吧。”

助理下去了,并且轻轻地将门关上了,房间里就剩下宁宇与和夫人两个人。和夫人说:“现在说话方便了,想说什么就说什么吧。你对我的提议,没有什么意见吧?”

宁宇一愣问:“你指的?”

和夫人摇晃着考究的酒杯,里面的红酒正在轻微地荡漾呢。和夫人说:“关于酒的建议啊,我没有让助理给你送去五粮液,是因为我反对你喝高度酒,从养生的角度来讲,不能喝太多这种烈性酒的。你现在年轻,可能不会有什么体会,但是等你上了年纪之后,各种症状就会接踵而至,到时候怕是你后悔也来不及了。我说这话,没有批评你的意思,你现在不是不可以思考这个问题,你和普通的人已经完全不一样了,你现在有能力改善你的生活品质了!”

宁宇茫然地摇摇头,真不明白和夫人的用意。现在可以改变生活品质?就凭他现在的这点工资?能偶尔喝喝五粮液就很不错了,怎么可能喝动辄几千上万的昂贵洋酒?这样奢华的生活实在离他太远,也不符合他现在的身份,他毕竟是一个相当级别的领导干部啊。他笑着说:“和夫人,谢谢你的抬爱,我的情况你还不知道吗?我可不敢有这样的奢靡想法,这种想法对于我来说格外危险,难道你不觉得吗?”

和夫人永远是和颜悦色的样子,只听见她和风细雨地说:“宁宇先生,我现在需要提醒你的是,你不仅仅是龙都的市委常委和宣传部长,你也是和氏商号集团的终身管理顾问。你现在就是不做你的这个官员,你也可以一辈子奢华下去。坦率地说,你现在的财富不要说你花不完,我想你的儿孙也花不完。所以你改善你的生活,保养你的身体,难道不应该吗?”

实际上,宁宇最怕的就是别人提他的这个身份,幸好身边没有外人。可是和夫人一脸的严肃,他也不好辩驳。他确实不知道银行账号里面有多少属于他的财富,更不知道他海外的账号上有多少财富。但是他觉得那一切对于他来说都是一种不可触摸的幻觉，他也没有想过那些财富真的就是属于他的。他摇摇头，喝了一口酒，一时不知道说什么才好。

只听见和夫人又神秘莫测地说："我今天单独找你，还想和你探讨一个问题，你知道吗？你的命是那样金贵，你现在确实已经是人中之龙的贵族了。这样跟你讲吧，我身边的和韵也好、和好也好，她们今后都要靠自己的能力去改变命运，可是你完全不一样了，你可以什么都不想，什么都不关心，你依旧有享用不完的财富……"

宁宇觉得这简直就是天方夜谭，世上哪有不劳而获的道理。就是那些富可敌国豪富人家的子女，不也要承担各种金融危机的风险吗？他怎么可能就成了这样一个可以不劳而获的人呢？另外，让他想不明白的是，和夫人竟然说和韵与和好的命运都不如他，这是一种什么逻辑啊？和韵与和好可是生在豪门大户的千金小姐，一出生就注定了不是穷苦命。这个和夫人今天是不是过于卖弄了？她这样作弄他又为什么呢？

和夫人能够理解，面前的宁宇一定不可能听懂她的这些话，可是她既然打开了话匣子，也没有结束这个话题的打算。她依旧乐呵呵地说："也许打一个形象的比方你比较能够理解，精神领袖你明白吧？社会上需要精神领袖，家族需要精神领袖，国家和民族需要精神领袖，我们这个和氏商号集团之所以能够百年不衰，也有自身的轨迹和信仰，其实也就是我们的形象代表。虽然它的存在只是一个精神符号，可是这个精神符号是不能没有的。所以，我可以这样说吧，只要和氏商号集团在全球各地的企业还存在一天，属于你的那些财富就不会减少……"

她的话，终于激发了宁宇的好奇心。于是他问道："我怎么就成了你们的终身顾问了呢？我怎么从来都没有觉得我能够接受这个莫大的荣誉呢？"

和夫人说："巧合、机缘和天意。你是一个明白人，你看看任何一个教派的主教是怎么产生的？还不是很偶然的机缘，而你，现在就是和氏商号集团的精神符号。你要问为何你就成了这个人，我也无法给你解释清楚这一切，也许上天知道吧！"

宁宇又说："我要那么多的钱来干什么呢？是不是你们集团里面哪个企业出现了问题，我可以把这个资金拿出来帮助呢？"

和夫人摆摆手，说："错。我们的每一个企业，都会自救赎。要是让你出面做这件事,那就是我们整个财团要遭灭顶之灾了,也是我们财团要覆灭的先兆……”

简直太虚幻了! 宁宇摇摇头,觉得无法理解。

82. 宁宇坐上主宾之位

事实上,宁宇很清楚,虽然和夫人表达得很神秘,可是现在的情况的确如此了。他已经进入了和氏商号集团这个幽深无底的洞穴,他可能此生再也走不出这个幽深冗长的出口了。他很不愿意继续这个话题,实在让人压抑难受。于是他又想到了纪委找他谈话的事,也就说道:“和夫人,我很想知道,我明天是要去省城的……”

和夫人显然知道他想表达的意思,浅浅一笑说:“要是你明天要赶往省城的话,我就不会在这里和你漫谈这些了。”

宁宇问:“你这什么意思啊?”

和夫人说:“怪我没有表达清楚,据我所知,你明天不会去省城的,纪委的领导其实早就在龙都了,只不过没有跟官方报到而已。你也是清楚的,纪委的工作本来就是很隐秘的,也只有需要结果的时候与当事人见一面,你的情况他们是完全掌握的,你说和不说,其实都没有任何差异的。只不过,你汇报你知道的一切,可以说明你的态度。”

果不其然,和夫人原来什么都是知道的。至于她是从什么渠道知晓的,宁宇当然不得而知。但是他起码知道自己明天不用去省城,这让他心里平和了许多,难怪和夫人这样坦然地与他闲聊。

就在这个时候,雪雁给宁宇打来电话。宁宇对和夫人说:“嗯,不好意思,我接一个电话。”

和夫人说:“没关系,你接你的。”说完,淡定从容地喝酒吃菜。

宁宇起身走到了另外一个房间,接了雪雁的电话。雪雁说:“领导,明天的安排你清楚了吧?”

宁宇说:“清楚啊,不就是龙都高职高校教育园区的管理会议吗?会议不是你主持吗?怎么,有什么新问题吗?”

雪雁说:“是这样的,刚才教育厅副厅长,也就是这个项目的常务副指挥长,他说了一个意见。明天下午的会议最好是厅长或者陆市长出面主持,因为明天有很多省外的教育代表来参观,其中有很多高校的党委书记和校长,也有很多省市的厅长和市长。”

宁宇诧异地问:“到底怎么回事?会议内容上不是没有这些事项的吗?怎么变化这样大啊?”

雪雁说:“可能是你太忙了,你秘书没有把新的会议议程送你吧?六点钟之后才修改的会议议程,省里面的副省长也看过这个内容的。本来省里面的市委常委、宣传部长和副省长也要来参加的,可是省里面有一个特别紧急的会议,两个人来不了,所以特别委托教育厅厅长和市委王明书记参加。”

“哦,是这样的啊?”宁宇这才想起来,他离开办公室是五点半,离下班还有足足半小时,秘书一定以为他还要回办公室,所以没有电话通知他会议的内容变化了。

雪雁说:“我有一个建议。”

宁宇说:“你说。”

雪雁说:“教育厅的厅长现在正和陆市长吃饭呢,你要是方便的话,可以过来一趟吗?我也在现场的。”

宁宇问:“你们在哪里呢?”

雪雁说:“还能在哪里啊,就在龙都酒店接待厅。”

宁宇说:“陆市长没有说话,我过来不好吧?”

雪雁说:“本来就是陆市长的意思,只不过他说得很含蓄而已,他也不知道你能不能赶过来啊。”

“哦,这样啊。好吧,十分钟后我给你电话。”宁宇放下电话,一脸的肃然。

他再一次走进和夫人的小餐厅,和夫人乐呵呵地说:“怎么,工作上的事情?”

宁宇说:“是的,教育厅的厅长和陆市长在等我呢,明天召开的会议议程做了很大程度的改变。”

和夫人说:“嗯,年轻人当然要以工作为重,你去吧,有空咱们再联系。”

宁宇站起身来,举杯说:“抱歉,我得先走一步了,改天我请你喝咖啡吧?”

和夫人说:“好啊,等我从国外回来吧,我明天下午离开龙都,后天出国。

等我从国外回来,我一定和你喝一次咖啡。”她脸上的笑容总是那样迷人,让宁宇不敢轻易直视她的眼睛。

和夫人也起身说:“送客。”

从房间外面进来两个人,一个是刚才为宁宇斟酒的女助理,一个是西装革履的陈院长,他毕恭毕敬地说:“顾问,你走好。”

看着陈院长这副模样,宁宇很不习惯。当年大学的资深教授,现在成了跟随和夫人左右的私人法务秘书, 在和夫人面前像龟孙子一样。宁宇摇摇头,完全不能理解陈院长的做法。他朗声回答道:“陈院长,你也在啊?早知道我就该敬你一杯酒了,看来也只能下一次了。”

陈院长谦卑地说:“顾问,我可不敢领受你敬酒呢,改天还是我敬你吧。”

宁宇觉得实在无趣,陈院长俨然就是一个奴隶,一个和夫人的奴隶,一个出卖了自尊的金钱的奴隶,这实在是一个有趣的问题,原来的陈院长可不是现在这样的啊!

宁宇走出房门,一边给雪雁去电话,一边走进了和韵的房间。和韵正在网上看新闻,见他进来了,站起身来问:“需要一杯什么饮料?”

宁宇向她摆摆手,说:“等一会儿,我给雪雁回个电话,他们正在等我呢,我就是来向你打个招呼的,我得马上走了。”

和韵走到他跟前,把他的西服整理了一下,很温柔地说:“好了,去吧,回头有时间就过来吧,一会儿我也要参加一个网络会议呢。”

雪雁的手机通了,宁宇说:“我到酒店了。”

雪雁说:“赶快进来呀,我们都在等候你呢,位置都给你留好了。厅长和市长可都说了,你是他们的领导呢,既然你要过来,他们是不敢动筷子的了。”

宁宇说:“你告诉他们,我不是领导,我是去听候他们指示的,不用等我了。”

雪雁说:“呵呵,两边都是领导的指示,我无可适从了,还是等你到了之后再说吧,恐怕我转述也不见得会准确。”

宁宇跨进包房,陆市长和厅长都站起身来说:“来来来,领导,你就坐正中央了,就等你来发话呢。”

宁宇连忙说:“两位领导,使不得使不得,我怎么敢在你们两位面前造次呢,我坐这边上就是了,也好给两位领导斟酒。”

在一边的副厅长说:“我说宁部长,我看在这个特定的场合,你就不要谦虚了吧，今天我们研究的龙都高职高校教育园区的相关事宜，你本来就是我们大家伙的领导啊，这可是省上领导们的决定，同时也是环球绿色智慧发展基金方面的指派，所以我建议你还是不要谦虚了。今天这个时候，我们每一个人都希望看到你当仁不让呢，这样才会给我们这些部属们带来信心呀！”

陆市长见宁宇还在坚持，便对雪雁说：“雪副总指挥，你现在是现场唯一的一位女性，我想宁宇也是一个尊重女性的人，你出来说一句话吧？”

还没等雪雁说话，宁宇就说：“雪副市长，我相信你是知分寸懂礼节的……”陆强市长大声说：“怎么回事？宁宇同志，现在是不该你说话的时候啊。”

雪雁乐呵呵地说：“好吧，那我就说话了啊。既然陆市长这样信任我，宁部长也赞誉我是知分寸懂礼节的，我也不能亵渎了你们对我的信任不是？要我说啊，今天的主题是研究龙都高职高校教育园区建设的问题，那么宁部长就是理所当然的主角。也借副厅长刚才的一句话，宁部长就应当当仁不让地承担起这个责任。因为这个责任不是在座的哪一位给你的，而是省委省政府给你的。嘻嘻，我说的对不对，还请大家来决断吧。”

教育厅长说：“好，那就请吧，宁部长。”

宁宇只得无奈地坐到了主宾位置上。老实说，他确实还没有这样的霸气和底气，两边坐的可都是级别比他高的老领导啊，这种压力也只有他自己能够体会了，尤其是在中国这个有礼仪之邦美誉的国度。

83. 王者气度

几杯酒下肚之后，明天会议的议题也就摆到桌面上来了。最先发言的是雪雁。显然，雪雁是最主要的推进者，这里面也许只有宁宇和雪雁两个人才知道。雪雁才不希望宁宇的工作被动，更不希望看到他主抓的工作陷入僵局。所以她在喝了一杯酒的间隙说：“宁部长，刚才你没来之前，我们就讨论到了明天的会议。原定的计划必须得调整了，在调整之后，还需要通知办公室的章副部长他们，很多文件也需要临时调整，时间晚了调整就来不及了。”雪雁一边说话，一边把手里的新资料递给了他。

宁宇接过资料一看，果然有很多外省的教育考察代表来龙都考察和学习。名单上很多都是厅长和市长,原来的资料里明确提到的省里面的省委常委、宣传部长和省政府的副省长不参加了。

宁宇问:“省领导确定不参加了是吗？”

雪雁和副厅长说:“是的,省委办公厅和省政府办公厅都来过电话了,确定省里面的领导不参加了。”

宁宇点点头,又问:“雪副市长,你是什么意见,刚才你在电话里大致说了一下,我没有听得太明白。”

雪雁说:“我的意见很简单,因为明天到会的人员发生了很大的改变,来自外省的很多都是厅长和市长,还有大学的校长和党委书记,所以我觉得我出面主持分量不够,最好就是厅长和陆市长之中有一个人出面来主持会议。”

副厅长点点头,显然他是赞成雪雁的意见的。

宁宇接着询问厅长和陆市长的意见了,他冲陆市长说:“领导,你看呢？”

陆强市长乐呵呵地说:“这样的事情,又不是什么大事,我无所谓的,听宁部长的安排吧！”他很直白地把问题顶了回来。

宁宇又问身边的厅长:“你说呢,领导？”

厅长也说:“我的意见和陆市长的一样,听从你的安排。”

这一问,又让宁宇陷入了尴尬之中,没想到两位领导竟然是这个态度。但是,这样的尴尬别人是不可能替他化解的,要是雪雁在这个时候再说话,那显然就是不知趣了。副厅长本来就和宁宇不熟,也不知道他真正的水平和能力,所以他理所当然地选择了袖手旁观。此刻的宁宇异常冷静,他很清楚,这个时候自己再不果断决策,别人就会真的看不起他了。很多官场的角力都是从这样的氛围开始的。倘若这一次宁宇真的无所适从,那么以后他就休想建立权威了。只见宁宇稍作停顿,然后一字一顿地说:“好,大家既然都要听从我的意见,我就姑且做一回主吧。按照原来的相关协定,是由雪雁副市长主持明天的会议的,可是事情发生的变化确实太大了,不做相应的调整,于情于理都是不妥当的，起码我们不能让外省的领导干部觉得我们的安排欠妥。所以我决定,明天的会议改由厅长主持,陆市长做全面的情况介绍,会议的其他程序不变。雪雁副市长,你马上通知章副部长他们项目办公室,现在就修改文件,等我们吃完饭的时候,让他们把修改的文件送过来大家再斟酌一遍。”

雪雁立即说:“好的,我马上让章副部长他们做准备。”她随即离开了包厢去做安排。

陆市长自找下台阶说:“好的,就这样执行吧,厅长,你觉得呢?”

厅长也只能说:“好啊,就这样吧!来,我们喝一杯吧?”

副厅长虽然什么也没有再说,但是他还是领略到了宁宇的某种强硬,别看他这样征求在座的每一位的意见,态度十分谦和,但是他骨子里是非常有原则的,也是非常清楚他的位置的。他暗自琢磨,看来这个年纪轻轻的市委常委,并不只是想象的那样没有主见,自己今后在他手下办事,还不能马虎呢。

雪雁进来时说:“宁部长,事情已经交办下去了,办公室又接到了一个新情况。省委办公厅直接给了他们电话,让他们转告宁部长和各位领导,明天到场的除了外省的教育考察代表,还有一位神秘嘉宾,至于这位神秘嘉宾是哪一位,要等到会之后再说。这位嘉宾的身份十分特殊,可能会在会上发言,也可能不发言,请宁部长和各位领导随机掌握情况。”

宁宇和所有的人都愣了,怎么会有这样的事呢?这弹性也太大了吧?神秘嘉宾到底会是什么人呢?会是省委的其他领导,还是外省的领导,还是其他什么人?所有人都不得而知。宁宇对雪雁说:“这样吧,会议的议程上就不要这个内容了吧,上面不是通知的随机掌握吗,那就等明天再说吧!”

雪雁又把宁宇的指示传递给了章副部长所在的项目办公室, 大家这才坐下来认真喝酒。几个人推杯换盏了许久,雪雁发现了一个问题,新指派的另外一个副指挥长竟然不在场,这个人就是市委秘书长。她借给宁宇近距离喝酒的时候, 偷偷提醒他说:“领导, 我觉得这个时候你应该给市委秘书长一个电话,让他也到这里来,他现在是副指挥长,今后的很多事情还得指望他呢。”

宁宇恍然大悟,原来总觉得内心有几分不踏实,经雪雁这么一提醒,他才觉出了其中的端倪。于是连忙说:“还是你小心啊,谢谢你的提醒,你先陪大家喝酒吧,我出去给秘书长一个电话。”然后大声对陆市长和厅长说:“你们先喝一杯,我出去接听一个电话就来。”

出了包厢,他随即翻出了市委秘书长的电话号码。他一次都没有主动和秘书长联系过,因为按照市委现行的格局,他这个宣传部长是排位最后的市委常委,秘书长是老常委了,是他的领导。要不是这一次组织上任命秘书长做龙都高职高校教育园区的副指挥长的话,他也不可能给他去电话。平时能指挥他的只有王书记一人,就是其他的副书记和常委们也得礼让他三分。市委秘书长是什么人啊?是市委的大管家啊,哪一个又敢轻易得罪他呢?

不过,秘书长有秘书长的想法。他虽然是市委的主要领导了,但是他一直都想改行到政府里面来,现在的陆市长马上就可能退居二线了,他这个时候改任到政府里面来,也许就能顺理成章地接替市长的位置。所以这一次他才甘愿做宁宇的助手,参与政府部门对重大项目的管理工作。

宁宇拨通了秘书长的电话,秘书长十分客气地说:"是宁部长啊,你有什么交代的吗?"

宁宇也谦虚地问:"老领导,你现在有空吗?"

秘书长说:"没事的,现在和王明书记商议一个问题,一会儿就完了,你有什么事,直接指示好了?"

宁宇说:"老领导,你也真会开玩笑,我怎么敢指示你啊。是这样的,你要过得来的话,你就给书记请个假,我们项目指挥部的领导都在一起呢,包括厅长和市长,领导班子成员就缺少你一个人了,我们就在龙都酒店的餐厅里面。"

听到这样的消息,秘书长当然是必须来的。他现在是排位最靠后的副指挥长,领导班子中的小老弟。宁宇是这个项目的老大,其他的两个厅级领导和两个副厅级领导都到位了,他哪有不到的道理啊?于是立即说:"好的,宁部长,我最迟十分钟后就赶到,我也正好在龙都酒店的。"

宁宇说:"哦,好的,我们等你。"

秘书长非常清楚,现在的宁宇虽然只是一个市委常委,可是按照他的发展势头来看,总有一天可能成为省里面的领导,所以他一直都没有把宁宇看成是自己的小弟。他连忙说:"好的,宁部长,我马上就向王书记请示。"

84. 女人们的左右逢源

不管从哪一个角度来看,雪雁现在都是死心塌地追随宁宇的人。在各种不同的场合,她都发挥着不可替代的作用。刚才她眼见宁宇自己化解了危机,不免还是有几分尴尬的。她灵机一动想到了市委秘书长这个人,只要他一出现,保准他会与她一样,毫无保留地站在宁宇的立场上。这个人能到现场,起码会对宁宇形成看不见的保护,于是她让宁宇通知了秘书长。

果不其然,秘书长的到来,让饭桌上的氛围即刻发生了明显的变化。一进门,秘书长就对宁宇说:“宁部长,实在对不起,刚才和王明书记接待了外市来的市委副书记,现在我过来赔罪来了。首先我得敬你一杯,表示我迟来的惩罚。”他这样直言不讳的开场白,让厅长和陆市长的心里很是不悦。按照官场的常规,本来应该先敬厅长和市长的,可是秘书长偏偏没有这样做,而是直白地把宁宇当成了在场的最高领导。毫无疑问,所有的人都明白,面前的这位市委秘书长可不是简单的政治白痴,而是有他自身的道理的。省里面能够让宁宇这样一个年轻的市委常委来坐镇,就证明他完全有上升的迹象。所以,市委秘书长的判断实际上也就是大家的判断。

因为市委秘书长的出现,场面很快就改观了。现实副厅长如法炮制,先敬了宁宇,然后才轮到厅长和陆市长。这样的心理秩序很快也就建立起来了。不论是厅长还是陆市长,两个人都承认了这样一个事实,宁宇才是真正的领导。陆市长也是一个见好就收的人,他也敬了宁宇的酒,还这样说道:“宁部长啊,今后市里面的这两大工程,就要靠你来扛鼎了,我们这些老干部,也只能在你身边帮衬你了。不过,你放心,无论何时,我都会全身心地站在支持你的这一边。”

宁宇也谦虚地回应说:“市长,您太客气了。龙都的这些工程,哪一个又不是您这位市长的心血啊?您放心吧,您交到我手里的这两件事,我一定会尽全力的,我敬您吧,干了。”

两个人干了这一杯,可是大家都能领略到陆市长的意味深长。

教育厅长当然也碍于面子,还是与宁宇干了一杯。他说:“宁部长,我相信,在你的带领之下,我们的龙都高职高校教育园区一定能够圆满建成。我更相信,这个工程竣工的时候,就是你这个年轻市委常委得到提升的时候。我在这里提前预祝你事业顺利,步步高升。”

宁宇低调地说:“厅长,您也太看得起我这个年轻人了。不过,我不敢奢望提升,我会把手里该干的工作干好,对得起龙都的父老乡亲就是了。当然,要想把这些工作做好,没有你们这些领导的关心和帮助,谈何容易啊。谢谢您的支持和帮助,厅长,我敬您,干杯。”

其乐融融的场面就这样出现了,这也是雪雁十分愿意看到的一种局面。女人就是这样,不论这个男人是否真的属于她,一旦她进入了某种迷局,也就会奋不顾身地往前冲去,不管后果如何。

章副部长指挥办公室以最快的速度,把明天的各种资料重新调整了一遍,他亲自赶到了酒店来。一路上他都在想,明天的会议很重要,也不知道宁宇现在和谁在酒店商议,但是他明确地知道雪雁是在的。他进入项目办公室兼任副主任,实际上是有所图的。像他这样的正处级干部,谁没事找事要到一个重大工程项目指挥部去做一个兼职的办公室副主任呢?他还不就是看上了这个岗位背后的巨大利益。这不是一般的项目啊,是一个五十亿的大项目啊。只要运作得当,哪里找不到点赚钱的机会呢?所以,当每一个重要的时刻到来,他都会特别的紧张,绷紧神经面对工作。他很明白,只要在面临大事的时候把事情处置得滴水不漏,平时才可能得到领导的赏识,日子也才不会难过。

章副部长从来就没有忘记自己下基层来的历史使命,一方面是捞取政治资本,另一方也期待着能在经济方面多赢,要不然,怎么可能有机会给上面一些好处呢?而且这些好处还不能透露一丝一毫的痕迹。他只要向前迈进一步,也就离自己的人生理想进了一步了,他的终极愿望就是接手省报集团,成为省报集团的社长和党委书记。现在他已经在跑道上了,他绝对不愿意前功尽弃。

章副部长再一次看了办公室文员打印出来的新会议资料,一边给雪雁去了电话。他小心翼翼地说:“你好,雪副市长,我现在就把资料送过来给你审定吧?”

雪雁说:“你送过来吧,哪里是我审定啊。宁部长和其他领导们都在场呢?”

章副部长一进门,还真没想到这里竟然有这么多的领导都在。但是他还是很恭敬地对宁宇说:“部长,材料都改好了,我送过来请你们审阅。”

宁宇说:“你坐下吧,给厅长和市长敬一杯酒吧?”

章副部长是什么人啊?他当然明白自己的身份和地位,扫一眼就明白了,这里的任何一个人都是副厅级以上的领导,这里怎么可能有他的位置啊。再说,他现在是来汇报工作的,又不是来陪领导们喝酒的。他的大脑当即告诉自己,现在可不是享乐的时候,这样的场合应该表现出自己的尽心尽职,可不能无原则地贪杯。他站着没动,身子微微向前一倾,说:“部长,我现在还要忙工作呢,不能喝酒,也请各位领导原谅。”

宁宇对雪雁说:“雪副市长、副厅长,还有秘书长你们几位把把关吧,我们也就不看了。要是有改的地方,就让章副部长抓紧时间吧,现在时候也不早了。”

雪雁和副厅长,连同刚刚到来的市委秘书长三个人立即拿过这个资料仔细审查。虽然宁宇的话是轻描淡写的,可这实际上也是一种工作安排,他们三个副指挥长哪一个又敢懈怠呢?

三个人看完都说:“文字上没有什么差错了,就不要修改了。”

雪雁问:“宁部长,你们三位领导还要看一看吗?”

宁宇一挥手说:“一个会议议程,我们就不看了吧?”

陆市长也说:“不看了,你们看了就行了。”

章副部长立即站起身来说:“好的,各位领导,你们慢用,我现在就去安排打印会议资料,再见。”

望着章副部长离去的身影,宁宇有几多的感触。当年他在报社的时候,每一次都能见到当时的章副社长和社会各界的领导应酬,他宁宇除了给他汇报工作,也是不会轻易坐下去喝酒的。现在完全倒了一个个,章副部长却成了当年的宁宇了,这世事沧桑谁也不好说啊。

安排好了这一切,所有的主题也都集中到了喝酒上面了。陆强和宁宇再一次碰杯时说:“明天的会议,王明书记不是要参加吗,他总不能什么都不说吧?”

宁宇说:“我也想过这个问题了,你让他说什么呢?整个情况他也不太清楚啊,市里面有你介绍已经很全面了。明天不是有神秘嘉宾出现吗,我的想法就是神秘嘉宾就交给他了。”

陆强点点头说:“嗯,这样安排也可以,也可能神秘嘉宾就是省上的主要领导呢。”

雪雁走到宁宇身边,十分轻柔地说:“时间已经不早了,你不宣布结束,别人也不太好说啊。明天的事情不少,你也需要好好休息,还是早点散了吧?”

宁宇点点头,然后举杯说:“各位,今晚这是最后一杯酒,等到明天我们的会议完了,大家再聚一次。我这里也带来一个重大的消息,给各位透露一下……”所有人的目光都聚焦到了他的身上,期待着他发布的消息,就连十分了解他的雪雁也瞪大了眼睛,压根儿想不出来他究竟要宣布什么重大消息。

只听见宁宇一字一顿地说:“告诉各位，环球绿色智慧发展基金第一笔款明后两天就会到账了,第一笔到位的资金是二十五亿……”这确实是一个令人振奋的消息,这就是说,这个规模庞大的高职高校教育园区马上就要进入建设的高潮期了,也许不出几个月,整个高职高校的教育园区的雏形就会展现在人们面前了。当然,这一天是宁宇本人最为憧憬的。

85. 夜风中忐忑焦躁的女子

宁宇和雪雁并排走出龙都酒店,两个人的脸上都面带微笑,宁宇觉得和雪雁一起共事更加默契了。雪雁说:“走吧,还是到我家去吧,你一个人回家不也是冷冰冰的吗？”

宁宇好久都没有回家了,没多想就跟雪雁上了车。雪雁已经把司机打发回去了,轿车是她自己驾驶的,所以说话十分自由。启动轿车,她的心里就活跃起来了。她看了看宁宇说:“呵呵,我想起一件事来了。”

宁宇看了一眼她兴奋的面部表情,问道:“什么事你这样兴奋啊？”

雪雁说:“嗯,确实很让我兴奋的一件事,你还记得你第一次去我家的时候吗？”

“记得呀,怎么啦？”宁宇的心情也格外放松,很随意地问。

雪雁说:“我想起了你睡梦中遗精的事了,嘻嘻。”

宁宇说:“你的思维也太跳跃了,刚刚还在严谨地商议工作呢,怎么突然想起这些无聊的事情来了啊？”

雪雁说:“这不能怪我啊,今天早上我起床特别早,正好洗了你的内衣和内裤,你知道我一边洗一边想什么吗？”

宁宇很不愿意听这样无聊的话题，可是雪雁就是乐此不疲。他没有回应,但是雪雁还是在继续说话:“我想起了你健硕的身子,老实说,我只要一想起你,我的生理反应就那么强烈,我越来越觉得我不可救药了……”说着,她还偏头瞟了宁宇一眼。

宁宇听见雪雁这样说,也意识到了问题的严峻性。这可不能开玩笑的,要是雪雁真的就这样无休止地缠上他了,那将会是怎样的一种后果啊？女人的痴狂宁宇不是没有领教过，尤其是像雪雁这样离异的少妇，发狂发疯起来,那是怎样的一种疯狂啊？他突然觉得自己玩过头了,进入了一种十分危险的境地。所以,他不得不在这个时候抽身,绝不能让雪雁这样的情绪泛滥下去,于是他十分认真地说:“雪雁姐,你该不会这样认真吧？要是这样的话,我应该考虑离你远一点儿……”

谁都是明白人,宁宇这样一说,雪雁也就清醒了不少。她虽然知道自己无可救药地爱上了这个前途无量的年轻部长了,但是她也知道,他们之间的情感其实是异常脆弱的,一旦宁宇觉得这会是一种负担,他们相处的日子也就到尽头了。雪雁当然想抓住这水中月镜中花一样的情感,哪怕是多一秒,她也不愿意让自己醒来,于是连忙说:“你多虑了,我这个人喜欢开玩笑难道你不了解吗？我和你之间,也仅仅是逾越了姊弟之间的一点情感而已,我们可是认了一辈子姐弟的,这一次妈不也认可我这个女儿了吗？你不要有任何的思想负担,姐姐也就是这样随口一说,迟早你姐还是要嫁人的,嘻嘻。”

她给宁宇减压,实际上就是在给自己机会。好不容易与宁宇走得这样近了,她才不想再回到过去的那一种陌生状态。

因为有了刚才的警醒,宁宇的情绪立刻变得收敛了不少,他没有认真听雪雁的话,而是想到了自己的处境和未来。忽然想起了明天纪委还要找他谈话,内心也就越发变得沉重了。看他一言不发,雪雁关切地问:“你这是怎么啦？是不是我破坏了你的心情,要是因为我的话,我现在就给你道歉。”

宁宇说:“不,你多虑了,我确实还有别的事呢,现在我才想起来了,我还约了人在龙都酒店谈话的。刚才出来时,我竟把这件事给遗忘了,现在我必须得返回酒店。”

很显然，雪雁为她刚才的率性感到后悔，不管宁宇说的是不是真实情况,她都为自己刚才无遮无拦的话悔恨。可是,世上哪有后悔药呢？于是她只能咬牙说:“哦,好吧,我到前面拐弯送你回去吧,需要我在下面等候你吗？”

宁宇说:“那怎么可以呢？我和朋友聊天,还不知道什么时候结束呢,你还是早点回去睡觉吧。明天之后我要有时间,一定到你那里去住,好吧？”

有了宁宇的这一句话,雪雁的内心好受多了,她起码知道宁宇并没有因此而完全拒绝她,还是留下了余地的。她佯装无事,微笑着说:“也好,你自己要学会照顾自己啊,早点儿休息,明天你的事也不少啊。”

告别了雪雁,宁宇觉得轻松多了。他跨进酒店,再一次走到了和韵的房间门口。他按动门铃,里面传来和韵的声音:“谁呀?”

宁宇说:“我,宁宇。”

和韵说:“你等一等,我都睡着了。”

和韵打开门,对他说:“我还以为你不回来了呢!”

宁宇问:“什么意思啊,你不欢迎我回来?本来也没打算回来的,可是我明天不是还要在酒店开会吗,所以我就不打算回去了,起码在你这里我还可以多睡一会儿啊。”

和韵嘻嘻一笑说:“呵呵,你就不怕我骚扰你啊?”

宁宇在和韵面前完全没有在雪雁前的那种压力和忧虑,他毫无顾忌地说:“不会的,我知道你心疼我。”

和韵伸手抚摸了他的脸,说:“看把你臭美的,好了,赶快去洗漱吧,要是你担心睡不好,我给你准备催眠药物吧?”

宁宇很放松地说:“不用了,你的声音就是催眠曲,听你讲话,我会感觉到一种宁静。”

果然,宁宇洗漱完之后,躺倒在床上,和韵轻言细语地聊着没有主题的八卦新闻,很快宁宇就进入了香甜的梦乡。

俗话说没有不透风的墙,宁宇即将被纪委找去谈话,还是让红唇知道了。她是从她爸爸那里知道这个消息的,当时她就觉得头顶一声惊雷。她当时拿着电话,声音颤抖着问爸爸:“宁宇不会有什么事吧?”

红副院长说:“很难说,这样的事情只有他自己才明白呀!”

“这样说来,事情还很严重是吗?”红唇不安地问。

“也不一定,宁宇这孩子也不至于闹出什么大事来吧,过去他在报社这样的几率不大,可他去龙都也没有多长时间啊,我也觉得这件事有些蹊跷呢!”红副院长显然也为宁宇的事情着急。

红唇问:“这件事宁宇知道吗?”

红副院长说:“这是绝密消息,我想一般情况下宁宇是不会知道的。”

红唇又问:“王书记会知道吗?”

红副院长说:“这个我也说不清楚。”其实,他根本就不知道,宁宇已经接到了相关部门的通知了,让他做好汇报的准备,但是没有说在什么地方接受谈话,他还以为要去省纪委呢,但事实上,上面并没有明确通知他时间和地点。

红唇知道爸爸明天也要来参加龙都高职高校教育园区的会议，于是问道:“你们明天不是还要一起开会吗？”

红副院长忧虑地说:“我也在想这个问题呢,还不知道他能不能按时出现在明天的会场呢！”

红唇马上问:“你是说要是他明天不能到会,就说明出了大问题了吗？”

红副院长说:“也不能这样绝对,但是要是他不出现在会场,我想问题就不会那么简单。”

红唇说:“龙都的两大重要工程,不都是他在主抓吗？没有他出席不妥当吧？”

红副院长说:“是呀,谁愿意看到这样的结果呢。可是你也别忘了,就是因为他这样年纪轻轻地就受到如此的重用，完全可能是因此而埋下的祸根呢！好了,不多想了,明天也许就会有一个结果,你明天也应该到会的吧,好好休息吧！”

“爸,看你说得轻松,我睡得着吗？”红唇十分忧虑地挂断了电话。随后,她再也平静不下来了。这些日子她离宁宇的距离已经很远了,对于他的变化实在是知之甚少,真不明白这些时间他都发生了什么样的变化。根据她以前在报社的经验,宁宇虽然到龙都的时间不长,但是他完全可能是在这一段时间出的问题。他比一般的市领导有更多的犯罪机会,主管了市里面数额最庞大、涉及面最宽最广的两大工程,并且参与了历次的会商和谈判,难免谈判的对方不使出腐化堕落的方式引诱他。想到这里,她的心里一阵阵发凉。要是宁宇因为某些事件锒铛入狱,她到龙都来的梦想也就随之破灭了……

86. 美人的惊慌

红唇和宁宇一样,以前根本就没有经历过这样的事情,也无法预知上级纪委找人谈话的后果会严重到何种程度,她再也无法入眠了。她很想打打电话找宁宇,可是就算找到了宁宇,又能怎样呢?除了给他增加心理负担之外,完全于事无补。她又想到了她现在的搭档思明,他在官场多年,也许他能预测宁宇的问题。可是,思来想去也觉得不妥,哪有让一个报社的社长去揣摩市委领导的去留的?她又想到了同样来自报社的章副部长,他是个眼观六路耳听八方的人,这样的消息没准他一定是知道的。可是依旧不妥啊,要是宁宇本身没事,今后自己又怎么和他相处呢?还这样背着他去找章副部长,所以这些想法都被她一一排除了。

退其次,她又想到了娜娜。她爸爸在省城大学做党委书记,想必她也可能会知晓这件事。可是转念一想,人家娜娜不也牵挂着宁宇吗?那一次喝酒两个人之间的态度完全明朗了。本来就对宁宇敏感,在这样的问题上,两个人虽然都关心,但是要是彼此遭遇,还不知道又会给宁宇带来什么样的不愉快呢?

最后,她还是想到了一个人,这个人就是和韵。她并不是不知道,和韵虽然佯装对宁宇没有兴趣,但是可以看得出来,她与宁宇之间其实是有联系的。在省城报社的时候,和韵和娜娜住在一个公寓里,宁宇与娜娜相识相知,还是和韵的功劳。她当时对和韵的做法很愤怒,可是人家和韵摆出了一副与世无争的超脱模样儿,根本就没有把宁宇放在心上一样,就算目睹娜娜还有她红唇因为宁宇吃醋,她也是一副淡然超脱的姿态。

事实上如此吗?红唇觉得和韵的变化,来自于她们一行人去了宁宇老家之后。也不知道何故,宁宇的老妈竟然看上了冷漠的和韵,还悄悄背着大家伙儿的面送了和韵礼物。到现在为止,大家也不知道和韵收到的是什么礼物。尽管有这样一个插曲,宁宇在公众面前,也未曾表露过对和韵的亲昵和好感,红唇觉得宁宇和和韵之间其实是不可能有结果的。所以,在娜娜与和韵之间,她很正常地选择嫉妒娜娜。

这一段时间,宁宇几乎都在关心宏观方面的发展。说到底,也就是关注龙都新闻和文化单位的经营方向问题,而这些问题与和韵密切相关。现在和韵就是龙都新闻和文化的经营总负责人,所以她算是近水楼台先得月,起码一周都会有几天与宁宇相聚的时间。也只有她,才可能了解宁宇的行踪,也可能了解他的近况。于是,她无论如何也要找一找和韵,不管能不能打探到关于宁宇的蛛丝马迹。

接到红唇的电话,和韵一点也不意外。她俩虽然小时候不认识,可她们毕竟出生在一个地方,长大后又同在省城大学求学,而后一起进入报社做了宁宇的实习生。想想当年,她们还是有很多的共同语言的。现在接触少了,是因为两个人的世界观和择业观都发生了天翻地覆的变化。红唇是那种高扬新闻理想的职业经理人,而她和韵则是家族企业的继承者,两者之间的差异是不言而喻的。这么晚了,红唇打电话来是为什么呢?

"你好,红唇。"和韵永远都是一副洒脱豁达的姿态,似乎与她的年龄很不相符。

"不好意思,和韵,这么晚了,我没有打搅你吧?"红唇和和韵现在也还算是同事。在报业集团的框架下,红唇是代理总编辑,位列在和韵之前。和韵是报业集团的总经理,她们也会经常在一起商议报社的发展事宜。

和韵能敏感地意识道,红唇这么晚来电话,绝对不可能是因为报社的公务,最大的可能就是红唇与娜娜之间发生了什么。和韵太明白了,娜娜和红唇能到龙都来,都是为了睡在她床上的那个男人。她觉得很好笑,她本来没有这样想的,可她却意外地成了黄雀,要是娜娜和红唇知晓真相,两个人不联合起来把她撕碎了才怪。可是,现在的情况是这样的,红唇和娜娜都拿她当铁杆朋友……她语速十分平稳地说:"咱俩,你也这样客气啊,有什么事你就直说吧!"

红唇说:"这样吧,你要是有时间,我这就过来找你吧?"

和韵看了看已经熟睡的宁宇,伸手把他的手机给开成了震动,然后轻声说:"好的,你来吧。"答应下来,她又觉得不对劲儿,要是红唇闯到了她的房间,看见宁宇在这儿酣然大睡,那会是什么后果呢?于是又补充说:"就在酒店的咖啡吧会面吧,我在那里等你就好了。"

"好的,不见不散。"红唇的急迫程度显而易见。

和韵早早在咖啡厅订了位置,等候红唇的到来。红唇风尘仆仆地赶了过来,见面的第一句话就说:"我们好久没有见面了吧,要不是事情太特殊,还不知道我们俩什么时候才能这样坐下来聊天呢!"

红唇的出现,更加让和韵断定,面前的女子就是因为男人而来。和韵只是笑笑,算是一种回答。

红唇说:"我没想到会发生这样的事,也不知道你知道不知道?"

和韵乐呵呵地说:"你也是了解我的,我从来都是一个事不关己高高挂起的人,也是一个两耳不闻窗外事的人,你要说的事情,我一准是不知道的。”

红唇说:“不,这件事不一样,你离他最近才最了解他呀!”

和韵一脸茫然,索性问道:“我说红总编,你能直截了当吗?弄得我云里雾里的。”

红唇警惕地望了望四周,见四下无人,才压低了嗓音说:“省里和中央纪检机关要找宁宇谈话呢……”言语之间,还有很多惶恐。

“你说什么?”和韵毕竟也是在新闻单位工作过的人,对这样的事情虽说不很上心,可是这涉及宁宇,她当然也是异常关心的。

“你声音小一点。”红唇警告说。

“你从哪里得到的消息啊?”和韵几乎有些质疑。

红唇说:“你先不要管消息来源,反正这事是确凿的。”

和韵又惊又疑地问:“这事情是不是很严重?无可救药了?有没有其他的办法?”

红唇连忙说:“你小声点,这可是绝密消息。”

和韵本身确实受到了惊吓,于是说道:“既然是绝密消息,你跟我说干什么呢?”

和韵就是这样一个没心没肺的人,有时候就是沉不住气。红唇只得说:“你也是的,怎么跟个小孩似的呢?我这不也很担心吗?这段时间你和他相处的时间长,所以我才找你来询问呢,我也想了解他到底是因为什么事呢!”

和韵终于平静下来。这个消息她确实是刚刚才听说的,可是她想不通,宁宇这样风头正健的干部,上级纪委怎么可能找他谈话呢?纪委找人谈话,那可从来都不是什么好事儿,那么宁宇可能犯了什么事呢?因为作风问题?她只知道她和宁宇有那事儿,还有雪雁与他有那事儿,难道这样的事情,上面也要出面责问?

见和韵长时间不说话,红唇焦躁地说:“你怎么不说话啊?这段时间你难道就没有什么发现吗?他和你交往也算频繁的吧?”

和韵说:“我承认,他因为工作是和我交往频繁,可是与他交往频繁的人不少啊,我能知道什么呢?”

红唇提醒似的说:“你是搞的经营工作,在财务纪律这方面,你应该比我更在行吧?”

和韵若有所思地说:“你说他在这方面有所图啊? 我看不出来,他先天性就是一个在财富面前缺心眼的人。”

红唇说:“我不是指未来有所图,而是过去,过去他有没有可能在这方面犯事?”

和韵摇摇头,表示一无所知。

红唇又提醒说:“你可不要忘了,现在龙都市最有影响力的两大工程,都是他一手参议谈判和引进的……”

和韵说:“你是说,他可能在这方面动手脚? 别人可能,他不可能。”

红唇说:“我又不是纪委的,我也巴不得不可能呢,可是为何纪委要找他谈话呢? 难道组织上会捕风捉影无中生有?”

和韵一时语塞,是啊,纪委可是严谨严肃的部门,他们的出动,实际上就预示着一定会有问题,尤其是对宁宇这样级别的干部。一时间,和韵也愣住了。

87. 娜娜的迷惘

其实,与红唇同样着急的还有另外一个女孩儿。她就是同样痴迷于宁宇的娜娜。在省城期间,娜娜是宁宇名义上正式承认的女朋友。虽然宁宇遭遇娜娜妈的打击之后有了退缩的想法,但是两个人还是勉强走到了现在。娜娜到龙都,不能不说与宁宇没有关系。

宁宇也不能否认, 他的仕途快车道娜娜的爸爸张书记起到了最为关键的作用,要不是他将他推荐给市委王明书记,他现在恐怕还是省报的部门主任,根本就不可能成为叱咤风云的副厅级领导干部,也更不可能掌控这么庞大的两个重点改革工程。所以,娜娜其实也是很特殊的。她一直都暗中将宁宇当成了她未来的夫君,只是这段时间宁宇整天天马行空地忙碌,根本就没有时间来顾及她。但是,当她听说宁宇要被上级纪委找去谈话时,她立刻嗅出了一股硝烟的味道。

娜娜很清楚,爸爸本来是不想告知她这个消息的,爸爸一直把她当成孩子看,不论什么事都希望她能看到光明的一面。老实讲,她喜欢爸爸的这种风格，为何要把事情都想得那样糟糕呢，让自己的神经舒缓一点没有什么不好。可是，妈妈知晓了这个消息之后，还是火急火燎地给她来了电话。

娜娜已经躺在床上了，她伸手将手机拿到了手上，只听见妈妈和爸爸在争执。妈妈有些歇斯底里地说："都发生了这样的大事了，你还不告诉孩子，难道你想让孩子也跟着他去受苦受累吗？"

爸爸说："我说你也是的，还是大学教授，怎么能听风就是雨呢，早知道我就不告诉你这个消息了。"

妈妈说："你说什么？你不告诉我这个消息？老张啊老张，我看你真是老糊涂了，我们不就只有这么一个女儿吗？难道那个宁宇去死，我们家娜娜也要去殉葬吗？我可不像你们农民那样愚昧，我早就说过了，农民终归是农民，是享受不来富贵的。你看看，我说准确了没有，他才到位置上几天啊，竟然弄出了这么大的事情来，叫人如何能够放心啊？我建议让娜娜辞去她的那个什么网络集团的总编辑，还是回到省城来安安稳稳地过日子吧！"

爸爸说："你简直就不可理喻，农民怎么啦，我不也曾是农民吗？我现在不是做了党委书记了吗？你是贵族家庭出身，不也才是一个普通教授吗？"

妈妈说："真愚昧，难道你当党委书记就有多了不起，骨子里还是一个立不起来的农民。我才不要我女儿再找一个农民老公呢，我必须给娜娜一个电话，起码也让她自己站出来做个决断……"

听见两位老人因为宁宇的事情又在争吵，娜娜的心里格外混乱。但是这一次她能够感受到，宁宇一定是出现了很重大的变故，要不然身为教授的妈妈也不至于这样歇斯底里。但是，不管怎样，她对妈妈的态度是反感的。毫无疑问，妈妈的态度无意识地激发了她的叛逆情绪。虽然她不知道究竟发生了什么事，但她已经决定了要与宁宇站在一起。电话里随即传来了妈妈激动的声音："娜娜，我是妈妈。"

娜娜不冷不热地说："嗯，知道了，这么晚了，有什么事吗？"

妈妈说："是啊，这么晚了，没有大事我怎么会拨通你的电话呢？有一件事情，妈妈得负责任地向你讲清楚。"

娜娜说："嗯，你说吧，我在听呢。"

妈妈说："有关部门已经对宁宇展开调查了，听说还是省纪委和中央纪委的人，我想这件事已经到了不可挽回的地步了。你是知道的，我和你爸爸只有你这样一个女儿,我们是希望你幸福的,你最好找时间回来一趟吧。另外,我考虑再三,你还是回来工作为宜。实在没有别的地方去,你可以先到我们学校的图书馆工作,今后再谋好的发展……"

娜娜打断了她的话,问道:"妈,事情严重到什么程度你了解吗?"

妈妈说:"不管什么程度,连中央纪委都出现了,宁宇这个人也许就不会有任何前途了,这一点难道你不明白吗?"

娜娜无语,妈妈的话虽然令她反感,但是妈妈传递的绝望信息她是能够感同身受的。倘若妈妈说的是事实,那么宁宇也就成了永远别想翻身的咸鱼了。也许他会在监狱里度过很长一段时间,也许他会被开除党籍开除公职,成为一个有政治污点的无业游民……想到这一切, 她的心里也不由得发慌发凉。

见娜娜没有说话,妈妈又问:"娜娜,你在听妈妈的话吗?"

娜娜支支吾吾地应付着妈妈,头脑一片混乱。不想那边爸爸已接过了电话,爸爸说:"娜娜,刚才妈妈给你传递的消息是没错的,上面确实要找宁宇谈话,但是现在还不知道是什么结果,我个人的判断没有你妈妈悲观,我更相信这是一场误会,或者是一个滑稽的玩笑。我对宁宇有一些了解,我觉得他不至于蜕变得这样快……"电话的那边,妈妈几乎是喊道:"我说老头子,你就不要这样固执了,不要干扰孩子的判断和选择,你都是党培养教育多年的干部了,难道你对党的内部纪律还不了解吗?要是没有确凿的证据,难道组织上会开这样严肃的玩笑吗?"

妈妈的话,更让娜娜惴惴不安。爸爸辩解说:"任何事物都有两面性,完全可能就是一个传言,一切要等到调查完之后再下结论好不好?事情没有尘埃落定之前,先入为主是要犯主观主义错误的……"爸爸妈妈一辈都在这样的争执中度过,这让娜娜别样烦恼。

最后爸爸还是说:"娜娜,我什么都不敢肯定,也什么都不敢担保,我想最好是等一等,时间可能会解决一切,任何冲动都是不理性的,你明白爸爸的意思吗?"

娜娜异常坚定地说:"我相信这是一场误会。"

也许家里的电话是按了免提的,只听见妈妈说:"娜娜,我可提醒你,当初他来我们家的时候,就带了不该带的东西,当时我和你爸爸不是还要报警吗？从那个时候起，我就有所警觉，你们俩也太天真了，相信这是误会，倘若这个是误会，当初他带回来的那个偌大戒指呢？怎么解释，也是误会吗？再有，当年宁宇是一个小记者，哪里来的那么多钱买昂贵的手表给你爸爸庆祝高升？这些都有可能发展成为纪委找他谈话的源头，换一句话说，他对你爸爸会这样，他就不会对其他的上司和领导这样吗？”

妈妈的话，让娜娜如梦初醒。是啊，这一切该怎么解释呢？宁宇这个人的经历也太复杂了，社会上三教九流交往得太多，不排除他被诽谤，但是也不排除宁宇为讲义气接受过各种送礼，并将这些东西送给了他的上级。这一来一往之间，不就是行贿受贿了吗？也许张书记也在思考宁宇当初的一切，两个人静静地听着娜娜妈的数落，谁也没有开腔。

只听见妈妈说："你们还是回到现实世界来吧，不要那么固执己见了，你们两个一个是研究生，一个是大学教授，都是接受过良好教育的人，莫不成你们都成了爱做梦的文艺青年了？所以我建议，娜娜最好辞去你的那个什么总编，回到爸爸妈妈的身边比什么都重要，也比什么都实际，免得成为别人的陪葬品。我的话虽然很俗，可我自认为是有道理的。你们慢慢想想吧，不要再这样拖延下去了……"

也许是妈妈的话击中了要害，爸爸和娜娜都无言以对。最后，爸爸嘀咕道："明天我不是还要到龙都开会吗，这个会还是宁宇主持的呢，到时候看看情况，我再和娜娜商议一下好了，现在不要再说了，让孩子休息吧……"此刻的娜娜，满脑子的迷惘，还哪里有睡意啊？

88. 夜色朦胧红颜憔悴

即便是妈妈对她充满了爱，娜娜也对妈妈的方式十分反感。如果再让她抉择的话，她宁可选择跟随宁宇去吃苦，也不愿意过妈妈替她规划的所谓美好生活。她接完了爸妈的电话，一个人呆若木鸡地坐在空荡荡的房间里，房间里出奇地安静，能十分清晰地听见墙上的挂钟滴滴答答的声响。此刻，娜娜异常委屈和矛盾，头几乎要爆炸了。

她沉思良久，很想给宁宇去一个电话，可是她又觉得不妥。现在既然中央和省纪委都要找他谈话，那么他的手机和行踪也一定是被监控了的，这个时候给他去电话，无疑是给他添乱和找麻烦。她将已经拨完了宁宇电话号码的手机放下了，仔细想想宁宇过去生活的点滴。也许是因为妈妈的话还在她的脑海里盘旋，她立刻想到了那枚硕大的戒指和和夫人，那么这件事情的起因会不会与和氏商号集团有关呢？或者说与和夫人有关呢？

她还依稀记得，宁宇讲过关于和夫人与他之间的神秘关系的。要是与和氏商号集团有关，那么事情将会是怎样的一个结果呢？她对和氏商号集团进行过全面的研究，爸爸也做过类似的研究，各种证据都表明，和氏商号集团外在形式上很神秘和华丽，其内部的经营也从来都是遵守各地的法律法规的，那些国外的运营机构也都没有任何不良记录。

从这些情况来看，和氏商号集团从事非法活动的可能性非常小。那么宁宇与和氏商号集团虽然有紧密的关联，起码说明宁宇也应该是相对安全的。不管怎样，她都不踏实，索性再次给爸爸去了电话。

家里虽然只有爸爸和妈妈在，但是也是不平静的。娜娜对爸爸说："我想与你探讨一个问题！"她也知道，妈妈此刻一定睁大了眼睛，紧盯着爸爸的脸。

只听见爸爸说："嗯，好啊，你说吧！"

娜娜说："你还记得宁宇那枚硕大戒指的事吧？"

爸爸说："当然记得啊。"

娜娜说："你也知道那枚戒指的归属吧？"

爸爸说："知道啊，不就是和夫人让他保管了的吗？"

娜娜说："这说明什么呢？"

爸爸有些疑惑了，问道："女儿，你什么意思啊？我怎么云里雾里的，不明白呀？"

娜娜说："想一想不就明白了吗？"

爸爸还是摇摇头。

娜娜又问："你和我不是都研究过和氏商号集团的商业形态了吗？你觉得和氏商号集团怎么样？"

爸爸说："是啊，我研究了整整三年呢。和氏商号集团的商业模式是全世界绝无仅有的,这个集团重信誉、守法律,从来没有违反各地法律法规的记录,在全球都是备受尊敬的企业。”

娜娜问:“那么,宁宇会怎样呢?”

爸爸这才突然明白了,娜娜在做合理的推论呢!她把中纪委和省纪委找宁宇谈话归咎到与和氏商号集团有关。这种判断虽然不见得十分准确,但是据他们掌握的情况来分析,这种可能性也是最大的。如果这个推论成立,那么宁宇可能就没有实际上的风险了。张书记十分坦然地说:“丫头,爸爸赞成你的预见。”

娜娜妈在一边听糊涂了,着急地问:“老头子,你和女儿嘀咕什么呢?是不是让女儿尽快回来算了?”

张书记也没有理睬夫人的话,而是对娜娜说:“丫头,我给你出个主意,你不妨一试。”

娜娜开心地问:“你说吧。”

张书记说:“你原来的那个同室密友和韵,也可能会知道蛛丝马迹呢……”

张书记还没有说完,娜娜就说:“嗯,我也想到了这个途径,一会儿我试一试吧,爸爸,再见。”

和爸爸通完电话,娜娜的内心踏实了不少,她仿佛觉得上面找宁宇谈话,一定就是与和氏商号集团有关。她当然也想到了和韵,这段时间和韵与宁宇因为工作的关系频频接触,她完全有可能是了解宁宇的事情的,于是她很果断地给和韵去了电话。

和韵正在与红唇聊宁宇的问题,突然接到了当年室友的电话。她根本就不觉得奇怪,她知道这个女人可能比红唇更加关心宁宇的未来,十有八九也是冲宁宇来的。但是她不敢确定娜娜就是因为上面找宁宇谈话而来,完全可能是询问他的近况。

果不其然,娜娜开口就问:“和美女,你这段时间经常和宁宇见面的吧?”

和韵开玩笑说:“怎么啦?就是见面,又不能怎么样,我在身边帮你看着他还不好吗?”

娜娜却说:“好是好,谁知道你这个闷骚的女人会不会近水楼台先得月啊?”

和韵说:“呵呵,你要这样想,我就不大好说了。我们就是有,也不会四处宣传啊?”

娜娜连忙改口说:“我当然是信任你的,老实说,近来发现他有什么异样没有啊?”

和韵说:“搜集情报是要有代价的,我就是知道,也得有个交换条件不是?”

娜娜说:“这样吧,改天我介绍我们单位的年轻帅哥给你尝鲜,这个条件够诱惑的了吧?”

实际上,和韵怎么会不了解宁宇的近况呢。这段时间,宁宇的妈妈到龙都来,确实发生了很大的变故,就是她也没有料到宁宇竟然和雪雁走得那样近。以前的宁宇与现在的宁宇确实不一样了。过去的宁宇显得简单,现在的宁宇有很多秘密,也变得更加复杂了。

可是这一切,她能对天真无邪的娜娜讲吗?当然不能。于是淡然地说:“我说亲爱的娜娜,我和韵是什么人啊?尽管我与他是经常在一起,可那都是因为工作,他能有什么事啊?就是人家有事,也不会和我这样的人说啊!”

娜娜改口问:“你现在在什么地方?在家还是办公室?”

和韵问:“什么意思?莫不是你娜娜总编要亲自拜访我?”

娜娜说:“就是这个意思。”

和韵说:“好啊,我在龙都酒店咖啡吧,你要是真的想过来,你就过来吧!”回头和韵对红唇说:“你看看,今晚倒成了多事之秋了,又来一个谈宁宇的,好像我成了关于宁宇的个人顾问了。红唇,娜娜又要过来呢,你不会介意吧?”

红唇说:“倒是没有什么介意的,可是我不想和她谈宁宇。既然这样,我就走了,你们慢慢聊吧!”

虽然红唇、娜娜与和韵都曾经熟悉,可是和韵和娜娜之间的关系显然要更为亲近,因为她毕竟与娜娜是同居一室的朋友,所以红唇还是选择了离开。

和韵当然也不会挽留,她能不了解两个女孩的心思吗?各自都在宁宇面前尽力表现自己的才能,都想捕获宁宇的心呢。看见两个同伴一直明争暗斗,她突然觉得有几分可笑。她恰恰是没有和任何人争斗的女人,而宁宇偏偏上了她的床。

娜娜和红唇不同,她一出现就直言不讳地问:“我说和韵,你们家到底有没有给宁宇好处,听说中纪委和省纪委要找他谈话呢!”

和韵没料到她也是为此事而来,心中不禁有些紧张。她对宁宇的前途也是格外关注的啊，要是宁宇真的翻船了，和氏商号集团投资龙都也就有了失败的预兆，她是这个项目的实际实施人，要是宁宇不在龙都，她又当如何呢？

见和韵久久不说话，娜娜反倒害怕了。她问："是不是你们家把宁宇拉下水了？"

看着娜娜焦躁的面孔，和韵突然大声说："什么呀，难道就你知道关心宁宇啊？我们家拉谁下水也不会拉他下水啊……"然后又觉得不妥，改口说："什么拉不拉下水，你真把我给搞糊涂了，好像我们家就是搞违法勾当似的。我说娜娜，你怎么会这样邪恶地想问题呢？我们家从来都是合法商人，在国际国内没有任何违反法律法规的记录……"

娜娜歉意地说："对不起，这不是我的本意，我只是很着急，要是宁宇出事，对大家都不好啊。你能想一想，宁宇可能在什么方面出问题吗？"

娜娜这一问，让和韵瞠目结舌，她无可奈何地摇摇头，说："对不起，娜娜小姐，我的确一无所知……"

89. 和氏商号暗流汹涌

最终娜娜还是失望而归。

送走了今晚最后这位客人，和韵却有些静不下来了。她缓步走回自己的房间，看着睡在床上的宁宇，真不知道明天会不会发生什么意外。

和韵自己很清楚，她对宁宇过去是没动什么真感情的，更何况那个时候她的男友也多，本来也没有想到要和他有什么发展。可是后来通过与宁宇的接触，发现宁宇是一个心地善良、有理想的人，因此很快吸引了和韵的眼球。后来，她的事还让宁宇和章杰之间发生过不愉快，甚至两人之间因此发生过打斗，这就使她更加坚信宁宇是一个敢于负责的男人，于是她开始坚定地站在宁宇一边。

坦率地说，那个时候和韵还没有什么深切的体会，也没有想过将来，只是觉得在一起挺好。可是现在，她的心情已经不太一样了，尤其进入了宁宇的家庭生活之后，她觉得宁宇的家仿佛就是她的心灵依赖，宁宇的妈妈能给她一种久违的母爱，这种情感在她的生母和夫人身上却一丝一毫也找不到。与宁宇的妈妈在一起，她能找到她梦想中的家的感觉。在她的潜意识里，宁宇就是能够给她带来安全和幸福的人，尽管她没有直白地与他表露过。

按照红唇和娜娜带来的信息，宁宇似乎要经历一场灭顶之灾。倘若这样的话，今后宁宇到底会怎样呢？难道真的会被送进监狱吗？惶恐之余，她不由得轻轻抚摸宁宇熟睡的脸。随后，她站起身来，想起了刚刚离开龙都的老人家，也就是宁宇的妈妈。要是宁宇出事了，她会怎样呢？其他的人可能经得起打击，可是她呢？

是应该预先有所防范，这是她此刻最强烈的想法。当然，她只能向她妈妈和夫人求助了。也不知晓今晚妈妈接待宁宇的时候说了什么，她从来是不会询问这些的。但是她可以看得出来，宁宇实际上并不平静，内心似乎也还有什么秘密。于是，她再一次关上房门，径直朝妈妈和夫人的住处走去。

她在门口遇见了陈院长，陈院长告诉和韵说："你找和夫人是吗？她现在正在气头上呢，你可得小心一点。"

和夫人的秘书也过来偷偷告诉她说："听说和行长在家做了出格的事，被和夫人知晓了，现在两人正在闹矛盾呢，看样子矛盾还相当尖锐，所以你见她的时候要小心一点，不要再一次激怒了她。"

原来，和行长一个人在异地，和一位年轻的女人同居了半年。同居实际上和夫人没有意见，可要命的是和行长竟然和那个女人准备生一个孩子。和行长还信誓旦旦地告知那个小女人，要是生出来的是个男丁，就可以继承和氏商号集团的家业。这样的玩笑，是和行长可以随便能开得出口的？很快这个消息就刺激到了和夫人。

据说，和行长也请律师给和夫人带了话，不管和夫人对他的态度如何，他都决心做一回敢负责任的大男人。他直言不讳地对和夫人说："我到和家这么多年了，我本身就是和氏商号集团的掌门人，凭什么总要听你吆三喝六的。这一次我就是要行使我掌门人的权益，在和氏商号集团没有男丁继承的时候，他可以决定未来企业的掌舵人和继承人，必要时也可以采取特别措施。"

实际上，和行长完全不知道，和夫人本人也曾留有老爸的遗训，掌握着掌门人的根本秘密，那就是现在在宁宇手里掌管的硕大戒指。全球和氏商号集团只听命于一个信物的指令,那个信物就是硕大戒指。这枚戒指是和老爷子当年在南非采购了上好钻石特制的,也是世界上唯一的一个信物,相当于和氏商号集团的官玺,这个秘密是所有和氏商号集团分号的掌门人都知晓的。

也就是说,到现在为止,和行长根本就不知道他还不是名正言顺的和氏商号集团的掌门人。他被和老爷子招亲,并口头承诺他是和氏商号集团继承人实际上是不具备法定效力的,这一点和氏商号集团里面的传承规则记录得清清楚楚。

和行长也见过这些文本,就是没有见过那个唯一的官玺。当然,他也错误地低估了和夫人,以为和夫人根本就没有那枚掌舵的戒指,甚至认为和氏商号集团全球各地的分号都不知道这个秘密。只要他不说出这个宝物不在他的手里,所有的人都会以为他手里执掌着这个宝物。

在这个问题上,和夫人也低估了和行长的能量,和行长已经做了两手准备。其中之一就是专门赶往南非定制了一枚硕大的戒指,且规制和和氏商号集团绝密记录资料上的一致,只要到了关键的时候,他就会拿出这个官玺实施家法。

很显然,和夫人并不知道和行长阴险到了这种程度。在她看来,和行长找小老婆生儿子,实际上不仅仅是挑衅她的极限,更主要的是因为和氏商号集团这个巨无霸财团的利益。

妈妈因为爸爸出轨而不快,和韵自然很不好提及,也不好规劝什么。她唯一能做到的就是避开此事。可是,今天她的心里太难受了,要是不把宁宇的事情弄个水落石出,她也没法安静下来。

她冲陈院长点点头,也对和夫人的助理表示感谢,然后走进了和夫人的内室。她站在门口,轻轻地敲敲房门,轻声说:“和夫人,我是和韵,我可以进来吗?”

也不知道是因为丈夫出轨导致和夫人的脆弱,还是因为别的什么缘故,和夫人今晚的情绪起伏很反常。也不知道助理和陈院长是什么时候看见她发火的,反正和韵到来时和夫人是和风细雨一派温和的模样儿。听见和韵在门外说话,她反而乐呵呵地说:“哦,是和韵啊,进来吧,进来陪妈妈喝一杯。妈妈正愁一个人喝酒无趣呢,刚才宁宇和我喝了少许,完全没有让我尽兴,你来得正好……”

和韵迈进房间，只见和夫人穿了敞胸露怀的睡袍，手里举着晶莹剔透的红酒，一个人端坐在西式小茶几边，一副悠然自得的样子，茶几上还有几碟西式糕点。这房间本来就是豪华的西式装饰，从墙体到顶灯，再到里面的桌椅，都是巧夺天工的布局。女主人气质又是那样高贵、举止优雅，就是作为女儿和韵也为之叫绝。

和韵缓步进入，一边说道："妈，你一个人品酒啊？"

和夫人说："你不是来了吗？现在就是两个人了。"和韵看见茶几上还有另外一杯酒，诧异地问："我是不是来得不是时候，你这里还有贵宾驾临？"

和夫人开怀地笑了，问道："我说和韵，你也真会拿你妈开玩笑呀，就我现在这个打扮，像是请客的样子吗？"

和韵仔细看了，妈妈穿在身上的睡袍，几乎是半透明的，里面甚至胸衣都没有穿，滚圆的乳房上乳晕几乎都能看见。这样暴露的打扮，又是在她自己的独立闺房，要是宴请客人的话，那一定就是她的相好了。和韵在想，妈妈是那样高贵和优雅，与她调情的男人也需要勇气和胆识。当然，她还没有目睹过妈妈情人的风采，于是好奇地问："莫不是你约了情人？"

和夫人温和一笑，将茶几上的酒杯递给和韵，两个人一碰杯，两个酒杯发出了清脆的响声，随后这一对母女美人各自浅浅地尝了尝美酒，彼此的眼神里都传递着未知。

90. 优雅的妈妈

和韵坐到了和夫人的对面，母女俩是很少这样面对面地坐下来喝酒的。在和韵的印象中，从来都没有看见妈妈为什么事情沮丧过，甚至都没有看见过她忧伤或者愤怒的模样，印象中她一直都这样一副优雅的神态。当然，也见过她很多时候是严谨的，是思考状的。另外，在和韵的心目中，妈妈是那种手眼通天的人物，给她一种神秘莫测的深邃感。

和韵还没有说什么，和夫人就主动问："我要是没有猜错的话，我想你一定不会是来找我聊天的吧？"

和韵举杯喝了一口酒，说道：“嗯，我遇到一件十分棘手的事，内心有几分惶惑，正好你在这里，所以我想告诉你，还期望得到你的指点。”

和夫人说：“哦，看起来是一件很严肃的事情。”

和韵说：“我也说不好，但是起码现在对我来说很重要。”

和夫人敏感地问：“是因为一个男人吗？”

和韵说：“可以这样说。”

和夫人又问：“我想确认的是，你和这个男人的关系？”

和韵没有考虑就说：“朋友。”

和夫人打趣道：“一般的朋友我就不关心了，你得说清楚你和他到底有多么亲密的关系，我想也只有这样，我们才有谈话的基础。”

和韵只得说：“很不错的朋友，也许还会有发展吧，可是要是眼前这个坎过不去的话，也许一切都是子虚乌有。”

和夫人说：“既然是这样，我觉得我可以给你出出主意，但是仅限于参考，你说吧。”

和韵说：“其实，这人也是你的朋友。”

和夫人笑了，问道：“怎么，你难道说的是宁宇？”

和韵说：“你答应了可以帮我的。”

和夫人说：“我说我不帮你了吗？”

和韵的脸有几分羞涩。

和夫人实际上很少与女儿谈话，也从来不涉及对方的情感世界，这一会儿确实破天荒了。她主动问道：“你要说的是什么呢？”

和韵说：“刚才我接待了两个朋友，一个是我原来的同事，也是现在的同事红唇；另一个是我当年的同室密友娜娜，也是现在的同事。她们两个人刚才都过来跟我聊到了一件事，据说上面要找宁宇谈话，而且要找他谈话的是中纪委和省纪委。我听到这个消息，很是揪心。”

和夫人还是和颜悦色地问：“你揪心什么呢？”

和韵坦诚地说：“双重的吧，一方面我担心如果他真的不再主管龙都新闻和文化方面的工作了，会给和氏商号集团发展带来波折，对我个人的事业十分不利。另外，我内心也很不愿意失去这样一位亦师亦友的好搭档。”

和夫人说：“嗯，你的意思我明白了。可是我听到的，好像都不是我所关心的,也不符合我刚才提出的谈话基础。”

和韵不得不说:“妈,另外的不是隐去了吗?”

和夫人说:“好吧,我们来几个假设。其一,他离开了,你会怎么做?其二,他离开一段时间,你怎么做?其三,他永远离开了,你又怎么做?”

听见妈妈这样说,和韵原本紧张的心更加纠结了,连忙问道:“妈,难道就没有另外的可能吗?比如通过疏通让他不要离开?”

和夫人佯装什么都不知晓,说道:“你也是报社出来的记者,你难道就不了解国内的政治吗?我们可是本分的商人。”

和韵却说:“妈,外界都传闻你是手眼通天的,办这么一件小事你还不行吗?”

和夫人停顿了一刻,她没有想到自己的女儿也这样神秘地看她。她犹豫着,要不要告诉她真相,但是此刻,她突然决定了,应该在这样的时候看看女儿的真情流露,同时也检验检验她的情商和智商。像她这样的孩子,不经历波折是不会成长的。于是淡淡地说:“我也听到了这样的传闻,但是我和你的看法不同,我现在需要你回答我的三种假设。”

和韵问道:“为什么?难道你仅仅把我当成集团龙都公司的执行总经理吗?我是你的女儿,女儿难道就没有向妈妈请求的权利吗?”

和夫人说:“当然有,但是妈妈也只尽力所能及。我们是本分的商人,应该尊重任何一地任何一国的法律法规,越界就等于毁灭,就等于自找麻烦和节外生枝,这是和氏商号集团的基本准则。我希望你也要记住,再小的官方机构都是政府和主人,再大的企业也只是客人。”

和韵有几分失望,她长这么大了,妈妈几乎没有顺利地答应过她一件事情。所以,她内心还真接受不了妈妈此刻的态度。现在她才知道,妈妈其实就是在等她,那一杯预先斟满的红酒就是为她而备下的。妈妈永远都是一个先知先觉者,这让和韵不知道该说什么好。面对如此犀利的妈妈,很显然和韵占不了上风。她只能面对妈妈出具的选择题,做出她认为满意的决定。她迟疑了一刻,说道:“我能有附加条件吗?”

和夫人盯着和韵的眼睛说:“可以,但是不能偏离方向。”

和韵说:“你提出的这三条,我都只有一个答案,不管他走与不走,我都会把龙都的事业做到极致。这是集团给我的第一个机会,要是这个机会我都无法把握，那么我想，今后我也许就没有机会了。”

和夫人点点头，问道：“你的附加条件呢？”

和韵说：“我也会想尽一切可能去帮助宁宇，最好的结果就是让他能留下来帮我度过龙都的创业岁月。”

和夫人心里有数了，她心中突然有几分敬佩女儿了，这些都是她特别需要的潜质。原来她还以为女儿会纯粹地感情用事，现在看来，她已经很理性了，骨子里在渐渐向她靠拢，这是她感到非常欣慰的。女儿虽然不是天才，她也很清楚女儿不是执掌和氏商号集团的料，但是起码她希望女儿能够自食其力，能够自己独立支撑一个属于她能力范围的实体，不至于成为和氏商号集团的负担。现在看来，她的忧虑已经在渐渐消失了。

两人再度举杯。和夫人说：“嗯，很好啊。你能这样想，我也就不必多言了。”和韵清楚，妈妈能这样说，她也就会倾力去帮助宁宇了，也就不用她再多言了。

不曾想，妈妈突然问她：“和韵，有一个问题妈妈一直想找机会问你，听一听你的态度。”

和韵连忙声明说：“妈，我也有一个条件。”

和夫人觉得女儿越来越像她了，似乎两个人的心里有感应似的。于是说：“嗯，你说。”

和韵说：“如果是你与爸爸之间的事，我一概不介入。”

和夫人说：“如果危及到你的利益呢？”

和韵说：“只有你们之间的利益，一切与我无关，我是你们的儿女，我不想和你们探讨什么利益。”

这又让和夫人很沮丧，她也被女儿挤兑回去了。和夫人笑笑说：“好吧，这确实会让你为难，我就不说了，或者说我不需要你表态。但是我还是要通报你一个信息，你爸爸在外面包养了一个年轻女人，声称要生一个男孩来继承和氏商号集团的家业……”

和韵也有所耳闻，但她确实不想夹在爸爸妈妈中间里外不是人，上一代的事情还是需要长辈们自己去抉择，她选择了沉默。

和夫人接着说：“你爸爸呀，我是给了他太多的机会，可是他这个人禀性难移，迟早有一天，他会咎由自取的。我希望那个时候你不要怜惜他，虽然他是你的爸爸。”

和韵内心十分难受,但是,她能感觉到这场旷日持久的内斗结果,现在她觉得爸爸已经失败了,也不知道是什么潜质告诉她,爸爸就必定会失败的。

91. 谈话如期而至

次日,关于龙都高职高校教育园区的会议如期举行,会议按照宁宇昨晚的安排,由教育厅厅长主持,陆强市长介绍相关情况,市委王明书记出席。

会议尚未开始之前,宁宇就告诉王明,今天有位神秘嘉宾要到来,请他出面接待和陪同。王明书记说:“怎么,你这个指挥长也不知道神秘嘉宾是何许人吗?”

宁宇笑笑说:“昨晚市委办公厅那边通知的,我也不知道是什么人。”

两人还在对话,就听见门外传来了雪雁清亮的嗓音:“两位领导,外省的教育参观考察代表到了,还有省里面的张书记和红副院长他们也到了,你们是不是出来迎接一下啊?”

宁宇说:“好的,我们马上就出来。”

随后,宁宇和王明有说有笑地走出了房间,前面果然来了一大批人。走在最前面的是省城大学党委的张书记和省行政学院的常务副院长红副院长,两个人的身后是外省教育界的学者专家,还有厅长和局长们。

宁宇、王明和教育厅厅长以及陆市长等人都前往迎接。考察团的领导以及专家学者走过来,后面的就是新闻界的朋友了。宁宇看见了外宣办的章杰、报业集团的红唇,还有网络新闻集团的娜娜等人。随后,队伍的最后出现了几个神秘的人,其中就有和韵和和夫人两张熟悉的面孔。

只见和韵拿了介绍信,走到宁宇面前说:“宁部长,我不得不告诉你,今天的神秘嘉宾就是和夫人,这是省里面的介绍信。”

宁宇一惊,他和陆市长、教育厅厅长一样,完全没有料到今天省委通知到场的神秘嘉宾竟然是她。而且上面的交代很清楚,嘱咐市里面要照顾和招待好神秘嘉宾,通知上也并没有说神秘嘉宾因何事而来,无形之中又增添了和夫人的神秘色彩。

当宁宇把介绍信送到王明书记、陆强市长和省教育厅厅长面前时，三个见惯了大场面的领导同样眉头一皱，不知道面前的嘉宾到底是一种什么身份。但是和夫人落落大方，她走过来和几位一一握手，爽朗地说："各位，我们都是老朋友了，今天只是来参观和学习，希望你们不要见外。你们也不要安排什么，就当我也是外省来的考察团成员就好了。"

毫无疑问，今天最尊贵的客人显然不是其他人，而是这位省委介绍来的神秘嘉宾。王书记笑笑说："这样吧，你有什么要求，随时可以提出来，我们会立即做好安排。"

和夫人和颜悦色地说："我说过了，你们就当我是考察团之中的一员好了，我没有别的要求，也就是来看一看、听一听，仅此而已。"

会议按照程序开始了，陆市长介绍了各位到会的嘉宾和领导以及各路专家学者后，又介绍了整个项目的规划和运作情况。然后是各地的专家学者提问和咨询，很多问题都是宁宇回答的。

现场的介绍会也就一个半小时，随后的安排就是参观施工现场。在整座教育园区里面，最为显眼的是正在建起的"东方孔子学院"。走到这栋建筑面前，和夫人问宁宇："这栋大楼什么时候可以竣工啊？"

宁宇说："今年秋天之前吧！"

和夫人又问："这个学院你们的设计是对外国人招生的？"

宁宇说："是的，这个学院的主要功能就是传播中国国学的，主要针对的人群就是国外对中国国学有兴趣的人，所以这个学院很特别，不是一个常规学院，是一个随时可以办各种国学培训班的涉外教育学院……"

和夫人十分开心地说："这样吧，宁部长，你的第一批学员由我来组织吧，你们这个学院能容纳多少学生就读呢？"

宁宇说："根据规划，起码可以同时接纳两千名外国同学就读。"

和夫人说："嗯，很好，这个规模足够了。"很显然，和夫人尤其对这个学院感兴趣，宁宇暗自揣摩：这到底是怎么一回事啊？但是，他又不能直白地询问和夫人。

参观完了校区的建设和规划，和韵就陪同和夫人离开了。这又给所有人留下了一个莫大的悬念，就是王明书记也给弄得云里雾里了。他问宁宇："和夫人难道是为招收第一批外国学员来的？”

宁宇摇摇头，他觉得事情绝对不可能这样简单。一边的雪雁说：“我看不是。”

至于和夫人是因为什么而来，没有人能够猜得透、想得透，只是觉得这件事很蹊跷。

今天的人群中，有两对父女高度关注宁宇的一举一动，这就是张书记父女和红副院长父女。他们一直都在揣摩着宁宇究竟有没有出事，现实让他们感到迷惑，宁宇分明还是和往日一样谈笑风生，和往日一样精神百倍。

举行招待宴会的时候，宁宇给大家祝完酒，很自然地要与张书记和红副院长喝上一杯。

张书记率先问：“宁部长，这段时间你不会离开龙都吧？”

宁宇十分肯定地回答：“不会，现在这段时间我怎么走得开啊？怎么，您有事吗？”

张书记立即回避说：“没什么事儿，你要不离开的话，我们今后到龙都来不就更方便了吗？”实际上，他这是在变相地打探实情呢。

红副院长其实也一样，他知道女儿红唇很关心宁宇的事。借喝酒的机会，他问宁宇：“近期你要是到省城的话，一定要到家里去坐一坐啊，我还有几瓶存放了多年的老酒等你一起去分享呢。”

宁宇举杯说：“谢谢红副院长，近段时间恐怕走不了，你也看到了的，龙都这摊子事情太多了，我还得安下心来处置呢。要是完成不好，怎么向您和其他师长领导们交差啊？”看宁宇的神态，没有丝毫的懈怠，完全一副信心满满的样子。从宁宇的身上，红副院长没有看到任何一丝阴影，他甚至都判断，中纪委和省纪委要找他谈话可能是误传。要不然，这样年轻的宁宇岂能这样稳若泰山？

红唇和娜娜看到了这一幕，显然也以为警报解除了，心里顿时释然，两个人此刻的心思都转到了做好今天的新闻报道之上。她们很清楚，宁宇明天的第一件事，就是看各大媒体对此事的关注。因为他本身是资深新闻人士，所以他也会从横向纵向进行深层次的比较。两个女子内心都有一个小九九，那就是在新闻报道的质量上要精益求精，谁都不愿意在宁宇面前丢丑。

送走了外省教育考察团，也送走了省里面的专家和教育厅领导，宁宇和雪雁这才往办公室赶。一路上,雪雁似乎很兴奋,谈论着今天的种种怪异,说道:"领导,今天的事也太诡异了吧,你能看出和夫人是什么身份来的吗?"

宁宇压根儿就没有心思去揣摩这一切,他已经得到了确切的通知,就在今天下午,省上和北京来的工作组就要找他谈话呢,这个工作组是没有公开露面的,找他谈话也是不向任何人和任何媒体公布的。

这样的事情对于宁宇来说,绝对是破天荒的第一次,难免心里会有这样那样的恐慌。

见宁宇没有说话,眉眼之间一脸的茫然,雪雁又说:"你是不是昨晚没有睡好啊?今晚可不能再这样下去了,今晚我给你熬汤,然后让你好好睡上一觉如何?"

宁宇基本上没有听清楚雪雁在讲什么,再过两个小时,他就要接受纪委领导的询问,他真不知道领导会询问他什么,而后又会怎样?他自己明白,他再也不是过去那个单纯的记者了,也不是那个单纯的部门主任。同样,他也不是一个单纯的市委常委和宣传部长,因为和氏商号集团的出现,他现在连自己也无法说得清楚自己的复杂身份了。这些,难道不是他为之忧心的理由吗?

92. 谈话结束

事实上,在龙都的地盘上只有宁宇和王明书记两个人确切地知道中纪委来人了,并且知道与他谈话的地点。当然,王书记是没有透露他知晓此事的,宁宇也不清楚王明书记知道。就在宁宇还没有赶往纪委约的地点之前,王明书记却意外地出现在他的办公室。

宁宇一惊,他还不知道该不该对王书记说清楚这一切,但是在宁宇看来,王书记显然并不知道情况,只是与他握手寒暄,聊聊近段时间全市新闻与文化机构的改革进展,而后就告辞而去。临走的时候,王书记对他说:"你的工作干得相当出色,我本人很高兴看到这个局面,省里面的领导也不止一次表达过这个观点,希望你接下来要尽心竭力。"听了王书记的话,宁宇不知道这是什么意思,莫非是在暗示他什么?王书记安静地离开了,宁宇还是百思不得其解。

他正要出门时,雪雁匆匆忙忙地跑了来,宁宇说:“你有什么事吗?”

雪雁说:“我想告诉你一件要紧的事,章副部长和陆草儿……”

还有半个小时宁宇就要接受问询了, 他打量了雪雁一眼说:“你等一等好吗?我现在有更重要的事情,我回来后会跟你联系的。”雪雁还是第一次看见宁宇这样坚定的神情,于是说:“那好吧,我在办公室等候你。”

宁宇既没有叫司机,也没有叫秘书,一个人下楼而去。

宁宇在预先约定的茶楼雅间见到了中纪委和省纪委的人, 四个人在一个靠窗但是宁静的茶楼坐了下来。几个人互相问候之后,领头的领导就说:“宁宇同志,我们今天找你,没有别的意思,你的个人情况相对于其他的干部显得特殊一些,所以我们想找你了解一些情况,希望你能配合。”

宁宇淡然一笑说:“没问题,绝对配合组织的安排。”

几个人摊开了笔记本,也打开了录音机,这才开始询问。

其中的一个人开始发问:“你在省城做记者八年了吧?”

宁宇说:“是的。”

问:“在做记者的几年里,主要做什么工作?”

宁宇说:“新闻采访。”

问:“在什么部门?”

宁宇说:“社会新闻部,做机动采访。”

问:“这个部门是不是特别复杂?”

宁宇说:“是的,这个部门每天都要采访不同的社会对象,有时候还要搞卧底采访。”

问:“你都做过什么样的卧底?”

宁宇说:“捣毁火车站的黑恶势力,那一次我在匪帮里面卧底了一个月,最后还差点儿死在匪帮了。”

问:“你参与过其他的犯罪活动没有?”

宁宇说:“没有,有行动的时候我都装病,最后一次参与配合警方,最后侥幸被救。”

问:“你经常带实习记者吗?”

宁宇说:“不,早先不带。后来因为卧底出了名,采写的新闻也获了新闻大奖，报社领导和部门领导才让我带实习记者的。”

问：“你最先带的是哪一批实习记者？”

宁宇说：“红唇她们那一批吧！”

问：“一次带几个？”

宁宇说：“原则上一个记者每一次只能带一个实习生的。”

问：“你怎么带了两个呢？”

宁宇说：“也不是我要带两个，当初我带的就是红唇一个人。和韵本来是章杰带的，可是人家和韵找到了报社的领导，就是不愿意做章杰的实习生，非要跟我，我也是后来才知道的。”

问：“听说你还因此与章杰发生了拳脚摩擦，是因为喜欢和韵这个女孩吗？”

宁宇说：“不，完全是因为当时章杰的狭隘。”

问：“你和和夫人什么时候相识的。”

宁宇说：“就在去和韵老家参访的时候。”

问：“后来你们什么关系？”

宁宇说：“朋友关系。”

问：“你都帮她做过些什么事？”

宁宇说：“帮她找了私人秘书陈院长，还帮她保管了一枚很特别的戒指。”

问：“她给你什么回报？”

宁宇说：“她给的回报，让我想想。哦，在我离开省城之前，送我一辆车，可是我没有接受。还有，她将做形象代言人的酬劳全部送给我了，我都拒绝接受了，可是她说以我的名义给我存到了银行。”

问：“还有呢？”

宁宇说：“后来在一次很特别的会上，也就是全球和氏商号集团的集会上，我迷迷糊糊地被她们指定为终身管理顾问。用和氏商号集团的传统说法，我是和氏商号集团的有缘人，还要享受薪水待遇。”

问：“薪水待遇是多少？”

宁宇说：“我不关心这个，所以也不知道。但和夫人说她按照国际惯例，已经替我在银行托管了。”

问：“你在国外有几个私人账号？现在这些账号里有多少资金？”

宁宇迷惘地说:“对不起,我不知道我有海外银行账号,也不知道我有多少钱。”

问:“要是这些钱你可以利用,你会用于什么?”

宁宇说:“我真的不知道有多少钱,要是我有一笔可观的海外资本的话,我想我会捐赠给希望工程或者用于建造敬老院,或者国家很需要的其他项目。”

问:“你到龙都的这半年,抓了些什么工作?”

宁宇说:“主要就是两个项目。其一,龙都新闻文化产业改革项目,涉及报业集团、广电集团还有网络集团和文化演出单位的改革升级。这期间,主要负责招商引资、人才引进、集团调整。另外一项工作,也就是负责龙都高职高校教育园区的建设工作,这项工作也是非常具有挑战性的,也是从招商引资到规划设计,到现在的整体项目推进。今天上午还在现场开会……”

问:“你在这些工作中,负责的都很纵深,有没有在里面做什么手脚?”

宁宇说:“没有。”

问:“你周围的人对你怎样?”

宁宇说:“都很信任我。”

问:“领导们呢?”

宁宇说:“对我充满信任,更充满期待。这个高职高校教育园区的项目你们也是知道的,我一个普通的市委常委能够领衔办理,就是领导对我绝对信任的例证。”

问:“也还有另外一种说法,说海外的某些集团看上了你,所以才让你担任了这个重要职务的。”

宁宇说:“这个我完全一无所知, 我只知道我这个项目总统筹人是省委和省政府指定的。”

……谈话进行了整整两个小时零十五分钟, 纪委的领导说:“谢谢你的配合,你的情况我们也大致了解了。我们相信你所反映的都是实情,也希望你能够践行你的诺言。最后,希望你明白,我们只是做一般性的了解和调查,希望你认真工作,坦荡做事,为人民群众谋取更多的利益,为龙都的建设事业做出更大更多的贡献,你和我们见面的情况,你自己把握就行了,你明白吗?你可以走了……”神秘的对话,就这样风平浪静地结束了,这让宁宇本人也深感意外。在来之前,他真不知道纪委的同志要怎样处置他,毕竟他的身份过于复杂，一般人是无法理解的。就连他自己也觉得自己是个不可捉摸的人，身后有那么多说不清楚的东西。现在看来，组织上对他的情况不是没做调查研究，也是有备而来的，至于说他讲的什么，其实并不重要了，只是检验他是不是一个说实话的人。

他走出茶楼，外面的天空飘起了小雨，整个世界显得安适而宁静。他没有立刻打车离去，而是一个人沿江畔踽踽而行。江边两岸的行人稀少，每一个人都行色匆匆，唯独他一个人漫步其间，不紧不慢，看江水激越起伏，看水雾缥缈神奇。他想，经历了这么多，他更把一切都看得透彻了，人生只要自己坦荡，还会惧怕什么呢？

93. 重大调整

也不知道是巧合还是别的什么原因，一辆红色的宝马车停靠在了宁宇的身边。车上的时髦女郎摘下精致的墨镜，冲他微笑。一开始宁宇还没有太在意，以为是路人与别人打招呼呢。没想到车里传来了铃铛般的声音："怎么啦，宁部长，莫非我你也认不出来了吗？"

宁宇这才收回目光，朝这张脸望去，这个人竟然是笑笑。他随即转过身，走过去问道："你怎么在这里啊？"

笑笑说："我不可以在这里吗？老实说吧，我已经看你很久了，你一直在思考，我没有打搅你罢了。怎么，你不打算上车来吗？我可是很希望与你聊聊呢。"

宁宇却说："上车当然很好，可是我还有公务啊！"

笑笑无所谓地说："也没关系的，如果你要去什么地方，我不是也可以送你吗？"

宁宇上了笑笑的红色宝马，坐到了副驾驶的位置上。上车后他就想起了刚才和雪雁的约定，于是拨打了雪雁的电话。雪雁说："领导，你忙完了是吧？可是这会儿我没有时间啊，我正在开市长办公会呢，一会儿我跟你联系好吗？"

宁宇听见雪雁这样说，一时反而不知道该去哪里了，于是打电话问秘书："办公室还有什么其他重要的事情吗？"

秘书说："没有，只有几份市委常委办传来的文件需要阅读，另外还有章副部长送来的一份报告，都不是急件。哦，对了，王明书记刚才来了电话，他说你这几天太累了，你可以选择在家里办公，有事电话联系也可以。我听王书记的意思，就是想让你休息几天呢。你要没事，我建议你回家休息吧，这边有什么情况，我会及时报告你的。另外，那些需要传阅的文件和审批的报告，你指定一个时间，我会给送来的。"很显然，秘书领会了王明书记的意图，就是希望宁宇现在在家休息。

听见王书记的这番指示，他还巴不得呢，于是对秘书说："嗯，也好，有什么事你就及时通知我吧，我现在就不到办公室了。"

笑笑微笑着说："哎呀，现在看来，你上我的车就对了。我看你也太疲乏了，还是我带你去放松放松吧！"

宁宇不置可否，笑笑就启动了马达，轿车快速向笑笑的神秘住所开去。一路上，笑笑很沉默，没有像以往那样与他闲聊瞎侃，在快到的时候，她才温柔地说："我建议你泡温泉，然后好好睡一觉。"

宁宇觉得自己确实很累了，于是说："好吧，谢谢你。"

笑笑说："谢我什么？莫不是你需要我帮你按摩，还是帮你搓背？"

宁宇淡然一笑，在笑笑的身边，他从来没有体会到压力，与她在一起，就像与春天同在，总是可以无拘无束地酣睡。他坦然地说："如果你愿意的话。"

笑笑却说："如果你邀请的话。"

两个人默契地笑了。事实上，笑笑颇有几分神秘，就在宁宇上她的车之前，她已经让人把她的浴室打理好了，此刻浴室里面已经花香怡人香气四溢了，漂浮在水面上的点点红花，就像春天草甸子上开满的不知名的野花儿，异常耀眼也异常灵动。

关上房门，笑笑问："你的衣服总可以自己脱的吧？"

宁宇说："当然。"他神速地进入了温暖的水池里，贪婪地享受着花香与温水的浸泡，深深地享受着久违的舒畅感。他靠在水池的边缘，什么也不愿意想，真想就在这里畅快地睡去。也不知是什么时候，笑笑已经默默地坐到了他的身边了，伸手轻抚宁宇的身子，细语呢喃地说："男人，你不是要我帮你搓背吗？"

宁宇睁开眼睛，看见笑笑诡异地冲他微笑呢。于是问道："你还当真了啊？"

笑笑身上已经一丝不挂，说话也毫无掩饰："怎么不呢，近一段时间，我不在龙都，你不是也接受了雪雁与和韵的亲密吗？女人对你这样的男人，不过就是一个物件而已。"

宁宇没想到笑笑会说出这样无聊的话来，可是从另外一个方面来看，笑笑对他的行踪是了如指掌的。要是换了别人，一定会异常紧张。可是宁宇和笑笑之间有约定，不管两人之间的什么事，都是不会让外人知晓的，所以宁宇也不去解释和计较。

笑笑又说："我没有责怪你的意思。男人到了你这样风华正茂的年龄，没有女人自然是一件不可思议的事，嘻嘻。就像众多喜欢你的女人一样，我不也很迷恋你吗？"

正当两人渐入佳境，快要进入前戏时，宁宇放在外面的电话却丁零零地响个不停。无奈之下，笑笑只得将他的手机拿了进来。宁宇一看，电话是秘书打来的，于是连忙说："你好，我是宁宇。"

秘书说："实在不好意思，领导，刚刚接到常委办的电话，让常委们马上到市委一号会议室开会。"

宁宇问："什么内容？"

秘书说："没有传达，可能是省上来了领导吧！"

宁宇也只能说："好的，我马上就赶过去。"

秘书问："需要司机来接你吗？"

宁宇说："不用了。"

挂断电话，笑笑意犹未尽地说："怎么办？我送你吗？"

宁宇说："不，我自己过去吧。"说完，起身快速穿上了衣裤，麻利地转身出门了。回头看了看笑笑的这个神秘住所，他不禁摇摇头。

的士直奔市委办公大楼而去，当他走进会议室的时候，看见陆市长和其他的常委们也都到场了，唯一没有看见王明书记的身影。一刻钟之后，王明书记的秘书对市委秘书长说："书记让我告诉你，让你转告各位，他正和省委组织部的领导谈话呢，可能需要大家等上二十分钟。"

秘书长照本宣科地说："各位领导，书记正和省里的领导谈话呢，请大家少安毋躁，可能需要二十分钟时间。"

陆市长看了宁宇一眼，关切地说："宁部长，刚才在忙什么呢？"

宁宇迟疑了一刻,说:“没忙什么,看文件呢。”

陆市长说:“这段时间你也太辛苦了,你要是需要的话,也可以休息几天的嘛,现在不要这样玩命地透支身体,等你到了我们这个年纪,你就会体会到各种病症的痛苦了。”

宁宇说:“谢谢市长,我现在还能挺得住。”

陆市长又好奇地问:“昨天和夫人到底是怎么回事啊, 后来没有和大家打照面就离开了? 她和你打招呼了吧? 她到底是抱着什么态度来的啊?”

宁宇说:“市长,我和您一样,一无所知,她走的时候并没有给我道别。”

陆市长说:“这个和夫人也太诡异了,让人看不明白呢。”

两个人正在闲聊,就听见书记和省委领导的脚步声传来,所有的人都站了起来。随王明书记进来的是省委常委、省委组织部部长。待组织部部长和王明书记坐下之后,其他的人才坐了下来。

大家都清楚,省委常委、省委组织部部长这样的人物出现,一定预示着龙都市委市政府即将发生重大的人事变动,所以人们都凝神静气,静静等待着组织部部长传递惊人的消息。

最先讲话的当然还是王明书记,只听见他说:“各位,首先我们以热烈的掌声欢迎省委常委、省委组织部部长莅临龙都指导工作。”

组织部部长说:“不客气,不客气。”

掌声过后,王明书记接着说:“同志们可能也有所耳闻,新近我市的市委领导班子即将做一些调整。省委领导从全局、从长远、从大局出发,针对龙都的发展实际,会做出更为科学、更为合理的人事安排。今天省委领导莅临我市,就是要预先跟在座的各位沟通……”王明书记的话,让所有出席会议的常委们的神经立刻绷紧了。

94. 真空地带

宁宇一开始并不知道省委组织部长到了龙都, 而且还是为市委领导班子的调整而来的。当王书记和省委组织部长出现在会场的时候,他暗自吃了一惊，没想到王明书记一开口就透露出了这样的会议内容。前一次省委领导到龙都时，确实是考察干部来的。现在宁宇心中有几分紧张，他倒是不担心别的人事变动，他最担心的是王明书记的变动。他到龙都来，是王明书记一手操办的，他主管现在龙都的两大工程，说白了也是以王明为首的市委授权的。要是王明在这个时候上调省里，对他而言是绝对不利的。

只听见省委组织部长说："各位，今天就是一个打招呼的会，我希望各位服从省委的人事安排和人事布局，省委是从龙都的发展实际、从全省的发展实际出发的……"

准确地说，这个会没有太多的实质内容，是一个务虚的吹风会。但是，从另外一个侧面来讲，又是一个十分严肃而内容充实的会。起码大家都很清楚，今后的龙都市委，还不知道是谁主政呢。从书记和部长的言语之间，很显然王明书记是要上调省里了，虽然没有明确指出会调到什么地方、调到什么部门，但是上调已经是铁定的事实了。

组织部长还要到另外的城市开同样内容的务虚会，所以没有在龙都长时间逗留，甚至连吃饭也没有在龙都。会议一完，所有的常委们各怀心事地走了。宁宇虽然也站起了身子，但他还是走进了王明书记的办公室。按照常理，在这个敏感时期，很多常委都会有意识地回避一些东西的。可是宁宇与王明之间的关系不同，龙都的干部们都知道宁宇是王明一手调进来，并且是他着力培养的领导干部。所以他们两个人亲密，大家也都见怪不怪了。当他走进书记的办公室，看见里面还有陆市长和市委秘书长在，也就知趣地说："你们谈工作啊，我一会儿再过来吧？"

王明书记说："好的，你一会儿再过来吧，我和陆市长他们商量商量事情。"

宁宇敏感地意识到，陆市长和王书记之间，还有市委秘书长之间，一定也在为人事的问题较劲呢。

果不其然，宁宇走了之后。陆市长就直言不讳地对王明说："王书记，我还是以前那个意见，秘书长转岗的问题这次能解决吗？"

王明为难地看了身边的秘书长一眼，很显然，有秘书长在，他的话很不好开口。

秘书长站起身来说："你们先聊吧，我等会儿再过来。"

秘书长离开之后，房间里就剩下陆市长和王书记两个人了。他们两人搭档了整整一届班子，两个人也都熟悉了彼此的习惯和套路。实际上，陆市长真正关心的不是秘书长转岗的问题，而是他自己的问题。有关消息证明，组织上有让陆市长退居二线的意思了，但是陆市长内心很不情愿，在他看来，起码还有一年他才到退居二线的年龄，凭什么不让他接替书记呢，组织上对他不公平。两人沉默了许久，王明才说："老陆，你也别这样扛着，你有什么想法就说出来吧！"

陆市长终于说："你说一说，我怎么就不能接替书记，这是哪门子的道理？现在你要走了，市里面不是没有合适人选吗，为何就不给我这样一个机会呢？"

王明苦笑着说："老陆，组织上有组织上的考虑，我们怎么可能左右得了呢？你也该休息休息了，老实说，我还想早点回家养老呢，你又何必这样冲动呢？"

陆强不满地说："王书记，事情没有发生在你的身上，你怎么可能有这切肤之痛呢？我是很不甘心啊……"随之又是长久的沉默。良久，陆市长又说："说退居二线，到底怎么安排我啊？"很显然，他为自己的未来忧心忡忡。

王明深思熟虑之后说："还不就是那几种结果，还能有别的什么结果吗？"

"什么结果？"陆强十分关切地问。

王明说："虽然领导没有直截了当地说清楚，可是我估摸着，会是以下这三种结果之一：第一种结果，就是破例让你出任市人大主任。你也是知道的，人大主任都是书记兼任的，但是鉴于龙都现在的特殊情况，不排除组织上会考虑这样的一种方式。第二，完全有可能将你上调省里的任何一个厅局级单位做正厅级调研员，这种方式的可能性也很大，所以你要有这样的心理准备。第三，就是让你直接退休。"

陆强长长地叹了一口气，什么话都没有说。

王明关心地说："这三种结果都是我揣摩的，不过，我建议你还是从长计议，想好你能够接受的结果，尽最大努力去达成这样的结果。"很显然，他对自己的老搭档还是十分关心的，也希望他能找到适合他的新岗位。

陆强说："你说我该怎么着手呢？"

王明说："关键是你自己要想清楚。"

陆强说："这还用想吗？要是我选择，当然是第一种结果更好啦，一下子退下去会显得太寂寞了，现在去省城做一个调研员更没有什么意思。但是我很担心啊，正如你所说的那样，人大主任都是市委书记兼任的，既然组织上不让我出任书记，能不能让我出任主任还很难说啊！"

王明十分理解陆强的心情，安慰他说："我个人觉得，什么事情都不能完全排除，现在龙都的情况十分特殊，让你和我都离开，市里面的事情总要有人出面统筹啊，起码有你这个老同志在，各方面也才能够放心。市长人选和书记人选现在都尚未明确，你只要想清楚了这个目标，我想不是不可以一试。"

陆强市长说："我也有这样的想法啊，还请书记时机成熟的时候跟上面沟通沟通。"

王明说："嗯，只要你有这样的想法，我会的。"

随后，陆市长话锋一转，问道："哦，书记，秘书长的事情这一次也应该能够确定下来吧？要是他的事情也办不下来，我真就该闹情绪了……"虽然他是市长，但是一旦涉及他本身的利益，就显露出了孩子气的一面来。

王明当然清楚，陆市长和秘书长本身就是龙都的一个大家族，只要秘书长能够出任常务副市长，他的心里就不会失去平衡。实际上，陆市长家族早在几年前就在谋划市委秘书长转任市政府职务的事。那个时候陆市长就曾放言，只要秘书长能够顺利地改任常务副市长或者市长，他就是马上退休也毫无怨言，这一次事情果然就要发展到这一步了。

王明很早就把秘书长改任政府要职的事情与省委相关部门做了沟通，本身秘书长与王明的关系也相当密切，在他这个书记离开之前，他当然会想到跟随他这样久的秘书长，这点要求他是会尽力争取的。组织上已经大致明确了，市委秘书长即将改任市政府常务副市长。这样的人事安排是十分合理的，本身秘书长就是市委常委，也算是市委的老领导。现在他以市委常委的身份改任副市长，当然最低也应该是常务副市长。

看着陆市长的面容，王明温厚地笑笑说："老陆，你也太不信任我了吧？秘书长的事我不是早就已经答应了吗？虽然现在还没有完成改任，但是事情也在程序之中啊……"

95. 上 调

十分显然，今天的这个吹风会给龙都的官场带来了强烈的震动，受影响大的恐怕不仅仅是宁宇一个人，而是整个龙都的领导群体。陆市长接着对王书记说：“好吧，也只能这样了，你也早点休息吧！”说着起身告辞了。

王书记的办公室，今夜注定是亮如白昼的。陆市长刚刚离开，市委秘书长就进来。他来的意图很明确，就是希望得到王明书记的明确承诺。他知道，过了这个村就不可能再有那个店了。等到王明书记真正调走了，如果他的命运还没有发生改变的话，需要改变也就不知道猴年马月了。这个时刻，对于他来说显得格外敏感和重要。虽然明确了自己想要表达的意图，但是他却无从开口。

王明书记能感觉到秘书长的急促不安。平时的秘书长老成干练，办事从来都是有条不紊的，像现在这样慌乱，也许在他的一生中不多见。王明说：“你坐下呀，都是老同事了，还有什么话需要隐藏的吗？我想你的心思我是明白的，上一次我也说过了，我会尽力而为的。”

不想秘书长却说：“书记，能不能让陆市长在政府的位置上再任一届啊？”

他突然冒出这样一个念头，让王明觉得有几分滑稽与可笑。你这个市委秘书长，这么多年的仕途生涯了，怎么糊涂到了这种程度呢？市长的留任，是哪一个人想留就留的吗？组织上对市级领导干部的去留问题，是要结合多种情况的，更不是某一个领导说了能算的，除非你是省委一把手。于是他笑笑，十分理解秘书长的心情说道：“怎么啦，他要走，你还舍不得了？他要不走，你的位置怎么挪动啊？”

秘书长忧虑地说：“我的位置挪动不挪动其实不重要的，龙都一下子就少了你们两个主心骨，我心中没有底啊！”

王明说：“看你说的，干部不从来都是一茬一茬地流动的吗？天下哪有不散的宴席啊。再说啦，谁也没说过我和陆市长都要离开的啊，你从哪里得到的消息啊？”

秘书长的眼神里突然闪过一丝惊喜，问道："怎么？陆市长不走了？会留下来做书记？那就太好了……"这当然是一般人的惯性思维，市委副书记、市长出任市委书记是极其正常的事情，也是非常符合逻辑的。更何况与之对话的是市委一把手。不过，这仅仅是秘书长自己内心先入为主的假想答案，一阵大喜过望之后，他看见了王明书记冷静的眼神，又有几分失望了。

果然，王书记说："秘书长，你是老同志，也是市里面的老领导了，很多事情，我想你也应该是明白的。陆市长的事你就不要乱操心了，你还是做好你的分内之事吧。你的情况特殊，省里面的领导也会听取市委的意见的，不管最终结果如何，起码市委的意见已经转达给省委和相关的领导了，事情有没有变数，这也不是我和市委能够决定的。"

听话听音，秘书长很感激地说："谢谢书记的提携和培养，我一定会把工作干好的。"

王明又说："另外，你要有个心理准备，政府和市委在今后一个阶段，可能会出现一种新格局，不管怎样，我希望你能竭尽全力配合。"

秘书长是何等敏锐的人物，他从书记的话中，敏感地意识到了一丝信息，这个信息一定与宁宇有关。于是他战战兢兢地问："书记，是不是市委的主要领导除了你，还有别的人要动啊？"

王明说："是的，这一次龙都市委市政府的主要领导，可以说基本上是大换班了，我和陆市长已经确定了，市委副书记可能要上调省委党校，所以……"

秘书长很有兴致地说："书记，如果我没有预料错的话，市委这边的工作，一个阶段之内，会不会是宁宇操持多一些？"

王明笑笑说："现在还没有定数，不过，也不排除这种可能。"听见书记说这话，显然就是定案了。要知道，如果不是，书记断然会说出不可能的理由，他这样委婉的回答，实际上就是一种既定的答案了。

秘书长点点头，说道："书记，你放心，我绝对会认真配合，把市里面的工作开展好。"

"你也是受党培养和教育多年的同志了，我相信不管是谁主持市委日常工作，你都会积极配合的。"王明略带暗示地说。

秘书长还关心王明书记的去向，他十分诚挚地问："书记，实际上，我和你的所有下属一样，很关心你的去向呢！"这话绝对真实。书记的去向实际上是一个风向标，要是王明的去向是明升暗降或者压根儿就是不起眼的平调，就说明他即便是走，说话的分量也不会够，也就意味着他的权威不够了，就是有心完成某些心愿，也肯定是力不从心了。秘书长问这样的问题，表面是关心领导，实际上也是在窥探自己的政治抱负是否能够得到书记的庇护。见惯了波澜不惊的官场，王明书记当然很清楚这里面的玄机。

不过，现在的王明并没有被排除在权力中心之外，他本人也是一个非常有能力和魄力的人。这些年龙都的建设，与过去相比较，发展的速度是相当惊人的，所以他的政治才华早就被省委一班人看在眼里了。这一次将他调到省里面去，同样没有让他离开权力的核心部门，他将出任省委副秘书长。这就充分说明，他还有很大的发展空间，也许在今后的某一个时候，他还会出任更重要的岗位，现在是到省委最高权力机关熟悉职能的。他心里很清楚，龙都的这些干部们，只要知道他是出任省委副秘书长，没有一个敢小瞧他的，就像他还是龙都市委一把手一样。

王明喝了一口茶，望着秘书长说："真想知道？"

秘书长说："虽然我这是犯忌讳了，可我还是想了解啊！"

王明说："你是我第一个告诉的人，也不希望你在消息没有正式发布之前让第三个人知道。"

秘书长连忙说："绝对。"他帮书记的茶杯里加了水。

王明说："以后我的工作，基本上和你现在的一致。人生就是这样巧合啊，我今后就要干你现在干的工作了，你反而要去市政府那边主管实际事务。"

秘书长又小心谨慎地问："省委还是省政府？"这当然也很关键，省委虽然和省政府同为正省级的机构，但实际上是天差地别的。省委秘书长可是省委常委，省政府的秘书长不过是个正厅的干部而已。就是两边的副秘书长，也是差异巨大的，省委这边的副秘书长转任地方大员或者省里面的要职显然要容易许多。秘书长明白，像王明书记这样的身份，进入省委是不可能就任秘书长的，也不可能有几级跳的那种好事，他去也只能担任副秘书长，至于说要去省政府倒有可能出任秘书长，不过也很不容易。

王明直白地说："省委办公厅。"

秘书长十分开心地说："祝贺书记高升。"此刻他的心算是落地了，这样看来，书记的话一定能够办到的，他的权威依旧犹在。

王明开玩笑说：“今后我要回到龙都来，可要仰仗你这实力派的父母官了。”

秘书长说：“书记，我的一切不都是你培养和教育的结果吗？今后你要回龙都来，提前打一声招呼，我就到省城来接你……”

96. 荣　升

宁宇走进王明书记办公室的时候，已经是晚上十点了。很显然，王明就是因为在等候他，所以才没有离开办公室。看见宁宇出现，王明脸上堆满了阳光般的笑容。也许在王明的心里，宁宇就是他的一件格外成功的作品。可是，宁宇表情凝然，没有丝毫的笑容，这足以说明他对王明的去留太重视了。这一点，王明当然是能够理解的，毕竟宁宇是他一手从省城报业集团要过来，并且委以重任培养的。不管怎么说，宁宇都对他有一种无以言表的感情。

宁宇没有说话，坐到了王明书记的对面。王明笑笑说：“我们的宁部长怎么啦？平时可没有看见你这样颓丧呀？”

宁宇直视王明的眼睛，说道：“我知道会有这一天，可是这一天来得也太快了吧？老实说，您要这个时候走了，我对目前市里面的几项重大工程，心里是没底的。”

王明说：“你的心情固然是可以理解的，但是我看未必。”

宁宇说：“这是我的真心话，我不认为龙都离开了您会很顺利和平静，这是我的直觉。”

王明淡然一笑说：“不管你的直觉是否正确，但是有一点我想你应该明白。”

宁宇抬眼望着王明。

王明说：“你难道没有领会到省委的意图吗？”

宁宇问：“我不明白书记的意思。”

王明问：“为何要让你做龙都高职高校教育园区的总统筹人？这个项目

部可是有两个正厅级、四个副厅级组成的领导团队。”

宁宇还是不解。

王明说:“跟你这么说吧,省委的领导们是有先见之明的,早就预见龙都市委班子的调整问题了。但是,他们绝对不允许龙都方面的班子调整影响到这个百年工程的进度,所以才有了这么一个奇特的机构。另外,我也知道你会关心市里面的新闻文化产业改革课题,这一点你大可不必担心,这本身就是你代表市委分管的范围,即便今后你的职务会有所调整,也不会让你脱手不管,毕竟这些都是在全省全国具有影响力的重大改革项目。”

宁宇立刻听出了弦外之音,他的职务会调整?将会怎样调整呢?

王明说:“我对你,不想有任何保留。龙都市的市委书记可能会从外地调过来,市长人选现在也还尚未明朗,所以很多实际的工作,其实是需要你站出来的。我得告诉你,这一次龙都的干部调整力度,是前所未有的大,我和陆市长,还有市委副书记都要调动,所以龙都市委班子还需要你和其他老常委们出面来稳定。”

宁宇关切地问:“怎么会动作这样大啊,你们三个主要领导都要离开,不等于这个班子全部要打乱吗?”

王明说:“是啊,现在的龙都不一样了,地位在省里面明显得到了改善。今后的龙都市委书记,可能不会在龙都市内的干部里面产生了。”

宁宇关切地问:“书记,你能告诉我,你和陆市长,都去什么地方吗?”

王明索性直说了。

宁宇问道:“要是陆市长能留下来做市人大主任,这样可能有利于龙都的稳定和过渡,可是政府那边不能没有人啊?”

王明说:“我现在最担心的就是你的问题,我可不希望你有任何心浮气躁的情绪。我这么告诉你吧,省委对你充满了期待,市委和我也对你充满了期待,所以才会把两个功在千秋的大项目落实到你的头上。现在这个时候,尤其需要内心的宁静。”

宁宇深深地吸了一口气,说道:“谢谢组织上的关怀,可是我怎么能够静心啊?这两个工程,要是没有你和陆市长等人做后盾,我确实没法安心的啊。”

王明说:“我坦率地告诉你吧,组织上不是没有考虑这些问题,就是因为考虑到了这些问题,才会对你做出一些调整。现在省上的大致意见已经出来了,在市委书记尚未到位之前,你主持市委的日常工作,即将由常委调整为市委副书记,宣传部长的职务你也就不再兼任了。”

宁宇怎么也没有想到会是这样的结果,他就要提升为市委副书记?偌大的市委工作,他可更没有底了。但是,他很清楚,不管自己有没有这个能力,组织上实际上是在考虑他的权威。要是没有这个权威,也就更无从谈及领导全局上下了。他又怯怯地问:“那么,市政府那边呢?陆市长要不在位了,很多事情需要政府那边的支持啊?要不然,很多实际问题是无法落到实处的。”

王明十分信任地说:“是啊,这件事情实在是太重要了。省上也还一直没有明确下来呢!省委组织部长临走的时候交给我一个任务,征求各方面的意见,最后上报给他们一个意见,市政府的情况你是了解的,要么就是市委秘书长过去担任常务副市长,要么就是将雪雁提拔为市委常委,就任常务副市长。或者将雪雁提拔为市委常委兼任副市长,常务副市长还是由现在的市委秘书长过去担任,我正想征求你的意见呢。”

宁宇谦虚地说:“我的意见不重要,您还是征询其他老常委们的意见吧!”

王明却说:“你错了,从现在起,你已经不是那个排位最后的年轻常委了,你现在就是市委副书记了,虽然现在组织上尚未正式宣布,但是省委已经研究过你的任职事项了。所以,你的意见实际上可以决定很多人的命运。当然,我希望你能够站在公允的立场上来看待和处置这些问题,不要辜负了组织上对你的培养和期待。而且,我不会让你立即回答我。”

事实上,宁宇一开始来找王书记是有另外一种意图的,他很担心龙都的情况复杂,既然王书记都要离开龙都了,他也想选择回省城的路线。没想到一开局就让他大跌眼镜,他不但无法回去,组织上还将他推上了更重要的历史舞台。于是,他只能把打退堂鼓的想法隐去了,进而想的是如何支撑现在的龙都局面。是啊,要想龙都的整个局面宁静正常,市政府那边其实才是最为关键的。谁出任常务副市长实际上成为焦点之中的焦点。正如王明书记说的那样,他这个市委副书记省委这么快就过了,而政府那一边的常务副市长人选却没有确定下来,这就说明政府那边的重要程度了。

王明书记突然提出了市委秘书长和雪雁两个人,其实就是要在两个人之中选择。市委秘书长本身就是老常委,算是雪雁的老领导了,要是让他到市政府那边去工作，最适合的位置当然最低都应该是常务副市长，再去做一般副市长的话，显得很多地方不符合官场的逻辑。但是，现实的情况也不是这样。雪雁虽然只是一般副市长，但是她熟悉市政府的整套运作规程，在没有市长的情况之下，她的合适程度甚至超过了市委秘书长，更何况还有另外的原因：其一，她提升为市委常委的事情已经明确了，那么她胜任常务副市长也是顺理成章的。其二，她背后还有隐秘的政治背景，上面的人可能会在这个时候帮她一把。其三，她本身是女干部，按照相关的规则，每一个领导班子之中都要配备一定的女干部数额，这些都是雪雁的优势。

权衡两者的关系，省里没有贸然决断，更何况宁宇。他看了看王明，知道他同样在犹豫和思考，绝对还没有形成倾向性的意见。于是对王明说："好的，王书记，我一定认真权衡，然后给您一个明确的意见。"王明点点头，他很高兴看见宁宇这样深思熟虑的模样。

97. 眼观六路的女人

宁宇还没到家，半路上接到了两个人的电话。一个是章副部长打来的，他一贯是嗅觉灵敏的人，早就闻到市里面人事重大调整的硝烟味道。他给宁宇来电话的主题只有一个，即暗示宁宇他想坐上宣传部长的位置，同时说他已经展开了有力的攻势了，希望宁宇在关键的时候扶持他一把。要不是宁宇很了解他，真想把他的电话武断地挂了，可是，这个章副部长毕竟是自己过去的老上级，也了解他就是这样一个善于钻营不要脸面的人，确切地说，他是厚黑学修炼到家了的家伙，他才不会管别人的感受，他需要表达他的欲望并得到实现。

对于章副部长，宁宇说不上讨厌也说不上喜欢，但是相比之下，在整个龙都范围进行选拔，可能只有他才是最合格的人选了。要么就是刚刚就任龙都报业集团董事长和龙都日报社社长的思明。但是，显然思明在章副部长面前占不了上风。

章副部长的这个电话，实际上也没有太多的实质意义。提拔宣传部长还不是市里面可以决定的，宣传部长的岗位都由市委常委兼任，所以担任这个职务，就意味着爬上副厅级的高位，成为省管干部了，所以市里面根本就没有任免的权利。他的这个电话，主要就是希望有关部门征求宁宇的意见时，请他帮忙说几句好话，仅此而已。坦率地讲，宁宇也不会说章副部长的坏话。毕竟他能不能顺利出任这个职位，还是省委说了算，他就是说了坏话，也不见得能起到什么作用，所以他对章副部长说："你的消息也真够灵通的啊？"

章副部长说："领导，这对于我来说算是一个千载难逢的机会啊，希望你能在关键的时候支持老兄一把啊。"

宁宇说："你说这话就有些见外了，我们是一个单位出来的人，你还是我曾经的领导，这个话，你说不说，我心里都是有数的。"

章副部长说："太感谢你了，现在有空吗？我能见见你吗？或者我们坐下来喝喝啤酒？"

宁宇说："改天吧，今天就算了吧。"

第二个来电话的是雪雁。宁宇就快到家了，听见雪雁说："你就不要回去了嘛，你的内衣还在我家里呢，难道你就一直这样放在我家里了吗？现在你就掉头，我在家里楼下的西餐厅等你。"她的语气十分温婉，宁宇知道，雪雁可不是章副部长，市里面的消息她也许比自己还要知道得早，她此刻呼唤他，当然也包括了解近况的意思。

王明书记对他说的话，他一直都在琢磨。市政府那边究竟是该启用雪雁还是启用市委秘书长呢？这两个人的情况截然不同，现在用谁最合适是宁宇没有把握的事。他现在主管的市里面的这两大摊子事，绝对需要市政府那边的强力配合，否则，在今后的工作之中将会漏洞百出。所以，他原本就打算和雪雁及秘书长单独聊一聊，了解两个人各自的内心想法。

相比之下，他对于秘书长还要更为了解一些。他本人是一直都想到政府那边供职的，虽然市委秘书长早就是市委常委，也算是市委的老领导了，但是在龙都庞大的陆姓家族里，很多人都希望陆市长下去之后能够有一位同样姓陆的市长或者副市长存在。虽然这听起来很荒谬，但龙都这个地方的社情就是如此，陆姓人家几乎占据了整个龙都三分之一的人口，没有一个陆姓的领头人还真就事事难办，就像某些少数民族地区一样，自治区的区长、州长、县长等都得是本民族的一样。这里虽然不是少数民族地区，可是陆姓太多,所以这样的心理平衡还是需要照顾的。要不然,市委王明书记也不可能答应他改任政府职务了。

所以说,用陆秘书长的好处在于,他本身是这个地方的名门望族出身,很多涉及当地的复杂问题他出面可能会更好协调和处理。缺陷就是秘书长本人长期从事服务性和事务性的工作,在工作上不可能有更多的开拓性和创造性,所以他不可能给龙都的建设和发展带来本质的变化。做得最好,就是按部就班,完成一些市委的命题作文。

而雪雁的情况就很微妙了。就是到了现在,宁宇也没能看清雪雁究竟是怎样的一个人,她的内心追求究竟是什么?她的终极目标又是什么?加上她又是一个女人,真不知道她是不是可以堪当大任。从另外一个角度来讲,他们两人之间的这种关系,很不适合继续搭档下去,时间久了,宁宇担心所有的重担都压在他一个人的身上。所以,他确实需要了解雪雁的内心想法。

于是说:"也好,你等我吧。"

宁宇赶到雪雁小区大门外的西餐厅时,只见雪雁早就站在外面等他了。宁宇上前说:"你怎么不找一个位置先坐下呢,还在外面等我啊?"

雪雁笑眯眯地说:"位置我早就预订了的,走吧。我在外面来等你,是因为是实在等不及了啊。"

宁宇淡然地问:"这样说来,你是有什么急事找我咯?"

现在这样的私密场合,雪雁说话也就随便了许多:"怎么,难道就不允许姐姐牵挂弟弟吗?我现在只要一静下来,总是想起你来。哎呀,今后的日子还不知道该怎么过呢?"

宁宇说:"你也太夸张了吧?我有那么重要吗?"

雪雁知道宁宇的性格,自己再这样缠绵会把他吓跑的,于是改口说:"嘻嘻,开玩笑呢。我找你来,当然有事情请教你啊。"见到雪雁这样正经八百的模样,宁宇断定是因为提拔她的事了,他正不想主动开口说此事,既然她有主动说的欲望,那岂不是更好?

两人坐下之后,一边调制咖啡,雪雁也就说话了:"现在市里面马上就要人事重大调整了,我心里面很不踏实呢!"

"为何?"宁宇问道。

雪雁说:"书记和市长,包括副书记都调整了,这个变化简直也太大了,难道你的心里就没有一点想法？”

看来，雪雁虽然不是市委常委，也没有参加市委常委会，可是她是什么都知道的，也许就连宁宇的调整和她自己的命运她也早就明了了。但是宁宇还是佯装什么都不知道地说：“看来你知道的不少啊，都还了解些什么呀？”

雪雁说：“你还问我，你开了常委会，而后又与王明书记交换过意见的，难道你需要问我吗？”

宁宇也不想再隐瞒什么，再隐瞒或者装憨，也就没意思了，更何况还可能让雪雁讨厌。于是说：“我说雪副市长，你莫非是特工出身，什么你都了解？”

雪雁说：“特工算不上，只不过就是有一些先知先觉罢了。我想了解的是，你打算一直在龙都工作吗？现阶段没有书记，也许你这个副书记能做些事情，要是换了强势的书记，也许就不会是那么一回事了。”

宁宇品了一口咖啡，随和地说：“我现在就是抓好手里的两件事，不管怎样，我得善始善终对不对？”

雪雁说：“我能理解你的心情，我也知道你是一个有责任感的干部。但在我看来，有很多事情不是因为人，而是因为职务的调整。每一件工作，不是需要某一个具体的人去完成，而是需要那个具体的职务去完成。比如你主抓的龙都新闻文化产业改革的事，那不就是宣传部长抓的工作吗？你要不在这个岗位，自然会有别的部长顶上去……”这个倒是宁宇从来没有思考过的，他现在就是一门心思想搞好手里的两件大事。又听见雪雁说：“老实说，领导，你恐怕需要转一转思路了。现在龙都没有书记的情况下，你这个副书记难道仅仅盯着曾经主管的一亩三分地？”

宁宇有一种梦中惊醒的感觉，是呀，雪雁提醒得对呀！倘若现在组织上宣布他就任龙都市委副书记，现阶段市委没有书记的情况下，很多日常工作不就得由他来做吗？倘若市里面再没有市长，那么全市的重要工作其实就是他这个市委副书记来承担了。到时候自己怎么可能只看到那两个工程呢？全市的其他重要工作难道就不闻不问了？那岂不是失职？想到这里，他不由得吸了一口凉气，原来事情远非他想象的那样简单啊。

雪雁见宁宇已经听进去了她的话，脸上荡漾着笑容，这才将话题转移到她和秘书长的身上。

98. 雪雁的秘密

显然,雪雁一定是了解整个干部调整部署的。宁宇也知道她与省里面的高层保持着私密的来往，所以她了解一切内幕这并没有什么值得大惊小怪的。他现在最为关心的恰恰是雪雁本人对常务副市长的态度,这一点对于宁宇来说是至关重要的。倘若说她在常务副市长的位置上,今后他的工作更多的也就靠她来协调完成了,倘若是陆秘书长在常务副市长的位置上,则是陆秘书长来全力协助他。要是让他来做决断的话,他会毫不犹豫地选择陆秘书长。道理极其简单,一方面陆秘书长是本地的名门望族,能够把本地的很多事情摆平。另外,陆秘书长对他而言没有牵扯和瓜葛,要是陆秘书长在工作的过程中出了差错,他可以名正言顺地批评他。可是雪雁就不一样了,他们之间的关系到了这种程度,更何况她省里面还有隐秘的强大后台,要是雪雁把某一项工作搞砸了,他就是批评,也得选一个委婉的策略,所以他断然是不会选择雪雁的。

但是,他很清楚,现在的问题不是他做不做选择的问题,一方面要取决于雪雁本人的态度,另一方面还要取决于省里面关键领导的态度。只有这两个才是起绝对的主导作用的。就目前的情况来看,雪雁显然没有袖手旁观,她一定和刚才跟他通电话的章副部长一样,暗中早就开始活动了。

他静静等待雪雁表态。

雪雁望了他一眼说:“怎么,难道你对你自己就没有什么需要告诫的吗?或者说,没有什么担忧的吗?”

宁宇说:“当然有啊,王明书记和陆强市长还有市委副书记都要调整,我现在也觉得很难适应这里的形势啊。”

雪雁说:“是啊,刚才我说了,今后你,不仅仅是要主管你现在分管的两项重大工程，很可能一个阶段市里面的很多重要决策都是你来代理呢。所以,现在的问题不是你有没有心理依靠的问题,而是别人信任和不信任你的问题。这样的话,其实我不该讲的,但是我们现在就两个人了,说说也无妨,起码对你来说可能具有参考意义。”

宁宇说:“好啊,你想到什么都说出来吧?”

雪雁说:“以前你在常委班子里面,是排位最后的小弟,你的年纪本身也是最年轻的,现在反而是你排在市委领导的第一个位置上去了,因为目前没有书记和市长到位之前,实际上你就成为市委的领头雁了,你不觉得你应该有潜在的压力吗?”

宁宇一愣,说:“是啊,我也觉得很有压力啊,你觉得我应该怎么着手呢?”

雪雁说:“我当然知道上面这样安排的用意,他们这是觉得人才难得,给你一个既可以不负全面责任,又可以得到一个锻炼的机会,可见领导们的良苦用心啊。”

宁宇原来是没有想到这一层的,雪雁的话,让他的内心更加沉重了。

雪雁又说:“现在的问题是,你到了这个位置上,哪些人是你的铁杆支持者呢?我们现在就可以得出结论,倘若陆强市长留下做市人大主任的话,他一定会是一个事不关己高高挂起的人。那么陆秘书长呢?很显然和老市长是一个态度。你不要看现在他在你面前毕恭毕敬的,那是因为他长年累月做秘书长的缘故,一旦他改任市政府的要职,我敢断言,在很多事情上他宁可遵从陆市长的,也不会听从别人的,这其中也包括你。”

宁宇觉得雪雁分析得十分有道理。

雪雁又说:“所以,陆秘书长不会是你的铁杆支持者。其他的几个常委、政法委书记、组织部长,还有军分区政委,这些人也都是走中间路线的,他们都会看陆市长的面子行事。无形之中,你在市委里面几乎就没有实际的号召力和影响力,其他在位的副市长也就更不会轻易听从你的使唤了……”

宁宇也觉得雪雁的话很有道理,自己一个刚刚提拔的市委副书记,谁会完全听从他的呢?大家都是明白人,市里面不久就会配置新书记和新市长,到时候还不得书记和市长说了算,他这个市委副书记,说白了也就是市委里面的三把手,能算得上什么人物呢。这样一来,他代理市委这段时间的工作,那将是举步维艰的。于是他问:“那么你说,我该怎么办?或者说你有什么良策吗?”现在看来,雪雁今晚约他,实际上是给他出主意来了。

雪雁很淡然地说:“所以,你就要用好你的力量啊。”

宁宇思索着雪雁的话意。

雪雁说:“坦率地讲,我本人是没有任何野心的,可是现在这个情况……”宁宇立刻明白了，雪雁显然是准备晋升市委常委之后，冲常务副市长的位置而去的。这恰恰是宁宇不愿意看到的结果，而现在看来，这个结果还可能会成为一种必然。只听见雪雁说：“省里面的领导也找我谈过话了，就是坚持要我暂时掌管市政府这边的工作，我本来是不愿意答应的，你也知道，我早就想回省城了，还这样折腾也没有任何意义了。副市长和常务副市长本质上差异不大，反正我已经是市委常委了。当时我并没有答应领导，但是看见你的这个情况，我能不忧心吗？所以在你赶过来之前，我给领导回话了，很坦诚地表达了我愿意承担更重要的工作任务。领导似乎也没有什么意见，还表扬了我的上进态度……”十分明显，省里面已经确认了雪雁做常务副市长了，宁宇完全不知道这对于他来说是祸是福。

宁宇没有任何表情地说：“哦，这样的话，我得祝贺你呀。”

雪雁笑眯眯地说：“祝贺我干吗，还不如祝贺你有了一个坚强的助手。”

宁宇虽然脸上挂着微笑，可心里十分拿不准面前的这个神通广大的女人。只听见雪雁又说：“你难道不想利用你手里的另一张牌吗？”

宁宇回过神来问：“你指的是？”

“宣传部长的岗位呀！”雪雁直言不讳地说：“按理说，你完全可以兼任一段时间，可是现在的情况不比从前，以前你的工作上面有王明书记强有力的支持，现在市里面这个层面只能依靠你自己了。所以，宣传部长的这个岗位只能是你的力量，在市委里面你才基本可以掌控局面，所以说，在关键的时刻，你不仅要向市委王书记进言，还要敢于直接跟省委主要领导出言献策，这里面的道理，我想你应该是明白的吧？”

宁宇能不明白这其中的道理吗？

雪雁说：“我知道你内心在想什么，你主要的精力放在了你的两个重大工程上了，其他的事情对你来说显得可有可无。可是，我必须提醒你，现在对你来说是一个潜在的机会，但同时也会是一次无法预见的危机。倘若在你代理市委工作期间，龙都出了什么重大闪失，你的政治前途也会随之灰飞烟灭，这不是什么秘密。所以，谨小慎微和用好你手里的王牌，是你必须要去面对的，你更不能消极地回避和淡化。”

雪雁的话，让宁宇明白了很多道理。他想到了章副部长，不管怎样，只要章副部长能够顺利地走上部长岗位，也就成为了理所当然的常委。虽然这个事情章副部长才是最大的受益者，可是此刻他宁宇确实也是需要这一张牌的。很显然,雪雁与章副部长一定在私底下商议过了。

宁宇的判断完全正确,就在雪雁找宁宇之前,章副部长早就拜访过雪雁副市长了,他对雪雁副市长说出了他的很多想法,很自然,也给了雪雁副市长不小的好处。雪雁副市长一方面收下了别人的礼物,自然要做一些工作。另外一个方面,宁宇本来也需要多一个他可以把控的常委,所以才有了今晚的长谈。雪雁的操作堪称完美。

99. 顺水人情

不管宁宇多么有主见,也不管他内心是怎么想的,面前的雪雁对他造成了很大的影响是毫无疑问的。这首先取决于雪雁丰富的官场经验,现在发生的一切和即将发生的一切,她早就看透了,也悟透了,所以她的姿态是淡定与从容的。就连她说出她要出任市委常委兼常务副市长的事,也似乎是那样的合情合理,而且还是站在保护宁宇的心态下才这样做的。这让宁宇十分难堪,他内心本来是不支持她的。经她这样一说,他还有什么招儿呢?既然上面已经确定由她出任市委常委兼市政府常务副市长了,而且她还是出于保护他的目的。

现在雪雁又把思路延伸了一步,考虑到宁宇掌控市委常委会的难度,还提出了把章副部长扶上宣传部长和市委常委的高位。虽然这事宁宇没有仔细思考过,也没有打算在这件事情上做什么文章,因为他很清楚章副部长的真实目的,他不过就是想登上副厅级干部的位置,然后回省城报业集团吗?倘若说现在他就走上了这个岗位,也许他的主要精力就不会放在龙都了,他就会寻找一切机会回省城了。但是,现在的情况十分特殊,即便是宁宇清楚章副部长的目的,也不得不向他伸出援手。正如雪雁说的那样,在市委书记和市长尚未到位之前,他宁宇虽然只是市委副书记,但是龙都总体的责任可都在他的身上呢！要是在常委会上没有一两个帮腔的人,他这个家是当不下去的,更何况他还这样年轻。想到这里,他对面前的雪雁说:“你说的也很有道理,可是你也知道,市委常委的任命可不是市委说了算的,现在只怕是省委组织部已经在着手考虑这件事了,万一……”

雪雁乐呵呵地说:“我说弟弟呀,你也确实太年轻了。这样的事情,谁家没有个事前的准备呢？省委那边的关心,别人也清楚你我是左右不了的,但是市里面不是还有一个意见吗？这个意见虽然只是供上级领导参考,但是你们不是也可以做得漂亮一点吗？”

宁宇明白了,原来章副部长早就在省里面活动了。听雪雁的口气,似乎已经有了眉目。于是说:“市里面我想问题不大,明天我就要给王书记我的个人意见,王书记也不希望他一走龙都就出现闪失的。”

雪雁说:“这一点我相信王书记,毕竟龙都还是他起家的地方嘛,他当然希望龙都能在今后进一步崛起,起码说明他的汗水没有白流啊。”随后雪雁又说:“嗯,只要我和章副部长跟在你的身后,我想今后一个阶段的龙都就会安宁,你在市委那边的工作也会得心应手一些。”

宁宇体味着雪雁话中的含义,冲她点点头。

其实,宁宇根本就不了解章副部长和雪雁的隐秘行动。就在几周之前,省里面要调整市里面领导班子的消息就放出来了，当天章副部长就意识到一个绝好的机会来临。他找到了他的老领导雪雁。章副部长还在文化局的时候,和分管他的副市长雪雁就已经建立起了不为人知的特殊关系了。这样关键的时刻,他首先想到的就是雪雁能够帮他的忙。

雪雁见了他之后问:“你现在打算怎么办？”

章副部长说:“我希望你给上面去一个电话,我好回省城拜见他们,这事也只能靠你帮我了……”

雪雁说:“按理说,你在处级的岗位上已经这么多年了,升任副厅也在情理之中,这个电话我可以给你打,但是我想这件事不仅仅是省里面的事,市里面的各方面关系,只怕是你也得想想办法啊。”

章副部长说:“好的,我会想办法的。谢谢雪雁副市长的帮忙。”

事后,雪雁果然给省里面的领导去了电话,详细地推荐了章副部长。三天之后,省里传来消息,章副部长的事情大致可以确定下来。领导对雪雁说,章副部长的履历已经够了,早在省城报业集团就是正处级干部,下派到龙都又做过市文化局局长,现在又是市委宣传部的副部长,提升这样的人做宣传部长、市委常委也是非常符合实际的。

雪雁十分清楚,章副部长的省城之行已经完胜。当然,章副部长回到龙都后,在隐秘的山庄宴请了雪雁……

雪雁突然说:“干脆让章副部长也过来聊一会儿吧?我想他应该在龙都的。”宁宇觉得今天的雪雁有几分特别,尤其是在对章副部长的事情上显得过于热情了。这时候,他没有必要见章副部长,起码今晚不是见他的时候。刚才章副部长约他的时候,他就已经委婉地拒绝了的。所以他没有迟疑,立刻说:“今天就算了吧,还是改天吧。”

雪雁也没有坚持,只是换了一副面孔说:“好的,我什么都听你的,那就走吧,回家去咯。”

时间确实已经很晚了,咖啡厅就在雪雁住家的楼底下,要是宁宇不去雪雁家的话,雪雁一定会另有想法,所以他跟着雪雁上了楼。刚刚跨进家门,雪雁就说:“你的内衣我已经替你洗好了,就放在你的房间里呢,要是洗澡,你就拿去换吧。”

宁宇点点头,十分熟悉地走进了他睡过觉的房间。可是,里面的陈设让他有几分吃惊,床上的被子变成了棉絮,显然被面被拆下来洗了,就连床单也没有了,这样的房间是不可能住人的。他正在疑惑的时候,雪雁在门口说:“怎么,傻了吧,你放心,去洗澡吧,一会儿我会把你的房间弄好的。”

100. 宁宇大胆提意见

次日,雪雁将宁宇打扮一新,然后才将他送到了市委大院。他刚刚走进办公室,就被早就等候的章副部长堵在了办公室。宁宇笑笑说:“章副部长,你这么早啊!”

章副部长说:“我就知道领导来得早呢,我要是来晚了,不是就见不到领导了吗?”其实,两个人都是心知肚明的,章副部长就是为了他的官帽来的,彼此也不需要太多的寒暄,坐下之后就进入了正题。

章副部长说:“领导,我们是一个单位出来的吧?”

宁宇说:“没错呀。”

章副部长又说:“我们原来的关系也还不错吧?”

宁宇说:“当然。”

章副部长说:“我现在需要你的帮助,你会帮我吗?”

宁宇说:“怎么不会呢?”

章副部长说:“谢谢领导,我就知道你是那种很开明的领导。我以前跟你说过的,省报集团的事业总需要有后人去继续的吧,我不像你这样有更远大的抱负,我就是盯准了省报集团的。这一次机会对我来说简直太重要了,只要领导能帮我一把,我就向我的理想靠近一步了。”章副部长在他面前是从来都不含糊的,总是直来直去地阐述他的要求,在别人看来是不可思议的,可在他的嘴里却成了家常便饭。

宁宇说:“你的意思我明白,我会尽力的。”

章副部长说:“也许明天之前,省里面就要最后议定人选了,今天市委的意见就会出现在省里面,我希望领导在这个最为关键的时刻推我一把好吗?我的性格你是了解的,我一定会滴水之恩涌泉相报的。”

宁宇说:“你看你,都把我说成什么了,我们是老同事,还这样见外干吗呢?我心中有数。”

章副部长还想说什么,宁宇的秘书进来说:“宁部长,王书记找你呢!”

宁宇很随便地问:“知道什么事吗?”

秘书说:“省委组织部的领导又下来了,可能是人事问题吧,现在王明书记在等候你呢。”

宁宇望了章副部长一眼,说:“好吧,我们改时间再聊,我去见见王书记。”

章副部长十分虔诚地双手合一,对宁宇说:“领导,拜托了。”这是宁宇见到章副部长最滑稽的动作之一。

宁宇带上笔记本,缓步向王明书记的办公室走去。他基本上明白了,现在市委的头等大事其实就是市里面干部调整的问题。现在王明书记最为迫切的,也只剩下这一件事了。至于说全市的新闻文化产业改革,还有龙都高职高校教育园区产业建设等,这些曾经让王明书记也为之兴奋的项目,现在已经渐渐淡出他的视线了。王明很快就要到省委出任副秘书长了,他又会面临一个更为广阔的世界。

可是,现在的宁宇和王书记的情况却完全不一样。王书记现在等于要到省委进一步修炼去了,是为下一个阶段更好地释放才能做新一轮的储备。而宁宇则不同,现在他就是释放才能的时候。省委即将把他推上市委副书记的位置,而且市委书记的位置会空缺,甚至可能一段时间内市长的职位都会空缺。在这样的背景下出任市委副书记意味着什么呢?意味着组织上要把他架到烤肉架上炙烤啊!一方面他不能名正言顺地治理龙都,另一方面他还得承担全市上下的领导责任。这等于跳独舞,没有伴奏,没有伴舞,唯有他一个人表演,而且下面坐满了评委和观众,只要稍有闪失,毫无疑问就会跌倒……想到这里,他的心里还真有几分忧虑。昨夜雪雁跟他说的那些话,此刻又浮现在他的耳边。是的,他本来是一个不太争取利益的人,现在他有一种被挤到了悬崖边缘的感觉,要是自己再不往回挪动的话,很可能下一秒他就会被飓风或者滚石推下悬崖。现在他身边的救命稻草只有雪雁和章副部长了,所以他琢磨着,只要组织上征求他的意见,他一定会提出让雪雁就任常务副市长,而章副部长则进入市委常委。

想着这个议题,他已经步入了王书记的办公室。王书记站起来对宁宇说:“这两位领导你认识吧?省委组织部的副部长和干部处处长……”宁宇觉得这两个人的面容都十分陌生,但还是恭敬地说:“您好,副部长、处长。”

王明又介绍说:“两位领导,这位就是我们市委最年轻的常委,宣传部长宁宇同志。”随后又介绍了身边的市委组织部部长。

几个人坐下来后,干部处处长就说话了:“各位领导,今天副部长带队到龙都来,只有一个议题,就是听取各位对龙都干部调整的意见。不管你们有什么样的建议和想法,都可以开诚布公地说出来,我们会把这些意见带回省里面去,供领导们决策。你们几位的意见很重要,我希望你们都能畅所欲言……”

省委组织部副部长也说:“大家都明白一个道理,我们事业的兴衰,主要取决于我们选人和用人,今天我们没有选对人,没有用好人,我们偌大的龙都就会受到前所未有的损失,我们龙都的经济社会发展就可能滞后,人民的生活随之也就会受到影响,所以,今天的调研十分重要,希望到场的各位要高度重视……”

因为事前宁宇的职位省委已经明确了,所以省委组织部的领导也不回避他。同时,下一个阶段的工作还要指望宁宇来维持,所以他的意见从某种角度比市委王明书记和市委组织部部长的意见还要重要。凡涉及这一次要提拔和重用的干部,都会询问大家的意见。实际上,焦点人物就是市委陆秘书长、雪雁和章副部长三个人的问题。

陆秘书长本身就是市委常委,他不涉及提拔的问题,仅仅涉及转岗市政府的事情,所以关于他的焦点在于他是否适合就任常务副市长。最先发言的自然是王明书记,他说:“陆秘书长组织纪律性强,能够顾全大局,对龙都的社会经济情况有全面的掌握和了解。他能转岗到市政府那边去干具体工作,我个人认为是十分合适的,市内的很多群众也希望他能转到这个岗位上去,也符合民意。大家都知道,龙都有三分之一的市民都是陆姓,这里虽然不是少数民族地区,可这个特殊情况还是要考虑到的。起码可以在和谐稳定方面发挥很大的作用。”王明书记回避了最关键的问题,没有赞成陆秘书长做常务副市长,也没有反对陆秘书长做常务副市长,但是支持他转岗是铁定的。

市委组织部部长也发表了他的个人看法,同样回避了这个问题。

轮到宁宇发言,宁宇也同意王明书记和组织部长的意见,同样回避了陆秘书长是否适合做常务副市长的问题。毫无疑问,省委组织部的领导领会到了一种意思。

谈到雪雁的时候,王书记说:“雪雁同志来自大学,是一位专家型的领导干部,她视野开阔,知识面丰富,决断能力强,社会关系和人际关系广泛,在龙都工作的这几年,工作出色,分内的事情处理得非常出彩,是一位既有学识又有经验的干部,龙都今后的发展,要是她能继续出力的话,将发挥很多意想不到的作用……”虽然是一大堆的褒奖,但是他同样回避了她是否能做常务副市长的问题。组织部长也和他一样,什么好词都用上了,就是不说最关键的。

谈到雪雁时, 宁宇异常坚定地说:“要说代理主持市政府工作最适合的人选,我个人认为雪雁最佳。”他的话,让省委组织部的领导和王明还有组织部长都大吃了一惊。只听见他接着说:“大家都知道的,陆秘书长虽然了解龙都的社会经济发展情况,也是陆姓大家族的代表,在很多方面都比外来的干部和空降的干部要贴近本土,但是他也有致命的弱点,他长期做市委的服务工作,在性格和秉性上偏软弱,决断能力不够果断。其二是他的开拓意识和创新意识很淡漠,作为市政府的主要领导,我觉得他在这些方面尚待加强,但是,他做一个分管副市长是非常合适的,很多别的副市长办不成的问题,他可能很随意地就解决了,比如说分管城建规划等重要部门,要是遇到什么拆迁麻烦的话,他可能很快就能解决实际问题……”毫无疑问,他的发言引起了省委组织部领导的高度重视,他发言的时候,两位领导都在做记录,而且做得非常详细。

101. 宁宇力荐合适人选

宁宇此刻完全进入了新闻发言人的状态，他压根儿就忘记了他现在的市委常委身份，且身边还坐着市委一把手和排位在他之前的市委组织部部长。他没有停顿,接着往下说:“陆秘书长本身就是市委常委,按照惯例,市政府也可以有几位常委任副市长的，我觉得他就是合适的人选。虽然是副市长,但是他依然是市委的领导,就算遇到别的重大社会问题和其他问题,他还可以代表市委出面处置。”随后他又说:“为什么我说雪雁适合做常务副市长,理由有这样一些:首先,正如刚才王明书记所说,雪雁本身就是学富五车的学者型领导,她对现存的各种社会矛盾和问题不仅仅是观察者,也是一个实践者。很多问题的发生,她都比一般的市级领导看得深看得透,而且事后总结得异常到位,这就是她的学术知识带来的先天优势。其二,她从省城大学到龙都的这几年,已经熟悉了整个龙都的社会经济情况,熟悉市政府的所有运作机制,更熟悉龙都的经济工作。所以,她除了不是当地干部背景之外,其他各项条件都远比陆秘书长合适。其三,她熟悉招商引资,也熟悉对外宣传,对龙都的整体外部环境和内部环境了如指掌,同时拥有广泛的社会资源和商界资源。其四,她是一个创新型和开拓型的领导,故步自封对于她来说从来都是遥远的,现在的龙都正是大发展大跨越的时期,目前的龙都市政府就是需要这样一股发展的气势、开拓的勇气。所以,我个人认为,雪雁做常务副市长是不二人选……”可以这样说,王书记和所有人都没有想到宁宇会这样发言,而且会这样坦荡直言,似乎他就是省委的主要领导人似的。虽然他的发言有些过了,但是这也没有什么不好,起码可以让省上和市里面的主要领导看到他有魄力的一面。这样年轻的市委常委，敢于这样直陈他的用人观,敢于碰这样敏感而得罪人的问题,显然他已经具备了担任地方主要领导的气质和气度。正因为这样,他的意见更引起了省委组织部的高度重视。

说到章副部长时,王书记说:“现在龙都市委的整体调整,宁宇不可能再继续兼任宣传部部长了,这个位置现在特别的关键。大家也都是知道的,现在龙都正在搞新闻文化产业改革,这项改革是前所未有的,在全省全国都具有一定的探索性,所以宣传部的领导在这个时候绝对不能缺位,这样一个重要的岗位也不能没有市委常委把守。所以,我觉得章副部长还是基本合适的。他本人在省报集团的时候就是正处级干部了,到了龙都又先后出任了市文化局长、市新闻文化产业改革协调办公室主任、市龙都高职高校教育园区项目办公室副主任,现在又调任市委宣传部副部长,不论是履历、学识还是能力,增补这样一个常委都是合适的。当然,这只是我个人的建议。”

组织部长的话,几乎和王书记如出一辙,没有增添任何新的内容,大致就是原则上赞同。

省委组织部部长问宁宇:“宁部长,章副部长现在是你的助手,过去你们在报业集团也是同事,你对他的情况算是最了解的,也是最全面的,你对他有什么看法呢?”

众人的目光再一次聚焦到了他的身上。其实,宁宇也一直在思考该怎样介绍章副部长呢。昨夜雪雁给他上的课,他当然历历在目,但是章副部长显然和雪雁是有差异的,雪雁本身就是副厅级领导,虽说这一次能够进市委常委,或者还能出任市政府常务副市长,但是毕竟也都还是在副厅级领导上打转转。但是章副部长就不一样了,他现在仅仅是一个正处级干部,要一步跨入市委常委的行列,显然是高升了,这当然需要理由。

宁宇也明白,他对章副部长的提升会起到一定的作用。其一,他本人是章副部长的直接上司,他的话就代表组织评价章副部长平时的工作作风、工作能力和工作水平。其二,他还是章副部长的老同事。章副部长过去怎样,他也是很具有发言权的。现在好了,省委组织部副部长亲自点了他的名,就是希望听到他对章副部长的评价,这说明组织上也是十分看重他的这一道评语的。刚才王明书记又点出了一个新课题,龙都现在急迫地需要一位能够掌控新闻文化产业改革的部长,毫无疑问,现在的章副部长已经和这个新增补的常委靠上边了,他既是资深的新闻工作者,也曾就任过文化局长,不选拔这样的人来掌管龙都的新闻文化产业改革,还能选谁呢?一切都在向有利于他的方向发展。

宁宇放缓了语气说:“坦率地讲,我对章副部长这个人是十分了解的。过去我们在一个报社工作,他还是我的领导。在报社的那一个阶段,我对他的认识是能力强、工作富有激情、敢于大胆管理,敢于大胆探索,尤其是在新闻业务方面和报业的经营管理方面,他都有很高的建树,全省新闻界也都是了解他的贡献的。他比我先到龙都,到来的时候就职龙都市文化局局长,在这个岗位上也在文化单位的改革上他下足了功夫, 先后将龙都几个剧团的剧目推到了国际市场,对龙都文化单位的整体改革谋定了可行的思路。我到龙都之后,他积极参与到了龙都新闻文化产业改革的事项中来,兼任市新闻文化产业改革协调办公室主任。在这个位置上,他协助我和市政府的雪雁副市长做了卓有成效的工作, 为现在的新闻文化产业改革埋下了有用的伏笔。不夸张地说,没有他的工作,我们市的新闻文化产业改革的步子也不会迈得这样快。”

宁宇停顿了一下, 随后说:“后来根据需要, 他又改任市委宣传部副部长,同时兼任市政府新闻办主任。在这个岗位上,他同样在外宣等方面做出了令人满意的成果。正如王明书记刚才介绍的那样, 他现在也还有两个兼职,一个是市新闻文化产业改革协调办公室主任,另一个是市龙都高职高校教育园区项目办公室副主任。以前我对他的认识没有那么立体,现在我可以负责任地说,这个同志的人品、能力和才华都是应当得到肯定的……”

非常明显,宁宇的发言让省委组织部的领导心里有数了。本来上面就已经打算启用章副部长,现在市委的态度又这样明朗,毫无疑问他的问题基本落实了。

离开王明书记的办公室, 宁宇接到了雪雁发来的短信:“我真的很佩服你,平时不言不语的,关键时刻你简直太不简单了。我和章副部长都在等你……”

雪雁的短信让宁宇有几分疑惑。她怎么会知道他在会上的发言呢?会是谁向她介绍的情况呢?市委组织部长?还是王明书记?这可是宁宇以前从来没有想过的问题,他们两个可是一向遵守纪律的领导干部啊,这简直有点不可思议。可是,要是不是他们中的其中一个,莫不是省委组织部的副部长或者处长?宁宇百思不得其解。他摇摇头,给雪雁回了短信:“没什么的,该说什么说什么罢了。”

省委组织部的领导很快离开了龙都, 雪雁又一次来了电话:“你不会现在还在忙吧，省里面的领导不是走了吗？我们都很想见见你呢。不过，现在又多了一个人，陆秘书长也和我们在一起呢……”宁宇听见陆秘书长这几个字，顿时不知道该怎么回答了。不过他想，只要问心无愧，站在公正立场上说话，自己愧疚什么呢？陆秘书长的创新意识和决断能力本来就不如雪雁的啊！

102. 宁宇的召见

宁宇见到雪雁和章副部长已经是在晚上时分，这个饭局自然是章副部长安排的。只见章副部长很是兴奋，一直对宁宇赔着笑脸。十分显然，白天的那一幕雪雁和章副部长都很清楚了。在雪雁还没有说话之前，章副部长就说：“领导，真不知道该怎么感谢你才好。”

雪雁乐呵呵地说：“章副部长，你看宁部长是那种索求回报的人吗？只要能在下面把该干好的工作干好，也就是对他最大的回报了。”

宁宇看了两人一眼，说道：“你们两个一唱一和的干吗啊？很多事情都尚未决定呢！”

雪雁十分乐观地说：“领导，你今天在市委常委会上的表现，那简直堪称据理力争，我和章副部长都很感动啊。”

宁宇再一次强调说：“我说两位，会议归会议，现在什么都还没有决定，你们也不要这样乐观，我还是那句老话，一切都存在变数的。”

雪雁说：“领导，从理论上讲，一切都有变数。但是你知道吗，我已经耳闻了一点消息，章副部长的事情已经定下来了。”

章副部长也说：“雪副市长升任市委常委和常务副市长的事情也已经议定了，刚刚从省城那边传来的消息。”

这样看来，面前的两位都是消息灵通人士，远比宁宇灵通多了。但是在尚未正式公布之前，这些也都是小道消息，尽管他们的消息来源很权威。

雪雁说：“我和章副部长今天在这里见你，就是向你表达我们对你的敬意，以及我们今后对你工作的坚决支持。”

章副部长也说：“领导，今后我会不折不扣地执行你的意图，绝不会在工作上给你留尾巴和惹麻烦。”

虽然两个人都说的是没有任何实质意义的空话和套话，可是宁宇心里还是有几分释然。不管怎么说，今后在市委常委里面，有面前的哼哈二将，起码不至于他说的话无人响应。他突然想到了陆秘书长，便很随意地问：“你们不是和陆秘书长碰过头吗？他现在有什么反应啊？”这是宁宇很关心的问题，刚才自己在和省里面领导交换意见的时候说了不少真话，准确地说是说了陆秘书长的很多短处。想必话已经早就传到他的耳朵里去了，所以他很关心陆秘书长现在的情绪和态度。

雪雁说：“陆秘书长刚才表达了一个意思，不管怎样，他都会服从组织的决定，也会坚定地支持你的工作。这是他的原话，当然，他内心怎么想的只有他自己才清楚。”

章副部长说：“这还用说吗？陆秘书长知道我们和宁部长的关系亲密，他实际上是找我们带话呢，我想这里面可能有两层意思。第一个可能是真心地表达他的内心，他服从组织的决定。另外一个意思嘛，可能就是提醒宁部长，暗示他在龙都是有实力的，不要把他想象得太简单了。所以，我觉得，宁部长应该找一个时间与他坦诚地交换意见，打消他内心对你的成见，这样对今后的工作会有好处，他毕竟是龙都的老领导，今后既是市委领导，也是政府的领导。”

两个人的说法，宁宇都是认可的，也是赞成的。看见面前的两个人，从现在起就紧密地与他站在一起了，这让宁宇感到几丝安慰。他点点头，什么也没有说。

雪雁说：“我有一个建议，不知道是否妥当。”

宁宇说：“说说看。”

雪雁说：“要不这样吧，我们现在就把陆秘书长请过来！”

“现在？”宁宇不解地问。

雪雁说：“我知道你的顾虑，你不就是担心别人说我们在这个敏感的时候搞小团体吗？事实上你担心什么呢？现在你很快就要代理市委的工作了，在龙都的这个地盘上，你找任何人谈话和了解情况都是正常的。说我们拉帮结伙的人，要么就是心里不舒坦，要么就不是市委市政府班子里面的人。坦率地讲，这个时候，谁都希望与你保持高度一致，尤其在现在这个关键的时刻。所以，我觉得现在把陆秘书长找来是最佳的时候，让他有一种见到自己人的感觉,也不至于让他觉得你和他有距离,让他到这里来,就是要让他感觉到他和我们几个一样,在你面前没有任何的距离……"别看雪雁是一个弱女子,她的思路却显得格外的清晰和精准。她的话显然已经说服了面前的两个男人。

章副部长讨好地说:"领导,我认为雪副市长说得很有道理呢,我现在就去请他好了。"

雪雁说:"不不,最好是宁部长自己打电话找他。他到来之后,最好我们都谈近段时间的工作,这样不至于出现尴尬局面。"

章副部长又说:"嗯,还是雪副市长说得有见地,对的,宁部长亲自给他打电话,那才显得没有距离呢!要是我去请他,他也就成了局外人了。"

宁宇想了想,本来也有几件事想跟陆秘书长交代的,正好现在就是一个机会,于是说:"也好,我让他过来一趟吧。"

陆秘书长本来是有希望坐上市政府常务副市长的宝座的,没想到宁宇的一番话和雪雁在省里的活动将他从即将到手的宝座上挪开了。说他没有怨言那是假的,他接到宁宇电话的时候,正在和陆市长抱怨呢。

他对陆市长说:"本家,你看现在该怎么办,我现在很尴尬啊,一个堂堂的市委常委,转岗到市政府却只能做一个副市长,让别人怎么看我啊?"

陆市长为自己的事也烦心着呢,看见愁眉不展的陆秘书长,心里更加难过,他无力地说:"我也没有想到会是这样一个结果啊。"说完,他摇摇头。

陆秘书长说:"你可是我们大家的主心骨啊,你不站出来帮帮我,还有谁能帮我呢?"

陆市长爱莫能助地说:"我帮你,我现在都是泥菩萨过河自身难保啊!"

陆秘书长还不知道此刻陆市长的处境呢,十分不解地问:"不是说你也要上调省城吗?"

陆市长苦笑着说:"你以为谁都有王明书记那样的运气吗?上调省城,给我一个调研员我能去吗?"

陆秘书长连忙问:"这么说来,他们是要让你退居二线了?"

陆市长说:"可不是吗,最好的结果就是争取做市人大主任了,而且还要省委主要领导网开一面。"

此刻,陆秘书长异常沮丧,他原本是希望陆市长此刻能够站出来帮他一把的,没想到他的这个希望完全落空了,现在的陆市长自己都已经大权旁落了。他立刻意识到,现在他该找新的靠山了。但是他嘴上却安慰陆市长说:“我相信省上的领导对你会破例的,现在龙都的情况这样复杂,你本人对龙都的贡献又这样大,他们是需要你来稳定龙都的,不管怎样,龙都需要您来过渡啊……”虽然是安慰陆市长,这样的话还是显得十分勉强,让陆市长听来也没有畅快感,却弥漫了一种悲壮之情。

虽然情绪低沉,但是陆市长毕竟是老领导,也是陆秘书长的老大哥。他知道陆秘书长现在内心不好受,于是换了一个话题说:“你来找我,想解决什么问题呢?我可告诉你,你现在的局面基本上是不可能改变的了,市政府的常务副市长已经是雪雁的了,你到政府那边就是副市长。但是,你也要这样想,你毕竟是市委常委,以后还有的是升迁机会,雪雁她迟早是要回省城的。另外,你可不要犯糊涂,你要看清形势,现在宁宇的风头正健。就拿龙都高职高校教育园区的事你就可以看得出来,省委对他有多么器重。宁愿让他一个普通的市委常委来担这副担子,也不让我和教育厅厅长这样的老领导出面,这说明什么?这就说明他是省委的后备干部,所以你一定要坚定立场和看清方向,别人你都可以有意见,甚至可以保留不同意见,而唯独对宁宇不能,你知道为什么吗?”

陆秘书长虽然做了这么长时间的市委秘书长,却很少想这个问题,他问道:“为什么?”

陆市长说:“人家迟早是做领导的料儿,不管在市里还是省里,人家就是你的必然领导,所以呀……”

陆秘书长说:“谢谢老领导的教诲,我明白了,我会处理好这一切的。”他正回答陆市长的话,就接到了宁宇的来电,陆市长明白了这一切,立刻挥手说:“你去吧,我这里没有什么可以留恋的……”言语之间,陆市长流露出浓烈的惆怅。

103. 设　局

陆秘书长本来还想安慰陆市长几句再离开的,可是陆市长的态度让他没法再留下。而且他很清楚,陆市长此刻心里烦闷着呢,自己说什么都显得多余。于是他说："好吧，领导，改天我再请你喝酒吧。"

陆市长说："去吧，千万不要忘记了我对你的交代。"陆秘书长怎么能不理解陆市长的苦心呢，毕竟一笔写不出两个陆字啊，他们都是陆姓子孙，陆市长又怎么可能不帮他呢。他转身走出了陆市长的房间。一路上他都在想，此刻宁宇找他会是什么事呢？宁宇在市委常委会上的意见，显然是打压他而高抬雪雁的。也正是因为这个原因，他才败北的，这个时候宁宇又找他，莫不是宁宇良心发现了，还是另有阴谋？他这么多年的官场生涯，深知官场处处都是暗藏玄机的。

现在龙都的形势很明朗了，在新的市委主要领导到任之前，宁宇就是龙都的最高决策者了。他身边最铁杆的就是章副部长和雪雁副市长，目前这两个人都进了市委常委，宁宇的羽翼也就丰满了不少。即便是其他的常委走中间路线，宁宇也是能够在市委常委会上站住脚的。

陆秘书长又想起了陆市长的那句话，谁都可以得罪，唯独宁宇不能。他现在是省委的热门人物，说不一定哪一天就会成为掌管他命运的人。所以，此刻他更多的是期待宁宇能将他视同一伙，就是这一次他没能帮到他，只要自己真的向他靠拢，还愁没有下一次机会吗？反正宁宇高升是一种必然，想到这些，他不由得加快了脚步。

让他深感意外的是，咖啡馆里竟然只有宁宇一个人。他连忙走上前去，毕恭毕敬地说道："你好，宁部长。"

事实上他根本就不清楚，此前这几个座位上还坐着雪雁副市长和章副部长。只不过雪雁和章副部长此刻短暂离开，其目的是上演一出逼真的戏给陆秘书长看。这个主意当然也是雪雁出的，她就是帮宁宇收服陆秘书长呢。

宁宇站起身来，十分热情地说："陆秘书长，你来的这样快啊！"

陆秘书长有几分讨好地说："宁部长召唤，我当然得跑快一点啊，部长，你找我一定有事吧？"

宁宇说："看你说的，难道没事就不能找你出来聊一聊吗？"

这样的话，让陆秘书长听上去格外的舒服，他就等宁宇向他抛出橄榄枝呢，没想到这个机会来得这样快。于是说："那当然，我才求之不得呢，能够与部长单独交流，是我的荣幸，我也能从中学习更多的东西。"

宁宇说："你也太谦虚了，你也是市里面的老领导了，要说学习，只有我向你学习的份,你的经验可比我丰富得多。再说,我今晚还约了另外两个人呢。”

一听这话,陆秘书长的心里就打鼓,还约了另外的人,这些人会是谁呢?但是他脸上还是挤出了一丝笑容,说道:“好啊,人多更热闹啊。”

宁宇十分放松地说:“我还约了雪雁副市长和宣传部的章副部长,都是几个工作上的搭档,今天就当是我们龙都高职高校教育园区项目部的人聚会,还有一些问题与几位请教,也不知道是不是耽误了各位的休息时间。”

听到这里,陆秘书长内心揣摩着:既然约见的是这几个人,宁宇的目的也就很清楚了,他这是在培植他的小圈子呢。要是真的约请龙都高职高校教育园区项目部的人,陆市长不也位列其中吗?可他偏偏没有请陆市长,而是请了他这个排位最后的副指挥长,这是无论如何也说不过去的。还有,项目部办公室的主任,也就是教育局的局长他也没有请,而是请了办公室的副主任章副部长,这不就完全说明问题了吗?不管怎样,这让陆秘书长有几分欣慰,从现在这个情况来看,就是宁宇没有把他排外,起码也有拉他入伙的意思,这正是他求之不得的。于是他面露微笑地说:“部长你都没有休息,我们耽误什么呢,是不是要商议什么事,要不,我给雪雁和章副部长去个电话?”

宁宇倒是十分坦然地说:“好啊,你催催他们也好,我刚才已经给他们电话了,他们两个拖拖拉拉的,现在也还没有到,不像你这样有时间观念啊。”

陆秘书长说:“这不能怪他们,他们也都是做领导惯了,不像我常年在秘书长的位置上。”一边说,他一边就拨通了雪雁的电话,只听见雪雁说:“哦,陆秘书长啊,你怎么有空给我电话啊,有什么指示吗?”这个雪雁,这出戏本来她就是导演,其实他和章副部长就在楼道里面呢,但是她还是字正腔圆地绕着弯子。

陆秘书长轻声说:“雪副市长,宁部长等你很久了,你怎么还不到啊?”

雪雁兴趣盎然地问:“哦,莫不是秘书长也和宁部长在一起?”

陆秘书长说:“是啊,我也是宁部长召唤来的啊!”

雪雁连忙说:“哎呀,实在不好意思,让两位领导久等了,我马上就到了,你也转告宁部长,我最多两分钟就到了。”然后才将电话挂断。

回头秘书长对宁宇说:“雪雁副市长一会儿就到,我再催催章副部长吧?”

宁宇很随意地说:"可以。"

接到陆秘书长的电话,章副部长也略带夸张地说:"你好领导,有什么吩咐吗?"毕竟他是陆秘书长的下级,所以一开口他就这样说。

陆秘书长说:"章副部长啊,宁部长在等你,问你什么时候能赶到呢!"

章副部长马上说:"实在不好意思,陆秘书长,让你和宁部长久等了,我最多十分钟就到了,道上塞车了,实在抱歉。"

陆秘书说:"嗯,反正你赶快点吧,我们都在等你呢。"

"好的,谢谢陆秘书长,一会儿向你和宁部长赔罪。"章副部长故意说道。

就在陆秘书长刚刚放下电话,雪雁已经站在陆秘书长和宁宇的面前了。陆秘书长还没有把章副部长的事跟宁宇转达,就看见了满面春风的雪雁出现在面前。他虽然对雪雁充满了醋意,但是看见精神状态极佳的雪雁,早被她透露出来的女性魅力所感染。还没等宁宇说话,陆秘书长就说:"怎么,你真的两分钟就赶到了啊,你的时间也太准确了吧?"

雪雁笑盈盈地说:"让两位领导等候我,我就是飞也得飞过来啊,要不然秘书长你还不得说我办事拖拉疲沓啊?还有宁部长,他也是一个异常严谨的人。"

宁宇笑笑说:"我说雪雁副市长,你这是倒打一耙啊,我是那种凶巴巴的人吗?再说了,现在是我无偿占有大家的休息时间,我哪里还敢对你凶啊?"

雪雁换了一种语气说:"宁部长,你不要着急,我不是说你霸道,我是说你办事严谨,我一直都对你充满了敬意,所以你的威严是从骨子里透露出来的,你总不会不接受下级对你的尊重吧?"

宁宇不置可否。

雪雁又使出女性特有的手段,娇滴滴地对陆秘书长说:"秘书长,你可得主持公道,你说我说的对不对呀?"

陆秘书长也被雪雁故意的丑忸怩作态逗笑了,乐呵呵地说:"对对对,坐下吧。"然后他收住笑容,对宁宇说:"章副部长一会儿就到,我们先喝一会儿茶吧?"

宁宇点点头。

章副部长赶到的时候,佯装十分愧疚的样子说:"对不起,几位领导,我迟到了,我宁愿接受任何处罚。"

宁宇没说话，雪雁却偏着脑袋问陆秘书长："领导，你看怎么处罚他合适呢？"

陆秘书长见宁宇不动声色，就说道："坐下吧，今天宁部长找大家来有事情商议呢。"很显然，陆秘书长在几个人之中，反而显露出他与宁宇最亲密了，这正是在座的其他三个人都需要达到的效果，唯独只有他一个人蒙在鼓皮里还什么都不知道。

104. 臣　服

几个人坐下来，雪雁也就活跃起来，她对宁宇说："领导，不知道你找我们来有何重要事情要交代？"她的话立刻把大家的兴趣提了起来，尤其是陆秘书长。

宁宇说："其实也没有什么的，就是想和大家见见面，随便聊聊这段时间龙都高职高校教育园区项目建设的事。"

雪雁却故意把话题引到了这一次的人事调整上来，她说："领导，我们都听说了，省里面的领导已经两次到龙都来酝酿龙都市委市政府的班子问题，能给我们透露透露具体的情况吗？早就听说陆秘书长要改任市政府的常务副市长，这一次陆秘书长有机会吗？"

这似乎又是雪雁有意导演的一幕，其目的再明显不过了，就是要让陆秘书长接受这个现实。宁宇为难地说："雪雁同志，这可是组织上明确不能乱说乱讲的，你怎么会问这样的问题呢？"

雪雁说："这里又没有外人，这一次调整又不会涉及我，我关心一下也是应该的呀，在我回省城之前，我也好提前知道谁是我今后的直接领导啊！"

显然，雪雁知晓陆秘书长压根儿就不知道她本人升迁的事，这样讲表面看来，雪雁的提升就是省里和市里把她推上去的，她本人根本没有做任何工作。这个时候，陆秘书长突然意识到他应该站出来给宁宇解围，这样还能拉近他与宁宇之间的距离，尽管他内心有些苦楚，但是他面对现实的这点勇气和气度还是有的。于是他说："我说雪副市长，这样的问题宁部长怎么好回答你呢？还是让我来告诉你吧。”众人很惊奇，三个人的目光唰地聚焦到了陆秘书长的脸上。

只见陆秘书长问：“宁部长，我可以说几句吗？”

宁宇点点头。

陆秘书长仿佛新闻发言人，他说：“今后一个阶段之内，龙都恐怕就是宁部长要担纲了……”

章副部长故意问：“是吗？莫不是我们的宁部长要高升了？”

陆秘书长说：“是的，你说对了，很快我们的宁部长就会由市委常委调整为市委副书记了，而今后一个阶段之内，市委书记尚未确定下来，所以宁部长就是市委工作的主持者……”

雪雁疑惑道：“不对呀，王明书记上调省里面，不是还有陆市长在吗？他的第一职务是市委副书记，第二职务才是市长啊，主持市委的工作应该是陆市长啊？”

陆秘书长俨然一位解惑的导师，说道：“是的，你说的一点儿都没错，可事情就是这样啊，陆市长也要调整啊！”

雪雁问：“陆市长也要调整，那么原来的副书记呢，他不是应该出任市委书记或者市长吗？”

陆秘书长也笑了，说道：“是啊，我原来也这样想呢，可是副书记也要上调省里了。”

雪雁问：“这样说来，三位主要的领导一起调整，市政府就看你这位从市委过来的常委了，我算是找到了我的直接领导了吧？”

陆秘书长十分尴尬地说：“雪雁同志，你就不要取乐我了，根据省市的安排，常务副市长是你雪雁，今后在市政府里面，我是你的搭档也是你的助手呢！”

雪雁洒脱地说：“陆秘书长，你真会开玩笑，我有几斤几两我还是有数儿的，再说，我的任期已到，也就要回省城了，组织上绝不可能考虑我一个女流之辈的，就是考虑了，我也承受不了这样大的压力啊。”

雪雁就是雪雁，俨然一个心理学家，她就是想通过这样的方式让陆秘书长进入角色呢。从陆秘书长现在的心理状态来看，他似乎已经认可了现在的这个格局，并且已经接受这个格局了，她的心里十分高兴。只听见陆秘书长说：“雪雁同志，你要不信，你就问问我们的领导吧！”说完看了看宁宇。

此时，宁宇知道该是他出场的时候了。于是淡然一笑说："雪雁，陆秘书长说的没错，今后政府那边就要靠你们两位的精诚协作了。你们虽然都不是市长，但是你们都是市委常委，雪雁任常委的事过几天就要宣布了。本来我不想说这事的，既然你们几位都这样有兴趣，那么今晚说的话希望就保持在我们几个这个范围。"

三人都说："当然。"

宁宇又说："在座的今后也都是市里面的主要领导了。"章副部长佯装有几分惊诧，宁宇随后就说："章副部长这一次也和雪雁副市长一起进入市委常委了，所以我才这样说。"

陆秘书长礼节性地对雪雁和章副部长说："祝贺两位啊。"

章副部长连忙说："谢谢各位领导的信任和重用。"

宁宇说："这都是大家平时干工作所得来的结果，希望你们两位要好好珍惜这一次机会，不要给自己留遗憾，也不要给龙都的发展留遗憾。我在这里要多聊几句的是陆秘书长。坦率地讲，陆秘书长是我们在座中从政经验最丰富的老领导……"说到这话时，所有的人都有些奇怪，是呀，这几个人之中年龄最小的、资历最短的是宁宇，而他反倒是现在实际上的领导人了。宁宇接着说："按照惯例，他到市政府出任职务应该是市长或者常务副市长的，但是上面考虑到了龙都市的实际情况，因为现在还没有市长人选，所以就没有安排陆秘书长就任常务副市长，而是安排了对政府工作相对熟悉的雪雁做了常务副市长，上面的本意很明显，就是希望政府的领导工作不能放空挡，要有人立即着手就能抓起来。但是，这并不意味着上面对陆秘书长的不重用。陆秘书长也是很清楚的，要是不看好你，组织上也不会让你从市委走到政府这边来，其本意也就是让你熟悉两边的工作，今后对你依旧是有大用处的，就像现在的王明书记……"

雪雁又问："王明书记会去哪里啊？"

宁宇说："去省委办公厅。虽然他去了省里最高的权力核心层，但是他现在并非决策者，而是去进一步熟悉省上的运作机制和运作程序，他同样不可能一直做副秘书长，所以我想陆秘书长应该也要有他一样的心理准备。"

陆秘书长连忙说："谢谢宁部长的提醒，我一定会的。你就放心吧，我不论在市政府的什么位置，都会和雪雁同志搞好关系，随时听从你的指示。"他这也算是明确的表态了,这个结果其实是其他三个人都非常想看到的,尤其是操纵者雪雁。

宁宇却说:“陆秘书长,你也太谦虚了,你本来就是我的老领导,你也是知道我的处境的。在书记和市长尚未到位之前,我只能勉为其难不是?所以还希望各位在我代理工作期间给予我足够的支持呢, 尤其是老领导陆秘书长你。”

陆秘书长听到这样的话,内心自然好受多了,于是十分坦然地说:“宁部长,你放心,我陆某人虽然才能有限,但是受党教育和培养这么多年,起码的基本修养还是有的。你放心,在今后我保证能够做到率先垂范,第一个支持并服从你的指示。”他都这样说了,其他的两个人还能说什么呢,他们原本也都是宁宇名正言顺的下级。

雪雁看见陆秘书长的态度完全转变了, 这才感叹道:“还是陆秘书长的道行深厚啊,不愧是市委一把手的左右手,今后我还得好好向你学习呢。”

105. 压力山大

话题既然扯开了,彼此之间也就集中到了这上面。宁宇也无意阻止,大家既然想聊这个话题,就让大家尽兴好了。章副部长好奇地问:“敢问各位领导,现在市里面三位领导都要调走和换岗,你们都知道他们去哪里吗?”章副部长现在的心态可不一样了,他已经知道自己晋升市委常委的事情确定了,宁宇在他的事情上还帮了大忙的。可是事情一旦确定下来,他的目光也就看到前面去了。他很想知道市委的几位主要领导都上调到省里的哪些部门,他是迟早要回省城的, 他也想找到某些思路, 以便为自己今后上调省里做参考,所以才有这样的问题。

宁宇当然很清楚几位领导的大致去向, 但是他为了体现出与陆秘书长的亲密,说道:“这样的问题,你们就要请示陆秘书长了。”

很显然,陆秘书长很乐意融进这个外界看来很神秘的圈子,他见章副部长询问这类问题,宁宇又让他解释,所以他也就没有推辞。于是说道:“书记的去向很明朗,刚才宁部长也介绍了,他是去省委大机关充电呢,省委办公厅可不是随便就能进去的,我想王明书记这一次也是比较满意的。那天王明书记还跟我开玩笑呢,他说他很快就要充当我的角色了,而我现在却要去干实践性很强的工作,他还感叹人生世事无常,人们都在这些世事无常之中不断变化。书记对他的去处很满意,我觉得书记可能在省委办公厅的时间不会太长……"

章副部长说:"哦,王明书记能够进省委办公厅,很不简单啊。他今后再出来任哪一个部门的领导,还不由他自己挑选啊!"

雪雁却说:"据我所知,王明书记的下一步都已经打算好了,他很可能会在副秘书长的位置上过渡一段时间,就要进省城市委了。"

章副部长关切地说:"进省城市委,像他那样的级别,不会去做副职的吧?"

陆秘书长说:"当然不会,王明书记在正厅的位置上这么多年了,虽然省城市领导副职也是正厅,但是像王书记这样的后备干部,只要能进入省城,那就一定是做市长或者书记的料。省城是副省级城市,也就意味着他能向副省级领导靠近了。"所有的人都为王书记能有这样的前途感到欣慰和高兴,不管怎样,今后要是能够找到老领导,或许能够得到一些帮助。

章副部长又问:"陆市长呢?他会去哪里啊?"

陆秘书长显然也很失望,对章副部长说:"每一个人的命运也许都是冥冥之中有定数的,陆市长就没有王书记来得风光了。"

章副部长说:"你倒是介绍一下啊?对我们的老领导,我们都很关心啊。"

陆秘书长说:"现在陆市长也许面临三个结局……据说现在省里面还没有最后下决心。"他把陆市长可能去的三个地方说了,章副部长和雪雁一阵喟叹。雪雁说:"其实陆市长人蛮好的,我们倒是希望他能留下来做人大主任,起码他能起到稳定军心的作用啊,也好让年轻干部放开手脚干大事。"

陆秘书长感叹道:"谁知道会不会是这样的结果啊,据说,省里面和王书记的意见尚未统一,按照省里面的想法,陆市长就应该退居二线了,上调省里面的某个厅局或者省人大和政协找个位置赋闲了。可是大家也都知道,陆市长是那种闲得下来的人吗?所以他可能还在争取呢。"

章副部长说:"像我们这样的地级市,人大主任现在不都是市委一把手兼任的吗？让卸任的市长去做人大主任，这现实吗？”

陆秘书长说：“是啊，难度是可想而知的，如果让陆市长去做人大常务副主任和党组书记，也不失为一个选择，可谁知道陆市长是否愿意啊？”几个人的言语之间，都透露出了对老市长命运的关注。一番感叹之后，大家渐渐沉寂下来。

宁宇望了几位一眼，这才说：“怎么样，听我唠叨一点工作上的事情？”

陆秘书长马上响应说：“好的，你看我们几个也是的，闲聊了这么长时间，还把正事给耽搁了。”

宁宇说：“上一次会议上决定的有关龙都高职高校教育园区的事情，你们都落实了吗？”

大家都清楚地记得，上一次会议上宁宇是把每一项工作都落实到了人头上的，主要就是常务副指挥长雪雁和副指挥长陆秘书长的分工。按照当时的决议，陆秘书长主要负责面上的协调工作，他毕竟现在还是市委秘书长，他出面找个单位的领导协商问题，远比其他人合适。雪雁主要负责教育局和项目办公室的具体运作问题。

前次开会的主要问题是林业局和环保局的家属区搬迁问题，根据规划，这两栋家属楼都在龙都高职高校教育园区的范围之内，而且正好占据了“东方孔子学院”教学楼的位置。前几次章副部长他们以项目部办公室的名义多次找林业局和环保局协商未果，宁宇将这件棘手的事交给了陆秘书长。

陆秘书长说：“宁部长，上次会议之后，我已经跟两个局的局长通了电话，也召开了一次现场协调会。现在看来，结果很不好。两个局的领导都是支持市里面的工作的，都表示无条件地动员家属们搬迁到新的指定地点，可是家属们没有一个答应的。”

宁宇问：“什么原因，因为赔偿不到位？我们的赔偿经费不是早就到账了吗？”

陆秘书长说：“不是这个原因。”

宁宇问：“那是什么原因呢？”

陆秘书长说：“原因还很复杂，教育局以前和环保局、林业局都有过合作，当时教育局有政府规划的办公楼地块，联合环保局和林业局一起建设，当然两个局也都出了人力物力和财力的，可是等到房子落成之后，教育局换了新领导,这位新领导来了个翻脸不认人,将两个局的协议撕毁了。所以环保局和林业局至今都与教育局结着怨 。更糟糕的是,现在的教育局局长就是当年撕毁合同的人,你叫我怎么做工作呢?我也知道,林业局和环保局的领导们表面上答应得好好的,可私下里还不知道给家属们灌输了什么思想呢,我估摸着,这个工作还需要一点时间,不是原来我们预想的那么简单。”

宁宇完全没有想到,这件事一开始就遇到了这样的僵局。按照陆秘书长的说法,这个结可不是想解开就能解开的,这样的事情发生在任何人身上都很难过去,林业局和环保局压根儿就没有想到还有这样一个好机会,他们不给教育局难堪才怪。他陷入了沉思,一时不知道该如何说才好。两栋家属楼如果无限期地不搬迁,那就会影响到整个工程的推进速度,这可不是闹着玩的,省委领导们也都在看着这项工程的进度呢。

宁宇十分清楚,现在他需要的结果很简单:第一,需要稳定的工程进度。第二,不能出现任何影响和谐的事件。他沉思良久,说道:“陆秘书长,无论如何,你们几个都得拿出一个可行的办法来,在不影响社会和谐的前提下,按时完成工程进度。不管林业局和环保局与教育局有什么样的深仇大恨,我需要的是结果。”

这让在座的三位心里都有些紧张,现在可以这样说,雪雁也好,章副部长也好,或者说陆秘书长也好,几个人都与这个省里面关注的重大建设项目有关联,只要这个项目做不好,那可是一荣俱荣一损俱损的事。现在三个人又都同时进入了市委决策层了,处理不好这件事,怎么向宁宇交代呢?

106. 系统启动

女人就是心细,雪雁突然想起了一件事情来。她对陆秘书长说:“我想起来了, 那个环保局局长不是陆市长的表妹夫吗? 而且他们两家人走得很近的,能不能让陆市长出面找找他?”

陆秘书长顿觉这是一条路,有一种豁然开朗之感,说道:“对呀,只要环保局动了,林业局那边也就扛不住了。”他立刻站起身来,对宁宇说:“领导,我给陆市长去一个电话，你们先商量着。”说完就走出了房间。

雪雁对宁宇说：“我觉得这一招一定能够见效的，只要陆市长肯帮忙，如果环保局配合，林业局显然就不可能再坚持下去了。”

章副部长讨好地说：“雪副市长，你真是鬼精的啊，这样的办法，也只有你能想得出来了，陆秘书长怎么也没有想到这一招呢？”

宁宇淡然地说：“这说明雪雁在用脑子办事，不是在用常规的方法办事。哦，对了，安排你们办理的事呢？进度怎样了？”

上一周宁宇给雪雁的任务就一项，让她和省教育厅的副厅长一起，让专家团把他们的意见尽快整理出来。省里面的首席专家是省城大学的张书记，这事显然没有陆秘书长的事棘手。雪雁十分轻松地说：“还好，我领办的事情相对顺利，本周省城和国内的专家就在省政府教育厅召开联席会议，现在日程已经明确下来了，到时候你一定也要抽空参加啊？”

宁宇说：“好啊，我当然要参加。省委和政府那边参会的领导人确定了吗？”

雪雁说：“这是章副部长负责联系的，你说一说情况吧，老章。”

章副部长之所以主动请缨帮助雪雁办这件事，他内心是有盘算的。他现在已经铁定要进入市委常委了，他可没有打算长年在龙都战斗下去。他就是要借这样的机会与省城里面的要员们碰头，寻找新的机会呢。像这样直接面对面地和省委常委、省政府的副省长们接触的机会，他当然是不会放弃的。他这一次就回省城拜见了省委常委、省委宣传部部长，还有分管教科文卫的副省长。虽然只是去请他们参加研讨会，但起码也在领导们面前混了个脸熟。

听见雪雁让他说话，他连忙说：“宁部长，一切都安排好了，省委常委、宣传部长和副省长都要出席的，张书记和红副院长他们都做好了一切准备，省外和国外的专家也都约请到位了，现在可以说是万事俱备只欠东风了。”

宁宇点点头说：“嗯，这样就好。”随后他又问：“现在园区的一期建设接近尾声了，有关部门不是要进行质量检查吗，上一周他们去了没有？”

章副部长说：“去了，那天陆秘书长和雪雁副市长也到场了的，检验全部合格。”

宁宇说：“嗯，这就给我们的其他工程带了一个好头。另外，你们办公室还要做好这件事情的宣传，让其他的工程队也向一期工程看齐。”

雪雁说："已经安排过了，市里面的日报和晚报都是整版的消息，电台和电视台也都做了专题报道的。章副部长本身是宣传领域的行家里手，这件事情他做得挺圆满的。"

宁宇满意地说："在宣传策划领域，有章副部长在，我也就放心了。不过，章副部长，你还要考虑这个项目的外宣力度，不要把目光局限在了龙都市区，还要让国内和境外的媒体关注这件事，扩大龙都这个教育项目在国际上的知名度。"

章副部长说："嗯，好的。我已经让章杰着手了，等二期工程竣工，我们就要召开一次相当规模的境外媒体新闻发布会，宣传的目标就是针对海外的。"

三个人正在商议，陆秘书长就回来了，只见他脸上带着微笑。即便他没有说话，大家也能猜出个八九来，至少陆市长是答应了这件事的。不想陆秘书长开口就说："宁部长，简直太好了，陆市长不但答应了我们的请求，他还立即给环保局局长去了电话。刚才环保局局长也给我回话了，他要马上到我们这里来给你汇报呢。"

宁宇诧异地问："为何要给我汇报？"

陆秘书长说："我也不知道理由，但是我想他一定有什么重要情况跟你汇报呢，我也不便阻拦啊。"

雪雁接过话说："让他来吧，也没什么的，看看他到底有什么隐情，也好让他有一个发泄的机会，这样可能会更有利于问题的解决。"事实上，雪雁很理解环保局局长的心情，他不就是想提前拜宁宇的码头吗？对于这样的事情，心里有数就行了，只要有利于龙都高职高校教育园区的建设。

本来宁宇是不太愿意见环保局局长的，可是既然雪雁替他答应了，他也没有必要驳她的面子。

环保局局长果然很快就赶到了咖啡厅，他见面就说："各位领导，实在不好意思，给各位添麻烦了，我在这里首先向宁部长道歉。"

陆秘书长说："道什么歉，知错就改更好。"

环保局局长连忙说："请领导们放心，我们环保局一定不影响市里面重大工程的建设进度，不过，我有几个要求要提。"

陆秘书长说："好啊，今天你当着宁部长和其他领导的面，有什么话你就直说吧。"

环保局局长说:“首先，并不是我们环保局的家属没有大局意识和大局观念,这件事确实是有历史原因的。当年教育局给我们局难堪,是众多的职工到现在都不能理解和原谅的。所以从这个意义上来说,员工的激动情绪也是可以理解的。当然,这个工程是省市的重点工程,我们过去和教育局的那些恩怨都不是阻挡这项工程的理由。上一次陆秘书长也找我们开过了协调会，我们局领导的意见当然是统一的，但是家属们的意见我们一时无法统一。刚才我接到了陆市长的电话,他在电话里还骂了我一阵,我也理解陆市长的心情。但是,有一个条件我必须得说出来……”

陆秘书长打断了他的话说:“你就直接说条件吧，其他情况几位领导都是了解的。”

环保局局长说:“让我们局领导再一次出面做协调工作没有问题，但我希望几位领导能否给我们一个可以说服大家的理由，比如说提前搬迁有没有什么鼓励政策?”

陆秘书长武断地说:“这个合适吗?你不觉得你提出这样的理由有点荒谬吗?我们的政策对谁都是一视同仁的……”

宁宇挥挥手，打断了陆秘书长的话说:“你先不要插话，听局长把话说完。”

环保局局长接着说:“我也不是故意讲条件，我是希望给我一个做群众工作的杠杆呢。”

宁宇说:“我觉得可以考虑,雪副市长,你和陆秘书长坐下来研究一下,给出一个可行的鼓励办法。只要有利于推进工程进度,我们也可适当有一些弹性政策。”

见宁宇开口了,陆秘书长也就不说话了,环保局局长说:“感谢宁部长的理解,我一定以最快的速度让家属们搬迁。”

于是,雪雁和陆秘书长,还有章副部长三个人紧急会商,拿出了一个基本方案,然后坐下来与环保局局长商议。听完鼓励方案之后,局长说:“宁部长,各位领导,你们放心,我本人第一个带头搬迁,明天你们就能看到实际效果,我现在就回去召开紧急局长办公会,把宁部长和各位领导的意图连夜传达。请宁部长相信我,我一定不会给市委市政府的工作拖后腿……”看着消失在夜幕之中的环保局局长,宁宇和雪雁感慨良多。

107. 重　担

在王明书记还没有上调省委之前，省委组织部副部长带队参加了龙都全市干部大会，会上宣布了宁宇出任龙都市委副书记、雪雁和章副部长任市委常委的决定，章副部长同时兼任市委宣传部部长。政府这边的格局还得等到“两会”之后再决定，但是龙都所有的干部都很清楚，雪雁出任市政府常务副市长大家也都风闻了，陆秘书长是以市委常委的身份兼任副市长的安排大家也都清楚了。组织上之所以选择王明书记尚未调走之前宣布这一系列的决定，是十分必要的，起码需要王明书记在临走之前把宁宇的权威再扶持一把。另外，组织上也考虑到了龙都的经济社会的平稳过渡，在“两会”尚未召开之前，陆市长依旧是主持政府工作的市长。

干部大会之后，王明就召开了市委常委会，会上他说：“各位同事，各位朋友，今天我们首先祝贺宁宇、雪雁和章副部长的高升。”简短的掌声之后，他又说：“省里面今天宣布的这个决定，说明省委对龙都工作的高度重视，省委站在发展的大局、统筹的大局，对龙都市委班子进行了大调整，说明省委对龙都今后的发展充满了更多更大的希望，我们也希望新履职的宁宇等同志不要辜负了省委对你们的期待。”

所有人都很明白，也许这是王明主持的最后一次市委常委会了，所以，这一次会议是龙都发展史上一个关键的承前启后的会议。只听见王明书记说：“大家也都知道了，我和陆市长在之后的不久就要离开现在的岗位了，新的岗位会让那些更年轻、更有才华的同志接替上来。现在我们的老市委副书记已经上调省里了，我说这话有两层意思：其一，铁打的营盘流水的兵，每一个岗位的更替都是十分正常的，我希望我们这些离开的老同志会一如既往地关心和关注龙都的发展，也希望留下来继续战斗的同志们奋发图强，把龙都的各项工作搞得更好。”随后他又说：“各位，这次会议之后，我就要到省里面工作了，我会在新的岗位上继续关注龙都的发展和进步。今后市委的工作就由宁宇同志代理了，在新的市委书记到任之前，希望各位常委、各位领导们要全力以赴支持宁宇同志的工作……”

这样的会议，实际上只有一个目的，那就是听听大家的态度，也是检验领导们政治品质的时候。王书记说："我大概就啰唆这些了，下面就请同志们发表意见。陆市长，你先讲吧。"

按照现阶段的排位，陆市长依然是市委副书记、市长，所以他的态度也十分重要。陆市长显然有几分失落，他已经明确知道他的前景远不如王明书记。但是他毕竟是老领导、老市委副书记、老市长，在宁宇等年轻的晚辈面前，他理所当然地应当有所教诲。他抬眼看了看宁宇，然后说道："首先，我衷心拥护和支持省委的人事安排，欢迎宁宇等同志进入市委领导的行列。其次，我对宁宇、雪雁等人表示祝贺。其三，希望你们在新的更重要的工作岗位上发挥你们更多的聪明才智，尽你们所能把龙都的社会经济发展得更好。其四，我作为龙都的老同志，在这里表一个态，今后只要你们需要我陆某人配合协调的，我陆某人定当不遗余力地配合……"不管怎样，陆市长的态度还是十分端正的，姿态也是积极的。这让宁宇等人颇受鼓舞，毕竟陆市长今后就在龙都工作，现阶段初定的位置是市人大党组书记和常务副主任，这个职务虽然令他有几分委屈，但起码比到省城做厅级调研员要好得多。

实际上，宁宇虽然在一段时间与陆市长有过芥蒂，但是现在的陆市长显然发生了明显变化。他留在龙都工作，需要各方面的配合，尤其需要宁宇的配合。而宁宇作为一个新提拔到重要岗位上的干部，也需要龙都的老干部们的协助，两个人之间无形之中达成了高度一致。宁宇原来还一直琢磨，要是陆市长也和王书记一样调走，那么他在龙都所能依仗的地方领导就只有陆秘书长了。现在陆市长能够留下来与他一起战斗，这当然是最好的一个结果，毕竟陆市长的威信在陆秘书长之上，很多事关地方的棘手问题，还需要他出面协调处理呢。就像他处理环保局搬迁的那件事情一样，要是没有他的威信，事情办起来怎么可能那样顺利呢。

轮到宁宇发言了，他首先说："我得感谢领导们对我的教育和培养，感谢领导和同志们对我的信任。对即将离开龙都的王明书记，对即将离开市政府工作岗位的陆市长，以及已经上调省城高就的市委副书记表示敬意。没有你们的关心和教育，我宁宇不会有今天的成绩；没有你们的无私奉献和辛苦工作，也就没有龙都现在改革开放的成果。在这里，我要真诚地对你们说一声'谢谢'。"

宁宇停顿了一刻，又说道：“正如王明书记说的那样，铁打的营盘流水的兵，岗位的新老交替是历史的规律。但是，我们知道，老一代的领导们虽然离开了，但是你们的优良传统却留下来了，你们的精神财富却留下来了，你们打下的良好基础留下来了。作为后来者，我们会接过你们的传统，扎扎实实地开展新的工作，我们会尽最大努力，不辜负老领导和人民群众的期待与重托。再次，我恳请老领导们今后一如既往地关注和帮助我，也请我的新同事们帮助和指导我……”尽管宁宇很年轻，但是历史已经将他推到了龙都的主要领导岗位上，现在的他是箭在弦上不得不发了，所以他的心态也发生了很大的变化。尽管王明书记和陆强市长还在这里，但是他很清楚，现在的龙都唯有他肩上的担子最沉最重了。

雪雁的发言相对简单，她说：“我感谢组织上对我的重托和信任，感谢老领导对我的教育和培养。在这里我表一个态，今后一个阶段，我一定会尽心竭力地做好我的本职工作，听从市委的安排和部署，服从工作大局……”

现在的市委常委里面，排位最后的就是章部长。所有的人都发言完毕，王书记对章部长说：“章部长，你是一个很特殊的人物，你过去是宁宇的同事，现在又接了宁宇同志的班，今后龙都的新闻文化产业改革就要多依靠你了。另外，你还协助宁宇、雪雁他们参与了龙都高职高校教育园区的工作，今后虽然你的层面站得更高了，但是这些实际的工作还要更多地依赖你和其他同志去完成呢……”王书记说这些话，足见他对章部长也充满了期待，至少期待他能成为宁宇今后的主要帮手。

章部长受宠若惊，王书记对别的常委没有说题外话，唯独对他说了这些话，很显然里面是有很多含义的。章部长说：“感谢领导的关心和教育，也感谢领导们的信任。”他说的领导，当然也包括宁宇在内。他坐上常委和宣传部长的交椅，宁宇是努了力的。这一点他十分清楚，现在看来，还不仅仅是宁宇努了力，就是这位十分威严的王明书记，可能也在背后说了他不少的好话，以至于他这样顺利地走上了龙都市委领导干部的岗位。实际上他是一个异常重感情的人，他也知道自己今后该怎么做，应该做哪些。

王书记十分轻松地说：“怎么，今天我们的章部长哑火了，平时你可是能言善辩的高手啊，就一句话吗？”

章部长又说：“今后我会在市委的领导之下，把我分内的工作干好。”

王书记却说:“不是干好,而是要干出成绩来呢,要不然,你们的宁副书记也不好交差啊……”会场的气氛渐渐变得轻松活跃起来。

108. 第一次决断

其实,这个会后王书记就不再抓龙都的工作了。他要预先到省委熟悉工作情况,这就是他临走之前的最后一个会议。

散会之后,宁宇向他请示说:“书记,关于龙都高职高校的学者专家研讨会就要在省城召开了,您看市里面哪些人去比较合适呢?”

王书记笑笑说:“宁副书记,这样的事我现在可不能随便过问了,你现在才是龙都市委的负责同志,虽然我现在还是市委一把手,但是组织上是明白的,今天之后,我就不对龙都的工作负责了,要承担责任的是你啊。所以,这样的事情还是你自己拿主意的好。”

坦率地说,宁宇还完全不适应自己拿主意呢,他说:“书记,您不是还没有离开吗?”

王明宽厚地笑笑说:“那好吧,就当是我给你提的建议好了,最后决定还是你自己来拿。这个工程你本身就是省市指定的负责人,就连现在的陆市长也是在你之下的,所以对这个问题你本来就是理所当然的决策人。当然,你也可以和陆市长商量,毕竟他现在也还是市委副书记和市长。”随后他又说:“不过,陆市长可能也不会有什么意见的,相反,你也可以多找雪雁、陆秘书长和章部长他们商议,今后的工作还得他们来完成呢。”

宁宇觉得,王明书记说得很有道理。找陆市长更多是象征意义,表示他这个新的市委副书记对老领导的信任和倚重,找雪雁他们才是真正解决问题,于是说道:“感谢书记的提醒。”

宁宇果断约了陆市长。他赶到了陆市长的办公室,因为陆市长和王书记不一样,王书记是说调走就调走了,陆市长却要等到市政府换届选举之后才离开。他走进去就说:“市长,有一件事我得向您请示呢。”

陆市长很清楚,面前这个年轻人才是实际上的龙都决策人,他在自己面前表现得谦逊，只不过是一种礼仪和谦逊罢了，于是乐呵呵地说：“宁副书记，你坐下来说吧，什么事情你还要让我老头子知道啊？”

宁宇把即将在省城召开的学者专家会议的事说了一遍，陆市长连忙说：“我说宁副书记，这件事你本来就是总统筹人，你定了通报我一声就是了，我现在没有什么具体意见的，听从你的安排就是了。”随后他也和王明书记一样，说道：“我建议你找雪雁和陆秘书长他们商议一下，很多事情是需要他们去落实的，我这里只要了解就可以了。”他的态度和王明书记一模一样，这说明陆市长对他也是完全真诚的。他现在和王明书记还不完全一样，王书记是明确要走的人了，而且省上也已经明确了的，但是陆市长却不一样，他现在还在龙都的任上，今后也不会离开龙都，所以他能有这样的态度，宁宇是十分开心的。今后自己只要遇到什么难事，这位老领导和长者都会伸出援助之手的。

宁宇告别了陆市长，回到自己的办公室，让秘书通知了雪雁他们。雪雁等三人相继赶了过来，大家坐定之后，宁宇说道：“省里面的那个学者专家座谈会，你们几个是一定要去的了，在这个会上，还有一些什么需要准备的呢？”

宁宇原来并不知道，在他找三个人会商之前，雪雁他们三个早就碰过头了，三个人也都实行了分工。会场的现场杂物由雪雁负责，接待由陆秘书长负责，新闻单位的安排和接待由章部长负责。雪雁说：“我们三个人实行了简单分工，但是也有合作。每个人负责分内的事情，宁副书记你觉得这样是否可行？”

宁宇十分满意地说：“好啊，在我还没有找你们之前，你们就已经有这样的分工，我很高兴啊。分工的事情也就不变动了，你们就各自说一说你们的打算吧，也好让大家心里都有个数儿。”

雪雁说：“好的，我先说吧。”她从会场的安排到会议内容的安排，再到主持人和发言顺序都交代了一遍，说道：“宁副书记的发言稿也赶好了，一会儿就可以送到你的手里。另外，本市的两位老领导，王书记和陆市长是不是要参加，如果要参加，要不要安排两位发言？”

宁宇说：“王书记可能不能参加了，他已经明确要到省委了，今后龙都的工作他原则上不会再参加，除非省委授权和安排。陆市长是要出席的，他是否发言一会儿你征求他的意见吧？”

雪雁说：“好的，我这边没有需要说明的东西了。”

陆秘书长说：“我负责整个会议的接待，实际上就是落实来宾们和领导们的礼品和就餐，包括海外来宾的住宿和就餐。我已经让市委接待办的副主任提前去了省城，他会找省委接待办的领导帮助他的，还有龙都驻省城办事处的主任和副主任也会帮助他。刚才他已经给我回复电话了，事情大致已经落实下来了，宾馆和特色餐厅都已经确定，礼品也已经到位了……”多年的秘书长生涯，让他办事总是滴水不漏，在他分管的范围之内，他总是把事情办得严丝合缝，很让宁宇放心。

章部长更是很清楚他的分内工作，说道：“宁副书记，宣传报道上的事情分为三个层面，省内媒体单位、省外媒体单位和海外媒体单位。报道的内容也大致分为三个层面，每一个层面的新闻通稿都已经经过三次修改，现在已经成型了。你要有时间，一会儿就可以送到你的办公室来。工作上的分工是这样的，由市内的新闻单位负责人负责本省的媒体接待，具体的接待人员是龙都报业集团的红唇总编辑、网络集团的娜娜总编辑和广电局的陆草儿副局长。国内的新闻媒体由宣传部新闻科科长，还有龙都报业集团的思明社长一起负责。海外媒体由市政府外宣办专职副主任章杰和我负责……”

宁宇很清楚，这个会议事关龙都高职高校的另外一个决策机构，学者专家顾问团。要是学者专家们对项目存在异议，项目管委会就得做一定程度的修改和调整。所以，不要简单地把这个会议理解为一个单纯的学术会议，它也是一个关系到项目建设成败的很重要的决策会议，所以省里面的相关领导和主要领导才都会出席。各方面的专家阵容更是空前的整齐，国外的专家还是第一次在这样的场合会面，所以宁宇心里不安也是很有道理的。

这几个方面的分工，他最为信任的就是章部长把控的这个环节，因为这样的活动他本人也组织得很多了，很多细节就像刻到了他的大脑里一样，绝对不可能出现差错的。陆秘书长分管的接待他也不用担心太多，陆秘书长本身就是一直主管市委这方面的工作的，再说这一次会议来宾又相对单纯，接待的规格和层次并不复杂。最让他放心不下的，是雪雁负责的会议现场，这方面的变数太大了。会议资料上已经做了详细安排，领导人的讲话和发言顺序都做好了规定，专家和学者的发言时间也大致得到了落实。可是领导们自身的变化不可控制，完全有可能到了现场有改动，所以他担心地问雪雁：“会议现场有预备方案吗？”

雪雁明白宁宇的意思，回应说：“有的，你看看吧，这就是第二套方案。”

宁宇接过来一看，主持人没有发生变化的情况下，各种假设都估计到了。他看到了这些，心中的疑虑也就渐渐打消了，他憧憬着这个会议开得圆满，开得顺利，开得各方面都满意。

109. 两位美人都绝望

要说宁宇心里踏实，那完全都是假话。这个研讨会的主角儿是谁啊？省城大学的张书记和省城行政学院的红副院长啊。宁宇和雪雁他们告别之后，立即给红唇和娜娜去了电话，他在电话里说："你们两个今晚就不要贪睡了，我有急事找你们呢。"

事情也很凑巧，娜娜正在红唇家里聊天，主题也是宁宇升任龙都的市委副书记。接到宁宇的电话，两个人异口同声地说："我们听见你的召唤，哪里还有睡意啊？"

宁宇说："正好，我现在就赶到你们那里吧？"

红唇说："好啊，难得领导上门关怀，你直接到我家吧，娜娜也在我家的。"

宁宇说："好，不见不散。"

放下电话，红唇对娜娜说："这个神出鬼没的人来了，我们不至于就这样瞎聊吧，总得需要酒菜吧？我的冰箱里还有几个菜，你还有别的办法没有啊？"

娜娜说："当然有啊，我冰箱里不也还有菜肴吗？我去拿上来不就好了，不过，我建议你和我一起去拿吧，还有几瓶好酒呢。这个人高兴起来了，一定是少不了酒的。"

红唇说："也好，我这里正好没有白酒，只有红酒和啤酒。"

两个人在宁宇没有赶到之前，已经将菜肴和酒水摆上桌了，充满期待地坐在餐桌旁等候宁宇的出现。宁宇进门时，两个女孩儿颇有诗意地把电灯熄灭了，点上了蜡烛。宁宇问道："怎么，刚才外面都还没有停电不是，怎么你们家停电了啊？"

红唇嗔怪道："我说敬爱的宁副书记，你能不能滋生一点浪漫气息啊？我和娜娜也算是绞尽脑汁了，你非但不领情，还是像以前一样的木头脑瓜啊？"

娜娜也佯装生气地说:“就是啊,你这个人,一点情趣都没有。这样的烛光晚餐你到哪里去找啊,也就是我们两个人替你张罗了。”

宁宇还是傻愣愣地问:“今天是什么日子啊,你们谁的生日吗?”

红唇只得说:“什么日子也不是,庆贺你下基层呢!”

宁宇说:“也难怪,不年不节的,你们搞烛光晚餐,这不是拿我开涮吗?”

娜娜说:“不是庆贺你高升吗,怎么能说不年不节啊?”

红唇说:“好了,不说废话了,快坐下吧,我给你斟酒。”

三个人坐了下来,红唇在每个人的酒杯里都倒满了酒,然后举杯说:“来吧,我和娜娜祝贺我们的宁部长高升,祝宁副书记万岁万岁万万岁……”

几个人一阵大笑,宁宇说:“我都成了国君了是吧?你们也太看得起我了啊。”

娜娜说:“这有什么稀奇的,只要有这样的心思,你就什么都可能实现……”几个人又是一阵大笑。

几杯酒下肚之后,宁宇才说:“谢谢你们的款待,不过我来并不是为了喝酒。”

红唇说:“当然,我们也知道,你这样一个主管全市工作的大忙人,会闲到陪我们喝酒吗,你是为省城的研讨会而来的吧?”

宁宇说:“就是啊,虽然市里面做好了周密安排,可我这心里还是不踏实啊。”

娜娜说:“你不就是要我们的老头子做点什么吗,其实,你又何必跑到我们这里来呢,你一个电话不就搞定了?”娜娜心中其实对宁宇抱有怨气呢,他这些时间以来,一直在忙自己的工作,早就把她忘到九霄云外了。想当初,娜娜可是一腔热血投奔他而来的,按照她预先的设想,她早该和宁宇同床共枕了。可是时至今日,两个人之间还是不即不离,仿佛只是朋友一样。有时甚至比亲密的朋友都还要寡淡几分,这让她心里有几分恼怒。现在她是越来越看不懂面前的这个男人了,虽然宁宇在仕途越来越顺风顺水,可是她似乎有了几分绝望。

见娜娜说得过头了,宁宇有几分尴尬,红唇缓解气氛说:“算了,人家不是也太忙了吗?今天能到我们这里一游,已经很不简单了。”实际上红唇又何尝不是在挖苦他呢。

宁宇知道,面前的两个才女都是从省城投奔他而来的,现在每一个人都在自己的岗位上干得有声有色。报业集团的改革在红唇的努力之下已经基本完成了,集团下属的每个单位都落实了责任制,报纸的内容也比以前提高了一大步，内容的分类也更加清晰，经营效果开始显现出来。这些功劳，很大一部分是要记到红唇身上的。

娜娜也一样。她到位之前的龙都新闻网简直是一个二手垃圾网。现在经过她的深化改革与精心调配，网站发生了颠覆性的变化，已经成为龙都人民浏览信息和获取新闻的主要媒体之一了。更重要的是，在娜娜的主持下，网站已经开通了十几个不同类别的专业网站，这些网站渗透到了市民生活工作的方方面面，很多频道已经成为龙都市民不可或缺的生活伴侣了。同样，在她和和韵的配合下，网站的经营状况已经脱胎换骨，开始走出营运的低潮时期了。

虽然两个女子都是大忙人，也不可能有时间谈情说爱，但是宁宇知道自己陪她们的时间真的太少了，所以她们心中有怨气也是正常的，于是他举起酒杯，十分歉意地说："两位，你们也不要说风凉话了，我宁宇对不起你们，对你们的关心不够、爱护不够，希望你们能够理解。龙都对于你们来说是一个成长的地方，对于我宁宇来说也没有太多的差异，所以我们每个人每天都在全身心地工作。我希望我们都要换一个角度来观察和思考问题，等我们老去的时候，我们也好有回忆的内容啊……"

他的一席话，显然也打动了两位单纯的女子。娜娜其实比红唇更为简单，他见宁宇这样说，也就应承道："我们女孩和你们男孩不一样的，男孩十有八九都是事业第一的，不过，我还是基本赞同你的观点。我们对你说点儿酸话，我想你也是能够承担的，但是我们绝对没有恶意，我们期待别人的关怀与呵护啊……"

红唇也说："嗯，就是。谁让我们是女儿身呢。女生天生就是让人疼的，可是你看看现在的我们，远离爸妈，你也不来搭理我们，有时候我们真的很孤单啊。你没来之前，我们两个孤独的人，也只能坐到一起取暖啊……"

宁宇十分愧疚地说："嗯，我非常理解，我想等到一切正常之后，也许我们见面的时间就会多一些。"他自己也知道这话是言不由衷的，但也正是这几句话，让两个女孩将话题扯得更开了。

红唇说："算了吧，我的宁副书记。你现在的事业刚起步你就忙成了这般模样，要是等到你的事业更上一层楼之后，我们就只能做梦等你了。按照现在的这种格局，你下一步要么就调省城高就，要么就会坐上龙都市委一把手的位置，只怕是我们今后见你的面都困难了……"她稍作停顿之后，又说：

“我现在很担心啊，你把我们带到龙都生根了，如果你在我们之前离开龙都到别的地方高就，那时我们才会欲哭无泪呢……”

娜娜一副成熟派头，接过红唇的话茬子说：“还有让人更担心的呢。现在的宁副书记已经是官场明星了，也许等不了多久，哪一个达官贵人或者财团显贵的千金小姐就会向你大抛媚眼和求爱的绣球，今后我们要见你，只怕还要经过女门神的审批呢？弄不好啊，还会惹来一身麻烦呢……”

从两个女子的话语，就能看出彼此的心态。红唇似乎已经预感到她们随时都有可能与宁宇分开，而事实上也确实如此。按照宁宇现在的政治前途，走到任何一步都是有可能的，所以龙都绝对不会是他的终点。而她和娜娜则不一样，按照她们的发展，完全有可能一辈子都离不开龙都，即便是要再一次回到省城，也还得期待家长的能量，所以她有这样的忧虑是极其正常的。她有这样的心态，说明在她的潜意识里已经与宁宇有了分割，心理防线已经建立了，就是哪一天宁宇突然离开，她也是能够承受的。

娜娜的话似乎更有意思，她似乎已经看到她追逐的那个男人已经发生质变了，他身边一定会出现更多更有吸引力的女子，也许今后宁宇身边的那个女人不会是她，自然也不会是红唇了。尽管她的话很平和，实际上却充满了苍凉和哀怨。当初追随的那个青涩梦想，现在已经越来越遥远了，甚至远到了地平线之外。

110. 暗 权 力

宁宇来找她们的本意，可不是想和她们缠绵于这些情感纠葛的，他想通过两位千金给两位老爷子传递信息呢。当然，两位千金也是很清楚宁宇的来意的，但是两位千金谁也不会先开口提及这事，谁会把自己内心的秘密轻易祖露给情敌呢？红唇和娜娜看上去相安无事，可是谁都明白，两人一直都在暗中较劲争取宁宇呢。虽然现在这个情况发生了变化，有可能两个人都无法争取到这个男人，但是没有哪一个女孩是会轻言放弃的。所以，两个人都知道宁宇是醉翁之意不在酒，他来就是因为省城的研讨会，也是因为两位老爷子在这个会上的重要性，但是两人都憋足了劲儿，谁也不愿先开口。

很显然，在这件事情上的重要程度，娜娜的爸爸要略占优势。但是这并不能说红唇就不重要了，红唇爸爸虽然在学术上不可能和省城大学的张书记抗衡，可是红副院长毕竟是省行政学院的常务副院长，他离省里的权力中心显然要比张书记更近，所以两个人的重要程度实际上是难分伯仲的。

所以说，宁宇希望两位千金都能在老爷子面前替他发挥作用。

喝了几杯酒，两个丫头也说了不少风凉话，宁宇这才扭转了话题说："两位，我来找你们另有其事呢。"

两位女孩几乎是异口同声："是为省城的研讨会来的吧？"

宁宇坦然地点点头。

红唇先说："我们报业集团的安排你尽管放心吧，昨天我们社委会和编委会就布置了这个主题，我们所有的报纸都会做详细而全面的报道。集团所属杂志和网络也会做详细的深度报道。这一次去省城，我和思明社长都会到现场，也将派出文字记者和摄影记者随行。在这里我不敢夸什么海口，起码报业集团会十分立体和全面地报道这一盛况。"

很显然，红唇的话引导了娜娜，她也以为宁宇就是私底下来关心省城会议报道的事，她也说："我们网络新闻集团也枕戈待旦了，前往省城的网络新闻直播团队已经组建完成，我们会在会议尚未开始之前就和市广电集团的记者一起进入现场，做好一切直播的准备。我也会到现场和记者编辑一起采访……"

宁宇对两位在工作上表露出来的认真负责十分满意，可他内心不仅仅关心报道的问题。他现在不是代表市委主管宣传的宣传部长了，他现在已经是统领整个龙都社会经济发展的封疆大吏，宣传工作仅仅是其中的一项工作而已。所以他淡淡一笑说："两位在工作上的姿态令我感动，但是我想说的，不仅仅是宣传的立体到位，还想说的是一定要确保这次会议的圆满成功。要是会议都不能开得圆满，何谈宣传工作的圆满呢？"

红唇和娜娜相视一笑。

宁宇接着说："既然你们的工作都做好了详细的安排，两位能不能先回省城一步？"

娜娜问："为何？"红唇也露出了疑惑。

宁宇说："是这样，就算你们两位帮我一个忙，两位的爸爸可都是这次关键会议的主角。我希望提前知道他们的发言大纲，还需要知晓他们的态度。当然，更希望通过两位的努力，预先得知国外专家的态度。你们也是知道的，这个项目实行的是双重管理，专家学术委员会也是有权否决我们整个执行班子的。所以，我希望你们能帮我这个忙，我也好心里有一个准备，省上领导要是询问起来，我也好有个应对啊。”很显然，这个问题实际上并非想象中那么简单。这个专家学者委员会的权力相当大，要是真的在这个会上对宁宇领衔的这个执行班子予以否决，那将会给宁宇带来灾难性的后果，也可能会让他从此在仕途上大打折扣，所以他才这样关心这个会议是否能成功举办，是否能给他带来好运。

听了宁宇的话，红唇脸上掠过一丝不易觉察的冷漠，只听见她说：“哦，要是这件事的话，我建议娜娜一个人回去就行了，我回不回去并不重要。”

宁宇望了红唇一眼，知道她要说的下文，于是说：“你的下一句，一定就是娜娜的爸爸是首席专家，而你爸爸红副院长不是？”

红唇黯然神伤地说：“难道不是吗？”

宁宇的脸上露出了笑容，他说道：“这你就有所不知了，你只了解最初的决定。这个专家学者委员会后来做了调整，中方增设了两位首席学者专家，境外只有一名。这样设置就是为了让专家们的意见能够最终形成一致。张书记是首席专家学者的召集人。这样的结果不管是谁出面促成的，都是很有战略眼光的决策。只要红副院长和张书记的意见一致，实际上也就形成了专家学者顾问团的最终决策。所以说红唇，你同样是任重而道远，你爸爸在这个项目里的分量是可想而知的。”

红唇的面部表情果然发生了变化，她有几分不相信地问道：“你说的可都是真的？”她原本在娜娜面前还有一丝自卑，现在显然不存在了，他爸爸和张书记原来在决策权上是平等的，这让她在娜娜面前陡然间增加了自信。

宁宇说：“当然，这样的事情我敢开玩笑吗？我让你们预先回去也没有别的意思，我其实也知道两位老人家会在这件事情上会帮助我的，只是我需要他们和国外专家的态度，这样我也好预先做出一些安排。另外我想，这也是你们媒体单位领导人需要掌握的材料，以便于你们能够提前知晓报道的方向。”他这算是一箭双雕，一方面达到自己的目的，另一方面也给娜娜和红唇造成了一种媒体竞争的态势。只要在媒体单位工作过的人可能都知道，只要官方发布了新闻通稿，也就知道了事件的报道方向。但是在这个大背景之下,各家媒体是可以自由发挥的,也是显示各家媒体内功的时候。张书记和红副院长从某种意义上来讲,充当着新闻源的角色,所以两位媒体的领导人实际上也就处于一种竞争态势了。

宁宇的话说完,娜娜显然能够理会其中的意味,于是她十分冷静地说:“既然这样,我建议红唇一个人回去也就好了,我爸和她爸之间一定是早就交流过了的,根本用不着我先回去。另外,我们网络新闻集团现在还没有董事长,除了和韵和我，家里没有别的领导可以值班的，所以我不打算离开龙都去省城。不过,我会在后方团队值班,也不会放弃前方传来的任何一个有价值的新闻。我想,红唇总编辑也不会对我们网络新闻集团实行信息封锁的。”

对于红唇来讲,她当然希望娜娜真的不回去,这样会给报业集团更多的空间。就是报业集团报出独家新闻,她也可以以她不知道为幌子,绕开市委常委宣传部章部长和宁宇他们。但是这个局面对于宁宇来说可不是什么好消息。毕竟张书记是首席专家学者的召集人,虽然在决策权上和其他首席专家学者无异,但是他在影响上显然要高于红副院长。在宁宇的眼里,娜娜实际上就是在向他叫板,或者想通过这件事情强调和突出她的存在价值。

虽然知道娜娜是怎么想的,但是他也不可能轻易向娜娜妥协。他很官方地说:“我认为这样不妥,毕竟你爸爸是首席专家学者的召集人,他在会议的程序上有相应的决定权,所以你还是和红唇一起回去吧。”

现在的宁宇毕竟是市委现阶段最具权威的领导人了，他的话是有相当的分量的。

娜娜抬头问道:“这算是组织的正式决定吗？”

宁宇说:“嗯,你可以这样理解。市委市政府同样高度重视这一次会议,绝对不允许这一次会议出现意外。所以希望你们两位在本职工作之外,能够发挥更大的作用。你们单位的工作安排,我想你是应该有办法调整的,只要前方指挥得当,后方也就是制作和发布功能,你们单位的情况我是了解的,你现在的工作压力很大,缺乏有能力的领导人一起分担,这件事我想很快会得到解决的。但是现在这个时期,你走到哪里,网络新闻集团的指挥权不就跟随到哪里了吗？”

娜娜无语,她很清楚,宁宇实际上就是代表市委来安排工作的。即便不是宁宇本人亲自来说,而是其他的市领导出面打招呼,她这个县处级领导还不是只能执行,更何况是市委副书记宁宇了。于是她只得说:“好吧,既然这样,我服从组织的安排。”

宁宇说:“你们一会儿可以稍作准备,明天一大早市委那边会有人来接你们,你们的工作团队可以稍后再到。”红唇和娜娜只得点点头。

111. 老爷子的来信

宁宇回到家,还在琢磨省城研讨会的事儿,丝毫没有睡意。他很随意地打开了计算机,无意识地打开了邮箱,里面竟然有两封未读邮件。这可激发了他的兴趣,果然,他看到这两封邮件均来自省城,而且是省城大学的张书记和省行政学院的红副院长发来的。看见这两个邮件,他马上产生了两个判断:其一,张书记和红副院长早就想到了他,知道他内心牵挂着这件事情,所以预先给他吃一个定心丸。其二,可能是在两位丫头的催促之下发过来的,也许两个丫头都想在他面前表现,突出关心他的程度。他打开两封邮件,上面显示的发件时间都是一天之前,所以后一种推断已经失去了意义。但是他马上又有了新的想法,也许是两位老爷子都在暗中争取他呢?争取他的理由不还是为他们各自的丫头吗?宁宇摇摇头,他真的不知道应该怎么给两位长者解释,也不是他卑鄙,爱情和婚姻都是需要缘分的……

张书记的信上这样写道:“宁宇,首先祝贺你顺利出任市委副书记。现在你的位置和过去不一样了,权力更大,但是同时压力也会更大,希望你能处理好各种复杂的人际关系,做官实际上就是处理关系的学问。该平衡的要平衡,该妥协的要妥协。官场从来都是急流险滩,现在你既然选择了这条道路,就要小心谨慎地把路走好。要是你在工作之中有什么疑惑,你又愿意问我的话,我一定会尽力帮助你的。另外,你也不要忘记王书记,现在的省委王副秘书长,我建议你可以经常请教他,我也相信他会不遗余力地帮助你的,毕竟你是他最满意的部属之一。关于龙都高职高校教育园区的问题,我想你也不必有太多的担心,马上就要召开的学术研讨会,我会把控好全局的,力争让这个项目平稳地推进……”看到这里，宁宇心里热乎乎的。不管怎样，张书记都是站在关照他的角度出发的，言语之中透露出来的关怀，很让他感动。张书记接着写道：“宁宇，我也希望你和娜娜要相互帮助，相互促进，在今后的岁月里，你们有很长的道路要走……”看到这里，宁宇的内心平添了几许沉重。在他看来，要是他宁宇现在就挑明他和娜娜不可能的话，也许张书记就会失望了，甚至都不会给他来这封信了，更不要提这样的谆谆教诲了。

随后，他打开了红副院长的来信。很显然，红副院长与张书记的风格是显然不同的。张书记总喜欢以长者的姿态出现，不自觉地就把自己当成权威的长辈了。而红副院长则不同，他喜欢用平等交流的方式，选择用温和的语言或者暗示性的语言，总是让人容易接受。他写道：“宁副书记，首先祝贺你的高升，在今后的道路上越走越远，取得更多更大的成就。你现在是名副其实的地方主要负责人了，今后的工作会更加繁忙和辛苦。你要注意劳逸结合，保护好自己的身体。有句俗话说，身体是革命的本钱，只有保养好身体，才可能有更大的发展。”

“你要是回省城来，一定要来家里看一看，你伯母的拿手好菜一定不会少的，我也会和你好好喝几杯。每一次你来省城都显得很匆忙，真希望你能在休长假的时候来家里住上几天……”红副院长的这些话，宁宇深知是发自肺腑的，红副院长和张书记完全不一样，每一次去他们家都没有那种紧张感和压抑感，所以他从心里来讲，更愿意去红副院长家。

红副院长接下来写道：“还有一件事要告诉你，就是关于龙都高职高校教育园区的学术研讨会。这件事情我和张书记，还有海外的专家已经交流三次了，一开始的时候，各方面的差异还是十分明显的，经过三轮会商之后，现在的差距相对比较小了。海外专家的意见要多一些，张书记也有他自己的一套主张。只要张书记和海外专家能达成一致，我会尽力向张书记的意见靠拢，争取在会上把各自的目标统一到一起。我想，会议的安排最好是张书记最先发言，这样我好取舍我的观点和意见。张书记这个人我还是比较了解的，他是教授出身，对什么事情都会坚持他的一套观点，用他的话来说，就是治学严谨。你也知道，我是半路出家办学的，本来就是从事行政管理的，现在在这个岗位上有点儿赶鸭子上架的意思。所以我可以放弃我的很多观点，保持与张书记的观点基本一致，这样也好让这个项目不要做大的调整，保证相应的建设和营运速度。这项工程对你来说是很重要的,现在你刚刚到了新的岗位上,这个项目从某种意义上来说就是考验你的时候……”宁宇对红副院长一样充满了感激之情。

应该讲,两位长者虽然各自的风格不同,但是两人对宁宇的态度绝对没有差异,都期待他能取得更大成功,当然,各自心里也都期待着宁宇能与各自的孩子在关系上有所突破,只不过两位长者都不会轻易说出这样的话来。

宁宇简短地回复了两位,无非就是一些客气话。当他敲完最后一个字,娜娜的电话也就来了。“你还没有睡的吧?你猜怎么着,你走之后,我就给爸爸去了电话。爸爸说了,省城的会议你大可不必担心,一切他都会安排妥当的。他最近和专家学者进行了多次的交流和沟通,已经基本达成一致了。我说我要预先回去,你猜我爸说什么?”

宁宇松开鼠标,换了一个接听电话的姿势,问道:“说什么呢?”

娜娜说:“爸爸说,希望你能和我一起回去呢。说你这一段时间辛苦了,他要在家里好好犒劳你呢。”

宁宇只能说:“哦,谢谢伯父的好意。但是你也知道,我肯定不能跟你一起回去的,我这边的事情是脱不开身的。就是去省城开会,也得找准时间出发,没有多余的时间啊!”

娜娜说:“我也这样跟爸爸说的,可是爸爸说了,你现在工作是很重要,可是你的身体也是很重要的。现在你年轻还不觉得,要是等你上了年纪,也就不是那么一回事了。爸爸还私底下给我派了一个任务呢!”

“是吗?什么任务啊?”宁宇很随性地问。

“照顾你的身体啊!”娜娜说。

“谢谢你,不过,我现在真的没问题,最好是你自己照顾好你自己就好了。”宁宇这样说。

娜娜问道:“你这算是拒绝吗?”

宁宇说:“就你孩子气,我说的可是实话啊,你现在的工作比我也轻松不了多少,你能怎样照顾我呢?只要你的心里有这份心思,我也就感激不尽了。”

“呵呵,这还差不多。要是让你照顾我,你愿意吗?”娜娜问道。

“我要有时间,当然没问题。”宁宇也知道自己的这话言不由衷。

“算了吧,一听就知道你没有诚心,我这也是自找乐趣罢了,我怎么敢奢望你来照顾我啊？”娜娜自我解嘲地说。

宁宇说：“时间不早了，你早点休息吧，明天还要颠簸几个小时回省城呢。”

“好的，你也早点休息，晚安。”娜娜回应道。

娜娜的电话不外乎表明她已经在工作了，但是更多则是私人的想法，要是没有看张书记的来信，也许他还会对娜娜的消息感兴趣。可是，两位长者的邮件里已经说得很翔实了，所以他对娜娜提供的信息没有太多的兴趣。

随后红唇又在网上与他说话了：“还没有睡呀？”

宁宇回：“是的，你不也一样吗？”

红唇回：“刚才和爸爸聊了聊，我觉得你完全可以不用担心了。”

宁宇回：“谢谢。”

红唇回：“爸爸不是也给你发邮件了吗？”

宁宇回：“是的，我看过了，很感激。”

红唇回：“这你就错了，你看我爸是那种需要你谢的人吗？实话告诉你吧，你在他心目中很有分量，他经常自觉不自觉地把你当成了我们家的一员。你不知道啊，每一次妈妈学做了新菜肴，他都会在旁边叨唠说，要是宁宇在就好了，弄得我十分羡慕你呢。另外，两位老人说了，希望你这一次去省城之后，一定要到家里做客，他们总觉得你应该享受他们的厨艺，嘻嘻。”

宁宇回：“我很感动，真的，谢谢你红唇。”

红唇回：“不是告诉过你了吗？我爸爸都不需要谢，我还需要吗？我现在也觉得奇怪，只要你能跟我在一起，我什么疲劳和困难都不在乎，如果你远离我，我的心里总是惶惶然的，干什么都觉得心里不踏实。我很困惑，但也很幸福。”

112. 世俗的女教授

娜娜很久没有享受家里的慵懒感觉了，她回到家，爸爸妈妈早就开始为她张罗美食。她一个人靠在宽大的客厅沙发上，享受着宁静的时光。窗外的阳光照射进来，将客厅里的绿色植株照得透亮迷人。

妈妈从厨房里出来，一边说：“好了，我就到此为止了，其余的工作就由老头来完成吧,我要陪陪我的宝贝女儿了。"

娜娜看看满脸微笑的妈妈,问道:"妈,你今儿怎么这样开心啊,你笑起来的时候,不仅非常好看,而且年轻了几岁似的。你要是今天这副神态和我逛大街啊,一准别人会把你当成我的姐姐呢。"

"鬼丫头,什么时候也学会了嘴上抹蜜了?你这是有意调侃我是不是?就算别人误会,难道我就不知道我是你妈了呀?"妈妈也娇嗔道。一边说话,妈妈一边解下了围裙,然后靠在娜娜的身边坐下。

"你有两个月没有回家了吧?"妈妈问。

娜娜说:"我都不记得了,反正是很长时间了吧。"

"说一说,你在龙都过得怎样?"妈妈关切地问。

娜娜说:"还能怎样啊,不就是整天忙工作吗?网络新闻集团是新成立不久的媒体单位,现在又没有董事长,日常工作都是我一个人主持,和韵监管经营方面的事,都快把人累死了。"

妈妈问:"你不是有几位副总编辑和副总经理吗?让他们轮流值班不就得了?用得着你这个主管全面工作的人事必躬亲吗?"

娜娜说:"妈,也许这种滋味只有亲自尝过的人才能知晓其中的苦衷呢,就算是别的副职值班,最后的决策不是还要落在我的身上吗?责任最终也还是我来担负啊。"

妈妈说:"你上面不是还有宣传部吗?上面也还有宁宇呀,你就不能减轻你自己的负担?"

娜娜说:"妈,你看看你,又说外行话了不是?我们虽然归宣传部主管,也归宁宇主管,但是网络新闻集团是独立的法人单位,出了问题首先得是单位的主管负责。"

妈妈不解地说:"当初你去龙都,就是冲着宁宇去的,不管他升职到了什么岗位,他都应该关心你的啊?"

娜娜说:"妈,你今天怎么啦?你是大学教授,也应该知晓官场的规则吧。偌大的网络新闻集团,谁管你是冲谁去的啊?只要你干不好工作,所有的干部和群众都眼睁睁地看着你呢,社会的规则就是这样,既然你走上了领导岗位,下面的员工就有理由依赖你,也有理由批驳你。"

妈妈感叹道:"女儿啊,现在看来,你去龙都的时间不长,你在很多方面已经超越你妈妈了,这一点我很欣慰。”

娜娜说:“超越你有什么值得骄傲的,再说,你是单纯的教书先生,我不会和你进行比较的。”

女儿的话,让妈妈有几分不悦,但她还是面带笑容地问道:“这样说来,我和你爸爸都不会是你追捧的对象了。你给我老实交代,你心中的模范是谁呀?”她当然希望女儿提到宁宇两个字,她今天就是要与她聊聊宁宇的。

不想女儿却说:“雪雁,你当年的那个情敌。”

妈妈眼里掠过一丝不易觉察的醋意,问道:“你说什么?她?”

娜娜说:“以前我也和你一样,觉得这个女人是个十恶不赦的坏人。可是现实不是这样的,她是一个很有修养的女人。虽然她在年轻的时候犯过一些错误,但是现在她真的不一样了。”

妈妈十分不解地问:“我倒是想知道,她怎么个不一样法,你难道忘了她当年差点拆散了我们这个家吗?”

娜娜十分认真地说:“妈,你的眼界能不能走出学院,把眼界放宽一点呢。另外,我觉得你的心胸也过于狭隘了,难道你就不会用发展的眼光来看别人吗?”

妈妈显然更加生气了,没想到女儿竟然把她当初的情敌当成了偶像来崇拜,心中实在是接受不了。于是她压制着内心的不满,说道:“是吗?你妈妈就是一个狭隘的、没有眼界的老妈子了吗?在你的眼里,妈妈就是这样落后和无知的女人了?”

“妈,我无意伤害你,请你正确理解我的话,好吗?”娜娜说。

妈妈说:“我能理解你的意思,你说说你把她当成典范的理由。”

娜娜说:“雪雁副市长现在已经今非昔比,她除了保持着成熟女人的一切端庄仪表之外,还具有很深厚的学术基础,在执政理念上也是有独到建树的。这一点不仅仅是我们龙都市的干部这样看,就是省里面的干部和领导们也是这样看的。现阶段的龙都市,她将会发挥更大的作用。现在龙都处于特殊时期,她和宁宇实际上就是最佳拍档,市里面的两大工程她都发挥了不可低估的作用……”很显然,她已经完全融入了龙都的社会生活了,尤其是干部队伍关注和关心的方面。

妈妈皱起了眉头,说道:“现在我算是明白了,你的所谓偶像实际上是很滑稽的,不就因为她现在是宁宇身边最得力的助手吗?要是去掉了这一条,我想你也不会这样仰视她了。”

娜娜也不回避,说道:“可能有这样的心理因素。”

妈妈毕竟是大学教授,又说:“实际上,你渴望成为宁宇的助手是吗?所以才有了这样的认识。”

娜娜说:“也不完全是,雪雁要是没有自己独到的能力,不要说宁宇不会选择她,上面的领导更不会选择她。”

妈妈很不耐烦了,于是说:“娜娜,你能不能不在妈妈面前提及这个女人,我希望我们能聊一点别的话题好吗?”

娜娜抬眼看了妈妈一眼,说道:“好吧,谁让你们当年有这样的过节呢?”

妈妈内心重新燃烧起母爱,说道:“娜娜,其实妈妈很想了解你和宁宇……”

还没等妈妈说完,娜娜就岔开了话题说:“宁宇啊,他明天可能就要到省城来开会,你可以找他聊聊的。”

妈妈说:“你真是个傻孩子,妈妈找他聊什么劲儿啊,我是关心你和他之间的关系呢!”

娜娜十分漠然地说:“我和他,很好啊。”

妈妈问:“怎么个好法啊?你们每周都能见面吗?”

娜娜说:“见面,几乎每天都能,不过都是在新闻里面。”

妈妈说:“娜娜,你也太离谱了,你这是在和妈妈说话吗?”

“是呀,难道我们不是母女呀?”娜娜显然在回避着什么。

妈妈是过来人,她能领会到,娜娜和宁宇之间一定发生什么分歧了,而且这分歧还不会是小事。于是问道:“娜娜,你能告诉妈妈,你们之间发生了什么吗?”

娜娜很淡然地说:“我不明白你的意思,昨天晚上宁宇找我和红唇谈话,就是让我们先回来和爸爸聊一聊龙都高职高校教育园区省城学术研讨会的事儿。”

妈妈也是个异常敏感的人,娜娜一提到红唇,她马上就联想到了宁宇身边的一大群女人。红唇、和韵、和夫人、雪雁,还有笑笑等。这样看来,宁宇是不是有了新的钟情女人,于是问:“娜娜,妈妈问你,你可得老实回答我。”

见妈妈一脸严肃,娜娜说:“什么事?还这样严重?”

妈妈问道:“宁宇现在如何?都和什么人交往?”

娜娜奇怪地问:“妈,你这是什么意思啊,宁宇和什么人交往,我怎么知道呢?”

妈妈说:“娜娜,你能不能不和我打埋伏?你就不能和我说说真话吗?”

娜娜说:“妈,你关心好你自己就好了。”

妈妈正色道:“娜娜,我可得提醒你,我们家不能轻易放弃宁宇。你难道不知道,有多少女人在盯着这个香馍馍吗?”

妈妈的话让娜娜吃了一惊,以前妈妈对宁宇从来都是可有可无的,甚至还态度坚决地反对她与宁宇交往,现在她怎么会来了一个一百八十度的大转弯呢?这简直太不可思议了。

她听见妈妈唠叨道:“娜娜,像宁宇这样有前途的年轻男人不多啊,那么年轻就走上副厅级岗位,现在几乎又快成为龙都的一把手了,这个机会你要是不抓住,叫我和你爸有多后悔啊……”

娜娜内心很藐视妈妈的世俗,所以她摆出一副更加不予理睬的姿态。很显然,她的这副姿态让妈妈越加纠结。

113. 女教授就这样阴损

娜娜心不在焉地说:“妈妈,你以前不是不赞同我和宁宇交往的吗?要是我没有记错的话,你是很不赞成门不当户不对的婚姻的。”

到这个时候,妈妈也只能低头认输了,说道:“娜娜,我不也是为你好吗?现在妈妈跟你认错还不行吗?”

娜娜内心其实也是很希望与宁宇建立恋爱关系的,可是现在的情况越来越微妙了,她也是一个很有自尊心的知识分子,她才不会做那种低贱的举动呢。现在这样,她更不会主动与宁宇提这件事了。要是彼此有缘,还得看宁宇的态度,要是宁宇不主动提这件事,他们之间的缘分大致也就算是到尽头了。所以她才会这样不冷不热地和妈妈说话,实际上她的内心一样无助。

妈妈十分不甘心地问:“娜娜,妈妈再问你一个问题。”

娜娜说:“你问吧。”

妈妈说:“你是不是和宁宇闹翻了？还是宁宇已经有了别的女人？”

娜娜说:“什么都不是。”

妈妈问:“这就是说,你们还有希望,或者说现在还不是时候。”

娜娜说:“也许吧,现在说不好。”正在娜娜急于解脱之时,爸爸从厨房里出来了。娜娜像看见救星一样,说道:“爸爸,我还有事情要请教你呢。”

厨房的事情交给保姆操持了，张书记坐到了客厅的沙发上，笑眯眯地说:“老婆子,你看见没有,我们家的丫头是越来越漂亮了啊。”

娜娜说:“爸,你就别拿我开心了,人家现在大小也是一个领导干部了,别关心这些仅存于表面的问题,关心一点有内涵的。”

张书记说:“哦，我女儿现在已经是领导干部了，这一点我真的给忽略了,好啊,只要你有这样的要求,莫不成我和你妈两个大学教授还没有内涵吗？要聊什么,爸爸一准奉陪。”

娜娜说:“不开玩笑，我想询问一些这次龙都高职高校教育园区项目省城研讨会的事。”

“什么意思啊？你是不是宁宇安排回来的卧底啊？一进门也不知道和爸爸说点温暖的话,开口就说与宁宇有关的事啊？”张书记与女儿玩笑道。

娜娜却说:“爸爸,你错了。不是为宁宇,是为我龙都网络新闻集团。”

张书记这才收起了笑容,问道:“怎么讲？”

娜娜说:“现在龙都的新闻文化产业改革已经启动了,报业集团、广电影视集团和我们网络新闻集团几个传媒集团,经过这一个阶段的调整和整合,现在都已经完成了第一阶段的革新,在向第二个层面展开冲刺了。如果说第一个阶段仅是谋篇布局的话，第二个阶段就是行业细节深化了。这细节深化,恐怕排在第一位的就是新闻信息的问题了。现在龙都的情况就是这样,报业集团和广电影视集团在这方面显然要比我们的网络新闻集团靠前。一方面因为他们是这方面的老牌劲旅，在人才方面和人际关系方面的积淀深厚,所以在各种新闻素材的掌控上,他们都处于领跑的位置,网络新闻集团实际上都处于下风。这样一种局面,对于网络新闻集团来说,是很不好的,也很影响我们集团的士气,所以我一直在谋求一个出奇制胜的点,希望我们在某几件新闻素材方面能够领先两家老大哥单位，让年轻的网络新闻集团的采编员工重塑信心……”

娜娜的这些话,让一边的妈妈听呆了,在她的眼里,她根本就没有想到娜娜现在的知识这样丰富,更没有料到她现在的管理才能已经上升到了这样的境界。于是感叹地说:“老头子,我现在才领略到什么叫做青出于蓝而胜于蓝了……”

张书记也很得意地说:“是呀,你现在明白了吧,我们家的娜娜去龙都啊,目的不仅仅是一个呢,她的综合才能已经得到了空前的提升了。”妈妈此刻很释然,也难怪娜娜心目中小看她这个妈妈的存在,原来她早就超越了自己的境界,能怪娜娜不理解她吗?要怪只能怪她自己停滞不前啊!所以她对娜娜没有了任何怨言,反倒用欣赏的眼神看着有几分陌生的女儿。

娜娜说:“你们也就不要赞赏我了,我有几斤几两我自己是知道的,我的话还没有说完呢。”

张书记说:“你接着说呀,老妈子,你不要打搅孩子说话了。”

娜娜说:“我现在的压力其实蛮大的,报业集团的红唇不仅有原来雄厚的基础,更是有很得力的搭档思明社长的鼎力支持。而广电集团那边就更不用说了,他们兵多将广,可以发挥的余地很大啊。唯独只有我,一个人苦苦支撑,除了有很少的时候可以与和韵商量一些问题之外,我几乎就没有可以派得上用场的得力干将……要想有一点突破,是多么的不容易啊。”

张书记十分理解地说:“没关系的,一切都可以慢慢来。你们市里面的情况我还是有所了解的,虽然报业集团和广电影视集团家大业大,但是市里面对他们的要求要比对你们集团的要高,要说压力,每一个集团只是不同,没有谁没有压力的。”

妈妈也说:“就是,各家都有一本难念的经,压力对于红唇来说也同样存在。”

娜娜突然话锋一转,说:“爸爸,这一次你可要帮我一把。”

张书记好奇地问:“你这是什么意思啊?莫不成你爸爸什么事情还没有帮你似的。”

娜娜说:“本来这一次我是不能现在就回来的,是因为接受了宁宇副书记的安排。”

张书记问:“什么意思,他让你单独回来的?”

娜娜说:“你是知道的,现阶段龙都就是宁宇这个市委副书记主持市里面的工作,所以他不希望在他主持工作期间出现任何闪失,让我回来的目的其实也只有一个,就是希望预先得到你们学者专家团的意见,他心里也有准备。这一次他让我和红唇都回来,名义上是让我们提前介入新闻报道的准备工作,其实还有另外一层含义,就是希望通过我和红唇的特殊关系,掌握来自你们专家团的最新动态。我想,红唇内心一定和我的想法一致,都会利用关系,近水楼台先得月,在这一次的新闻报道上首先展开竞争的。”

张书记释然地说:“哦,就是这事啊?我还以为有什么特别的事情呢。”

娜娜说:“爸,这样说吧。对于你来说,可能根本就不算一件事,但是对于我们新闻界来说,必须是寸土必争的。哪怕是一条细小的消息,哪一家先报出来,就算是一次战役上的胜利。”

张书记说:“你们的宁副书记很不错呀,还知道利用这种关系啊。不过,我现在也没有什么特别的新闻需要发布啊。还有,在你回来之前,我就曾经给他发过一封电子邮件。他也看了的,还回了邮件的。我的想法和他的想法完全一致,我没有理由不确保这个重大工程的顺利进行,就是我们有一些细微的意见,我们也不会更不能影响整个工程的进度。要是这个工程出现了什么闪失,宁宇的命运很可能就会发生根本性的逆转,难道这一点爸爸不明白吗?”

娜娜却说:“爸爸,也可能你是圈内的人士,你不会从新闻的角度来思考问题的。这样吧,你把你发过去的邮件给我看一看,说不定我就会有重大的新闻线索,其他的也就不用你来操心了……”

说者无心听者有意,爷俩的对话,让一边静静倾听的张夫人有了一个很奇特的想法。既然这个工程对于宁宇的政治前途有这样大的左右能力,为何不在这上面做点文章,好让娜娜和宁宇尽快走到一起呢?于是她对张书记说:“老头,我有一个想法和你商量。”

两个人进了他们的卧室,当夫人说完她的设想之后,只听见张书记大声嚷道:“亏你还是教授,高级知识分子,你怎么可以有这样低贱而下作的想法呢?就是他们的事情黄了,我也绝不会按照你说的办,这么多年我怎么没有发现,你骨子里面怎么这么多阴损的东西啊……”娜娜摇摇头,她很了解自己的这位妈妈,也大致知道两个人是因为宁宇和她的事情发生了分歧,但是此刻的娜娜没有精力去关注这些事,而是思考着在这一次的新闻战役中,如何能与市里的另外两家传媒集团拉开距离。

114. 大战在即,红唇的另类娇艳

红唇回家后要比娜娜幸福多了，红副院长和在银行做副行长的妈妈压根儿就没有询问她和宁宇之间的任何事情,在她刚刚跨进家门的时候,爸妈开心地说:“丫头,你能提前回来,我们太高兴了,我们决定今天让你尝遍家中的所有美食。”

红唇吃吃一笑说:“你们安的什么心啊?难道想让我成为肥猪吗?你们难道不知道,我还没有给你们把女婿带回家吗?”

爸爸认真地说:“这一点我们有充分的自信,只不过是时间早晚的问题。你这一次回来,真的比前一次瘦了不少。”

妈妈接着说:“确实呢,不管你什么时候带女婿回家,我看着你这样操劳和疲惫,真的舍不得呢……”一家人其乐融融地交流,言语之间浸透着浓浓的亲情。

很快,美食就上桌了,红唇一边喝汤,一边问身边的爸爸:“爸,你们这一次的会议,不会有什么意外吧?”

爸爸说:“我们此前开过三次碰头会了，来自海外的专家们一开始提出了很多不同的见解,但是因为很多意见都不符合中国的国情,所以我和张书记不断地解释,他们的很多不合理的想法也就打消了。现在看来,这个研讨会海外传出不和谐声音的可能性比较小,海外的专家们也比较直率,所以我觉得只要张书记那边没有问题,这个会议也就不会有问题了。”

红唇听出了爸爸的弦外之音,也就是说,他本人是绝对站在宁宇的立场上的,就不知道张书记有没有完全透露他的想法。于是问道:“这么说来,张书记自己没在会上坦承交换他本人的意见?”

红副院长说:“确实如此,因为他是首席专家学者们的统筹者,虽然这不是什么头衔,但这是政府给予他的荣誉,他可以最后综合所有专家和学者的观点……”

这让红唇心里隐隐地忧患起来,既然是这样,那么张书记还是实际上的

学术权威，他完全可以删改任何专家和学者的言论，实际上他就成了学术太上皇了啊？于是忧心忡忡地问："爸爸，这样说，你们这些专家还有什么意义呢？换句话说，你们存在的价值又在哪里呢？"

红副院长说："嗯，这个问题别人不知道，我们专家团的人当然是明白的。我们的专家学者，进入这个决策团队的都是独立的代表。确切地说，我们每一个专家学者都是代表一个领域的。境外专家更多地集中在学术研究成果和先进的教育管理经验，也包括先进的教育器材、教育场馆建设的管理和营运经验。张书记是代表国内教育界专业领域的，我则偏重于代表省委省政府的意见……"

听爸爸这样介绍，红唇的忧虑一点一点地缩小了，最后浓缩成了偌大的希望。这个项目虽然是国家和省市都高度关注的教育项目，可是具体的实施管辖的指挥权，实际上还是在省里的，这就是说，省里对这个项目才是最有发言权的。而爸爸正好就代表省里的专家学者，不能不说他的优势是得天独厚的。于是她好奇地问："这样说来，你的各种意见，都来自省里面的各位领导？"

红副院长就是省行政学院的常务副院长，本身就没有离开省里面的权力中心，所以他对省里面的各机关和领导，都是格外熟悉的。他这一次进入这个专家学者团后，走访了省里面的很多领导，其中自然包括省长和分管教育的副省长，也聆听了省委书记的指示，得到了省委常委、宣传部长的确切意见。当然还包括省委宣传部、教育厅、文化厅等部门的特别支持，所以他对省里面的各方意见，那是再熟悉不过了。他对红唇说："当然，我本人能有什么意见呢，不就是综合省里面各位领导和各个厅局委办的意见吗？昨天省里面的副省长还传来三点具体的指示呢。"

红唇关切地问："张书记知道你的意见的形成过程吗？"

红副院长说："了解一些，但不是全部。"

红唇又问："省里面为何不直接对接张书记呢？"

红副院长说："我能进入首席专家学者的队伍，就是为了防止滋生学术腐败，专家学者团要保持特有的独立性，所以张书记是不与任何国内组织和境外组织产生联系的。"

红唇说："那么，实际上张书记仅仅是一个联络的终点，他本人并不代表任何背景？"

红副院长说："他代表这个专家学者团的意见啊。根据有关的协议，专家学者团的成员必须无条件地汇报自己所在行业的意见。”

此刻红唇才算弄明白了这个庞大工程的冰山一角，就连专家学者团的结构也是这样严谨而科学的。但是她随即眼前一亮，既然爸爸代表了省委省政府这个方阵，这里面的新闻还会少吗？不要说把爸爸知晓的每一条信息都编撰成为有价值的新闻，就是把其中的重点摘录出来，也是不得了的。比如说省委书记、省长、省委常委、宣传部长、副省长等领导们的批示和指示意见，那得是多有价值的新闻啊？要是这些新闻爸爸没有完全汇报给张书记，那么这些遗漏下来的新闻就可能成为独家看点了。这样近水楼台的好机会，她这个老新闻工作者怎么可能轻易让它溜走呢？于是她满心欢喜地说：“爸爸，我是一个新闻工作者，你说的这一切也许对报业集团的新闻报道有很强的指导意义，所以我有一个请求。”

红副院长说：“你说呀。”

红唇说：“我希望看到你手里面的原始材料，当然包括省委书记和省长等人的批示。”

红唇早就暗自有了打算，一旦把爸爸手里的珍贵材料拿到手，她就会立即把这些材料传回报业集团留守的思明社长，让他安排好记者和编辑们预先做好准备，一定要在这一轮的新闻报道中出彩，远远地把广电影视集团和网络新闻集团甩在后面。她不是不清楚，与她一起回来的娜娜铆足劲儿呢，正想某一天某一刻颠覆龙都的新闻机构呢，娜娜回家一定也在她爸爸的帮助之下，处心积虑地寻找着独家新闻的资源呢。此刻红唇才意识到，不是身处高位就能掌管所有的信息，就像现在的张书记，虽然他名义上是专家学者团的领衔专家，可是他是最没有根基的一位，他的最大能量就是统筹和平衡各方面的意见，而不是发表自己的独特声音。她现在就有一种预想，娜娜的网络集团那边，可能会有一些好新闻出现，但是要想有独树一帜、影响巨大的新闻是不可能的。而她手里则不一样，只要有了省委书记和省长等人的批件，结合这次会议的召开，那是可以写出符合省委省政府主要领导意图的鸿篇巨制的。

想到这里，她的心情有些激动，于是说：“爸，我看看你的那些资料吧，现在我没有任何食欲了。”

妈妈嗔怪道：“我看你们爷俩一个样呢，都是名副其实的工作狂。”

也不管妈妈说什么，也不管满桌子飘香的菜肴，她拉着爸爸的手，两个人走进了宽敞的书房。

红副院长的材料由两大部分组成,一部分是文字材料,红唇看到了自己需要的省委书记的批件和省长的批件,也看到了省委常委、宣传部长和副省长的书面意见,还看到了各厅局委办的领导们的书面意见。另外一部分材料,也是红唇特别看好的一部分,就是各单位和各系统关于龙都高职高校教育园区这个项目的各类红头文件。虽然很大一部分红唇在龙都也看到过,但是不可能有爸爸手里的完整和齐备。她一边翻阅,一边啧啧地赞叹道:"爸爸,你这回可帮了女儿的大忙了。"随后又俏皮地说:"爸爸,我这算不算是以权谋私啊?"

红副院长笑笑说:"我觉得应该不会吧,充其量算是近水楼台先得月吧?"爷俩的脸上都绽放出灿烂无比的笑容。

115. 旗开得胜

红唇走出书房的时候,脑子里已经有了这一次新闻战役的雏形了。开篇就得把省委书记和省长的意图抛出去,但是她现在还无法确定这个策略是否可行,于是迫不及待地给思明去了电话。

思明到了报业集团之后,很想大干一番事业,所以他异常倚重红唇这个非常了不起的笔杆子总编辑。她提出来的各种建设性意见,很少没有被采纳的。见这个时候红唇还来电话,显然她一定是得到了什么重要内容,于是开心地问:"红总编,你该不会是弄到了什么独家猛料吧?"

红唇也不掩饰,说道:"差不多吧。"

思明说:"太好了,我就知道红总编会出手不凡的,我现在还在与各位编委商议这一次的新闻报道规划呢,说说,你有什么重要消息,需要我们这边做哪些调整?"

红唇说:"我现在有这样一些想法,但是还不是很成熟,跟你说说,给你和在座的编委们参考吧。"

思明兴奋地说:"太好了,你说吧。"

红唇说:“我现在掌握了省委书记和省长,还有省委常委、宣传部长以及副省长等领导对龙都高职高校教育园区的很多批示和指示，这些批示和指示在我们龙都是没有看到过的。现在我有这样一些打算:在省城举办研讨会的第一天,报社重磅推出省委书记和省长指示内容的报道,第二天推出省委常委、宣传部长和副省长指示内容的报道,一开始就要让气势和力度超过其他的媒体……”这样的思路也许只有操办过省级媒体工作的人才有的,思明本人显然缺乏这些鉴别能力和经验。他问道:“这样的报道气势和力度当然是很震撼的,需要省里面审批吗?”

红唇说:“我现在只是这样设想,你和各位编委们讨论一下,看看有没有比这个方案更为上乘的方案,一会儿我会把所有的材料传给你。至于说省上审批这个你不用操心的,我会找省委宣传部协商的。”

听到这样令人鼓舞的消息,思明更加兴奋,于是说:“好的,你马上把材料传回来,我们这就组织相关人员开会研究。”

红唇是一个绝对干练的女孩，立刻把手里的资料毫无保留地传回了报社,她把家里俨然当成了报社的办公室。妈妈心疼地给她送来咖啡,关切地说:“你也是的,在外面忙,回到家了也跟打仗似的。你这样忙,什么时候才是个尽头啊?也难怪你的身体越来越瘦了。”

正当妈妈数落她的时候,宁宇的电话也就到了。宁宇问:“怎么样?路上还平安吧?”

红唇乐呵呵地说:“当然，要不然怎么可能这样悠闲自得地跟你通电话呢?”

宁宇说:“据说你获得了很多的绝密情报,是不是应该跟我也分享分享啊?”

红唇突然觉得出了问题,看来思明把她传回去的消息告诉宁宇了。要是宁宇一声令下,那不就成了公共新闻了吗?自己这样努力为什么呢,不就是为报业集团能在这一次的新闻战役中出彩吗?于是她惶惑地说:“宁书记,你的消息有误吧,我哪里有什么绝密新闻啊,你也太幽默了吧?”一边说,她决定立即通知思明,这样的信息可不能泄露出去,当然也包括现在的一些市领导。于是她赶忙对宁宇说:“对不起宁书记,我的手机快没电了,我马上充上电给你打过来好吗?”说完,急迫地挂断了电话。

这一切妈妈是目睹了整个过程的,她好奇地问:“丫头,我看你接他的电话这样激动,这是为何啊?”

红唇几乎忘记了自己是在家里,也忘记了妈妈还在她的身边,抬眼看妈妈的时候,她的脸变得绯红如霞了。妈妈是个聪明人,点到为止就好,她没有说话,又去帮她削水果去了。

红唇收回了思绪,立刻拨通了思明社长的电话,很不客气地说:“思明社长,我得给你提一个意见。”

思明正在组织编委们开会呢,听见红唇的语气这样生硬,就知道发生什么事了。于是十分谦和地说:“红总编,你不要急,有什么事,你慢慢说。”

红唇说:“刚才我接到了宁宇副书记的电话, 他说我在省城搞到了绝密的情报,这是怎么回事啊?”

思明刚才确实接了宁宇副书记的电话, 电话里他很随便地就透露出了红唇的消息,他的本意是炫耀报业集团兵强马壮,没想到无意识之间却泄密了。幸好他并没有对宁宇细说什么,只说了红唇找到了独家消息源,好在宁宇只是询问了报社的其他情况,对这件事没有深究。于是他坦然地说:“红总编,是这样的,刚才宁副书记也给我来了电话,询问报社的改革进度呢。我只是很随意地提到你在省城有新闻发回来,好在他并没有追问,下不为例,下不为例,看来这个保密工作得加强,首先还得从领导们做起。”

红唇问:“他没有追问,你也没有提到一个敏感字眼?”

思明只得老实坦白:“我说了你在省城有独家新闻的,实在不好意思,幸好领导没有细问下去。”

红唇这就明白了,说道:“是啊,他虽然没有问你,他这不是打电话找我来了吗? 刚才我又不知道你们究竟怎么说的, 所以找了个借口挂了他的电话,现在他还在等我的电话呢。”

思明歉意地说:“太不好意思了,这话就靠你去圆了,我这边的情况大致就这样。”

红唇只得说:“好吧,以后跟其他领导打招呼,要吸取这个教训,免得到时候工作被动。我们谁也不愿意自己的劳动成果成为大路货是吧? 这样的机会不多,我们为何不与广电影视集团和网络新闻集团拉开距离呢?”

思明说:“对啊,我们也研究了你传回来的资料,这一次我们一定能出其不意,让其他的媒体败下阵去的。”

红唇吸了一口凉气，这才放下了电话。妈妈又端了切好的水果进来，冲她说：“丫头，我现在才算真正地理解你们媒体人的艰辛了，歇一会儿吧，吃点水果。”

红唇接过妈妈递过来的水果盘，说道：“谢谢。”眼睛却没有看妈妈一眼，她心里盘算着应该怎样和宁宇交涉呢。

她再一次拨通了宁宇的电话，说道：“你好，宁副书记。”

宁宇说：“现在又不是办公时间，何必这样客气呢？我现在很关心你获得了什么绝密消息？”

他果然就是冲这个而来的，红唇心中暗想，宁宇也需要这些消息，但是在这样的时候，她必须得站在本单位和本系统的立场上来考虑问题。现在她除了是宁宇的部属之外，她还是龙都报业集团的总编辑。于是她非常大胆地说：“领导，我在向你汇报之前，可以向你提出一个请求吗？”

宁宇回应说：“只要是合理的，我一概照准。”

红唇说：“这可是你说的啊。”

宁宇说：“我说红唇，你什么时候也学会虚头滑脑了。古话都说，君子一言驷马难追，你现在就这么不信任我宁宇了。”

红唇说：“也不是，我担心领导批评我本位主义不是。”

宁宇说：“可以理解，哪一个单位的领导不考虑本单位的利益呢？你说吧。”

红唇说：“我是得到了一些尚未发布过的新闻线索，但是我提供给领导你之后，我不希望这些线索成为公共新闻，这些毕竟都是我的心血……”

宁宇本身也是新闻记者出身，对红唇的想法他完全能够理解。更何况，他早就希望市内的媒体展开一种竞争的姿态，当然也包括新闻资源方面的竞争。只有媒体单位形成竞争格局，才可能进一步推进新闻和文化产业的改革。他看到娜娜和红唇之间已经有了这样的竞争意识，内心高兴还来不及呢，怎么可能会打击竞争者的积极性呢？于是非常坚定地说：“放心吧，红唇，我也是一个新闻人出身，我能理解你的心情，今天你到底收获了什么样的信息啊？”

当红唇把这一切给宁宇讲述了之后，他同样如获至宝。起码可以从这些领导人的批件之中看出领导们的态度啊，于是他十分急迫地说：“确实是很重要的信息，你马上传给我好吗？”

116. 红唇的好事接踵而至

经过各方面的准备,龙都高职高校教育园区项目的省城研讨会正式拉开了帷幕。会议举行的这一天,章部长安排了境外媒体、省外媒体一起进驻会议现场,龙都市内的媒体更是全副武装,各家都铆足了劲儿要打一次媒体报道的阶段性战役。

会议没有出现任何意外,开得出奇地顺利。媒体的报道显然是红唇所在的报业集团占据了先机,第一天报业集团就大版面地推出了省委书记和省长对这个项目的有关指示和批示,全方位多角度展示了这个工程的标志性意义。接下来的两天又相继刊发了省委常委、宣传部长和省政府副省长的相关报道,把这个项目向全社会做了全面的介绍。很多的海外媒体基本上都采用了红唇所在报业集团的稿件,一时间龙都报业集团声名鹊起,红唇再一次成为全省新闻界的焦点人物。甚至有传闻说,红唇被省报集团看上了,很有可能会通过省委宣传部做工作,再一次调回省报集团。大家都很清楚,要是这一次将红唇调回省报集团的话,她最低的职务也可能会是集团的副总编辑或者副总经理。也就是说,她会从正处级干部一跃成为副厅级领导干部。当然这仅仅是传闻,还没有得到相关的证实。

但是,有一个人为此十分担心,这个人当然就是现在龙都市委副书记宁宇。他询问红唇:"你得让我心中有数啊,是不是你现在就想回省城了?"

红唇落落大方地说:"怎么啦?莫不是你也舍不得我走啊?"

宁宇十分坦荡地说:"龙都的新闻文化产业刚刚有一个比较理想的开局,我当然希望你能多支持我一段时间啊。不过,要是你真的再次到省报集团高就,我还不是只得祝贺你啊。每一个人都需要更大的平台和空间啊。"

事实上,红唇确实接到了省报集团主要领导的邀请,并且谈到了很实质性的问题,也就是她的职务问题。这个时候省报集团正在进行领导班子调整,主要领导已经明确传达了一个信息,只要红唇同意回去,就能坐上集团副总编辑的位置。面对宁宇的问话,红唇也没有什么可以保留的。红唇说:"十分谢谢领导的关心,也十分感谢领导的培养,我能取得今天的成绩,很大程度上说,都是因为你的提携。是的,省报集团确实有这样一种想法,但是现在尚未形成绝对的定论。”

宁宇沉思了半晌说:“现在我明白了,你也知道的,我不是那种自私自利的人,要是这一次你真的有机会回省报集团,我一定会全力支持的。”

红唇其实更清楚,她这一回能够进入省报集团的视线,也不仅仅是因为她的工作成绩,更主要的还在于爸爸红副院长的内线运作。爸爸毕竟离省里的权力核心部门很近。当然,这里面更离不开红唇本人的努力,要不是红唇能够把省委书记和省长的观点与意图淋漓尽致地展现在报纸上,要不是她能准确精准地诠释省委主要领导人的精神,好运也不会这样快就降临到她这个年轻媒体人的头上。

省里面的风气十分健康,对于人才历来都是十分爱惜和崇尚的。省委主要领导在听取了省报业集团的调整方案之后,很随意地问:“你们报业集团是不是有一个叫红唇的人?”

集团党委书记说:“是有这样一个年轻人,很具有新闻理想和新闻追求的年轻干部,不过,她被龙都市委请去做了报业集团的总编辑。”

实际上,省委主要领导同志是了解内情的。这一个阶段,有两个年轻人落入了省委高层的视线,一个是宁宇,现在的龙都市委副书记,一个就是具有很好新闻把控能力的红唇。省委领导一直对省报集团在把控重大新闻方面有些遗憾,很希望能看到有才华、有能力的年轻面孔出现。这一次红唇在龙都报业集团的表现,让省委主要领导眼前一亮,所以她也就幸运地成了被关注的对象了。省委主要负责人说:“既然是人才,难道省报集团还容不下她吗?龙都都能请她去做总编辑,你们怎么就不能启用呢?”

集团党委书记连忙说:“谢谢领导的点拨,这一次我们领导班子调整,一定把她请回来。”

省委主要领导说:“好啊,我们希望你们班子里面有更多年轻、富有朝气,又有能力的新面孔。”

这一次,红唇的命运也就发生了根本性的转变了。

第一次约见红唇的是省报集团的总编辑和党委书记两人。那是红唇回省城休息的第一天,接到省报集团领导的电话,红唇还有几分受宠若惊,问爸爸说:“省报集团的总编辑和党委书记怎么会约见我呢?”

红副院长当然早就知道个中原因了,这就是他一手斡旋和操作的,他心中怎么可能没数呢。但是这一切,他没有向任何人透露,包括最亲密的妻子和女儿,于是他平静地笑笑说:“没事的,也许是领导们恋旧,或者有什么事情需要你在龙都帮他们处理呢。”

红唇说:“我觉得不像,要是办私事,怎么可能集团的一二把手同时出现呢?我现在心里很忐忑呢。”告别了爸妈,她赶到了报业集团宾馆,党委书记和总编辑已经在那里迎候她了。

一见面,党委书记就说:“红唇啊,你果真是新闻界的精英啊,你在龙都干得可谓是风生水起出手不凡啊,让我们这些老大哥也自叹不如。”

红唇连忙说:“两位老领导,你们快别这样说了,我也不过是在报业集团学到了一点皮毛,现在也没有取得什么实质性的成绩,您老就这样夸奖我,我可受不起啊。”

总编辑接着党委书记的话说:“小红啊,你这就是太谦虚了,你的大名现在省委领导们都能随口提及呢,我们就是应当向你好好学习呢。”

三个人坐定之后,红唇还是有一种不安。党委书记也是个坦然的人,随即就说:“红唇同志,你也是从省报集团出去的干部,不管怎样,我们也还是曾经一起工作的同事,我这里也就实话实说了。我和总编辑这次见你,只有一个目的,就是希望你能回省报集团来工作……”红唇完全没有这个思想准备,她现在干得好好的,要是她突然离开,龙都报业集团又当如何?宁宇和思明他们会同意吗?林林总总的问题在她的脑海里盘旋。

只听见党委书记说:“省报集团也马上就要展开全方位的改革了,相信你这样的人才回来一定也是大有用武之地的。我和总编辑也会给你提供更多的便利……”红唇打断了党委书记的话说:“谢谢领导的信任,可我现在离开龙都可能不太现实,毕竟龙都报业集团刚刚取得了第一阶段的成果,市委市政府也期待着这项重大改革的成功,所以我在这个时候离开显然不合时宜。”

总编辑说:“你的想法我很欣赏,但是有一点我和党委书记的意见是一致的,我们代表集团和集团党委真诚地邀请你回来工作,我们也会设身处地地为你的前途和命运考虑的,这样跟你直说吧,你回来也不是做一般的工作,按照党委书记的意思,你回来就能进入领导班子,这对于报业集团来说是一个机会,对于你本人也是一个机会,我希望你能理解我和党委书记的苦心。”

总编辑的这番话,让红唇很受感动。虽然省报集团抛出的条件充满了诱惑,尤其是对于她这样的年轻干部而言,但她绝不是那种见利忘义的人,她虽然感激,但绝没有动心。

117. 和韵的别墅

十分显然,红唇面临的这个绝好的升迁机遇,宁宇比她本人反应更为强烈。年纪轻轻的红唇,很快就要和他一样走上副厅级干部的位置了,这对于一般的人来讲,简直就是无法想象的。

宁宇决定在离开省城之前,务必要见一见红副院长。红唇当然不清楚这里面的玄机。

在宁宇约见红副院长之前,和韵却捷足先登。她也是随队参加省城的这个研讨会的,身份当然十分特殊。省里面的相关领导介绍她的时候,竟然说她是项目建设资金的监督人。当时就让宁宇大吃一惊,他无论如何也没有料想到和韵竟然还有这个特殊身份,当然这不仅仅是令他一个人吃惊。

在这一次省城之旅中,宁宇还接到了另外两个令他惊诧的消息。其一是和好已经离开中国、回到美国了。其二是笑笑已经不再是龙都高职高校教育园区的牵线人和信息传递人了。有迹象表明,所有的重担都可能向和韵一个人身上倾斜。所以宁宇接到和韵的电话,显示出了前所未有的兴奋。他料定,和韵一定会在这一次聚会中给他新的信息,他现在是龙都市委工作的主持者,虽然陆强市长还在,但是很多大事陆强基本上都已经推到市委这边来了。

宁宇现阶段接管的龙都,这两件改革的大事是省委和省政府高度关注的,而现在看来,这两件大事的经费来源都与和韵有密切的关联,要是和韵对他有什么不满,完全可能导致事情前功尽弃。就像会后雪雁对他嘱咐的那样:"现在有一个人,你务必得高度关注了,这个人就是和韵。要是这个关系你维系不好,只怕是今后的有些事情不好办哦!"

雪雁的话,绝非危言耸听。要是和韵真的就是龙都高职高校项目建设资金的监督人,同时又是龙都新闻文化产业改革的投资人代表,两件事关他宁宇仕途的大事,实际上都掌控在和韵的手里了,难道这还是危言耸听吗?

于是他小心翼翼地做了决定。红副院长和红唇一定是要见的,但是首要的事情还不是这个,而是关于和韵的问题。现在和韵主动约见他,他当然得表现出积极的一面了。他关切地问:"和韵啊,你好,我正想找你呢。"

和韵乐颠颠地说:“是吗？现在不就是机会吗？我这算不算是送上门了啊？”和韵就是这样一个睿智之中略显粗犷的女子,说话总不显山不露水的,还能给人一种轻松感。

和韵和宁宇不一样,省城才是和韵的大本营。她在省城不仅有自己的套房,还拥有独立的别墅。宁宇就不一样了,他在省城的时候不过是一介书生,当年的房屋都还是租住的,虽然仕途一帆风顺,但在这方面,他是永远都无法与和韵甚至红唇比拟的。宁宇问:“你在什么地方？是我来接你,还是你来找我呢？”

和韵说:“我现在在我的别墅里,正打算泡一会儿温泉,我就希望你能陪我呢？你要是愿意,我马上过来接你如何？”

和韵的别墅他去过的次数不多,也就一两次吧。其中的一次还是为应酬妈妈而去的。他不记得别墅的具体方位了,于是说:“我是个路盲,我很愿意陪你,可是我还真的找不到你的位置呢。”

和韵说:“你们这些做领导的,离开了秘书就是不能生活的啊。这样吧,我马上过来接你如何？”

宁宇很官方地说:“那就恭敬不如从命了。”

实际上,宁宇并非是那种贪图享乐和虚荣的男人,此刻他面对的可不仅仅是情感问题,而是整个龙都的建设大局问题。和韵身上有太多神秘的真相需要他去了解和探寻,这对于整个龙都的工作都是有必要的,所以他才会显得这样迫切。

和韵驾驶着她很少用的宝马跑车,在街上显得格外打眼。她“吱”的一声将车停靠在宁宇身边,他都还没有反应过来。他实在不相信和韵会驾驶这样的高档车。和韵俏皮地摘下太阳镜,冲他娇嗔道:“大帅哥,能赏光陪我一程吗？”他这才看清面前娇艳无比的年轻女郎竟然是和韵。宁宇上了轿车,和韵加快速度,风一般地驶进了快车道。

宁宇这才注意到,今天的和韵与往日有很大的不同,面颊上略施粉黛,显示出清新淡雅，一种逼人的青春气息扑面而来。上身着了异常华丽的短衫,短衫的正面闪闪发光,以紫银色为主调的装饰图案十分精致,下身穿一条裸露着大小不等小洞的牛仔裤,加上脸上俏皮的太阳镜,再配上这一款小巧精致的迷你型跑车,显示出她别样的魅力。他可以想象,任何人见到这样迷人美丽而且高贵的富二代女子,都会露出艳羡的目光,以至于他当时没有认出是和韵时,内心也不由自主地走神……和韵一边驾车,一边放着激越的音乐,浑身还一摇一晃地摇摆,那种逼人的青春感叫人止不住羡慕。她问身边的宁宇:“宁先生,你好像傻了是不是?”

宁宇说:“是啊,被你电坏了。”

和韵嘻嘻一笑说:“怎么,我们的领导也喜欢我这样的嬉皮女?”

宁宇望了望目光火辣的和韵,不知道做何种回答。

和韵说:“其实,我蛮希望有一天,你也能像我这样放松地穿着,自由地过自己喜欢的日子,我知道你很苦恼的,也很有压力是不是啊?”

宁宇无奈地摇摇头。

和韵又说:“你难道没有发现,我们现在的装扮十分搞笑和滑稽吗?我一身嬉皮,你一身绅士,简直天壤之别啊……”宁宇也觉得很有趣,自己一身严谨的西服坐在这样一个辣劲十足的美人儿面前,要是照上一张照片,真的是太滑稽了。

独立别墅周边也有很多的别墅,进入别墅区了,宁宇很随意地问:“你周边的邻居你认识吗?”

和韵说:“呵呵,我就是想认识,我也得有这个时间啊,我平时很多时间不都跟你一样在龙都吗?这里也就是偶尔来度度假。”

和韵的别墅和邻近的两栋别墅十分相似,宁宇说:“也难怪我记不住你的这个家,原来左右的两栋与你的这栋如出一辙,要是我自己赶过来的话,很可能会按错门铃呢。”

和韵吃吃一笑说:“看来你虽然糊涂,但是你的观察力还是很细致的。你说对了,这邻近的三栋别墅都是我们家的,中间的那一栋是我住的。右边的原来是和好在使用,现在她回美国了,所以是空闲的。你要是喜欢的话,我建议你可以搬到里面去住。”和韵绝没有开玩笑的意思,他们家就是这样的,不管是夫妻还是子女,每个人都有自己的空间的。他爸爸和和夫人就很少住到一个房间,两个人相敬如宾几十年。

宁宇笑笑,然后再一次看了看几栋风格相似的别墅。一边说:“我才不来住这里呢,这么大的房子和院落,我住到里面还不习惯呢。”

和韵说:“嗯,就知道你有这样的习惯,算了,我也不强求你了。你要是愿意,就到我的房间里来陪陪我,也让我不觉得孤单,嘻嘻,这样更好呢。”

她将车停靠在车库里,然后就拉着宁宇进入了大厅。大厅设计得富丽堂皇,墙体上张贴了比例恰当的精致西洋画,足可看出房间主人的爱好和品位。

进入房间,和韵一半玩笑一半认真地问:“你和我住一个房间,还是你住自己的房间?”

这倒是给宁宇出了一个不大不小的难题,他还没有回答,就听见和韵说:“看你没主见的样子,还是我来安排吧,你可以住你自己的房间,但是也不妨碍你可以随时进入我的房间……”

宁宇腼腆地笑笑。

和韵带着他进了她的房间,指着对面的房间说:“那一间是你的,房间里面的陈设和我的一样,唯一不一样的就是没有我的气息。”随后,和韵按动了按钮,对楼下的保姆说:“给先生准备一套泳衣,我们一会儿要游泳。”

两个人走进和韵的房间,扑面而来的女儿气息让宁宇有几分应接不暇。和韵和他的房间,实际上占据了整整一层,每一个套间里的设备一应俱全,简直就是一个完善的商务中心和会务中心。

118. 鸳鸯戏水

和韵很清楚,今天宁宇这样爽快地来到这里,不仅仅是为了见她,他内心定有很多的疑团需要揭秘。虽然两个人没有直截了当地说什么,但是彼此想什么还是知道的。

保姆早就在游泳池边摆上了果盘冷饮和红酒,沙滩椅上也早就铺好了雪白的毛巾。绿莹莹的水别样诱人,换上了泳装的宁宇和和韵手牵着手走向泳池。

两人先后淋浴打湿身子,然后才“扑通”一声跳进了蓝色的泳池,泳池里顿时荡漾出一圈圈的涟漪。和韵游到前面去,很快宁宇就赶上了。泳池的单面是五十米,来回也就是一百米。

赶上和韵之后,宁宇也就随和韵的速度向前游去。一个来回下来,和韵说:“上岸休息一会儿吧?好久没有游了,身体还有些适应不了。”

“嗯,好啊。”宁宇说。

两人上了岸,浑身水珠涟涟。灯光照射之下,两个人的身影都显得十分健美。和韵问:“没想到你的游泳技术还很不错啊?速度这样快,动作也很标准的。”

宁宇说:“你就不要夸奖我了,我学游泳是在江里学会的,我们小时候很少去游泳池的。每到夏天我们一帮男孩都会到环城的河边戏水，也就是在那个时候学会淌水的，当时学的就是狗刨式。后来上大学的时候，跟人学了现在的蛙泳和自由泳，不过姿势都不准确的。可能是因为早年已经会游水了，所以改正动作很困难……”

和韵羡慕地说：“你的这些话，让我想起了我的童年。小时候我们家旁边也有一条河，每到夏天也会有很多小男孩跳进河里去游泳，那时候我没有什么性别意识，总是想和那些孩子一起去游泳，每次都被爸妈责备一顿，当时我总是怀疑我是不是我爸妈的亲生孩子。我心里就想啊，为何别的爸妈让孩子们去玩，我的爸妈就是不肯让我去玩一回呢？”一边说，她一边嘻嘻地笑。接着又说：“我这个人啊，发育很晚，很多年之后，我才知道原来男女有别，想起来真是很有趣啊。”

宁宇说：“是吗？你说的这事我相信，我的同桌也是一个女的，她就和你的想法完全一样，天真的童年真让人怀想啊。”

和韵笑嘻嘻地开玩笑说：“难怪你游泳这样厉害啊，原来你游泳的历史都是我的好几倍呢。”

一阵闲聊之后，宁宇正色道：“和韵，近来发生的很多事情我怎么弄不明白啊？”

和韵说：“呵呵，我就知道你醉翁之意不在酒呢，现在我可不想说什么正事，我还想游泳呢。”说完吃了一块哈密瓜后，又纵身跳下清凉的泳池了。

宁宇看着泳池里的涟漪，还有波光艳影中的和韵，也起身走到泳池边，“扑通”一声跃进水里，仅仅一分半钟，他就游到了和韵的身边，用手捅捅和韵。和韵的游泳技艺也十分了得，她一下子钻进了水里，也挠挠宁宇的脚心，两人就在水中嬉戏开来，上演了真实版的鸳鸯戏水。

两人原本就是情人，经过这么多年的磨砺，两个人之间越来越默契了。不管他们能否走多远，起码此时两个人的内心是愉悦的。

和韵和宁宇站在浅水区，和韵问道：“怎么样，你开心吗？”

宁宇说：“你指的是现在？”

和韵说：“我看你也太累了，每天都沉浸在没完没了的工作之中，我真担心你有一天会垮了。”

宁宇笑笑说：“应该不会的，现在我不就很放松吗？”

和韵说：“我现在就剩下这一点功效了，你的时间多数不属于我，所以我期望你和我在一起的时候一定要快乐开心……”

宁宇十分感动地说：“谢谢你。”

和韵俏皮地问：“谢我什么呢？”

宁宇一时还真不知道该说什么。

和韵说：“你说话啊？”

宁宇说：“有你在身边，我一点压力都没有，感觉浑身的细胞都放松了。”

和韵开玩笑道：“这么说来，你在别的女人面前老紧张是吗？比如娜娜和红唇？还有雪雁等。”这个简单的女孩，只差一点说出了妈妈和夫人来。

宁宇回应道：“你说得一点儿也没错，我在别的女人面前就是紧张，唯独在你面前没有这样的感觉。”

和韵开心地说：“那么，你是不是把我当成亲人了？”

宁宇说：“可能吧。”

和韵撅嘴道：“我可不想现在就成为你的亲人，我要成为你的恋人。”

宁宇笑笑，什么也没有回答。两个人再一次上岸，和韵扬手给自己和宁宇都倒上一杯红酒，然后举杯说：“来吧，我们干一杯。”

宁宇举起杯来，却找不到干杯的理由，于是问道：“有什么理由吗？”

和韵乐呵呵地说：“要找理由啊，简直太多了。在龙都的时候，我还没有祝贺你高升呢，不过那也不能怪我，是你没有给我机会。今天既然你到了我的寓所，就为我们能过一个愉快的夜晚干杯吧？”

宁宇说：“嗯，也算是一个理由，那就干杯吧。”说完，一扬脖子，把酒全部喝干了。

和韵看着宁宇憨憨的模样，说道：“我就喜欢看你牛饮的模样儿，就像看见那些推杯换盏在夜店里豪饮啤酒的男人。你知道的，我很少去夜店，我却认为夜店里的男人很男人。刚才你的那个派很酷，我很喜欢。”她的这种歪歪理论，让宁宇觉得不靠谱。不过，像和韵这样财貌皆具的绝色女子，要是去了夜店，那一定也是一道不俗的风景。但是，宁宇很清楚，他现在的身份，要想彻透彻脑地去一次夜店，那也真的成为梦中的奢望了，于是暗地里摇摇头。

和韵问：“怎么啦？”

宁宇说：“我也很羡慕夜店的，可是我们不是都没有机会吗？”

和韵挑逗道：“你就当我是夜店里的摩登女郎，你不是就会很愉快吗？”

宁宇回应道：“难道你把我当成了夜店里的男人啊？”

和韵说:“我们这不扯平了吗?”

两人会心一笑，和韵伸手揽住了宁宇，有几分缠绵地说:“我的夜店先生,我们现在可以回房间了吗?”

宁宇站起身来,很绅士地欠欠身子说:“嗯,好啊,亲爱的美人,请吧。”

在不经意间,和韵就像夜幕之下一只恋情的猫咪,缠绕在宁宇的身边。两人走过空旷的小广场,然后进入一条幽深的充盈着绿光的通道,之后就进入灯火辉煌的别墅大厅了。两个人身上都披着雪白的浴巾,在雪亮的灯光之下就像白色的精灵,让人想起雪花纷扬的北国风光来。

回到房间,和韵吩咐保姆送来两杯热饮,两个人坐到了书房里。四目相对,很有一些恋爱的风月。宁宇先打破了宁静,说道:“和韵,能告诉我这段时间为何发生了这么多的变化吗?”

和韵问道:“你指的什么?和氏商号集团吗?”

宁宇说:“还有比这个让我更关心的事情吗?”

和韵笑笑说:“这有什么奇怪的呢?集团里面的变化不都是很正常的吗?和好本来就是来自美国的,她回美国去也是迟早的事,只不过这一天来得早了点。但是,她的去处很好啊,回去管理证券公司了。”

宁宇算是知晓了第一个有价值的信息。

和韵接着说:“集团全球战略也在发生改变,进军资本市场是一个重点,我很羡慕和好,每一次集团有重大变革,她都会成为马前卒……”宁宇从和韵的话里,能够体会到和韵对和好的羡慕。

119. 男人恋母,女人恋父

宁宇当然关心和氏商号集团对龙都投资的信心，起码他不希望在他主持龙都工作这个阶段出现什么新插曲。于是关切地问:“现在你已经全部接管了和好主管的业务,我现在很为你担心呢!”

和韵问:“你什么意思呢?”

宁宇说:“这还不明白吗?你现在省城的这一摊子事就够忙活的了,更何况还有龙都的那么多事情。”

和韵笑笑说:“嗯,我算是听明白你的真实用意了,你才不关心我其他的业务呢,你最关心的不就是龙都的事情吗?我告诉你吧,你放心。现在的和氏商号集团已经是一个异常成熟的商团了,任何一个人在这里面都是微不足道的,不管你是董事长还是总裁,各种规范的运作已经无可挑剔了,现在和好离开中国回美国,我代替她实际上也就是一个符号的变更而已,本质上不会有丝毫改变的。唯一改变的是我得新提拔一个龙都公司的执行总经理,仅此而已。”

见和韵这样轻描淡写地一说,宁宇心中的疑问显然就少了不少。他随手推开了窗子,远远看见和夫人的别墅灯光雪亮,于是问道:“你妈妈是不是也回别墅了,你看灯光都亮了!”

和韵说:“你这个人很怪啊,你是关心我还是关心我妈啊?我这里不也是灯光雪亮的吗?你是不是想去我妈那儿?”在和韵的内心,她总觉得宁宇有点怪异, 对中年女了有一种痴迷的怪病一般。她总是看见他对雪雁有一种好感,对她妈妈也充满了憧憬,所以她才会说出这样的话来。

宁宇一愣,略带不满地说:“喂,我没有得罪你吧?我只不过这么一说,你怎么就不高兴了呢?”

和韵一脸笑意,根本就没有生气的意思,说道:“我不也只是说出了你内心的感受吗?我才不生气呢,我就是觉得好奇而已。”

坦率地说,宁宇也承认,他内心就是有一种恋母情结,和韵其实是一语中的的,就是反驳也显得有些苍白。他自己十分清楚,面对和韵、娜娜和红唇这些娇艳若花的美艳女子,他真的缺乏那么一丝激情。与之相反,当他与和夫人和雪雁这样年纪的女人在一起时,总能体会到一种异样的狂想与冲动。

和韵又说:“我知道你的,懂你,可我没有排斥你的意思。恋母情结实际上也是人性的正常展露,我绝对没有讥笑你的意思,就像我也有恋父情结一样。”实际上,宁宇觉得与和韵相处就是很简单,也不会觉得累。她是有什么想法就说出来的人,不像娜娜和红唇她们,和她们在一起,总会有一种别扭感,她们内心的某些东西始终隐藏着、憋闷着。

和韵似乎觉得还应该给他解释什么,又说道:“我也不想和你隐瞒什么,我在韩国的时候,也喜欢过一个中年男人……”她的话,很自然引起了宁宇的兴趣。他知道,面前的年轻女人是不会讲假话的。

当年和韵去了韩国,感觉像到了美女王国一样,满大街的女人都显得端庄而精致,像她那样素颜的女子几乎就成了稀罕物。她本人也感觉到异样,有一天，在她学习传媒课的课堂上，一位年长她一半的男教授引起了她的注意。这个男人面容冷峻、身材消瘦，戴一副窄窄的方框眼镜，看上去很有魅力，在和韵眼里，仿佛这就是梦境中邂逅的某个男子。这一节课，她几乎没有听进去一个字。等到下课之后，她竟然鬼使神差地跟着这个男人进了他的办公室。

男子猛然一回头，问道："请问你有事吗？"

和韵满脸绯红，有点怯意地说："怎么，难道没事就不能来找你吗？"

男子扶了扶眼镜，说道："嗯，当然可以，请吧。"她进入他的办公室之后，男子让她坐在椅子上，随手给了她一杯饮料，然后坐到她的对面，微笑着问道："请问小姐，你找我有什么事吗？"

很显然，面前的男子并不知道她其实是他的学生，一脸彬彬有礼的样子。要是换了别人，一定会介绍自己的身份，可是和韵没有这样做，她根本就不想这样做，而是说："我想请你喝咖啡，不知道先生肯不肯赏光？"

男子显然觉得奇怪，这个看上去像他女儿的女子，竟然向他发出这样的邀请。于是说："非常荣幸，不过，我能预先知晓你有什么事吗？"

和韵已经适应了这种氛围了，随性说道："到时候说不是更富有诗意吗？就在前面的学院大门口的红尘咖啡吧。"

也可能是地理位置让男人感到了安全，毕竟是在校园内部的，此刻男子答应道："好吧。"

和韵等男子站起身来，很自然地挽住了他的臂膀。男子立即说："能不这样吗？我女儿一会儿来接我呢！"

和韵仰头问："哦，你女儿？她多大了啊？"

男子看看和韵说："可能和你差不多大吧！"

和韵更加开心地说："那你还担心什么呢？走吧。"说着，有几分夸张地拉住他。

果然，在咖啡厅门口男子就遇见了前来迎接他的女儿。看见老爸和这么年轻的女子亲密，女儿做了个鬼脸。男子不知道该怎么介绍和韵，他本身也不知道和韵叫什么，也不知道和韵是干什么的。和韵主动介绍说："哦，我可以邀请你爸爸喝一杯咖啡吗？哦，当然如果你愿意，也欢迎你一起前往。"

三个人坐下来，和韵挨着男子坐下，女儿却坐到了对面……这一天，和韵也不知道自己中了什么魔，她压根儿就没有把对面的女孩当一回事，而是将身边的男人当成了自己心仪的男人……

后来的事情也就顺理成章,男子终于知道她就是他讲台下的女学生,在一个太阳温顺的午后,他和她终于在一个小木屋里成就了好事。接下来的一周时间,两个人似乎忘记了周围的一切,沉浸在无边无际的爱海之中。直到和韵的学期满,两个人之间的一切才戛然而止。

宁宇有几分吃惊,和韵很自然地说:“所以说,你也不用大惊小怪,我确实也有这样的情感。”

宁宇一愣,问道:“那么,你和我之间算什么呢?”

和韵说:“和你一样啊。”

宁宇不好意思地笑笑说:“这样说来,我们是凑合在一起的?”

和韵乐呵呵地说:“管你怎么理解,我从来就没有认真想过。但是有一点我可以告诉你,从去过你们家之后,我很享受伯母对我的爱,也很享受那个家的感觉。起码从那以后,我没有接触过任何别的男人……”宁宇能感受出来,她表达的另外一种情感。这让宁宇也有几分感动,他不得不承认,老母亲已经把和韵当成她的儿媳了,这份情感在她老人家看来一定是无法割舍的了。

宁宇关上了窗户,回头看看身边的和韵,和韵已经换了一身装扮,早就把身上的比基尼换了,现在身上是薄如蝉翼的睡衣,隐隐约约就能看见她健美的身躯,甚至是她的私密之处。很显然,和韵以这种方式向他表达着什么……窗外的月光迷人,别墅区显得异常安静。房间里很自然地上演了激情的一幕。

120. 与红唇相见

最终,宁宇还是弄清了关于和韵的情况。和氏商号集团新近开始了新一轮的内部调整,尤其展开了资本营运这一块的业务,很多骨干人才都被选派到美国去从事这一行业,和好就是在这样一种背景之下回美国的。现阶段的和氏商号集团中国区基本上没有大的人事调整,和好离开之后,和韵接管了和好原来主管的所有工作。让宁宇担心的是,现在和韵不仅仅是掌管龙都整个新闻和文化产业改革投资项目的负责人,就连省城的报业集团经营也在她的掌控之下。虽然她是权倾一时了,但是她是否能够抽出足够的时间来关照龙都的新闻和文化产业改革的投入呢?

清晨,暖洋洋的阳光照进了别墅的门窗,宁宇从宽大的床上坐起身来。和韵早就起床了,身上已经穿好了整洁的衣服,好像马上就要走进办公室一样。见宁宇醒来,和韵笑眯眯地说:"我的大书记,昨晚睡得可好?"

宁宇说:"就是睡得太好了,要不然,我会这么晚才醒来吗?"

"嗯,看来你应该住到这里来。我敢担保,只要你住进这里,你的身体会越来越棒的。"和韵有一句没一句地搭讪道。

宁宇问:"看样子,你现在要出席什么活动是吗?"

和韵说:"是啊,就等你醒来呢,我的助理已经催了我好几遍了,我得马上赶往省报集团出席一个活动。早餐我已经用过了,可能没有时间陪你了,我已经给你安排好了早餐。一会儿你起来之后,保姆会带你去的。你就慢慢享用吧,我就先走一步了,好吗?"

宁宇说:"当然当然,工作第一位,更何况你现在刚刚接任这一摊子事,就不要管我了,你去吧。"

和韵走到他的床面前,轻轻吻了他的额头,说道:"亲爱的,再见,我会想你的。"说完,她转身走出了宽敞的卧室。宁宇目送她走出了房间,直至看不见她的背影才收回了目光。很显然,现在的和韵与过去的和韵完全不一样了,她每天的事情也如堆积的小山一样。宁宇在床头看见一张和韵列出的当日工作的纸条,只见上面这样写着:上午八点半参加报业集团半年工作总结会。十点参加集团传媒研究会。两点到省经委开会。四点半到宣传部参加新闻产业研究会……晚上接待新加坡的来宾……看完,宁宇摇摇头,这样繁忙的工作,和韵能否适应?还有,省里面的这些工作就够她忙的了,她有没有精力顾及龙都的那些事呢?

想到这里,宁宇自己也责备自己,为何要这样自私呢?难道和韵是龙都的干部吗?人家可是和氏商号集团年轻的职业经理人,她要对和氏商号集团的所属投资负责的,即便是她监管不了龙都的投资,人家也会有别的办法的。他一边想,一边走出了卧室。

洗漱完之后,上楼来打扫卫生的保姆和颜悦色地说:"先生,你起床了?到二楼去用早餐吧?我已经替你摆好了。"

宁宇走到穿衣镜前照照自己的装扮,这才缓步向二楼走去。

二楼摆了两张餐桌。一张是用早餐的,显得小巧一些,一张是用正餐的,宽大而考究。一边的酒柜里摆满了各种酒水和饮料。早餐桌上摆着滚烫的牛奶,还有各式西式糕点。宁宇一边喝牛奶,一边吃糕点。此刻,他想起了还在等候他的红唇。

说来也巧,红唇此刻正好给他来了电话。红唇问道:“我说领导,你现在还在省城的吧?”

宁宇停止了吃东西,站起身来走到窗口边说:“嗯,当然在啊,我不是还要见你的吗?”

红唇乐呵呵地问:“敢问领导,你什么时候才能抽时间来见我啊?”

宁宇说:“今天上午吧,不知道你有没有时间?”

红唇说:“我听你的,现在我还是龙都日报报业集团的总编辑不是,你这位顶头上司的话,我能不听吗?”随后她又问:“你现在在什么位置?需要我来接你吗?”

宁宇说:“不用了,我在西门的。”

红唇说:“哦,西门,那可是富人们出入的场所啊,要是我没有猜错的话,我们的大领导是不是在和哪位豪门小姐缠绵啊?”她半开玩笑的口吻之中略带几分嫉妒。在省城这个地方,历来都有这样一种说法,北门贱、东门贫、西门富、南门贵。也就是说北门是商贾走卒混迹的地方,同时也是进城务工人员集聚的地方,所以这个方位的人鱼龙混杂,没有几个是从事高端职业的。东门历来是工业厂区的集中地,居住者多为工人。西门是城市精英们和成功者居住较为集中的地方,所以民间称之为富裕门。南门则是以公务员居住为主的方位,所以有南门贵之称。

虽然红唇仅仅是玩笑,但还是让宁宇意识到了什么。莫不是红唇发现了他和和韵之间的端倪?但是不管发现与否,宁宇也得面对现实,他轻描淡写地说:“你想到哪里去了,我只不过在这里与一个商界朋友聊聊龙都的投资,我哪里有那样的福分啊?”

红唇立即说:“开玩笑开玩笑罢了,我们的领导这样认真啊?那么我们在什么地方见面比较合适呢?又什么时间见面呢?”

宁宇说:“我现在就自由了,时间地点你定吧?”

红唇巴不得宁宇这样说呢,于是说:“这话可是你说的?”

宁宇说:“是的,今天上午我没有别的事情了。”

红唇说:“那就好,时间就现在,地点就我家,这样没问题吧?”

宁宇还是有些迟疑,毕竟去她家有诸多不便,红唇的爸妈又是相当级别的领导干部。见宁宇一时没有说话,红唇说:“你什么意思啊?你可是我心目中的领导呢？你不会是一个朝令夕改的人吧？这个决定可是你刚才说的啊？你是不是又后悔了？要是你真的后悔了，我也不妨再给你一次机会。”

宁宇迟疑了一刻，觉得过意不去，还是说：“不不不，就按照你的意思吧，我一会儿就赶过来。”迟疑之时，宁宇想到了两个问题，这个时候见红唇避开红副院长和她夫人更不现实，红唇面临的是人生最为关键的时刻，从正处级跨上副厅级不是每一个官员都有机会经历的。虽然红唇进入的仅仅是报业集团，但是她今后也是实实在在的副厅级领导了，与自己的行政待遇是一样的。这个时候，自己必须当着红唇爸妈的面有一个十分支持她的态度，这样起码会让红唇爸妈觉得他宁宇是一个有前瞻性的人。另外，也让红唇爸妈看一看他为了红唇的前途是绝对没有私心的。按理说，现阶段龙都干部的调动，他这个主持市委常务工作的副书记是有绝对权威的，毕竟现在的市委还没有书记。

唯一让他感到为难的是，到红副院长家里去，应该带点什么礼物。他和红唇已经是很熟悉的了，红唇也知道他是一个大大咧咧的男人，于是很随意地问红唇：“能请教你一件私事吗？”

红唇乐呵呵地说：“十分乐意解答。”

宁宇说：“我该带点什么礼物合适呢？”

红唇开心地笑了，说道：“你这个男人啊，真是很逗啊，你上我们家来，愿带什么就带什么呗，莫不成你还要给我搬一座金山银山来啊？”

宁宇又说：“我没有开玩笑的意思，真的不知道带什么好呢？”

红唇说：“呵呵，你这个人啊，这样吧，实在不行的话，你带点你自己喜欢吃的水果好了，老实说，家里什么都不缺，就缺你的笑声和身影呢。”

121. 痴迷音乐的女子

宁宇和红唇之间，绝不等同于其他的任何男人和女人。宁宇很清楚，红唇不是娜娜，也不是和韵，更不是雪雁。他和她之间，虽然一直都存在不明不暗的关系，但是红唇是那样一个刚直性情的女子。正是因为她的这种性格，才使得两个人之间现在还是完全纯洁的，纯洁得就像冬天的雪花那般洁白。可问题是这并非什么好事儿，所有人都明白，只要冬天已过，雪花在暖春面前就会不复存在了。他们两人感情的可怕之处也正在于此。倘若两个人的发展有一天走上两条平行线，也许此生就不会有交会了。所以，从另外一个方面来看，其实两人的感情也是十分苍白和脆弱的，无法与宁宇和其他任何一个女人的情感比拟。

但是，事物总是有两面性的。正是因为红唇在情感方面的空白，才导致了她在工作上兢兢业业、刻苦钻研，总是比其他的女子快半步。就像这次一样，她去龙都做了报业集团的总编辑，仅仅才过了这一点时间，省里面就发现了她这个难得的报业奇才，很快就要被召回省报集团担当大任了。单从这方面来讲，宁宇是十分敬重红唇的，也是十分器重红唇的。

红唇也是一个明白人，她很清楚，虽然自己背后有爸爸和妈妈盘根错节的关系，升职总会有机会。可是她知道，要不是宁宇在龙都掀起的新闻文化产业改革，在新闻文化改革之中给她提供了这样重要显赫的工作岗位，省里面就是想提拔她，也不可能会这样快。谁都清楚，从科长到处长是一个坎，有的人一辈子可能就在科长的位置上止步了。而从处长到厅长又是人生更大的一个坎，能够翻过这道坎的几乎是极少数的人了。宁宇在省城大学张书记和龙都市委王书记的帮衬之下迈过这道坎本身就是一个意外，而宁宇邀请红唇加盟龙都新闻文化产业改革更是一个绝对的例外。也就这样阴差阳错，宁宇竟然在毫无准备的情况之下将红唇推上了这样的职场高位。

所以说，每一个人的机遇都会没有任何预兆，说来临也就来临了。坦率地讲，红唇当初去追随宁宇，其中一个重要原因就是冲宁宇的人去的，对他抱着爱慕的心态而去的。而去的时候她也知道，娜娜和和韵本身比她也不差，谁都没有完全的胜算。她在这样的情景之下，完全没有考虑是否能看见明确的结果，而是与搭档思明苦心经营报业集团，自身也没有放松去钻研新闻业务。这个机遇来得太突然了，谁也没想到她会这样离开龙都，这样神速、这样体面地回到省报集团。要知道，不要说红唇，就是宁宇都没有想过能回省报集团出任副总编辑，从报业集团走出来的人都知道，想从一般的处长熬到集团的副总编辑，很大程度就是痴人说梦。可是现实这样的机会就给了红唇了，连红唇自己都没有准备好。

红唇早就赶到楼底下恭候宁宇了，远远看见宁宇提了礼品装的水果走过来，她笑吟吟地走过去说："你也是的，你还真要带礼物啊！"

宁宇说："我也不想啊，可是去你们家，又不是见你一个人，我这不是为你考虑的吗？要是让伯父伯母觉得你这个同事没有礼貌,那可不是丢你的人吗？”

红唇十分受用地说:“嗯，有很大的进步，你能站在我的立场上思考问题。这样说来,你是我的恩人了不是？”

宁宇说:“怎么敢奢望呢？”两人不自觉地笑了。

红唇打开院门时,身后传来一阵笑声。两人不禁回头一看,却是红副院长夫妇回来了。老远就听见红副院长说:“哎呀,宁副书记,你速度还很快啊……”

很明显,两位老人的突然出现,使得宁宇和红唇都乱了方寸。红唇迟疑了一刻说:“你们,你们怎么回来了？”

红夫人说:“小宁来了,我们可不敢怠慢啊。你们不知道吧,我刚才在单位开会呢,接到了红老头突如其来的电话,他什么也不解释就说,老婆子,赶快出来吧,我在超市等着你呢,很多事情等你过来决定呢,你现在什么也不要问,我就在你办公楼对面的山姆超市。你们知道我当时的想法吗？我当时就想啊,一定是省里面的哪位重要领导交办他什么私密重任,要么就是国家行政学院的老领导到省城视察工作来了。他不是那种冒冒失失的人,可这一次,我还真就没想到是小宁你来了,嘻嘻。”虽然红夫人的话有几分夸张,但是足可见他们一家人对宁宇到来的重视程度。

在宁宇的心里,今天是礼拜三,红副院长和红夫人理所当然地应该上班。就是要见他,也只能是在下班之后。可始料未及的事情还是这样发生了,两位领导竟然专门回家来陪他,这让他很不适应,心中更是增添了几分不安。

几个人进门之后，红夫人取出了冰冻的冷饮送到宁宇和红唇面前说:“你们年轻人喜欢喝的饮料,我早就给你们备好了。”

红唇乐呵呵地说:“妈,我们又不是小孩子,你拿这些来搪塞我们啊？”

红夫人却说:“是吗?可在我的心里,你们就是孩子啊。怎么,你们不喜欢这些饮料啊？”她说这些话的时候,没有一丝一毫的遮掩,一边的红副院长赔着笑。

宁宇只得说:“谢谢阿姨的关心,谁说我们不喜欢喝这样的冷饮啊？”一边说,一边咕咚咕咚喝了一大口,红唇也咯咯地笑着喝了起来。

红副院长看着他们的神情,脸上荡漾着莫名的幸福感。随后他提醒红唇说:“红唇,一会儿你们泡功夫茶吧,我和你妈到厨房忙一会儿,然后出来一起喝茶。”

红唇连连点头说:“太好了,那本有关功夫茶的书我都看了整整两遍了,就是没有实践的机会呢。”

红副院长夫妇进入厨房之后,红唇果然搬出紫砂壶茶具,从酒柜里找出了上等的铁观音来,有板有眼地泡开了功夫茶,还乐呵呵地问宁宇:“你看我这个茶博士怎样啊?”

宁宇被红唇的滑稽样逗乐了,说道:“像还是很像的,就是缺少了一种氛围。”

“哦,你等一等。”红唇若有所思地站起身,放下手中的茶具,飞奔进了她的闺房。不一刻,房间里传来一阵阵悠扬的古筝声音,跳跃的音符像温暖的三月风筝,舞姿翩翩地飘进人的心里。红唇满脸开心地走出来,说道:“这样的氛围可以吗?”

宁宇还真没见过红唇这样认真,十分欣赏地说:“不会是你预先都有计划的吧?”

红唇说:“我说大书记,你这不是太低估我了吗?我平时都听中国民乐的,不夸张地说,中国著名的古典乐曲,在我的房间里都能找出来的。”

红唇的话,让宁宇大为意外。

看见宁宇愣住了,红唇又说:“你怎么这样健忘呢,想当年你第一次进入我闺房的时候,难道你就没有注意到房间里面的陈设与别的女孩子不一样吗?”

宁宇这才回忆起来。那年他还在省城报业集团做记者,那个时候红唇还只是报社的实习记者,有一次他去了红唇租住的房间。那个房间除了和所有女孩子的房间一样干净整洁之外,特别打眼的还有一个装满了琳琅满目的碟片的大柜子,里面分门别类地标注着碟子的名称。当时他还以为红唇是一个不折不扣的影迷呢,仔细一看,那些碟子都是音乐光盘,从民族的到流行的,从中国的到西洋的,从管乐到弦乐,几乎无所不包。原来红唇除了对新闻有浓烈的兴趣之外,还是一个小有名气的音乐评论人……这么多年过去了,她的生活和工作都发生了很大的改变,但她对音乐的迷恋还没有发生丝毫的改变。

122. 另类提拔

红副院长和红夫人在厨房忙活,主要是给红唇与宁宇提供单独聊天的空间。两位老人的意图也十分明确,期待着两人能把该定的事情定下来。早先的红唇还不具有绝对的竞争力,而现在的红唇完全不一样了,这样年轻就晋升到了副厅级的领导岗位。虽然宁宇是龙都主持工作的市委副书记,但是在其真正的行政级别上,也还同样是副厅级干部。这样一对年轻男女如果能够结合,那绝对是般配的。

红唇虽然知道自己的命运即将发生颠覆性的改变,但是她在宁宇面前还是没有丝毫的改变。女孩子就是这样痴情,只听见她说:“我知道,现阶段龙都的改革处于攻坚阶段,我也不想这个时候让你难堪。虽然省报集团的党委书记和总编辑找我谈话了,但是事情并没有最后决定下来,如果让我选择的话,我还是愿意留在龙都……”她的这一番表白,毫无疑问博得了宁宇的好感。是的,龙都的改革正需要像红唇这样的人才,不要看现在的龙都报业集团改革顺风顺水的,思明兢兢业业把控着集团的发展,但是离开了红唇的报业集团,将会出现两种截然不同的局面。这一点宁宇完全清楚,如果让红唇留下来,也许报业集团两年之后就会彻底改变。但是,现在的情况可不是这样的,虽然红唇本人有这样的态度,但红唇其实是左右不了对于她的安排的。一方面,红唇的爸爸已经在省里面,乃至北京方面做了大量工作,这不是红唇就能否决的。另外,省里面的领导已经下了决心了,并且已经给省委组织部和省报集团做了指示,显然改变的可能性几乎为零。不过,宁宇对红唇还是充满感激的,于是笑笑。

红唇坐下来,把泡好的茶水递到了他的手里,问道:“你的笑容这样诡异,莫不是你认为我在说假话吗?”

宁宇摇摇头说:“我才不敢这样想呢,我是在想啊,即便是你有这样的想法,我也不敢有这样的想法啊!”

红唇娇嗔道:“怎么,现在你就要把我往外推吗?”

宁宇坦诚地说:“红唇,我首先应该祝贺你,其次应该祝福你,再次应该为你感到自豪。你想一想,人生能有几个这样关键的时刻啊,倘若我支持你的想法,只能说明我是疯子,再说这根本也不可能。”

红唇天真地说:“我可没有说假话,报业集团党委书记和总编辑找我谈话的时候,我没有答应他们的。”

宁宇苦笑着说:“是的,我当然相信你说的是实情,可问题是我都知道省委组织部门已经在着手这件事了,其他的事情,根本就不是你说了能算的。红唇,今后你的前途会更加光明,我真的为你感到高兴呢。”

红唇有几分失落地问:“这么说来,我的事情不会有变了?”

宁宇点点头。

此刻,红唇倒是没有想自己是不是会升官,而是在考虑她离宁宇会越来越远,会与他越来越生疏。时间久了,两个人的情感也就会淡了,这是她最不想看到的结果。当然,她内心还是十分纠结的,一个人一生升职的机会不多,尤其是像她这样能从处级干部调整为副厅级更是人生的重大机遇。她也明白,她从副处级升为正处级算是宁宇的知遇之恩,可是由处级升为副厅级就不是一般人所能做到的了,背后主要的推手还是爸爸红副院长。虽然爸爸只是正厅级的省行政学院常务副院长,可是他毕竟离省里的权力中心很近,与省里面的现任主要领导经常接触, 所以才让她有机会从龙都报业集团的总编辑提升为省报集团的副总编辑。当然,还有爸爸在北京营造的关系网,她能走到今天,确实像宁宇说的那样,绝不是一件单纯的事和偶然的事。她再一次把茶水递给宁宇,轻声问道:"你什么时候能回省城呢?"

宁宇笑笑说:"我没有你这样的福气啊,也可能不回来了。"

他的这话,正好被走进客厅的红副院长听见了。他先是轻轻咳嗽一声,然后说:"宁宇啊,你刚才说什么?"

宁宇站起身来,说:"红唇问我什么时候能回省城,我说可能回不来了。"

红唇咯咯地笑,红副院长坐了下来,红唇也给他一小杯茶水。红副院长接过茶水喝了,眼睛瞪着身边的宁宇说:"宁宇啊,你也太谦虚了吧,你现在是龙都主持工作的市委副书记,你们市的陆强市长马上就要退居二线了,就算是你还要在龙都待上一段时间,或者说有机会出任市委的主要领导,那么一届的时间也该够了吧?你怎么能说你不回省城呢?宁宇啊,省委主要领导可是十分看好你啊,他们能让这样年轻的你出任龙都这样重要的职务,能让年纪轻轻的你主持龙都的工作,这个难道你还看不出来吗?你是省里面看好的年轻干部呢。上一次我和省委书记、省长一起去北京开会,两位领导还议论过你呢,他们认为你虽然年轻,但是你的思路清晰、办事果敢,很有开拓精神。我想啊,你也可能在龙都待的时间不会太长,甚至我断定你不会在龙都担任正职就会离开。不知道你算过没有,地方党委的换届时间很快了,你完全有可能在地方党委换届的时候动一动的……"他再一次喝了一杯茶,接着说:"据我所知,你们龙都的几项改革在省里面是很有分量的,新闻文化产业探索性的改革已经取得了一定的成效。另外,你现在抓管的那个龙都高职高校教育园区,也是省委主要领导欣赏的一个项目。前一次省委的一次特别会议商议过一个过渡性的措施，决定你们龙都高职高校教育园区管委会的主要负责人可以明确为正厅级。这个消息尚未对外界公布,但是公布也是迟早的事。”宁宇有几分疑惑,怎么会是这样的呢?

红副院长接着说:“这件事实际上也很偶然，你们的这个高职高校教育园区的事教育部也很关注,最近有一个文件也提到了这个工程的重要意义,并且提出了这个工程的管理机构最低也应该是司局级。这个文件省委的主要领导们也都看过了。省委和省政府的主要领导碰头之后认为,本身这个管理机构就有三位厅级领导和四位副厅级领导，明确这个机构为厅局级也是在情理之中的。但是问题也不是没有,最主要的负责人又是副厅级干部,所以几位领导决定研究你的级别问题,所以说,你完全有可能在龙都高职高校教育园区管委会的领导岗位上被明确为正厅级干部……”

宁宇确实没想到会有这样一个意外的消息,这不明摆着吗,不管在哪个位置被明确为正厅级领导,他在政治前途方面也就明朗一步了。是的,地方党委集中换届的时间还没到，这样一个特殊的提拔毫无疑问会给他今后的路提供更为广阔的发展空间。就连他自己都想不明白,省委领导怎么会这样眷顾他呢?

宁宇还在遐想,就听见红副院长说:“我要是没有估计错的话,下一次的地方党委换届,你完全有可能被调进省里的关键部门任职,或者出任市里面的党政一把手……”

红副院长介绍这些情况的时候,红唇双眼放光,比她自己得到提拔还要兴奋呢。听完之后,她抑制不住兴奋,说道:“我的天啊,这消息简直太让人兴奋了……”红副院长说完这一切,又进了厨房去帮忙。红唇再也无心泡茶,她拉起宁宇的手,将他拖进了自己私密的闺房,不顾一切地拥抱着宁宇,一边开心地说:“我说,宁……宁大书记……”她涨红着脸,不知道究竟该表达什么意思。宁宇看着她冲动且有几分关切的表情,也不知道该如何应对。

窗外风和日丽,预示着一切都将走向美好。